EDIÇÕES BESTBOLSO

O jardim de ossos

Tess Gerritsen é um dos grandes nomes atuais do suspense médico. Considerada a versão feminina de Robin Cook, a autora dedica-se a histórias repletas de suspense e ação. Sua experiência como ex-interna de medicina contribui para criar uma trama envolvente, com descrições precisas que surpreendem pela veracidade. Gerritsen logo ganhou notoriedade com a publicação de seu primeiro romance, *Harvest*, inédito no Brasil. Também é autora de *O dominador*, *Desaparecidas*, *Gravidade*, *O clube Mefisto*, entre outros. Os casos da detetive Jane Rizzoli e da patologista Maura Isles, principais personagens de diversas obras da autora, ganharam as telas da TV em 2010 com a série *Rizzoli & Isles*.

TESS GERRITSEN

O JARDIM DE OSSOS

LIVRO VIRA-VIRA 1

Tradução de
ALEXANDRE RAPOSO

2ª edição

EDIÇÕES
BestBolso

RIO DE JANEIRO – 2012

CIP-BRASIL. CATALOGAÇÃO-NA-FONTE
SINDICATO NACIONAL DOS EDITORES DE LIVROS, RJ

Gerritsen, Tess, 1953-

G326j   O jardim de ossos – Livro vira-vira 1/ Tess Gerritsen; tradução Alexandre Raposo.
2ª ed.   – 2ª edição – Rio de Janeiro: BestBolso, 2012.
    12 × 18 cm

Tradução de: The Bone Garden
Obras publicadas juntas em sentido contrário.
Com: Dublê de corpo / Tess Gerritsen
ISBN 978-85-7799-373-4

1. Medicina legal – Ficção. 2. Patologia forense – Ficção. 3. Ficção norte-americana.
I. Raposo, Alexandre. II. Título. III. Título: Dublê de corpo.

                   CDD: 813
11-6519   CDU: 821.111(73)-3

O jardim de ossos, de autoria de Tess Gerritsen.
Título número 284 das Edições BestBolso.
Segunda edição vira-vira impressa em novembro de 2012.
Texto revisado conforme o Acordo Ortográfico da Língua Portuguesa.

Título original norte-americano:
THE BONE GARDEN

Copyright © 2007 by Tess Gerritsen.
Copyright da tradução © by Editora Record Ltda.
Direitos de reprodução da tradução cedidos para Edições BestBolso, um selo da Editora Best Seller Ltda. Editora Record Ltda e Editora Best Seller Ltda são empresas do Grupo Editorial Record.

A logomarca vira-vira (vira-vira) e o slogan 2 LIVROS EM 1 são marcas registradas e de propriedade da Editora Best Seller Ltda, parte integrante do Grupo Editorial Record.

www.edicoesbestbolso.com.br

Design de capa: Simone Villas-Boas sobre imagem de Charles Taylor intitulada "Human Skulls" (Fotolia).

Todos os direitos reservados. Proibida a reprodução, no todo ou em parte, sem autorização prévia por escrito da editora, sejam quais forem os meios empregados.

Direitos exclusivos de publicação em língua portuguesa para o Brasil em formato bolso adquiridos pelas Edições BestBolso um selo da Editora Best Seller Ltda. Rua Argentina 171 – 20921-380 – Rio de Janeiro, RJ – Tel.: 2585-2000 que se reserva a propriedade literária desta tradução.

Impresso no Brasil

ISBN 978-85-7799-373-4

Em memória de Ernest Brune Tom, que sempre
me ensinou a buscar as estrelas.

Agradecimentos

O ano em que escrevi *O jardim de ossos* foi longo e penoso para mim. Mais do que nunca, sou grata aos dois anjos que sempre estiveram ao meu lado e que sempre me disseram a verdade, mesmo quando eu não queria ouvi-la. Um grande agradecimento para minha agente, Meg Ruley, que sabe tudo a respeito de como alimentar e cuidar da alma de um escritor. E para minha editora, Linda Marrow, que tem um dos melhores instintos do mercado. Obrigada também a Selina Walker, Dana Isaacson e Dan Mallory, por suas contribuições para o aperfeiçoamento deste livro. E para meu maravilhoso marido, Jacob. Se houvesse um prêmio para "melhor marido de escritora", você o ganharia sem sombra de dúvida!

20 de março de 1888

Querida Margaret,

Agradeço suas gentis condolências, tão sinceramente externadas, pela perda de minha querida Amelia. Este foi um inverno difícil para mim, já que a cada mês venho perdendo um velho amigo para a doença ou para a velhice. Agora, é com profundo pesar que devo considerar os breves anos que me restam.

Dou-me conta de que esta é, talvez, minha última chance de mencionar um assunto difícil, que deveria ter sido abordado há muito tempo. Tenho relutado em falar, pois sei que sua tia preferia que você nada soubesse a esse respeito. Acredite, ela fez isso exclusivamente por amor, porque queria protegê-la. Mas conheço você desde muito jovem, querida Margaret, e a vi se transformar na mulher destemida que é hoje. Sei que você acredita firmemente no poder da verdade. Portanto, creio que gostaria de saber dessa história, por mais perturbadora que possa ser.

Tudo aconteceu há 58 anos. Você era apenas um bebê na época e não pode se lembrar. Na verdade, eu mesmo quase me esqueci. Mas, nesta última quarta-feira, descobri um velho recorte de jornal que estivera todos esses anos dentro de meu antigo exemplar de *Anatomia*, de Wistar, e me dei conta de que, a não ser que falasse logo, tais fatos certamente morreriam comigo. Desde a morte de sua tia, sou a única pessoa que sabe da história. Todos os demais estão mortos.

Devo adverti-la de que os detalhes não são agradáveis. Mas há nobreza nesta narrativa, e também uma coragem comovente. Talvez você não achasse que a sua tia fosse dotada de tais qualidades. Certamente, ela não parecia mais extraordinária do que qualquer outra senhora de cabelos brancos com quem cruzamos na rua. Mas eu lhe asseguro, Margaret, ela merece todo o nosso respeito.

Mais, talvez, do que qualquer outra mulher que eu tenha conhecido.

Está ficando tarde, e depois do pôr do sol os olhos de um velho não se mantêm abertos durante muito tempo. Por enquanto, anexo o recorte de jornal que mencionei anteriormente. Se não quiser saber mais detalhes, por favor, diga-me, e jamais voltarei a mencionar o assunto. Mas se a história de seus pais realmente lhe interessar, então pegarei a pena na próxima oportunidade. E você saberá a história, a verdadeira história, de sua tia e do Estripador de West End.

Atenciosamente,
O.W.H.

1

Dias atuais

Então é assim que acaba um casamento, pensou Julia Hamill ao enfiar a pá na terra. Não com doces sussurros de adeus, não com mãos artrosadas entrelaçadas após quarenta anos de convívio, não com filhos e netos chorando ao redor de uma cama de hospital. Ela ergueu a pá e jogou a terra para o lado, as pedras repicando sobre a pilha crescente. Aquele terreno era de pedras e argila, e só servia para cultivar amoras-pretas. Solo estéril como o seu casamento, do qual nada brotara de duradouro, nada que valesse a pena preservar.

Ela voltou a enfiar a pá no solo, ouviu um retinir metálico e sentiu um choque subindo-lhe pela espinha quando a pá atingiu a pedra, uma das grandes. Ela reposicionou a pá, mas, mesmo atacando a pedra em ângulos diferentes, não conseguia retirá-la. Desanimada e suando com o calor que fazia, olhou para o buraco. Passara a manhã inteira cavando como uma possessa. Sob as luvas de couro, as bolhas de suas mãos haviam estourado. A escavação de Julia erguera uma nuvem de mosquitos que zumbiam ao redor de seu rosto e se infiltravam em seu cabelo.

Não havia escapatória: se ela quisesse plantar um jardim ali, se quisesse transformar aquele quintal coberto de ervas daninhas, tinha de prosseguir. E aquela pedra estava no caminho.

Subitamente, a tarefa pareceu impossível, além de suas forças. Deixou cair a pá e se sentou no chão, sobre a pilha de terra pedregosa. Por que havia achado que poderia restaurar aquele jardim, recuperar aquela casa? Através do emaranhado de ervas daninhas, olhou para a varanda empenada, para as ripas de madeira envelhecida. *A loucura de Julia.* Era assim que deveria chamar o lugar. Comprara aquilo quando não estava pensando com clareza, quando sua vida estava entrando em colapso. Por que não acrescentar mais destroços ao naufrágio? A casa era para ser um prêmio de consolação por ter sobrevivido ao divórcio. Aos 39 anos, Julia finalmente teria uma casa em seu nome, uma casa com um passado, uma alma. Quando esteve ali pela primeira vez com a corretora de imóveis e viu as vigas entalhadas à mão e um pedaço do papel de parede antigo através de um rasgão sob as muitas camadas que o cobriam, soube que aquela casa era especial. E que ela a chamara, pedindo ajuda.

– O local é insuperável – disse-lhe a corretora. – São 4 mil metros quadrados de terreno, algo que raramente se encontra assim tão perto de Boston.

– Então, por que ainda está à venda? – perguntou Julia.

– Você pode ver como está maltratada. Quando fizemos o inventário, havia diversas caixas de documentos e livros velhos empilhados no sótão. Demorou um mês para os herdeiros tirarem tudo daqui. Obviamente, precisa de uma reforma geral.

– Bem, eu gosto do fato de a casa ter um passado interessante. Isso não vai me impedir de comprá-la.

A corretora hesitou.

– Há outro assunto que devo mencionar. Transparência total.

– Qual assunto?

– O dono anterior era uma mulher de cerca de 90 anos e, bem, ela morreu aqui. Isso fez alguns compradores desistirem.

– Tinha 90 anos? Morreu de causas naturais, então?

– É o que se supõe.

Julia franziu as sobrancelhas.

– Não se sabe?

– Era verão. E levou quase três semanas para que um de seus parentes a encontrasse. – A corretora parou de falar, mas logo se animou. – Mas o terreno em si é especial. Você pode derrubar tudo e começar do zero!

Do mesmo modo como o mundo se livra de velhas esposas como eu, pensou Julia. Eu e esta casa esplêndida e dilapidada merecemos algo melhor.

Naquela mesma tarde Julia assinou o contrato de compra.

Agora, sentada no monte de terra e matando mosquitos, pensou: "Como foi que me meti nessa? Se Richard visse esta ruína, teria certeza daquilo que já pensa a meu respeito. A ingênua Julia enganada por uma corretora, orgulhosa proprietária de uma pilha de entulho."

Passou a mão sobre os olhos, espalhando o suor pelo rosto. Então, voltou a olhar para o buraco. Como podia esperar pôr ordem na vida se nem mesmo conseguia reunir forças para remover uma droga de uma pedra?

Julia pegou uma colher de pedreiro e, inclinando-se à borda do buraco, começou a retirar a terra. A pedra revelava-se pouco a pouco, como a ponta de um iceberg cujo volume oculto ela mal podia adivinhar. Talvez fosse grande o bastante para afundar o *Titanic*. Ela continuou a cavar, cada vez mais fundo, ignorando os mosquitos e o sol que lhe queimava a cabeça. Subitamente, a rocha passou a simbolizar cada obstáculo, cada desafio que ela sempre tentara evitar.

Não deixarei que me derrote.

Com a colher de pedreiro, atacou o solo sob a pedra, procurando abrir espaço suficiente para introduzir a pá. O cabelo caía-lhe sobre o rosto, cachos pingavam de suor enquanto ela cavava, alargando o buraco. Antes que Richard visse aquele lugar, ela o transformaria em um paraíso. Ainda tinha dois meses antes de precisar enfrentar uma turma de terceiro ano. Dois meses para arrancar aquelas ervas daninhas, nutrir o solo e plantar rosas. Certa vez, Richard dissera-lhe que, se alguma vez ela tentasse plantar rosas em seu jardim em Brookline, elas morreriam sob seus cuidados. "Você precisa saber o que está fazendo", dissera ele. Apenas um comentário casual, mas que doera mesmo assim. Ela sabia o que ele estava querendo dizer.

Você precisa saber o que está fazendo. Mas não sabe.

Deitou de barriga para baixo e continuou a cavar. A colher de pedreiro colidiu com algo sólido. Oh, meu Deus, outra pedra, não. Puxando o cabelo para trás, olhou para o que a ferramenta acabara de atingir. A ponta de metal fraturara uma superfície, e as lascas se espalharam ao redor do ponto de impacto. Ela afastou a terra e os seixos, expondo um domo estranhamente liso. Deitada, sentiu o coração bater de encontro ao chão e subitamente teve dificuldade de respirar. Mas continuou a cavar, agora com ambas as mãos, dedos enluvados arrancando o barro renitente. O domo emergia lentamente, curvas unidas por uma linha serrilhada. Continuou cavando, e seu coração acelerou ao descobrir uma pequena cavidade repleta de terra. Julia tirou a luva e cutucou a terra com o dedo. Subitamente, a terra rachou e se esfacelou.

Julia recuou de supetão, firmou-se sobre os joelhos e olhou para o que acabara de descobrir. O zumbido dos mosquitos aumentava, mas ela não os afastou. Estava por demais atônita para sentir as picadas. Uma brisa acariciou a grama, erguendo um doce aroma de flores silvestres. Julia voltou o olhar para o terreno coberto de ervas daninhas, um lugar que pretendia transformar em um paraíso. Imaginara um vibrante jardim de rosas e peônias, uma árvore coberta de clematites roxas. Agora, ao olhar para aquele terreno, não via mais um jardim.

Ela via um cemitério.

– VOCÊ DEVIA TER falado comigo antes de comprar este barracão – disse-lhe Vicky, sua irmã, sentada à mesa da cozinha.

Julia estava junto à janela, olhando para os diversos montes de terra que haviam brotado como pequenos vulcões no quintal. Nos últimos três dias, uma equipe de perícia médica praticamente acampara em seu terreno. Agora ela estava tão acostumada a tê-los entrando e saindo de sua casa para usar o banheiro que sentiria falta deles quando terminassem as escavações e finalmente a deixassem em paz naquela casa com sua história, suas vigas entalhadas à mão... e seus fantasmas.

Lá fora, a patologista, Dra. Isles, acabara de chegar e caminhava em direção ao lugar das escavações. Julia a achava uma mulher interessante, nem amistosa nem hostil, com a pele pálida como um fantasma e cabelos muito negros. Parecia muito calma e reservada, pensou Julia enquanto a observava pela janela.

– Não é do seu feitio simplesmente se atirar nas coisas – disse Vicky. – Fez uma oferta no primeiro dia em que viu a casa? Achou que alguém mais a compraria? – Ela apontou para a porta empenada do porão. – Aquilo nem fecha. Você verificou as fundações? Este lugar deve ter uns cem anos.

– Tem 130 – murmurou Julia, o olhar ainda no quintal, onde a Dra. Isles inclinava-se à borda de um dos buracos da escavação.

– Oh, querida – disse Vicky com a voz mais branda. – Sei que foi um ano difícil para você. Sei pelo que está passando. Só queria que você me ligasse antes de fazer algo tão drástico.

– Não é uma propriedade assim tão ruim – insistiu Julia. – Tem 4 mil metros quadrados de terreno. Fica perto da cidade.

– E tem um cadáver no quintal. Realmente ajuda a valorizar o imóvel.

Julia massageou o pescoço, que subitamente ficou tenso. Vicky estava certa. Vicky estava sempre certa. Gastei tudo o que tinha com esta casa, pensou Julia, e agora sou a orgulhosa proprietária de um terreno amaldiçoado. Pela janela viu outra recém-chegada. Era uma mulher mais velha, com cabelo grisalho curto, vestindo calças jeans e pesadas botas de trabalho, não o tipo de roupa que se espera ver em uma vovó. Outra personagem estranha caminhando pelo meu quintal. Quem era aquela gente? Por que escolhiam uma profissão assim, confrontando-se a cada dia com coisas que a maioria das pessoas teria medo até de imaginar?

– Falou com Richard antes de comprar a casa?

Julia ficou imóvel.

– Não, não falei.

– Tem ouvido notícias dele ultimamente? – perguntou Vicky.

A mudança em sua voz, subitamente baixa, quase hesitante, fez Julia voltar-se para a irmã.

– Por que pergunta?

– Você era casada com ele. Não liga de vez em quando só para perguntar se ele está lhe enviando sua correspondência ou algo assim?

Julia afundou na cadeira.

– Eu não ligo para ele. E ele não liga para mim.

Vicky nada disse por um instante. Apenas ficou sentada em silêncio enquanto Julia a encarava resignada.

– Lamento – disse Vicky afinal. – Lamento que você ainda esteja magoada.

Julia soltou uma gargalhada.

– É, bem. Eu também lamento.

– Já se passaram seis meses. Achei que já tivesse superado a essa altura. Você é inteligente, bonita, devia voltar à ativa.

Vicky faria isso. A maravilhosa Vicky que, cinco dias depois de uma apendicectomia, voltara ao tribunal para liderar sua equipe de advogados em uma vitória judicial. Ela não deixaria que um pequeno revés como um divórcio atrapalhasse sua semana.

Vicky suspirou.

– Para ser honesta, não dirigi até aqui apenas para conhecer a casa nova. Você cuidava de mim quando eu era pequena, e há algo que você precisa saber. Algo que tem o direito de saber. Só não estou certa de como... – Ela parou de falar. Olhou para a porta da cozinha, onde alguém acabara de bater.

Julia abriu a porta e viu a Dra. Isles, que parecia composta e refrescada apesar do calor.

– Gostaria de anunciar que minha equipe vai embora hoje – disse Isles.

Olhando para o lugar das escavações, Julia viu que as pessoas estavam empacotando as ferramentas.

– Terminaram?

– Conseguimos o suficiente para determinar que este não é um caso de medicina legal. Eu o passei para a Dra. Petrie, de Harvard. – Isles apontou para a mulher que acabara de chegar, a vovó de calça jeans.

Vicky juntou-se à irmã na porta.

– Quem é a Dra. Petrie?

– É uma antropóloga perita. Se não fizer objeção, Sra. Hamill, ela terminará a escavação, apenas para fins de pesquisa.

– Então os ossos são antigos?

– Claramente, não é um enterro recente. Por que não vem dar uma olhada?

Vicky e Julia seguiram Isles até o quintal. Após três dias de escavações, o buraco tornara-se uma vala profunda. Sobre uma lona repousavam os restos mortais.

Embora a Dra. Petrie devesse ter ao menos 60 anos, ergueu-se rapidamente da posição em que estava agachada e aproximou-se para cumprimentá-las.

– Você é a proprietária? – perguntou para Julia.

– Acabei de comprar a casa. Mudei-me na semana passada.

– Sortuda – disse Petrie, que parecia estar sendo sincera.

A Dra. Isles disse:

– Peneiramos alguns objetos do solo. Alguns velhos botões e uma fivela, evidentemente antigos. – Ela remexeu uma caixa de provas que repousava ao lado dos ossos. – Hoje, encontramos isto. – Ela pegou um pequeno saco plástico transparente, através do qual Julia viu o brilho de pedras coloridas.

– É um anel de apreço – disse a Dra. Petrie. – A joalheria acróstica estava em voga no início da Era Vitoriana. Os nomes das pedras significam uma palavra. Um rubi, uma esmeralda e uma granada, por exemplo, formam as três primeiras letras da palavra *regard*, ou "estima", em inglês. Este tipo de anel é algo que as pessoas davam às outras em sinal de afeto.

– São pedras preciosas legítimas?

– Oh, não. Provavelmente, são apenas vidro colorido. O anel não é burilado. É apenas uma bijuteria produzida em grande escala.

– Haveria algum registro do sepultamento?

– Duvido. Isso parece ser um enterro irregular. Não há lápide, nenhum fragmento de caixão. Ela foi simplesmente embrulhada em um pedaço de pele de animal e coberta de terra. Um enterro nada cerimonioso para alguém que fosse querida por outras pessoas.

– Talvez ela fosse pobre.

– Mas por que escolheram este lugar em particular? De acordo com os mapas históricos, nunca houve um cemitério aqui. Sua casa tem cerca de 130 anos, não é mesmo?

– Foi construída em 1880.

– Os anéis de apreço saíram de moda por volta da década de 1840.

– O que havia aqui antes de 1840? – perguntou Julia.

– Acredito que este terreno fazia parte da propriedade rural de uma proeminente família de Boston. A maior parte disso aqui devia ser campo aberto. Terreno de cultivo.

Julia olhou para o declive, onde as borboletas voejavam sobre as ervilhacas e as flores silvestres. Tentou imaginar como o seu quintal deveria ter sido outrora. Um campo aberto, que se inclinava em direção a um regato margeado de árvores, com ovelhas pastando na relva. Um lugar onde vagariam apenas animais. Um lugar onde um túmulo seria rapidamente esquecido.

Vicky olhou para os ossos com desagrado.

– Isto é... um corpo?

– Um esqueleto completo – disse Petrie. – Ela foi enterrada bem fundo para que os animais não pudessem danificar o cadáver. Neste declive, o solo é muito bem-drenado. Afora isso, a julgar pelos fragmentos de couro, parece que ela estava enrolada em algum tipo de pele de animal. O tanino que vazou é um tipo de conservante.

– Ela?

– Sim. – Petrie olhou para baixo, os olhos azuis ofuscados pelo sol. – É uma mulher. A julgar pela dentição e pelas condições de suas vértebras, era bem jovem. Certamente, tinha menos de 35 anos. No todo, está em ótimo estado. – Petrie olhou para Julia. – Com exceção da rachadura que você provocou com sua colher de pedreiro.

Julia corou.

– Achei que o crânio era uma pedra.

– Não é difícil distinguir fraturas antigas de recentes. Veja. – Petrie voltou a se agachar e pegou um pedaço do crânio. – A rachadura que você provocou é esta aqui, e não está manchada. Mas veja esta fratura aqui, no osso parietal. E esta outra, no osso zigomático, sob a face. Estas superfícies estão manchadas de marrom pela longa exposição à terra. Isso nos diz que foram fraturas pré-mórbidas, e não causadas durante a escavação.

– Pré-mórbidas? – Julia olhou para Petrie. – Está dizendo que...

– Tais golpes quase certamente causaram-lhe a morte. Eu chamaria isso de um assassinato.

À NOITE, JULIA ficou acordada, ouvindo o ranger do piso de madeira velha, os ratos arranhando as paredes. Por mais antiga que fosse aquela casa, o túmulo era ainda mais. Enquanto os homens pregavam aquelas vigas e instalavam as ripas de pinho do chão, a apenas algumas dezenas de passos dali o corpo de uma mulher desconhecida já se decompunha na terra. Saberiam de sua existência ao construírem a casa? Haveria uma pedra demarcando o lugar?

Ou ninguém sabia que ela estava ali? Será que ninguém se lembrava dela?

Empurrou os lençóis para o lado. Estava suando sobre o colchão. Mesmo com as duas janelas abertas, o quarto parecia abafado, nem mesmo uma brisa suave para dissipar o calor. Um vaga-lume brilhou na escuridão, circulando o cômodo em busca de uma saída.

Julia sentou-se na cama e acendeu o abajur. O brilho mágico transformou-se em um inseto marrom comum voejando junto ao teto. Pensou em como pegá-lo sem o matar. Perguntou-se se a vida de um inseto solitário valeria o esforço.

O telefone tocou. Às 23h30, só poderia ser uma pessoa.

– Espero não tê-la acordado – disse Vicky. – Acabei de chegar de um desses jantares intermináveis.

– Está muito quente para dormir.

– Julia, há algo que tentei lhe dizer mais cedo, quando estive aí, mas não consegui. Não com toda aquela gente em volta.

– Sem mais conselhos sobre a casa, está bem?

– Não se trata da casa. É sobre Richard. Detesto ter de lhe dizer, mas se eu fosse você gostaria de saber. Você não precisa descobrir por meio de fofocas.

– Descobrir o quê?

– Richard vai se casar.

Julia agarrou o aparelho, apertando-o com tanta força que seus dedos ficaram dormentes. No longo silêncio que se seguiu, sentiu o próprio coração pulsando em seus ouvidos.

– Então você não sabia.

Julia sussurrou:

– Não.

– Que grande escroto ele é – murmurou Vicky, amarga. – O casamento está planejado há mais de um mês, foi o que ouvi dizer. Uma tal de Tiffani, com "i". Uma gracinha, não acha? Eu não tenho respeito por um homem que se casa com uma Tiffani.

– Não entendo como aconteceu tão rápido.

– Oh, querida, é óbvio, não é mesmo? Ele devia estar com ela enquanto vocês ainda eram casados. De uma hora para outra ele não começou a voltar tarde para casa? E havia todas aquelas viagens de negócios. Eu já desconfiava. Só não tinha coragem de dizer.

Julia engoliu em seco.

– Não quero falar sobre isso agora.

– Eu devia ter imaginado. Um homem não pede o divórcio do nada.

– Boa noite, Vicky.

– Você está bem?

– Só não quero conversar.

Julia desligou.

Ficou sentada e imóvel durante um longo tempo. O vaga-lume continuava a circular sobre sua cabeça, procurando desesperadamente uma saída daquela prisão. Acabaria se exaurindo. Sem alimento e sem água, morreria preso naquele quarto.

Ela subiu no colchão. Quando o vaga-lume passou perto, ela o agarrou. Com as palmas fechadas ao redor do inseto, foi descalça até a cozinha e abriu a porta dos fundos. Ali, na varanda, soltou o vaga-lume. Ele voou até desaparecer na escuridão, mas sua luz não mais piscava. Escapar era seu único objetivo.

Será que sabia que ela lhe salvara a vida? Algo insignificante que ela ainda era capaz de fazer. Ficou na varanda inspirando o ar noturno, incapaz de suportar a ideia de voltar àquele quarto pequeno e abafado. Richard ia se casar.

O nó na garganta escapou em um soluço. Ela agarrou o parapeito da varanda e sentiu lascas de madeira ferindo-lhe os dedos.

E eu sou a última a saber.

Olhando para a noite, pensou nos ossos enterrados a algumas dezenas de metros dali. Uma mulher esquecida, o nome perdido nos séculos. Pensou na terra fria pressionando seu corpo quando as nevascas rodopiavam na superfície, pensou no ciclo das estações, nas décadas se passando enquanto sua carne apodrecia e os vermes se fartavam. Sou como você, pensou Julia, outra mulher esquecida.

E eu nem mesmo sei quem você é.

2

Novembro de 1830

A morte chegou com o doce tilintar de sinos. Rose Connolly aprendera a temer aquele som, pois já o ouvira diversas vezes enquanto permanecia sentada junto à cama da irmã, Aurnia, enxugando-lhe a testa, segurando-lhe a mão ou oferecendo-lhe goles de água. Todo dia aqueles malditos sinos tocados pelos acólitos anunciavam a chegada do padre na enfermaria para ministrar o sacramento da extrema-unção. Embora tivesse apenas 17 anos, Rose já vira uma vida inteira de tragédias nos últimos cinco dias. No domingo, morrera Nora, apenas três dias depois de seu bebê ter nascido. Na segunda-feira, fora a vez da senhora de cabelo castanho nos fundos da enfermaria, que sucumbira tão rapidamente após dar à luz que nem sequer tiveram tempo de saber-lhe o nome, com a família chorando, o bebê berrando como um gato escaldado e o carpinteiro atarefado martelando o caixão no pátio. Na terça-feira, após quatro dias da terrível agonia que se sucedera ao nascimento de um filho, Rebecca morrera, mas apenas depois de Rose ter sido forçada a suportar o fedor dos pútridos corrimentos que vazavam por entre as pernas da jovem e encrostavam os lençóis. Toda a enfermaria cheirava a doce, febre e purulência. Tarde da noite, quando os gemidos das almas moribundas ecoavam pelos corredores, Rose despertava de seu sono exausto para descobrir que a realidade era ainda mais assustadora que seus pesadelos. Só conseguia escapar do fedor da enfermaria quando ia ao pátio do hospital e inspirava profundamente a névoa fria.

Mas sempre precisava voltar para enfrentar aqueles horrores. Pela irmã.

– Os sinos outra vez – murmurou Aurnia, piscando os olhos encovados. – Quem será a pobre alma desta vez?

Rose olhou para a ala das gestantes, onde uma cortina fora estendida às pressas ao redor de uma das camas. Alguns momentos antes, vira a enfermeira Mary Robinson preparar a mesinha e dispor as velas e o crucifixo. Embora não pudesse ver o padre, ela o ouvia murmurando atrás da cortina e sentia o cheiro de cera das velas acesas.

– Pela grande bondade de Sua misericórdia, que Deus perdoe os pecados que cometeste.

– Quem? – voltou a perguntar Aurnia. Em sua agitação, ela tentou se sentar para poder ver acima da fileira de camas.

– Acho que foi Bernadette – disse Rose.

– Oh, não!

Rose apertou a mão da irmã.

– Ela ainda pode sobreviver. Tenha um pouco de esperança.

– O bebê? O que aconteceu com o bebê?

– O menino está bem. Não o ouviu chorando no berço esta manhã?

Aurnia recostou-se no travesseiro com um suspiro, e o hálito que exalava estava impregnado do fétido odor da morte, como se seu corpo já estivesse se decompondo por dentro, os órgãos apodrecendo.

– Então, ao menos há esta pequena bênção.

Bênção? O fato de o menino vir a ser criado em um orfanato? De sua mãe ter passado os últimos três dias de vida gemendo de dor enquanto sua barriga inchava por causa da febre puerperal? Rose vira muitas daquelas *bênçãos* nos últimos sete dias. Se aquilo era um exemplo de Sua benevolência, então ela não queria nada com Ele. Mas não pronunciou tal blasfêmia na presença da irmã. Fora a fé que sustentara Aurnia nos últimos meses e a ajudara a suportar os abusos do marido e aquelas noites nas quais Rose a ouvia chorar baixinho através do cobertor que separava suas camas. O que a fé fizera por Aurnia? Onde estava Deus durante todos aqueles dias nos quais Aurnia lutara em vão para dar à luz o primeiro filho?

Se podes ouvir as orações de uma boa mulher, Deus, por que a deixas sofrer?

Rose não esperava resposta, e não recebeu nenhuma. Tudo o que ouviu foi o inútil murmurar do padre por trás da cortina que ocultava a cama de Bernadette.

– Em nome do Pai, do Filho e do Espírito Santo, que o demônio não tenha mais poder sobre vós pelo toque de minhas mãos e pela invocação da sagrada Virgem Maria, Mãe de Deus.

– Rose? – sussurrou Aurnia.

– Sim, querida?

– Temo que também seja minha hora.

– Hora de quê?

– Do padre. Da confissão.

– E que pequeno pecado pode estar lhe incomodando? Deus conhece sua alma, querida. Você acha que Ele não conhece a sua bondade?

– Oh, Rose, você não sabe de todas as coisas de que sou culpada! Coisas que tenho muita vergonha de lhe dizer! Não posso morrer sem...

– Não me fale em morrer. Você não pode desistir. Você precisa *lutar*.

Aurnia respondeu com um esboço de sorriso e estendeu a mão para tocar o cabelo da irmã.

– Minha pequena Rose. Sempre tão destemida.

Mas Rose estava com medo. Com muito medo de que a irmã a deixasse. Desesperadamente temerosa de que, uma vez que Aurnia recebesse a bênção final, parasse de lutar e desistisse.

Aurnia fechou os olhos e suspirou.

– Vai ficar comigo esta noite outra vez?

– Certamente.

– E Eben? Ele não veio?

Rose apertou a mão de Aurnia.

– Você realmente o quer aqui?

– Estamos ligados um ao outro, ele e eu. Para o bem ou para o mal.

Mais para o mal, quis dizer Rose, mas se conteve. Eben e Aurnia podiam estar unidos pelo casamento, mas era melhor que ele ficasse longe, pois Rose mal suportava a presença daquele homem. Nos últimos quatro meses, ela morara com Aurnia e Eben em uma pensão na rua Broad, seu catre espremido em uma pequena alcova anexa ao quarto do casal. Tentara ficar longe de Eben, mas quando Aurnia ficara muito pesada por causa da gravidez, Rose assumira cada vez mais as tarefas da irmã na alfaiataria de Eben. Nos fundos da loja lotada de rolos de musselina e casimira, ela percebera os olhares maliciosos do cunhado, notara quão frequentemente ele encontrava desculpas para roçar-lhe o ombro aproximando-se excessivamente, inspecionando sua costura quando Rose cosia calças e coletes. Ela nada dissera para Aurnia, uma vez que sabia que Eben certamente negaria tudo. E, afinal, Aurnia seria a única a sofrer.

Rose torceu um pano em uma bacia, pressionou-o contra a testa de Aurnia e pensou: onde está minha bela irmã? Em menos de um ano de casamento a luz abandonara seus olhos e o brilho se esvaíra de seus cabelos cor de fogo. Tudo o que restou foi aquela concha vazia, cabelos encharcados de suor, o rosto uma máscara inerte de derrota.

Com dificuldade, Aurnia tirou o braço de sob o lençol.

– Quero que fique com isto – murmurou. – Fique com isto, agora, antes que Eben o tome de mim.

– Ficar com o quê, querida?

– Com isto.

Aurnia tocou o medalhão em forma de coração que pendia de seu pescoço. Tinha o brilho genuíno do ouro e Aurnia o usava noite e dia. Um presente de Eben, pensou Rose. Outrora, se preocupara o bastante com a esposa para lhe dar aquele mimo. Por que não estava lá quando ela mais precisava dele?

– Por favor. Ajude-me a tirá-lo.

– Não é hora de me dar isso – disse Rose.

Mas Aurnia conseguiu tirar o cordão sozinha e o colocou na mão da irmã.

– É seu. Por todo o conforto que me proporcionou.

– Apenas vou guardá-lo para você. – Rose pôs o cordão no bolso. – Quando isso acabar, querida, quando você estiver acalentando o seu bebê, vou voltar a prender este medalhão ao redor do seu pescoço.

Aurnia sorriu.

– Como se isso fosse possível.

– *Será* possível.

O tilintar dos sinos se afastou, indicando que o padre encerrara o serviço da moribunda Bernadette, e a enfermeira Robinson rapidamente removeu a cortina, preparando o ambiente para outro grupo de visitantes que acabara de chegar.

Pairou um silêncio ansioso quando o Dr. Chester Crouch entrou na enfermaria da maternidade. Naquele dia, o Dr. Crouch estava acompanhado pela enfermeira-chefe do hospital, a Srta. Agnes Poole, assim como por uma comitiva de estudantes de medicina. O Dr. Crouch começou a ronda na primeira cama, ocupada por uma mulher que fora admitida naquela manhã após dois dias de trabalho de parto infrutífero em casa. Os estudantes formaram um semicírculo, observando enquanto o Dr. Crouch enfiava o braço discretamente sob o lençol para examinar a paciente. Ela emitiu um gemido de dor quando ele sondou mais profundamente entre suas pernas. O médico retirou a mão, os dedos manchados de sangue.

– Toalha – pediu, e a enfermeira Poole prontamente o atendeu. Limpando as mãos, ele se voltou para os quatro alunos e disse: – Esta paciente não está progredindo. A cabeça da criança está na mesma posição e o colo do útero não está completamente dilatado. Neste caso em particular, como o médico deveria proceder? Você, Sr. Kingston! Tem uma resposta?

O Sr. Kingston, um jovem elegante e bem-apessoado, respondeu sem hesitação:

– Creio ser recomendável ministrar-lhe ergotina com chá preto.

– Bom. O que mais se pode fazer? – perguntou o médico, voltando-se para o mais baixo dos quatro alunos, um sujeito parecido com um elfo, com orelhas enormes. – Sr. Holmes?

– Poderíamos tentar uma purga, para estimular as contrações – respondeu prontamente o Sr. Holmes.

– Bom. E você, Sr. Lackaway? – O Dr. Crouch voltou-se para um homem de cabelos muito claros e cujo rosto atônito instantaneamente enrubesceu. – O que mais podemos fazer?

– Eu... quero dizer...

– É sua paciente. Como procederia?

– Eu precisaria pensar a respeito.

– Pensar a respeito? Seu avô e seu pai eram médicos! Seu tio é reitor da faculdade de medicina. Entre todos os seus colegas, você foi o que mais esteve em contato com as artes médicas. Vamos, Sr. Lackaway! Não tem nada a acrescentar?

Desconsolado, o jovem balançou a cabeça em negativa.

– Lamento, senhor.

Suspirando, o Dr. Crouch voltou-se para o quarto aluno, um jovem alto, de cabelos escuros.

– Sua vez, Sr. Marshall. O que mais poderia ser feito nesta situação? Uma paciente em trabalho de parto que não progride?

O aluno respondeu:

– Eu a faria se sentar ou se levantar, senhor. E, caso fosse capaz, andar pela enfermaria.

– O que mais?

– É a única modalidade adicional que me parece adequada.

– E quanto à sangria da paciente?

Uma pausa. Então, o jovem respondeu:

– Não estou convencido de sua eficácia.

O Dr. Crouch deu uma gargalhada.

– Você... você não está convencido?

– Na fazenda onde cresci, fiz experiências com sangrias e com ventosas. Não adiantaram de nada.

– Na fazenda? Está falando de sangrar vacas?

– E porcos.

A enfermeira Agnes Poole riu consigo mesma.

– Estamos lidando com seres humanos, não com animais domésticos, Sr. Marshall – disse o Dr. Crouch. – Uma sangria terapêutica, e eu o sei por experiência própria, é muito eficiente no alívio da dor. Relaxa bastante a paciente para que ela possa dilatar. Se a ergotina e a purga não funcionarem, eu certamente sangrarei esta paciente.

O médico entregou a toalha suja para a enfermeira Poole e foi até a cama de Bernadette.

– E esta? – perguntou.

– Embora a febre tenha baixado, o corrimento está muito sujo – disse a enfermeira Poole. – Ela passa as noites em grande aflição.

Outra vez o Dr. Crouch introduziu as mãos sob o lençol para apalpar os órgãos internos. Bernadette emitiu um leve gemido.

– Sim, a pele dela está fria – concordou. – Mas, neste caso... – Ele fez uma pausa e olhou para cima. – Ela recebeu morfina?

– Diversas vezes, senhor. Conforme ordenado.

Suas mãos saíram de sob o lençol, os dedos recobertos de uma gosma brilhante e amarelada, e a enfermeira entregou-lhe a mesma toalha suja.

– Continue com a morfina – disse ele em voz baixa. – Dê-lhe conforto.

Aquilo valia como uma sentença de morte.

Cama por cama, paciente por paciente, o Dr. Crouch atravessou a enfermaria. Quando chegou à cama de Aurnia, a toalha que usava para limpar as mãos estava encharcada de sangue.

Rose levantou-se para saudá-lo.

– Dr. Crouch.

Ele franziu as sobrancelhas para ela.

– Senhorita...?

– Connolly – disse Rose, perguntando-se por que aquele homem parecia não ser capaz de lembrar seu nome. Fora ela quem o chamara à pensão onde, durante um dia e uma noite, Aurnia estivera em trabalho de parto. Rose estivera ali, ao lado da cama da irmã, todas as vezes que Crouch a visitara, embora ele sempre parecesse surpreso quando a via de novo. Mas ele não olhava para Rose realmente. Ela era apenas um acessório feminino, não merecedor de uma segunda apreciação.

Ele voltou a atenção para a enfermeira Poole.

– Como a paciente está progredindo?

– Acredito que as purgas diárias que o senhor prescreveu na noite passada melhoraram a qualidade de suas contrações. Mas ela não obedeceu às suas ordens de levantar-se da cama e caminhar pela enfermaria.

Olhando para a enfermeira Poole, Rose mal conseguia se conter. Caminhar pela enfermaria? Estavam loucos? Nos últimos cinco dias, Rose observara Aurnia ficar cada vez mais fraca. Certamente a enfermeira Poole era capaz de ver o óbvio – que sua irmã mal podia se sentar, muito menos andar. Mas a enfermeira nem mesmo olhava para Aurnia. Seu olhar de adoração estava voltado para o Dr. Crouch. Ele introduziu as mãos sob o lençol e, enquanto sondava o canal vaginal, Aurnia emitiu um gemido tão sofrido que Rose esteve a ponto de afastar o médico com um empurrão.

Ele se aprumou e olhou para a enfermeira Poole.

– Embora o saco amniótico tenha se rompido, ela ainda não está inteiramente dilatada. – Ele secou as mãos na toalha imunda. – Quantos dias já?

– Hoje é o quinto – disse a enfermeira Poole.

– Isso pede outra dose de ergotina. – Ele tomou o pulso de Aurnia. – Seus batimentos cardíacos estão rápidos. E ela está um pouco febril hoje. Uma sangria poderia resfriar o organismo.

A enfermeira Poole assentiu.

– Vou preparar a...

– Você já a sangrou o bastante – interrompeu Rose.

Todos ficaram em silêncio. O Dr. Crouch ergueu a cabeça para olhar para Rose, evidentemente surpreso.

– Qual é mesmo o seu parentesco com a paciente?

– Sou irmã dela. Eu estava aqui quando você a sangrou pela primeira vez, Dr. Crouch. E na segunda, e na terceira.

– E você pode ver o bem que isso fez a ela – disse a enfermeira Poole.

– É evidente que não fez bem algum.

– Porque você não tem treinamento, garota! Não sabe o que procurar.

– Quer que eu a trate ou não? – rebateu o Dr. Crouch.

– Sim, senhor, mas não quero que a seque de tanto sangrar!

– Meça suas palavras ou saia da enfermaria, Srta. Connolly! – disse a enfermeira Poole com frieza. – E permita que o médico faça o que é necessário.

– De qualquer modo, não terei tempo de sangrá-la hoje. – O Dr. Crouch olhou para o relógio de bolso. – Tenho um compromisso em uma hora e, depois, precisarei preparar uma aula. Verei esta paciente cedo pela manhã. Talvez, então, se torne mais óbvio para a senhorita...

– Connolly – completou Rose.

– ...para a Srta. Connolly que o tratamento de fato é necessário. – Ele fechou o relógio. – Senhores, eu os vejo na aula das 9 horas. Boa noite. – Ele meneou a cabeça e voltou-se para ir embora. Enquanto se afastava, os quatro estudantes de medicina o seguiram como patinhos obedientes.

Rose correu atrás deles.

– Senhor? Sr. Marshall, não é mesmo?

O estudante mais alto se voltou. Era o jovem de cabelos escuros que anteriormente questionara a validade de se sangrar uma mãe em trabalho de parto, aquele que dissera ter crescido na fazenda. Bastava olhar para seu terno para ver que ele tinha origens mais modestas que os outros colegas. Ela fora costureira tempo suficiente para reconhecer uma boa roupa, e o terno dele era de qualidade inferior, feito de lã áspera e disforme, carente do brilho de uma fina casimira. Enquanto os colegas continuavam a se retirar da enfermaria, o Sr. Marshall se deteve diante dela. Tinha olhos cansados, pensou Rose, e um rosto muito abatido para um jovem de sua idade. Diferente dos outros, ele a olhava nos olhos, como se a considerasse uma igual.

– Não pude deixar de ouvir o que você disse ao doutor – falou Rose. – Sobre a sangria.

O jovem balançou a cabeça.

– Acho que falei demais.

– O que disse é verdade?

– Apenas descrevi minhas observações.

– Estou errada, senhor? Devo permitir que ele sangre minha irmã?

Ele hesitou. Olhou, constrangido, para a enfermeira Poole, que os observava com uma expressão de evidente desagrado.

– Não tenho qualificações para lhe dar conselhos. Sou apenas um estudante do primeiro ano. O Dr. Crouch é meu preceptor, e um ótimo médico.

– Eu o vi sangrá-la três vezes, e em todas tanto ele quanto as enfermeiras alegaram que ela melhorou. Mas, para dizer a verdade, não vejo melhora alguma. A cada dia eu vejo apenas... – Ela parou de falar, a voz trêmula, a garganta sufocada pelas lágrimas. Em seguida, murmurou: – Só quero o melhor para Aurnia.

A enfermeira Poole se intrometeu:

– Está consultando um estudante de medicina? Acha que ele sabe mais do que o Dr. Crouch? – Ela riu com deboche. – Daria no mesmo perguntar a um cavalariço – disse ela antes de deixar a enfermaria.

O Sr. Marshall ficou calado um instante. Apenas depois que a enfermeira Poole saiu ele voltou a falar. E suas palavras, embora gentis, confirmaram os piores temores de Rose.

– Eu não a sangraria – murmurou. – Não lhe faria bem algum.

– O que faria se ela fosse sua irmã?

O homem lançou um olhar piedoso para Aurnia, que estava adormecida.

– Eu a ajudaria a sentar na cama. Aplicaria compressas frias para aplacar a febre e morfina para diminuir a dor. Acima de tudo, me certificaria de que ela fosse bem-alimentada e bebesse muito líquido. E conforto, Srta. Connolly. Se eu tivesse uma irmã sofrendo assim, seria isso que eu daria a ela.

O rapaz olhou para Rose e, antes de ir embora, repetiu com tristeza:

– Conforto.

Rose enxugou as lágrimas e voltou para junto da cama de Aurnia, passando por uma mulher que vomitava em uma bacia e outra cuja perna estava vermelha e inchada pela erisipela. Mulheres em trabalho de parto, mulheres que sofriam. Lá fora caía uma chuva fria de novembro, mas ali dentro, com o fogão a lenha queimando e as janelas fechadas, o ar estava abafado, asfixiante e impregnado de doenças.

Terei errado ao trazê-la para o hospital?, perguntou-se Rose. Deveria tê-la mantido em casa, onde não seria obrigada a ouvir gemidos e lamentos a noite inteira? O quarto na pensão era pequeno e frio, e o Dr. Crouch recomendara que Aurnia fosse levada para o hospital, onde poderia atendê-la melhor.

– Para casos de caridade como o de sua irmã, cobraremos apenas o que sua família puder pagar – assegurara-lhe o Dr. Crouch. – Comida quente, uma equipe de enfermeiras e médicos, tudo isso estará esperando por ela.

Mas não aquilo, pensou Rose, olhando para as fileiras de mulheres em agonia. Seu olhar deteve-se em Bernadette, que agora estava em silêncio. Lentamente, Rose aproximou-se da cama, olhando para a jovem que, havia apenas cinco dias, sorrira ao segurar nos braços o filho recém-nascido.

Bernadette parara de respirar.

3

— Quanto tempo mais vai demorar esta maldita chuva? – perguntou Edward Kingston, olhando para o aguaceiro.

Wendell Holmes soltou uma baforada de charuto que escapou da cobertura da varanda do hospital e se desfez em redemoinhos ao ser atingida pela chuva.

– Por que a impaciência? Parece que tem um compromisso importante.

– E tenho. Com uma taça de um excepcional clarete.

– Vamos ao Hurricane? – perguntou Charles Lackaway.

– Se minha carruagem aparecer. – Edward olhou para a rua, onde passavam cavalos e carruagens, rodas levantando torrões de lama.

Embora Norris Marshall também estivesse na varanda do hospital, o abismo que o separava de seus colegas seria evidente para qualquer um que olhasse para os quatro jovens. Norris estava em Boston havia pouco tempo, um menino de fazenda de Belmont que aprendera medicina em livros emprestados e que recolhera ovos e ordenhara vacas para pagar suas aulas de latim. Ele jamais estivera na taberna Hurricane. Nem mesmo sabia onde ficava. Seus colegas, todos graduados em Harvard, conversavam sobre gente que ele não conhecia e compartilhavam piadas particulares que ele não entendia, e embora fizessem um esforço evidente para excluí-lo, aquilo não era necessário. Era óbvio que ele não fazia parte de seu círculo social.

Edward suspirou, expelindo uma baforada de fumaça.

– Viu o que aquela garota disse para o Dr. Crouch? Que audácia! Se alguma de nossas irlandesas falasse assim, minha mãe a expulsaria de casa aos tapas.

– Sua mãe me apavora – disse Charles, assustado.

– Minha mãe diz que é importante que os irlandeses aprendam o seu lugar. É o único meio de manter a ordem, com toda essa gente nova se mudando para a cidade e criando confusão.

Gente nova. Norris era um deles.

– As irlandesas são as piores. Não podemos lhes dar as costas que elas roubam nossas camisas do armário. Você percebe que algo está faltando e elas alegam que se perdeu na lavagem ou que o cachorro comeu – desdenhou Edward. – Mulheres assim precisam saber o seu lugar.

– A irmã dela pode estar morrendo – comentou Norris.

Os três graduados de Harvard se voltaram, obviamente surpresos que seu colega geralmente reticente tivesse dito alguma coisa.

– Morrendo? Uma declaração muito dramática – disse Edward.

– Cinco dias de trabalho de parto e já parece um cadáver. O Dr. Crouch pode sangrá-la o quanto quiser, mas as perspectivas não são nada boas. A irmã sabe disso. Ela falou movida pela dor.

– Ainda assim, devia se lembrar de onde vem a caridade.

– E ser grata por qualquer migalha?

– O Dr. Crouch não é obrigado a tratá-la. Ainda assim, a irmã age como se tivesse esse direito. – Edward apagou o charuto no parapeito recém-pintado. – Um pouco de gratidão não lhe faria mal.

Norris sentiu o rosto corar. Estava a ponto de dar uma resposta agressiva em defesa da jovem quando Wendell, tranquilamente, mudou de assunto.

– Há alguma poesia nisso, não acham? "A jovem e feroz irlandesa."

Edward suspirou.

– Não, por favor. Não me venha com outro de seus versos horrorosos.

– Que tal este título? – perguntou Charles. – "Ode a Uma Irmã Fiel"?

– Gostei! – disse Wendell. – Deixe-me tentar. – Fez uma pausa. – "Eis a guerreira mais feroz, esta donzela atraente e honesta..."

– "A vida da irmã é o seu campo de batalha..." – acrescentou Charles.

– "E ela... ela..." – Wendell tentou criar o verso seguinte do poema.

– "Mantém a guarda, destemida!" – terminou Charles.

Wendell riu.

– A poesia volta a triunfar!

– Enquanto o restante de nós sofre por isso – murmurou Edward.

A tudo Norris ouviu com o incisivo desconforto de alguém de fora. Quão facilmente seus colegas riam juntos. Quão pouco bastava, apenas alguns versos improvisados, para lembrá-lo de que aqueles três compartilhavam uma história da qual ele não fazia parte.

Wendell subitamente se empertigou e olhou através da chuva.

– É sua carruagem, não é mesmo, Edward?

– Já não era sem tempo. – Edward ergueu o colarinho contra o vento. – Vamos, cavalheiros?

Os três colegas de Norris desceram os degraus da varanda. Edward e Charles atravessaram a chuva e entraram na carruagem. Mas Wendell fez uma pausa, olhou por sobre os ombros para Norris e voltou a subir.

– Não vem conosco? – perguntou Wendell.

Surpreso com o convite, Norris não respondeu imediatamente. Embora fosse uma cabeça mais alto que Wendell Holmes, havia muito naquele baixinho que o intimidava. Era mais do que as roupas sempre na moda e sua célebre língua afiada. Era o seu ar de total segurança. O fato de ele convidá-lo a se juntar ao grupo pegara Norris desprevenido.

– Wendell! – gritou Edward da carruagem. – Vamos!

– Vamos ao Hurricane – disse Holmes. – Vamos até lá todas as noites. – Fez uma pausa. – Ou você tem outros planos?

– É muito gentil de sua parte. – Norris olhou para os outros dois que esperavam na carruagem. – Mas não creio que o Sr. Kingston esperasse uma terceira pessoa.

– Acho que o Sr. Kingston devia estar mais habituado ao inesperado – disse Wendell em meio a uma risada. – De qualquer modo, não é ele quem o está convidando. Sou eu. Então, vai nos acompanhar em uma rodada de rum com gemada?

Norris olhou para a chuva intermitente e sentiu-se tentado a compartilhar do calor do fogo que certamente queimava no Hurricane. Mais que isso, sentiu-se tentado a aproveitar a oportunidade que lhe era oferecida, a chance de estar com os colegas, de desfrutar de sua companhia, mesmo que apenas naquela noite. Sentia Wendell observando-o. Aqueles olhos, geralmente debochados, sempre prometendo uma tirada espirituosa, haviam se tornado incomodamente penetrantes.

– Wendell! – agora era Charles quem chamava da carruagem, a voz alterada em um gemido angustiado. – Estamos congelando aqui!

– Lamento – disse Norris. – Infelizmente tenho outro compromisso esta noite.

– É mesmo? – A sobrancelha de Wendell ergueu-se com malícia. – Imagino ser uma alternativa encantadora.

– Infelizmente não se trata de uma mulher. Mas é um compromisso ao qual não posso faltar.

– Entendo – disse Wendell, embora evidentemente não entendesse, pois seu sorriso esfriou e ele fez menção de se voltar para ir embora.

– Não é que eu não queira ir...

– Tudo bem. Outra vez, quem sabe?

Não haveria outra vez, pensou Norris enquanto observava Wendell atravessar a rua correndo para entrar na carruagem com os dois colegas. O condutor chicoteou os cavalos e a carruagem se foi, as rodas esparramando a água das poças. Norris imaginou a conversa que logo teria início entre os três amigos na carruagem. Deviam estar indignados por um reles garoto de fazenda de Belmont ter ousado recusar o convite. Certamente teriam prioridade as especulações a respeito de qual outro compromisso importante Norris poderia ter que não fosse com uma representante do belo sexo. Ele se deixou ficar na varanda, agarrando o parapeito com frustração por algo que não podia mudar, que jamais mudaria.

A carruagem de Edward Kingston dobrou a esquina, transportando três homens para uma noite de alegre convívio, conversas e bebidas ao redor do fogo. Enquanto eles estiverem sentados no Hurricane, pensou Norris, estarei envolvido em uma atividade bem diferente, que evitaria se pudesse.

Abraçou a si mesmo para se proteger do frio, saiu em meio ao aguaceiro e caminhou resoluto para seus aposentos, onde vestiria roupas velhas antes de sair outra vez naquela chuva.

O LUGAR QUE ele procurava era uma taberna na rua Broad, perto das docas. Ali não encontraria graduados em Harvard vestindo roupas da moda ou bebendo rum com gemada. Caso um daqueles cavalheiros entrasse acidentalmente no Black Spar, saberia, apenas olhando ao redor, que seria prudente prestar atenção na carteira.

Norris tinha pouca coisa de valor nos bolsos naquela noite – na verdade, todas as noites –, e seu casaco surrado e suas calças sujas de lama não inspirariam os possíveis ladrões. Ele conhecia a maioria dos frequentadores, e todos sabiam que ele era pobre. Apenas ergueram a cabeça para olhar para a porta, identificaram o recém-chegado e voltaram os olhares desinteressados para seus copos.

Norris foi até o bar, onde Fanny Burke, a atendente de rosto redondo, enchia canecas de cerveja Ale. Ela olhou para ele com olhos pequenos e maliciosos.

– Você está atrasado, e ele está com um péssimo humor.

– Fanny! – gritou um dos clientes. – Essas bebidas vêm ou não?

A mulher levou as canecas de Ale e bateu-as com força na mesa. Embolsando o dinheiro, voltou para trás do bar.

– Ele está lá atrás, com a carroça – disse Fanny para Norris. – Está esperando por você.

Norris não tivera tempo de jantar e olhava faminto para um pão que ela guardava atrás do balcão. Mas não se deu o trabalho de pedir um pedaço. Fanny Burke nada dava de graça, nem mesmo sorrisos. Com o estômago roncando, ele abriu uma porta, desceu um corredor escuro atulhado de caixotes e lixo e saiu ao ar livre.

O pátio dos fundos fedia a feno molhado e bosta de cavalo, e a chuva interminável transformara o terreno em um mar de lama. Sob o telhado do estábulo, um cavalo relinchou, e Norris viu que já estava atrelado à carroça.

– Na próxima vez não vou esperar, rapaz! – disse o marido de Fanny, Jack, que emergiu das sombras. Segurava duas pás, que jogou na traseira da carroça. – Se quiser ser pago, chegue na hora. – Com um gemido, subiu na carroça e tomou as rédeas. – Você vem?

Pelo brilho da lanterna do estábulo Norris notou que Jack olhava para ele e sentiu a mesma confusão de sempre: para qual olho deveria olhar? Os olhos do taberneiro apontavam em direções diferentes. *Jack Zarolho* era como o chamavam, embora nunca na sua frente. Ninguém ousava fazê-lo.

Norris sentou-se ao lado de Jack, que nem mesmo esperou que ele se acomodasse antes de dar uma chicotada impaciente no cavalo. Atravessaram o pátio lamacento e saíram pelo portão dos fundos.

A chuva açoitava seus chapéus e corria em fios sobre seus casacos, mas Jack Zarolho mal parecia notar. Estava sentado como uma gárgula ao lado de Norris, vez por outra agitando as rédeas quando o cavalo diminuía o passo.

– Quão longe iremos desta vez? – perguntou Norris.

– Para fora da cidade.

– Mas onde?

– E isso importa? – Jack pigarreou e escarrou no chão.

Não, não importava. Para Norris, aquela era uma noite que ele simplesmente teria de suportar, por mais miserável que fosse. Na fazenda, ele não tinha medo de trabalho pesado e chegava a gostar da dor que sentia nos músculos ao fim do dia, mas aquele tipo de trabalho podia provocar pesadelos em um homem. Ao menos em um homem normal. Ele olhou para Jack Burke e perguntou-se o que causaria pesadelos naquele sujeito, se é que isso seria possível.

A carroça atravessava ruas pavimentadas de seixos enquanto as pás chacoalhavam na traseira, uma lembrança permanente da tarefa desagradável que os esperava. Norris pensou nos colegas de faculdade, que àquela altura desfrutavam do calor do Hurricane e pediam a última rodada antes de irem para casa estudar a *Anatomia* de Wistar. Também preferia estar estudando, mas aquele era o trato que fizera com a faculdade, uma barganha com a qual ele, agradecido, concordara. Fazia aquilo por uma causa nobre, pensou enquanto saíam de Boston rumo ao oeste, enquanto as pás chacoalhavam e a carroça rangia ao ritmo das palavras que martelavam em sua mente: *Uma causa nobre. Uma causa nobre.*

– Passei por aqui há dois dias – disse Jack antes de voltar a cuspir. – Parei naquela taberna. – Ele apontou, e através do véu da chuva Norris viu uma janela iluminada. – Tive uma bela conversa com o proprietário.

Norris esperou calado. Havia um motivo para Jack mencionar aquilo. O sujeito não era de conversa fiada.

– Disse que há uma família inteira na cidade, duas mulheres jovens e um irmão, doentes de tuberculose. Todos muito pobres. – Emitiu um som que podia ser uma risada. – Vou verificar de novo amanhã, para ver se estão prontos para bater as botas. Com sorte, teremos três de uma vez. – Jack olhou para Norris. – Vou precisar de você.

Norris meneou a cabeça mecanicamente, seu desagrado por aquele homem subitamente tão intenso que mal conseguia ficar sentado ao lado dele.

– Ah, você acha que é bom demais para isso, não é mesmo? – perguntou Jack.

Norris não respondeu.

– Bom demais para andar com alguém como eu.

– Faço isso por uma causa nobre.

Jack riu.

– Palavras grandiosas para um fazendeiro. Acha que vai ficar rico, não é mesmo? Ter terras...

– Não é isso.

– Então é ainda mais idiota do que pensei. Qual a vantagem se não há dinheiro envolvido?

Norris suspirou.

– Sim, Sr. Burke, claro que você está certo. Dinheiro é a única coisa pela qual vale a pena trabalhar.

– Você acha que vai se tornar um desses cavalheiros? Acha que o convidarão para suas festas elegantes regadas a ostras? Acha que deixarão que corteje as suas filhas?

– Vivemos em outros tempos. Hoje, qualquer um pode subir na escala social.

– Você acha que eles sabem disso? Aqueles cavalheiros de Harvard? Acha que lhe darão as boas-vindas?

Norris ficou em silêncio, perguntando-se se Jack não teria razão. Pensou outra vez em Wendell Holmes, Kingston e Lackaway, sentados no Hurricane, lado a lado com seus pares. Outro mundo, comparado ao infecto Black Spar, onde Fanny Burke reinava sobre um séquito de desesperançados. Eu também poderia estar no Hurricane esta noite, pensou. Wendell o convidara. Mas o fizera por gentileza ou por piedade?

Jack agitou as rédeas, e a carroça avançou sobre a lama e os veios da estrada.

– Ainda falta – disse ele, rindo debochado. – Espero que o cavalheiro goste do passeio.

Quando Jack finalmente parou a carroça, as roupas de Norris estavam completamente encharcadas. Tenso e tremendo de frio, ele conseguiu que os músculos obedecessem ao sair da carroça. Seus sapatos afundaram na lama até a altura dos tornozelos.

Jack entregou-lhe as pás.

– Seja rápido.

O taberneiro pegou uma colher de pedreiro e uma lona, então avançou sobre a grama encharcada. Ainda não acendera a lanterna, uma vez que não queria ser visto. Parecia conhecer o caminho por instinto, contornando as lápides até parar diante da terra crua. Não havia marco, apenas um monte de terra transformado em lama pela chuva.

– O enterro foi hoje – disse Jack, pegando uma pá.

– Como soube?

– Perguntei. Ouvi dizer. – Ele olhou para a tumba. – A cabeça deve estar deste lado. – E tirou uma pá de lama. – Estive aqui há umas duas semanas – disse ele, jogando a lama de lado. – Soube que estava prestes a bater as botas.

Norris também começou a trabalhar. Embora fosse um enterro recente e a terra não tivesse assentado, o solo estava pesado de tão encharcado. Após cavar apenas alguns minutos, já não sentia mais frio.

– Alguém morre, as pessoas comentam – disse Jack, ofegante. – Fique atento e saberá que alguém está para partir. Encomendam caixões, compram flores. – Jack jogou de lado outra pá de lama e fez uma pausa, respirando com dificuldade. – O truque é não deixar que notem que está interessado. Se ficarem desconfiados, você se encrenca.

Ele voltou a cavar, mas em um ritmo mais lento. Norris fazia a parte do leão, sua pá cavando cada vez mais fundo. A chuva continuava a cair, acumulando-se no buraco, e as calças de Norris estavam cobertas de lama até os joelhos. Logo Jack parou de cavar e saiu do buraco para se agachar na borda. Sua respiração sibilante estava tão alta que Norris ergueu a cabeça para ver se o sujeito não estava a ponto de ter um colapso. Este era o único motivo de o velho miserável desejar compartilhar um tostão de seus lucros, o único motivo de ter arranjado um assistente: ele não conseguia mais fazer aquilo sozinho. Sabia onde eram os sepultamentos, mas precisava das costas e dos músculos de um jovem para escavá-los. Jack se agachou e observou o trabalho do ajudante enquanto o buraco ficava ainda mais fundo.

A pá de Norris atingiu madeira.

– Já era hora – resmungou Jack. Sob a cobertura da lona, acendeu a lanterna, pegou a pá e voltou a entrar no buraco. Os dois afastaram a lama do caixão, trabalhando tão próximos no espaço exíguo que Norris podia sentir o hálito nauseabundo de Jack, que fedia a tabaco e a dentes podres. Aquele cadáver não devia feder tanto. Pouco a pouco, retiraram a lama, revelando a tampa do caixão.

Jack encaixou dois ganchos de ferro sob a tampa e entregou uma das cordas para Norris. Saíram do buraco e forçaram a tampa, grunhindo e puxando enquanto os pregos guinchavam e a madeira rangia. Subitamente, a tampa arrebentou e a corda afrouxou, fazendo com que Norris caísse de costas.

– Isso! É o bastante! – disse Jack. Em seguida, baixou a lanterna no buraco e olhou para o ocupante do caixão.

Através da tampa arrebentada via-se o corpo de uma mulher, pele pálida como parafina. Cachos de cabelo dourado ornavam um rosto oval, e pousado sobre o corpete havia um buquê de flores secas, as pétalas se desintegrando sob a chuva. Tão bela, pensou Norris. Um anjo chamado ao céu antes da hora.

– Tão fresco quanto possível – disse Jack com uma gargalhada de satisfação. Ele introduziu as mãos pela tampa quebrada e enfiou-as sob os braços da jovem. Era bem leve para que pudesse erguê-la do caixão sem ajuda. Ainda assim, Jack ofegava após tirá-la do buraco e deitá-la sobre a lona. – Vamos arrancar as roupas dela.

Subitamente nauseado, Norris não se moveu.

– O que foi? Não deseja tocar o corpo de uma bela senhorita?

Norris balançou a cabeça em negativa.

– Ela merecia algo melhor que isso.

– Você não teve problemas com o último que desenterramos.

– Era um velho.

– E esta é uma jovem. Qual a diferença?

– Você sabe qual é a diferença!

– Tudo o que sei é que vou ganhar a mesma coisa. E que ela será muito mais agradável de despir. – Gargalhou em voz baixa, ansioso, e sacou uma faca. Não teve tempo nem paciência para abrir os ganchos e os botões. Simplesmente introduziu a lâmina sob a gola do vestido e cortou o tecido, abrindo a frente da roupa para revelar uma camisa de gaze que ela usava por baixo. Trabalhou com gosto, rasgando metodicamente a saia e retirando-lhe as pequenas sandálias de cetim. Norris mal conseguia olhar, chocado com a violação da intimidade daquela jovem. Ainda mais por estar sendo violada por um homem como Jack Burke. Contudo, sabia que aquilo precisava ser feito. A lei considerava o ato imperdoável. Ser flagrado com um cadáver roubado já era grave. Ser flagrado com objetos roubados de um cadáver, mesmo que fosse um fragmento de vestido, era se arriscar a penas ainda mais severas. Deviam levar apenas o corpo. Portanto, Jack tirou-lhe as roupas, os anéis, as fitas de cetim dos cabelos e jogou tudo dentro do caixão. Então, olhou para Norris.

– Vai me ajudar a levá-la até a carroça? – resmungou.

Norris olhou para o corpo desnudo, a pele branca como alabastro. Ela era dolorosamente magra, o corpo consumido por alguma doença longa e impiedosa. Não podia ser salva agora, mas talvez algo de bom ainda pudesse resultar de sua morte.

– Quem esta aí? – gritou uma voz ao longe. – Quem invadiu?

O grito fez Norris se atirar ao chão. Imediatamente, Jack apagou a lanterna e sussurrou:

– Tire-a daqui!

Norris arrastou o corpo de volta à cova aberta, então ele e Jack também entraram no buraco. Espremido dentro da tumba, Norris sentiu o coração bater contra a pele gelada do cadáver. Não ousou se mover. Tentou escutar os passos do vigia se aproximando, mas tudo o que conseguia ouvir era o barulho da chuva e as batidas de seu próprio coração. A mulher permanecia deitada embaixo dele, como uma amante condescendente. Será que algum outro homem conhecera o toque de sua pele ou sentira a curvatura de seus seios desnudos? *Ou serei o primeiro?*

Foi Jack quem finalmente ousou erguer a cabeça e olhar para fora.

– Não o vejo – sussurrou.

– Pode ainda estar de vigia.

– Nenhum homem racional ficaria exposto a esta chuva mais tempo do que o necessário.

– E quanto a nós?

– Hoje, a chuva é nossa aliada. – Jack grunhiu ao se erguer, esticando as juntas enrijecidas. – Melhor removê-la logo.

Não voltaram a acender a lanterna, preferindo trabalhar no escuro. Enquanto Jack erguia os pés, Norris agarrou o corpo nu por debaixo dos braços e sentiu o cabelo molhado da jovem roçar-lhe os braços quando a ergueu de dentro do buraco. Qualquer doce fragrância que outrora tivesse abençoado aqueles cachos dourados era então mascarada por um suave aroma de decomposição. Seu corpo já começara a inevitável escalada da putrefação, que logo erodiria sua beleza à medida que a pele se desintegrasse e os olhos afundassem nas cavidades. No momento, porém, a jovem ainda era um anjo, e ele a manipulou com gentileza ao baixá-la delicadamente sobre a lona.

A chuva diminuiu enquanto eles rapidamente voltavam a tapar o buraco, enchendo de lama o caixão vazio. Deixar a cova aberta seria um claro indício de que ladrões de sepulturas haviam estado trabalhando por ali, de que o corpo de um ente querido fora roubado. Demoraram-se apagando os vestígios de sua presença para não suscitar uma investigação. Quando a última pá de terra foi devolvida à cova, alisaram o terreno o melhor que puderam com suas pás, trabalhando sob a luz sutil que atravessava as nuvens. Com o tempo, a grama cresceria, uma lápide seria erguida e seus entes queridos viriam depositar flores em uma tumba na qual não haveria ninguém.

Embrulharam o cadáver na lona, e Norris carregou-o em seus braços como um noivo transportando a noiva recém-casada. Ela era leve, tão miseravelmente leve que ele não teve dificuldade para carregá-la pisando na grama molhada e passando pelas tumbas daqueles que haviam morrido antes dela. Delicadamente, pousou-a sobre a carroça. Sem qualquer cerimônia, Jack jogou as pás ao lado do corpo.

Foi tratada com o mesmo cuidado que as ferramentas que retiniam ao seu lado, o corpo chacoalhando com a carga enquanto voltavam para a cidade sob uma garoa gelada. Norris não via motivo para trocar palavras com Jack, desejando apenas que a noite terminasse para que pudesse se afastar daquele sujeito repulsivo. À medida que se aproximavam da cidade, compartilhavam a estrada com outras carroças e carruagens, com outros condutores que acenavam e ocasionalmente gritavam comentários a respeito da situação em que se encontravam. *Que noite para sair de casa, não é mesmo? Tremenda sorte a nossa! Vai nevar pela manhã!* Jack retribuía as saudações sem trair a ansiedade que sentia pelo fato de a carga que transportavam ser proibida.

Quando entraram na rua calçada de seixos atrás da loja do boticário, Jack assobiava, sem dúvida pensando no dinheiro que logo embolsaria. Jack pulou da carroça e bateu à porta dos fundos. Um instante depois a porta se abriu e Norris viu o brilho de uma luz pela fresta.

– Temos um – disse Jack.

A porta se abriu mais um pouco, revelando um homem forte e barbudo que segurava uma lamparina. Àquela hora, já estava de pijama.

– Traga-o para dentro, então. E seja discreto.

Jack cuspiu nas pedras do calçamento e voltou-se para Norris.

– Bem, vamos. Traga-a para dentro.

Norris ergueu o corpo coberto pela lona e entrou na loja. O homem com a lamparina cumprimentou o rapaz com um menear de cabeça.

– Lá em cima, Dr. Sewall? – perguntou Norris.

– Você sabe o caminho, Sr. Marshall.

Sim, Norris conhecia o caminho, pois aquela não era sua primeira visita àquele beco escuro, nem a primeira vez que carregava um corpo por aquela escada estreita. Na última visita, tivera muito trabalho para arrastar o cadáver corpulento escada acima, pernas gordas e nuas chocando-se contra os degraus. Naquela noite, porém, o fardo era bem mais leve, pouco mais pesado que uma criança. O rapaz chegou ao segundo andar e parou no escuro. O Dr. Sewall passou por ele e subiu até o corredor, seus passos fazendo ranger as tábuas do chão, a chama da lamparina projetando sombras nas paredes. Norris seguiu Sewall através da última porta, até uma sala onde uma mesa esperava a preciosa mercadoria. Ele baixou o corpo delicadamente. Jack o seguiu escada acima e parou em uma das extremidades da mesa, o som de sua respiração entrecortada mais evidente por conta do silêncio.

Sewall aproximou-se da mesa e puxou a lona.

À luz bruxuleante, o rosto da jovem parecia iluminado pelo brilho róseo da vida. De seus cabelos pingavam gotas de chuva que escorriam como lágrimas por seu rosto.

– Sim, ela está em boas condições – murmurou o Dr. Sewall enquanto tirava a lona, expondo o torso nu da jovem.

Norris precisou conter a vontade de segurar a mão do médico e evitar a violação da intimidade daquela jovem. Viu, desgostoso, o brilho lascivo nos olhos de Jack, a ansiedade com a qual se inclinou para olhar mais de perto. Olhando para o rosto da jovem, Norris pensou: lamento que tenha de sofrer tal indignidade.

Sewall empertigou-se e meneou a cabeça.

– Ela serve, Sr. Burke.

– E também se prestará a algum bom divertimento – disse Jack com um sorriso malicioso.

– Não fazemos isso por divertimento – retorquiu Sewall. – Ela servirá a uma causa maior. Conhecimento.

– Oh, é claro – disse Jack. – Então, onde está o dinheiro? Gostaria de ser pago por todo esse *conhecimento* que estou lhes proporcionando.

Sewall pegou uma pequena bolsa de pano, que entregou para Jack.

– Seu pagamento. Receberá a mesma quantia quando trouxer outro corpo.

– Há apenas 15 dólares aqui. Combinamos 20.

– Você requisitou os serviços do Sr. Marshall esta noite. Os 5 dólares serão creditados para o pagamento dos estudos dele. São 20 dólares ao todo.

– Sei contar muito bem – disse Jack, enfiando o dinheiro no bolso. – E, pelo que lhe forneço, isso não chega perto de ser o bastante.

– Estou certo de que posso conseguir outra pessoa que fique satisfeita com o pagamento.

– Mas nenhuma que entregue um produto assim tão fresco. Tudo o que vai conseguir é carne podre repleta de vermes.

– Vinte dólares por espécime é o que pago. Se você precisa ou não de um ajudante é problema seu. Mas duvido que o Sr. Marshall trabalhe sem a compensação adequada.

Jack lançou um olhar ressentido para Norris.

– Ele só faz o trabalho pesado. Sou eu quem descobre onde encontrar os corpos.

– Então, continue a encontrá-los.

– Oh, certamente encontrarei. – Jack voltou-se para ir embora. À porta, fez uma pausa, voltou-se e olhou para Norris com relutância. – No Black Spar, quinta-feira à noite, às 19h – disse antes de ir. Eles ouviram seus passos descendo a escada e, pouco depois, a porta bateu.

– Não há ninguém mais a quem apelar? – perguntou Norris. – Esse sujeito é nojento.

– Mas assim são as pessoas com quem somos obrigados a trabalhar. Todos os ladrões de sepulturas são iguais. Se nossas leis fossem mais sábias, vermes como ele não estariam neste negócio. Até lá, somos forçados a lidar com gente como o Sr. Burke. – Sewall foi até a mesa e olhou para a jovem. – Ao menos ele consegue cadáveres utilizáveis.

– Adoraria qualquer outro emprego que não esse, Dr. Sewall.

– Quer se tornar médico, não quer?

– Sim, mas não quero trabalhar com aquele sujeito. Não há nenhuma outra tarefa que eu possa realizar?

– Não há necessidade mais premente para nossa faculdade do que a aquisição de espécimes.

Norris olhou para a jovem e murmurou:

– Não creio que ela algum dia tenha se imaginado como um espécime.

– Todos somos espécimes, Sr. Marshall. Tire a alma e todo corpo é igual a outro. Coração, pulmões, rins. Sob a pele, até mesmo uma jovem encantadora como esta é igual. Claro, é sempre uma tragédia alguém morrer tão jovem. – O Dr. Sewall puxou a lona sobre o cadáver. – Contudo, na morte ela servirá a uma causa nobre.

4

O som dos gemidos despertou Rose. Em algum momento da noite ela adormecera na cadeira ao lado da cama de Aurnia. Ergueu a cabeça, o pescoço dolorido, e viu que os olhos da irmã estavam abertos, o rosto retorcido de dor.

Rose se endireitou na cadeira.

– Aurnia?

– Não suporto mais. Quisera morrer agora.

– Querida, não diga uma coisa dessas.

– A morfina... não me alivia.

Rose subitamente olhou para o lençol de Aurnia e viu uma mancha de sangue fresco. Levantou-se, alarmada.

– Vou chamar a enfermeira.

– E o padre, Rose. Por favor.

Rose saiu correndo da enfermaria. Lâmpadas de óleo iluminavam debilmente as sombras, e suas chamas tremularam quando a menina passou correndo. Quando voltou à cama da irmã com a enfermeira Robinson e a enfermeira Poole, a mancha vermelha nos lençóis de Aurnia aumentara. A Srta. Poole olhou assustada para o sangue e disse para a outra enfermeira:

– Vamos levá-la imediatamente para a sala de cirurgia!

Não havia tempo de chamar o Dr. Crouch. Em vez disso, o jovem médico residente, o Dr. Berry, foi acordado em seus aposentos no hospital. Cabelo louro despenteado, olhos vermelhos, sonolento, o Dr. Berry chegou à sala de cirurgia para onde Aurnia fora levada às pressas. E instantaneamente empalideceu ao se dar conta da intensidade da hemorragia.

– Precisamos agir rápido! – exclamou, remexendo a bolsa de instrumentos. – Devemos esvaziar o útero. O bebê talvez tenha de ser sacrificado.

Aurnia emitiu um grito angustiado de protesto.

– Não, meu bebê precisa viver!

– Segurem-na – ordenou o médico. – Isso será doloroso.

– Rose, nao deixe que matem o bebê! – implorou Aurnia.

– Srta. Connolly, saia da sala! – ordenou Agnes Poole.

– Não, vamos precisar dela – disse o Dr. Berry.

– Há duas de nós para conter a paciente.

– Talvez você e a enfermeira Robinson não sejam suficientes.

Aurnia se contorceu com uma nova contração, e seu gemido transformou-se em um grito.

– Oh, meu Deus, que dor!

– Amarre as mãos da paciente, Srta. Poole – ordenou o Dr. Berry. Ele olhou para Rose. – E você, menina! É irmã dela?

– Sim, senhor.

– Venha aqui e mantenha-a calma. Ajude a contê-la caso seja preciso.

Trêmula, Rose aproximou-se da cama. O cheiro metálico de sangue era avassalador. O colchão estava encharcado de vermelho brilhante e o sangue manchava as coxas expostas de Aurnia, todas as tentativas de preservar seu recato esquecidas pela preocupação mais premente de salvar-lhe a vida. Ao olhar para o rosto acinzentado do jovem Dr. Berry, Rose percebeu que a situação era gravíssima. E ele era muito jovem, certamente jovem demais para uma crise daquela natureza, o bigode uma leve penugem acima do lábio superior. O médico espalhou os instrumentos cirúrgicos sobre uma mesa baixa e procurou ansiosamente a ferramenta adequada. O instrumento que escolheu era um aparelho assustador, aparentemente projetado para cortar e esmagar.

– Não machuque meu bebê – gemeu Aurnia. – Por favor.

– Tentarei preservar a vida de seu bebê – disse o Dr. Berry. – Mas preciso que fique quieta, senhora. Compreende?

Aurnia conseguiu menear levemente a cabeça.

As duas enfermeiras amarraram as mãos de Aurnia e foram para o pé da cama, onde cada uma agarrou uma das pernas dela.

– Você, menina! Segure os ombros dela – ordenou a enfermeira Poole. – Mantenha-a pressionada contra a cama.

Rose foi até a cabeceira e pousou as mãos sobre os ombros de Aurnia. O rosto pálido da irmã estava voltado para o dela, longos cabelos ruivos espalhados sobre o travesseiro, olhos verdes tomados de pânico. Sua pele brilhava de suor e medo. Subitamente, seu rosto se contorceu de dor e ela tentou se levantar, erguendo a cabeça da cama.

– Segurem-na! Segurem-na! – ordenou o Dr. Berry.

Agarrando o fórceps monstruoso, o médico inclinou-se entre as pernas de Aurnia, e Rose agradeceu por não ver o que ele fez a seguir. Aurnia gritou como se a própria alma estivesse sendo extirpada de seu corpo. Um jato avermelhado atingiu a face do médico, que se afastou abruptamente, a camisa salpicada de sangue.

A cabeça de Aurnia tombou de volta sobre o travesseiro e ela ficou ofegante, seus berros reduzidos a gemidos. Em meio à súbita calmaria, outro som se fez ouvir. Um estranho miado que pouco a pouco se transformou em choro.

O bebê. O bebê está vivo!

O médico se levantou carregando em seus braços a recém-nascida cuja pele azulada estava rajada de sangue. Entregou o bebê à enfermeira Robinson, que rapidamente o embrulhou em uma toalha.

Rose olhou para a camisa do médico. Tanto sangue! Para toda parte que olhasse – o colchão, os lençóis – havia sangue. Olhou para o rosto da irmã e viu que seus lábios se moviam. Mas, por causa do choro da recém-nascida, não conseguiu entender o que ela dizia.

A enfermeira Robinson levou o bebê até a cama de Aurnia.

– Eis sua filha, Sra. Tate. Veja como é linda!

Aurnia olhou para a filha.

– Margaret – murmurou.

Rose sentiu as lágrimas afluírem aos seus olhos. Era o nome de sua mãe. *Se ao menos estivesse viva para conhecer a primeira neta...*

– Avise-o – sussurrou Aurnia. – Ele não sabe.

– Vou mandar buscá-lo. Eu *farei* com que venha – disse Rose.

– Você precisa dizer para ele onde estou.

– Ele sabe onde você está.

Eben simplesmente nunca se incomodou em visitá-la.

– Há muito sangue. – O Dr. Berry introduziu a mão entre as pernas de Aurnia, que estava tão aturdida que mal fez uma careta de dor. – Mas não estou sentindo nenhuma placenta retida.

O médico jogou para o lado o fórceps ensanguentado. Apertando a barriga de Aurnia, massageou vigorosamente seu abdome. O sangue continuou a encharcar os lençóis, formando uma mancha cada vez mais ampla. Ele ergueu a cabeça, e seus olhos agora refletiam os primeiros sinais de pânico.

– Água fria – ordenou. – Tanta água fria quanto conseguirem! Precisaremos de compressas. E ergotina!

A enfermeira Robinson pousou o bebê no berço e saiu às pressas do quarto para pegar o que lhe fora pedido.

– Ele não sabe – gemeu Aurnia.

– Ela *precisa* ficar quieta! – ordenou o Dr. Berry. – Está piorando a hemorragia!

– Antes que eu morra, alguém precisa lhe dizer que ele tem uma filha...

A porta se abriu e a enfermeira Robinson voltou trazendo uma bacia de água.

– É o mais frio que consegui, Dr. Berry – disse ela.

O médico encharcou uma toalha, torceu-a e pousou a compressa gelada no abdome da paciente.

– Dê-lhe a ergotina!

No berço, a recém-nascida começou a chorar mais alto, o grito mais agudo após cada inspiração. A enfermeira Poole subitamente se irritou e disse:

– Pelo amor de Deus, tirem esse bebê daqui!

A enfermeira Robinson fez menção de obedecer, mas a enfermeira Poole disse:

– Você, não! Preciso de você aqui. Dê o bebê para ela. – E apontou para Rose. – Pegue sua sobrinha e a acalme. Precisamos cuidar de sua irmã.

Rose pegou o bebê no colo e caminhou relutante até a porta. Ali ela parou e olhou outra vez para Aurnia. Os lábios dela estavam ainda mais pálidos, os últimos resíduos de cor lentamente se esvaindo de seu rosto enquanto ela murmurava palavras silenciosas.

Por favor, seja piedoso, Senhor. Se ouvir esta oração, permita que minha doce irmã sobreviva.

Rose saiu do quarto. Ali, no corredor sombrio, ninou o bebê, que não parava de chorar. Ela roçou um dedo na boca da pequena Margaret, e gengivas sem dentes começaram a sugá-lo. Silêncio, afinal. Uma rajada de vento frio invadiu o corredor escuro, e duas das lâmpadas se apagaram. Apenas uma chama brilhava. Ela olhou para a porta fechada que a separava da única alma pela qual sentia ternura.

Não. Há outro amor agora, pensou, olhando para a pequena Margaret. *Você*.

De pé sob a única lâmpada que ficara acesa, Rose observou a penugem na cabeça do bebê. Suas pálpebras ainda estavam inchadas devido ao trabalho de parto. Ela examinou os cinco pequenos dedos de uma das mãos e maravilhou-se com sua rechonchuda perfeição, maculada apenas por uma mancha em forma de morango à altura do pulso. Então é assim que são os recém-nascidos, pensou Rose, olhando para a criança adormecida. Tão rosada, tão quente. Apoiou a mão em seu peito minúsculo e através do cobertor sentiu seu coração bater, rápido como o de um passarinho. Que menina adorável, pensou. Minha pequena Meggie.

A porta subitamente se abriu, iluminando o corredor. A enfermeira Poole saiu da sala e fechou a porta atrás de si. Ela parou e olhou para Rose, como se estivesse surpresa por ela ainda estar ali.

Temendo o pior, Rose perguntou:

– Minha irmã?

– Ainda está viva.

– E como ela está? Ela vai...

– A hemorragia estancou, é tudo o que posso dizer. Agora, leve o bebê para a enfermaria. É mais quente lá. Este corredor é muito frio para um recém-nascido. – Ela se voltou e caminhou apressada corredor abaixo.

Tremendo de frio, Rose olhou para Meggie e pensou: sim, está muito frio para você aqui, pobrezinha. Levou o bebê de volta à enfermaria e sentou-se na cadeira ao lado da cama vazia de Aurnia. À medida que a noite avançava, o bebê acabou adormecendo em seus braços. O vento e a chuva gelada golpearam os vidros das janelas, mas Rose não teve mais notícia do estado de Aurnia.

Do lado de fora, ouviu rumor de rodas sobre o calçamento de seixos. Rose foi até a janela. No pátio, estacionava um tílburi, a capota ocultando o rosto do condutor. O cavalo subitamente emitiu um bufo de pânico, cascos dançando nervosamente enquanto ameaçava sair em disparada. Um segundo depois, Rose percebeu o motivo do desespero do animal: apenas um cachorro grande que passeava pelo pátio sua silhueta movendo-se com determinação sobre o calçamento de seixos que brilhava com a chuva e o gelo.

– Srta. Connolly.

Assustada, Rose voltou-se e viu Agnes Poole. A mulher entrara na enfermaria tão silenciosamente que Rose não sentiu sua aproximação.

– Dê-me o bebê.

– Mas ela está dormindo tão profundamente – disse Rose.

– Sua irmã não pode amamentá-lo. Está muito fraca. Tomei algumas providências.

– Quais providências?

– O orfanato está aqui para levá-la. Vão fornecer uma ama de leite para o bebê. E, muito certamente, um bom lar.

Rose olhou para a enfermeira, incrédula.

– Mas ela não é órfã! Ela tem mãe!

– Uma mãe que provavelmente não sobreviverá. – A enfermeira Poole estendeu os braços, e suas mãos pareceram garras ameaçadoras. – Entregue-a para mim. É para o bem do bebê. Você certamente não poderá cuidar dela.

– Ela também tem pai. Você não falou com ele.

– Como é possível? Ele nem se incomodou em aparecer.

– Aurnia concordou com isso? Deixe-me falar com ela.

– Ela está inconsciente. Não pode falar.

– Então, eu falarei *por* ela. É minha sobrinha, Srta. Poole, ela faz parte da minha família. – Rose apertou o bebê com mais força. – Não a entregarei a nenhum estranho.

O rosto da enfermeira enrijeceu de decepção. Durante um perigoso momento pareceu a ponto de arrancar o bebê dos braços de Rose. Em vez disso, porém, deu-lhe as costas e saiu da enfermaria, a saia farfalhando a cada passo. Uma porta bateu.

Lá fora, no pátio, os cascos do cavalo chocavam-se nervosamente contra o calçamento.

Rose voltou para a janela e viu Agnes Poole materializar-se em meio às sombras e ir até o tílburi para falar com o ocupante. Um instante depois o condutor estalou o chicote e o cavalo partiu. Enquanto o veículo saía pelo portão, Agnes Poole permaneceu sozinha no pátio, sua silhueta escura em meio às pedras brilhantes do calçamento.

Rose olhou para a criança em seus braços e viu naquele rosto adormecido uma miniatura em carne e osso de sua querida irmã. *Ninguém vai tirá-la de mim. Não enquanto eu viver.*

5

Dias atuais

— **O**brigada por me atender tão prontamente, Dra. Isles – disse Julia enquanto se acomodava em uma cadeira no laboratório de perícia médica. Deixara o calor do verão, entrara no prédio climatizado e agora olhava por cima da escrivaninha para uma mulher que parecia perfeitamente à vontade naquele ambiente gelado. Com exceção das gravuras com motivos florais na parede, o escritório de Maura Isles era de uma austeridade comercial: arquivos e livros acadêmicos, um microscópio e uma escrivaninha cuidadosamente organizada. Julia ajeitou-se na cadeira, sentindo-se como se estivesse sob as lentes do microscópio. – Provavelmente você não recebe muitos pedidos como o meu, mas realmente preciso saber. Para me tranquilizar.

– Você devia procurar a Dra. Petrie – disse Isles. – Aquele esqueleto é um caso de perícia antropológica.

– Não estou aqui por causa do esqueleto. Já falei com a Dra. Petrie, e ela não tem nada de novo a me dizer.

– Então, como posso ajudá-la?

– Quando comprei a casa, a corretora me disse que a proprietária anterior era uma senhora idosa, e que ela morreu no local. Todos acharam que foi uma morte natural. Mas, há alguns dias, meu vizinho comentou que têm acontecido muitos assaltos a residências na região. No ano passado, um homem foi visto subindo e descendo a rua, como se estivesse de olho nas casas. Agora me pergunto se...

– Se não foi uma morte natural? – concluiu Isles. – É o que está querendo saber, certo?

Julia olhou para a patologista.

– Sim.

– Lamento, mas não fui eu quem fez a necropsia.

– Mas há um relatório em algum lugar, não é mesmo? Nesse relatório não constaria a causa da morte?

– Precisaria saber o nome da falecida.

– Eu o tenho bem aqui. – Julia abriu a bolsa e sacou um maço de fotocópias, que entregou para Isles. – É o obituário dela, publicado no jornal local. Seu nome era Hilda Chamblett. E esses são todos os recortes de jornal que consegui encontrar a respeito dela.

– Então você já andou investigando.

– Tenho pensado a respeito. – Julia riu, desconcertada. – Afora isso, tem aquele esqueleto antigo no quintal. Estou me sentindo um tanto incomodada pelo fato de duas mulheres diferentes terem morrido lá.

– Com um intervalo de ao menos cem anos.

– É a do ano passado quem mais me incomoda. Especialmente depois que o vizinho me falou sobre os assaltos.

Isles assentiu.

– Creio que eu também me preocuparia. Deixe-me encontrar o relatório. – Ela saiu do escritório e voltou instantes depois com o arquivo. – A necropsia foi feita pelo Dr. Costas – disse ela ao se sentar à escrivaninha e abrir o arquivo. – "Chamblett, Hilda, 92 anos, encontrada no quintal de sua casa, em Weston. O corpo foi encontrado por um familiar que não a visitava havia três semanas. Por isso, a hora da morte é incerta." – Isles virou a página e fez uma pausa. – As fotografias não são particularmente agradáveis – disse ela. – Você não precisa ver isso.

Julia engoliu em seco.

– Não, não preciso. Você poderia ler as conclusões para mim?

Isles voltou-se para o sumário e disse:

– Tem certeza de que quer que eu leia isso? – Quando Julia assentiu, Isles continuou a ler em voz alta. – "O corpo foi encontrado em decúbito dorsal, cercado de grama alta e ervas daninhas, oculto para quem estivesse a apenas alguns metros de distância."

As mesmas ervas daninhas contra as quais estou lutando, pensou Julia. Venho arrancando o mesmo mato que ocultou o corpo de Hilda Chamblett.

– "Nas superfícies expostas não foi encontrada nenhuma pele ou tecido macio intacto. Trapos de roupa, consistindo no que parecia ser um vestido de algodão sem mangas, ainda estavam grudados a partes do tórax. No pescoço, as vértebras cervicais estavam claramente visíveis e faltavam os tecidos macios. Faltava boa parte do intestino grosso e do delgado, e o que restou dos pulmões, do fígado e do baço tem imperfeições com bordas serrilhadas. Interessante notar filamentos felpudos e em tiras, supostamente nervos e fibras musculares encontrados em todas as juntas. Os periósteos do crânio, das costelas e dos ossos dos membros também apresentavam filamentos felpudos semelhantes. Ao redor do corpo havia um grande volume de fezes de pássaros, supostamente de corvos." – Isles ergueu a cabeça.

Julia olhou para a médica.

– Está me dizendo que foram *os corvos* que fizeram tudo isso?

– Tudo indica que sim. Os pássaros costumam causar muitos danos aos cadáveres. Até mesmo lindos pássaros canoros são capazes de bicar e arrancar pedaços da pele de um morto. Os corvos são consideravelmente maiores e são carnívoros; portanto, podem limpar uma carcaça rapidamente. Devoram todo o tecido macio, mas não conseguem arrancar fibras nervosas ou tendões. Esses filamentos permanecem ligados às juntas e são esgarçados pelas bicadas dos pássaros. Por isso, o Dr. Costas descreveu os filamentos como *felpudos*, por terem sido desfiados completamente pelos bicos dos corvos. – Isles fechou a pasta. – Este é o relatório.

– Você não me disse qual foi a causa da morte.

– Porque foi indeterminada. Após três semanas, os animais carniceiros e a putrefação danificaram o cadáver.

– Então vocês não fazem ideia?

– Ela tinha 92 anos. Foi um verão quente e ela estava sozinha no jardim. É razoável crer que teve algum problema cardíaco.

– Mas vocês não têm certeza.

– Não, não podemos ter.

– Então, ela pode ter sido...

– Assassinada? – sugeriu Isles, encarando-a.

– Ela morava só. Era vulnerável.

– Não há menção a qualquer tipo de desordem na casa. Nenhum sinal de invasão.

– Talvez o assassino não quisesse roubar coisa alguma. Talvez só estivesse interessado *nela*. No que podia fazer com *ela*.

Isles murmurou:

– Acredite, sei o que está pensando. Do que tem medo. Em minha profissão, vejo o que as pessoas podem fazer umas com as outras. Coisas terríveis que nos levam a nos questionarmos sobre o que é ser humano, se somos melhores do que qualquer outro animal. Mas essa morte em particular não me diz muito. Coisas comuns são comuns, e no caso de uma mulher de 92 anos, encontrada morta em seu próprio quintal, assassinato não é a primeira coisa que me ocorre. – Isles olhou para Julia um instante. – Vejo que você não está satisfeita.

Julia suspirou.

– Não sei o que pensar. Lamento ter comprado a casa. Não tenho uma boa noite de sono desde que me mudei.

– Você mora lá há pouco tempo. Toda mudança é estressante. Dê algum tempo para que possa se acostumar. Sempre há um período de adaptação.

– Tenho sonhado – disse Julia.

Isles não pareceu impressionada. E por que ficaria? Era uma mulher que abria cadáveres rotineiramente, uma mulher que escolhera uma carreira que causaria pesadelos na maioria das pessoas.

– Que tipo de sonhos?

– Já faz três semanas, e tenho sonhado quase todas as noites desde então. Fico esperando que vão embora, achando que se devem ao choque que tive ao encontrar aqueles ossos em meu jardim.

– Isso é capaz de provocar pesadelos em qualquer um.

– Não acredito em fantasmas. Verdade, não acredito. Mas sinto como se ela estivesse tentando falar comigo. Pedindo que eu *faça* alguma coisa.

– A proprietária falecida ou o esqueleto?

– Não sei. *Alguém*.

A expressão de Isles manteve-se absolutamente neutra. Se ela acreditava que Julia era louca, seu rosto não o denunciou. Mas suas palavras não deixaram dúvida quanto ao que ela achava de tudo aquilo.

– Não estou certa se posso ajudá-la. Sou apenas uma patologista e já lhe dei minha opinião profissional.

– E em sua opinião profissional assassinato ainda é uma possibilidade, certo? – insistiu Julia. – Você não pode afastar a hipótese.

Isles hesitou.

– Não – concordou afinal. – Não posso.

NAQUELA NOITE JULIA sonhou com corvos. Centenas deles empoleirados em uma árvore morta, olhando para ela com olhos amarelos. Esperando.

Acordou sobressaltada com o ruído de grasnados estridentes e abriu os olhos para ver a luz da manhã atravessando a janela sem cortinas. Um par de asas negras em forma de foice cruzou o céu. Então outro. Ela se levantou e foi até a janela.

O carvalho que ocupavam não era uma árvore morta como a do sonho. Em vez disso, estava inteiramente coberto pela folhagem estival. Ao menos duas dúzias de pássaros haviam se reunido ali para algum tipo de convenção de corvídeos e se debruçavam nos galhos como estranhas frutas negras, crocitando e agitando as penas brilhantes. Julia já os vira antes naquela árvore e não tinha dúvida de que eram os mesmos pássaros que haviam se banqueteado com o corpo de Hilda Chamblett no verão anterior, os mesmos pássaros que a haviam ferido com bicos afiados, deixando apenas tiras de nervos e tendões. Lá estavam eles outra vez, esperando por mais carne. Sabiam que ela os estava observando e retribuíam com olhares de inteligência assustadora, como se soubessem que era apenas uma questão de tempo.

Ela se voltou para o interior e pensou: preciso pôr cortinas nesta janela.

Na cozinha, fez café e passou manteiga e geleia em uma torrada. Lá fora, a neblina matinal estava começando a se dissipar. Seria um dia ensolarado. Um bom dia para espalhar outro saco de adubo e outro fardo de turfa no canteiro de flores junto ao regato. Embora suas costas ainda estivessem doloridas por ter azulejado o banheiro na noite anterior, ela não queria desperdiçar um único dia de sol. No decorrer de sua vida, você tem apenas um número limitado de estações favoráveis ao cultivo, pensou, e uma vez que um verão se vai, você nunca o terá de volta. Ela já desperdiçara muitos verões. *Este é meu.*

Lá fora ouviu uma erupção ruidosa de grasnados e bater de asas. Julia olhou pela janela e viu os corvos subitamente alçarem voo e se afastarem simultaneamente, espalhando-se aos quatro ventos. Então, concentrou-se na extremidade oposta de seu quintal, perto do regato, e compreendeu por que os corvos haviam debandado tão abruptamente.

Um homem se aproximara do limite de sua propriedade e observava a casa.

Ela se afastou para que ele não a visse. Lentamente, voltou para perto da janela para espiar. Era magro, tinha cabelos escuros e vestia calças jeans e um suéter marrom que o protegia do frio da manhã. A névoa erguia-se da grama, enroscando-se sinuosamente por suas pernas. Invada minha propriedade, pensou Julia, e eu chamo a polícia.

O homem deu dois passos em direção à casa.

Ela correu até a cozinha e pegou o telefone sem fio. Voltando às pressas até a janela, olhou para ver onde ele estava, mas o sujeito havia desaparecido. Então, ouviu algo roçar no lado de fora da porta da cozinha e se assustou tanto que quase deixou cair o telefone. *Está trancada, certo? Eu tranquei a porta ontem à noite, não foi?* Discou 911.

– McCoy! – gritou uma voz. – Vamos, rapaz, saia daí!

Ao olhar outra vez pela janela, Julia viu o homem irromper subitamente por trás de uma moita. Algo atravessou a varanda da frente, e então um labrador amarelo apareceu no quintal, correndo para o dono.

– Emergência.

Julia olhou para o telefone. Oh, meu Deus, que idiota ela era!

– Desculpe – disse ela. – Liguei por engano.

– Está tudo bem, senhora? Tem certeza?

– Sim, está tudo bem. Apertei a discagem automática por engano. Obrigada.

Ela desligou e voltou a olhar para fora. O homem estava se curvando para atar uma correia à coleira do cão. Ao se erguer, seu olhar encontrou-se com o de Julia, e ele acenou.

Ela abriu a porta da cozinha e saiu no quintal.

– Desculpe! – gritou. – Não pretendia invadir, mas ele escapou. Acha que Hilda ainda mora aqui.

– Ele já esteve aqui antes?

– Oh, sim. Ela costumava deixar uma caixa de biscoitos de cachorro para ele. – Ele riu. – McCoy nunca se esquece de uma boca-livre.

Julia desceu o declive em direção ao homem, que já não a assustava. Ela não podia imaginar um estuprador ou assassino sendo dono de um animal tão amistoso. Enquanto ela se aproximava, o cão praticamente dançava, preso pela coleira, ansioso para conhecê-la.

– Você é a nova proprietária? – perguntou ele.

– Julia Hamill.

– Tom Page. Moro estrada abaixo. – Ele fez menção de apertar-lhe a mão, mas então se lembrou do saco plástico que estava segurando e riu embaraçado. – Opa! Cocô de cachorro. Eu estava atrás dele tentando recolher a sujeira.

Foi por isso que ele se agachou, pensou ela. Estava apenas limpando a sujeira do cão.

O labrador latiu com impaciência e ergueu-se nas patas traseiras, implorando a atenção de Julia.

– McCoy! Deitado, menino! – Tom puxou a coleira, e o cão obedeceu, relutante.

– McCoy? Por causa da banda real McCoy? – perguntou Julia.

– Hum, não. É por causa do Dr. McCoy.

– Ah! *Jornada nas estrelas*.

Ele a olhou com um sorriso tímido.

– Acho que isso denuncia minha idade. É incrível como os jovens de hoje em dia jamais ouviram falar no Dr. McCoy. Isso faz eu me sentir um velho.

Mas ele, certamente, não era velho, pensou ela. Talvez tivesse 40 e poucos anos. Pela janela da cozinha seu cabelo parecera-lhe inteiramente preto. Agora que estava mais perto, porém, podia ver alguns fios brancos entremeados. Já seus olhos escuros, ofuscados pelo sol da manhã, eram emoldurados por profundas rugas de sorriso.

– Estou feliz que alguém tenha finalmente comprado a casa de Hilda – disse ele. – Estava me sentindo um tanto solitário por aqui.

– A casa está em péssimo estado.

– Ela não tinha como mantê-la. Este quintal era demais para ela. Por outro lado, Hilda era tão territorial que nunca deixou ninguém trabalhar aqui. – Ele olhou para o trecho de terra nua de onde os ossos haviam sido exumados. – Se tivesse deixado, já teriam encontrado o esqueleto há muito tempo.

– Você ouviu falar a respeito.

– Toda a vizinhança já sabe. Vim aqui há algumas semanas para ver a escavação. Havia uma equipe inteira aqui.

– Eu não o vi.

– Eu não queria que você achasse que eu estava bisbilhotando. Mas estava curioso. – Ele olhou para ela, um olhar tão direto que Julia ficou incomodada, como se o sentisse sondando os contornos de seu cérebro. – O que achou da vizinhança? – perguntou. – Afora o esqueleto?

Ela se protegeu do frio cruzando os braços.

– Não sei ao certo.

– Ainda não tem opinião formada?

– Quero dizer, eu adoro Weston, mas estou um tanto assustada por causa dos ossos. Saber que ela esteve enterrada aqui todos esses anos faz eu me sentir... – Ela deu de ombros. – Solitária, creio eu. – Julia olhou para o lugar onde o esqueleto estava enterrado. – Quisera saber quem era.

– A universidade não foi capaz de descobrir?

– Eles acham que a cova é do início do século XIX. O crânio foi fraturado em dois lugares, e ela foi enterrada sem muito cuidado. Apenas foi enrolada em uma pele de animal e enterrada sem cerimônia. Como se estivessem com pressa de se livrar dela.

– Um crânio fraturado e um enterro apressado? Isso me parece assassinato.

Julia olhou para Tom.

– Eu acho o mesmo.

Nada disseram durante um instante. A névoa havia quase se dissipado àquela altura e, nas árvores, os pássaros cantavam. Não corvos, mas sim pássaros canoros, pulando graciosamente de galho em galho. Estranho, pensou Julia, como os corvos simplesmente haviam desaparecido.

– Seu telefone está tocando – disse Tom.

Ao dar-se conta, ela olhou para a casa.

– Melhor eu atender.

– Foi um prazer conhecê-la! – gritou ele enquanto Julia subia correndo os degraus da varanda. Quando ela entrou na cozinha, Tom já se afastava, arrastando um relutante McCoy. Ela esquecera o sobrenome dele. Usava ou não um anel de casamento?

Era Vicky ao telefone.

– Então, qual foi a última *melhoria da casa*? – perguntou a irmã.

– Azulejei o chão do banheiro ontem à noite. – O olhar de Julia ainda estava voltado para o quintal, onde o suéter marrom de Tom desaparecia em meio à sombra das árvores. Aquele velho suéter devia ser o seu favorito, pensou. Você não sai em público usando algo tão surrado a não ser que tenha uma ligação sentimental com a roupa. Por algum motivo, o suéter tornava-o ainda mais atraente. O suéter e o cão.

– ...e eu realmente acho que você devia começar a sair com alguém outra vez.

Julia voltou a atenção para Vicky.

– O quê?

– Sei sua opinião sobre encontros às escuras, mas esse cara é realmente legal.

– Chega de advogados, Vicky.

– Nem todos são como o Richard. Alguns preferem mulheres de verdade a uma Tiffani. Aliás, acabei de descobrir, o pai dela é um maioral da Morgan Stanley. Não me admira que estejam organizando um casamento suntuoso.

– Vicky, realmente não quero saber dos detalhes.

– Acho que alguém devia soprar no ouvido do pai dela o tipo de perdedor com que a filha está prestes a se casar.

– Preciso ir. Estava no jardim e estou com as mãos imundas. Ligo depois.

Julia desligou e imediatamente se sentiu culpada pela pequena mentira. Mas a simples menção do nome de Richard lançara uma sombra sobre o seu dia, e ela não queria pensar nele. Preferia revolver adubo.

Pegou um chapéu e luvas de jardinagem, voltou para o quintal e olhou para o leito do rio. Tom-do-suéter-marrom não estava mais à vista, e ela se sentiu um pouco desapontada. Você acabou de ser abandonada por um homem. Está assim tão ansiosa para ter outra desilusão amorosa? Ela pegou a pá e o carrinho de mão e foi até o declive, em direção ao antigo canteiro de flores que estava restaurando. Atravessando o gramado, imaginou quantas vezes a velha Hilda Chamblett cruzara aquele caminho. Será que usava um chapéu igual ao seu? Será que parava para ouvir o canto dos pássaros? Teria percebido aquele galho torto no carvalho?

Será que, naquele dia de julho, ela sabia estar vivendo seus últimos momentos neste mundo?

À NOITE, ESTAVA cansada demais para preparar algo mais elaborado que sanduíche de queijo e sopa de tomate. Comeu à mesa da cozinha, as cópias dos recortes de jornal sobre Hilda Chamblett espalhadas à sua frente. As matérias eram curtas, registrando apenas que uma senhora idosa fora encontrada morta no quintal de casa e que não havia suspeita de crime. Aos 92 anos, você já está com o prazo vencido. Que melhor maneira de morrer, dissera um vizinho, do que em seu próprio jardim em um dia de verão?

Ela leu o obituário:

Hilda Chamblett, nascida e criada em Weston, Massachusetts, foi encontrada morta em seu quintal em 25 de julho. O laboratório de perícia médica considerou que sua morte "muito provavelmente deveu-se a causas naturais". Viúva havia vinte anos, era uma figura familiar nos círculos de jardinagem e era tida como entusiasta criadora de rosas e flores-de-lis. Deixa um primo, Henry Page, de Islesboro, Maine, uma sobrinha, Rachel Surrey, de Roanoke, Virgínia, assim como duas sobrinhas-netas e um sobrinho-neto.

O toque do telefone a fez derramar sopa de tomate sobre a página. Com certeza, é Vicky, pensou, provavelmente para perguntar por que não liguei de volta. Ela não queria falar com Vicky. Não queria saber dos planos para o casamento de Richard. Mas, caso não atendesse, Vicky ligaria outra vez, mais tarde.

Ela atendeu o telefone.

– Alô?

A voz de um homem idoso perguntou:

– É Julia Hamill?

– Sim, é ela.

– Então foi você quem comprou a casa de Hilda.

Julia franziu as sobrancelhas.

– Quem fala?

– Henry Page. Sou primo de Hilda. Ouvi dizer que encontrou alguns ossos antigos em seu jardim.

Julia voltou à mesa da cozinha e rapidamente correu os olhos pelo obituário. Uma gota de sopa havia caído exatamente sobre o parágrafo que enumerava os parentes vivos de Hilda. Ela a limpou e viu o nome.

...Deixa um primo, Henry Page, de Islesboro, Maine...

– Estou muito interessado nesses ossos – disse ele. – Sabe, sou considerado o historiador da família. – E acrescentou, com um riso debochado: – Porque ninguém mais dá a mínima.

– O que pode me dizer sobre os ossos? – perguntou Julia.

– Nada.

Então, por que está me ligando?

– Andei investigando – disse ele. – Quando Hilda morreu, deixou cerca de trinta caixas de documentos e livros antigos. Ninguém mais os queria, de modo que vieram para mim. Eu admito que simplesmente os joguei de lado e não lhes dei atenção no último ano. Mas, então, ouvi falar sobre os ossos misteriosos e perguntei-me se haveria algo sobre eles naquelas caixas. – Ele fez uma pausa. – Você tem algum interesse nisso ou simplesmente devo calar a boca e me despedir?

– Estou ouvindo.

– Isso é mais do que faz a minha família. Ninguém se interessa por história. Tudo é correr, correr, correr em direção às novidades.

– Sobre aquelas caixas, Sr. Page.

– Ah, sim. Descobri alguns documentos interessantes com significado histórico. Pergunto-me se encontrei uma pista para descobrir a quem pertencem os ossos.

– O que há nesses documentos?

– Cartas e jornais. Tenho todos aqui em minha casa. Você poderá vê-los a qualquer hora que vier ao Maine.

– É uma longa viagem.

– Não se realmente estiver interessada. Na verdade, pouco me importo se está ou não. Mas, uma vez que diz respeito à sua casa, sobre as pessoas que outrora viveram aí, pensei que poderia achar a história interessante. Eu certamente acho. A história parece bizarra, mas tenho uma matéria de jornal que a confirma.

– Que matéria?

– Sobre o brutal assassinato de uma mulher.

– Onde? Quando?

– Em Boston. Aconteceu no outono de 1830. Se você vier ao Maine, Srta. Hamill, poderá ler os documentos sobre o estranho caso de Oliver Wendell Holmes e o Estripador de West End.

6

1830

Rose cobriu a cabeça com o xale, amarrando-o com força para enfrentar o frio de novembro, e saiu. Deixara a pequena Meggie mamando faminta no seio de outra nova mamãe na enfermaria, e aquela era a primeira vez em dois dias que ela deixava o hospital. Embora o ar noturno estivesse úmido por causa da névoa, ela o inalou com alívio, grata por estar longe, mesmo que por pouco tempo, daqueles odores doentios, dos gemidos de dor. Parou um pouco na rua, inspirando profundamente para limpar de seus pulmões os miasmas das doenças. Sentiu o cheiro do rio e do mar e ouviu o rumor de carruagens passando em meio a neblina. Fiquei tanto tempo presa com os moribundos, pensou, que esqueci como é andar entre os vivos.

E ela andou, movendo-se rapidamente através da neblina gelada, seus passos ecoando pelas paredes de tijolos e argamassa enquanto cruzava um labirinto de ruas em direção às docas. Naquela noite inóspita, cruzou com poucas pessoas, e agarrava o xale com força, como se aquilo lhe garantisse um manto de invisibilidade contra olhos ocultos que poderiam vê-la e ter intenções hostis. Apertou o passo, e sua respiração se acelerou de modo incomum, ampliada pela névoa que se tornava cada vez mais densa enquanto ela caminhava em direção ao porto. Então, através do ruído de sua própria respiração, ouviu passos atrás dela.

Ela parou e se voltou.

Os passos se aproximavam.

Ela recuou, o coração disparado. Em meio à névoa, uma forma escura lentamente se materializou em algo sólido, algo que vinha diretamente em sua direção.

Uma voz chamou:

– Srta. Rose! Srta. Rose! É você?

Toda a tensão se esvaiu de seus músculos. Ela emitiu um suspiro profundo enquanto observava o adolescente magrelo que emergiu em meio à neblina.

– Maldição, Billy. Devia lhe dar um tapa no ouvido!

– Por quê, Srta. Rose?

– Por me matar de susto.

Pelo olhar patético que ele lhe lançou, era de se pensar que ela de fato lhe dera um tapa no ouvido.

– Foi sem querer – resmungou o rapaz.

Obviamente, era verdade. O rapaz não podia ser culpado por metade do que fazia. Todos conheciam Billy Obtuso, mas ninguém o queria por perto. Ele era uma presença constante e aborrecida no West End de Boston, vagando pelos estábulos e celeiros em busca de um lugar onde dormir, esmolando aqui e ali restos de comida que lhe eram dados por peixeiros e donas de casa piedosas. Billy passou a mão imunda pelo rosto e perguntou:

– Agora você está com raiva de mim, não é?

– O que faz na rua a uma hora dessas?

– Estou procurando meu cachorro. Ele se perdeu.

Mais provavelmente fugiu, se é que tinha algum juízo.

– Bem, espero que o encontre – disse ela antes de dar-lhe as costas para continuar seu caminho.

Ele a seguiu.

– Aonde *você* está indo?

– Buscar Eben. Ele precisa ir ao hospital.

– Por quê?

– Porque minha irmã está muito doente.

– Muito?

– Ela está com febre, Billy.

Após uma semana na enfermaria, Rose sabia o que vinha pela frente. Um dia depois de dar à luz a pequena Meggie, a barriga de Aurnia começara a inchar e de seu ventre passara a vazar aquele corrimento fétido que Rose sabia ser quase invariavelmente o princípio do fim. Ela já vira muitas novas mães na enfermaria morrerem de febre pós-parto. Ela vira o olhar piedoso no rosto da enfermeira Robinson, um olhar que dizia: *Não há nada a fazer.*

– Ela vai morrer?

– Não sei – murmurou Rose. – Eu não sei.

– Tenho medo de gente morta. Quando eu era pequeno, vi meu pai morto. Queriam que eu o beijasse, mesmo com a pele dele toda queimada, mas eu não quis. Fui um mau menino por não querer fazer aquilo?

– Não, Billy. Nunca achei que você fosse um mau menino.

– Eu não queria encostar nele. Mas ele era meu pai e disseram que eu tinha de tocá-lo.

– Podemos falar sobre isso depois? Estou com pressa.

– Eu sei. É porque quer buscar o Sr. Tate.

– Por que não vai procurar seu cachorro? – Ela acelerou o passo, desejando que desta vez o menino deixasse de segui-la.

– Ele não está na pensão.

Ela demorou alguns passos para registrar o que Billy acabara de dizer. Parou.

64

– O quê?

– O Sr. Tate. Ele não está na pensão da Sra. O'Keefe.

– Como sabe? Onde ele está?

– Eu o vi no Mermaid. O Sr. Sitterley me deu uma fatia de torta de carneiro, mas disse que eu tinha de comer do lado de fora, no beco. Então, vi o Sr. Tate sair, e ele nem mesmo me disse olá.

– Tem certeza, Billy? Ele ainda está lá?

– Se me der uma moeda de 25 centavos eu a levo.

Ela o despachou:

– Não tenho essa quantia. E eu sei o caminho.

– Nove centavos?

Ela se afastou.

– Nem 9 centavos.

– Um centavo? Meio?

Rose continuou a caminhar e ficou aliviada ao ver que afinal conseguira se livrar da peste. Sua mente estava voltada para Eben, no que lhe diria. Toda a raiva que tinha do cunhado e que vinha contendo estava prestes a explodir, e ao chegar ao Mermaid estava a ponto de saltar como um felino com as unhas à mostra. Fez uma pausa à porta e inspirou algumas vezes. Através da janela viu o brilho cálido da lareira e ouviu rumor de gargalhadas. Sentia-se tentada a simplesmente ir embora e deixá-lo com sua bebida. Aurnia sequer notaria.

Será a última chance que ele terá para se despedir. Você precisa fazê-lo.

Rose abriu a porta e entrou na taberna.

O calor da lareira causou-lhe um formigamento no rosto dormente de frio. Deteve-se junto à entrada, olhando para os clientes reunidos nas mesas ou se acotovelando no bar. Em uma mesa de canto, uma mulher de cabelo escuro e vestido verde ria alto. Diversos homens se voltaram para olhar para Rose, e os olhares que lhe lançaram a fizeram puxar o xale com mais força, mesmo com o calor que fazia ali dentro.

– Deseja algo? – gritou-lhe um homem que estava no bar. Deve ser o Sr. Sitterley, pensou Rose, o sujeito que dera a Billy Obtuso um pedaço de torta de carneiro, sem dúvida para que o moleque fosse embora de seu estabelecimento. – Senhora? – insistiu.

65

– Procuro um homem. – Seu olhar deteve-se sobre a mulher de vestido verde. Sentado ao lado dela havia um homem que se voltou e olhou feio para Rose.

Ela foi até a mesa. Vista de perto, a mulher era completamente sem graça, o corpete do vestido sujo de comida e bebida. Tinha a boca aberta, revelando dentes podres.

– Precisa vir ao hospital, Eben – disse Rose.

O marido de Aurnia deu de ombros.

– Não vê que estou ocupado sofrendo?

– Vá vê-la agora, enquanto pode. Enquanto ela ainda está viva.

– De quem ela está falando, querido? – perguntou a mulher, puxando a manga da camisa de Eben.

Rose sentiu o hálito nauseabundo daqueles dentes apodrecidos.

– Minha esposa – resmungou Eben.

– Você não me disse que era casado.

– Estou dizendo agora. – Ele tomou um gole de rum.

– Como pode ser tão insensível? – perguntou Rose. – Faz sete dias desde que a viu pela última vez. Você nem mesmo foi ver sua filha!

– Já abri mão de meus direitos sobre ela. Que as senhoras do orfanato cuidem dela.

Ela olhou para o cunhado, ultrajada.

– Não pode estar falando sério.

– Não tenho como sustentar a criança. Ela é o único motivo de eu ter me casado com a sua irmã. Bebê a caminho, fiz a minha parte. Mas ela não era virgem. – Ele deu de ombros. – Vão encontrar um bom lar para o bebê.

– O bebê pertence à nossa família. Eu mesma a criarei se for preciso.

– Você? – Ele riu. – Você é muito jovem e ingênua, e tudo o que conhece é agulha e linha.

– Sei o bastante para cuidar do meu próprio sangue. – Rose agarrou o braço do cunhado. – Levante-se. Você *vai* comigo.

Ele a afastou.

– Deixe-me em paz.

66

– Levante-se, seu desgraçado. – Com ambas as mãos, ela o puxou pelo braço, e ele se levantou. – Ela tem poucas horas de vida. Mesmo que precise mentir para ela, mesmo que ela não possa ouvi-lo, você dirá que a ama!

Ele a afastou e ficou em pé, oscilando, bêbado, tonto. A taberna ficou em silêncio. Ouvia-se apenas o estalar das chamas na lareira. Eben olhou ao redor e viu que o olhavam com censura. Todos haviam ouvido a conversa e, evidentemente, ninguém estava do lado dele.

Ele se aprumou e tentou falar de modo civilizado.

– Não precisa me espezinhar como uma harpia. Eu vou. – Deu um puxão no casaco, ajeitou o colarinho. – Só estava terminando minha bebida.

Com a cabeça erguida, ele saiu do Mermaid, tropeçando na soleira da porta. Ela o seguiu, em meio a uma névoa tão penetrante que parecia que a umidade entrava-lhe direto nos ossos. Haviam dado apenas uma dúzia de passos quando Eben voltou-se subitamente.

O soco a fez recuar, cambaleante, em direção a uma parede, o rosto pulsando, uma dor tão terrível que durante alguns segundos tudo escureceu. Ela nem mesmo viu o segundo golpe. Atingiu-a de lado e ela tombou de joelhos, e sentiu o gelo encharcando sua saia.

– Isto é por me destratar em público – vociferou Eben. Ele a agarrou pelo braço e a arrastou até um beco estreito.

Outro soco atingiu-lhe a boca, e ela sentiu gosto de sangue.

– E isso é pelos quatro meses que tive de aturá-la. Sempre ficando do lado dela, sempre conspirando contra mim, vocês duas. Meus planos arruinados só porque ela ficou prenhe. Pensa que ela não me implorou por aquilo? Acha que tive de seduzi-la? Oh, não, a santinha da sua irmã queria fazer aquilo. Não teve medo de me mostrar o que tinha. Mas era mercadoria usada.

Ele a ergueu e a empurrou contra uma parede.

– Portanto, não se faça de inocente. Sei que tipo de gente é a sua família. Sei o que quer. O mesmo que a sua irmã queria.

Ele a imprensou contra os tijolos. Sua boca se aproximou da dela, o hálito amargo de rum. Os golpes a deixaram tão tonta que Rose não conseguiu reunir forças para afastá-lo. Ela sentiu algo duro contra a pélvis, sentiu-lhe a mão tateando-lhe os seios. Ele ergueu-lhe a saia e agarrou-lhe a anágua e as meias, rasgando o tecido para expor a pele. Ao toque das mãos dele em suas coxas nuas, Rose se empertigou.

Que ousadia!

Seu punho o atingiu sob o queixo. Ela sentiu as mandíbulas de Eben baterem com força, ouviu os dentes se chocarem. Ele gritou e cambaleou para trás, levando a mão à boca.

– Minha língua! Mordi a língua! – Ele olhou para a mão. – Oh, meu Deus, estou sangrando!

Ela correu. Fugiu às pressas do beco, mas ele foi atrás e agarrou-lhe o cabelo, espalhando grampos pelo calçamento de pedra. Ela se desvencilhou, mas tropeçou na anágua rasgada. Só de pensar no toque das mãos dele em suas coxas, seu hálito em seu rosto, levantou-se imediatamente. Erguendo a saia acima dos joelhos, saiu correndo em meio à neblina. Ela não sabia em que rua estava ou em que direção estava indo. O rio? O porto? Tudo o que sabia era que a neblina era seu manto, sua amiga, e quanto mais profundamente penetrasse nela, mais segura estaria. Ele estava bêbado demais para segui-la, quanto mais para encontrar o caminho naquele labirinto de ruas estreitas. Os passos dele soavam cada vez mais distantes, seus gritos cada vez mais baixos, até ela só conseguir ouvir os próprios passos e as batidas de seu coração.

Ela dobrou uma esquina e parou. Sobre o barulho da própria respiração ouviu o rumor das rodas de uma carruagem, mas não ouviu passos. Deu-se conta de estar na rua Cambridge, e que teria de dar meia-volta se quisesse voltar ao hospital.

Eben sabia que ela iria para lá e estaria esperando por ela.

Rose se curvou e arrancou a tira rasgada da anágua. Então, começou a caminhar para o norte, atravessando becos e ruas secundárias, fazendo pausas regulares para ouvir passos. A neblina estava tão densa que ela mal podia ver a silhueta de uma carroça que passava pela rua. O ruído dos cascos dos cavalos parecia vir de todas as direções, ecos espalhados em meio à neblina. Ela começou a seguir a carroça que subia a rua Blossom, em direção ao hospital. Se Eben a atacasse, ela gritaria. Certamente o condutor iria ajudá-la.

Subitamente, a carroça virou à direita, afastando-se do hospital, e Rose ficou só. Ela sabia que o hospital ficava bem à sua frente, em North Allen, mas não conseguia enxergar coisa alguma através da neblina. Quase certamente, Eben a aguardava. Olhando rua acima, podia sentir a ameaça que a esperava mais adiante, podia imaginar Eben espreitando nas sombras, aguardando sua chegada.

Ela se voltou. Havia outra entrada, mas ela seria obrigada a atravessar a relva molhada do terreno nos fundos do hospital. Rose fez uma pausa na beira do gramado. O caminho estava obscurecido pela neblina, mas era possível ver as luzes das janelas do hospital. Ele não esperava que ela atravessasse aquele campo escuro. Ele mesmo não se daria esse trabalho, uma vez que enlamearia seus calçados.

Rose começou a atravessar o gramado. O campo estava encharcado e a água gelada entrava em seus sapatos. As luzes do hospital ocasionalmente sumiam em meio à neblina e ela precisava parar para se orientar. Lá estavam outra vez, à esquerda. No escuro, ela se afastara de seu alvo, e agora corrigia o curso. As luzes brilhavam mais agora, a neblina tornando-se cada vez mais tênue à medida que ela subia o ligeiro aclive em direção ao prédio. A saia encharcada grudava em suas pernas, atrasando-a, fazendo de cada passo um esforço. Quando saiu do gramado para o calçamento de pedras, seus pés estavam dormentes de frio.

Gelada e trêmula, começou a subir os degraus da escada da porta dos fundos.

Subitamente, seu sapato escorregou em algo escuro. Ela ergueu a cabeça e viu o que parecia ser uma cascata negra que escorria pelos degraus. Apenas quando seus olhos atingiram a fonte da cascata escada acima foi que ela viu o corpo da mulher, a saia em desalinho, um braço estendido como se dando as boas-vindas à morte.

A princípio Rose ouviu apenas o bater de seu coração, o fluxo de sua própria respiração. Então, ouviu passos, e uma sombra moveu-se sobre ela como uma nuvem cobrindo a lua. O sangue pareceu congelar em suas veias. Rose olhou para o vulto.

O que viu foi a própria Morte.

Ela engasgou e emudeceu, aterrorizada. Cambaleou para trás e quase caiu ao chegar ao último degrau. Subitamente, a criatura avançou em sua direção, a capa negra esvoaçando como asas monstruosas. Ela voltou-se para fugir e viu o terreno baldio mais adiante, coberto de neblina. Um campo de execução. *Se eu correr para lá, certamente morrerei.*

Voltou-se para a direita e correu à volta do prédio. Podia ouvir o monstro em seu rastro, os passos se aproximando atrás dela.

Rose entrou em uma passagem e viu-se em um pátio interno. Correu até a porta mais próxima, mas estava trancada. Ela bateu e gritou por ajuda, mas ninguém abriu.

Estou encurralada.

Atrás dela, ouviu o barulho do cascalho e voltou-se para enfrentar o agressor. No escuro, só conseguia identificar movimentos de negro sobre negro. Encostou-se à porta, a respiração saindo-lhe ofegante de pânico. Pensou na mulher morta, na catarata de sangue na escada, e cruzou os braços sobre o peito, um frágil escudo para proteger o próprio coração.

A sombra aproximou-se.

Indefesa, voltou-se esperando o primeiro corte. Em vez disso, ouviu uma voz que lhe fazia uma pergunta que ela não registrou imediatamente.

– Senhorita? A senhorita está bem?

Ela abriu os olhos e viu a silhueta de um homem. Atrás dele, em meio à escuridão, uma luz piscou e lentamente ficou mais clara. Era uma lanterna, balançando à mão de um segundo homem que então se aproximava. O homem com a lanterna gritou:

– Quem está aí? Olá?

– Wendell! Aqui!

– Norris? O que foi?

– Há uma jovem aqui. Parece ferida.

– O que há com ela?

A lanterna se aproximou, e a luz ofuscou os olhos de Rose. Ela piscou e concentrou-se no rosto dos dois jovens que a olhavam. Ela reconheceu a ambos, assim como eles a reconheceram.

– E... é a Srta. Connolly, não é? – perguntou Norris Marshall.

Ela soluçou. As pernas lhe faltaram e ela escorregou pela parede até desfalecer sentada no calçamento de seixos.

7

Embora Norris nunca tivesse se encontrado anteriormente com o Sr. Pratt da Ronda Noturna de Boston, conhecera outros homens iguais a ele, gente arrogante demais para reconhecer o fato inegável, reconhecido por todos os demais, de que são uns verdadeiros idiotas. Era a arrogância de Pratt que Norris achava incômoda, o modo como o sujeito se portava, o peito estufado, os braços balançando em um ritmo marcial enquanto caminhava pela sala de dissecação do hospital. Embora não fosse um homem grande, o Sr. Pratt dava a impressão de pensar que era. Seu único traço marcante era o bigode, o mais basto que Norris já vira. Parecia que um esquilo marrom cravara as presas em seu lábio superior e recusava-se a se soltar dali. Enquanto Norris observava o sujeito fazer anotações a lápis, não conseguia deixar de olhar para o bigode, imaginando o esquilo subitamente pulando dali e o Sr. Pratt correndo atrás de seu pelo facial fugitivo.

Pratt finalmente ergueu a cabeça do bloco de notas e olhou para Norris e Wendell, que estavam ao lado do corpo coberto. O olhar de Pratt moveu-se para o Dr. Crouch, que claramente era a autoridade médica na sala.

– Você disse ter examinado o corpo, Dr. Crouch? – perguntou Pratt.

– Apenas superficialmente. Tomamos a liberdade de trazê-la para dentro do prédio. Não parecia certo deixá-la caída na escada fria, onde qualquer um poderia tropeçar. Mesmo que fosse uma estranha, o que não é, devemos a ela esse mínimo de respeito.

– Então vocês conhecem a morta?

– Sim, senhor. Mas só a reconhecemos depois que buscamos a lanterna. A vítima, Srta. Agnes Poole, era a enfermeira-chefe desta instituição.

Wendell acrescentou:

– A Srta. Connolly deve ter lhe dito isso. Você não a interrogou?

– Sim, mas creio ser necessário confirmar o que ela me disse. Você sabe como são essas meninas avoadas. As irlandesas em particular. Mudam a história dependendo da direção do vento.

– Não chamaria a Srta. Connolly de menina avoada – disse Norris.

O vigilante Pratt olhou para Norris, interessado.

– Você a conhece?

– A irmã dela é paciente aqui, na enfermaria.

– Mas você a conhece, Sr. Marshall?

Norris não gostou do modo como Pratt o observava.

– Já conversamos a respeito do tratamento da irmã dela.

O lápis de Pratt voltou a rabiscar.

– Você está estudando medicina, certo?

– Sim.

Pratt olhou para as roupas de Norris.

– Sua camisa está manchada de sangue. Sabia disso?

– Ajudei a transportar o corpo escada acima. E assisti o Dr. Crouch mais cedo esta noite.

Pratt olhou para Crouch.

– É verdade, doutor?

Norris sentiu o rosto enrubescer.

– Acha que eu mentiria quanto a isso? Na frente do Dr. Crouch?

– Meu único dever é descobrir a verdade.

Você é idiota demais para reconhecer uma verdade ao ouvi-la.

O Dr. Crouch disse:

– O Sr. Holmes e o Sr. Marshall são meus aprendizes. Eles me auxiliaram mais cedo esta noite em um trabalho difícil na rua Broad.

– Que tipo de trabalho?

O Dr. Crouch olhou para Pratt, evidentemente estupefato com a pergunta do sujeito.

– Que tipo de trabalho acha que estávamos fazendo? Erguendo um muro de tijolos?

Pratt bateu com o lápis no bloco.

– Não há necessidade de sarcasmo. Simplesmente desejo saber o paradeiro de todos esta noite.

– Isso é um ultraje. Sou um médico, senhor, e não preciso lhe dar satisfações de minhas atividades.

– E seus dois aprendizes aqui? Esteve com eles a noite toda?

– Não, não esteve – respondeu Wendell, casualmente.

72

Norris olhou para o colega, surpreso. Por que dar qualquer informação desnecessária àquele sujeito? Isso só alimentaria suas suspeitas. De fato, o vigilante Pratt parecia agora um gato bigodudo diante de um buraco de rato, pronto para atacar.

– Quando não estiveram juntos? – perguntou Pratt.

– Quer um relatório de minhas idas ao mictório, senhor? Ah, creio que também dei uma cagada. E você, Norris?

– Sr. Holmes, não aprecio o seu tipo de humor.

– Humor é o único modo de lidar com perguntas tão absurdas quanto as suas. Fomos nós que *chamamos* a Ronda Noturna, pelo amor de Deus!

O bigode estremeceu. O esquilo estava ficando agitado.

– Não vejo necessidade de blasfêmia – disse ele com frieza antes de guardar o lápis no bolso. – Então, mostre-me o corpo.

– O chefe de polícia Lyons não devia estar presente? – perguntou o Dr. Crouch.

Pratt lançou-lhe um olhar irritado.

– Ele receberá meu relatório pela manhã.

– Mas ele devia estar aqui. Isso é um assunto sério.

– Neste instante, eu sou a autoridade encarregada. O chefe de polícia Lyons será comunicado dos fatos em uma hora mais razoável. Não vejo motivo para tirá-lo da cama. – Pratt apontou para o corpo coberto. – Mostre – ordenou.

Pratt assumira uma pose de descaso, o maxilar projetado em uma atitude de alguém confiante demais para se perturbar diante de algo tão irrelevante quanto a visão de um cadáver. Mas quando o Dr. Crouch puxou o lençol, Pratt não conseguiu suprimir o grito sufocado, e subitamente afastou-se da mesa. Embora Norris já tivesse visto o cadáver e ajudado a carregá-lo para dentro do prédio, também se chocou novamente pelas mutilações no corpo de Agnes Poole. Não a despiram. Não era necessário. A lâmina rasgara a frente de seu vestido expondo os ferimentos, que eram tão grotescos que o vigilante Pratt ficou imóvel e incapaz de emitir qualquer som, o rosto pálido como coalhada.

– Como pode ver – disse o Dr. Crouch –, o trauma é horrível. Esperei para completar o exame quando houvesse uma autoridade presente. Mas basta uma olhada superficial para ver que o assassino não lhe abriu apenas o tórax. Fez muito, muito mais. – Crouch enrolou as mangas da camisa e então olhou para Pratt. – Se quiser ver os danos, terá de se aproximar da mesa.

Pratt engoliu em seco.

– Posso... ver muito bem daqui.

– Duvido. Mas se seu estômago é muito fraco para isso, é melhor mesmo não vomitar sobre o cadáver. – Ele pegou um avental e amarrou-o às costas. – Sr. Holmes, Sr. Marshall, precisarei de sua assistência. É uma boa oportunidade para ambos sujarem as mãos. Nem todo estudante tem tanta sorte no início de seus estudos.

Sorte não era a palavra que vinha à mente de Norris ao olhar para aquele corpo aberto. Criado na fazenda, não estranhava o cheiro de sangue ou a extração de vísceras de porcos e vacas. Já sujara as mãos ajudando os empregados da fazenda a extirpar entranhas e extrair peles de animais. Ele sabia como a morte era e como cheirava, pois trabalhara em sua presença.

Mas aquela era uma visão diferente da morte, uma visão muito íntima e familiar. Aquilo não era o coração de um porco ou os pulmões de uma vaca. E o rosto de boca aberta que via era o mesmo que, havia apenas algumas horas, estava repleto de vida. Ver a enfermeira Poole agora, olhar para seus olhos petrificados, era vislumbrar seu próprio futuro. Relutante, pegou um avental em um dos ganchos da parede, amarrou-o às costas e ocupou seu lugar ao lado do Dr. Crouch. Wendell ficou do outro lado da mesa. Apesar do cadáver ensanguentado deitado entre eles, o rosto de Wendell não revelava repulsa, apenas um olhar de intensa curiosidade. Serei o único a lembrar quem era esta mulher?, perguntou-se Norris. Certamente ela não era uma pessoa adorável, mas era mais que uma simples carcaça, mais que um cadáver anônimo a ser dissecado.

O Dr. Crouch molhou um pano em uma bacia e cuidadosamente limpou o sangue da pele cortada.

– Como podem ver, cavalheiros, a lâmina devia ser muito afiada. São cortes limpos e muito profundos. E o padrão... o padrão é muito intrigante.

– Como assim? Que padrão? – perguntou Pratt em uma voz estranhamente abafada e nasalada.

– Se você se aproximar da mesa, poderei mostrar.

– Estou ocupado tomando notas, não vê? Apenas descreva para mim.

– A descrição por si só não fará justiça. Talvez devamos chamar o chefe de polícia Lyons. *Certamente,* alguém na Ronda Noturna deve ter estômago bem forte para realizar esta tarefa.

Pratt ficou vermelho de raiva. Somente então ele se aproximou da mesa para ficar ao lado de Wendell. Olhou para o abdome aberto e rapidamente desviou o olhar.

– Tudo bem. Já vi.

– Mas viu o padrão, como é peculiar? Um corte ao longo de todo o abdome, de lado a lado. Então, um corte perpendicular até a linha média do corpo, em direção ao esterno, lacerando o fígado. São tão profundos que qualquer um deles poderia ter provocado a morte da vítima. – Ele introduziu as mãos no ferimento e ergueu os intestinos, examinando cuidadosamente as volutas brilhantes antes de jogá-las em um balde junto à mesa. – A lâmina devia ser muito longa. Entrou até a coluna e cortou o topo do rim esquerdo. – Ele ergueu a cabeça. – Está vendo, Sr. Pratt?

– Sim. Claro. – Pratt nem sequer olhava para o corpo. Seu olhar parecia desesperadamente fixado no avental sujo de sangue de Norris.

– Então, há este corte vertical. Também é muito profundo. – Ele ergueu o resto do intestino delgado, e Wendell rapidamente posicionou o balde para apará-lo ao lado da mesa. Em seguida vieram outros órgãos abdominais, removidos um a um. O fígado, o baço, o pâncreas. – A lâmina cortou a aorta descendente, o que responde pelo grande volume de sangue nos degraus. – Crouch ergueu a cabeça. – Deve ter morrido rapidamente, de hemorragia.

– Hemo... o quê? – perguntou Pratt.

– Simplesmente, senhor, ela sangrou até morrer.

Pratt engoliu em seco e finalmente forçou-se a olhar para o abdome, agora pouco mais que uma cavidade vazia.

– Você disse que devia ser uma lâmina comprida. De que tamanho?

– Para penetrar assim tão fundo? Vinte, 25 centímetros pelo menos.

– Talvez uma faca de açougueiro.

– Eu certamente classificaria isso como um ato de açougueiro.

– Pode também ter sido uma espada – disse Wendell.

– Muito interessante, creio eu – disse o Dr. Crouch. – Andar pela cidade com uma espada ensanguentada.

– O que o faz pensar em uma espada? – perguntou Pratt.

– A natureza dos ferimentos – respondeu Wendell. – Dois cortes perpendiculares. Na biblioteca de meu pai há um livro sobre estranhos costumes do Extremo Oriente. Ouvi falar de ferimentos assim infligidos no ato nipônico do *seppuku*. Um suicídio ritual.

– Isso certamente não foi um suicídio.

– Eu sei. Mas o padrão é idêntico.

– De fato, é um padrão muito interessante – disse o Dr. Crouch. – Dois cortes distintos, perpendiculares um ao outro. Quase como se o assassino estivesse tentando entalhar o sinal da...

– Cruz? – Pratt ergueu a cabeça com súbito interesse. – A vítima não era irlandesa, certo?

– Não – disse Crouch. – Definitivamente, não.

– Mas muitos pacientes neste hospital são?

– A missão do hospital é servir aos carentes. Muitos de nossos pacientes, se não a maioria, são casos de caridade.

– Ou seja, irlandeses. Como a Srta. Connolly.

– Agora, veja – disse Wendell, falando muito mais francamente do que deveria. – Certamente você está vendo demais nestes ferimentos. Só porque lembram uma cruz isso não quer dizer que o assassino seja um papista.

– Você os defende?

– Estou apenas destacando as falhas de seu raciocínio. Não se pode chegar a tal conclusão apenas por causa da peculiaridade dos ferimentos. Só lhe ofereci uma interpretação plausível.

– Que algum japonês pulou do navio com uma espada? – Pratt riu. – Não há ninguém assim em Boston. Mas há muitos papistas.

– Também podemos concluir que o assassino queria que você culpasse os papistas.

– Sr. Holmes – disse Crouch –, talvez devesse evitar dizer à Ronda Noturna como trabalhar.

– Seu *trabalho* é descobrir a verdade, não fazer suposições sem fundamento, baseadas em intolerância religiosa.

Os olhos de Pratt subitamente se estreitaram.

– Sr. Holmes, você é parente do reverendo Abiel Holmes? De Cambridge?

Houve uma pausa, na qual Norris identificou uma sombra de desconforto cruzar os olhos de Wendell.

– Sim – respondeu Wendell afinal. – Ele é meu pai.

– Um bom e renomado calvinista. Já seu filho...

Wendell retorquiu:

– O filho pode pensar por conta própria, obrigado.

– Sr. Holmes – advertiu o Dr. Crouch –, sua atitude não está sendo particularmente útil.

– Mas certamente está sendo notada – disse Pratt. *E não será esquecida*, acrescentou seu olhar. Ele voltou-se para o Dr. Crouch. – Quão bem conhecia a Srta. Poole, doutor?

– Ela cuidava de diversos pacientes meus.

– E qual é a sua opinião sobre ela?

– Era competente e eficiente. E muito respeitável.

– Ela tinha algum inimigo, ao que você soubesse?

– Absolutamente, não. Era uma enfermeira. Seu papel era aliviar a dor e o sofrimento.

– Mas, certamente, deveria haver algum paciente ou familiar insatisfeito, não? Alguém que pudesse voltar sua raiva para o hospital e seu pessoal?

– É possível. Mas não consigo pensar em ninguém que...

– E quanto a Rose Connolly?

– A jovem que encontrou o corpo?

– Sim. Ela teve alguma desavença com a enfermeira Poole?

– Pode ter tido. A menina é voluntariosa. A enfermeira Poole queixou-se comigo dizendo que ela era exigente.

– Ela estava preocupada com o tratamento da irmã – disse Norris.

– Mas isso não é justificativa para desrespeito, Sr. Marshall – disse o Dr. Crouch. – Da parte de ninguém.

Pratt olhou para Norris.

– Você defende a jovem.

– Ela e a irmã pareciam ser muito ligadas, e a Srta. Connolly tinha motivos para estar nervosa. É tudo o que estou dizendo.

– Nervosa o bastante para cometer uma violência?

– Eu não disse isso.

– Como, exatamente, você a encontrou esta noite? Ela estava do lado de fora, no pátio, não estava?

– O Dr. Crouch nos pediu para encontrá-lo na enfermaria, para uma emergência. Eu vinha de meus aposentos para cá.

– Onde ficam seus aposentos?

– Alugo um quarto em um sótão, senhor, no fim da rua Bridge. Fica do outro lado do terreno, nos fundos do hospital.

– Então, para chegar ao hospital, você precisa atravessar esse terreno?

– Sim. E foi por ali que vim, através do gramado. Estava quase chegando ao hospital quando ouvi os gritos.

– Da Srta. Connolly? Ou da vítima?

– Era uma mulher. É tudo o que sei. Segui o som e encontrei a Srta. Connolly no pátio.

– Você viu essa criatura que ela tão engenhosamente descreve? – Pratt olhou para suas notas. – "Um monstro como a Morte, vestindo uma capa preta que ruflava como as asas de um pássaro gigante"?

Norris balançou a cabeça em negativa.

– Não vi tal criatura. Apenas encontrei a jovem.

Pratt olhou para Wendell.

– E onde você estava?

– Dentro do prédio, ajudando o Dr. Crouch. Ouvi os gritos também e saí com uma lanterna. Encontrei o Sr. Marshall no pátio, junto à Srta. Connolly, que estava agachada.

– Agachada?

– Ela estava, evidentemente, amedrontada. Estou certo de que ela pensou que um de nós era o assassino.

– Notou algo de estranho nela? Afora o fato de parecer assustada?

– Ela *estava* assustada – disse Norris.

– As roupas, por exemplo. As condições de seu vestido. Notou se estava muito rasgado?

– Ela estava fugindo de um assassino, Sr. Pratt – disse Norris. – Tinha todo o direito de estar descomposta.

– O vestido dela estava *rasgado*, como se ela tivesse se atracado com alguém. Foi com algum de vocês?

– Não – respondeu Wendell.

– Por que não pergunta para ela o que aconteceu? – sugeriu Norris.

– Perguntei.

– E o que ela disse?

– Alegou ter acontecido mais cedo. Quando o cunhado tentou molestá-la. – Ele balançou a cabeça, desgostoso. – São como animais, se reproduzem nos cortiços.

Norris notou o preconceito na voz do sujeito. *Animais.* Oh, sim, ouvira a palavra ser aplicada aos irlandeses, aquelas bestas imorais que estavam sempre se prostituindo, sempre procriando. Para Pratt, Rose era apenas mais uma Bridget, uma imigrante irlandesa como outras milhares iguais a ela que lotavam os cortiços de South Boston e Charlestown e cujos hábitos insalubres e seus filhos de nariz sujo espalhavam epidemias de varíola e cólera pela cidade.

– A Srta. Connolly não é um animal – disse Norris.

– Você a conhece bem o bastante para dizer isso?

– Não creio que ser humano *algum* mereça ser insultado dessa forma.

– Para alguém que mal a conhece, você a defende demais.

– Eu sinto pena dela. Pena de a irmã dela estar morrendo.

– Ah, isso. *Isso* já acabou.

– Como assim?

– Aconteceu no começo da noite – disse Pratt, fechando o bloco de notas. – A irmã de Rose Connolly está morta.

8

Não tivemos chance de nos despedir.

Rose limpava o corpo de Aurnia com um pano úmido, delicadamente esfregando manchas de sujeira, suor seco e lágrimas de um rosto que agora estava estranhamente livre de rugas de preocupação. Se existe um paraíso, pensou, certamente Aurnia já deve estar lá, vendo o problema em que Rose estava metida. *Estou com medo, Aurnia. Meggie e eu não temos para onde ir.*

O cabelo cuidadosamente escovado de Aurnia brilhava à luz da lâmpada, como seda cor de bronze sobre o travesseiro. Embora tivesse sido banhada, o fedor persistia, um odor fétido que emanava de um corpo que outrora embalara Rose e que compartilhara uma cama com ela quando eram crianças.

Para mim, você ainda é bela. Você sempre será bela.

Em uma pequena cesta junto à cama, a pequena Meggie dormia profundamente, indiferente à morte da mãe e de seu futuro incerto. Como é parecida com Aurnia, pensou Rose. O mesmo cabelo ruivo, a mesma boca suavemente curvada. Durante dois dias Meggie fora amamentada na enfermaria por três novas mães, que de bom grado revezaram o bebê entre si. Todas testemunharam a agonia de Aurnia e todas sabiam que, a não ser pelos caprichos da providência, qualquer uma delas podia se tornar cliente do carpinteiro.

Rose ergueu a cabeça à aproximação de uma enfermeira. Era a Srta. Cabot, que assumira o lugar da falecida enfermeira Poole.

– Lamento, Srta. Connolly, mas é hora de levar o corpo.

– Mas ela acabou de morrer.

– Já faz duas horas, e precisamos da cama. – A enfermeira lhe entregou um pequeno embrulho. – Os pertences de sua irmã.

Ali estavam as poucas coisas que Aurnia levara consigo para o hospital: uma camisola encardida, uma fita de cabelo e um anel barato de latão e vidro colorido que era seu amuleto desde a infância. Um amuleto que, afinal, não lhe valera de nada.

– Entregue ao marido – disse a enfermeira Cabot. – Agora ela precisa ser removida.

Rose ouviu o ranger de rodas e viu um funcionário do hospital empurrando um carrinho.

– Não tive tempo suficiente com ela.

– Não podemos nos demorar mais. O caixão está pronto no pátio. Já fizeram os preparativos para o funeral?

Rose balançou a cabeça e respondeu, amarga:

– O marido não tomou qualquer providência.

– Se a família não pode pagar, há opções para um enterro decente.

Um *enterro de pobre*, era o que ela queria dizer. Imprensada em uma cova comum com caixeiros-viajantes anônimos, mendigos e ladrões.

– Quanto tempo tenho para organizar o enterro? – perguntou Rose.

A enfermeira Cabot olhou impaciente para a fileira de camas, como se considerando todo o trabalho que tinha a fazer.

– Amanhã, ao meio-dia, a carroça virá buscar o caixão – disse ela.

– Tão pouco tempo?

– A decomposição não espera.

A enfermeira voltou-se e gesticulou para o homem que esperava em silêncio. Ele empurrou o carrinho até o lado da cama.

– Ainda não. *Por favor.* – Rose puxou a manga da camisa do sujeito, tentando afastá-lo de Aurnia. – Vocês não podem jogá-la lá fora, no frio!

– Por favor, não dificulte as coisas – disse a enfermeira. – Se quiser um enterro particular, então é melhor providenciá-lo até amanhã ao meio-dia, ou a levaremos ao Cemitério Sul. – Ela olhou para o funcionário. – Remova o corpo.

O homem introduziu braços musculosos sob o corpo de Aurnia, ergueu-a da cama e pousou o cadáver no carrinho. Enquanto Rose ajeitava o corpete e a saia da irmã, agora marrom de sangue seco, um soluço escapou de sua garganta. Mas nenhum choro, nenhuma súplica podia alterar o curso do que aconteceria a seguir. Aurnia, vestindo apenas linho e gaze, seria levada ao pátio gelado, sua pele frágil chocando-se contra a madeira áspera enquanto o carrinho rolava sobre o calçamento de pedra. O sujeito a deitaria no caixão com gentileza? Ou simplesmente a jogaria ali dentro como uma carcaça, deixando sua cabeça bater contra as tábuas de pinho?

– Deixe-me ficar com ela – implorou Rose, estendendo a mão para tocar o braço do sujeito. – Deixe-me ver.

– Não há nada para ver, senhora.

– Quero ter certeza. Quero ter certeza de que ela será bem tratada. Ele deu de ombros.

– Eu os trato bem. Mas você pode olhar se quiser, eu não me importo.

– Há outro assunto – disse a enfermeira Cabot. – A criança. Você não poderá cuidar dela de modo adequado, Srta. Connolly.

A mulher na cama ao lado disse:

– Eles vieram quando você estava ausente, Rose. Alguém do orfanato, querendo levá-la. Mas não permitimos. A cara de pau dessa gente, tentando levar sua sobrinha quando você nem mesmo estava por perto!

– O Sr. Tate abriu mão de seus direitos de pai – disse a enfermeira Cabot. – Ele, ao menos, compreende o que é melhor para o bebê.

– Ele não se importa com o bebê – disse Rose.

– Você é jovem demais para criá-la sozinha. Seja inteligente, menina! Entregue-a para alguém que possa fazê-lo.

Em resposta, Rose pegou Meggie da cesta e apertou-a firmemente contra o peito.

– Entregá-la a um estranho? Só por cima do meu cadáver.

Em face da resistência claramente insuperável de Rose, a enfermeira Cabot emitiu um suspiro de desalento.

– Fique à vontade. Isso ficará em sua consciência quando a criança começar a sofrer. Não tenho tempo para isso, não hoje à noite, com a pobre Agnes... – Ela engoliu em seco, então olhou para o funcionário que ainda esperava com o corpo de Aurnia no carrinho. – Leve-a.

Ainda segurando Meggie com força, Rose seguiu o sujeito até o pátio. Ali, à luz amarela da lâmpada, observou quando Aurnia foi deitada no caixão de pinho. Observou-o martelar os pregos, os golpes

82

do martelo ecoando como tiros de pistola, e a cada golpe sentia um prego sendo cravado em seu coração. Quando o caixão foi selado, ele pegou um pedaço de carvão e escreveu na tampa: A. TATE.

– Para não haver confusão – disse ele ao se erguer para olhar para ela. – Ela ficará aqui até o meio-dia. Arranje tudo até essa hora.

Rose colocou a mão sobre a tampa do caixão. *Vou encontrar um meio, querida. Vou providenciar para que seja enterrada adequadamente.* Ela protegeu Meggie e a si mesma com o xale e deixou o pátio do hospital.

Ela não sabia para onde ir. Certamente não de volta à pensão que compartilhava com a irmã e com Eben. O cunhado provavelmente estaria lá, desmaiado de tanto rum, e ela não tinha a menor vontade de encontrá-lo. Ela lidaria com ele pela manhã, quando estivesse sóbrio. Eben podia ser desalmado, mas também era razoável. Tinha um negócio e uma reputação a zelar. Caso escapasse algum ligeiro boato malicioso, a sineta à porta de sua alfaiataria não soaria mais. Pela manhã, pensou, Eben e eu daremos uma trégua, e ele nos aceitará de volta. Afinal, é a filha dele.

Naquela noite, porém, não tinham onde dormir.

Diminuiu o ritmo dos passos e acabou parando. Deixou-se ficar, exausta, em uma esquina. A força do hábito a levara a caminhar em uma direção familiar, e agora ela olhava para a mesma rua que atravessara mais cedo naquela noite. Uma carruagem de quatro rodas passou, puxada por um cavalo alquebrado e de cabeça baixa. Mesmo uma carruagem pobre como aquela, com suas rodas bambas e o teto furado, era um luxo impossível. Imaginou-se sentada com os pés exaustos reclinados sobre um pequeno tamborete, protegida do vento e da chuva enquanto a carruagem a transportava como uma princesa. Quando a carruagem passou por ela, Rose subitamente viu quem estava de pé diante dela do outro lado da rua.

– Ouviu as notícias, Srta. Rose? – perguntou Billy Obtuso. – A enfermeira Poole foi morta no hospital!

– Sim, Billy. Eu sei.

– Disseram que cortaram a barriga dela, assim. – Ele passou um dedo sobre o abdome. – O sujeito cortou a cabeça dela com uma espada. As mãos também. Três pessoas o viram fazer aquilo, e ele fugiu como um grande pássaro negro.

– Quem lhe disse isso?

– A Sra. Durkin, no estábulo. O Crab contou para ela.

– O Crab é um moleque idiota. Você está repetindo besteiras e devia parar de fazer isso.

Ele se calou, e Rose percebeu que o magoara. Seus pés arrastavam-se como âncoras gigantes sobre o calçamento de seixos. Sob o gorro enterrado na cabeça despontavam orelhas enormes, redondas e flácidas. O pobre Billy raramente se ofendia, e era fácil se esquecer de que ele também podia se magoar.

– Desculpe – disse Rose.

– Pelo quê, Srta. Rose?

– Você só estava me contando o que ouviu. Mas nem tudo que se ouve por aí é verdade. Algumas pessoas mentem. Algumas são o diabo em pessoa. Você não pode confiar em todo mundo, Billy.

– Como *você* sabe que o Crab mentiu?

Ela jamais ouvira tanta petulância na voz dele e sentia-se tentada a contar-lhe a verdade: que fora ela quem encontrara a enfermeira Poole. Não, melhor ficar calada. Fale qualquer coisa para Billy e no dia seguinte, sabe-se lá como, a história se espalharia, e que papel ela teria em tudo aquilo?

Que meu nome não seja mencionado.

Ela voltou a caminhar em direção a um território familiar, o bebê ainda profundamente adormecido em seus braços. Melhor do que dormir na sarjeta. Talvez a Sra. Combs, do fim da rua, a deixasse ficar com Meggie em um canto de sua cozinha, apenas por uma noite. Eu podia consertar aquele vestido velho para ela, pensou, aquele com um rasgão malremendado. Certamente aquilo valeria um cantinho na cozinha.

– Contei à Ronda Noturna tudo o que vi – disse Billy, saracoteando rua acima ao lado dela. – Estive procurando o Mancha, você sabe. Subi e desci esta rua dez vezes, e foi por isso que a Ronda Noturna achou que eu era alguém com quem poderiam falar.

– Isso você é mesmo.

– Lamento que ela esteja morta, porque ela não vai mais me pedir para levar e trazer encomendas. Ela me dava 1 centavo a cada encomenda, mas não deu da última vez. Não é justo, você não acha? Mas eu não contei nada para a Ronda Noturna porque eles achariam que fui eu quem a matou.

– Ninguém pensaria isso de você, Billy.

– Você precisa pagar um homem pelo seu trabalho, mas ela não me pagou daquela vez.

Caminharam juntos, passando pelas janelas escuras de casas silenciosas. É tão tarde, pensou Rose. Todos dormem, exceto nós. O rapaz ficou com ela até que, finalmente, Rose parou.

– Não vai entrar? – perguntou Billy.

Ela olhou para a pensão da Sra. O'Keefe. Seus pés cansados automaticamente a levaram até aquela porta, através da qual passara tantas vezes. Escada acima estaria sua cama estreita, na alcova cortinada no quarto que ela compartilhara com Aurnia e Eben. A cortina fina não era capaz de abafar os sons da cama ao lado. Os gemidos de Eben fazendo amor, seus roncos, sua tosse de cachorro pela manhã. Lembrou-se das mãos dele agarrando suas coxas naquela noite. Rose estremeceu, deu as costas para a pensão e se foi.

– Para onde vai? – perguntou Billy.

– Não sei.

– Não vai para casa?

– Não.

Ele a alcançou.

– Vai ficar acordada? A noite inteira?

– Preciso encontrar um lugar onde dormir. Algum lugar quente onde Meggie não pegue friagem.

– A casa da Sra. O'Keefe não é quente?

– Não posso ir para lá hoje à noite, Billy. O Sr. Tate está furioso comigo. Muito, muito furioso. E tenho medo de que ele... – Ela parou de falar e olhou para a neblina, que se enroscava em seus pés como mãos tentando agarrá-la. – Ai, meu Deus, Billy – murmurou. – Estou tão cansada. O que vou fazer com ela?

– Conheço um lugar para onde pode levá-la – disse ele. – Um lugar secreto. Mas você não pode contar para ninguém.

AINDA NÃO HAVIA clareado quando Jack Zarolho arreou o cavalo e subiu na carroça. Saiu do pátio do estábulo, os cascos do cavalo golpeando os seixos congelados do calçamento que brilhavam como vidro sob as lâmpadas. Àquela hora, o ruído dos cascos dos cavalos e o ranger das rodas da carroça eram os únicos sons a perturbar as ruas silenciosas. Ao ouvirem a carroça, aqueles que estivessem acordados na cama pensariam que se tratava apenas de um comerciante. Um açougueiro levando carcaças para o mercado, talvez o pedreiro com suas pedras ou o fazendeiro entregando fardos de feno para os cavalariços. Não ocorreria àquela gente sonolenta em suas camas quentes que tipo de carga seria transportada pela carroça que agora passava sob suas janelas. Os vivos não desejavam o convívio da morte, e assim os mortos eram invisíveis, guardados em caixas de pinho, costurados em mortalhas, transportados furtivamente em carroças barulhentas na calada da noite. Aqui estou para fazer aquilo que ninguém tem estômago para fazer, pensou Jack com um sorriso sombrio. Sim, havia dinheiro a ganhar no mercado de roubo de cadáveres. O ruído dos cascos dos cavalos repetia a poesia destas palavras enquanto a carroça avançava para noroeste, em direção ao rio Charles.

Há dinheiro a ganhar. Há dinheiro a ganhar.

E lá estará Jack Burke.

Em meio à neblina, uma figura curvada subitamente se materializou em frente ao cavalo. Jack puxou as rédeas com força e o cavalo parou em meio a um resfolegar. Um adolescente apareceu, zigue-zagueando no meio da rua, os braços compridos acenando como tentáculos de um polvo.

– Cachorro levado! Cachorro levado, venha comigo, agora!

O cão latiu quando o menino se agachou e pegou-o pelo pescoço. Erguendo o cão com firmeza, o menino se assustou ao ver Jack olhando para ele através da neblina.

– Billy, seu idiota! – exclamou Jack.

Ele conhecia bem aquele menino, e quão irritante ele era! Sempre no caminho, sempre atrás de uma refeição, um lugar para dormir. Mais de uma vez Jack precisara expulsar Billy Obtuso do pátio de seu estábulo.

– Saia do meio da rua! Eu poderia tê-lo atropelado!

O menino apenas olhou para ele. Tinha a boca repleta de dentes tortos e uma cabeça pequena demais para seu corpo espigado de adolescente. Ele riu estupidamente, o cão se debatendo em seus braços.

– Ele nem sempre vem quando eu chamo. Precisa aprender.

– Não consegue cuidar de si mesmo e ainda arranja uma droga de um cachorro?

– Ele é meu amigo. O nome dele é Mancha.

Jack olhou para o cachorro preto que parecia não ter manchas em parte alguma.

– Ora, que nome interessante. Nunca ouvi antes.

– Estamos procurando um pouco de leite. Os bebês precisam de leite, você sabe, e ela bebeu todo o que consegui na noite passada. Ela vai estar com fome pela manhã, e quando ficam com fome, eles choram.

O que aquele garoto idiota estava falando?

– Saia da frente – disse Jack. – Tenho coisas a fazer.

– Tudo bem, Sr. Burke! – O menino se afastou para deixar o cavalo passar. – Também tenho coisas a fazer.

Claro que sim, Billy. Com certeza. Jack balançou as rédeas, e a carroça avançou. O cavalo deu apenas alguns passos antes que Jack o parasse de repente. Voltou-se para a figura magricela de Billy, meio oculta pela neblina. Embora tivesse 16 ou 17 anos, era puro osso, tão forte quanto um boneco de madeira. Ainda assim, era um par de mãos a mais.

E seria barato.

– Ei, Billy! – gritou Jack. – Quer ganhar 9 centavos?

O rapaz correu para ele, os braços ainda agarrando o animal.

– O que devo fazer, Sr. Burke?

– Deixe o cão e suba.

– Mas precisamos conseguir leite.

– Quer os 9 centavos ou não? Você pode comprar leite com esse dinheiro.

Billy largou o cão, que imediatamente se afastou.

– Volte para casa agora! – ordenou Billy. – Isso mesmo, Mancha!

– Entre, garoto.

Billy subiu e acomodou o traseiro magro no banco da carroça.

– Aonde vamos?

Jack sacudiu as rédeas.

– Você vai ver.

Atravessaram a névoa, passando por prédios nos quais já se podiam ver luzes de velas através das janelas. Afora o latido distante de cães, o único barulho que se ouvia era o dos cascos dos cavalos e das rodas da carroça atravessando a rua estreita.

Billy olhou para a traseira.

– O que há debaixo da lona, Sr. Burke?

– Nada.

– Mas há algo ali. Posso ver.

– Se quer os 9 centavos, cale-se.

– Tudo bem. – O menino ficou calado durante cinco segundos. – Quando vou ganhá-los?

– Depois que me ajudar a transportar algo.

– Como móveis?

– É. – Jack cuspiu na rua. – Como móveis.

Estavam quase no rio Charles, subindo a rua North Allen. A luz do dia aumentava, mas a neblina ainda era densa. Ao se aproximarem de seu destino, pareceu se fechar ainda mais, saindo do rio para envolvê-los em seu manto. Quando finalmente pararam, Jack não podia ver mais que alguns metros à sua frente, embora soubesse exatamente onde estava.

Billy também sabia.

– Por que estamos no hospital?

– Espere aqui – ordenou Jack antes de pular da carroça.

– Quando vamos transportar os móveis?

– Primeiro preciso ver se está aqui. – Jack abriu o portão e entrou no terreno nos fundos do hospital. Precisou dar apenas alguns passos antes de encontrar o que procurava: um caixão com a tampa recém-pregada, onde se lia um nome: A. TATE. Ergueu uma extremidade para sentir-lhe o peso e confirmou que, sim, estava ocupado, e logo estaria a caminho. Para o cemitério de indigentes, com certeza, a julgar pela madeira barata.

Ele forçou a tampa, que logo cedeu, pois haviam sido usados poucos pregos. Ninguém se incomodava se um pobre estava seguro em seu caixão. Abriu a tampa, revelando um corpo envolto em uma mortalha. Não era muito grande, pela aparência. Mesmo sem Billy Obtuso ele poderia ter dado conta daquilo.

Ele voltou-se para a carroça, onde o rapaz ainda esperava.

– É uma cadeira? Uma mesa? – perguntou Billy.

– Do que está falando?

– Dos móveis.

Jack deu a volta na carroça e pegou a lona.

– Ajude-me a mover isso aqui.

Billy desceu e foi até a traseira da carroça.

– É um tronco.

– Você é muito inteligente. – Jack agarrou uma extremidade e o tirou da carroça.

– É lenha? – perguntou Billy, pegando a outra extremidade. – Não precisa ser cortada?

– Apenas me ajude a carregar, está bem? – Levaram o tronco até o caixão e o baixaram. – Agora, ajude-me a erguer isso – ordenou Jack.

Billy olhou para o caixão e ficou estático.

– Tem alguém aí dentro.

– Vamos, pegue deste lado.

– Mas é... é alguém morto.

– Quer seus 9 centavos ou não?

Billy olhou para ele, os olhos arregalados no rosto pálido e esquelético.

– Tenho medo de gente morta.

– Não vai machucá-lo, idiota.

O rapaz se afastou.

– Eles vêm atrás de você. Os fantasmas.

– Nunca vi um fantasma.

O menino ainda recuava na direção do portão.

– Billy, venha já aqui.

Em vez disso, o menino deu-lhe as costas e correu pelo pátio, sumindo como uma marionete saltitante em meio à neblina.

– Inútil – resmungou Jack, que inspirou, ergueu o corpo envolto na mortalha e tirou-o do caixão.

O dia clareava rapidamente. Teria de trabalhar rápido, antes que alguém o visse. Levou o tronco até o caixão, posicionou a tampa e com algumas marteladas voltou a pregá-la. Que descanse em paz, Sr. Tronco, pensou dando um sorriso. Então, arrastou o cadáver para a carroça. Ali fez uma pausa, ofegante, para olhar para a rua. Não viu ninguém.

E ninguém me viu.

Instantes depois guiava o cavalo pela North Allen. Olhando por sobre os ombros, verificou a carga coberta de lona. Não vira o cadáver, mas não precisava ver. Jovem ou velho, homem ou mulher, era fresco, e era isso o que importava. Daquela vez o pagamento não precisaria ser dividido com ninguém, nem mesmo com Billy Obtuso.

Ele economizara 9 centavos. Aquilo valia um pouco de trabalho extra.

9

Rose despertou e encontrou Meggie adormecida ao seu lado. Ouviu cacarejos, o bater de asas de galinhas, um farfalhar de palha. Nenhum desses sons lhe era familiar, e Rose demorou um instante para se lembrar de onde estava.

Para se lembrar que Aurnia estava morta.

A dor tomou conta de seu coração, apertando tão forte que por um momento não conseguiu respirar. Ela olhou para as vigas grosseiramente entalhadas do celeiro, pensando: é mais dor do que consigo aguentar.

Ouviu uma batida ritmada ali perto e voltou-se para ver um cão negro olhando para ela, a cauda balançando e batendo contra um fardo de palha. O cão chacoalhou o corpo, espalhando palha e poeira no ar, então se aproximou para lamber-lhe a face, deixando um rastro de baba em seu rosto. Afastando-o, ela se sentou. O cão emitiu um uivo entediado e desceu as escadas. Olhando do celeiro, ela o viu passar diante de um estábulo de cavalos, movendo-se com determinação como se estivesse atrasado para um compromisso, e desaparecendo pela porta aberta de uma tulha. Ao longe, um galo cantou.

Ela olhou ao redor e perguntou-se para onde Billy fora. Então era naquele lugar que ele se abrigava. Viu vestígios dele aqui e ali, entre os fardos de feno e os instrumentos agrícolas enferrujados. Uma depressão na palha marcava o lugar onde ele dormira na noite anterior. Havia uma caneca lascada, um pires e uma bandeja de madeira sobre um caixote virado de cabeça para baixo, como uma mesa posta para uma boa refeição. Ela riu da criatividade do rapaz. Na noite anterior, Billy desaparecera durante algum tempo e voltara com uma preciosa caneca de leite, sem dúvida extraído furtivamente de uma vaca ou cabra de alguém. Rose não questionara a origem daquilo enquanto Meggie sugava o trapo encharcado de leite. Ficaria grata por qualquer coisa que satisfizesse a fome do bebê.

Mas, embora o bebê tivesse se alimentado, Rose não comia nada desde o meio-dia da véspera, e seu estômago roncava. Ela vasculhou o celeiro, remexendo a palha até encontrar um ovo de galinha, ainda morno por ter sido posto naquela manhã. Ela o abriu e inclinou a cabeça para trás. O ovo cru escorreu por sua garganta, a gema tão rica e macia que seu estômago instantaneamente se rebelou. Ela se curvou, nauseada, lutando para não vomitar. Pode ser a única coisa que eu vá comer hoje, pensou ela, e não vou desperdiçá-la. Sua náusea enfim diminuiu, e ao erguer a cabeça Rose viu a pequena caixa de madeira, guardada em um canto do celeiro.

Ela abriu a tampa.

Lá dentro havia belas peças de vidro, uma concha e dois botões de osso de baleia, tesouros que Billy colecionara ao vagar pelas ruas do West End. Ela já percebera como seu olhar estava sempre fixado no chão, seus ombros magros curvados para a frente como um velho, tudo para recolher 1 centavo aqui, uma fivela perdida acolá. Todos os dias eram de caça ao tesouro para Billy Obtuso, e um belo botão era suficiente para fazê-lo feliz. Por isso, era um menino de sorte, talvez o mais sortudo de Boston, por se sentir tão facilmente satisfeito com um botão. Mas não se pode comer botões nem se pode pagar um enterro com objetos sem valor.

Ela fechou a caixa e foi até a janela espiar pela vidraça suja. Em um pátio mais abaixo as galinhas ciscavam em um jardim reduzido a pouco mais que caules marrons e trepadeiras enrugadas pelo frio.

A caixa do tesouro de Billy subitamente lembrou-a de algo que guardava no bolso, algo de que se esquecera completamente até então. Ela puxou o medalhão e a corrente e entristeceu-se ao ver o colar de Aurnia. O medalhão tinha forma de coração e a corrente era leve como uma pluma, um cordão delicado para o pescoço de uma fina dama. Ela se lembrou de como aquilo brilhava contra a pele alvíssima da irmã. Como Aurnia era bonita, pensou. Agora, porém, é apenas comida para os vermes.

Aquilo era ouro. Pagaria um funeral decente para a irmã.

Ela ouviu vozes e olhou outra vez pela janela. Uma carroça carregada de fardos de feno acabara de entrar no pátio, e dois homens discutiam o preço.

Era hora de ir embora.

Ela pegou o bebê adormecido, desceu a escada e lentamente esgueirou-se para fora do celeiro.

Quando os dois homens finalmente chegaram a um acordo sobre o preço da carga de feno, Rose Connolly já estava bem longe, limpando os fiapos de palha de sua saia enquanto levava Meggie para o West End.

UMA NEBLINA GELADA envolvia o cemitério de St. Augustine, ocultando as pernas dos visitantes, que pareciam flutuar, seus troncos vagando sobre a névoa. Há tanta gente aqui hoje, pensou Rose. Mas seu pesar não era por Aurnia. Ela observou a procissão atrás de um pequeno caixão que flutuava acima da neblina e pôde ouvir cada gemido, cada soluço, os sons de pesar aprisionados e ampliados, como se o próprio ar estivesse chorando. O funeral da criança passou, saias e mantos negros agitando a névoa em redemoinhos prateados. Ninguém olhou para Rose. Segurando Meggie nos braços, ela ficou em um canto esquecido do cemitério, junto ao monte de terra recentemente revolvido. Para eles, ela não passava de um fantasma em meio à neblina, seu pesar invisível para aqueles que só tinham olhos para seus entes queridos.

– Está bem fundo, senhorita.

Rose voltou-se para os dois coveiros. O mais velho passou a manga da camisa na face, deixando riscos de lama no rosto, cuja pele era profundamente enrugada por anos de exposição ao sol e ao vento. Pobre homem, pensou Rose, você é velho demais para ainda estar empunhando uma pá, escavando o chão gelado. Mas todos precisamos comer. E o que ela faria quando tivesse a idade dele, quando não mais pudesse ver bem o bastante para enfiar a linha na agulha?

– Ninguém mais vai assistir à cerimônia? – perguntou o coveiro.

– Ninguém mais – respondeu ela, olhando para o caixão de Aurnia. Aquela era uma perda de Rose, dela apenas, e a menina era muito egoísta para compartilhá-la com alguém. Lutou contra o súbito impulso de arrancar a tampa e olhar uma última vez para o rosto da irmã. E se, por algum milagre, ela não estivesse morta? E se Aurnia se espreguiçasse e abrisse os olhos? Rose chegou a estender a mão para tocar o caixão, mas logo recuou. Não existem milagres, pensou. Aurnia morreu.

– Podemos terminar, então?

Ela engoliu as lágrimas e assentiu com um menear de cabeça.

O velho voltou-se para o parceiro, um adolescente com cara de idiota que escavara de má vontade e que agora estava imóvel, ombros caídos, indiferente a tudo.

– Ajude-me a baixar o caixão.

As cordas rangeram à medida que o caixão baixava, deslocando torrões de terra que caíam dentro do buraco. Paguei por uma cova só para você, querida, pensou Rose. Um lugar de descanso privativo que você não precisará compartilhar com um marido que a boline ou com algum mendigo fedido. Ao menos uma vez na vida você vai dormir sozinha, um luxo que não teve enquanto viva.

O caixão deu um solavanco ao atingir o fundo. O rapaz se distraíra e soltara a corda com muita força. Rose viu o olhar que o velho lançou para o rapaz, um olhar que dizia: Cuido de você mais tarde. O rapaz não notou e simplesmente puxou a corda de dentro do buraco, que subiu escorregando como uma cobra e cuja extremidade inferior estalou contra o pinho. Com a tarefa quase completada, o rapaz passou a trabalhar com mais ânimo enquanto enchiam a cova de terra. Talvez estivesse pensando em um almoço perto do fogo, sabendo que tudo que o separava dele era aquela cova. Não vira o ocupante do caixão, nem parecia se importar. Tudo o que importava era que aquele buraco precisava ser coberto, de modo que se dedicou àquilo, pá após pá repleta de terra molhada atirada sobre o caixão.

No outro extremo do cemitério, onde a criança estava sendo enterrada, ergueu-se um lamento, um choro de mulher tão dolorido que Rose se voltou para olhar. Somente então viu a silhueta fantasmagórica se aproximando em meio à neblina. A figura se aproximou e Rose reconheceu o rosto sob o gorro da capa. Era Mary Robinson, a jovem enfermeira do hospital. Mary fez uma pausa e olhou por sobre os ombros, como se sentisse que havia alguém atrás dela, mas Rose não viu ninguém exceto os outros enlutados, que formavam um círculo de figuras imóveis ao redor da tumba da criança.

– Não sabia mais onde encontrá-la – disse Mary. – Lamento por sua irmã. Deus dê descanso à sua alma.

Rose enxugou os olhos, espalhando lágrimas pelo rosto.

– Você foi gentil com ela, Srta. Robinson. Muito mais que... – Ela parou de falar, sem querer invocar o nome da enfermeira Poole. Sem querer falar mal dos mortos.

Mary aproximou-se. Enquanto Rose afastava as lágrimas, concentrou-se no rosto tenso da enfermeira, em seus olhos apertados. Mary inclinou-se para ela, e sua voz se tornou um sussurro, suas palavras quase perdidas em meio ao barulho que faziam as pás dos coveiros.

– Há gente perguntando pela criança.

Rose fez uma expressão de cansaço e olhou para a sobrinha, que estava deitada serenamente em seus braços. A pequena Meggie herdara o temperamento doce de Aurnia e contentava-se em ficar deitada em silêncio, observando o mundo com olhos arregalados.

– Já lhes disse minha decisão. O bebê vai ficar com a família. Comigo.

– Rose, eles não são do orfanato. Prometi à Srta. Poole que não diria nada, mas agora não posso continuar em silêncio. Na noite em que o bebê nasceu, depois que você saiu da sala, sua irmã nos disse... – Subitamente Mary se calou, o olhar voltado não para Rose, mas para algo ao longe.

– Srta. Robinson?

– Mantenha a criança em segurança – disse Mary. – Esconda-a.

Rose voltou-se para ver o que Mary estava olhando, e quando viu Eben saindo em meio à névoa, sua garganta secou. Embora suas mãos estivessem trêmulas, ela ficou firme onde estava, decidida a não se intimidar. Não hoje, não aqui, ao lado da tumba de minha irmã. Ao se aproximar, viu que ele trazia sua bolsa, a mesma com que ela viera para Boston havia quatro meses. Com desdém, Eben arremessou-a aos pés de Rose.

– Tomei a liberdade de empacotar suas coisas – disse ele. – Uma vez que você não é mais bem-vinda à casa da Sra. O'Keefe.

Ela ergueu a bolsa da lama, furiosa só de pensar em Eben mexendo em suas roupas e objetos pessoais.

– E não venha implorar pela minha caridade – acrescentou ele.

– O que foi aquilo a que você tentou me forçar ontem à noite? Caridade?

Ela se aprumou, encarou-o e sentiu um arrepio de satisfação ao ver o lábio ferido do cunhado. *Fui eu quem fez isso? Bom para mim.* A resposta claramente o enfureceu, e ele deu um passo adiante. Mas logo viu os dois coveiros que ainda estavam enchendo o buraco de terra. Parou em meio ao gesto, a mão fechada em punho. Vá em frente, pensou Rose. Bata em mim enquanto estou com sua filha nos braços. Deixe que o mundo veja o covarde que você é.

Ele estreitou os lábios, como um animal mostrando os dentes, e suas palavras saíram como um sussurro contido e perigoso.

– Você não tinha o direito de falar com a Ronda Noturna. Eles vieram esta manhã, durante o desjejum. Todos os outros hóspedes estão comentando a respeito.

– Só lhes contei a verdade. O que você fez comigo.

– Como se alguém acreditasse em você. Sabe o que eu disse para o Sr. Pratt? Disse-lhe quem você realmente é. Uma pequena sedutora. Contei-lhe como a abriguei e a alimentei apenas para agradar à minha mulher. E é assim que você paga minha generosidade!

– Você não se importa com a morte dela? – Rose olhou para a sepultura. – Você não veio aqui se despedir. Veio para me intimidar, é por isso que está aqui. Enquanto sua própria esposa...

– Minha querida esposa também não a suportava.

O olhar de Rose voltou-se para o dele.

– Você está mentindo.

– Não acredita em mim? – desdenhou. – Precisava ouvir as coisas que ela me sussurrava quando você estava dormindo. Que peso morto você era, apenas um fardo que ela tinha de arrastar porque sabia que você morreria de fome sem nossa caridade.

– Eu trabalhei para pagar a minha estadia. Todos os dias!

– Como se eu não pudesse encontrar uma dúzia de outras meninas mais baratas, tão hábeis quanto você com a agulha e a linha! Vá em frente e veja quanto tempo vai demorar antes de você estar morrendo de fome. Você vai voltar para mim, implorando.

– Voltar para você? – Foi a vez de Rose rir, e ela riu, embora a fome devorasse seu estômago. Ela esperava que Eben despertasse sóbrio naquela manhã, sentisse ao menos uma pontada de remorso pelo que fizera na noite anterior. Que, com a morte de Aurnia, ele subitamente se desse conta do que havia perdido, e a dor o tornasse um homem melhor. Mas estaria sendo tão tola quanto Aurnia se acreditasse que ele poderia melhorar. Na noite anterior, Rose o humilhara e, à luz do dia, ele se via despojado de qualquer disfarce. Ela não viu pesar em seus olhos, apenas orgulho ferido, e agora ela se divertia cutucando a ferida.

96

– Sim, talvez eu passe fome – acrescentou ela. – Mas ao menos cuido dos meus. Providenciei o funeral de minha irmã. Criarei sua filha. O que as pessoas vão pensar ao saberem que você abriu mão da própria filha? Que não deu 1 centavo para o enterro de sua esposa?

O rosto dele ficou roxo de raiva, e ele olhou para os dois coveiros, que haviam terminado sua tarefa e agora ouviam a conversa atentamente. Com os lábios estreitados, ele enfiou a mão no bolso e tirou dali um punhado de moedas.

– Aqui! – disse ele, estendendo-as para os coveiros. – Peguem!

O mais velho olhou para Rose, constrangido.

– A jovem já nos pagou, senhor.

– Droga, pegue o maldito dinheiro! – Eben agarrou a mão suja de terra do coveiro e entregou-lhe as moedas. Então, olhou para Rose. – Considere minha obrigação cumprida. Agora, você tem algo que *me* pertence.

– Você não se importa com Meggie. Por que a quer?

– Não é o bebê que eu quero. São as outras coisas. As coisas de Aurnia. Sou o marido dela; portanto, as coisas dela me pertencem.

– Não há nada.

– O pessoal do hospital me disse que lhe entregou as coisas dela na noite passada.

– É tudo o que quer? – Ela pegou o pequeno embrulho que amarrara ao redor da cintura e o entregou para Eben. – Então é seu.

Ele abriu o pacote, e a camisola encardida e a fita de cabelo caíram no chão.

– Onde está o resto?

– O anel dela está aí.

– Aquele pedaço de latão? – Ele pegou o anel de Aurnia com as pedras de vidro colorido e o atirou aos pés de Rose. – Inútil. Toda garota de Boston tem um.

– Ela deixou o anel de casamento em casa. Você sabe disso.

– Estou falando do colar. Um medalhão de ouro. Ela nunca me disse como o conseguiu, e durante todos esses meses recusou-se a vendê-lo, embora eu pudesse ter usado o dinheiro na loja. Pelo tanto que passei, mereço ao menos aquilo como recompensa.

97

– Você não merece um fio de cabelo dela.

– Onde está?

– Eu o empenhei. Como acha que paguei o enterro?

– Valia muito mais do que *isso* – disse ele, apontando para a cova.

– Não adianta, Eben. Paguei por este túmulo, e você não é bem-vindo aqui. Você não deu trégua à minha irmã enquanto ela estava viva. O mínimo que pode fazer é deixar que descanse em paz agora.

Ele olhou para o velho coveiro, que o olhava feio. Eben não pensava duas vezes antes de bater em uma mulher caso ninguém estivesse olhando, mas agora lutava para conter os punhos e a língua solta. Tudo o que disse foi:

– Falaremos sobre isso depois, Rose. – Então lhe deu as costas e foi embora.

– Senhorita? Senhorita?

Rose voltou-se para o velho coveiro, que a olhava com uma expressão de simpatia.

– Você já nos pagou. Acho que vai querer ficar com isso. Pode alimentar você e o bebê durante algum tempo.

Rose olhou para as moedas que ele pusera em sua mão e pensou: por enquanto, isso vai saciar nossa fome. Pagarei uma ama de leite.

Os dois coveiros recolheram as ferramentas e deixaram Rose ao lado da cova fresca de Aurnia. Assim que a terra assentar, pensou, comprarei uma lápide de pedra. Talvez possa economizar o bastante para mandar gravar mais que seu nome, querida irmã. A gravura de um anjo ou algumas linhas de um poema para que o mundo saiba quão vazio ficou ao perdê-la.

Ela ouviu os soluços abafados dos enlutados do outro funeral, que começavam a deixar o cemitério. Viu rostos pálidos ocultos em lã negra flutuando em meio à neblina. Tantos para chorar a perda de uma criança. *Onde estão os que choram por você, Aurnia?*

Somente então se lembrou de Mary Robinson. Olhou em torno, mas não viu a enfermeira em parte alguma. A chegada de Eben, louco por uma briga, devia tê-la assustado. Outra mágoa que Rose sempre carregaria contra ele.

Pingos de chuva caíam em seu rosto. Os outros enlutados, cabeças baixas, saíam do cemitério em direção às suas carruagens e jantares com comida quente. Apenas Rose permaneceu ali, agarrando Meggie enquanto a chuva ensopava a terra.

– Durma bem, querida – sussurrou.

Rose pegou sua bolsa e os pertences de Aurnia espalhados pelo chão. Então, ela e Meggie deixaram o cemitério de St. Augustine e caminharam em direção aos cortiços do sul de Boston.

10

— A obstetrícia é o ramo da medicina que trata da concepção e suas consequências. Hoje, vocês conheceram algumas de suas consequências. Muitas delas, infelizmente, trágicas...

Mesmo na escadaria do grande auditório, Norris conseguia ouvir a voz altissonante do Dr. Crouch. Apressou-se escada acima, envergonhado por ter chegado tão tarde à preleção matinal. A noite anterior ele a passara na desagradável companhia de Jack Zarolho, uma expedição que os levara ao sul de Quincy. Durante todo o caminho Jack queixara-se de suas costas, único motivo pelo qual pedira que Norris o acompanhasse. Eles voltaram para Boston bem depois da meia-noite, carregando apenas um espécime em tal estado de deterioração que após abrir a lona o Dr. Sewall fizera uma careta ao sentir o fedor.

– Este estava enterrado há dias – reclamou Sewall. – Não sabem usar o olfato? Só o cheiro bastaria!

Norris ainda sentia aquele fedor em seu cabelo e em suas roupas. Aquilo nunca o deixava inteiramente. Em vez disso, abria caminho sob sua pele, como um verme, até cada golfada de ar inalado estar impregnado daquilo e você não ser mais capaz de distinguir carne de carniça. Ele sentia aquele cheiro enquanto subia as escadas para o auditório, como um cadáver ambulante carregando seu próprio aroma de decomposição. Ele abriu a porta e lentamente entrou na sala de conferências. Lá embaixo, no palco, o Dr. Crouch caminhava enquanto falava.

– ...embora um ramo da medicina distinto da cirurgia e da prática médica, a obstetrícia requer conhecimento de anatomia e fisiologia, patologia e... – O Dr. Crouch fez uma pausa, o olhar fixo em Norris, que dera apenas alguns passos no corredor em busca de um lugar vago. O súbito silêncio atraiu a atenção de todos na sala mais dramaticamente do que qualquer grito. Os espectadores voltaram-se como uma besta de muitos olhos em direção a Norris, que ficou paralisado sob a mira de tantos olhares.

– Sr. Marshall – disse Crouch. – Estamos honrados com sua decisão de se juntar a nós.

– Lamento, senhor! É indesculpável.

– De fato é. Bem, tome assento!

Norris viu uma cadeira vazia e rapidamente se sentou na fileira à frente de Wendell e seus dois amigos.

No palco, Crouch pigarreou e prosseguiu:

– Concluindo, cavalheiros, deixo-os com esse pensamento: o médico é, às vezes, a única coisa que se opõe às trevas. Quando entramos nos terrenos deprimentes da doença, estamos ali para lutar, para oferecer esperança divina e coragem para aquelas pobres almas cujas vidas estão em risco. Portanto, lembrem-se da confiança sagrada que logo recairá sobre seus ombros. – Crouch plantou-se no centro do palco com suas pernas curtas e sua voz ecoou como um grito de guerra. – Sejam fiéis ao chamado! Sejam fiéis àqueles que confiam a própria vida a suas mãos virtuosas.

Crouch olhou para a plateia, que ficou em absoluto silêncio durante alguns segundos. Então, Edward Kingston levantou-se para aplaudir ruidosamente, um gesto que não passou despercebido por Crouch. Outros rapidamente se juntaram a ele, até todo o auditório reverberar de aplausos.

– Bem. Eu chamaria isso de uma atuação ao nível de Hamlet – disse Wendell. Mas sua observação irônica se perdeu em meio ao tumulto das palmas. – Quando será que ele vai rolar pelo chão e interpretar a cena da morte?

– Cale-se, Wendell – advertiu Charles. – Vai nos meter em apuros.

O Dr. Crouch deixou o palco e sentou-se na primeira fila, com outros membros da faculdade. Agora, o Dr. Aldous Grenville, reitor da faculdade de medicina e tio de Charles, levantou-se para se dirigir aos estudantes. Embora seu cabelo já fosse inteiramente grisalho, o Dr. Grenville era um homem alto e ereto, uma figura impressionante que comandava a sala com apenas um olhar.

– Obrigado, Dr. Crouch, por uma preleção tão educativa e inspiradora sobre a arte e a ciência da obstetrícia. Vamos agora ao segmento final do programa de hoje, uma dissecação anatômica apresentada pelo Dr. Erastus Sewall, nosso distinto professor de cirurgia.

O corpulento Dr. Sewall levantou-se pesadamente e caminhou da primeira fila até o palco. Ali, os cavalheiros se cumprimentaram com um aperto de mãos. O Dr. Grenville voltou a se sentar, dando a palavra a Sewall.

– Antes de começar – disse Sewall –, gostaria de chamar um voluntário. Talvez um cavalheiro entre os estudantes do primeiro ano tivesse coragem suficiente para me assistir como dissecador?

Houve um silêncio durante o qual cinco fileiras de jovens discretamente olharam para os próprios sapatos.

– Vamos lá, vocês precisam sujar as mãos de sangue se querem entender a máquina humana. Vocês mal começaram seus estudos de medicina, portanto, são estranhos à sala de dissecação. Hoje eu os ajudarei a tomar conhecimento desse maravilhoso mecanismo, essa estrutura nobre e intricada. Algum de vocês tem coragem?

– Eu tenho – disse Edward, levantando-se.

O professor Grenville disse:

– Sr. Edward Kingston se ofereceu como voluntário. Por favor, junte-se ao Dr. Sewall no palco.

Enquanto Edward subia o corredor, lançou um sorriso de autoconfiança para os colegas. Um olhar que dizia: *Não sou covarde como vocês.*

– Como ele tem coragem? – murmurou Charles.

– Todos precisaremos passar por isso – disse Wendell.

– Veja como ele parece gostar. A essa altura juro que já estaria tremendo como um pecador.

Ouviu-se o rumor de rodas sobre o palco de madeira quando uma mesa foi trazida dos bastidores, empurrada por um assistente. O Dr.

Sewall tirou o casaco e enrolou as mangas da camisa. O assistente trouxe então uma pequena mesa com uma bandeja de instrumentos. – Cada um de vocês terá oportunidade de usar a faca na sala de dissecação. Mas, ainda assim, será muito pouco tempo. Com tal escassez de espécimes anatômicos, não podemos deixar escapar qualquer oportunidade. Sempre que um espécime se tornar disponível, espero que aproveitem a chance para aumentar seu conhecimento. Hoje para nossa grande sorte, tal oportunidade se apresentou. – Ele fez uma pausa para vestir um avental. – A arte da dissecação – disse ele enquanto amarrava os laços atrás da cintura – é exatamente isto: uma arte. Hoje vou lhes mostrar como se deve fazer. Não como um açougueiro limpando uma carcaça, mas como um escultor, extraindo um trabalho de arte de um bloco de mármore. É o que pretendo fazer hoje. Não apenas dissecar um corpo, mas revelar a beleza de cada músculo e cada órgão, cada nervo e vaso sanguíneo. – Ele se voltou para a mesa onde estava o corpo, ainda coberto. – Revelemos o espécime de hoje.

Norris sentiu-se nauseado quando o Dr. Sewall estendeu a mão para abrir a mortalha. Ele já adivinhara quem estava ali dentro e temeu ver o cadáver apodrecido que ele e Jack Zarolho haviam desenterrado na véspera. Mas quando Sewall tirou o lençol, não era o homem fedorento quem estava ali embaixo.

Era uma mulher. E mesmo de seu lugar Norris a reconheceu.

Cachos de cabelo ruivo cascateavam pela borda da mesa. Sua cabeça estava ligeiramente voltada para o lado, encarando a plateia com olhos semicerrados e lábios entreabertos. O auditório ficou tão silencioso que Norris podia ouvir o próprio coração pulsando nos ouvidos. *Este é o cadáver da irmã de Rose Connolly. A irmã que ela adorava.* Como, em nome de Deus, aquela irmã bem-amada acabara em uma mesa de anatomista?

Calmamente, o Dr. Sewall pegou uma faca da bandeja e foi até o lado do cadáver. Parecia alheio ao silêncio chocado que caíra sobre a sala, e quando se voltou para o espécime, parecia um homem de negócios a ponto de começar a trabalhar. Ele olhou para Edward, que continuava paralisado ao pé da mesa. Sem dúvida, Edward também reconhecera o corpo.

– Eu o aconselho a vestir um avental.

Edward não pareceu ouvi-lo.

– Sr. Kingston, a não ser que queira manchar esse belo casaco que está vestindo, sugiro que o retire e vista um avental. Então, venha me auxiliar.

Até mesmo o arrogante Eddie, ao que parecia, perdera a coragem, e engoliu em seco enquanto vestia o avental do pescoço aos tornozelos e enrolava as mangas da camisa.

O Dr. Sewall fez o primeiro corte. Foi um golpe brutal, do esterno à pélvis. Quando a pele se abriu, o abdome liberou seu conteúdo e as entranhas saltaram da barriga aberta e ficaram penduradas, pingando na beirada da mesa.

– O balde – disse Sewall para Edward, que olhava horrorizado para a incisão. – Por favor, alguém poderia trazer um balde? Uma vez que meu assistente aqui parece incapaz de qualquer movimento.

Risadas ansiosas irromperam na plateia diante do espetáculo de seu colega, tão autoconfiante, ter sua reputação publicamente desmoralizada. Enrubescendo, Edward pegou o balde de madeira na mesa de instrumentos e pousou-o no chão, para aparar as voltas de intestino gosmento que escorregavam para fora da barriga.

– Cobrindo o intestino – disse o Dr. Sewall – há uma membrana chamada omento. Acabei de rompê-la, liberando os intestinos, que agora veem cascateando para fora do abdome. Em cavalheiros mais idosos, especialmente aqueles que foram muito indulgentes com os prazeres da mesa, esta membrana pode ser muito adensada com gordura. Mas, neste jovem espécime feminino, encontro poucos depósitos. – Com mãos ensanguentadas ele ergueu o omento quase transparente para que todos o vissem. Então, inclinou-se à mesa e atirou-o no balde. Ouviu-se um estalo úmido quando a massa de tecido atingiu o fundo.

– A seguir, devo retirar todo o intestino, que obstrui a visão dos outros órgãos. Embora todo açougueiro que tenha esquartejado uma vaca conheça a massa volumosa do intestino, os estudantes que assistem à sua primeira dissecação frequentemente se surpreendem ao vê-la pela primeira vez. Primeiro, devo eviscerar o intestino delgado, soltando-o à altura da junção pilórica, onde termina o estômago...

Ele se inclinou com a faca e voltou trazendo uma extremidade cortada do intestino. Deixou-o escorregar pela borda da mesa, e Edward a pegou com as mãos nuas antes que caísse no chão. Repugnado, rapidamente jogou-a no balde.

– Agora, devo liberar a outra extremidade, onde o intestino delgado se transforma em intestino grosso, na junção ileocecal.

Novamente curvou-se com a faca e voltou a se erguer segurando a outra extremidade cortada.

– Para ilustrar as maravilhas do sistema digestivo humano, gostaria que meu assistente pegasse uma extremidade de intestino delgado e subisse o corredor, estendendo-o.

Edward hesitou, olhando com nojo para o balde. Com uma careta, enfiou a mão na massa de entranhas e pegou uma extremidade cortada.

– Vamos, Sr. Kingston. Vá até o fundo da sala.

Edward começou a subir o corredor, puxando a extremidade do intestino. Norris sentiu um cheiro horrível de vísceras e viu o aluno do outro lado do corredor tapar o nariz com a mão em concha para evitar o cheiro. Edward continuou a andar, arrastando atrás de si o cordão fedorento de intestino até que este finalmente se ergueu do chão e ficou esticado, pingando.

– Vejam o comprimento – disse o Dr. Sewall. – Estamos olhando para, talvez, 6 metros de intestino. Seis metros, cavalheiros! E este é apenas o intestino delgado. Deixei o intestino grosso no lugar. No interior de cada um de vocês está este órgão maravilhoso. Pensem nisso quando estiverem sentados digerindo seu desjejum. Não importa sua posição na vida, rico ou pobre, velho ou jovem, na cavidade de sua barriga você é igual a qualquer outro homem.

Ou mulher, pensou Norris, o olhar fixo não no órgão, mas no espécime estripado sobre a mesa. Até mesmo uma mulher tão bonita podia ser dissecada e reduzida a um balde de entranhas. Onde estava a alma? Onde estava a mulher que outrora habitara aquele corpo?

– Sr. Kingston, pode voltar ao palco e devolver o intestino ao balde. A seguir, veremos como são o coração e o pulmão, aninhados dentro do peito. – O Dr. Sewall pegou um instrumento de aspecto terrível e introduziu suas extremidades ao redor de uma costela. O som de osso quebrado ecoou pelo auditório. Ele olhou para a plateia. – Não se pode ter uma boa visão do tórax a não ser que se olhe diretamente dentro da cavidade. Creio que seria melhor que os estudantes do primeiro ano levantassem de suas poltronas e se aproximassem para assistirem ao resto da dissecação. Venham, juntem-se ao redor da mesa.

Norris levantou-se. Ele estava mais perto do corredor, de modo que foi o primeiro a chegar à mesa. Ele olhou não para o tórax aberto, mas para o rosto de uma mulher cujos segredos mais íntimos estavam sendo revelados para uma sala repleta de estranhos. Era tão bela, pensou. Aurnia Tate morrera no auge de sua feminilidade.

– Se vocês se aproximarem – disse o Dr. Sewall –, gostaria de destacar uma descoberta interessante na pélvis do espécime. Baseado no tamanho do útero, que posso facilmente apalpar aqui, concluiria que este espécime deu à luz recentemente. Apesar do relativo frescor deste cadáver, vocês poderão notar um odor particularmente fétido na cavidade abdominal, e a óbvia inflamação do peritônio. Levando em conta todas estas descobertas, posso fazer uma suposição sobre a causa da morte.

Ouviu-se um baque surdo corredor acima, e um dos estudantes disse, alarmado:

– Ele está respirando? Verifique se está respirando!

O Dr. Sewall gritou:

– Qual é o problema?

– É o sobrinho do Dr. Grenville, senhor! – disse Wendell. – Charles desmaiou!

Na fila da frente, o professor Grenville levantou-se, parecendo preocupado com a notícia. Rapidamente subiu até onde estava Charles, abrindo caminho em meio aos estudantes que lotavam o corredor.

– Ele está bem, senhor – anunciou Wendell. – Charles está voltando a si.

No palco, o Dr. Sewall suspirou.

– Um estômago fraco não é recomendável para alguém que deseja estudar medicina.

Grenville ajoelhou-se ao lado do sobrinho e deu alguns tapinhas no rosto de Charles.

– Vamos lá, rapaz. Você ficou um pouco tonto. Não foi uma manhã fácil.

Gemendo, Charles sentou-se e segurou a cabeça.

– Estou enjoado.

– Eu o levo para fora, senhor – disse Wendell. – O ar fresco provavelmente lhe fará bem.

– Obrigado, Sr. Holmes – disse Grenville. Ao se erguer, ele mesmo não parecia muito firme.

Estamos todos nervosos, mesmo os mais experientes.

Com a ajuda de Wendell, Charles levantou-se, trêmulo, e foi amparado corredor acima. Norris ouviu um comentário debochado de um dos alunos:

– Tinha de ser o Charlie, é claro. Desmaiar é com ele mesmo!

Mas poderia ter acontecido com qualquer um de nós, pensou Norris, olhando para os rostos pálidos no auditório. Que ser humano normal podia observar aquela carnificina matinal e não se abater?

E ainda não havia acabado.

No palco, o Dr. Sewall mais uma vez pegou a faca e olhou friamente para a plateia.

– Cavalheiros. Podemos continuar?

11

Dias atuais

Julia dirigiu rumo ao norte, fugindo do calor do verão de Boston, e juntou-se ao fluxo de carros que iam para o Maine no fim de semana. Quando chegou à fronteira de New Hampshire, a temperatura caíra 10 graus. Meia hora depois, ao atravessar para o Maine, o ar estava começando a ficar gelado. Logo as florestas e o litoral rochoso desapareciam atrás da neblina e, dali em diante, o mundo tornou-se cinza, a estrada serpenteando através de uma paisagem fantasmagórica de vultos de árvores e casas de fazenda.

Quando finalmente chegou à cidade praiana de Lincolnville, naquela tarde, a neblina era tão densa que ela mal conseguia distinguir a silhueta portentosa da barca de Islesboro atracada no quebra-mar. Henry Page a advertira de que havia espaço limitado para veículos a bordo, motivo pelo qual ela deixou o carro no estacionamento do terminal, pegou a bolsa de viagem e embarcou.

Se naquele dia havia algo para ser visto pela janela da barca durante a travessia para Islesboro, ela não viu.

Julia saiu da barca e encontrou-se em um mundo cinza e confuso. A casa de Henry Page ficava a menos de 2 quilômetros do terminal, "Um belo passeio em um dia de verão", dissera ele. Contudo, em meio à densa neblina, menos de 2 quilômetros podiam se transformar em uma eternidade. Caminhou pelo lado da estrada para evitar ser atropelada pelos carros que passavam e metia-se no meio do mato sempre que ouvia um veículo se aproximando. Então, pensou ela, trêmula, vestindo apenas short e sandálias, assim é o verão no Maine. Embora pudesse ouvir o canto de pássaros, não os enxergava. Tudo o que podia ver era o chão sob seus pés e o mato na beira da estrada.

Uma caixa de correio subitamente apareceu à sua frente. Estava inteiramente enferrujada, presa a um poste empenado. Olhando de perto, mal conseguiu ler a inscrição na lateral: STONEHURST.

A casa de Henry Page.

O acesso de veículo, na realidade uma única pista de terra batida, subia gradualmente atravessando um bosque denso, onde arbustos e galhos baixos estendiam-se como garras para arranhar qualquer veículo que ousasse passar por ali. Quanto mais subia, mais ansiosa se sentia por estar isolada naquela estrada deserta, naquela ilha afogada em neblina. A casa apareceu tão subitamente que ela parou, assustada, como se tivesse acabado de descobrir uma besta feroz em meio à névoa. Era feita de pedra e madeira velha que ao longo dos anos se tornara prateada devido ao ar salitrado. Embora não pudesse ver o mar, ela sabia que estava perto, porque podia ouvir as ondas açoitando as pedras e o grasnar das gaivotas que sobrevoavam o lugar.

Subiu os degraus gastos de granito até a varanda e bateu à porta. O Sr. Page lhe dissera que estaria em casa, mas ninguém veio atender. Ela estava com frio, não trouxera casaco e não tinha para onde ir, afora o terminal das barcas. Frustrada, deixou a bolsa na varanda e foi até os fundos da casa. Uma vez que Henry não estava, ela ao menos podia dar uma olhada na vista – caso houvesse vista para ser admirada naquele dia.

Seguiu um caminho de pedra até um jardim nos fundos, repleto de mato e grama maltratada. Embora evidentemente precisasse de um jardineiro, podia-se ver que outrora o lugar devia ter sido uma atração, a julgar pelo elaborado trabalho de alvenaria. Viu degraus cobertos de musgo desaparecendo em meio à neblina, e baixos muros de pedra delimitando uma série de terraços que abrigavam canteiros de flores. Atraída pelo barulho das ondas, ela desceu os degraus, passando por touceiras de tomilho e erva-dos-gatos. O mar devia estar perto, agora, e ela esperava ver um trecho de praia a qualquer momento.

Desceu mais um pouco, e a sola de seu sapato encontrou o vazio.

Com um grito sufocado, cambaleou para trás e caiu sentada nos degraus. Ficou ali um instante olhando, através da cortina móvel da neblina, para as pedras uns 6 metros mais abaixo. Somente então percebeu o solo erodido ao seu redor, as raízes expostas de uma árvore que mal conseguia se agarrar à encosta, que se esfarelava. Olhando para o mar lá embaixo, pensou: se eu sobrevivesse à queda, não demoraria a me afogar nesta água gelada.

Com as pernas bambas, voltou à casa, com medo de que a encosta ruísse a qualquer momento, levando-a junto. Estava quase no topo quando viu o homem esperando por ela.

Tinha os ombros curvados para a frente e suas mãos nodosas seguravam uma bengala. Henry Page soara velho ao telefone, mas aquele homem parecia antediluviano, o cabelo branco como a neblina, os olhos estreitados por trás dos óculos de aros de metal.

– Esses degraus não são seguros – disse ele. – Todo ano alguém cai do penhasco. O solo é instável.

– Foi o que descobri – disse ela, ofegante pela rápida subida escada acima.

– Sou Henry Page. Você é a Srta. Hamill, presumo.

– Espero que não se incomode por eu ter dado uma olhada por aí. Uma vez que você não estava em casa.

– Eu estava em casa o tempo todo.

– Ninguém atendeu à porta.

– E você acha que posso descer a escada correndo? Tenho 89 anos. Na próxima vez, tente ser mais paciente. – Ele se voltou e atravessou o terraço de pedra em direção a uma porta corrediça de vidro. – Entre. Há um bom sauvignon blanc na geladeira. Embora o tempo peça um tinto, e não um branco.

Julia entrou na casa atrás dele e pensou: este lugar parece tão velho quanto ele. Cheirava a poeira e a tapetes antigos.

E livros. Naquela sala defronte ao mar milhares de livros antigos ocupavam prateleiras que iam do chão ao teto. Uma parede era dominada por uma enorme lareira de pedra. Embora a sala fosse enorme e a neblina pressionasse as janelas voltadas para o mar, o lugar parecia escuro e claustrofóbico. As 12 caixas empilhadas no centro da sala ao lado da sólida mesa de carvalho não ajudavam a amenizar a sensação.

– Estas são algumas das caixas de Hilda – disse ele.

– Algumas?

– Há outras duas dúzias no porão, nas quais ainda não mexi. Talvez pudesse trazê-las para cima para mim, pois não tenho como fazê-lo com esta bengala. Pediria para meu sobrinho-neto, mas ele está sempre muito ocupado.

E eu não estou?

Ele caminhou até a mesa de jantar, onde o conteúdo de uma das caixas estava espalhado sobre o tampo surrado.

– Como pode ver, Hilda era uma rata do deserto. Nunca jogava nada fora. Quando se vive tanto quanto ela viveu, você acaba acumulando um bocado de coisas. Mas essas coisas, acabei descobrindo, são muito interessantes. Tudo está completamente desorganizado. A empresa de mudança que contratei simplesmente jogou tudo dentro das caixas, aleatoriamente. Estes velhos jornais aqui datam de 1840 a 1910, sem nenhuma ordem. Aposto que deve haver jornais ainda mais antigos, mas teríamos de abrir todas as caixas para encontrá-los. Poderia demorar semanas até abrirmos todas elas.

Olhando para um exemplar de 10 de janeiro de 1840, do *Boston Daily Advertiser*, Julia subitamente registrou o fato de que ele usara a palavra abrirmos. Ela ergueu a cabeça.

– Lamento, Sr. Page, mas não pretendo ficar muito tempo. Poderia apenas me mostrar o que encontrou a respeito de minha casa?

– Oh, sim. A casa de Hilda. – Para surpresa de Julia, ele se afastou, a bengala golpeando o chão de madeira. – Construída em 1880 – gritou enquanto entrava em outro cômodo. – Por uma ancestral minha chamada Margaret Tate Page.

Julia seguiu Henry até uma cozinha que parecia não ser reformada desde os anos 1950. Os armários estavam encardidos e o fogão, sujo de gordura antiga e o que parecia ser molho seco de macarrão. Ele foi até a geladeira e pegou uma garrafa de vinho branco.

– A casa passou por diversas gerações. Todos nós éramos ratos silvestres, como Hilda – disse ele, introduzindo um saca-rolhas na garrafa. – Motivo pelo qual acumulamos este baú do tesouro de documentos. A casa esteve com nossa família durante todos esses anos. – Ele extraiu a rolha. – Até você comprá-la.

– Os ossos em meu jardim provavelmente foram enterrados antes de 1880 – disse Julia. – Foi o que a antropóloga da universidade me disse. A tumba é mais velha que a casa.

– Pode ser, pode ser. – Ele pegou duas taças de vinho do armário.

– O que você encontrou nestas caixas não vai nos dizer coisa alguma sobre os ossos. – *E eu estou perdendo meu tempo.*

– Como pode dizer uma coisa dessas? Você ainda nem olhou para os jornais. – Ele encheu as taças e estendeu uma para Julia.

– Não é um pouco cedo para beber? – perguntou ela.

– Cedo? – desdenhou. – Tenho 89 anos e quatrocentas garrafas de excelente vinho no porão, que pretendo consumir. Estou mais preocupado em ser muito *tarde* para começar a beber. Portanto, por favor, me acompanhe. Uma garrafa sempre sabe melhor quando a tomamos com outra pessoa.

Ela pegou a taça.

– Agora, sobre o que falávamos? – perguntou o velho.

– A tumba da mulher é mais velha que a casa.

– Ah! – Ele pegou sua taça e voltou à biblioteca. – Pode ser mesmo.

– Portanto, não vejo o que possa haver nestas caixas que me esclareça a identidade dela.

Ele remexeu a papelada sobre a mesa de jantar e separou uma folha, que colocou diante de Julia.

– Aqui, Srta. Hamill. Aqui está a pista.

Ela olhou para a carta manuscrita, datada de 20 de março de 1888.

Querida Margaret,

Agradeço suas gentis condolências, tão sinceramente externadas, pela perda de minha querida Amelia. Este foi um inverno difícil para mim, já que a cada mês venho perdendo um velho amigo para a doença ou para a velhice. Agora, é com profundo pesar que devo considerar os breves anos que me restam.

Dou-me conta de que esta é, talvez, minha última chance de mencionar um assunto difícil, que deveria ter sido abordado há muito tempo. Tenho relutado em falar, pois sei que sua tia preferia que você nada soubesse a esse respeito...

Julia ergueu a cabeça.

– Isso foi escrito em 1888. Bem depois de os ossos terem sido enterrados.

– Continue a ler – disse ele.

E ela leu até o último parágrafo.

Por enquanto, anexo o recorte de jornal que mencionei anteriormente. Se não quiser saber mais detalhes, por favor, diga-me e jamais voltarei a mencionar o assunto. Mas se a história de seus pais realmente lhe interessar, então pegarei a pena na próxima oportunidade. E você saberá a história, a verdadeira história, de sua tia e do Estripador de West End.

Atenciosamente,
O.W.H.

– Você sabe quem era *O.W.H.*? – perguntou Henry. Seus olhos, ampliados pelas lentes dos óculos, brilhavam de excitação.

– Você me disse ao telefone que era Oliver Wendell Holmes.

– E você *sabe* quem ele era?

– Um juiz da Suprema Corte, não é isso?

Henry emitiu um gemido de desespero.

– Não, esse era Oliver Wendell Holmes *Júnior*, o filho! Esta carta é de Wendell *pai*. Deve ter ouvido falar *dele*.

Julia franziu as sobrancelhas.

– Ele era escritor, não é mesmo?

– Isso é *tudo* o que sabe sobre ele?

– Desculpe. Não sou exatamente uma professora de história.

– Você é professora? De quê?

– Terceira série.

– Até mesmo uma professora de terceira série devia saber que Oliver Wendell Holmes pai era mais do que uma personalidade literária · Sim, era poeta, romancista e biógrafo. Também era conferencista, filósofo e uma das vozes mais influentes em Boston. E era algo mais. Entre suas contribuições para a humanidade, esta foi a mais importante de todas.

– E qual foi?

– Ele era médico. Um dos melhores de seu tempo.

Ela olhou para a carta com mais interesse.

– Então, isto tem importância histórica.

– A Margaret a quem ele se dirige nesta carta era minha bisavó, Dra. Margaret Tate Page, nascida em 1830. Foi uma das primeiras médicas de Boston. A casa que possui era dela. Em 1880, quando a casa foi construída, ela tinha 50 anos.

– Quem é essa tia que ele menciona na carta?

– Não faço ideia. Nada sei a respeito dela.

– Há outras cartas de Holmes?

– Espero encontrá-las aqui. – Ele olhou para as 12 caixas empilhadas junto à mesa. – Só revistei estas seis até agora. Tudo desorganizado, tudo fora de ordem. Mas aqui está a história de sua casa, Srta. Hamill. *Isto* é o que restou das pessoas que lá viveram.

– Ele disse que anexou um recorte. Você o encontrou?

Henry pegou um pedaço de jornal.

– Creio que é a isto que ele se referia.

O recorte estava tão envelhecido que ela teve dificuldade de ler o que estava escrito à luz escassa que entrava pela janela. Apenas quando Henry ligou um abajur ela pôde ver as palavras impressas.

Era datado de 28 de novembro de 1830.

Assassinato de West End Descrito como "Chocante e Grotesco"

Às 22h de quarta-feira policiais da Ronda Noturna foram chamados ao Hospital Geral de Massachusetts após o corpo da Srta. Agnes Poole, enfermeira, ter sido descoberto sobre uma grande poça de sangue na escada dos fundos do hospital. Seus ferimentos, de acordo com o policial Pratt, da Ronda Noturna, não deixam dúvidas de que foi um ataque da mais brutal natureza, muito provavelmente infligido por um grande instrumento cortante, como uma faca de açougueiro. A única testemunha permanece anônima para este repórter, em atenção à sua segurança, mas o Sr. Pratt confirma ser uma jovem que descreveu o assassino como "vestindo uma capa negra como a Morte, e com asas de ave de rapina".

– Esse assassinato ocorreu em Boston – disse Julia.

– A meio dia de carruagem de sua casa em Weston. E a vítima foi uma mulher.

– Não vejo qualquer ligação com minha casa.

– Oliver Wendell Holmes pode ser a ligação. Ele escreveu para Margaret, que morava em sua casa. Fez essa curiosa referência à tia dela e a um assassino chamado de o Estripador de West End. De algum modo, Holmes se envolveu nesse caso de homicídio, um caso que se sentiu obrigado a contar para Margaret mais de cinquenta anos depois. Por quê? Que segredo misterioso seria esse que ela jamais deveria saber?

O soar distante da sirene de um navio fez Julia erguer a cabeça.

– Gostaria de não ter de pegar a barca. Adoraria saber a resposta.

– Então não vá. Por que não passa a noite aqui? Vi sua bolsa de viagem na porta da frente.

– Não queria deixá-la no carro, por isso eu a trouxe comigo. Pretendia ficar em um motel em Lincolnville.

– Mas com todo este trabalho esperando! Tenho um quarto de hóspedes lá em cima com uma vista espetacular.

Ela olhou para a janela, para a névoa que se adensara ainda mais, e perguntou-se de que vista ele estaria falando.

– Mas talvez não valha a pena para você. Parece que sou o único que se importa com história hoje em dia. Achei que talvez sentisse o mesmo, uma vez que *tocou* nos ossos dela. – Ele suspirou. – Oh, bem. O que importa? Algum dia estaremos todos iguais a ela. Mortos e esquecidos. – Ele deu-lhe as costas. – A última barca sai às 16h30. Deve ir agora, se quiser pegá-la.

Ela não se mexeu. Ainda pensava no que ele lhe dissera. Sobre mulheres esquecidas.

– Sr. Page? – disse ela.

Ele se voltou, um pequeno gnomo curvado agarrado a uma bengala nodosa.

– Acho que vou passar a noite aqui.

PARA UM HOMEM de sua idade, Henry certamente deveria maneirar na bebida. Ao terminarem de jantar, estavam quase acabando a segunda garrafa de vinho, e Julia tinha dificuldade de se concentrar. A noite caíra lá fora e, à luz do abajur, tudo na sala parecia envolto por uma névoa cálida. Fizeram a refeição à mesma mesa onde os papéis estavam espalhados, e junto aos restos de frango havia uma pilha de cartas e jornais velhos que ela ainda teria de examinar. Mas Julia não poderia lê-las naquela noite, não do modo como sua cabeça rodava.

Henry não parecia disposto a parar de beber. Ele voltou a encher a taça e tomou um gole enquanto procurava outro documento em uma interminável coleção de cartas manuscritas endereçadas a Margaret

Tate Page. Havia cartas de filhos, netos e colegas de medicina do mundo inteiro. Como Henry ainda conseguia ler aquela tinta esmaecida após tantas taças de vinho? Afinal, 89 anos era um bocado de tempo, embora Henry tivesse bebido mais do que ela e certamente a vencesse naquela maratona de leitura noturna.

Ele a olhou por cima do aro dos óculos.

– Desistiu?

– Estou exausta. E um tanto tonta, creio eu.

– São apenas 22h.

– Não tenho sua energia. – Ela o observou levar a carta para junto dos óculos, forçando a vista para ler a escrita quase apagada. – Fale-me de Hilda, sua prima.

– Era professora escolar, como você. – Enquanto folheava a carta, ele acrescentou, distraído: – Nunca teve filhos.

– Nem eu.

– Não gosta de crianças?

– Adoro.

– Hilda não.

Julia afundou na cadeira olhando para a pilha de caixas, o único legado de Hilda Chamblett.

– Então é por isso que ela morava sozinha. Ela não tinha ninguém.

Henry ergueu a cabeça.

– Por que você acha que eu moro sozinho? Vivo assim porque quero! Quero ficar em minha própria casa, não em um asilo. – Ele pegou a taça de vinho. – Hilda também era assim.

Teimosa? Irascível?

– Morreu onde queria – disse ele. – Em casa, em seu jardim.

– Só acho triste ter ficado lá caída durante vários dias antes de alguém encontrá-la.

– Com certeza, acontecerá o mesmo comigo. Meu sobrinho-neto, provavelmente, encontrará minha carcaça sentada bem aqui nesta cadeira.

– Este é um pensamento terrível, Henry.

– É uma consequência de se apreciar a privacidade. Você mora sozinha, portanto, deve saber a que me refiro.

Ela olhou para a taça.

– Não é escolha minha – disse ela. – Meu marido me deixou.

– Por quê? Você parece ser uma mulher bastante agradável.

Bastante agradável. Claro, e isso faz os homens correrem feito loucos atrás de mim. A observação soou-lhe tão casualmente insultuosa que ela riu. Mas em algum lugar no meio do riso as lágrimas afluíram. Ela se moveu para a frente e escondeu o rosto entre as mãos, lutando para manter as emoções sob controle. Por que aquilo estava acontecendo naquele instante, por que ali, diante daquele homem que ela mal conhecia? Durante meses depois da partida de Richard ela não chorara e impressionara a todos com seu estoicismo. Agora, parecia não conseguir conter as lágrimas, contra as quais lutava com tanto empenho que seu corpo começou a tremer. Henry não disse palavra nem tentou consolá-la. Simplesmente a observou, do mesmo modo como observava aqueles jornais velhos, como se aquele rompante fosse algo novo e curioso.

Ela enxugou o rosto e ergueu-se de supetão.

– Vou lavar a louça – disse ela. – Depois, acho que vou dormir. – Ela pegou os pratos sujos e dirigiu-se à cozinha.

– Julia – disse ele. – Qual é o nome dele? Do seu marido.

– Richard. E ele é meu ex-marido.

– Você ainda o ama?

– Não – murmurou Julia.

– Então por que diabos está chorando por causa dele? – perguntou Henry, indo diretamente à raiz do problema.

– Porque sou uma idiota.

EM ALGUM LUGAR da casa um telefone tocava.

Julia ouviu Henry passar pela porta de seu quarto, a bengala batendo no chão à medida que avançava. Quem quer que estivesse ligando sabia que era necessário esperar algum tempo até ele atender, porque tocou mais de 12 vezes antes de ele finalmente chegar ao aparelho. Ao longe, ela o ouviu dizer:

– Alô?

Então, alguns segundos depois:

– Sim, ela está aqui neste instante. Remexemos as caixas. Para ser honesto, ainda não decidi.

Decidiu o quê? Com quem ele estava falando?

Julia se esforçou para ouvir as palavras seguintes, mas a voz de Henry baixara, e tudo o que ela foi capaz de ouvir foi um murmúrio incompreensível. Após um instante ele se calou, e ela ouviu apenas o mar do lado de fora de sua janela e os rangidos e gemidos da casa velha.

Na manhã seguinte, à luz do dia, o telefonema não lhe pareceu nem um pouco embaraçoso.

Ela pulou da cama, vestiu uma calça jeans e uma camiseta limpa e foi até a janela. Também não havia vista naquele dia. Quando muito, a neblina parecia ainda mais densa, pressionando a janela com tal força que ela pensou que, caso estendesse a mão para fora, esta afundaria em algo parecido com algodão-doce acinzentado. Vim de carro até o Maine, pensou, e ainda não vi o mar uma única vez.

Ouviu uma batida forte à porta e voltou-se, assustada.

– Julia! – chamou Henry. – Já está acordada?

– Estou me levantando.

– Precisa descer imediatamente.

A urgência na voz dele a fez atravessar o quarto e abrir a porta.

Ele estava em pé no corredor, o rosto iluminado de excitação.

– Encontrei outra carta.

12

1830

Uma névoa de fumaça de charuto pairava como uma cortina fina sobre a sala de dissecação, o bem-vindo odor do tabaco encobrindo o fedor dos cadáveres. Na mesa em que Norris trabalhava, jazia um cadáver com o tórax aberto, e os pulmões e o coração eviscerados repousavam em um monte fedorento dentro do balde. Nem mesmo a sala gelada podia retardar o inevitável processo de decomposição, que já ia avançado quando o cadáver chegara do estado de Nova York. Havia dois dias Norris observara a entrega de 14 barris, transbordando de salmoura.

– Ouvi dizer que teremos de consegui-los em Nova York – comentou Wendell enquanto o grupo de quatro alunos abria caminho no abdome, mãos nuas afundando na massa gélida dos intestinos.

– Não há pobres suficientes morrendo em Boston – disse Edward. – Nós os tratamos com excessiva indulgência, e eles ficam muito saudáveis. Então, quando morrem, não podemos usá-los. Em Nova York eles apenas desenterram os corpos no cemitério de indigentes, sem perguntas.

– Isso não pode ser verdade – disse Charles.

– Eles têm duas valas diferentes. A vala 2 é para os corpos que ninguém reivindica. – Edward olhou para o cadáver, cujo rosto enrugado trazia as marcas de muitos anos difíceis. O braço esquerdo, que outrora se quebrara, acabara ficando torto. – Este aqui, definitivamente, devia estar na vala 2. Algum velho irlandês, não acha?

Seu instrutor, o Dr. Sewall, caminhava pela sala de dissecação, ao longo das mesas de corpos onde os jovens trabalhavam, quatro para cada cadáver.

– Quero que removam completamente os órgãos internos hoje – disse ele. – Eles estragam rapidamente. Se ficarem muito tempo no corpo, até mesmo aqueles que creem ter estômago forte logo acharão o fedor intolerável. Fumem todos os charutos que quiserem, se afoguem em uísque, mas garanto que um bafo de intestinos em decomposição durante uma semana vai derrubar até mesmo o mais forte de vocês.

E o mais fraco entre nós já está com problemas, pensou Norris ao olhar para Charles, cujo rosto pálido estava envolto em fumaça enquanto tirava frenéticas baforadas de seu charuto.

– Vocês viram os órgãos *in situ* e testemunharam algumas das engrenagens ocultas dessa máquina milagrosa – disse Sewall. – Nesta sala, cavalheiros, desvendamos o mistério da vida. Ao desmontar a obra-prima de Deus, examinem como foi concebida, observem as partes em seus lugares de origem. Testemunhem como cada órgão é vital para o todo. – Sewall fez uma pausa na mesa de Norris e examinou os órgãos dentro do balde, erguendo-os com as mãos nuas. – Qual de vocês eviscerou o coração e os pulmões? – perguntou.

– Fui eu, senhor – disse Norris.

– Bom trabalho. O melhor que vi nesta sala. – Sewall olhou para o aluno. – Imagino que já fez isso antes.

– Na fazenda, senhor.

– Carneiros?

– E porcos.

– Nota-se que sabe usar uma faca. – Sewall olhou para Charles. – Suas mãos ainda estão limpas, Sr. Lackaway.

– Eu... eu quis dar oportunidade para os outros começarem.

– Começarem? Já acabaram com o tórax e estão no abdome. – Ele olhou para o cadáver e fez uma careta. – Pelo cheiro, este aqui está apodrecendo rapidamente. Vai apodrecer antes que você pegue sua faca, Sr. Lackaway. O que está esperando? Suje suas mãos.

– Sim, senhor.

Quando o Dr. Sewall saiu da sala, Charles pegou a faca, relutante. Olhando para seu irlandês que se decompunha prematuramente, ele hesitou, a lâmina pairando sobre o intestino. Enquanto criava coragem, subitamente um pedaço de pulmão atravessou a mesa e atingiu-o no peito. Ele deu um grito e se afastou, tentando livrar-se freneticamente da massa sangrenta.

Edward riu.

– Você ouviu o Dr. Sewall. Suje suas mãos!

– Pelo amor de Deus, Edward!

– Devia ver seu rosto, Charlie. Parecia que eu havia jogado um escorpião em você.

Agora que o Dr. Sewall estava fora da sala, os alunos tornavam-se indisciplinados. Uma garrafa de uísque começou a rodar entre eles. A equipe da mesa ao lado ergueu o cadáver que trabalhava e enfiou um charuto aceso em sua boca. A fumaça subiu diante dos olhos sem vida.

– É nojento – disse Charles. – Não posso fazer isso. – Ele baixou a lâmina. – Eu nunca desejei ser médico!

– Quando pretende contar ao seu tio? – perguntou Edward.

Uma gargalhada irrompeu no outro lado da sala, onde o chapéu de um aluno acabou na cabeça do cadáver de uma mulher. Mas o olhar de Charles continuava no corpo do irlandês, cujo braço esquerdo deformado e a espinha curva eram um mudo testemunho de uma vida sofrida.

– Vamos lá, Charlie – encorajou Wendell, entregando-lhe uma faca. – Não é assim tão ruim depois que se começa. Não desperdicemos o corpo desse pobre irlandês. Ele tem muito a nos ensinar.

– Para você, Wendell, que adora esse tipo de coisa.

– Já extraímos o omento. Você pode eviscerar o intestino delgado.

Enquanto Charles olhava para a faca que lhe fora oferecida, alguém gritou do outro lado da sala:

– Charlie! Não vá desmaiar de novo!

Vermelho como um tomate, Charles pegou a faca. De má vontade, começou a cortar. Mas não realizava uma remoção cuidadosa. Em vez disso, desferia golpes selvagens, a lâmina ferindo o intestino e liberando um fedor tão terrível que Norris se afastou, levando a mão ao rosto.

– Pare – disse Wendell. Ele pegou o braço de Charles, mas o outro continuou trabalhando. – Você está fazendo uma lambança!

– Você me disse para cortar! Você me disse para ficar com as mãos ensanguentadas! É isso que meu tio vive me dizendo, que um médico é inútil se não suja as mãos de sangue!

– Não somos seu tio – disse Wendell. – Somos seus amigos. Agora, pare.

Charles jogou fora a faca. O baque do instrumento sobre a bandeja foi abafado pela bagunça dos jovens, entregues a uma tarefa tão grotesca na qual a única atitude saudável era manter uma perversa frivolidade.

Norris pegou a faca e perguntou, em voz baixa:

– Você está bem, Charles?

– Estou. – Charles suspirou. – Estou muito bem.

Um aluno que estava à porta murmurou:

– Sewall está voltando!

Imediatamente a sala ficou em silêncio. Chapéus saíram das cabeças dos cadáveres. Os corpos voltaram às suas posições de digno repouso. Quando o Dr. Sewall entrou novamente na sala, viu apenas alunos diligentes e rostos compenetrados. Ele foi direto até a mesa de Norris e parou, olhando para os intestinos dilacerados.

– Que diabos é *isso*? – Chocado, olhou para os quatro alunos. – Quem é o responsável por esta carnificina?

Charles parecia estar no limiar das lágrimas. Para Charles, cada dia parecia trazer uma nova humilhação, uma nova chance para revelar sua incompetência. Sob o olhar de Sewall, ele parecia perigosamente perto de um colapso.

Ansioso, Edward explicou:

– O Sr. Lackaway estava tentando eviscerar o intestino delgado, senhor, e...

– É minha culpa – intrometeu-se Norris.

Sewall olhou para ele, incrédulo.

– Sr. Marshall?

– Foi... foi uma brincadeira de mau gosto. Charles e eu... bem, perdemos o controle e nos desculpamos sinceramente. Não é mesmo, Charles?

Sewall olhou para Norris um instante.

– À luz de sua óbvia habilidade como dissecador, essa má conduta é duplamente frustrante. Que não volte a se repetir.

– Não voltará, senhor.

– Fui informado de que o Dr. Grenville deseja vê-lo, Sr. Marshall. Ele o espera no escritório.

– Agora? Qual o assunto?

– Sugiro que descubra. Vá. – Sewall voltou-se para a classe. – Quanto a vocês, chega de brincadeiras tolas. Vamos, cavalheiros!

Norris limpou as mãos no avental e disse para os colegas:

– Vou ter de deixar vocês três terminarem o velho irlandês.

– O que o Dr. Grenville quer com você? – perguntou Wendell.

– Não faço ideia – respondeu Norris.

– Professor Grenville?

Sentado à sua escrivaninha, o reitor da faculdade de medicina ergueu a cabeça. Iluminado por trás pela luz sombria do dia que atravessava a janela, sua silhueta lembrava a cabeça de um leão, com uma juba de cabelos grisalhos e crespos. Enquanto Norris esperava à porta, sentiu Aldous Grenville observando-o atentamente e perguntou-se o que aprontara para ser chamado à sua sala. Durante o longo trajeto pelo corredor ele vasculhara a memória em busca de algum incidente que pudesse ter chamado a atenção do Dr. Grenville. Certamente, devia haver alguma coisa, porque Norris não conseguia pensar em outro motivo para o reitor notar, entre as dezenas de novos estudantes, um mero filho de fazendeiro de Belmont.

– Entre, Sr. Marshall. E, por favor, feche a porta.

Ansioso, Norris sentou-se. Grenville acendeu uma lamparina e a chama projetou um brilho cálido sobre a mesa polida e a estante de cerejeira. A silhueta transformou-se em um rosto severo, com bastas costeletas. Embora tivesse tanto cabelo quanto um jovem, este ficara prateado, emprestando muita autoridade aos seus traços já impressionantes. Ele se recostou à cadeira, e seus olhos escuros eram duas órbitas estranhas, refletindo a luz da lamparina.

– Você esteve no hospital – disse Grenville. – Na noite em que Agnes Poole morreu.

Norris ficou surpreso pela abrupta introdução de assunto tão terrível e só conseguiu menear a cabeça. O assassinato ocorrera havia seis dias, e desde então os boatos corriam soltos pela cidade, especulando quem ou o que poderia tê-la matado. O *Daily Advertiser* descrevera um demônio alado. Boatos sobre papistas eram inevitáveis, sem dúvida espalhados pelo patrulheiro Pratt. Mas também se ouviam outros rumores. Um pregador em Salem falara do mal iminente, de criaturas malignas e de estrangeiros adoradores do demônio que só podiam ser combatidos pela mão de Deus. Na noite anterior, as histórias ultrajantes haviam levado um bando de bêbados a caçar um pobre italiano na rua Hanover, forçando-o a se refugiar em uma taberna.

– Você foi o primeiro a encontrar a testemunha. A jovem irlandesa – disse Grenville.

– Sim.

– Você a viu depois daquela noite?

– Não, senhor.

– Sabe que a Ronda Noturna está procurando por ela?

– O Sr. Pratt me falou. Nada sei sobre a Srta. Connolly.

– O Sr. Pratt me fez acreditar no contrário.

Então fora por isso que o chamara. A Ronda Noturna queria que Grenville o pressionasse em busca de informações.

– A jovem não é vista na pensão onde mora desde aquela noite – disse Grenville.

– Certamente ela deve ter família em Boston.

– Apenas o cunhado, um alfaiate chamado Sr. Tate. Ele disse à Ronda Noturna que ela é um tanto idiota, com tendência a fazer alegações absurdas. Ela chegou a acusá-lo de tentar violentá-la.

Norris lembrou-se de como Rose Connolly ousara questionar a opinião do eminente Dr. Crouch, um ato de incrível ousadia por parte de uma jovem que deveria saber o seu lugar. Mas idiota? Não, o que Norris vira na enfermaria naquela tarde fora uma jovem que mantinha sua posição com firmeza, uma menina protegendo a irmã moribunda.

– Nada vi de insano naquela jovem – disse ele.

– Ela fez alegações estranhas. Sobre a criatura com a capa.

– Ela se referiu àquilo como uma *figura*, senhor. Ela nunca disse que era algo sobrenatural. Foi o *Daily Advertiser* que apelidou o assassino de "Estripador de West End". Ela podia estar assustada, mas não estava histérica.

– Você não pode informar ao Sr. Pratt onde ela está?

– Por que acha que eu saberia?

– Ele sugeriu que você conhece melhor... a gente dela.

– Entendo. – Norris sentiu o rosto se contrair. *Então eles acham que um garoto de fazenda de terno ainda é apenas um garoto de fazenda.* – Posso perguntar por que subitamente é tão urgente encontrá-la?

– Ela é uma testemunha e só tem 17 anos. Há a segurança dela a ser considerada. E a segurança da criança.

– É difícil crer que o Sr. Pratt se importe com o bem-estar dela. Há algum outro motivo para ele a estar procurando?

Grenville fez uma pausa, mas em seguida admitiu:

– Há um assunto que o Sr. Pratt preferia que não fosse divulgado pela imprensa.

– Que assunto?

– A respeito de uma joia. Um medalhão que a Srta. Connolly empenhou em uma loja de penhores.

– Qual o significado desse medalhão?

– Não pertence a ela. Por direito, deveria ter sido entregue ao marido da irmã.

– Está dizendo que a Srta. Connolly é uma ladra?

– Eu, não. O Sr. Pratt.

Norris pensou na jovem e em sua feroz lealdade para com a irmã.

– Não a imagino como uma criminosa.

– Como ela lhe pareceu ser?

– Uma jovem inteligente. E decidida. Mas não uma ladra.

Grenville assentiu.

– Eu passarei esta opinião para o Sr. Pratt.

Pensando que a entrevista terminara, Norris fez menção de se levantar, mas Grenville disse:

– Mais um instante, Sr. Marshall. Tem outro compromisso?

– Não, senhor. – Norris voltou a se acomodar na cadeira. Ficou ali sentado, incomodado, enquanto Grenville o observava em silêncio.

– Você está satisfeito com o curso? – perguntou o reitor.

– Sim, senhor. Muito.

– E com o Dr. Crouch?

– Ele é um excelente professor. Estou grato por ele ter me aceitado. Aprendi muito sobre obstetrícia com ele.

– No entanto, sei que você tem opiniões próprias sobre o assunto.

Subitamente, Norris sentiu-se incomodado. Teria o Dr. Crouch se queixado? Enfrentaria agora as consequências?

– Não pretendia questionar seus métodos – disse Norris. – Só queria contribuir...

– Os métodos não devem ser questionados caso não funcionem?

– Não devia tê-lo desafiado. Certamente, não tenho a experiência do Dr. Crouch.

– Não. Você tem uma experiência de fazendeiro. – Norris corou, e Grenville acrescentou: – Você acha que acabei de insultá-lo.

– Não tenho a pretensão de intuir suas intenções.

– Não pretendi insultá-lo. Conheci muitos meninos de fazenda inteligentes. E mais de um cavalheiro imbecil. O que quero dizer com meu comentário sobre fazendeiros é que você tem experiência prática. Você observou o processo de gestação e nascimento.

– Mas, como bem lembrou o Dr. Crouch, uma vaca não pode ser comparada a um ser humano.

– Claro que não. As vacas são muito mais sociáveis. Seu pai deve concordar com isso. De outro modo não se esconderia naquela fazenda.

Norris fez uma pausa, atônito.

– Conhece meu pai?

– Não, mas sei quem ele é. Ele deve se orgulhar por você perseverar em um curso tão exigente.

– Não, senhor. Ele está infeliz com minha escolha.

– Como é possível?

– Ele queria que eu fosse fazendeiro. Considera os livros uma perda de tempo. Eu nem mesmo estaria aqui, na faculdade de medicina, se não fosse a generosidade do Dr. Hallowell.

– O Dr. Hallowell, de Belmont? O cavalheiro que escreveu a sua carta de recomendação?

– Sim, senhor. Verdadeiramente, não há homem mais gentil. Ele e a mulher sempre me fizeram sentir bem-vindo em sua casa. Ele pessoalmente me deu aulas de medicina e me encorajou a pegar livros de sua própria biblioteca. Parecia que a cada mês havia livros novos, e ele me deu acesso irrestrito. Romances. História grega e romana. Volumes de Dryden, Pope e Spenser. É uma coleção extraordinária.

Grenville sorriu.

– E você fez bom uso dela.

– Os livros foram minha salvação – disse Norris, então ficou subitamente embaraçado por ter usado uma palavra tão reveladora.

Mas salvação era exatamente o que os livros haviam significado para ele nas noites desoladas da fazenda, noites em que ele e o pai tinham pouco a dizer um ao outro. Quando falavam, era sobre se o feno ainda estava muito úmido, ou quão perto as vacas estavam de parir. Não falavam sobre o que atormentava a ambos.

E jamais falariam.

— É uma pena que seu pai não o tenha encorajado — disse Grenville. — Contudo, chegou muito longe com bem poucos recursos.

— Encontrei... emprego na cidade. — Desagradável que fosse seu trabalho com Jack Burke. — É o bastante para pagar minha educação.

— Seu pai não contribui com coisa alguma?

— Ele tem pouco a enviar.

— Espero que seja mais generoso com Sophia. Ela merece coisa melhor.

Norris ficou surpreso à menção daquele nome.

— Conhece minha mãe?

— Quando minha mulher Abigail ainda era viva, ela e Sophia eram grandes amigas. Mas isso faz muito tempo, antes de você nascer. — Ele fez uma pausa. — Foi uma surpresa para nós quando Sophia subitamente se casou.

E a maior surpresa de todas, pensou Norris, deve ter sido a escolha do marido, um fazendeiro com pouca instrução. Embora Isaac Marshall fosse um homem bonito, ele não tinha interesse em música nem nos livros que Sophia tanto prezava, nenhum interesse em nada, a não ser suas plantações e seu gado. Norris disse, hesitante:

— Você sabe que minha mãe não vive mais em Belmont?

— Ouvi dizer que estava em Paris. Ainda está por lá?

— Ao que eu saiba.

— Você não sabe?

— Ela não se corresponde comigo. Acho que a vida na fazenda não foi nada fácil para ela. E ela... — Norris parou de falar. A lembrança da partida da mãe pareceu-lhe um punho se fechando dentro de seu peito. Ela fora embora em um sábado, um dia de que ele mal se lembrava, porque estava muito doente. Semanas depois, ele ainda estava doente e cambaleante quando desceu até a cozinha e encontrou o pai, Isaac, olhando pela janela, olhando para a névoa de verão. O pai voltou-se para ele, a expressão tão distante quanto a de um desconhecido.

"Acabei de receber uma carta de sua mãe. Ela não vai voltar" – foi tudo o que Isaac lhe disse antes de sair de casa e ir direto ao estábulo para tirar leite das vacas. Por que uma mulher escolheria viver com um homem cuja única paixão era o trabalho pesado e a visão de um campo bem-arado? Ela fugira de Isaac. Fora Isaac quem obrigara Sophia a ir embora.

Contudo, à medida que o tempo passava, Norris acabou aceitando uma verdade que nenhum menino de 11 anos deveria ter de enfrentar: que sua mãe também fugira dele, abandonando o filho com um pai que tinha mais carinho pelas vacas do que pelo seu próprio sangue.

Norris inspirou e, ao expirar, imaginou a dor sendo liberada com o ar. Mas ainda estava ali, a antiga dor de não mais poder ver a mulher que lhe dera a vida e, depois, partira seu coração. Ele estava tão ansioso para terminar aquela conversa que subitamente disse:

– Devo voltar para a sala de dissecação. Era isso o que queria conversar comigo, senhor?

– Há algo mais. É sobre meu sobrinho.

– Charles?

– Ele fala muito bem de você. Chega a citá-lo. Ele era muito jovem quando o pai morreu de febre. Temo que Charles tenha herdado a constituição delicada do pai. Minha irmã o mimou demais quando menino; portanto, Charles desenvolveu o lado sensitivo. Isso torna o estudo da anatomia muito perturbador para ele.

Norris pensou no que acabara de ver no laboratório de anatomia: Charles, pálido e trêmulo, cortando aleatoriamente em cega frustração.

– Ele está tendo dificuldade nos estudos e recebe pouco estímulo do colega, Sr. Kingston. Apenas é ridicularizado.

– Wendell Holmes é um bom amigo que o apoia.

– Sim, mas você talvez seja o dissecador mais habilidoso de sua turma. Foi o que o Dr. Sewall me disse. Portanto, eu gostaria que você desse a Charles orientação especial.

– Terei prazer em ajudá-lo, senhor.

– E não deixe que Charles saiba que conversamos sobre isso.

– Pode contar comigo, senhor.

Ambos se levantaram. Por um instante Grenville observou em silêncio.

– Contarei.

13

Mesmo um observador desinteressado poderia dizer, com apenas um olhar, que os quatro jovens que entraram no Hurricane naquela noite não eram do mesmo nível social. Se um homem pode ser julgado pela qualidade do sobretudo, apenas isso separaria Norris de seus três colegas de turma. Certamente o separava do ilustre Dr. Chester Crouch, que naquela noite convidara seus quatro alunos para se juntarem a ele em uma rodada de bebidas. Crouch entrou na frente do grupo em meio à taberna lotada e foi até uma mesa junto à lareira. Lá, tirou o pesado sobretudo com colarinho de pele e entregou-o à jovem que se aproximou assim que viu o grupo entrar. A garçonete da taberna não foi a única mulher a notar sua presença. Um trio de meninas – balconistas ou aventureiras do interior – observava os rapazes, e uma delas corou ao receber um olhar de Edward, que simplesmente deu de ombros, tão acostumado estava a receber olhares das jovens.

À luz do fogo, Norris não conseguiu evitar admirar a elegante gravata de Edward, amarrada com um nó *à la Sentimentale*, seu sobretudo verde com botões de prata e colarinho de veludo. A imundície da sala de dissecação não impediu que os três colegas de Norris usassem suas camisas mais elegantes e seus coletes Marseilles enquanto cortavam o velho irlandês. Ele jamais arriscaria uma mancha em um tecido tão caro. Sua camisa era velha e puída e não valia o preço da gravata de Kingston. Olhou para as próprias mãos, onde ainda havia sangue seco sob as unhas. Vou para casa com o fedor daquele velho cadáver em minhas roupas, pensou.

– Uma rodada de conhaque e água para meus ótimos alunos – pediu o Dr. Crouch. – E um prato de ostras!

– Sim, doutor – disse a jovem, que com um olhar malicioso para Edward saiu correndo por entre as mesas lotadas para buscar as bebidas. Embora igualmente bem-vestidos, Wendell era muito baixo e Charles muito pálido e tímido para atraírem os mesmos olhares de admiração. Já Norris era o sujeito do casaco puído e dos sapatos gastos. Aquele que não merecia um segundo olhar.

O Hurricane não era uma taberna que Norris frequentasse. Embora aqui e ali despontasse um casaco com mau caimento ou o uniforme desbotado de algum policial de meio expediente, o que ele via era uma multidão composta por gente usando colarinhos brancos e bons calçados, e colegas do curso de medicina devorando ostras com mãos que havia apenas algumas horas chafurdavam no sangue de cadáveres.

– A primeira dissecação é apenas uma introdução – disse Crouch, erguendo a voz para ser ouvido no ambiente barulhento. – Vocês não podem compreender a máquina em toda a sua grandeza até verem as diferenças entre jovem e velho, macho e fêmea. – Ele se inclinou em direção aos quatro alunos e continuou a falar, com a voz mais baixa. – O Dr. Sewall está esperando um novo carregamento na semana que vem. Chegou a oferecer 30 dólares por espécime, mas há um problema de fornecimento.

– Com certeza, as pessoas ainda estão morrendo – disse Edward.

– No entanto, enfrentamos escassez. Em anos anteriores, podíamos confiar nos fornecedores de Nova York e da Pensilvânia. Mas, agora, enfrentamos competição de toda parte. A Faculdade de Médicos e Cirurgiões de Nova York tem duzentos alunos matriculados este ano. A Universidade da Pensilvânia tem quatrocentos. Há uma corrida para adquirir os produtos... e que se acirra a cada ano.

– Não há tal problema na França – disse Wendell.

Crouch emitiu um suspiro de inveja.

– Na França eles sabem o que é vital para o bem comum. A Faculdade de Medicina de Paris tem pleno acesso aos hospitais de caridade. Seus alunos têm todos os cadáveres de que precisam para estudar. Aquilo lá é lugar para se estudar medicina.

A garçonete voltou com as bebidas e um prato de ostras fumegantes, que pousou sobre a mesa.

– Dr. Crouch – disse ela –, há um cavalheiro que deseja lhe falar. Diz que chegou a hora de sua mulher e que ela está sofrendo.

Crouch olhou ao redor na taberna.

– Qual cavalheiro?

– Está esperando lá fora, com uma carruagem.

Suspirando, Crouch levantou-se.

– Parece que terei de deixá-los.

– Devemos acompanhá-lo? – perguntou Wendell.

– Não, não. Não desperdicem estas ostras. Vejo vocês amanhã, na enfermaria.

Enquanto o Dr. Crouch saía pela porta, seus quatro alunos não perderam tempo, atacando o prato.

– Ele está certo, vocês sabem – disse Wendell, erguendo uma suculenta ostra. – Paris é o lugar onde estudar, e ele não é o único a dizer isso. Estamos em desvantagem. O Dr. Jackson encorajou James a completar seus estudos na França, e Johnny Warren também irá para Paris.

– Se nossa educação é tão inferior, por que você *ainda* está aqui? – desdenhou Edward.

– Meu pai acha que estudar em Paris é uma extravagância desnecessária.

Apenas uma extravagância para ele, pensou Norris. Para mim, uma impossibilidade.

– Não tem vontade de ir? – perguntou Wendell. – Ser aluno de Louis e Chomel? Estudar cadáveres frescos, não esses espécimes em salmoura praticamente desgrudando dos ossos de tão podres? Os franceses sabem o valor da ciência. – Jogou uma casca de ostra vazia no prato. – Aquilo é lugar para se estudar medicina.

– Quando eu for a Paris – disse Edward em meio a uma risada –, não será para estudar. A não ser que o assunto seja anatomia feminina. E pode-se estudar essa matéria em qualquer parte.

– Embora não tão bem quanto em Paris – disse Wendell, rindo com malícia enquanto limpava o molho acumulado no queixo. – Se é que devemos dar ouvidos às histórias sobre o entusiasmo das francesas.

– Com uma carteira bem recheada pode-se comprar entusiasmo em toda parte.

– O que dá esperança até mesmo para homens baixos como eu.

– Wendell ergueu o copo. – Ah, sinto um poema se formando. Uma ode às francesas.

– Por favor, não – resmungou Edward. – Sem versos por hoje!

Norris foi o único que não riu. Aquela conversa sobre Paris, sobre mulheres que podiam ser compradas, abria a mais profunda ferida de sua infância. Minha mãe preferiu Paris a mim. E quem foi o homem que a levou para lá? Embora o pai se recusasse a falar a respeito, Norris fora forçado a chegar àquela conclusão inevitável. Certamente havia um homem envolvido. Sophia mal tinha 30 anos, era uma mulher bonita, inteligente e cheia de energia, presa em uma fazenda na pacata Belmont. Em qual de suas viagens a Boston ela o teria conhecido? Que promessas teria ouvido, que vantagens ele teria lhe oferecido para compensar o abandono do filho?

– Você está muito calado hoje à noite – disse Wendell. – É por causa de seu encontro com o Dr. Grenville?

– Não, já disse que não foi nada. Era apenas sobre Rose Connolly.

– Ah, aquela irlandesa – disse Edward em meio a uma careta. – Tenho a impressão de que o Sr. Pratt tem mais provas contra ela do que sabemos. E não se trata apenas de alguma bijuteria barata que ela teria roubado. Garotas que roubam são capazes de coisa pior.

– Não entendo como pode dizer isso a respeito dela – exclamou Norris. – Você nem mesmo a conhece.

– Estávamos todos na enfermaria naquele dia. Ela demonstrou total falta de respeito pelo Dr. Crouch.

– Isso não a torna uma ladra.

– Isso a torna uma pirralha mal-agradecida. O que é tão ruim quanto. – Edward jogou uma concha vazia no prato. – Anotem minhas palavras, cavalheiros. Ainda ouviremos falar a respeito da Srta. Rose Connolly.

NORRIS BEBEU MUITO naquela noite. Podia sentir os efeitos do álcool enquanto caminhava trôpego pela margem do rio, a barriga cheia de ostras, o rosto corado de conhaque. Fora uma refeição gloriosa, a melhor que fizera desde que chegara a Boston. Tantas ostras, mais do que ele pensava ser capaz de consumir! Mas o calor do álcool não evitava o vento de gelar os ossos que soprava do rio Charles. Pensou em seus três colegas, a caminho de aposentos muito superiores aos dele, e imaginou o calor das lareiras e o conforto dos quartos que os esperavam.

Seu sapato atingiu um seixo desnivelado do calçamento e ele tropeçou para a frente, mal conseguindo se equilibrar antes de cair. Tonto pela bebida, ficou oscilando ao vento, e olhou para o outro lado do rio. Ao norte, na extremidade da ponte de Prison Point, via-se o brilho tênue da prisão estadual. A oeste, do outro lado da baía, viu as luzes do presídio de Lechmere Point. Ver prisões em todas as direções era uma visão encorajadora, uma lembrança do quanto era possível decair. De um distinto cavalheiro para um mero balconista, pensou, é apenas questão de um mau passo nos negócios, uma rodada de cartas ruins. Tire-lhe a casa luxuosa e a carruagem e subitamente o sujeito se torna um mero barbeiro ou carpinteiro. Tome outro tombo, faça outra dívida, e acaba vestindo farrapos e vendendo fósforos pelas ruas, ou varrendo calçadas por 1 centavo. Mais um tombo e lá está você, tremendo de frio em uma cela em Lechmere Point ou atrás das grades em Charlestown.

Dali, só se podia descer mais um degrau: o da própria cova.

Oh, sim, era uma visão sinistra, mas era também o que alimentava sua ambição. Ele era movido não pelo fascínio de pratos de ostras intermináveis ou por um gosto por sapatos de pelica ou colarinhos de veludo. Não, era aquela visão em outra direção, sobre o precipício, a noção do quanto se podia cair, que o motivava.

Preciso estudar, pensou. Ainda há tempo hoje à noite e não estou assim tão bêbado que não possa ler mais um capítulo do Wistar, enfiar mais alguns fatos em minha cabeça.

Mas, após subir a escada estreita até o sótão gelado onde dormia, estava cansado demais para sequer abrir o livro, que ficou sobre a escrivaninha junto à janela. Para economizar velas, tateou no escuro. Melhor não desperdiçar luz e despertar mais cedo, quando sua mente estivesse descansada. Quando pudesse ler à luz do dia. Ele se despiu ao brilho tênue da janela, olhando através do terreno nos fundos do hospital enquanto tirava a gravata e desabotoava o colete. Ao longe, além da mancha escura do pátio, luzes brilharam nas janelas do hospital. Ele imaginou as enfermarias em penumbra, gente tossindo, e as longas fileiras de camas em que os pacientes dormiam. Tinha muitos anos de estudo pela frente, embora jamais tivesse duvidado de que seu lugar era ali. Que aquele instante, naquele sótão frio, era parte da jornada que começara havia muitos anos, quando era menino e viu o pai estripar um porco e viu o coração do animal ainda batendo dentro do peito. Ele apertou o próprio peito, sentiu seu próprio coração batendo e pensou: somos iguais. Porcos, vacas e seres humanos, a máquina é a mesma. Se eu conseguir entender o que move a fornalha, o que faz as rodas girarem, saberei como manter essa máquina funcionando. Saberei como enganar a morte.

Tirou os suspensórios, despiu a calça e dobrou-os sobre uma cadeira. Tremendo, entrou debaixo das cobertas. Com o estômago cheio e ainda tonto de conhaque, adormeceu instantaneamente.

E quase tão instantaneamente foi acordado por uma batida à porta.

– Sr. Marshall? Sr. Marshall, você está aí?

Norris pulou da cama e cambaleou pelo sótão. Ao abrir a porta, viu o velho zelador do hospital, seu rosto iluminado por uma lamparina tremulante.

– Precisam de você no hospital – disse o velho.

– O que houve?

– Uma carruagem capotou na ponte do canal. Temos feridos chegando e não conseguimos encontrar a enfermeira Robinson. Mandaram chamar outros médicos, mas com você aqui tão perto achei que deveria chamá-lo também. Melhor um estudante de medicina do que nada.

– Sim, claro – disse Norris, ignorando a descortesia não intencional. – Logo estarei lá.

Ele se vestiu no escuro, lutando com a calça, com as botas e o colete. Não se incomodou em vestir um sobretudo. Se a situação fosse sangrenta, teria de tirá-lo de qualquer modo. Vestiu um casaco para se proteger do frio e desceu os degraus escuros. O vento soprava do oeste, prenhe dos odores do rio. Decidiu atravessar diretamente pelo gramado, e logo as pernas da calça ficaram encharcadas por causa da grama molhada. Seu coração batia de ansiedade. Uma carruagem capotada, pensou. Múltiplos ferimentos. Saberia o que fazer? Ele não tinha medo de ver sangue. Já vira o bastante no matadouro da fazenda. O que ele temia era sua própria ignorância. Estava tão concentrado na crise que teria pela frente que não compreendeu o que estava ouvindo. Alguns passos depois, ouviu outra vez. E parou.

Era um gemido de mulher, e vinha da margem do rio.

Um som de sofrimento ou apenas uma prostituta atendendo um cliente? Em outras noites ele já vira casais copulando ao longo do rio, na sombra da ponte, ouvira gemidos e grunhidos furtivos. Não era hora de espionar prostitutas. O hospital esperava por ele.

Então, ouviu o som outra vez. Ele parou. Aquilo não era um gemido de prazer.

Foi até a margem do rio e gritou:

– Olá? Quem está aí? – Viu algo escuro perto da água. Um corpo?

Ele subiu nas pedras, e seus sapatos afundaram na lama negra, que se grudou às solas, o frio penetrando através do couro quebradiço e apodrecido. Enquanto avançava em direção à água, seu coração subitamente começou a bater mais rápido, a respiração acelerada. Era um corpo. No escuro, via-se apenas que era uma mulher. Estava deitada de costas, a saia submersa até a cintura. Mãos dormentes de frio e pânico, ele a agarrou por debaixo dos braços e a arrastou até a margem. Àquela altura ele ofegava, exausto, as calças encharcadas. Ajoelhou-se ao lado dela e sentiu-lhe o peito em busca de uma batida cardíaca, um ofegar, algum sinal de vida.

Um líquido quente sujou suas mãos. Era tão inesperadamente quente que a princípio ele não registrou o que sua própria pele estava lhe dizendo. Então, olhou para baixo e viu o brilho oleoso do sangue nas palmas das mãos.

Atrás dele, ouviu o ranger de seixos. Voltou-se, e um calafrio ergueu todos os pelos de sua nuca.

A criatura estava na margem, logo acima dele. A capa negra flutuava como asas gigantes ao vento. Sob o gorro, a Morte espreitava, branca como ossos expostos. Órbitas vazias olharam diretamente para ele, como se o estivesse escolhendo para ser a próxima vítima, o próximo a sentir o golpe de sua foice.

Norris estava tão paralisado de medo que não conseguiria fugir, mesmo que a criatura avançasse contra ele, mesmo que sua lâmina viesse cortando o ar em sua direção. Podia apenas olhar, assim como o monstro o olhava.

Então, subitamente, o vulto desapareceu. E Norris viu apenas o céu noturno e a lua, piscando em meio a uma filigrana de nuvens.

No passeio da margem do rio, viu o brilho de uma lâmpada.

– Olá? – gritou o zelador do hospital. – Quem está aí?

Com a garganta fechada de pânico, Norris só conseguiu emitir um "Aqui!" engasgado. Então, mais alto:

– Ajuda! Preciso de ajuda!

O zelador desceu até ele na margem enlameada, lanterna balançando. Erguendo a luz, olhou para o corpo morto. Para o rosto de Mary Robinson. Então, seu olhar ergueu-se para o de Norris, e a expressão em seu rosto era inquestionável.

Era medo.

14

Norris olhou para as próprias mãos, onde a camada de sangue coagulado se partia e se soltava de sua pele. Fora chamado para ajudar em uma crise e, em vez disso, acrescentara mais sangue, mais confusão ao caos. Através da porta fechada podia ouvir um homem berrar de dor e imaginou os horrores que a faca do cirurgião agora infligia àquela alma infeliz.

Não mais do que os que foram infligidos à pobre Mary Robinson.

Apenas quando a levara para dentro do prédio, sob a luz, vira a gravidade de seus ferimentos. Ele a carregara pelo corredor, deixando atrás de si um rastro de sangue, e uma enfermeira chocada e subitamente muda apontara para a sala de cirurgia. Mas ao deitar Mary na mesa ele já sabia que nenhum cirurgião poderia ajudá-la.

– Quão bem conhecia Mary Robinson, Sr. Marshall?

Norris tirou os olhos de suas mãos encrostadas de sangue e olhou para o Sr. Pratt, da Ronda Noturna. Atrás de Pratt estava o chefe de polícia Lyons e o Dr. Aldous Grenville, que decidiram ficar calados durante o interrogatório. Ficaram à sombra, atrás do círculo de luz projetado pela lâmpada.

– Ela era uma enfermeira. Obviamente, eu a via por aqui.

– Mas você a conhecia? Você tinha algum relacionamento com ela além de seu trabalho no hospital?

– Não.

– Nenhum?

– Estou ocupado com o estudo da medicina, Sr. Pratt. Tenho pouco tempo para outras coisas.

– Você mora perto do hospital. Seus aposentos ficam do outro lado do terreno nos fundos e os dela a poucos passos deste prédio. Para encontrar a Srta. Robinson bastava sair pela porta.

– Duvido que isso possa ser chamado de relacionamento. – Norris voltou a olhar para suas mãos e pensou: este é o máximo de intimidade que chegarei a ter com a pobre Mary. Seu sangue grudado à minha pele.

O Sr. Pratt voltou-se para o Dr. Grenville.

– Examinou o corpo, senhor?

– Sim. Gostaria que o Dr. Sewall o examinasse também.

– Mas pode dar uma opinião?

Norris murmurou:

– É o mesmo assassino. O mesmo padrão. Certamente, já sabe disso, Sr. Pratt. – Ele ergueu a cabeça. – Duas incisões. Um corte através do abdome. Então, uma volta na lâmina e um corte direto para cima, em direção ao esterno. Em forma de cruz.

– Mas desta vez, Sr. Marshall – retrucou o chefe de polícia Lyons –, o assassino foi um passo além.

Norris olhou para o oficial veterano da Ronda Noturna. Embora nunca tivesse encontrado o chefe de polícia Lyons, conhecia sua reputação. Ao contrário do bombástico Sr. Pratt, o chefe de polícia Lyons tinha a fala mansa e talvez passasse facilmente despercebido. Durante uma hora deixara o controle da investigação por conta de seu subordinado, Pratt. Agora, Lyons entrava em cena, e Norris via um cavalheiro compacto com cerca de 50 anos, que usava óculos e uma barba bem-aparada.

– A língua dela sumiu – disse Lyons.

O patrulheiro Pratt voltou-se para Grenville.

– O assassino a cortou?

Grenville assentiu.

– Não seria uma amputação difícil. Tudo de que precisaria seria uma faca afiada.

– Por que ele faria algo tão grotesco? Foi um castigo? Uma mensagem?

– Para saber a resposta terá de perguntar ao assassino.

Norris não gostou do modo como Pratt imediatamente voltou-se para ele.

– E você diz que o viu, Sr. Marshall.

– Eu vi alguma coisa.

– Uma criatura com uma capa? Com um rosto de caveira?

– Era exatamente como Rose Connolly o descreveu. Ela disse a verdade.

– Mas o zelador do hospital não viu tal monstro. O que ele me disse foi que viu você curvado sobre o corpo. E ninguém mais.

– A criatura ficou ali apenas um instante. Quando o zelador chegou, já havia ido embora.

Pratt observou-o um instante.

– Por que acha que a língua foi levada?

– Não sei.

– É algo monstruoso. Mas para um estudante de anatomia pode fazer sentido colecionar partes do corpo humano. Por motivos científicos, é claro.

– Sr. Pratt – interveio Grenville –, você não tem base para suspeitar do Sr. Marshall.

– Um jovem que por acaso estava nas proximidades de ambos os homicídios?

– Ele é estudante de medicina. É de se esperar encontrá-lo perto deste hospital.

Pratt olhou para Norris.

– Você foi criado em uma fazenda, certo? Tem alguma experiência no abate de animais?

– Estas perguntas foram longe o bastante – disse o chefe de polícia Lyons. – O Sr. Marshall está livre para ir.

– Senhor – protestou Pratt, indignado por ter sua autoridade contestada. – Não creio que tenhamos investigado o bastante.

– O Sr. Marshall não é um suspeito e não deve ser tratado como tal. – Lyons olhou para Norris. – Pode ir.

Norris levantou-se e caminhou até a porta. Ali, fez uma pausa e olhou para trás.

– Eu sei que você não acreditou em Rose Connolly – disse ele. – Mas eu também vi a criatura.

Pratt sorriu debochado.

– A Morte?

– Ela é real, Sr. Pratt. Acredite ou não, há algo lá fora. Algo que gelou minha alma. E peço a Deus para jamais voltar a ver aquilo.

NOVAMENTE ALGUÉM BATIA à sua porta. Que pesadelo tive, pensou Norris ao abrir os olhos e ver a luz do sol atravessando a janela. É o que acontece quando se come muitas ostras e se bebe muito conhaque. Você acaba sonhando com monstros.

– Norris? Norris, acorde! – chamou Wendell.

A ronda com o Dr. Crouch. Estou atrasado.

Norris afastou o cobertor e se sentou na cama. Somente então viu o casaco manchado de sangue dobrado sobre uma cadeira. Olhou para os sapatos que deixara junto à cama e viu o couro encrostado de lama. E mais sangue. Até mesmo a camisa que agora vestia tinha manchas vermelhas nos punhos e nas mangas. Não fora um pesadelo. Ele dormira com o sangue de Mary Robinson em suas roupas.

Wendell bateu à porta.

– Norris, precisamos conversar!

Norris cambaleou pelo quarto e abriu a porta.

– Você está horrível – disse Wendell.

Norris voltou para a cama resmungando:

– Foi uma péssima noite.

– Foi o que ouvi dizer.

Wendell entrou e fechou a porta. Ao olhar ao redor do sótão miserável, ele nada disse, nem precisava. Sua opinião estava estampada em seu rosto ao olhar para as vigas apodrecidas, para o chão empenado e para o colchão repleto de palha sobre um estrado de madeira gasta. Um rato emergiu das sombras, garras aranhando o chão, e desapareceu sob a escrivaninha onde repousava, aberto, o exemplar da *Anatomia* de Wistar. Estava tão frio naquela manhã de fim de novembro que uma camada de gelo se formara do lado de dentro da janela.

– Imagino que esteja se perguntando por que não apareci nas rondas – disse Norris. Sentia-se dolorosamente exposto, vestindo apenas uma camisa, e ao olhar para baixo viu que suas pernas nuas estavam arrepiadas de frio.

– Sabemos por que você não apareceu. Não se fala de outra coisa no hospital. O que aconteceu com Mary Robinson.

– Então sabe que fui eu quem a encontrou.

– Ao menos é uma das versões.

Norris ergueu a cabeça.

– Há outra?

– Há todo tipo de rumores. Rumores horríveis, lamento dizer.

Norris olhou para os joelhos nus.

– Poderia me passar minha calça, por favor? Está muito frio aqui.

Wendell jogou-lhe a calça, então se voltou e olhou pela janela. Enquanto a vestia, Norris percebeu manchas de sangue na bainha. Em toda parte para onde olhasse via o sangue de Mary Robinson.

– O que estão dizendo a meu respeito? – perguntou.

Wendell voltou-se para olhar para o colega.

– Que é uma grande coincidência você ter aparecido tão rápido em ambas as cenas de crime.

– Não fui eu quem encontrou o corpo de Agnes Poole.

– Mas estava lá.

– Você também.

– Não o estou acusando.

– Então, o que faz aqui? Veio ver onde mora o Estripador? – Norris levantou-se e puxou os suspensórios sobre os ombros. – Imagino que dê uma boa fofoca. Um caso delicioso para comentar com seus colegas de Harvard enquanto toma um Madeira.

– Você realmente pensa isso de *mim*?

– Sei o que pensa de *mim*.

Wendell aproximou-se de Norris. Era muito mais baixo, e dirigiu-se a Norris olhando para cima, como um pequeno e furioso terrier.

– Desde que chegou você tem essa atitude agressiva. O pobre menino da fazenda, sempre deslocado. Ninguém quer ser seu amigo porque seu casaco não é bom o bastante ou porque não tem dinheiro para gastar. Você realmente acha que essa é a minha opinião a seu respeito? Que não merece minha amizade?

– Sei o meu lugar em seu círculo.

– Não queira ler minha mente. Charles e eu fizemos todos os esforços para incluí-lo e fazê-lo se sentir bem-vindo. Contudo, nos mantém a distância como se já tivesse decidido que qualquer amizade conosco está destinada ao fracasso.

– Somos colegas de turma, Wendell. Nada mais. Compartilhamos um professor e compartilhamos o velho irlandês. Talvez uma ou outra rodada de bebidas. Mas olhe para este quarto. Pode ver que temos pouco em comum.

– Tenho mais coisas em comum com você do que jamais terei com Edward Kingston.

Norris riu.

– Oh, sim. Basta olhar para nossos coletes de cetim. Diga uma única coisa que tenhamos em comum afora o velho irlandês na mesa de dissecação.

Wendell voltou-se para a escrivaninha onde estava a *Anatomia* de Wistar.

– Por exemplo, você tem estudado.

– Você não respondeu à minha pergunta.

– Mas esta *foi* a minha resposta. Você fica aqui sentado neste sótão gelado, queimando velas até o toco, e *estuda*. Por quê? Para usar uma cartola algum dia? Algo me diz que não é esse o motivo. – Ele se voltou para Norris. – Acho que estuda pelo mesmo motivo que eu. Porque acredita na ciência.

– Agora é você quem está pretendendo ler *minha* mente.

– Naquele dia na enfermaria, com o Dr. Crouch. Havia uma mulher que passava por um trabalho de parto muito prolongado. Ele sugeriu sangrá-la, lembra-se?

– E daí?

– Você o desafiou. Você disse que fizera experiências com vacas. Que a sangria não apresentara benefícios.

– E por isso fui ridicularizado.

– Devia saber que seria. Mas disse, do mesmo modo.

– Porque era a verdade. As vacas me ensinaram isso.

– Você não tem muito orgulho de ter aprendido com as vacas.

– Sou um fazendeiro. Onde mais poderia aprender?

– E eu sou filho de um pastor de igreja. Acha que as lições que aprendi com meu pai no púlpito me foram úteis para alguma coisa? Um fazendeiro sabe mais sobre a vida e a morte do que você vai aprender sentado em um banco de igreja.

Com um sorriso debochado, Norris se voltou para pegar o sobretudo, único item de vestuário que fora poupado do sangue de Mary Robinson, apenas porque ele o deixara para trás na noite anterior.

– Você tem ideias estranhas sobre a nobreza dos fazendeiros.

– Eu reconheço um homem de ciência quando vejo um. E também conheço sua generosidade.

– Minha generosidade?

– Na sala de anatomia, quando Charles fez aquela lambança no velho irlandês. Ambos sabemos que Charlie está a apenas um passo de ser expulso da faculdade. Mas você se adiantou e o protegeu, enquanto Edward e eu não o fizemos.

– Aquilo não foi generosidade. Só não conseguia suportar a ideia de ver um homem chorar.

– Norris, você não é igual aos outros de nossa classe. Você tem vocação. Você acha que Charlie Lackaway se importa com anatomia ou farmacologia? Ele está aqui porque o tio espera isso dele. Porque seu falecido pai era um médico e seu avô também, e ele não teve coragem de se opor à vontade da família. E Edward nem se incomoda em esconder o desinteresse. A metade dos nossos colegas está aqui para agradar os pais. A outra metade, em sua maioria, está aqui para aprender um ofício, algo que lhes garanta uma vida confortável.

– E por que você está aqui? Porque tem vocação?

– Admito que medicina não foi minha primeira escolha. Mas não dá para sobreviver como poeta. Mesmo tendo publicado no *Daily Advertiser*.

Norris conteve uma risada. Aquilo sim era uma profissão inútil, reservada para gente de posses, homens de sorte que podiam perder horas preciosas escrevendo versos.

– Lamento não estar familiarizado com seu trabalho – disse Norris diplomaticamente.

Wendell suspirou.

– Então entende por que não segui carreira de poeta. Também não tenho jeito para o estudo das leis.

– Então medicina é apenas uma terceira escolha. Isso não me parece uma vocação.

– Mas se tornou minha vocação. Sei que nasci para fazer isso.

Norris estendeu a mão para pegar o casaco e fez uma breve pausa, o olhar fixo nas manchas de sangue. Vestiu-o mesmo assim. Bastava uma olhada para fora, para a grama congelada, para saber que precisaria de cada agasalho que pudesse recrutar em seu limitado guarda-roupa.

– Se me perdoa, preciso salvar o que me resta de meu dia. Preciso explicar minha ausência ao Dr. Crouch. Ele ainda está no hospital?

– Norris, se você for ao hospital, devo adverti-lo do que deve esperar.

Norris voltou-se.

– O quê?

– Há rumores, você sabe, entre pacientes e funcionários. As pessoas estão falando de você. Estão com medo.

– Acham que eu a matei?

– Os curadores andaram falando com o Sr. Pratt.

– Eles estão dando ouvidos a esse lixo?

– Eles não têm escolha senão ouvir. São responsáveis pela manutenção da ordem no hospital. Podem disciplinar qualquer médico do quadro de funcionários. Certamente, podem banir um calouro de medicina das enfermarias.

– Então, como vou aprender? Como continuarei meus estudos?

– O Dr. Crouch está tentando argumentar com eles. E o Dr. Grenville também é contra o banimento. Mas há outros...

– Outros?

– Outros rumores, entre as famílias dos pacientes. E nas ruas também.

– O que dizem?

– O fato de a língua dela ter sido removida convenceu alguns de que o assassino é um estudante de medicina.

– Ou alguém que abatia animais – disse Norris. – E eu sou ambas as coisas.

– Só vim lhe dizer como estão as coisas. As pessoas estão... bem... com medo de você.

– E por que *você* não está? Por que *você* acha que sou inocente?

– Eu não acho nada.

Norris riu com amargura.

– Oh, *que* amigo leal.

– Droga, isso é *exatamente* o que um amigo faria! Contaria a verdade. Seu futuro está em risco. – Wendell dirigiu-se à porta. Então fez uma pausa e voltou-se para Norris. – Você tem mais orgulho do que qualquer filho de gente rica que eu conheça, e o usa para pintar o mundo de negro. Não preciso de um amigo assim. Não quero um amigo assim. – Ele abriu a porta.

– Wendell.

– Seria bom falar com o Dr. Crouch. E dê-lhe crédito por defendê-lo. Porque ao menos ele merece isso.

– Wendell, me perdoe – disse Norris. E suspirou. – Não estou acostumado a esperar o melhor dos outros.

– Então, espera o pior?

– Raramente me desaponto.

– Então precisa de um círculo melhor de amigos.

Ao ouvir isso, Norris riu. Sentou-se na cama e esfregou o rosto.

– Ouso dizer que você está certo.

Wendell fechou a porta e se aproximou.

– O que vai fazer?

– Quanto aos rumores? O que posso fazer? Quanto mais insistir em minha inocência, mais culpado parecerei.

– Você precisa fazer algo. É o seu futuro.

E estava por um fio. Bastariam algumas dúvidas, alguns boatos, e os curadores do hospital o baniriam permanentemente das enfermarias. Quão facilmente uma reputação é manchada, pensou Norris. A suspeita se agarraria a ele como um manto sujo de sangue, afastando todas as perspectivas, todas as oportunidades, até que o último caminho que lhe restasse fosse voltar à fazenda do pai. Para o lar de um homem frio e infeliz.

– Até esse assassino ser pego – disse Wendell –, todos estarão de olho em você.

Norris olhou para o casaco manchado e com um calafrio lembrou-se da criatura na margem do rio, olhando para ele. *Eu não o imaginei.*

Rose Connolly também o viu.

15

Outra semana com esse frio, pensou Jack Zarolho, e o solo estará muito gelado para ser escavado. Logo estariam armazenando corpos em câmaras mortuárias na superfície, esperando o degelo primaveril. Haveria trancas pesadas a ultrapassar, zeladores a subornar, todo um novo conjunto de complicações para superar a mudança no clima. Para Jack, não era o brotar das maçãs ou a queda outonal das folhas das árvores que marcavam o ciclo das estações. Era a qualidade da terra. Em abril, tinha de lutar contra a lama, tão grossa e pegajosa que arrancava as botas de seus pés. Em agosto, a terra estava seca e cedia facilmente, uma boa época para escavar, a não ser pelo fato de cada golpe de pá erguer uma nuvem de mosquitos furiosos. Em janeiro, a pá retinia como um sino quando era batida contra o chão congelado, e o impacto, que reverberava pelo cabo, fazia suas mãos ficarem doloridas. Até mesmo uma fogueira sobre uma tumba demoraria dias para descongelar o solo. Poucos corpos eram enterrados em janeiro. Contudo, no fim do outono ainda havia riquezas a recolher.

Por isso, conduzia sua carroça pela penumbra que se adensava, as rodas de madeira rangendo sobre uma fina camada de lama congelada. Àquela hora, naquela estrada solitária, não encontrava ninguém. Através de um milharal repleto de caules quebrados e escurecidos, viu um brilho de luz de vela em uma janela de fazenda, mas nenhum movimento, e não ouviu outra coisa além do ressoar dos cascos do cavalo e o barulho do gelo sob as rodas da carroça. Aquilo era mais longe do que ele desejaria viajar em uma noite tão fria, mas não tinha escolha. Observadores de tumbas estavam agora de prontidão no cemitério de Old Granary e no de Copp's Hill, ao norte. Até mesmo o solitário cemitério de Roxbury Crossing estava sendo vigiado. A cada mês, ao que parecia, era forçado a ir mais longe. Houvera tempos em que não precisara ir além do Cemitério Central, no Parque Municipal. Ali, em uma noite sem lua, com uma equipe de escavadores rápidos, podia escolher entre cadáveres de pobres, papistas e soldados reformados. Fosse rico ou pobre, um cadáver era um cadáver, e todos rendiam o mesmo pagamento. Os anatomistas não se importavam se a carne que cortavam era bem-alimentada ou tuberculosa.

Mas os estudantes de medicina haviam estragado aquela fonte, assim como a da maioria dos cemitérios próximos, com suas escavações descuidadas, suas desastradas tentativas de dissimular o estrago. Apareciam nos cemitérios bêbados e turbulentos e deixavam para trás tumbas destruídas e terra revolvida, a prova da profanação tão evidente que até os pobres passaram a guardar as tumbas de seus mortos. Aqueles malditos estudantes haviam arruinado o mercado dos profissionais. Antes, podia viver bem. Mas, hoje, em vez de uma rápida ação, Jack era forçado a dirigir naquela estrada secundária interminável, antecipando o trabalho que teria pela frente. E sozinho, para piorar tudo. Com tão poucos resultados ultimamente, detestava ter de pagar a um ajudante. Não, naquela noite, faria aquilo sozinho. Só esperava que qualquer tumba recente que encontrasse fosse trabalho de coveiros preguiçosos demais para cavarem os 2 metros tradicionais.

Seu corpo não repousaria em uma tumba tão precária.

Jack Zarolho sabia exatamente como queria ser enterrado. Planejara muito bem. Seria sepultado a 3 metros de profundidade, com uma gaiola de ferro ao seu redor e um guarda contratado para vigiar sua tumba durante trinta dias. Tempo bastante para a carne apodrecer. Ele vira o trabalho dos anatomistas. Já fora pago para se livrar dos restos de cadáveres depois que terminavam de cortar e serrar e não tinha vontade de ser reduzido a uma pilha de membros mutilados. Nenhum médico tocaria em seu corpo, pensou. Ele já estava economizando dinheiro para o seu funeral e guardava seu tesouro em uma caixa enterrada no quarto. Fanny sabia o tipo de tumba que ele queria, e ele deixaria dinheiro bastante para que fosse feito como deveria.

Se você tivesse dinheiro suficiente, podia comprar qualquer coisa. Até mesmo proteção de alguém como Jack.

O muro baixo do cemitério apareceu à sua frente. Ele puxou as rédeas do cavalo e parou na estrada, perscrutando as trevas. A lua se escondera por trás do horizonte e apenas as estrelas iluminavam o cemitério. Ele pegou a pá e a lanterna e pulou da carroça. Suas botas rangiam sobre a terra congelada. Suas pernas estavam doloridas pela longa viagem, e sentiu-se trôpego ao caminhar em direção ao muro de pedra, a lanterna e a pá batendo uma na outra.

Não demorou muito até encontrar uma tumba recente. A luz da lanterna revelou um monte de solo revolvido ainda não coberto de gelo. Ele olhou para as lápides das tumbas vizinhas para se certificar para que lado o corpo estava deitado. Então, afundou a pá na terra na altura de onde deveria estar a cabeça. Após apenas algumas pás de terra, ficou sem fôlego. Precisou fazer uma pausa, ofegando em meio ao frio, lamentando não ter trazido o jovem Norris Marshall. Mas ele não daria 1 dólar sequer para outra pessoa quando podia fazer o trabalho sozinho.

Outra vez ele afundou a pá na terra, e estava a ponto de erguê-la quando um grito o fez parar, estático.

– Ali está! Peguem-no!

Três lanternas avançavam em sua direção, aproximando-se tão rapidamente que ele sequer teve tempo de apagar a sua. Em pânico, abandonou a lanterna e fugiu, carregando apenas a pá. A escuridão ocultava o caminho, e cada lápide era um obstáculo esperando para derrubá-lo, impedindo que fugisse. O próprio cemitério parecia estar se vingando dele por todos os ultrajes anteriores. Ele tropeçou e caiu de joelhos sobre o gelo, que se partiu como vidro.

– Ali! – gritou alguém.

Uma arma disparou, e Jack sentiu a bala passar sibilando junto ao seu rosto. Ele levantou-se de um salto e cambaleou em direção ao muro de pedra, abandonando a pá. Ao subir na carroça, outra bala passou tão perto que levantou um cacho de seu cabelo.

– Ele está fugindo!

Um estalar do chicote e o cavalo pôs-se em movimento, a carroça chacoalhando à retaguarda. Jack ouviu um último tiro, e então seus perseguidores ficaram para trás, suas luzes desaparecendo em meio à escuridão.

Quando ele finalmente parou a carroça, percebeu que o cavalo estava ofegante e sabia que se não o deixasse descansar também o perderia, como perdera a pá e a lanterna. E, então, como ficaria? Um homem de negócios sem suas ferramentas?

Um negócio para o qual já estava ficando velho demais.

Aquela noite fora de perda total. E quanto à noite seguinte, e a seguinte? Pensou na caixa sob o chão do quarto e no dinheiro que economizara. Não era o bastante, nunca seria. Havia o futuro a ser considerado, o seu e o de Fanny. Se pudessem ficar com a taberna, pelo menos não morreriam de fome. Mas seria uma velhice muito triste se o melhor que pudesse esperar dela fosse *pelo menos não morreremos de fome.*

Nem mesmo aquilo era garantido. Um homem sempre pode morrer de fome. Um incêndio na chaminé, uma brasa extraviada da lareira, e o Black Spar, o comércio que o pai de Fanny deixara para eles, desapareceria. Então, caberia a Jack mantê-los alimentados, um fardo que ele era cada vez menos capaz de carregar com o passar dos anos. Não só porque seus joelhos estavam ruins e suas costas doíam, era o negócio em si. Novas faculdades de medicina estavam sendo fundadas em toda parte, e os alunos precisavam de corpos. A demanda estava alta, o que atraía outros violadores de sepultura. E estes eram mais jovens, mais rápidos e mais ousados.

Tinham as costas fortes.

Havia uma semana Jack procurara o Dr. Sewall com um espécime muito deteriorado, o melhor que pudera encontrar naquela noite. Naquela oportunidade, vira seis barris no pátio, todos com a inscrição: PICLES.

– Acabaram de ser entregues – dissera Sewall enquanto contava o dinheiro. – Também estão em boas condições.

– Mas são apenas 15 dólares – reclamara Jack, olhando para o dinheiro que Sewall lhe entregara.

– Seu espécime já está apodrecendo, Sr. Burke.

– Esperava ganhar 20.

– Paguei 20 por cada um dos que estão nos barris – dissera Sewall. – Estão em muito melhor estado, e posso conseguir seis de cada vez. Vêm de Nova York.

Dane-se Nova York, pensou Jack enquanto se agachava, trêmulo, na carroça. Onde encontrar uma fonte em Boston? Não estava morrendo gente bastante. O que precisavam era de uma boa peste, algo para limpar os cortiços no Southie e em Charlestown. Ninguém sentiria falta daquela escória. Que os irlandeses servissem para alguma coisa uma única vez. Que o tornassem rico. Para enriquecer, Jack Burke venderia a própria alma.

Talvez já tivesse vendido.

Quando voltou ao Black Spar, seus membros estavam dormentes, e ele mal conseguiu descer da carroça. Guardou o cavalo no estábulo, bateu as botas para tirar os torrões de lama congelada e entrou cabisbaixo na taberna, querendo apenas um lugar junto ao fogo e um copo de conhaque. Mas assim que afundou na cadeira sentiu Fanny olhando-o do balcão. Ele a ignorou, como ignorou todos os demais, e

148

olhou para as chamas, esperando que seus dedos adormecidos voltassem ao normal. O lugar estava quase vazio. O frio prendera os poucos frequentadores em casa, e naquela noite apenas os vagabundos mais deploráveis vagavam pelas ruas. Havia um homem junto ao bar, revolvendo desesperadamente os bolsos imundos em busca de moedas ainda mais sujas. Nada para amenizar uma noite fria como aquela como algumas preciosas doses de rum. A um canto, um sujeito baixara a cabeça, e seus roncos eram tão altos que estremeciam os copos vazios que lotavam sua mesa.

– Voltou cedo.

Jack ergueu a cabeça para olhar para Fanny, que se aproximara dele com uma expressão inquisitiva.

– Não foi uma boa noite – respondeu, lacônico. E esvaziou o copo.

– E você acha que tive uma boa noite aqui?

– Ao menos estava perto do fogo.

– Com esta clientela? – debochou a mulher. – Não valem o trabalho de abrirmos as portas.

– Outra dose! – gritou o sujeito no bar.

– Mostre suas moedas primeiro – gritou Fanny em resposta.

– Eu estou com elas. Estão em algum lugar nos meus bolsos.

– Ainda não apareceram.

– Tenha piedade, senhora. É uma noite fria.

– E vai acabar no meio dela se não puder pagar outra bebida. – Ela voltou-se para Jack. – Voltou de mãos vazias, não é mesmo?

Ele deu de ombros.

– Eles tinham vigias.

– Tentou algum outro lugar?

– Não pude. Tive de deixar a pá e a lanterna para trás.

– Sequer conseguiu trazer de volta suas ferramentas?

Ele bateu o copo sobre a mesa.

– *Chega!*

Ela se inclinou e disse:

– Há modos mais fáceis de ganhar dinheiro, Jack. Você sabe disso. Deixe que eu espalhe a notícia e você terá todo o trabalho de que precisa.

– E ser enforcado por isso? – Ele balançou a cabeça em negativa.
– Ficarei no meu próprio negócio, obrigado.

– Nos últimos tempos você tem voltado de mãos vazias muito frequentemente.

– A safra não está boa.

– É o que você sempre diz.

– Porque não está mesmo. Está piorando.

– Você acha que meu negócio está melhorando? – Ela voltou-se para o salão quase deserto. – Todos estão indo para o Mermaid. Ou para o Plough and Star, ou o Coogan's. Mais um ano assim e não poderemos manter o estabelecimento.

– Senhora? – chamou o homem no bar. – Sei que tenho dinheiro. Só mais uma dose e prometo que lhe pago da próxima vez.

Furiosa, Fanny voltou-se e foi na direção dele.

– Suas promessas não têm valor aqui! Não pode pagar, não pode ficar. Saia. – Ela avançou contra ele e pegou-o pelo casaco. – Vamos, saia! – esbravejou.

– Você podia ao menos me dar uma bebida.

– Nem uma maldita gota! – Ela puxou o homem pelo salão, abriu a porta e atirou-o lá fora, no frio. Bateu a porta, então se voltou, ofegante, o rosto vermelho.

Quando Fanny ficava com raiva, era algo feio de se ver, e até mesmo Jack se encolhia em sua cadeira, temendo o que aconteceria a seguir. O olhar dela recaiu sobre o último cliente solitário, que adormecera na mesa do canto.

– Você também! Hora de ir embora!

O homem não se moveu.

Ser ignorada foi a afronta final. O rosto de Fanny ficou roxo, e ela contraiu os músculos de seus braços poderosos.

– Estamos fechando! Vá! – Ela foi até o sujeito e deu-lhe um empurrão forte no ombro. Contudo, em vez de despertar, ele rolou de lado e caiu no chão.

Por um momento, desgostosa, Fanny apenas olhou para a boca aberta e para a língua de fora do sujeito. Uma ruga franziu sua testa e ela se inclinou, aproximando tanto o rosto que Jack achou que ela ia beijá-lo.

– Ele não está respirando, Jack – disse ela.

– O quê?

Ela levantou a cabeça.

– Dê uma olhada.

Jack se levantou e gemeu de dor ao se ajoelhar junto ao corpo.

– Você conhece cadáveres – disse ela. – Devia saber dizer.

Jack olhou para os olhos abertos do sujeito. A baba umedecia seus lábios arroxeados. Quando parara de roncar? Quando a mesa do canto ficou silenciosa? A morte se aproximara tão furtivamente que eles nem haviam percebido sua chegada.

Jack olhou para a mulher.

– Qual é o nome dele?

– Não sei.

– Sabe quem ele é?

– Apenas um desgarrado do cais. Entrou sozinho.

Jack se ergueu, as costas doloridas, e disse:

– Tire as roupas dele. Vou arrear o cavalo.

Não precisou explicar coisa alguma para Fanny, que meneou a cabeça com um brilho malicioso nos olhos.

– Vamos ganhar nossos 20 dólares afinal – disse Jack.

16

Dias atuais

— *R*essurreicionista – disse Henry. – É uma antiga palavra, não mais em uso. A maioria das pessoas hoje em dia não faz ideia de que se refere a um profanador de sepulturas, um ladrão de cadáveres.

– E Norris Marshall era um deles – disse Julia.

– Apenas por necessidade. Evidentemente, não era o seu negócio.

Estavam sentados à mesa de jantar, as páginas da carta recém-descoberta de Oliver Wendell Holmes abertas junto às xícaras de café e aos bolinhos recheados. Embora já fosse quase meio-dia, a neblina ainda era densa do lado de fora das janelas voltadas para o mar, e Henry acendera todas as luzes para iluminar a sala escura.

– Cadáveres frescos eram mercadoria valiosa naquela época. Tão valiosas que estimulavam um comércio muito rentável. Tudo para suprir novas faculdades de medicina que estavam sendo inauguradas em todo o país.

Henry foi até uma de suas estantes. Entre os volumes amarelados das prateleiras, tirou um livro que levou para a mesa de jantar onde ele e Julia liam durante o desjejum.

– Você precisa entender como era ser um estudante de medicina em 1830. Não havia padrões, nenhum certificado oficial para as faculdades. Algumas eram decentes; outras, umas arapucas caça-níqueis para sugar bolsas de estudo.

– E a faculdade na qual estudavam o Dr. Holmes e Norris Marshall?

– A Faculdade de Medicina de Boston era uma das melhores. Mas mesmo os seus alunos precisavam se virar com os cadáveres. Um estudante abastado podia pagar um ressurreicionista para obter um cadáver para estudos. Mas se você fosse pobre, como o Sr. Marshall, teria de sair e escavar um corpo por conta própria. Também parece que era assim que ele pagava sua educação.

Julia estremeceu.

– Bem, eis um programa de estudos do qual eu não gostaria de participar.

– Mas era um meio de transformar um jovem pobre em um médico. Sem dúvida, não era fácil. Para entrar em uma faculdade de medicina você não precisava ter formação superior, mas precisava saber latim e física. Norris Marshall deve ter aprendido sozinho tais matérias, o que não é um feito desprezível para o filho de um fazendeiro sem fácil acesso a uma biblioteca.

– Ele devia ser incrivelmente inteligente.

– E determinado. Mas a recompensa era óbvia. Tornar-se médico era um dos únicos meios de galgar escalões sociais. Os médicos eram respeitados. Contudo, enquanto ainda estudavam, os alunos de medicina eram vistos com desagrado, até mesmo com receio.

– Por quê?

– Porque eram tidos como abutres que predavam os corpos dos mortos. Desenterrando-os, cortando-os. Sem dúvida, os estudantes faziam jus à fama por suas excentricidades, pelos trotes que faziam com partes do corpo humano. Acenavam pelas janelas com braços cortados, por exemplo.

– Eles faziam isso?

– Lembre-se, eram jovens de 20 e poucos anos. Homens com essa idade não primam pelo bom-senso. – Ele entregou o livro para ela. – Está tudo aqui.

– Você já leu a esse respeito?

– Ah, eu sei um bocado sobre o assunto. Meu pai e meus avós eram médicos, e ouço essas histórias desde que era criança. Quase toda geração de minha família produziu um médico. O gene médico me faltou, infelizmente, mas a tradição continua com meu sobrinho-neto. Quando eu era criança, meu avô me contou uma história sobre um estudante que tirou um cadáver feminino do laboratório de anatomia e deitou-o na cama do colega de quarto, para aplicar-lhe um trote. Achavam aquilo engraçado.

– Isso é doentio.

– A maioria das pessoas da época concordava com você. O que explica por que tantas faculdades de medicina foram atacadas por multidões ultrajadas. Ocorreram tumultos assim na Filadélfia, Baltimore e em Nova York. Qualquer faculdade de medicina, em qualquer cidade, podia ser incendiada. O horror e a suspeita do povo eram tão grandes que bastava um único incidente para dar início a um tumulto.

– Parece-me que as suspeitas eram bem-fundamentadas.

– Mas onde estaríamos hoje se os médicos não pudessem dissecar corpos? Se você acredita na medicina, então também deve aceitar a necessidade do estudo da anatomia.

A distância, a sirena da barca soou. Julia olhou para o relógio e levantou-se.

– Preciso ir, Henry, se quiser pegar a próxima barca.

– Quando voltar, você poderá me ajudar a trazer aquelas caixas do porão.

153

– Isso é um convite?

Ele bateu com a bengala no chão, irritado.

– Achei que estava implícito!

Ela olhou para a pilha de caixas fechadas e pensou nos tesouros ainda não explorados que guardavam, nas cartas ainda a serem lidas. Ela não fazia ideia se a identidade do esqueleto em seu jardim estaria dentro daquelas caixas. O que sabia era que a história de Norris Marshall e do Estripador de West End já a encantara, e ela estava ansiosa para saber mais.

– Você vai voltar, certo? – perguntou Henry.

– Deixe-me verificar minha agenda.

ERA QUASE HORA do jantar quando finalmente chegou à sua casa em Weston. Ali, afinal, o sol brilhava, e ela estava ansiosa para acender a churrasqueira e beber uma taça de vinho no jardim dos fundos. Mas quando entrou no acesso de veículos e viu o BMW prateado estacionado, seu estômago se contraiu de tal forma que só a ideia de beber vinho a deixou nauseada. O que Richard estava fazendo ali?

Ela saiu do carro, olhou em torno, mas não o encontrou. Apenas quando saiu pela porta da cozinha e chegou ao quintal dos fundos o viu, a meio caminho do declive, explorando o terreno.

– Richard?

Seu ex-marido se voltou, e ela caminhou para ele. Fazia cinco meses desde que o vira pela última vez. Richard parecia estar em boa forma, bem-vestido e mais bronzeado. Doeu-lhe ver quão bem o divórcio lhe fizera. Ou talvez fosse por causa de tantos fins de semana no country club com a tal Tiffani-com-*i*.

– Tentei ligar, mas você não atendia – disse ele. – Achei que talvez estivesse evitando minhas ligações.

– Fui ao Maine passar o fim de semana.

Ele não perguntou por quê. Como sempre, nada que ela fizesse lhe interessava. Em vez disso, apontou para o quintal repleto de mato.

– Belo terreno. Dá para fazer um bocado de coisas com isto aqui. Há até espaço para uma piscina.

– Não tenho dinheiro para uma piscina.

– Um deque, então. Limpe todo este matagal até o regato.

– Richard, por que está aqui?

– Eu estava por perto. Achei que poderia conhecer sua nova casa.

– Bem, é esta aí.

– Parece precisar de muita reforma.

– Estou reformando aos poucos.

– Quem a está ajudando?

– Ninguém. – O queixo dela se ergueu com orgulho. – Azulejei o chão do banheiro sozinha.

Outra vez ele pareceu não ter ouvido o que ela dissera. Era a conversa desigual de sempre. Ambos falavam, mas ela era a única que realmente ouvia. Apenas agora se dava conta daquilo.

– Acabo de chegar de uma longa viagem e estou cansada – disse ela, voltando-se para a casa. – Não estou para muita conversa.

– Por que tem falado de mim pelas costas?

Ela parou e olhou para Richard.

– O quê?

– Francamente, estou surpreso, Julia. Você nunca me pareceu ser do tipo que guarda ressentimentos. Mas creio que o divórcio revela o real caráter das pessoas.

Pela primeira vez Julia sentiu um tom agressivo na voz do ex-marido. Como não notara antes? Até mesmo sua postura denunciava aquilo. Estava com as pernas abertas e os punhos fechados dentro dos bolsos.

– Não faço ideia do que você está falando.

– Você andou dizendo que eu a torturava emocionalmente? Que eu tive casos durante o nosso casamento?

– Nunca disse isso para ninguém! Mesmo sendo verdade.

– Do que você está falando?

– Você tinha um caso, não tinha? Ela sabia que você era casado quando começaram a transar?

– Você *espalhou* isso para todo mundo...

– Refere-se à verdade? Nosso divórcio ainda não estava nem consumado e vocês já cuidavam do enxoval de casamento. Todo mundo sabe disso. – Ela fez uma pausa quando subitamente lhe ocorreu o que o estava incomodando. *Talvez nem todos soubessem.*

– Nosso casamento estava acabado muito antes do divórcio – disse Richard.

– Esta é a versão que está contando para os outros? Porque, certamente, é nova para mim.

– Quer a verdade nua e crua sobre o que deu errado? Quer saber o modo como você me impediu de ser o que eu *poderia* ter sido?

Ela suspirou.

– Não, Richard, não quero ouvir. Realmente, isso não me interessa mais.

– Então, por que está tentando acabar com meu casamento? Por que está espalhando fofocas a meu respeito?

– Quem está ouvindo tais fofocas? Sua namorada? Ou o pai dela? Tem medo de que ele descubra a verdade sobre o novo genro?

– Apenas me prometa que vai parar com isso.

– Nunca disse uma palavra para ninguém. Nem mesmo sabia de seu casamento até Vicky me contar.

Ele olhou para ela e subitamente disse:

– Vicky. Aquela *piranha*!

– Vá para casa – disse ela, afastando-se.

– Ligue para Vicky agora mesmo. Diga-lhe para calar a boca.

– A boca é dela. Não posso controlá-la.

– Ligue para a sua *maldita* irmã!

Os latidos barulhentos de um cão o fizeram parar de gritar. Ao se virar, Julia viu Tom no limiar do quintal, segurando McCoy, que pulava e lutava para se livrar da coleira.

– Está tudo bem, Julia? – gritou Tom.

– Sim, está – disse ela.

Praticamente arrastado por McCoy, Tom aproximou-se até estar a alguns passos de distância do casal.

– Tem certeza? – perguntou ele.

– Estamos tendo uma discussão particular – disse Richard com rispidez.

O olhar de Tom deteve-se em Julia.

– Não parecia assim tão particular.

– Está tudo bem, Tom – disse Julia. – Richard já estava indo embora.

Tom deteve-se mais um instante, como se quisesse ter certeza de que a situação estava de fato sob controle. Então, deu as costas e voltou ao caminho junto ao córrego, puxando o cão atrás de si.

– Quem é esse cara? – perguntou Richard.

– Ele mora mais adiante.

Richard sorriu, malicioso.

– Foi por causa dele que você comprou esta casa?

– Saia do meu jardim – disse Julia, entrando na casa.

Ao entrar, ouviu o telefone tocar, mas não correu para atendê-lo. Sua atenção ainda estava voltada para Richard. Ela o observou pela janela até ele finalmente sair de seu quintal.

A secretária eletrônica atendeu: "Julia, encontrei algo. Quando chegar em casa, ligue para mim, e eu..."

Ela atendeu.

– Henry?

– Ah, você está aí.

– Acabei de chegar.

Uma pausa.

– O que houve de errado?

Para um homem a quem faltavam as mais básicas habilidades sociais, Henry tinha uma incrível capacidade para pressentir seus humores. Ela ouviu um carro sendo ligado e levou o telefone à janela da sala de estar, onde viu o BMW de Richard se afastando.

– Nada errado – disse ela.

Não agora.

– Estava na caixa número 6 – disse ele.

– O quê?

– O testamento da Dra. Margaret Tate Page. É datado de 1890, quando ela devia ter 60 anos. Nele, ela deixa tudo o que tem para os netos. Um deles é uma neta chamada Aurnia.

– *Aurnia?*

– Nome estranho, não é mesmo? Acho que isso confirma sem sombra de dúvida que Margaret Tate Page é nossa Meggie já crescida.

157

– Então, a tia que Holmes menciona na primeira carta...

– É Rose Connolly.

Julia voltou para a cozinha e olhou para o jardim, para o mesmo pedaço de terra que outra mulher, havia muito já morta, olhara em outras eras. *Quem esteve enterrada em meu jardim durante todos esses anos?*

Seria Rose?

17

1830

A luz que atravessava a janela suja era apenas ligeiramente mais clara que chumbo opaco. Nunca havia velas suficientes na sala de trabalho, e Rose mal conseguia ver os pontos enquanto costurava gaze branca. Ela já completara um vestido de cetim rosa-claro e sobre sua mesa de trabalho repousavam as rosas e as fitas de seda que seriam acrescentadas aos ombros e à cintura. Era um belo vestido de baile, e enquanto trabalhava Rose imaginava como o tecido farfalharia quando sua dona entrasse na pista de dança, como as fitas de cetim brilhariam sob a luz das velas à mesa de jantar. Haveria ponche em taças de cristal, ostras gratinadas e bolos de gengibre, e todos comeriam até se fartar e ninguém ficaria com fome. Embora ela jamais pudesse viver aquela experiência, o vestido estaria lá. E cada ponto no tecido representava uma pequena parte de si mesma, um vestígio de Rose Connolly, que permaneceria entre aquelas dobras de cetim e gaze que rodopiariam pelo salão.

A luz que entrava pela janela era muito fraca, e ela forçava os olhos para ver a linha. Algum dia, ficaria igual às outras costureiras daquela sala, os olhos eternamente apertados, os dedos repletos de calos e cicatrizes provocadas pelas repetidas picadas de agulha. Mesmo quando se levantavam ao fim do dia, suas costas continuavam curvadas, como se fossem incapazes de se manter eretas.

A agulha feriu o dedo de Rose, e ela deu um gemido de dor, deixando a gaze cair sobre a mesa de trabalho. Levou o dedo machucado à boca e sugou o sangue, mas não era a dor que a incomodava. Em vez disso, estava com medo de ter sujado a gaze branca. Erguendo o tecido para aproveitar os últimos resquícios de luz, percebeu na dobra da bainha uma mancha escura tão pequenina que certamente não seria notada. Deixo meus pontos e meu sangue neste vestido, pensou.

– Basta por hoje, senhoras – anunciou o responsável pela seção.

Rose dobrou as peças nas quais trabalhara, deixou-as à mesa para as costureiras do dia seguinte e juntou-se à fila de mulheres que esperavam o pagamento semanal. Enquanto todas vestiam casacos e xales para enfrentar a fria caminhada para casa, Rose recebeu alguns acenos e um menear de cabeça desanimado. As outras costureiras ainda não a conheciam bem, nem sabiam quanto tempo ficaria entre elas. Diversas meninas iguais a ela haviam entrado e saído, e os esforços para estabelecerem uma relação de amizade com as novatas tinham sido desperdiçados. Assim, as mulheres observavam e esperavam, sentindo que talvez Rose não fosse durar muito tempo.

– Você, menina! Rose, não é mesmo? Preciso falar com você.

Coração apertado, Rose voltou-se para o encarregado. Qual seria a crítica do Sr. Smibart? Porque, certamente, haveria uma crítica, feita naquele desagradável tom nasalado que fazia as outras costureiras debocharem dele pelas costas.

– Sim, Sr. Smibart? – respondeu Rose.

– Aconteceu outra vez – disse ele. – E isso não pode ser tolerado.

– Perdão, mas não sei o que fiz de errado. Se meu trabalho não está satisfatório...

– Seu trabalho é perfeitamente adequado.

Vindo do Sr. Smibart, perfeitamente adequado era um elogio, e ela se permitiu um suspiro silencioso de alívio porque, ao menos naquele momento, seu emprego naquele lugar não estava ameaçado.

– É outro assunto – disse ele. – Não posso perder tempo com estranhos me fazendo perguntas sobre assuntos que você devia resolver em seu tempo livre. Diga a seus amigos que você está aqui para trabalhar.

Finalmente ela compreendeu.

– Perdão, senhor. Na semana passada eu disse para Billy não vir mais aqui e achei que ele tivesse entendido. Mas ele tem uma mente infantil e não compreende. Vou pedir outra vez.

– Desta vez não foi o menino. Foi um homem.

Rose ficou paralisada.

– Que homem? – murmurou.

– Você acha que tenho tempo de perguntar o nome de cada sujeito que aparece aqui atrás de minhas meninas? Um sujeito de olhos pequenos e redondos, fazendo todo tipo de perguntas a seu respeito.

– Que tipo de perguntas?

– Onde você mora, quem são suas amigas. Como se eu fosse seu secretário particular! Isto aqui é um negócio, Srta. Connolly, e não tolerarei tais interrupções!

– Perdão – murmurou Rose.

– Você sempre diz isso, mas o problema continua. Chega de visitas!

– Sim, senhor – disse ela timidamente antes de se voltar para ir embora.

– Espero que dê um jeito nele. Seja lá quem for.

Seja lá quem for.

Ela estremeceu ao sentir o vento cortante que açoitava sua saia e adormecia seu rosto. Naquela noite fria nem mesmo os cães saíram às ruas, e ela caminhava solitária, a última mulher a deixar o prédio. Deve ser aquele sujeito horrível, o Sr. Pratt, da Ronda Noturna, perguntando por mim, pensou. Até então ela conseguira evitá-lo, mas Billy já lhe dissera que o homem andara perguntando por ela na cidade, tudo porque ela ousara empenhar o medalhão de Aurnia. Afinal, como um objeto tão valioso ficara nas mãos de Rose quando devia ter sido entregue ao marido da falecida?

Tudo isso é culpa de Eben, pensou Rose. Eu o acusei por ter me atacado e ele retaliou acusando-me de ladra. E, é claro, a Ronda Noturna acredita em Eben, porque todos os irlandeses são ladrões.

Ela embrenhou-se mais profundamente no labirinto de cortiços, os sapatos rompendo o gelo das poças fedorentas, as ruas se afunilando em becos estreitos, como se o sul de Boston estivesse se fechando ao seu redor. Afinal, chegou à porta baixa protegida por um alpendre, ao pé da qual os restos de diversas refeições – ossos descarnados e pão preto mofado – esperavam pela atenção de algum cachorro faminto muito desesperado para comer aquela porcaria.

Rose bateu à porta.

Ela foi aberta por uma criança com o rosto imundo, cachos de cabelo louro caindo como uma cortina esfarrapada diante de seus olhos. Não devia ter mais de 4 anos de idade e ficou em silêncio olhando para a visitante.

Uma mulher gritou:

– Pelo amor de Deus, Conn, o frio está entrando! Feche a porta!

O menino silencioso sumiu em algum canto escuro quando Rose entrou e fechou a porta atrás de si. Demorou um instante para seus olhos se ajustarem à penumbra da sala de teto baixo, mas pouco a pouco ela começou a discernir formas. A cadeira junto à lareira, onde o fogo se resumira a brasas. A mesa com as tigelas empilhadas. E, ao redor dela, uma multidão de cabecinhas. Muitas crianças. Rose contou ao menos oito, mas certamente havia outras que ela não podia ver, dormindo enrodilhadas nos cantos escuros do aposento.

– Trouxe o pagamento da semana?

Rose olhou para a mulher enorme sentada na cadeira. Agora que seus olhos haviam se acostumado à penumbra, podia ver o rosto de Hepzibah e seu proeminente queixo duplo. Será que ela nunca saía daquela cadeira? Não importava a hora do dia ou da noite que Rose visitasse aquele endereço soturno, sempre encontrava Hepzibah sentada em seu trono como uma rainha gorda, crianças pequenas e imundas engatinhando aos seus pés como suplicantes.

– Trouxe o dinheiro – disse Rose, e deixou metade do salário semanal na mão de Hepzibah.

– Acabei de alimentá-la. Menina gulosa essa, quase secou meu peito com algumas sugadelas. Come mais do que qualquer outro bebê que eu tenha alimentado. Eu deveria cobrar mais por ela.

Rose curvou-se para erguer a sobrinha da cesta e pensou: minha linda, como estou feliz em vê-la! A pequena Meggie olhou para ela, e Rose teve certeza de que seus lábios delicados se curvaram em um sorriso de reconhecimento. *Ah, sim, você me conhece, não é mesmo? Você sabe que sou aquela que a ama.*

Não havia mais cadeiras na sala, e Rose sentou-se no chão imundo, entre crianças que esperavam suas mães voltarem do trabalho para resgatá-las da indiferente supervisão de Hepzibah. *Se ao menos eu pudesse pagar algo melhor para você, querida Meggie,* pensou enquanto arrulhava para a sobrinha. *Se ao menos pudesse levá-la para uma casa limpa e confortável onde pusesse seu berço junto à minha cama!* Mas o quarto em Fishery Alley, onde Rose dormia, um quarto que compartilhava com 12 outros hóspedes, era ainda mais sujo, infestado de ratos e doenças. Meggie não podia ser exposta a um lugar como aquele. Muito melhor que ficasse com Hepzibah, cujos seios fartos jamais secavam. Ali, ao menos, se manteria aquecida e alimentada. Desde que Rose conseguisse continuar pagando.

Foi com grande relutância que ela finalmente deitou Meggie na cesta e levantou-se para sair. A noite caiu, e Rose estava exausta e faminta. Não seria bom para Meggie que a única pessoa que a mantinha ficasse doente e não pudesse trabalhar.

– Volto amanhã – disse Rose.

– O mesmo na semana que vem – respondeu Hepzibah. Referia-se ao dinheiro, é claro. Para ela, tudo girava em torno de dinheiro.

– Você terá seu dinheiro. Apenas cuide bem dela. – Rose olhou para o bebê. – Ela é tudo o que me resta.

Rose saiu da casa. As ruas estavam escuras e a única fonte de luz era o brilho de velas através de janelas imundas. Ela dobrou a esquina, diminuiu o ritmo das passadas, parou de andar.

No beco adiante, viu uma silhueta familiar. Billy Obtuso acenou e caminhou em sua direção, os braços inacreditavelmente longos balançando como trepadeiras. Mas não era para Billy que ela estava olhando e, sim, para o homem ao lado dele.

– Srta. Connolly – disse Norris Marshall. – Preciso lhe falar.

Ela lançou um olhar irritado para Billy.

– Você o trouxe aqui?

– Ele disse que é seu amigo – respondeu Billy.

– Você acredita em qualquer coisa que lhe digam?

– Eu sou seu amigo – disse Norris.

– Não tenho amigos nesta cidade.

Billy choramingou:

– E quanto a mim?

– Exceto você – corrigiu-se. – Mas agora vejo que não posso confiar em você.

– Ele não é da Ronda Noturna. Você só me disse para tomar cuidado com eles.

– Você sabia que o Sr. Pratt a está procurando? – perguntou Norris. – Sabe o que ele está dizendo a seu respeito?

– Está dizendo que sou uma ladra. Ou coisa pior.

– O Sr. Pratt é um palhaço.

Aquilo fez brotar um ligeiro sorriso nos lábios de Rose.

– Nisso concordamos.

– Temos algo mais em comum, Srta. Connolly.

– Não posso imaginar o que possa ser.

– Eu também o vi – murmurou Norris. – O Estripador.

Rose o encarou.

– Onde?

– Na noite passada. Estava sobre o corpo de Mary Robinson.

– A enfermeira Robinson? – Ela deu um passo atrás. A notícia era tão chocante que ela a recebeu como uma pancada. – Mary está morta?

– Você não sabia?

– Eu ia lhe contar, Srta. Rose! – atalhou Billy, ansioso. – Ouvi esta manhã, no West End. Ela foi cortada, igual à enfermeira Poole!

– A notícia se espalhou pela cidade – disse Norris. – Queria falar com você antes que ouvisse uma versão adulterada do que aconteceu.

O vento soprava no beco, e o frio atravessava a capa de Rose e a feria como se fossem agulhas. Ela virou o rosto na direção contrária, e seu cabelo escapou do xale, golpeando sua face adormecida pelo frio.

– Há algum lugar aquecido onde possamos conversar? – perguntou Norris. – Algum lugar reservado?

163

Ela não sabia se podia confiar naquele homem. No dia em que se conheceram, diante da cama de sua irmã, ele fora cortês com ela, o único homem naquele círculo de estudantes que lhe dera alguma atenção. Ela nada sabia a respeito dele, afora que seu casaco era de qualidade inferior e suas mangas estavam puídas. Olhando para o beco, perguntou-se aonde ir. Àquela hora, as tabernas e cafeterias estariam lotadas e barulhentas. Haveria muitos olhos, muitos ouvidos.

– Venha comigo – disse ela.

Algumas ruas adiante ela entrou em uma passagem escura e atravessou uma porta. Lá dentro o ar fedia a repolho cozido. No corredor, uma lâmpada solitária queimava em um castiçal. A chama tremulou ao vento quando ela abriu e fechou a porta.

– Nosso quarto fica lá em cima – disse Billy enquanto subia a escada na frente dos dois.

Norris olhou para Rose.

– Ele mora com você?

– Não podia deixá-lo dormir em um estábulo frio. – Rose fez uma pausa para acender uma vela e, então, protegendo a chama com a mão em concha, começou a subir a escada. Norris a seguiu enquanto ela subia os 12 degraus barulhentos até chegar a um quarto escuro e fedorento que abrigava 13 hóspedes. Ao brilho da vela as cortinas estendidas frouxamente entre os colchões pareciam um regimento de fantasmas. Um dos hóspedes descansava em um canto escuro e, embora estivesse oculto pelas sombras, ouvia-se sua tosse constante.

– Ele está bem? – perguntou Norris.

– Tosse dia e noite.

Baixando a cabeça por causa das vigas do teto baixo, Norris foi até o chão acolchoado com palha e ajoelhou-se ao lado do hóspede adoentado.

– O velho Clary está fraco demais para trabalhar – disse Billy. – Por isso, fica na cama o dia inteiro.

Norris não fez qualquer comentário, mas certamente sabia o significado dos lençóis sujos de sangue. O rosto pálido de Clary estava tão abatido que seus ossos pareciam brilhar através da pele. Bastava olhar para seus olhos cavos, ouvir o chiado do catarro em seus pulmões para saber que nada podia ser feito por ele.

Sem dizer palavra, Norris levantou-se.

Rose notou sua expressão enquanto olhava ao redor do quarto, avaliando os fardos de roupas e pilhas de palha que serviam como camas. As sombras estavam repletas de coisas rastejantes, e Rose ergueu o pé para esmagar algo negro que passou correndo pelo chão. Sim, Sr. Marshall, pensou ela, é aqui que eu vivo, neste quarto infecto, com um balde fedorento de dejetos, dormindo em um chão tão cheio de gente que é preciso tomar cuidado antes de se virar para não enfiar a cabeça ou o olho no cotovelo ou nos pés imundos de alguém.

– Aqui é a minha cama! – declarou Billy, afundando em uma pilha de palha. – Se fechamos a cortina, temos um belo quarto só para nós. Pode sentar aqui, senhor. A velha Polly não vai perceber que alguém usou a cama dela.

Norris não parecia nada ansioso para se sentar sobre aquele aglomerado de palha e pedaços de pano. Quando Rose fechou a cortina para terem alguma privacidade em relação ao moribundo do canto, Norris olhou para a cama de Polly como perguntando a si mesmo quantos parasitas pegaria caso se sentasse ali.

– Espere! – Billy levantou-se e trouxe um balde de água para seu canto. – Agora vocês podem baixar a vela.

– Ele tem medo de incêndios – disse Rose enquanto colocava a vela no chão.

Billy tinha por que ter medo de incêndios morando em um quarto repleto de trapos e palha. Somente quando Rose se acomodou em sua cama Norris se resignou a sentar-se também. Isolados em seu canto do quarto, os três formaram um círculo ao redor da luz bruxuleante projetando sombras compridas contra o lençol.

– Agora, diga-me – exigiu a jovem. – Diga-me o que aconteceu com Mary.

Ele olhou para a luz.

– Fui eu quem a encontrou – disse ele. – Na noite passada, na beira do rio. Eu estava atravessando o terreno nos fundos do hospital quando ouvi os gemidos. Ela foi cortada, Srta. Connolly, do mesmo modo que cortaram Agnes Poole. O mesmo padrão em seu abdome.

– Em forma de cruz?

– Sim.

– O Sr. Pratt ainda culpa os papistas?

– Não posso crer que continue acreditando nisso.

Ela riu com amargura.

– Então, está querendo se enganar, Sr. Marshall. Não há acusação que seja grave demais para ser imputada a um irlandês.

– No caso de Mary Robinson, a suspeita não recai sobre um irlandês.

– De quem o Sr. Pratt infelizmente suspeita desta vez?

– De mim.

No silêncio que se seguiu, ela olhou para as sombras refletidas no rosto de Norris. Billy se deitara junto ao balde de água, enrodilhado como um gato, e agora dormia, exausto, cada inspiração fazendo mexer as palhas de sua cama. A tosse úmida e interminável do moribundo no canto do quarto era uma lembrança de que a morte nunca estava muito longe.

– Portanto, sei como é ser acusado injustamente. Sei pelo que passou, Srta. Connolly.

– Sabe mesmo? Todo dia sou olhada com suspeita. *Você* não faz ideia.

– Na noite passada eu vi a mesma criatura que você viu, mas ninguém acredita em mim. Ninguém mais a viu. Pior ainda, o zelador do hospital *me* flagrou curvado sobre o corpo da Srta. Robinson. Estou sendo visto com desconfiança pelas enfermeiras e pelos outros alunos. Os curadores do hospital podem me banir das enfermarias. Tudo o que sempre quis na vida foi ser médico. Agora, tudo aquilo pelo que lutei está ameaçado porque muita gente duvida de minha palavra. Assim como duvidaram da sua. – Ele se aproximou, e o brilho da vela projetou sombras fantasmagóricas em seu rosto. – Você também viu aquilo, aquela coisa com uma capa. Preciso saber se você se lembra das mesmas coisas que eu.

– Eu lhe disse o que vi naquela noite. Mas não creio que tenha acreditado em mim.

– Eu admito que, na hora, sua história pareceu...

– Mentirosa?

– Jamais faria tal acusação contra você. Mas, sim, achei sua descrição um tanto exagerada. Contudo, você estava muito agitada e evidentemente aterrorizada. – Fez uma pausa e acrescentou, em voz baixa: – Na noite passada, eu também fiquei aterrorizado. O que vi fez meus ossos ficarem gelados.

Ela olhou para a chama da vela e sussurrou:

– Tinha asas.

– Uma capa, talvez. Ou um manto negro.

– E o rosto dele era branco brilhante. – Ela olhou para Norris, e a luz em seu rosto trouxe-lhe de volta a lembrança com surpreendente nitidez. – Branco como uma caveira. Foi o que viu?

– Eu não sei. A lua brilhava sobre a água. Os reflexos podem enganar a visão.

Ela estreitou os lábios.

– Estou lhe dizendo o que vi e, em troca, você me dá explicações como "Era apenas um *reflexo da lua*".

– Sou um homem de ciência, Srta. Connolly. Não me resta escolha senão buscar explicações lógicas.

– E qual a lógica de se matar duas mulheres?

– Talvez não haja lógica alguma. Apenas maldade.

Ela engoliu em seco e murmurou:

– Tenho medo de que ele me reconheça.

Billy resmungou e se virou, o rosto relaxado e inocente durante o sono. Olhando para ele, Rose pensou: Billy nada sabe sobre a maldade. Ele não compreende o mal que pode se esconder por trás de um sorriso.

Ouviram-se passos na escada, e Rose se empertigou ao ouvir risos de mulher e uma gargalhada masculina. Uma das hóspedes trouxera um cliente para cima. Rose compreendia a necessidade daquilo, sabia que alguns minutos com as pernas abertas podiam representar a diferença entre um jantar ou um estômago roncando. Mas os ruídos do casal do outro lado da cortina fizeram Rose ficar tremendamente constrangida. Não conseguia olhar para Norris. Olhou para as próprias mãos entrelaçadas no colo enquanto o casal gemia e grunhia e a palha rangia sob seus corpos em movimento. Durante todo o tempo o moribundo continuava a tossir, afogado em catarro sanguinolento.

– E foi por isso que você se escondeu? – perguntou Norris.

Relutante, Rose ergueu a cabeça e descobriu que os olhos de Norris estavam impassíveis, como se determinados a ignorar a libidinagem e a tragédia que ocorriam a alguns metros dali. Como se o lençol imundo os tivesse isolado em um mundo à parte, onde Rose era o único objeto de sua atenção.

– Eu me escondo para evitar problemas, Sr. Marshall. De todo mundo.

– Incluindo a Ronda Noturna? Estão dizendo que você empenhou uma joia que não era sua.

– Minha irmã a deu para mim.

– O Sr. Pratt diz que você a roubou. Que a tirou do cadáver.

Ela riu, debochada.

– Culpa do meu cunhado. Eben quer se vingar e por isso espalha mentiras a meu respeito. Mesmo que fosse verdade, mesmo que eu *tivesse* tirado, nada devo a ele. Como poderia pagar o funeral de Aurnia?

– Funeral? Mas ela... – Norris fez uma pausa.

– O que tem Aurnia? – perguntou Rose.

– Nada. É só... um nome incomum, é isso. Um nome adorável.

Ela riu com tristeza.

– Era o nome de nossa avó. Significa "dama dourada". E minha irmã era exatamente isso. Até se casar.

Além da cortina, os gemidos se aceleraram, acompanhados do enfático som de dois corpos se chocando um contra o outro. Rose não conseguia mais encarar Norris. Em vez disso, olhou para os próprios sapatos, acomodados no chão coberto de palha. Um inseto se arrastou para fora do monte onde Norris estava sentado, e ela se perguntou se ele havia percebido, contendo a vontade de esmagá-lo.

– Aurnia merecia coisa melhor – disse Rose. – Mas, afinal, eu fui a única a comparecer ao seu enterro. Eu e Mary Robinson.

– A enfermeira Robinson esteve lá?

– Ela tratava bem minha irmã, tratava bem todo mundo. Era diferente da Srta. Poole. Oh, *aquela* eu detestava, devo admitir, mas Mary era diferente.

Ela balançou a cabeça com tristeza.

O casal atrás da cortina terminou a libidinagem, e seus gemidos deram lugar a suspiros de exaustão. Rose parou de prestar atenção neles. Em vez disso, pensava na última vez que vira Mary Robinson no cemitério de St. Augustine. Lembrou-se dos olhares de soslaio e da inquietação de suas mãos. E como subitamente desaparecera sem se despedir.

Billy espreguiçou-se e sentou-se, coçando a cabeça e tirando fiapos de palha do cabelo. Olhou para Norris e perguntou:

– Então, vai dormir conosco hoje?

Rose enrubesceu.

– Não, Billy. Ele não vai.

– Posso mudar minha cama de lugar para abrir espaço para você – disse Billy. Então acrescentou, com um tom territorial: – Mas eu durmo ao lado da Srta. Rose. Ela prometeu.

– Jamais pensaria em ocupar seu lugar, Billy – disse Norris. Ele se levantou e tirou os fiapos de palha da calça. – Desculpe tomar seu tempo, Srta. Connolly. Obrigado por falar comigo. – Afastou a cortina e caminhou para a escada.

– Sr. Marshall? – Rose levantou-se e o seguiu. Ele já estava ao pé da escada, mão à porta. – Gostaria de pedir que não voltasse a procurar por mim em meu local de trabalho – disse ela.

Ele franziu as sobrancelhas.

– Perdão?

– Você ameaçará minha sobrevivência caso o faça.

– Nunca estive em seu local de trabalho.

– Um homem esteve lá hoje, perguntando onde eu morava.

– Não sei onde você trabalha. – Ele abriu a porta, deixando entrar uma lufada de vento que atingiu seu casaco e fez balançar a bainha da saia de Rose. – Quem quer que tenha sido, não fui eu.

NESTA NOITE FRIA o Dr. Nathaniel Berry não está pensando na morte.

Em vez disso, pensa em encontrar uma vagina disponível. E por que não? Ele é jovem e trabalha horas a fio como médico residente no hospital. Não tem tempo para cortejar as mulheres do modo como se espera que um cavalheiro faça, nenhum tempo para conversas educadas em *soirées* e musicais, sem tardes livres para passeios a dois em Colonnade Row. Sua vida este ano se resume a cuidar dos pacientes do Hospital Geral de Massachusetts, 24 horas por dia, e raramente lhe é permitida uma noite fora do hospital.

Mas hoje, para sua surpresa, lhe foi oferecida uma rara noite de liberdade.

Quando um jovem precisa suprimir durante muito tempo suas necessidades naturais, são essas mesmas necessidades que o movem quando se vê livre, afinal. Por isso, quando o Dr. Berry deixa seus aposentos no hospital, vai diretamente para a infame vizinhança de North Slope, até a taberna Sentry Hill, onde marinheiros ombreiam com escravos libertos e onde toda jovem que entra pela porta pode ser considerada alguém atrás de algo mais que um copo de conhaque.

O Dr. Berry não está mais dentro da taberna.

No tempo necessário para se tomar dois copos de rum, ele volta a sair do estabelecimento com o sorridente objeto de luxúria escolhido ao seu lado. Não poderia ter encontrado uma prostituta mais óbvia do que aquela vagabunda desleixada com cabelo preto emaranhado, mas ela servirá bem aos seus propósitos, de modo que ele a leva para o rio, onde tais encontros geralmente ocorrem. Ela o segue de bom grado, embora um tanto trôpega, seu sorriso bêbado ecoando pela rua estreita. Mas ao ver a água à sua frente ela para de súbito, os pés plantados como uma mula empacada.

– O que foi? – pergunta o Dr. Berry, impaciente para tirar-lhe a saia.

– É o rio. Aquela mulher foi morta ali.

É claro que o Dr. Berry sabe disso. Afinal, ele conhecia e trabalhava com Mary Robinson. Mas qualquer tristeza por sua morte é secundária em face da urgência de suas necessidades.

– Não se preocupe. Eu a protejo. Vamos.

– Você não é ele, certo? O Estripador de West End?

– Claro que não! Sou um médico.

– Estão dizendo que *ele* pode ser médico. É por isso que está matando enfermeiras.

A essa altura o Dr. Berry está ficando desesperado.

– Bem, você não é uma enfermeira, certo? Vamos, e verá que vai valer a pena. – Ele a puxa mais alguns metros, mas ela para outra vez.

– Como posso saber que você não vai cortar minha barriga, como aconteceu com aquelas senhoras?

– Veja, toda a taberna nos viu sair juntos. Se eu fosse mesmo o Estripador, acha que correria tal risco em público?

Persuadida pela lógica impecável, ela permite que ele a leve até o rio. Agora que está tão perto de seu objetivo, tudo em que consegue pensar é em penetrá-la. Mary Robinson sequer lhe passa pela cabeça quando ele arrasta a prostituta em direção à água. E por que deveria? O Dr. Berry está completamente despreocupado enquanto arrasta a prostituta até a sombra da ponte, onde não podem ser vistos.

Mas, certamente, podem ser ouvidos.

Os sons erguem-se da escuridão e espalham-se pela margem. O farfalhar de saias sendo erguidas, a respiração ofegante, os gemidos do clímax. Em apenas alguns minutos está tudo acabado, e a jovem volta correndo margem acima, um tanto mais descomposta, embora meio dólar mais rica. Não percebe a figura oculta nas sombras ao voltar correndo para a taberna em busca de outro cliente.

A jovem despreocupada continua a correr e sequer olha para trás em direção à ponte onde o Dr. Berry se detém, afivelando o cinto. Ela não vê o que se aproxima dele pela margem.

Quando os últimos estertores de agonia do Dr. Berry erguem-se do rio, a prostituta já está de volta à taberna, rindo no colo de um marinheiro.

18

— Queria falar comigo, Dr. Grenville? – perguntou Norris.

O Dr. Grenville olhou por sobre a escrivaninha, e seu rosto, iluminado pelo sol matinal, nada revelou. Vai ser agora, pensou Norris. Há dias era atormentado por boatos e insinuações. Ouvia cochichos nos corredores e percebia os olhares dos colegas. Diante de Grenville, ele se preparava para ouvir o inevitável. Melhor saber a resposta agora, pensou, do que sofrer dias ou semanas de boatos antes do golpe final.

– Você já leu a última matéria do *Daily Advertiser*? – perguntou Grenville. – Sobre os assassinatos de West End?

– Sim, senhor. – Por que protelar?, pensou. Melhor acabar logo com aquilo. – Gostaria de saber a verdade, senhor. Serei expulso da faculdade?

– É por isso que acha que o chamei aqui?

– É uma suposição razoável. Considerando...

– Os boatos? Ah, sim, há muitos boatos. Ouvi-os das famílias de diversos alunos. Estão todos preocupados com a reputação desta faculdade. Sem nossa reputação não somos nada.

Norris nada falou, mas o medo se acomodou como uma pedra em seu estômago.

– Os pais desses alunos também estão preocupados com o bem-estar de seus filhos.

– E acham que sou uma ameaça.

– Você compreende o motivo, não é mesmo?

Norris olhou-o diretamente nos olhos.

– Tudo o que têm para me incriminar são circunstâncias.

– Circunstâncias são uma voz poderosa.

– Uma voz enganadora. Ela abafa a verdade. Esta faculdade de medicina se orgulha de seu método científico. Esse método não prega a busca da verdade baseada em fatos e não em boatos?

Grenville reclinou-se em sua cadeira, mas seu olhar permaneceu fixo em Norris. Pelo escritório havia provas do quanto Grenville valorizava o estudo científico. Em sua escrivaninha, um crânio humano grotescamente deformado repousava ao lado de um crânio normal. A um canto via-se o esqueleto de um anão e nas prateleiras da estante havia espécimes preservados em frascos de uísque: uma mão cortada com seis dedos; um nariz parcialmente consumido por um tumor; um recém-nascido com um único olho ciclópico. Todos eram teste-munhas silenciosas de seu fascínio por anormalidades anatômicas.

– Não sou o único que viu o assassino – disse Norris. – Rose Connolly também o viu.

– Um monstro de asas negras com rosto de caveira?

– Algo muito ruim está agindo em West End.

– Algo que a Ronda Noturna considera ser um açougueiro.

– Então, esta é a verdadeira acusação contra mim, certo? O fato de eu ser filho de um fazendeiro. Se eu fosse Edward Kingston, ou seu sobrinho Charles, ou o filho de um proeminente cavalheiro, ainda seria suspeito? Haveria dúvidas quanto à minha inocência?

Após um instante de silêncio Grenville disse:

– Você tem razão.

– Mas isso não muda coisa alguma. – Norris voltou-se para ir embora. – Bom dia, Dr. Grenville. Vejo não ter futuro aqui.

– Por que não teria futuro aqui? Eu o expulsei desta escola?

A mão de Norris já estava sobre a maçaneta da porta. Ele se voltou.

– Você disse que minha presença é um problema.

– De fato é um problema. Mas cuidarei disso. Estou ciente de que você enfrenta uma série de desvantagens. Ao contrário de seus colegas, não veio de Harvard nem de nenhuma escola superior. Você é autodidata e, no entanto, os doutores Sewall e Crouch estão impressionados com suas habilidades.

Por um instante Norris não conseguiu falar.

– Eu... não sei como agradecer.

– Não me agradeça ainda. As coisas podem mudar.

– O senhor não se arrependerá!

Outra vez Norris segurou a maçaneta da porta.

– Sr. Marshall, há algo mais.

– Senhor?

– Quando foi a última vez que viu o Dr. Berry?

– Dr. Berry? – Aquela era uma pergunta completamente inesperada, e Norris fez uma pausa, perplexo. – Foi ontem à noite. Quando deixávamos o hospital.

Grenville voltou os olhos preocupados para a janela.

– Foi a última vez que eu o vi, também – murmurou.

– Embora haja muita discussão quanto à sua etiologia – disse o Dr. Chester Crouch –, a causa da febre puerperal permanece em debate. É uma doença agressiva, que tira a vida de mulheres justamente quando conseguem realizar o sonho da maternidade.

Ele parou de falar.

Todos os demais fizeram o mesmo quando Norris entrou no auditório. Sim, o infame Estripador chegara. Será que os aterrorizava? Teriam medo que se sentasse perto deles e seu mal lhes fosse passado por contato?

– Sente-se, Sr. Marshall! – disse Crouch.

– Estou tentando, senhor.

– Aqui! – Wendell se levantou. – Reservamos um lugar para o Sr. Norris.

Sentindo-se alvo de todos os olhares, Norris atravessou a fileira de poltronas, passando por jovens que pareciam esquivar-se de seu toque. Sentou-se na cadeira vazia entre Wendell e Charles.

– Obrigado – sussurrou.

– Tínhamos medo de que não viesse – disse Charles. – Deve ter ouvido os boatos esta manhã. Estão dizendo que...

– Os cavalheiros já terminaram de conversar? – perguntou Crouch. Charles corou. – Agora, se me permitem prosseguir... – Crouch. limpou a garganta e voltou a caminhar pelo palco. – Neste momento estamos vivendo uma epidemia em nossa enfermaria, e temo que haja mais casos em curso. Portanto, dedicaremos o programa desta manhã ao assunto da febre puerperal, também conhecida como febre do parto. Ataca a mulher no auge de sua juventude, precisamente quando tem muito pelo que viver. Embora a criança tenha nascido em segurança, até mesmo com vigor, a nova mãe ainda enfrenta o perigo. A doença pode se manifestar durante o trabalho de parto ou os sintomas podem se desenvolver após horas ou mesmo dias após o parto. Primeiro, a vítima sente frio, às vezes tão violento que seu tremor chega a sacudir a cama. Segue-se uma febre inevitável, que faz a pele ficar vermelha e o coração acelerar. Mas o verdadeiro tormento é a dor. Começa na pélvis e aumenta com excruciante sensibilidade à medida que o abdome incha. O menor toque, até mesmo uma leve carícia na pele, pode provocar gritos de agonia. São comuns as descargas de sangue malcheiroso. As roupas, os lençóis, às vezes a própria enfermaria fedem pungentemente. Vocês não imaginam o sofrimento mortificante de uma mulher, acostumada à mais escrupulosa higiene, ao verificar que seu corpo está cheirando de modo tão repulsivo. Mas o pior ainda está por vir.

Crouch fez uma pausa, e a plateia permaneceu em silêncio e atenção absoluta.

– O pulso acelera – prosseguiu Crouch. – Uma névoa confunde a mente, e a paciente, às vezes, não sabe que dia ou que horas são. Algumas vezes murmura de modo incoerente. Frequentemente vomita matéria indescritivelmente fétida. A respiração se torna difícil. O pulso fica irregular. A essa altura, há pouco a fazer, afora ministrar morfina e vinho, porque a morte é inevitável. – Ele parou de falar e olhou em torno. – Nos próximos meses vocês verão, tocarão e cheirarão tudo isso. Alguns alegam ser contagioso como varíola. Mas, se é verdade, por que não ocorre em mulheres grávidas ou naquelas que não esperam bebê? Outros dizem ser um miasma, um estado epidêmico no ar. De fato, que outra explicação para o fato de milhares dessas mulheres terem morrido na França, na Hungria e na Inglaterra?

"Aqui, também, estamos presenciando muitos óbitos. Em nosso último encontro da Sociedade para o Aperfeiçoamento da Medicina de Boston, meus colegas citaram números alarmantes. Um médico perdeu cinco pacientes em rápida sucessão. E eu perdi sete apenas este mês."

Wendell inclinou-se para a frente, franzindo as sobrancelhas.

– Meu Deus! – murmurou. – Realmente é uma epidemia.

– Tem se tornado uma perspectiva tão terrível que muitas mulheres grávidas, em sua ignorância, optam por não virem ao hospital. Mas é no hospital que podem contar com condições melhores que as que têm em seus cortiços imundos, onde nenhum médico lhes dará atenção.

Wendell levantou-se abruptamente.

– Posso fazer uma pergunta, senhor?

Crouch ergueu a cabeça.

– Sim, Sr. Holmes?

– Há uma epidemia assim nos cortiços? Entre os irlandeses no sul de Boston?

– Ainda não.

– Mas eles vivem em meio à sujeira. Sua dieta é inadequada, suas condições são consternadoras. Sob tais condições, não deveria haver mais dessas mortes?

– Os pobres têm uma constituição diferente. São feitos de matéria-prima mais resistente.

– Ouvi dizer que mulheres que subitamente dão à luz nas ruas ou no campo raramente pegam a febre. Será isso também devido ao fato de terem uma constituição mais forte?

– Esta é a minha teoria. Falarei mais sobre isso nas próximas semanas. – Fez uma pausa. – Agora, assistirão à apresentação de anatomia do Dr. Sewall. Seu espécime de hoje é, lamento dizer, uma de minhas pacientes, uma jovem que morreu da mesma doença que acabei de descrever. Chamo agora o Dr. Sewall para demonstrar suas descobertas anatômicas.

Quando o Dr. Crouch se sentou, o Dr. Sewall subiu ao palco, seu corpo portentoso fazendo ranger os degraus do palco.

– O que acabaram de ouvir é a clássica descrição da febre puerperal – disse Sewall. – Agora, verão a patologia dessa doença. – Ele fez uma pausa e olhou para as fileiras de alunos no auditório. – Sr. Lackaway! Poderia descer até aqui para me ajudar?

– Senhor?

– Você ainda não se ofereceu como voluntário de uma demonstração anatômica. Eis a sua chance.

– Não creio ser a melhor escolha...

Edward, que estava sentado atrás de Charles, disse:

– Ora, vamos lá, Charlie. – E deu-lhe um tapinha no ombro. – Eu prometo que desta vez alguém vai ampará-lo ao cair.

– Estou esperando, Sr. Lackaway – disse Sewall.

Engolindo em seco, Charles levantou-se e foi até o palco, relutante.

O assistente de Sewall trouxe o cadáver em uma maca e removeu a mortalha. Charles recuou ao ver a jovem. Cabelos negros cascateavam da mesa e um braço branco e magro pendia da borda.

– Isso vai ser divertido – disse Edward, inclinando-se para murmurar no ouvido de Wendell. – Quanto tempo acha que ele aguenta antes de cair? Vamos apostar?

– Isso não tem graça, Edward.

– Ainda não.

No palco, Sewall descobriu a bandeja de instrumentos. Escolheu uma faca e entregou-a para Charles, que a olhou como se jamais tivesse visto algo parecido.

– Esta não será uma necropsia completa. Nos concentraremos apenas na patologia dessa doença em particular. Vocês devem ter trabalhado em cadáveres a semana inteira; portanto, já devem estar à vontade com a dissecação.

– Não dou dez segundos para ele cair – murmurou Edward.

– Cale-se – disse Wendell.

Charles aproximou-se do corpo. Mesmo do lugar onde estava sentado, Norris podia ver as mãos de Charles tremerem.

– O abdome – disse Sewall. – Corte.

Charles pressionou a faca contra a pele do cadáver. Toda a plateia pareceu conter a respiração enquanto ele hesitava. Fazendo uma careta, fez um corte barriga abaixo, mas foi um golpe tão raso que a pele sequer se partiu.

– Precisará fazer mais força que isso – disse Sewall.

– Eu... estou com medo de danificar algo importante.

– Você sequer penetrou a gordura subcutânea. Corte mais fundo.

Charles fez uma pausa para reunir coragem. Outra vez cortou. Outra vez foi superficial demais, uma incisão imperfeita que deixou intactas largas seções da parede abdominal.

– Assim você vai esfarrapá-la antes de chegar à cavidade – disse Sewall.

– Não quero cortar o intestino.

– Veja, você já a penetrou, acima do umbigo. Enfie um dedo ali e controle a incisão.

Apesar de o auditório não estar aquecido, Charles levou a manga da camisa à testa e limpou o suor. Então, usando uma das mãos para esticar a parede abdominal, cortou uma terceira vez. Dobras rosadas escaparam pela abertura, pingando fluido sanguíneo no palco. Ele continuou a cortar, e sua faca abriu um buraco cada vez maior através do qual os intestinos escaparam. O cheiro pútrido que se ergueu da cavidade o fez se voltar, seu rosto pálido de náusea.

– Veja só. Você furou o intestino! – gritou Sewall.

Charles recuou assustado, e a faca caiu de sua mão no palco.

– Eu me cortei – resmungou. – Meu dedo.

Sewall suspirou, exasperado.

– Ora, vamos, então. Sente-se. Eu termino.

Vermelho de humilhação, Charles saiu do palco e voltou a se sentar ao lado de Norris.

– Você está bem, Charlie? – sussurrou Wendell.

– Fui um desastre.

Sentiu um tapinha no ombro.

– Veja pelo lado positivo – disse Edward. – Ao menos você não desmaiou desta vez.

– Sr. Kingston! – reboou o Dr. Sewall do palco. – Gostaria de compartilhar seus comentários com o resto da turma?

– Não, senhor.

– Então, por favor, preste atenção. Esta jovem nobremente ofereceu seu corpo em benefício das futuras gerações. O mínimo que você poderia fazer seria respeitá-la com seu silêncio. – O Dr. Sewall voltou a se concentrar no cadáver, que já tinha o abdome completamente aberto. – Vocês veem aqui revelada a membrana do peritônio, e sua aparência é muito anormal. Está rígida. Em um soldado jovem, morto rapidamente em combate, esta membrana é clara e brilhante. Mas, no caso da febre puerperal, o peritônio fica opaco e há bolsas de fluido claro e leitoso, bastante fedorento para revolver o estômago do anatomista mais experiente. Já vi cavidades abdominais nas quais os órgãos estavam imersos neste muco, e seus intestinos apresentavam hemorragias em diversos pontos. Não podemos explicar a razão de tais mudanças. De fato, como disse o Dr. Crouch, são inúmeras as teorias sobre a causa da febre puerperal. Estaria relacionada à erisipela ou ao tifo? É um acidente ou apenas a providência divina, como acredita o Dr. Meigs, da Filadélfia? Não passo de um anatomista. Posso apenas mostrar o que exponho com minha faca. Ao oferecer seus restos mortais para estudo, este espécime contribuiu para o conhecimento de todos vocês.

Contribuiu coisa nenhuma, pensou Norris. O Dr. Sewall sempre elogiava os infelizes espécimes que passavam por sua mesa. Ele os classificava como nobres e generosos, como se tivessem de bom grado se oferecido para serem abertos e estripados publicamente. Aquela mulher não era uma voluntária. Era um caso de caridade, cujo corpo não fora reclamado por familiares ou amigos. O elogio de Sewall era uma honra indesejada que certamente a teria horrorizado.

O Dr. Sewall abrira o tórax e agora erguia um pulmão para que a plateia admirasse. Havia apenas alguns dias, aquela mutilação do tórax chocara o grupo de estudantes de medicina. Agora, aqueles mesmos homens permaneciam sentados e imperturbáveis. Ninguém desviava o olhar ou baixava a cabeça. Haviam sido introduzidos no ambiente do laboratório de anatomia. Conheciam seus cheiros, aquela mistura única de decomposição e ácido carbólico, haviam empunhado a faca de dissecação. Olhando para seus colegas, Norris viu expressões que iam do tédio à profunda concentração. Apenas algumas semanas de estudo haviam sido suficientes para lhes fortalecer a espinha e aplacar-lhes o estômago, de modo que agora podiam observar sem desagrado enquanto Sewall tirava de dentro do tórax o coração e o pulmão remanescente. Vencemos o horror, pensou Norris. Era o primeiro passo, uma etapa necessária em seu treinamento.

Viria coisa pior pela frente.

19

Cedo naquela noite Jack Zarolho já o havia escolhido. O marinheiro estava sentado sozinho em uma mesa, sem falar com ninguém, olhar fixo apenas no rum que Fanny lhe servia. Só tinha dinheiro para três doses. Entornou o último copo, e enquanto Fanny esperava procurou mais moedas nos bolsos. Mas nada encontrou. Jack pôde ver os lábios e os olhos de Fanny se estreitarem. Ela não tinha paciência para aproveitadores. Para ela, se alguém ocupava espaço em uma mesa e desfrutava do calor de sua lareira, tinha de beber. Ou pagava outra dose ou caía fora. Embora o Black Spar estivesse vazio naquela noite, Fanny não abria exceções. Ela não fazia distinção entre clientes habituais e forasteiros. Se não tinham dinheiro, não bebiam, e eram postos para fora, no frio. Esse era o problema, pensou Jack, ao ver Fanny se enfurecer. Era por isso que o Black Spar estava falindo. Ande um pouco mais, até a nova taberna, o Mermaid, e encontrará uma garçonete jovem e sorridente e um fogo generoso que envergonharia as chamas avaras da lareira de Fanny.

Também encontraria uma multidão, muitos deles antigos clientes de Fanny que haviam abandonado o Black Spar. E não era de se estranhar. Se tivesse de escolher entre uma garçonete sorridente e a cara feia de Fanny, qualquer homem preferiria o Mermaid. Ele já sabia o que ela faria a seguir. Primeiro, exigiria que o pobre marinheiro pedisse outra dose. E quando ele não pudesse mais pedir, ela começaria sua arenga. *Você acha que esta mesa é grátis? Acha que posso deixá-lo ficar sentado aqui a noite inteira ocupando o lugar de um cliente com dinheiro?* Como se houvesse filas de clientes esperando para se sentar ali. *Preciso pagar o aluguel e a conta do fornecedor. Ele não trabalha de graça. Nem eu.* Viu-a trincar os maxilares, braços poderosos flexionados para o combate.

Antes que ela começasse a falar, porém, Jack olhou-a e balançou a cabeça. *Deixe-o em paz, Fanny.*

Ela olhou para Jack um instante. Então, compreendeu o que pretendia o marido, foi até o bar e serviu um copo de rum. Voltou à mesa do marinheiro e entregou-lhe a bebida.

Não durou muito. Alguns goles apenas.

Fanny deu-lhe outra dose. Ela o fez em silêncio, sem chamar a atenção para o copo sem fundo do marinheiro. De qualquer modo, ninguém estava dando a mínima. No Spar, quem era esperto ficava calado e prestava atenção na própria bebida. Ninguém contou o número de vezes que Fanny saiu dali com um copo vazio e voltou com outro cheio. Ninguém se incomodou com o fato de o sujeito ter tombado para a frente, a cabeça apoiada sobre os braços.

Um por um, bolsos vazios, os clientes deixavam o bar e saíam no frio da noite, até haver apenas um, o marinheiro que roncava na mesa do canto.

Fanny foi até a porta, trancou-a e voltou-se para olhar para Jack.

– Quanto deu para ele? – perguntou.

– O bastante para afogar um cavalo.

O marinheiro roncou alto.

– Ele ainda está vivo – disse Jack.

– Bem, não posso entornar-lhe o rum goela abaixo.

Olharam para o sujeito adormecido, vendo a baba escorrer de sua boca em um fio longo e pegajoso. Acima do colarinho puído do casaco seu pescoço estava sujo de fuligem de carvão. Um piolho gordo, inchado de sangue, caminhou por um cacho de cabelo louro.

Jack cutucou o ombro do sujeito, que voltou a roncar, apagado. Fanny debochou.

– Você não pode esperar que todos morram, obedientes.

– Ele é jovem. Aspecto saudável.

Saudável demais.

– Servi uma fortuna de bebida grátis para ele. Nunca vou recuperar esse dinheiro.

Jack empurrou-o com mais força. Lentamente, o marinheiro caiu da cadeira e tombou no chão. Jack olhou-o um instante, então se curvou e virou-o de costas. Droga. Ainda respirava.

– Quero o dinheiro do rum que gastei – insistiu Fanny.

– Então, cuide disso você.

– Não tenho força suficiente.

Jack olhou para os braços dela, fortes e musculosos de tanto carregarem bandejas e barris. Sim, ela era bastante forte para estrangular um homem. Só não queria assumir a responsabilidade.

– Vá em frente, então – insistiu Fanny.

– Não posso deixar marcas no pescoço dele. Vai levantar suspeitas.

– Tudo o que querem é um corpo. Não se importam de onde veio.

– Mas um homem que foi obviamente assassinado...

– Covarde.

– Só estou dizendo que precisa parecer natural.

– Então faremos parecer natural. – Fanny olhou para o homem um instante, os olhos estreitados. Homem nenhum gostaria que uma mulher como Fanny o olhasse daquele jeito. Jack não tinha medo de muita coisa, mas conhecia Fanny muito bem para saber que, quando ela se voltava contra alguém, era o fim. – Espere aqui.

Como se Jack fosse a algum lugar.

Jack ouviu os passos da mulher subindo as escadas até o quarto de dormir. Um instante depois ela voltou, trazendo um travesseiro rasgado e um pano imundo. Ele compreendeu imediatamente o que ela tinha em mente, mas mesmo quando Fanny lhe entregou os instrumentos mortais, ele não se moveu. Jack já desenterrara corpos com a carne soltando dos ossos. Ele os pescara de rios, tirara-os de caixões, enfiara-os em barris de picles. Mas *fazer* um cadáver era um assunto diferente. Um assunto que podia acabar na forca.

Ainda assim, 20 dólares eram 20 dólares, e quem sentiria falta daquele sujeito?

Ele fez um bolo com o trapo e se agachou com dificuldade ao lado do marinheiro embriagado. O sujeito estava de boca aberta, a língua tombada para o lado. Ele enfiou o trapo na boca escancarada e o marinheiro imediatamente começou a respirar pelas narinas. Jack baixou o travesseiro e o pressionou contra a boca e o nariz do sujeito, que subitamente despertou e agarrou o travesseiro, tentando afastá-lo para respirar.

– Segure os braços dele! Segure os braços dele! – gritou Jack.

– Estou tentando, droga!

O homem esperneava, as botas batendo no chão.

– Não estou conseguindo segurá-lo! Ele não para quieto!

– Então, sente-se, em cima dele – gritou Fanny.

– Sente *você* em cima dele!

Fanny ergueu as saias e plantou o traseiro volumoso sobre os quadris do marinheiro. Enquanto ele esperneava, ela o cavalgou como uma prostituta, o rosto vermelho e suado.

– Ele ainda resiste – disse Jack.

– Não solte o travesseiro. Aperte com mais força!

O pavor dera à vítima força sobrenatural, e suas unhas deixavam riscos de sangue nos braços de Jack. Droga, quanto tempo levava para um homem morrer? Por que ele simplesmente não se rendia e economizava todo aquele trabalho? Uma unha arranhou a mão de

Jack, que emitiu um rugido de dor e forçou o travesseiro contra o rosto do sujeito. Usava todo o peso do corpo, mas ele ainda resistia. *Morra, desgraçado!*

Jack galgou o peito do marinheiro e sentou-se sobre suas costelas. Agora, ambos o cavalgavam, Fanny sobre os quadris, Jack sobre o tórax. Ambos eram pesados, e seu peso combinado finalmente imobilizou o sujeito. Apenas seus pés se moviam agora, os calcanhares das botas batendo contra o chão. Ainda agarrava Jack, mas se debatia cada vez menos à medida que a força se esvaía de seus braços. Agora, os calcanhares diminuíam o ritmo das pancadas, as botas tombando frouxamente sobre o chão. Jack sentiu-o estremecer uma última vez, então seus braços afrouxaram e tombaram para os lados.

Demorou um instante antes que Jack ousasse tirar o travesseiro. Olhou para o rosto mosqueado, marcado pela pressão do tecido grosseiro. Jack tirou o trapo da boca do marinheiro, agora encharcado de saliva, e atirou-o de lado. Caiu com um baque úmido em um canto.

– Bem, aí está – disse Fanny. Ela se levantou, ofegante, o cabelo despenteado.

– Precisamos despi-lo.

Trabalharam juntos, tirando-lhe o casaco e a camisa, calças e botas, tudo muito sujo ou gasto para valer a pena preservar. Não havia sentido correr o risco de ser pego com as coisas de um morto. Ainda assim, Fanny vasculhou os bolsos do marinheiro e emitiu um gemido ultrajado quando voltou com a mão repleta de moedas.

– Veja! Ele tinha dinheiro, afinal de contas! Bebeu todas aquelas doses de graça e não disse nada! – Ela se voltou e atirou as roupas do marinheiro na lareira. – Se ele já não estivesse morto, eu...

Ouviram uma batida na porta e ambos se entreolharam, paralisados.

– Não atenda – murmurou Jack.

Outra batida, mais alta e mais insistente.

– Quero uma bebida! – disse uma voz pastosa lá fora. – Abra!

– Já fechamos! – gritou Fanny através da porta.

– Como podem estar fechados?

– Estou dizendo que estamos. Vá a outro lugar!

O sujeito deu uma última batida furiosa na porta e então se afastou praguejando rua acima, certamente a caminho do Mermaid.

– Vamos jogá-lo na carroça – disse Jack, que pegou o corpo pelos braços e ficou surpreso com o calor que emanava de um cadáver tão recente. A noite fria resolveria aquilo rapidamente. Àquela altura, os piolhos estavam abandonando seu hospedeiro, deixando o couro cabeludo e caminhando pelos fios de cabelo emaranhado. Enquanto carregavam o corpo pela sala dos fundos, Jack viu pontos negros e famintos pulando pelo seu braço e resistiu ao impulso de deixar cair o cadáver para afastá-los.

No pátio do estábulo, jogaram o corpo na carroça e deixaram-no descoberto e ao relento enquanto Jack arreava o cavalo. Não era bom entregar um cadáver muito quente, embora aquilo provavelmente não fizesse diferença, uma vez que o Dr. Sewall nunca fazia perguntas.

Também não as fez daquela vez. Jack botou o corpo na mesa de Sewall e ficou por perto, ansioso, enquanto o anatomista afastava a lona. Por um instante o Dr. Sewall nada disse, embora deva ter percebido o extraordinário frescor daquele espécime. Aproximando a lâmpada, ele inspecionou a pele, testou as juntas, olhou dentro da boca. Sem ferimentos, pensou Jack. Sem ferimentos. Apenas um pobre infeliz que ele encontrara morto no meio da rua. Esta era a história. Então percebeu, alarmado, o piolho caminhando sobre o peito do cadáver. Piolhos não ficavam muito tempo no corpo dos mortos, embora aquele corpo ainda estivesse infestado. Será que ele viu? Será que ele sabe?

O Dr. Sewall baixou a lâmpada e deixou a sala. Jack teve a impressão de que ele demorou muito. Demais, até. Então Sewall voltou com um saco de moedas.

– Trinta dólares – disse ele. – Pode me trazer outros assim?

Trinta? Aquilo era mais do que Jack esperava. Pegou o saco com um sorriso.

– Tantos quanto puder arranjar – disse Sewall. – Tenho compradores.

– Então encontrarei mais.

– O que houve com suas mãos? – Sewall olhava para os profundos arranhões que o morto deixara na pele de Jack, que imediatamente escondeu as mãos nas dobras do casaco. – Afoguei um gato. E ele não gostou muito da ideia.

O saco de moedas tilintava deliciosamente no bolso de Jack enquanto ele conduzia a carroça pelas ruas de calçamento de seixos. O que eram alguns arranhões quando se podia voltar para casa com 30 dólares no bolso? Era mais do que jamais ganhara por um espécime. Durante todo o caminho teve visões de sacos de moeda tilintando. O único problema era a clientela do Black Spar. Simplesmente não havia clientes suficientes e, caso continuassem com aquilo, não sobraria mais nenhum. Tudo culpa da maldita Fanny, que os afastava com seu humor de cão e sua bebida vagabunda. Aquilo precisava mudar imediatamente. Começariam demonstrando um pouco mais de generosidade. Nada de acrescentar água ao rum. Talvez pudessem até oferecer um pouco de comida grátis.

Não, comida era má ideia. Demoraria mais tempo para ficarem bêbados. Melhor ficarem apenas no rum. O que ele precisava fazer agora era convencer Fanny, o que não seria fácil. Mas bastaria chacoalhar aquele saco de moedas diante de seus olhos para que ela visse a luz.

Entrou no beco estreito que levava à entrada de seu estábulo, mas subitamente puxou as rédeas para deter o cavalo.

Uma figura vestindo uma capa apareceu diante da carroça, sua silhueta destacando-se contra o brilho gelado do calçamento.

Jack forçou os olhos para ver melhor. Seus traços estavam cobertos pelo gorro e, à medida que a figura se aproximava, tudo o que podia ver era o brilho pálido de seus dentes.

– Andou ocupado esta noite, Sr. Burke.

– Não sei a que se refere.

– Quanto mais frescos, mais rendem.

Jack sentiu o sangue congelar em suas veias. *Fomos vistos.* Ele ficou imóvel, coração acelerado, mãos agarradas às rédeas. *Basta esta única testemunha para eu ser enforcado.*

– Sua mulher anda dizendo por aí que você está à procura de um modo mais fácil de ganhar a vida.

Fanny? Em que diabos ela o metera agora? Jack imaginou ter visto a criatura sorrir e estremeceu.

– O que você quer?

– Um pequeno serviço, Sr. Burke. Quero que encontre alguém.

– Quem?

– Uma jovem. O nome dela é Rose Connolly.

20

Na pensão da Fishery Alley as noites nunca eram silenciosas.

Um novo hóspede se juntara aos demais no quarto lotado, uma mulher que enviuvara recentemente e não podia mais pagar pelo quarto onde morava na rua Summer, um quarto particular com cama de verdade. Fishery Alley era onde você terminava quando a sorte lhe faltava, seu marido morria, a fábrica fechava ou você era velha ou feia demais para se virar sozinha. Aquela nova hóspede por certo era duplamente amaldiçoada, tanto viúva quanto doente, o corpo tomado pela tosse constante. Fazia um dueto com o sujeito que agonizava no canto, acompanhado pelos roncos, gemidos e farfalhares noturnos. Havia tanta gente naquele quarto que para se aliviar à noite era preciso caminhar na ponta dos pés por cima de corpos adormecidos para urinar no balde. Se, por acidente, você pisasse no braço ou no dedo de alguém, sua recompensa seria um gemido e um tapa furioso no tornozelo. Na noite seguinte, não poderia dormir, porque seriam seus próprios dedos a serem pisoteados.

Rose ficou desperta, ouvindo o ranger da palha sob os corpos inquietos. Precisava urinar, mas estava confortável sob o cobertor e não queria sair dali. Tentou dormir, esperando que talvez a vontade fosse embora, mas Billy subitamente gemeu e esticou os membros, como se estivesse tentando se segurar em uma queda. Ela deixou que o pesadelo passasse. Acordá-lo agora apenas o deixaria gravado em sua memória. Em algum lugar no escuro ouviu sussurros, farfalhar de roupas e um ofegar abafado. Não somos melhores que animais em um estábulo, pensou ela, reduzidos a nos coçar, peidar e copular em público. Até mesmo a nova hóspede, que chegara de cabeça erguida, vinha perdendo o orgulho a cada dia até começar a usar o balde como todo mundo, erguendo as saias à vista de todos para urinar no canto. Seria ela uma visão do futuro de Rose? Frio, doença e uma cama de palha imunda? Mas Rose ainda era jovem e forte, com mãos ansiosas para o trabalho. Não conseguia se ver no lugar daquela velha que tossia no escuro.

No entanto, Rose já era igual a ela, dormindo ao lado de desconhecidos.

Billy emitiu outro gemido e mudou de posição, passando a exalar seu hálito quente e fedorento no rosto de Rose. Ela se voltou para evitá-lo e esbarrou na velha Polly, que lhe deu um chute irritado. Resignada, Rose voltou a se deitar de costas e tentou ignorar a bexiga ainda mais cheia. Pensou em Meggie. Graças a Deus ela não estava dormindo naquele quarto imundo, respirando aquele ar doentio. Vou providenciar para que você cresça com saúde, menina, mesmo que eu fique cega de tanto costurar, mesmo que meus dedos caiam de tanto dar pontos dia e noite, costurando vestidos para senhoras que jamais precisarão se preocupar com o leite de seus bebês. Ela pensou no vestido que terminara na véspera, feito com gaze branca sobre um forro de cetim rosa-claro. Àquela altura teria sido entregue para a jovem que o encomendara, a Srta. Lydia Russell, filha do distinto Dr. Russell. Rose trabalhara duro para terminá-lo a tempo, uma vez que lhe disseram que a Srta. Lydia precisava dele para uma recepção na faculdade de medicina na noite seguinte, na casa do reitor, Dr. Aldous Grenville. Billy já vira a casa, e descrevera quão grande era. Ouvira dizer que o açougueiro entregara pernis de porco e uma cesta grande repleta de gansos recém-abatidos, e que os fornos do Dr. Grenville funcionaram o dia inteiro, assando, tostando e grelhando. Rose imaginou a mesa da recepção, com seus pratos de carnes macias, bolos e ostras suculentas. Imaginou o riso, as velas, os médicos em seus finos sobretudos. Imaginou as senhoras enfeitadas com laços se revezando ao piano, todas querendo exibir suas habilidades para os rapazes. Será que a Srta. Lydia Russell sentaria ao piano? Será que o vestido que Rose costurara cairia sobre o banco de modo elegante? Será que realçaria sua figura e atrairia os olhares de um certo cavalheiro preferido?

Norris Marshall estaria lá?

Sentiu uma súbita pontada de inveja ao imaginar que ele talvez admirasse a jovem que usaria o vestido no qual trabalhara. Rose lembrou-se da visita dele àquela pensão e de como seu rosto expressara consternação ao olhar para a palha infestada de piolhos, para os fardos de roupas imundas. Rose sabia que ele era um homem de poucas posses, mas que, certamente, tinha muito mais que ela. Até um filho de fazendeiro podia ser bem-vindo nos melhores salões de Boston caso fosse um médico.

O único modo de Rose pisar naqueles salões seria carregando um esfregão.

Sentiu ciúmes da jovem que um dia o desposaria. Desejou ser aquela que o confortaria, aquela que sorriria para ele todas as manhãs. Mas jamais serei, pensou. Quando Norris olha para mim, vê apenas uma costureira ou uma empregada doméstica. Nunca uma esposa.

Mais uma vez, Billy se virou e esbarrou no corpo dela. Rose tentou afastá-lo, mas era como tentar rolar um saco flácido de farinha. Resignada, ela se sentou. Sua bexiga cheia não podia mais ser ignorada. O balde de urina estava na outra extremidade do quarto, e ela tinha medo de tropeçar no escuro em todos aqueles corpos adormecidos. Melhor descer a escada, que era muito mais perto, e sair para urinar ao ar livre.

Calçou os sapatos e colocou o manto, passou sobre o corpo adormecido de Billy e saiu. Lá fora, o vento frio a sobressaltou. Ela não perdeu tempo. Não viu ninguém na Fishery Alley e agachou-se sobre o calçamento de seixos. Com um suspiro de alívio, voltou a entrar na pensão e estava a ponto de subir a escada quando ouviu o senhorio chamar:

– Quem está aí? Quem entrou?

Olhando pela porta, viu o Sr. Porteous sentado com os pés apoiados sobre um tamborete. Ele era meio cego e estava sempre com falta de ar, e apenas com a ajuda da esposa conseguia manter o estabelecimento. Não que houvesse muito mais a fazer afora receber o aluguel, acrescentar palha fresca a cada mês e servir um pouco de mingau pela manhã, frequentemente infestado de larvas. Porteous ignorava os hóspedes e eles o ignoravam.

– Sou eu – disse Rose.

– Entre, menina.

– Estou subindo a escada.

A filha de Porteous apareceu à porta.

– Há um cavalheiro aqui que deseja vê-la. Diz que a conhece.

Norris Marshall voltou, foi sua primeira reação. Mas, ao entrar na sala e ver o visitante junto à lareira, o desapontamento silenciou seus lábios.

– Olá, Rose – disse Eben. – Foi difícil encontrá-la.

Ela não devia gentilezas ao cunhado.

– O que faz aqui? – perguntou com rispidez.

– Vim fazer as pazes.

– A pessoa com quem você devia fazer as pazes não está mais aqui para perdoá-lo.

– Você tem todo o direito de recusar minhas desculpas. Estou envergonhado do modo como agi. Todas as noites fico acordado pensando em como eu poderia ter sido um marido melhor para sua irmã. Eu não a merecia.

– Não, certamente não a merecia.

Ele caminhou na direção dela, os braços estendidos, mas ela não confiava em seus olhos. Jamais confiara.

– Este é o único meio que tenho para ser justo com Aurnia – disse ele. – Sendo um bom irmão para você e um bom pai para minha filha. Cuidando de vocês duas. Vá pegar o bebê, Rose. Vamos para casa.

O velho Porteous e a filha assistiam à cena, enlevados. Passavam a maior parte da vida confinados naquela sala deprimente e provavelmente esta era a melhor diversão que tinham em semanas.

– Sua velha cama espera por você – disse Eben. – Há também um berço para o bebê.

– Já paguei o mês – disse Rose.

– Aqui? – Eben riu. – Você não pode preferir este lugar!

– Ora, Sr. Tate – interveio Porteous, subitamente se dando conta de que acabara de ser insultado.

– Como são suas acomodações aqui, Rose? – perguntou Eben. – Você tem seu próprio quarto, com uma boa cama de plumas?

– Dou-lhes palha fresca, senhor – disse a filha de Porteous. – Todo mês.

– Ah! Palha fresca! Ora, *isso é* algo notável neste estabelecimento.

A mulher olhou para o pai, incomodada. Qualquer cabeça-dura perceberia que o comentário de Eben não era um elogio.

Eben inspirou e voltou a falar, e ao fazê-lo sua voz estava mais calma. Razoável.

– Rose, por favor, considere o que estou oferecendo. Se não ficar à vontade, pode voltar para cá.

Ela pensou no quarto no andar de cima, onde 14 hóspedes se espremiam, onde o ar fedia a urina e a corpos não lavados, e o hálito da boca do vizinho fedia a dentes podres. A pensão onde Eben morava não era fantástica, mas era limpa, e ela não dormiria sobre palha imunda.

E ele era sua família. Era tudo que lhe restara.

– Vá buscá-la. Vamos.

– Ela não está aqui.

Ele franziu as sobrancelhas.

– Então onde está?

– Ela fica com uma ama de leite. Mas minha bolsa está lá em cima.

– Ela se voltou para subir a escada.

– A não ser que tenha algo de valor, deixe tudo lá! Não percamos tempo.

Ela pensou no quarto fétido do andar de cima e subitamente não sentiu vontade de voltar lá. Nem agora, nem nunca. Contudo, sentia-se mal indo embora sem falar com Billy.

Ela olhou para Porteous.

– Por favor, diga a Billy para levar minha bolsa amanhã. Eu lhe pagarei por isso.

– O menino idiota? Ele sabe aonde ir? – perguntou Porteous.

– A alfaiataria. Ele sabe onde fica.

Eben pegou-a pelo braço.

– A noite está ficando cada vez mais fria.

Do lado de fora flocos de neve começavam a cair em meio à escuridão, flocos finos e cortantes que se acomodavam traiçoeiramente no calçamento já escorregadio de gelo.

– Onde fica a casa dessa ama de leite? – perguntou Eben.

– Fica a algumas ruas naquela direção. – Ela apontou. – Não é longe.

Eben acelerou a marcha, fazendo-a andar muito rapidamente sobre aquele chão escorregadio, e ela tinha de se apoiar no braço dele quando seus sapatos derrapavam. Por que tanta pressa, perguntou-se, quando um quarto quente certamente os esperava? Por que, após aquele sentido pedido de desculpas, ele subitamente se calara? Ele chamara Meggie de o bebê, pensou Rose. Que tipo de pai não sabe o nome da própria filha? À medida que se aproximavam da porta de Hepzibah, ela ficava cada vez mais perturbada. Nunca confiara em Eben anteriormente. Por que deveria confiar agora?

Ela não parou no prédio de Hepzibah; passou direto e desceu outra rua. Continuou guiando Eben para longe de Meggie enquanto imaginava por que ele realmente teria ido procurá-la naquela noite. O aperto de sua mão não oferecia calor ou confiança, apenas dominação.

– Onde fica esse lugar? – perguntou ele.

– Falta um pouco ainda.

– Você disse que era perto.

– Está tão tarde, Eben! Precisamos buscá-la agora? Vamos acordar todo mundo.

– Ela é minha filha. Ela me pertence.

– E como vai alimentá-la?

– Está tudo resolvido.

– Como assim, tudo resolvido?

Ele a balançou com força.

– Apenas leve-me até ela!

Rose não tinha intenção de obedecer ao cunhado. Não agora, não até saber o que ele de fato queria. Em vez disso, ela continuou a afastar-se, deixando Meggie para trás.

Abruptamente, Eben a obrigou a parar.

– Está brincando comigo, Rose? Já passamos duas vezes por esta rua!

– Está escuro e esses becos me confundem. Se pudéssemos esperar até de manhã...

– Não minta para mim!

Ela se livrou dele.

– Há algumas semanas você pouco se importava com sua filha. Agora, mal pode esperar para pôr as mãos nela. Eu não a entregarei agora, não para você. E você nada poderá fazer para me obrigar.

– Talvez eu nada possa fazer – disse ele. – Mas há alguém que certamente poderá convencê-la.

– Quem?

Em resposta, ele agarrou-a pelo braço e puxou-a rua acima. Com Rose tropeçando atrás dele, Eben tomou o caminho do porto.

– Pare de resistir! Não vou machucá-la.

– Para onde vamos?

– Para um homem que pode mudar sua vida caso você seja gentil com ele.

Ele a levou até um prédio que Rose não conhecia e bateu à porta.

Esta se abriu, e um cavalheiro de meia-idade com óculos de armação de ouro iluminou-os com uma lâmpada bruxuleante.

– Já estava a ponto de desistir e ir embora, Sr. Tate – disse ele.

Eben empurrou Rose, forçando-a a entrar. Ela ouviu o ferrolho se fechar às suas costas.

– Onde está a criança? – perguntou o sujeito.

– Ela não quer me dizer. Achei que você pudesse convencê-la.

– Então esta é Rose Connolly – disse o homem com um sotaque londrino. Um inglês. Ele baixou a lâmpada e olhou-a com uma intensidade que a alarmou, embora o sujeito não fosse um tipo de homem particularmente assustador. Era mais baixo que Eben, e suas grossas costeletas eram quase inteiramente grisalhas. Seu sobretudo era elegante e bem-cortado, de tecido fino. Embora não fosse fisicamente intimidador, seu olhar era incomodamente penetrante.

– Tanto barulho por causa desta simples menina.

– Ela é mais esperta do que aparenta – disse Eben.

– Esperemos que sim. – O sujeito caminhou para um corredor. – Por aqui, Sr. Tate. Vejamos o que ela pode nos dizer.

Eben pegou-a pelo braço com força, sem deixar dúvida de que ela deveria ir aonde ele mandasse. Seguiram o homem até uma sala onde havia móveis rústicos e um chão repleto de veios. As prateleiras eram forradas de jornais velhos, as páginas amareladas pelo tempo. Na lareira havia apenas cinzas frias. A sala não fazia jus ao homem, cujo casaco sob medida e o ar de prosperidade eram mais adequados às melhores casas de Beacon Hill.

Eben a empurrou para uma cadeira. Bastou um olhar para se fazer entender: *Você deve ficar sentada aqui. Não se mova.*

O homem idoso pousou a lâmpada sobre uma escrivaninha, erguendo uma nuvem de poeira.

– Estava escondida, Srta. Connolly – disse ele. – Por quê?

– O que o faz pensar que eu estava me escondendo?

– Por que outro motivo diria se chamar Rose Morrison? Isso, creio eu, é o nome falso que deu ao Sr. Smibart quando ele a contratou como costureira.

Ela olhou feio para Eben.

– Não queria voltar a encontrar meu cunhado.

– Foi por isso que mudou de nome? Não tem nada a ver com isso? – O inglês pôs a mão no bolso e tirou dali algo que brilhou à luz da lâmpada. Era o colar de Aurnia. – Você empenhou este colar há algumas semanas. Algo que não lhe pertencia.

Ela olhou para o objeto em silêncio.

– Então você *de fato* o roubou.

Não podia deixar esta acusação sem resposta.

– Aurnia me deu o colar!

– Então por que se livrou dele tão facilmente?

– Ela merecia um enterro decente. Eu não tinha como pagar.

O inglês olhou para Eben.

– Você não me disse isso. Ela tinha um bom motivo para empenhá-lo.

– Ainda assim não era dela – disse Eben.

– E parece que também não era seu, Sr. Tate. – O homem olhou para Rose. – Sua irmã alguma vez lhe disse onde conseguiu este colar?

– Eu achava que era um presente de Eben. Mas ele não seria capaz de uma gentileza dessas.

O inglês ignorou a cara feia de Eben e concentrou-se em Rose.

– Então ela nunca lhe disse onde o conseguiu? – perguntou.

– Por que isso importa? – rebateu Rose.

– Esta é uma joia muito valiosa, Srta. Connolly. Apenas alguém muito rico poderia comprá-la.

– Agora você alega que Aurnia o roubou. Você é da Ronda Noturna, não é?

– Não.

– Quem é você?

Eben deu-lhe um tapa forte no ombro.

– Demonstre algum respeito!

– Por um homem que sequer me diz o próprio nome?

Por sua insolência, Eben ergueu a mão para lhe dar outro tapa, mas o inglês interveio:

– Não há necessidade de violência, Sr. Tate!

– Mas você viu o tipo de menina que ela é! Foi isso que tive de aturar todo esse tempo.

O inglês aproximou-se de Rose, o olhar fixo nos olhos dela.

– Não sou uma autoridade local, se isso a tranquiliza de algum modo.

– Então, por que está me fazendo tais perguntas?

– Trabalho para um cliente que deve permanecer anônimo. Estou encarregado da coleta de informações. Informações que, infelizmente, apenas você pode dar.

Ela riu, incrédula.

– Sou uma costureira, senhor. Pergunte-me sobre botões ou gravatas, e terei uma resposta. Afora isso, não vejo como posso ajudá-lo.

– Mas você pode me ajudar. Você é a única que pode. – Ele se aproximou tanto que ela conseguiu sentir cheiro de tabaco no hálito do sujeito. – Onde está a filha de sua irmã? Onde está o bebê?

– Ele não a merece. – Rose olhou para Eben. – Que tipo de pai abre mão dos direitos sobre a própria filha?

– Apenas diga-me onde ela está.

– Está alimentada e em segurança. Isso é tudo o que ele precisa saber. Em vez de pagar caro por um advogado, ele podia comprar leite e um berço quente para a filha.

– É isso o que pensa? Que fui contratado pelo Sr. Tate?

– Não foi?

O inglês emitiu uma sonora gargalhada.

– Por Deus, não – disse ele, e ela viu o rosto de Eben avermelhar de raiva. – Trabalho para outra pessoa, Srta. Connolly. Alguém que deseja muito saber onde está a criança. – Ele se aproximou ainda mais, e ela recuou, as costas pressionadas contra a cadeira. – Onde está o bebê?

Rose ficou sentada em silêncio, subitamente pensando naquele dia no cemitério de St. Augustine, diante do túmulo de Aurnia. Mary Robinson aparecera como um fantasma em meio à névoa, o rosto pálido e tenso, o olhar vasculhando constantemente o cemitério. *Há gente fazendo perguntas sobre a criança. Mantenha-a escondida. Mantenha-a em segurança.*

– Srta. Connolly?

Ela sentiu o pescoço pulsar quando o olhar dele se concentrou ainda mais. Ela permaneceu em silêncio.

Para seu alívio, ele se empertigou e foi até o outro extremo da sala, onde casualmente correu um dedo sobre uma estante para verificar a quantidade de poeira acumulada.

– O Sr. Tate me disse que você é uma menina inteligente. Isso é verdade?

– Não sei, senhor.

– Creio que você é muito modesta. – Ele se voltou e olhou para ela. – Que vergonha uma menina tão inteligente como você ser forçada a viver em condições tão precárias. Seus sapatos estão caindo aos pedaços. E seu manto... quando foi lavado pela última vez? Certamente você merecia coisa melhor.

– Eu e muita gente mais.

– Ah, mas é *você* quem está tendo uma oportunidade aqui.

– Oportunidade?

– Dou-lhe mil dólares se me trouxer a criança.

Ela ficou perplexa. Todo aquele dinheiro poderia lhe pagar um quarto em uma boa pensão com comida quente. Novas roupas e um bom casaco, não aquele manto com a bainha puída. Todo os luxos tentadores que ela podia imaginar.

Tudo o que tenho a fazer é entregar Meggie.

– Não posso ajudá-lo – disse ela.

O soco de Eben veio tão rápido que o homem não teve tempo de intervir. O impacto fez a cabeça de Rose girar de lado e ela se recostou na cadeira, seu rosto pulsando de dor.

– Isso não era necessário, Sr. Tate!

– Mas você viu como ela é?

– Você poderia conseguir mais cooperação com uma cenoura na ponta de uma vara.

– Bem, ela acabou de recusar a cenoura.

Rose ergueu a cabeça e olhou para Eben com ódio indisfarçável. Não importava o que lhe oferecessem, fossem mil ou 10 mil dólares, ela jamais abriria mão de seu sangue.

O inglês agora estava em pé diante dela, olhando para seu rosto, onde um hematoma certamente começava a se formar. Ela não tinha medo de apanhar dele. Este homem, pensou, está muito mais acostumado a usar as palavras e o dinheiro como instrumentos de persuasão, deixando a violência por conta de outras pessoas.

– Vamos tentar outra vez – disse ele para Rose.

– Ou ele vai me bater outra vez?

– Peço desculpas por isso. – Ele olhou para Eben. – Saia da sala.

– Mas eu a conheço melhor do que ninguém! Posso lhe dizer quando ela estiver...

– *Saia da sala.*

Eben lançou um olhar venenoso para Rose, então saiu, batendo a porta.

196

O homem pegou uma cadeira e puxou-a para perto de Rose.

– Agora, Srta. Connolly – disse ele, sentando-se diante dela. – Você sabe que é apenas uma questão de tempo até eu encontrá-la. Facilite nosso trabalho e será recompensada.

– Por que ela é tão importante para você?

– Para mim, não. Para o meu cliente.

– *Quem* é esse cliente?

– Alguém que se preocupa com o bem-estar da criança. Que a quer viva e saudável.

– Está me dizendo que Meggie está em perigo?

– Nossa preocupação é que *você* possa estar. E se algo acontecer com você, jamais encontraremos a criança.

– Agora você está me ameaçando? – Ela forçou um sorriso, demonstrando uma coragem que não sentia de verdade. – Desistiu da cenoura e voltou à vara.

– Você me entendeu mal. – Ele se inclinou para a frente, o rosto muito sério. – Tanto Agnes Poole quanto Mary Robinson estão mortas. Você sabe disso?

Ela engoliu em seco.

– Sim.

– Você foi testemunha da morte de Agnes Poole. Você viu o assassino. E ele certamente sabe disso.

– Todos sabem quem é o assassino – disse ela. – Ouvi dizer ontem, na rua. O Dr. Berry fugiu da cidade.

– Sim, foi isso que os jornais noticiaram. O Dr. Nathaniel Berry morava em West End. Conhecia as duas vítimas. Tentou matar uma terceira, uma prostituta, que alega ter fugido para não morrer. Agora o Dr. Berry sumiu e, portanto, certamente deve ser o Estripador.

– E não é?

– Você acredita em tudo o que ouve na rua?

– Mas se ele não é o assassino...

– Então o Estripador de West End ainda pode estar em Boston e pode muito bem saber sua identidade. Depois do que aconteceu com Mary Robinson, eu ficaria atenta se fosse você. Nós conseguimos localizá-la; portanto, qualquer um pode fazer o mesmo. É por isso

197

que estou tão preocupado com o bem-estar de sua sobrinha. Você é a única que sabe onde está o bebê. Se algo lhe acontecer... – Ele fez uma pausa. – Mil dólares, Srta. Connolly. Isso a ajudaria a sair de Boston. A ajudaria a encontrar um lar confortável. Dê-nos a criança, e o dinheiro é seu.

Ela ficou em silêncio. As últimas palavras de Mary Robinson ecoavam em sua cabeça: *Mantenha-a escondida. Mantenha-a em segurança.*

Cansado do silêncio de Rose, o sujeito finalmente se levantou.

– Se mudar de ideia, pode me encontrar aqui. – Ele entregou um cartão para Rose, e ela olhou para o nome ali impresso:

Sr. Gareth Wilson
Rua Park, 5
Boston

– Seria bom que considerasse minha oferta e, também, o bem-estar da criança. Enquanto isso, Srta. Connolly, seja cuidadosa. Você nunca sabe que monstro pode estar procurando por você.

Ele saiu, deixando-a sozinha naquela sala fria e empoeirada, o olhar ainda fixo no cartão.

– Você está louca, Rose?

Ela ergueu a cabeça ao ouvir a voz de Eben e o viu em pé junto à porta.

– É mais dinheiro do que você jamais verá na vida! Como ousa recusar?

Olhando nos olhos dele, ela subitamente compreendeu por que ele estava tão preocupado com tudo aquilo. Por que estava envolvido.

– Ele também lhe prometeu dinheiro, não foi? – disse ela. – Quanto?

– O bastante para valer a pena.

– O bastante para abrir mão de sua filha?

– Ainda não se deu conta? Ela não é minha filha.

– Aurnia jamais faria...

198

– Aurnia fez isso. Achei que era meu, e essa foi a única razão para eu ter me casado com ela. Mas a verdade aparece com o tempo, Rose. Acabei descobrindo a mulher com quem de fato me casei.

Ela balançou a cabeça, ainda sem querer acreditar no que ouvia.

– Seja quem for o pai, ele quer a filha – disse Eben. – E tem dinheiro para conseguir o que deseja.

Dinheiro bastante para pagar um advogado, pensou Rose. Dinheiro bastante para comprar um belo colar para uma amante. Talvez até o bastante para comprar o silêncio alheio. Por que um nobre cavalheiro desejaria que soubessem que ele teve um filho com uma pobre costureira que estava fora da Irlanda havia apenas um ano?

– Aceite o dinheiro – disse Eben.

– Prefiro morrer de fome a abrir mão dela.

Ele a seguiu até a porta da frente.

– Você não tem escolha! Como vai se alimentar? Onde vai morar?

Enquanto ela saía, ele gritou:

– Desta vez foram gentis com você, mas da próxima não terá tanta sorte!

Para seu alívio, Eben não a seguiu. A noite esfriara ainda mais, e ela tremia ao voltar à Fishery Alley. As ruas estavam desertas, e dedos invisíveis de vento sopravam a neve contra seus pés. Subitamente ela parou e olhou para trás. Teria ouvido passos? Olhou através da neblina, mas não viu ninguém. *Não se aproxime de Meggie. Não esta noite. Podem estar seguindo você.* Acelerando os passos, ela continuou a caminhar na direção de Fishery Alley, ansiosa para escapar do vento. Quão idiota ela fora ao deixar Eben tirá-la do relativo conforto, por mais miserável que fosse, de sua pensão. O pobre Billy Obtuso era um homem melhor e um amigo mais confiável do que Eben jamais seria.

Rose abria caminho pelo labirinto do sul de Boston. O frio tirara todas as pessoas inteligentes da rua, e ao passar por uma taberna ela ouviu vozes de homens que se reuniam lá dentro para fugir do frio. Através das janelas embaçadas viu suas silhuetas contra o fogo da lareira. Ela não se deteve e continuou a andar, esperando que o velho Porteous e sua filha ainda não tivessem trancado a porta. Até seu pobre monte de palha, seu pedaço de chão em meio aos corpos fedorentos, parecia um luxo naquela noite, e não abriria mão disso. Os sons da taberna sumiram ao longe, e Rose só ouvia o assobiar do vento através do beco estreito e o fluxo de sua própria respiração. Fishery Alley ficava logo depois da próxima esquina, e como um cavalo que avista o próprio estábulo e sabe que encontrará abrigo mais à frente, ela acelerou o passo, escorregou nas pedras e quase caiu. Apoiou-se em uma parede e estava se erguendo quando ouviu um som.

Era o ruído de um homem pigarreando.

Lentamente, Rose aproximou-se da esquina e olhou para a Fishery Alley. A princípio, tudo o que viu foram sombras e o brilho tênue de uma vela através da janela. Então, a silhueta de um homem emergiu de um vão de porta e caminhou pelo beco, movendo os ombros para se aquecer. Ele pigarreou outra vez e cuspiu no chão. Então, voltou a se ocultar nas sombras.

Rose recuou silenciosamente. Talvez tenha bebido demais, pensou. Talvez vá logo para casa.

Ou talvez esteja esperando por mim.

Ela aguardou, o coração acelerado, enquanto os minutos se passavam e o vento agitava sua saia. Outra vez ela o ouviu tossir, cuspir... e bater à porta da pensão.

– Já disse que talvez ela não volte esta noite – disse Porteous.

– Quando ela aparecer, me avise. Sem demora.

– Já disse que avisarei.

– Receberá seu dinheiro então. Mas somente depois disso.

– Está bem – disse Porteous, e a porta se fechou.

Rose rapidamente se agachou nas trevas do beco e viu quando o homem deixou a Fishery Alley e passou bem à sua frente. Não conseguiu ver-lhe o rosto, mas viu sua silhueta volumosa e ouviu-o respirar com dificuldade por causa do frio. Ela esperou até o sujeito estar bem longe e somente então saiu de seu esconderijo.

Não tenho nem mesmo um mísero monte de palha onde me deitar.

Rose deixou-se ficar no meio da rua, tremendo de frio, olhando desolada para a escuridão em meio à qual o homem acabara de desaparecer. Então se virou e caminhou na direção contrária.

200

21

Dias atuais

O caminho já era familiar para Julia. A mesma estrada rumo ao norte, a mesma travessia de barca, a mesma névoa densa escondendo-lhe a vista de Islesboro. Daquela vez, porém, estava preparada para o clima úmido e vestia suéter e jeans enquanto arrastava a mala com rodinhas pela estradinha de terra batida que levava a Stonehurst. Quando a casa desbotada subitamente apareceu em meio à neblina, ela teve a estranha impressão de que lhe dava as boas-vindas, algo surpreendente considerando sua última visita ao irascível Henry. Mas também houvera momentos de afeto entre os dois. Um momento em que, tonta de vinho, ela olhara para sua expressão sisuda, seu rosto envelhecido e pensara: por mais ranzinza que Henry seja, ele me parece ser uma pessoa tão íntegra e honesta que sei que posso acreditar em cada palavra que ele disser.

Puxou a mala pelos degraus da varanda e bateu à porta. Daquela vez, decidiu ser paciente e esperar até ele aparecer. Após alguns instantes, quando ele não respondeu, ela tentou a porta da frente e encontrou-a aberta. Enfiando a cabeça para dentro, chamou:

– Henry?

Levou a mala para dentro da casa e gritou ao pé da escada:

– Henry, cheguei!

Não ouviu resposta.

Foi até a biblioteca, onde as janelas voltadas para o mar recebiam a luz tênue de outra tarde imersa em neblina. Viu papéis espalhados pela mesa, e seu primeiro pensamento foi: *Henry, você bagunçou tudo.* Então, viu a bengala caída no chão e duas pernas magrelas saindo de trás de uma pilha de caixas.

– *Henry!*

Ele estava deitado de lado, as calças encharcadas de urina. Apavorada, ela o virou de costas e se aproximou para ver se ele estava respirando.

Ele abriu os olhos e murmurou:

– Eu sabia que você viria.

– CREIO QUE ele teve uma arritmia – disse o Dr. Jarvis. – Não encontrei sinais de derrame ou infarto, e seu ECG parece normal no momento.

– No momento? – perguntou Julia.

– Este é o problema com as arritmias. Vêm e vão sem aviso. Por isso, quero mantê-lo monitorado nas próximas 24 horas, para podermos ver como anda o coração dele. – Jarvis olhou através do quarto para a cortina fechada, que ocultava a visão da cama de Henry, e baixou a voz. – Mas vai ser difícil convencê-lo a ficar todo esse tempo. É aí que entra sua colaboração, Srta. Hamill.

– Eu? Mas sou apenas uma hóspede. Precisa avisar a família dele.

– Já avisei. O sobrinho-neto está vindo de carro de Massachusetts, mas não chegará aqui antes da meia-noite. Até lá, talvez possa convencer Henry a ficar naquela cama.

– Para onde mais ele iria? A barca já parou de funcionar.

– E você acha que isso o deteria? Ele ligaria para algum amigo com barco para vir buscá-lo.

– Você parece conhecê-lo bem.

– Todo o pessoal deste hospital conhece Henry Page. Sou o único médico que ele ainda não demitiu. – Jarvis suspirou e fechou o arquivo hospitalar. – E talvez esteja a ponto de perder este status exclusivo.

Julia observou o Dr. Jarvis se afastar e pensou: como me meti *nessa situação?* Mas aquele era o fardo que ela assumira ao encontrar Henry caído no chão da biblioteca. Fora ela quem chamara a ambulância e o acompanhara na travessia de barca até o continente. Nas últimas quatro horas, estivera sentada no Centro Médico da Baía de Penobscot, esperando que os médicos e enfermeiras terminassem suas avaliações. Agora, eram 21h, ela estava faminta e não tinha onde dormir, a não ser no sofá da sala de espera.

Através da cortina fechada, ouviu a voz queixosa de Henry:

– O Dr. Jarvis disse que não tive um ataque cardíaco. Então, por que ainda estou aqui?

– Sr. Page, não ouse desconectar este monitor – disse a enfermeira.

– Onde ela está? Onde está minha jovem senhora?

– Provavelmente já foi embora.

Julia inspirou profundamente e foi até a cama.

– Ainda estou aqui, Henry – disse ela, passando a cortina.

– Leve-me para casa, Julia.

– Você sabe que não posso.

– Por que não? O que a detém?

– Para começo de conversa, as barcas. Param às 17 horas.

– Ligue para meu amigo Bart, em Lincolnville. Ele tem um barco com radar e pode nos atravessar em meio à neblina.

– Não, não vou ligar. Eu me recuso.

– Você *se recusa*?

– Sim. E não pode me obrigar.

Ele a olhou um instante.

– Bem – disse ele. – Alguém está irritada.

– Seu sobrinho-neto está a caminho. Estará aqui mais tarde nesta noite.

– Talvez ele faça o que eu quero.

– Se ele de fato se importar com você, não o fará.

– E qual o *seu* motivo para dizer não?

Ela o encarou.

– Porque um cadáver não pode me ajudar a vasculhar aquelas caixas – disse ela, e voltou-se para sair.

– Julia?

Ela suspirou.

– Sim, Henry?

– Você vai gostar de meu sobrinho-neto.

ATRAVÉS DA CORTINA fechada Julia ouviu um médico e uma enfermeira conversando e sentou-se esfregando os olhos sonolentos. Ela adormecera em uma cadeira junto à cama de Henry, e o livro de bolso que estava lendo havia caído no chão. Ela o pegou e olhou para Henry. Ao menos, dormia confortavelmente.

– Este é o ECG mais recente? – perguntou um homem.

– Sim. O Dr. Jarvis disse que estão todos normais.

– Não detectaram qualquer arritmia no monitor?

– Não até agora.

Som de papel sendo folheado.

– O exame de sangue parece bom. Opa, retiro. As enzimas do fígado estão um pouco altas. Deve ter voltado à adega.

– Precisa de algo mais, Dr. Page?

– Afora uma dose dupla de uísque?

A enfermeira riu.

– Vou embora agora. Boa sorte com ele. Vai precisar.

A cortina se abriu e o Dr. Page entrou. Julia levantou-se para saudá-lo, e seu olhar se fixou em um rosto espantosamente familiar.

– Tom – murmurou ela.

– Oi, Julia. Ouvi dizer que ele está lhe dando trabalho. Em nome de toda a nossa família, peço desculpas.

– Mas você... – ela fez uma pausa. – *Você* é o sobrinho-neto dele?

– É. Ele não lhe disse que eu morava nas redondezas?

– Não. Ele nunca mencionou.

Tom olhou surpreso para Henry, que ainda estava profundamente adormecido.

– Bem, isso é estranho. Eu disse a ele que havíamos nos conhecido. Foi por isso que ele ligou para você.

Ela gesticulou sugerindo que se afastassem da cama. Ambos passaram pela cortina e foram ao posto das enfermeiras.

– Henry me ligou por causa dos documentos de Hilda. Ele achou que eu me interessaria pela história de minha casa.

– Certo. Eu disse a ele que você queria saber mais sobre os ossos em seu jardim. Henry é um tipo de historiador da família, de modo que achei que talvez pudesse ajudá-la. – Tom olhou para a cama de Henry. – Bem, ele tem 89 anos. Deve esquecer as coisas.

– Ele é afiado como uma faca.

– Está falando da lucidez ou da língua dele?

Ela riu.

– As duas coisas. Foi por isso que fiquei tão chocada quando o encontrei caído no chão. Ele me parecia indestrutível.

204

– Estou feliz que estivesse lá. Obrigado por tudo o que fez. – Tom tocou-lhe o ombro, e ela corou ao sentir o calor de sua mão. – Ele não é a pessoa mais fácil de se lidar. Provavelmente, este é o motivo de ele nunca ter se casado. – Tom olhou para o histórico hospitalar. – No papel, ele parece estar bem.

– Eu havia me esquecido. Henry me disse que seu sobrinho-neto era médico.

– Sim, mas não sou o médico dele. Sou especialista em doenças infecciosas. O Dr. Jarvis disse que pode haver algum problema no coração.

– Ele quer ir para casa. Pediu que eu ligasse para um sujeito chamado Bart para levá-lo de barco.

– Está brincando. – Tom ergueu a cabeça. – Bart ainda está vivo?

– O que nós vamos fazer com ele?

– Nós? – Ele fechou a pasta. – Como Henry conseguiu envolvê-la nisso?

Ela suspirou.

– De certa forma, sinto-me responsável. Eu sou o motivo de ele estar mexendo naquelas caixas e se esforçando. Talvez seja muito para ele, e por esse motivo ele teve o colapso.

– Você não pode obrigar Henry a fazer algo que ele não deseja. Há muito tempo não o via tão animado como quando falei com ele na semana passada. Geralmente, está negativo e deprimido. Agora está só negativo.

Por trás da cortina, ouviu-se a voz de Henry.

– Eu escutei isso.

Tom fez uma careta e baixou a pasta. Foi até a cama de Henry e abriu a cortina.

– Você está acordado.

– Você demorou. Agora, vamos para casa.

– Puxa! Qual a pressa?

– Julia e eu temos trabalho a fazer. Vinte caixas pelo menos! Onde ela está?

Julia se juntou a Tom.

– É muito tarde para irmos agora. Por que não volta a dormir?

– Só se prometer me levar para casa amanhã.

Ela olhou para Tom.

– O que você acha?

– Depende do Dr. Jarvis – disse ele. – Mas se ele lhe der alta, eu o ajudo a voltar para casa pela manhã. E ficarei alguns dias só para ter certeza de que está tudo bem.

– Oh, meu Deus! – disse Henry, evidentemente satisfeito. – Você vai ficar!

Tom sorriu com surpresa para o tio-avô.

– Ora, Henry, é bom saber que sou bem-vindo.

– *Você* pode trazer todas aquelas caixas do porão!

No FIM DA tarde seguinte levaram Henry de volta para casa. Embora o Dr. Jarvis tivesse ordenado que ele fosse direto para a cama, é claro que Henry não foi. Em vez disso, ficou no topo da escada do porão, gritando ordens enquanto Tom carregava as caixas para cima. Quando Henry finalmente se retirou para seu quarto naquela noite, era Tom quem estava exausto.

Com um suspiro, Tom afundou em uma poltrona junto à lareira e disse:

– Ele pode ter 89 anos, mas ainda consegue me fazer correr. E se eu ousar ignorá-lo, ele tem aquela bengala mortal.

Julia ergueu a cabeça da caixa que estava revistando.

– Ele sempre foi assim?

– Desde que me entendo por gente. Motivo pelo qual mora só. Ninguém mais na família quer lidar com ele.

– Então por que você está aqui?

– Porque sou eu quem ele chama. Ele nunca teve filhos. Sobrou para mim. – Tom olhou-a, esperançoso. – Quer adotar um tio usado?

– Nem mesmo se ele vier com quatrocentas garrafas de vinho de primeira.

– Ah! Então ele a apresentou à sua adega.

– Fizemos um bom estrago nela na semana passada. Mas da próxima vez que um homem me embebedar, gostaria que tivesse menos de 70 anos.

Ela voltou a atenção para os documentos que eles haviam tirado da caixa número 15 naquela tarde. Era um maço de jornais antigos, em sua maioria datados de fins do século XIX, e irrelevantes para a história de Norris Marshall. Se o comportamento de rato silvestre era genético, então Hilda Chamblett o herdara de sua bisavó Margaret Page, que, ao que parecia, também não jogava nada fora.

Ali estavam exemplares antigos do *The Boston Post* e do *Evening Transcript* e recortes de receitas tão frágeis que esfarelavam ao toque. Também havia cartas, dezenas delas, endereçadas a Margaret. Julia estava ansiosa por ler todas, excitada com a oportunidade de conhecer a vida de uma mulher que, havia mais de cem anos, vivera em sua casa, caminhara pelo mesmo chão, subira as mesmas escadas. A Dra. Margaret Tate Page vivera uma vida longa e memorável, a julgar pelas cartas que colecionara ao longo dos anos. E que cartas! Vinham de médicos eminentes do mundo inteiro, e de netos queridos que viajavam pela Europa, descrevendo as refeições, as roupas e as fofocas compartilhadas. Que pena ninguém hoje em dia ter mais tempo de escrever cartas, pensou Julia enquanto devorava a história do flerte de uma neta. Cem anos depois de minha morte, o que pensarão de mim?

– Algo interessante? – perguntou Tom.

Julia assustou-se ao senti-lo bem atrás dela, olhando por sobre seu ombro.

– Tudo isso deve ser interessante para você – disse ela, tentando se concentrar na carta e não na mão dele, apoiada no encosto de sua cadeira. – Uma vez que diz respeito à sua família.

Tom deu a volta na mesa e sentou-se diante dela.

– Você realmente está aqui por causa daquele antigo esqueleto?

– Acha que tenho algum outro motivo?

– Isso deve estar tomando muito tempo de sua vida. Remexendo todas essas caixas, lendo todas essas cartas.

– Você não sabe como está minha vida agora – disse ela, olhando para os documentos. – Esta é uma distração muito bem-vinda.

– Está falando de seu divórcio, não é? – Ela ergueu a cabeça. – Henry me contou.

– Então Henry falou demais.

– Estou surpreso como ele descobriu tanto a seu respeito em apenas um fim de semana.

– Ele me embebedou, e eu falei.

– Aquele homem com quem eu a vi na semana passada, em seu jardim. Era seu ex-marido?

Ela assentiu.

– Richard.

– Se me permite dizer, não me pareceu uma conversa amistosa.

Julia encolheu os ombros.

– Não sei se casais divorciados podem ser amistosos.

– Deveria ser possível.

– Está falando por experiência própria?

– Nunca fui casado. Mas gosto de pensar que duas pessoas que certa vez se amaram têm um laço que as une. Não importa o que tenha dado errado.

– Que lindo, não é mesmo? Amor eterno.

– Você não acredita.

– Talvez tenha acreditado há sete anos, quando me casei. Agora, acho que Henry está certo. Em vez de me casar, permanecer solteira e colecionar vinhos. Ou arranjar um cão.

– Ou plantar um jardim?

Ela baixou a carta que estava lendo e olhou para ele.

– Sim. Plantar um jardim. Melhor observar algo crescendo do que morrendo.

Tom reclinou-se na cadeira.

– Sabe, tenho uma impressão estranha quando olho para você.

– Como assim?

– Como se tivéssemos nos conhecido em algum lugar.

– Nós nos conhecemos. No meu jardim.

– Não, antes disso. Juro, eu me lembro de você.

Ela olhou para o reflexo do fogo nos olhos dele. *Um homem atraente como você? Ah, eu certamente teria me lembrado.*

Tom olhou para a pilha de documentos.

– Bem, suponho que deva ajudá-la aqui e parar de distraí-la. – Ele pegou algumas páginas do topo. – Você disse que estamos procurando referências a Rose Connolly?

– Procure. Ela faz parte de sua família, Tom.

– Acha que os ossos em seu jardim eram dela?

– Só sei que o nome dela aparece frequentemente nestas cartas de Oliver Wendell Holmes. Para uma pobre menina irlandesa, ela causou uma tremenda impressão nele.

Ele se recostou para ler. Lá fora o vento aumentara e as ondas arrebentavam contra as pedras. Na lareira, uma corrente de ar fez as chamas tremularem.

A cadeira de Tom rangeu quando ele subitamente se inclinou para a frente.

– Julia?

– Sim?

– Oliver Wendell Holmes assina as cartas apenas com suas inicias? Ela olhou para a página que ele lhe entregou.

– Oh, meu Deus! – disse ela. – Precisamos mostrar isso para Henry.

22

1830

Naquela noite não parecia importar o fato de ele ser filho de um fazendeiro.

Norris entregou o chapéu e o sobretudo à copeira e sentiu-se incomodado por causa do botão que faltava no colete. Mas a jovem dedicou-lhe a mesma mesura, o mesmo menear de cabeça respeitoso que dera para o casal bem-vestido à sua frente. E boas-vindas ainda mais calorosas o esperavam quando entrou e foi saudado pelo Dr. Grenville.

– Sr. Marshall, estamos deliciados por ter podido se juntar a nós esta noite – disse Grenville. – Deixe-lhe apresentar minha irmã, Eliza Lackaway.

Era evidente que aquela era a mãe de Charles. Tinha os mesmos olhos azuis, a mesma pele pálida, imaculada como alabastro mesmo na meia-idade. Mas seu olhar era muito mais direto que o do filho.

– Então você é o jovem de quem meu Charles fala tão bem – disse ela.

– Não vejo por quê, Sra. Lackaway – respondeu Norris com modéstia.

– Ele me disse que você é o dissecador mais habilidoso de sua turma. Disse que seu trabalho se destaca pela limpeza, e que ninguém expõe os nervos faciais com tanta clareza.

Era um tópico inadequado para companhia tão refinada, e Norris procurou o olhar do Dr. Grenville em busca de ajuda.

Grenville apenas sorriu.

– O falecido marido de Eliza era médico. Nosso pai era médico. Agora, ela teve o grande azar de vir morar comigo; portanto, está muito acostumada às conversas mais grotescas à mesa de jantar.

– Acho tudo isso fascinante – disse Eliza. – Quando éramos pequenos, nosso pai frequentemente nos levava à sala de dissecação. Se fosse homem, eu também teria estudado medicina.

– E seria uma ótima médica, querida – disse Grenville, acariciando o braço da irmã.

– Eu e diversas outras mulheres, caso tivéssemos oportunidade.

O Dr. Grenville emitiu um suspiro de resignação.

– Um tópico que você certamente abordará diversas vezes esta noite.

– Não acha um trágico desperdício, Sr. Marshall? Ignorar o talento e a habilidade de metade da humanidade?

– Por favor, Eliza, deixe o pobre rapaz ao menos tomar um cálice de xerez antes de você começar seu assunto favorito.

Norris disse:

– Não me importo em responder à pergunta, Dr. Grenville. – Ele olhou para os olhos de Eliza e detectou sua profunda inteligência. – Fui criado em uma fazenda, Sra. Lackaway; portanto, minha experiência é com gado. Espero que não ache a comparação pejorativa. Mas nunca vi um garanhão mais esperto que uma égua ou um carneiro mais esperto que uma ovelha. E, caso o bem-estar de sua prole seja ameaçado, é a fêmea da espécie quem se destaca de modo formidável. Até mesmo perigoso.

O Dr. Grenville riu.

– Falou como um advogado da Filadélfia!

Eliza meneou a cabeça em sinal de aprovação.

– Vou me lembrar disso. Em verdade, vou usar esse argumento na próxima vez em que debater o assunto. Onde fica essa fazenda em que você foi criado, Sr. Marshall?

– Em Belmont, senhora.

– Sua mãe deve se orgulhar de ter criado um filho com uma mente tão evoluída. Eu certamente ficaria.

A menção à sua mãe foi um golpe involuntário em uma ferida antiga, mas Norris conseguiu manter o sorriso nos lábios.

– Tenho certeza de que ela se orgulha.

– Eliza, você se lembra de Sophia, não lembra? – perguntou Grenville. – A melhor amiga de Abigail.

– Claro. Ela nos visitava frequentemente em Weston.

– O Sr. Marshall é filho dela.

O olhar de Eliza voltou-se para Norris com súbita intensidade, e ela pareceu reconhecer algo em seu rosto.

– Você é o filho de Sophia.

– Sim, senhora.

– Bem, sua mãe não nos visita há anos, desde que a pobre Abigail morreu. Espero que esteja bem.

– Ela está muito bem, Sra. Lackaway. – Ele conseguiu sentir a falta de convicção em sua voz.

Grenville deu-lhe um tapinha nas costas.

– Vá se divertir. A maioria de seus colegas está aqui, muitos já adiantados no champanhe.

Norris entrou no salão de baile e fez uma pausa, fascinado com o que via. Jovens pairavam em vestidos coloridos como borboletas. Um imenso candelabro brilhava no teto e em toda parte viam-se os reflexos dos cristais. Encostada à parede havia uma mesa repleta de comida. Tantas ostras, tantos bolos! Ele jamais estivera em um salão tão grande, com um chão tão finamente entalhado e colunas tão belamente ornamentadas. Ao ver-se ali com seu surrado casaco de sair à noite, seus sapatos velhos, sentiu ter entrado na fantasia de outra pessoa, certamente não a sua, uma vez que ele jamais imaginara uma noite como aquela.

– Finalmente chegou! Estava me perguntando se você não viria. – Wendell trazia duas taças de champanhe. Entregou uma a Norris.

– É tão ruim quanto temia? Já foi esnobado, insultado ou abusado de algum modo?

– Depois de tudo o que aconteceu, não sabia como seria recebido.

– O último exemplar da *Gazette* o inocenta inteiramente. Você leu? O Dr. Berry foi visto em Providence.

De fato, de acordo com os boatos que corriam pela cidade, o fugitivo Dr. Nathaniel Berry estava escondido em dezenas de lugares diferentes ao mesmo tempo, da Filadélfia a Savannah.

– Ainda assim, não creio que tenha sido ele – disse Norris. – Nunca vi qualquer maldade nele.

– Mas esse não é frequentemente o caso? Os assassinos raramente têm chifres e presas. São iguais a todo mundo.

– Eu via apenas um bom médico.

– Aquela prostituta alega o contrário. De acordo com a *Gazette*, a jovem se diz tão traumatizada que estão pedindo doações para ela. Eu mesmo tive de concordar com o ridículo Sr. Pratt nesse caso. O Dr. Berry é o Estripador. E se não for o Dr. Berry, infelizmente só há outro suspeito. – Wendell olhou-o por sobre o copo de champanhe. – Você.

Incomodado com o olhar de Wendell Norris voltou-se para inspecionar a sala. Quantas pessoas não estariam cochichando a seu respeito naquele instante? Apesar do desaparecimento do Dr. Berry, certamente ainda pairavam dúvidas sobre Norris.

– Por que está com esta cara? – perguntou Wendell. – Está tentando parecer culpado?

– Eu me pergunto quantos aqui ainda acham que sou eu.

– Grenville não o convidaria se tivesse alguma dúvida.

Norris deu de ombros.

– O convite foi feito a todos os alunos.

– Sabe por que, não sabe? Olhe ao redor.

– Por quê?

– Todas essas senhoritas em busca de um marido. Para não mencionar suas mães desesperadas. Não há estudantes de medicina suficientes.

Ao ouvir isso, Norris sorriu e disse:

– Você deve estar se sentindo no paraíso.

– Se aqui fosse mesmo o paraíso, não haveria tantas meninas mais altas que eu. – Ele percebeu que o olhar de Norris não estava voltado para as meninas, mas sim para a mesa de bufê. – Contudo, creio que, no momento, as senhoritas não são sua principal prioridade.

– Mas aquele presunto tenro que vejo logo ali, definitivamente é.

– Então, vamos nos apresentar a ele?

Perto das ostras, encontraram Charles e Edward.

– Recebemos notícias do Dr. Berry – disse Edward. – Foi visto em Lexington ontem à noite. A Ronda Noturna está revistando a cidade.

– Há três dias ele estava na Filadélfia – disse Charles. – Há dois dias, em Portland.

– Agora ele está em Lexington? – ironizou Wendell. – O sujeito realmente tem asas.

– Foi assim que alguns o descreveram – disse Edward, olhando para Norris.

– Eu nunca disse que ele tinha asas – disse Norris.

– Mas a menina, sim. Aquela irlandesa idiota. – Edward entregou um prato repleto de cascas de ostras para uma empregada e agora considerava a ampla variedade de opções. Havia pudins em forma de leques e salada de bacalhau fresco.

– Experimente um de nossos excelentes bolos de mel caseiros – sugeriu Charles. – Sempre foram meus favoritos.

– Você não vai comer?

Charles pegou um guardanapo e limpou a testa. Seu rosto estava rosado, como se ele estivesse dançando, mas os músicos ainda não haviam começado a tocar.

– Infelizmente estou sem apetite hoje. Estava muito frio aqui há pouco. Minha mãe mandou acender o fogo, mas acho que exageraram.

213

– Para mim está confortável. – Edward voltou-se e olhou para uma jovem esbelta de cabelos negros trajando um vestido cor-de-rosa que passou a seu lado. – Desculpem, cavalheiros. Acho que meu apetite se voltou em outra direção. Wendell, você conhece aquela garota, não é mesmo? Você me apresentaria a ela?

Enquanto Edward e Wendell se afastavam para perseguir a morena, Norris franziu as sobrancelhas para Charles.

– Está se sentindo bem? Parece febril.

– Realmente não queria estar aqui hoje à noite. Mas minha mãe insistiu.

– Fiquei muito bem-impressionado com sua mãe.

Charles suspirou.

– Sim, todo mundo fica. Espero que não tenha sido obrigado a suportar seu discurso de que *mulheres deviam poder ser médicas*.

– Um pouco, sim.

– Ouvimos isso o tempo todo, meu pobre tio mais do que nós. Ele diz que haveria um tumulto caso ousassem admitir uma mulher na faculdade.

Os músicos agora estavam afinando os instrumentos, e os jovens já se reuniam aos pares ou procuravam parceiros de dança.

– Acho que é hora de eu me retirar – disse Charles, e mais uma vez enxugou a testa. – Realmente não estou me sentindo bem.

– O que houve com sua mão?

Charles olhou para a bandagem.

– Ah! É o corte da dissecação. Está um pouco inchado.

– Seu tio já viu isso?

– Se piorar, eu mostro para ele. – Charles voltou-se para sair, mas seu caminho foi bloqueado por duas jovens sorridentes. A mais alta, de cabelo escuro e usando um vestido de seda verde-limão, disse:

– Estamos muito aborrecidas com você, Charles. *Quando* voltará a nos visitar? Ou está nos esnobando por algum motivo?

Charles olhou para elas, boquiaberto.

– Perdão, não tenho a mais remota...

– Oh, meu Deus! – disse a garota mais baixa. – Você prometeu vir em março passado, lembra-se? Ficamos muito desapontadas quando seu tio apareceu em Providence sem você.

– Eu precisava estudar para os meus exames.

– Podia ter vindo de qualquer modo. Eram apenas 15 dias. Planejamos uma festa em sua homenagem. Você não sabe o que perdeu.

– Na próxima vez, prometo! – disse Charles, impaciente para se retirar. – Se me perdoam, senhoras, acho que estou um pouco febril.

– Não vai dançar?

– Estou me sentindo um tanto desajeitado hoje à noite. – Ele olhou desesperado para Norris. – Mas deixem-me apresentá-las ao meu colega de turma mais brilhante, o Sr. Norris Marshall, de Belmont. Estas são as irmãs Welliver, de Providence. Seu pai é o Dr. Sherwood Welliver, um dos amigos de meu tio.

– Um de seus melhores amigos – acrescentou a jovem mais alta. – Estaremos em Boston durante um mês. Sou Gwendolyn. E ela é Kitty.

– Então, estuda medicina? – perguntou Kitty, o olhar frio em Norris. – Todos os cavalheiros que conhecemos ultimamente são médicos ou futuros médicos.

Os músicos começaram a tocar. Norris viu o pequeno Wendell arrastar uma loura muito mais alta que ele para a pista.

– Dança, Sr. Marshall?

Ele olhou para Gwendolyn. Então, subitamente, percebeu que Charles conseguira se afastar e agora estava fugindo, deixando-o sozinho para enfrentar as irmãs Welliver.

– Mal, infelizmente – admitiu.

Elas sorriram entre si, sem se deixarem abater.

– Somos *ótimas* instrutoras – disse Kitty.

As IRMÃS WELLIVER eram, de fato, boas instrutoras de dança, pacientes com seus tropeços, suas voltas erradas, sua breve confusão durante o *cotillion* enquanto outros casais rodopiavam habilmente ao redor. Wendell, que passou dançando a seu lado, inclinou-se para sussurrar-lhe em advertência:

– Cuidado com as irmãs, Norrie. Elas comem vivo qualquer solteiro disponível!

Mas Norris estava adorando a companhia das duas. Naquela noite, ele era um homem requisitado, com perspectivas. Dançou

215

todas as músicas, bebeu muito champanhe, comeu muitos bolinhos. E permitiu-se, apenas naquela noite, imaginar um futuro de várias noites parecidas.

Ele foi um dos últimos hóspedes a vestir o casaco e ir embora. A neve caía, flocos densos e luxuriantes como flores macias. Parou em plena rua Beacon, o rosto erguido para o céu, e inspirou profundamente, grato pelo ar fresco depois do esforço despendido na pista de dança. Naquela noite, o Dr. Aldous Grenville deixara claro para toda a Boston que Norris Marshall merecia sua aprovação. Que merecia ingressar nos círculos sociais mais eminentes.

Norris riu e aparou um floco de neve com a língua. *O melhor ainda está por vir.*

– Sr. Marshall? – sussurrou uma voz.

Assustado, ele se voltou e olhou para o escuro da noite. A princípio, tudo o que viu foi a neve caindo. Então, uma figura emergiu em meio à nevasca, o rosto emoldurado por um xale em farrapos. Havia gelo em seus cílios.

– Tive medo de não encontrá-lo – disse Rose.

– O que faz aqui, Srta. Connolly?

– Não sei mais a quem apelar. Perdi meu emprego e não tenho para onde ir. – Ela olhou por sobre o ombro e voltou-se para ele outra vez. – Estão me procurando.

– A Ronda Noturna não está mais interessada em você. Não precisa se esconder deles.

– Não é da Ronda que tenho medo.

– Então, de quem?

O queixo dela se ergueu, alarmado, quando a porta da frente da casa do Dr. Grenville se abriu, iluminando a rua.

– Obrigado por esta noite tão agradável, Dr. Grenville! – disse um convidado de saída.

Norris voltou-se rapidamente e começou a se afastar, com medo de que alguém o visse conversando com aquela menina esfarrapada. Rose o seguiu. Apenas quando estavam bem avançados na rua Beacon, quase perto do rio, ela o alcançou.

– Alguém a ameaçou? – perguntou Norris.

– Querem tirá-la de mim.

– A quem querem tirar de você?

– A filha de minha irmã.

Ele olhou para Rose, mas o rosto dela estava oculto pelo capuz. Tudo o que viu através da neve foi um vislumbre de seu rosto pálido.

– E quem a quer?

– Não sei quem são, mas sei que são maus, Sr. Marshall. Creio serem o motivo de Mary Robinson estar morta. E a Srta. Poole. Sou a única que ainda está viva.

– Não se preocupe. Ouvi de fonte segura que o Dr. Berry fugiu de Boston. Logo o encontrarão.

– Mas eu não acredito que o Dr. Berry seja o assassino. Acho que ele fugiu para se salvar.

– Fugiu de quem? Dessa gente misteriosa?

– Você não acredita em uma palavra do que estou dizendo, não é mesmo?

– Não compreendo o que está falando.

Ela se voltou para ele. Sob a sombra do capuz seus olhos refletiram o brilho da neve.

– No dia em que minha irmã foi enterrada, Mary Robinson foi me ver no cemitério. Ela perguntou sobre o bebê. Disse-me para mantê-la escondida, em segurança.

– Falava da filha de sua irmã?

– Sim. – Rose engoliu em seco. – Nunca voltei a vê-la. Quando voltei a ouvir falar dela, estava morta. E *você* a encontrou.

– Não vejo a conexão entre tais assassinatos e a sua sobrinha.

– Creio que sua existência é uma ameaça para alguém. Uma prova viva de um escândalo secreto. – Ela se voltou para olhar para a rua escura. – Estão nos seguindo. Tiraram-me da pensão onde eu morava. Não posso trabalhar; portanto, não posso pagar a ama de leite. Sequer ouso chegar perto da porta dela, porque podem me ver por lá.

– Eles? Essa gente malvada de que falou?

– Eles a querem. Mas não vou entregá-la por nada neste mundo. – Rose se voltou para Norris, os olhos brilhando no escuro. – Nas mãos deles, Sr. Marshall, ela pode não sobreviver.

A menina enlouqueceu. Norris olhou para os olhos de Rose e se perguntou se não via insanidade dentro deles. Lembrou-se da recente visita que lhe fizera naquela pensão miserável, quando pensara que Rose Connolly era uma sobrevivente. Desde então, algo mudara, levara-a ao limite e a mergulhara em um mundo de ilusões repleto de inimigos.

– Perdoe-me, Srta. Connolly. Não vejo como posso ajudá-la – disse ele, afastando-se. Ele deu-lhe as costas e voltou a caminhar em direção à sua pensão, seus sapatos deixando pegadas na neve fofa.

– Eu o procurei porque pensei que você fosse diferente. *Melhor.*

– Sou apenas um estudante. O que posso fazer?

– Você não se importa, não é mesmo?

– Os assassinatos de West End foram solucionados. Está em todos os jornais.

– Querem que *acreditem* que foram solucionados.

– Isso é responsabilidade da Ronda Noturna, não minha.

– Você, certamente, se importou quando era você o acusado.

Ele continuou a andar, esperando que ela se cansasse de persegui-lo. Mas ela o seguiu como um cão inconveniente enquanto ele caminhava para o norte ao longo do rio Charles.

– Está tudo bem agora que você está livre de acusações, não é mesmo? – perguntou ela.

– Eu não tenho autoridade para me aprofundar neste assunto.

– Você *viu* a criatura. Você encontrou o corpo da pobre Mary.

Norris se voltou para Rose.

– E sabe quão perto estive de perder tudo por causa disso? Eu seria louco caso levantasse qualquer dúvida quanto aos assassinatos. Bastam alguns cochichos e posso perder tudo pelo que trabalhei todo esse tempo. Voltaria à fazenda de meu pai!

– É tão ruim assim ser fazendeiro?

– Sim, uma vez que tenho ambições muito maiores!

– E nada pode se interpor no caminho de sua ambição – disse ela com amargura.

Ele olhou em direção à casa do Dr. Grenville. Pensou na champanhe que bebera, nas jovens elegantemente vestidas com quem

218

dançara. Antes, suas ambições eram muito mais modestas. Receber a gratidão de seus pacientes. Ter a satisfação de salvar uma criança da morte. Mas, naquela noite, na casa do Dr. Grenville, vislumbrara possibilidades a respeito das quais jamais sonhara, um mundo de confortos que um dia seria dele caso não cometesse nenhum erro.

– Achei que você se importaria – disse ela. – Agora vejo que o que realmente importa para você são seus amigos ricos naquela mansão.

Suspirando, Norris olhou para ela.

– Não é que eu não me importe. Simplesmente nada posso fazer a respeito. Não sou policial. Não tenho por que me envolver. Sugiro que se afaste disso também, Srta. Connolly.

Ele se virou.

– Não posso me afastar – disse ela, a voz subitamente trêmula. – Não sei mais para onde ir...

Norris deu alguns passos e então diminuir o ritmo. Parou. Atrás dele, Rose chorava baixinho. Ao se virar, ele a viu se recostar contra um portão, a cabeça curvada pela derrota. Aquela era uma Rose Connolly que ele jamais vira, muito diferente da jovem corajosa que ele conhecera na enfermaria do hospital.

– Você não tem onde dormir? – perguntou, e a viu balançar a cabeça. Ele enfiou a mão no bolso. – Se for questão de dinheiro, pode ficar com o que tenho aqui.

Subitamente ela se empertigou e olhou zangada para ele.

– Não peço nada para mim! É por Meggie. *Tudo* é por Meggie. – Ela passou a mão no rosto, furiosa. – Recorri a você porque achei que tínhamos uma ligação, você e eu. Ambos vimos a criatura. Ambos sabemos o que ela pode fazer. Você pode não ter medo dela, mas eu tenho. Ela quer o bebê. Portanto, está me perseguindo. – Ela inspirou profundamente e apertou o casaco ao redor do corpo, como se para afastar os olhos da noite. – Não vou mais importuná-lo – disse ela, e voltou-se.

Ele a viu se afastar, uma pequena figura andando pela neve. Meu sonho é salvar vidas, ele pensou, lutar heroicamente ao lado de incontáveis camas de doentes. Contudo, quando uma pobre menina sem amigos pede minha ajuda, não a concedo.

Ela quase havia desaparecido em meio à tempestade.

– Srta. Connolly! – chamou. – Meu quarto fica perto daqui. Se precisar de um lugar para dormir, pode ficar por lá esta noite.

23

Aquilo fora um erro.

Norris estava deitado na cama, considerando o que faria com sua hóspede na manhã seguinte. Em um instante de piedade insensata, ele assumira uma responsabilidade desnecessária. É apenas temporário, prometeu para si mesmo. Aquilo não podia continuar. Ao menos a menina fizera de tudo para não incomodar. Subira a escada atrás dele em silêncio, sem chamar a atenção de ninguém para o fato de ele ter trazido uma mulher para seu quarto. Ela se enroscara no canto como um gatinho exausto e imediatamente adormecera. Norris sequer ouvia sua respiração. Apenas olhando através do quarto, para o volume obscuro do corpo de Rose deitado no chão, notava que ela estava ali. Pensou nos desafios que precisava enfrentar na vida – ridículos se comparados aos que Rose Connolly enfrentava diariamente nas ruas.

Mas nada posso fazer a respeito. O mundo é injusto e não posso mudá-lo.

Quando levantou no dia seguinte, ela ainda dormia. Pensou em despertá-la e mandá-la embora, mas não teve coragem. Dormia profundamente, como uma criança. À luz do dia, suas roupas pareciam ainda mais esfarrapadas, a capa obviamente remendada diversas vezes, a bainha da saia suja de lama. Em seu dedo brilhava um anel de contas de vidro colorido, uma versão barata dos anéis multicoloridos que vira nas mãos de tantas senhoras, até mesmo na de sua mãe. Mas aquilo era uma imitação barata, nada além de um ornamento infantil de latão. Achou comovente Rose usar tal quinquilharia sem embaraço, como se orgulhosamente exibindo a própria pobreza. Pobre que fosse, tinha um rosto imaculado, de boa ossatura, e seu cabelo castanho refletia o brilho do sol em suas mechas douradas. Se estivesse repousando sobre um travesseiro de fina renda em vez de trapos, rivalizaria com qualquer beleza de Beacon Hill. Mas, nos anos vindouros, muito antes que o viço tivesse deixado o rosto das meninas de Beacon Hill, a pobreza certamente diminuiria o viço do rosto de Rose Connolly.

O mundo é injusto e não posso mudá-lo.

Norris não podia esbanjar dinheiro, mas, ainda assim, deixou algumas moedas ao lado dela. Seria suficiente para ela se alimentar alguns dias. Rose ainda dormia quando ele saiu do quarto.

Embora ele nunca tivesse assistido a uma cerimônia presidida pelo reverendo William Channing, ouvira falar da reputação do sujeito. De fato, era impossível não conhecer Channing, cujos sermões supostamente fascinantes atraíam um círculo cada vez maior de devotos seguidores da Igreja Unitária da rua Federal. Na noite anterior, durante a recepção do Dr. Grenville, as irmãs Welliver muito haviam elogiado os sermões do reverendo Channing.

– Lá, em uma manhã de domingo, você encontrará as pessoas mais importantes da comunidade – dissera Kitty Welliver. – Iremos à igreja amanhã. Nós, o Sr. Kingston, o Sr. Lackaway e até mesmo o Sr. Holmes, embora tenha uma educação calvinista. Não devia perder, Sr. Marshall! Seus sermões são tão impressionantes, tão profundos. Com certeza ele nos faz *pensar*!

Embora Norris duvidasse que algum pensamento profundo já tivesse passado pela mente de Kitty Welliver, ele não podia ignorar o convite. Na noite anterior, tivera um vislumbre do círculo social em que um dia pretendia circular, e aquele mesmo círculo social estaria sentado nos bancos da igreja da rua Federal.

Assim que entrou, viu rostos conhecidos. Wendell e Edward estavam sentados mais à frente, e ele fez menção de caminhar em direção a eles, mas sentiu alguém pousar a mão em seu ombro e subitamente se viu cercado pelas irmãs Welliver.

– Oh, esperávamos que viesse! – disse Kitty. – Não quer se sentar conosco?

– Sim, venha! – exclamou Gwendolyn. – Sempre nos sentamos no balcão.

Então lá se foi Norris, levado por pura vontade feminina, e logo se viu sentado no balcão, espremido entre a saia de Kitty à esquerda e a de Gwendolyn à direita. Logo descobriu por que as irmãs preferiam se isolar no balcão: ali, tinham liberdade de fofocar durante todo o sermão do reverendo Channing, que evidentemente não tinham intenção de ouvir.

– Olhe, lá está Elizabeth Peabody![1] Parece muito séria hoje – disse Kitty. – E que vestido horrível. Tão sem graça.

– Acho que o reverendo Channing logo vai se cansar da companhia dela – sussurrou Gwendolyn em resposta.

Kitty cutucou o braço de Norris.

– Você ouviu os boatos, não ouviu? Sobre a Srta. Peabody e o reverendo? São íntimos – acrescentou Kitty com ênfase maliciosa. – Muito íntimos.

Norris olhou do balcão para a *femme fatale* que era o centro do escândalo e viu uma mulher vestida com modéstia, usando óculos nada atraentes e uma expressão de profunda concentração.

– Aquela é Rachel. Não sabia que voltara de Savannah – disse Kitty.

– Onde ela está?

– Sentada ao lado de Charles Lackaway. Você acha que eles dois...

– Não. Aliás, Charles está estranho hoje, não acha? Uma expressão adoentada.

Kitty inclinou-se para a frente.

– Ele reclamou estar febril na noite passada. Talvez estivesse dizendo a verdade.

Gwendolyn riu.

– Ou Rachel talvez seja demais para ele.

Norris tentou se concentrar no sermão do reverendo Channing, mas era impossível com aquelas meninas idiotas tagarelando a seu lado. Na noite anterior, sua animação parecera-lhe encantadora, mas naquela manhã irritava-o o fato de só falarem sobre quem estava sentado ao lado de quem, qual menina era burra, qual era estudiosa.

Subitamente, lembrou-se de Rose Connolly, vestindo trapos e encolhida no chão, exausta, e imaginou as coisas cruéis que tais meninas diriam sobre ela. Rose perderia tempo fofocando sobre o vestido de outra menina ou sobre o flerte de um clérigo? Não, as preocupações dela eram elementares: como se alimentar, onde se proteger da tempestade, as preocupações de qualquer ser inferior. No entanto, as irmãs Welliver certamente se achavam muito mais civilizadas porque tinham vestidos bonitos e tempo de sobra para desperdiçar em uma manhã de domingo em um balcão de igreja.

Ele se inclinou contra o parapeito, esperando que sua expressão concentrada bastasse para silenciar Kitty e Gwendolyn, mas elas apenas continuaram a tagarelar em seus ouvidos. *Onde Lydia encontrou aquele chapéu medonho? Vê como Dickie Lawrence fica olhando para ela? Oh, ela me disse algo delicioso esta manhã! O motivo verdadeiro de o irmão de Dickie ter fugido de casa em Nova York. Foi tudo por causa de uma mulher...* Meu Deus, pensou Norris, haveria algum escândalo que aquelas garotas não tivessem conhecimento? Algum olhar furtivo que não tivessem percebido?

O que diriam se soubessem que Rose Connolly dormira em seu quarto?

Quando o reverendo Channing finalmente terminou o sermão, Norris estava louco para escapar das irmãs, mas as duas ficaram teimosamente sentadas, prendendo-o entre elas enquanto a congregação começava a se retirar.

– Oh, não podemos sair ainda – disse Kitty, puxando-o de volta quando ele tentou se levantar. – Dá para ver melhor daqui de cima.

– Ver o quê? – perguntou Norris, exasperado.

– Rachel praticamente se jogou em cima de Charles.

– Ela o está perseguindo desde junho. Lembra-se do piquenique em Weston? Na casa de campo do tio dele? Charlie praticamente teve de fugir pelo jardim para escapar dela.

– Por que ainda estão sentados? Achei que Charlie já teria tentado ir embora a essa altura.

– Talvez ele não queira ir embora, Gwen. Talvez ela realmente o tenha envolvido. Acho que foi por isso que ele não veio nos visitar em março. Ela já o tem sob suas garras!

– Veja, estão se levantando. Vê como ela está com o braço ao redor do.. – Kitty fez uma pausa. – O que diabos há de *errado* com ele?

Charles cambaleou de sua cadeira até a nave lateral da igreja e apoiou-se no encosto de um banco. Por um instante, cambaleou. Então, suas pernas pareceram se dissolver sob seu peso e ele caiu lentamente no chão.

As irmãs Welliver emitiram um grito abafado simultâneo e levantaram-se de supetão. Houve um caos na igreja enquanto os paroquianos se reuniam ao redor de Charles.

– Deixe-me passar! – gritou Wendell.

Kitty emitiu um soluço exagerado e levou a mão à boca.

– Espero que não seja nada sério.

Quando Norris conseguiu descer a escada e abrir caminho pela multidão, Wendell e Edward já estavam ajoelhados ao lado do amigo.

– Estou bem – murmurou Charles. – Estou mesmo.

– Você não parece bem, Charlie – disse Wendell. – Mandamos chamar seu tio.

– Não precisavam chamá-lo.

– Você está branco como um papel. Fique quieto.

Charles gemeu.

– Oh, meu Deus, não sobreviverei a isso.

Norris subitamente olhou para a bandagem que cobria a mão esquerda de Charles. As pontas dos dedos que saíam do curativo estavam vermelhas e inchadas. Ele se ajoelhou e cutucou a bandagem.

Charles deu um berro e tentou puxar a mão.

– Não toque nisso! – implorou.

– Charlie – disse Norris em voz baixa. – Eu preciso dar uma olhada. Você sabe que preciso. – Lentamente, ele removeu a bandagem. Quando a carne escurecida foi exposta, ele recuou sobre os calcanhares, horrorizado. Norris olhou para Wendell, que nada disse, apenas balançou a cabeça.

– Precisamos levá-lo para casa, Charlie – disse Norris. – Seu tio saberá o que fazer.

– FAZ ALGUNS dias que ele se feriu na demonstração de anatomia – disse Wendell. – Ele sabia que a mão estava ficando pior. Por que diabos não contou para ninguém? Para o tio, pelo menos.

– E admitir quão desleixado e incompetente ele é? – comentou Edward.

– Ele nem mesmo queria estudar medicina. O pobre Charlie ficaria perfeitamente feliz se passasse toda a vida aqui, escrevendo seus poemas. – Wendell aproximou-se da janela do salão de festas do Dr. Grenville, observando a passagem de uma carruagem de quatro cavalos. Na noite anterior, aquela casa reverberara com risos e músicas. Agora, estava assustadoramente silenciosa, com exceção do ranger de passos no andar de cima e o estalar das chamas na lareira do salão. – Ele não tinha jeito para medicina e todos nós sabíamos. Era de se esperar que o tio aceitasse tal fato.

Certamente era óbvio para todo mundo, pensou Norris. Nunca houvera um aluno de medicina tão desajeitado com a faca, ninguém menos preparado para lidar com as deprimentes realidades da profissão. O laboratório de anatomia fora apenas uma amostra do que um médico deve enfrentar. Estariam por vir experiências muito piores: o fedor do tifo, os berros da mesa de cirurgia. Dissecar cadáveres não era nada. Os mortos não reclamavam. O horror verdadeiro estava na carne viva.

Ouviram bater à porta da frente e a Sra. Furbush, a governanta, correu para receber os novos visitantes.

– Oh, Dr. Sewall! Graças a Deus chegou! A Sra. Lackaway está histérica e o Dr. Grenville já o sangrou duas vezes, mas isso não baixou a febre, e ele está ansioso por sua opinião.

– Não estou certo de que minhas habilidades sejam necessárias por enquanto.

– Pode mudar de ideia ao ver a mão dele.

Norris olhou para o Dr. Sewall quando este passou pelo salão carregando sua sacola de instrumentos, e ouviu-o subir a escada para o segundo andar. A Sra. Furbush estava a ponto de segui-lo quando Wendell a chamou.

– Como está Charles?

Ela olhou-os da porta, e sua única resposta foi um triste balançar de cabeça.

Edward murmurou:

– Isso está começando a ficar sério.

Do andar de cima veio o som de vozes masculinas e o choro da Sra. Lackaway. Devemos ir embora, pensou Norris. Somos intrusos na dor desta família. Mas seus dois colegas não fizeram menção de sair, mesmo quando começou a escurecer e a copeira lhes trouxe outro bule de chá e outra bandeja de bolos.

Wendell não tocou em nada. Afundou na poltrona e olhou para o fogo, concentrado.

– Ela tinha febre puerperal – disse subitamente.

– O quê? – exclamou Edward.

Wendell ergueu a cabeça.

– O cadáver dissecado naquele dia, quando ele se cortou. Era de uma mulher, e o Dr. Sewall nos disse que ela morreu de febre puerperal.

– E daí?

– Você viu a mão dele.

Edward balançou a cabeça.

– Um caso grave de erisipela.

– Aquilo é gangrena, Eddie. Agora ele está febril e seu sangue está envenenado por algo que adquiriu ao se ferir com a faca. Acha que foi apenas acaso o fato de a mulher ter morrido de uma febre fulminante?

Edward deu de ombros.

– Muitas mulheres morrem disso. Este mês morreram mais do que nunca.

– E a maioria foi atendida pelo Dr. Crouch – disse Wendell em voz baixa, voltando a olhar para o fogo.

Ouviram passos descendo as escadas e o Dr. Sewall apareceu, sua silhueta imponente ocupando todo o vão da porta. Ele olhou para os três jovens reunidos no salão e disse:

– Você, Sr. Marshall! E o Sr. Holmes, também. Subam.

– Senhor? – perguntou Norris.

– Preciso que segurem o paciente.

– E quanto a mim? – perguntou Edward.

– Realmente acha que está pronto para isso, Sr. Kingston?

– Eu... acho que sim, senhor.

– Então venha. Certamente poderá ser útil.

Os três jovens seguiram Sewall escada acima, e a cada passo Norris ficava mais temeroso, pois podia adivinhar o que estava a ponto de acontecer. Sewall guiou-os pelo corredor do andar de cima, e Norris viu retratos familiares nas paredes, uma longa galeria de homens distintos e mulheres elegantes. Entraram no quarto de Charles.

O sol se punha, e a última luz da tarde invernal brilhava na janela. Ao redor da cama, queimavam cinco lâmpadas. No centro, jazia Charles, pálido como um fantasma, a mão esquerda oculta sob uma cortina. A um canto, sua mãe estava sentada, rígida, as mãos apertadas uma contra a outra sobre o colo, os olhos tomados de pânico. O Dr. Grenville foi até a cama do sobrinho, cabeça baixa em sinal de triste resignação. Uma fileira de instrumentos cirúrgicos brilhava sobre a mesa: facas, uma serra, linha de seda para suturas e um torniquete.

Charles gemeu.

– Mãe, por favor – murmurou. – Não deixe que façam isso.

Eliza voltou-se para o irmão, desesperada.

– Há outro meio, Aldous? Amanhã ele pode estar melhor! Se pudéssemos esperar...

– Se tivesse me mostrado a mão antes, eu talvez pudesse interromper o processo – disse Grenville. – Uma sangria, no início, poderia drenar o veneno. Mas é muito tarde agora.

– Ele me disse que era apenas um pequeno corte. Nada significativo.

– Já vi cortes minúsculos supurarem e virarem gangrena – disse o Dr. Sewall. – Quando isso acontece, não há outra saída.

– Mãe, *por favor*. – Charles voltou o olhar em pânico para os colegas. – Wendell, Norris... não deixem que façam isso. Não deixem!

Norris não podia prometer tal coisa. Ele sabia o que devia ser feito. Olhou para a faca e a serra de ossos sobre a mesa e pensou: meu Deus, não quero ver isso. Mas resistiu, pois sabia que sua ajuda seria vital.

– Se você a cortar, tio, eu *jamais* poderei ser um cirurgião! – choramingou Charles.

– Quero que tome outra dose de morfina – disse Grenville, erguendo a cabeça do sobrinho. – Vamos, beba.

– Nunca serei o que você queria que eu fosse!

– Beba, Charles. Até o fim.

Charles recostou-se no travesseiro.

– Era tudo o que eu queria – murmurou. – Que você se orgulhasse de mim.

– Eu tenho muito orgulho de você, rapaz.

– Quanto lhe deu? – perguntou Sewall.

– Quatro doses agora. Não ouso dar-lhe mais que isso.

– Então, vamos agir, Aldous.

– Mãe? – implorou Charles.

Eliza levantou-se e agarrou desesperadamente o braço do irmão.

– Não pode esperar mais um dia? Por favor, apenas mais um dia!

– Sra. Lackaway – disse o Dr. Sewall –, outro dia seria tarde demais. – Ele ergueu a cortina que cobria o braço esquerdo do paciente, revelando a mão grotescamente inchada de Charles. Estava inflada como um balão, a pele preto-esverdeada. Mesmo de onde estava, Norris podia sentir cheiro de carne podre.

– Isso foi além de uma simples erisipela, senhora – disse Sewall. – É gangrena úmida. O tecido necrosou, e apenas no curto tempo em que estive aqui, inchou ainda mais, repleto de gases venenosos. Já há veios avermelhados aqui no braço, em direção ao cotovelo, uma indicação de que o veneno está se espalhando. Amanhã, deve chegar ao ombro. Então, nada, nem mesmo a amputação, poderá reverter o processo.

Eliza levantou-se com a mão comprimindo a boca, o olhar aflito voltado para Charles.

– Então não há nada a ser feito? Nenhum outro meio?

– Já atendi muitos casos como esse. Homens cujos membros foram esmagados em acidentes ou feridos por balas. Sei que, uma vez que a gangrena se instala, há pouco tempo para agir. Muitas vezes atrasei amputações, e sempre me arrependi. Aprendi que é melhor amputar logo. – Ele fez uma pausa, a voz mais branda, mais gentil. – Perder a mão não é perder a alma. Com alguma sorte, ainda terá seu filho, senhora.

– Ele é meu único filho – murmurou Eliza entre lágrimas. – Não posso perdê-lo. Eu morreria.

– Nenhum dos dois morrerá.

– Promete?

– O destino está sempre nas mãos de Deus. Mas farei o melhor que puder. – Sewall fez uma pausa e olhou para Grenville. – Talvez fosse melhor que a Sra. Lackaway saísse do quarto.

Grenville assentiu.

– Vá, Eliza. Por favor.

Ela se deteve um instante, olhando ansiosa para o filho, cujas pálpebras se fechavam em uma modorra induzida pelo narcótico.

– Não deixe que nada de errado aconteça, Aldous – disse ela para o irmão. – Se o perdermos, não haverá ninguém para nos confortar na velhice. Ninguém para ocupar o lugar dele. – Contendo um soluço de dor, ela saiu do quarto.

Sewall voltou-se para os três estudantes de medicina.

– Sr. Marshall, sugiro que tire o sobretudo. Vai sangrar. Sr. Holmes, você vai segurar o braço direito. Sr. Kingston, os pés. Sr. Marshall e o Dr. Grenville segurarão o braço esquerdo. Mesmo quatro doses de morfina não serão suficientes para reduzir a dor, e ele vai reagir. A completa imobilização do paciente é vital para o meu sucesso. O único meio piedoso de se fazer isso é agir com presteza, sem hesitação ou desperdício de energia. Compreenderam, cavalheiros?

Os estudantes assentiram.

Sem palavras, Norris tirou o sobretudo e pousou-o sobre uma cadeira. Foi até o lado esquerdo de Charles.

– Tentarei preservar o máximo possível do membro – disse o Dr. Sewall enquanto introduzia lençóis sob o braço para proteger o chão e o colchão do sangue. – Mas acho que a infecção avançou demais para que eu possa preservar-lhe o pulso. Há algumas autoridades cirúrgicas, como o Dr. Larrey, por exemplo, que acreditam ser melhor cortar mais acima, na parte mais carnuda do antebraço. E é o que planejo fazer. – Ele vestiu um avental e olhou para Norris. – Você terá um papel vital nisto, Sr. Marshall. Uma vez que me parece ser o mais forte e o que tem os nervos mais equilibrados, quero que segure o antebraço, logo acima do lugar onde deverei fazer a incisão. O Dr. Grenville controlará a mão. Enquanto trabalho, ele se encarregará de girar o antebraço, o que me garantirá acesso a todas as estruturas. Primeiro, a pele será cortada, depois, será destacada da fáscia. Em seguida, após dividir os músculos, precisarei que aplique o afastador, de modo que eu possa ver os ossos. Fui claro?

Norris mal conseguia engolir. Sua garganta estava seca.

– Sim, senhor – murmurou.

– Você não pode vacilar. Se acha que está além de sua capacidade, diga agora.

– Posso fazê-lo.

Sewall olhou-o, sério, durante algum tempo. Então, satisfeito, pegou o torniquete. Seus olhos não traíam apreensão, nenhuma sombra de dúvida a respeito do que pretendia fazer. Não havia melhor cirurgião em Boston que Erastus Sewall, e sua confiança se evidenciou pela eficiência com que atou o torniquete ao redor do braço de Charles, acima do cotovelo. Posicionou a compressa sobre a artéria braquial e apertou com força, interrompendo toda a circulação para o braço.

Charles agitou-se em meio à modorra induzida por narcóticos.

– Não – gemeu. – Por favor.

– Cavalheiros, tomem suas posições.

Norris agarrou o braço esquerdo e firmou o cotovelo na borda do colchão.

– Você era meu amigo – disse Charles olhando para Norris, cujo rosto estava bem acima do dele. – Por que está fazendo isso? Por que permite que me machuquem?

– Seja forte, Charlie – disse Norris. – Precisa ser feito. Estamos tentando salvar sua vida.

– Não. Você é um traidor. Você só quer me ver fora de seu caminho! – Charles tentou se livrar, e Norris segurou-o com mais força, os dedos afundando na pele úmida. Charles fazia muita força, os músculos dos braços saltados, os tendões esticados como cordas. – Vocês querem me matar! – berrou Charles.

230

– É a morfina – disse Sewall calmamente, antes de pegar a faca de amputação. – Não significa coisa alguma. – Ele olhou para Grenville. – Aldous?

O Dr. Grenville agarrou a mão gangrenada do sobrinho. Embora Charles estivesse se debatendo a essa altura, não podia lutar contra todos ao mesmo tempo. Edward dominava seus tornozelos e Wendell o ombro direito. Nenhuma luta, nenhum pedido de clemência podia deter a faca de Sewall.

No primeiro corte da lâmina, Charles berrou. O sangue cobriu as mãos de Norris e pingou nos lençóis. Sewall trabalhou com tanta rapidez que nos poucos segundos em que Norris olhou para o lado, horrorizado, Sewall terminou a incisão circular ao redor do antebraço. Quando Norris se forçou a olhar outra vez para o ferimento, Sewall já afastava a pele da fáscia para formar uma aba. Trabalhou com determinação, indiferente ao sangue que esguichava em seu avental, aos gritos de agonia, um som tão terrível que arrepiava os cabelos da nuca de Norris. O braço estava escorregadio de sangue e Charles, lutando como um animal selvagem, quase conseguiu se livrar.

– Segure-o, droga! – esbravejou Sewall.

Mortificado, Norris segurou com mais força. Não era hora de ser gentil. Ensurdecido pelos gritos de Charles, ele segurou com mais força, seus dedos funcionando como garras.

Sewall baixou a faca de amputação e pegou uma lâmina larga, para dividir os músculos. Com a brutal eficiência de um açougueiro, fez alguns cortes profundos e chegou ao osso.

Os gritos de Charles foram entrecortados por soluços de dor.

– Mãe! Oh, meu Deus, estou morrendo!

– Sr. Marshall!

Norris olhou para o afastador que Sewall posicionara no ferimento.

– Segure isto!

Com a mão direita, ele continuou segurando o braço de Charles. Com a esquerda, acionou o afastador, expondo o ferimento. Lá, sob uma camada de sangue e filamentos de tecidos, via-se o branco do osso. O rádio, pensou Norris, lembrando-se das ilustrações da *Anatomia* de Wistar que ele estudava com tanto afinco. Lembrou-se do esqueleto que estudara no laboratório de anatomia. Mas aqueles eram ossos secos, quebradiços, muito diferentes daquele rádio vivo.

O Dr. Sewall pegou a serra.

Enquanto Sewall cortava o rádio e a ulna, Norris sentia a mutilação nas vibrações do braço que segurava: o raspar dos dentes da serra, o osso quebrando.

E ouvia os berros de Charles.

Graças a Deus, acabou em segundos. A parte cortada saiu na mão de Grenville, apenas o coto permaneceu. O pior da carnificina havia terminado. O que viria a seguir era o trabalho mais delicado de fechar os vasos sanguíneos. Norris observou, impressionado com a habilidade com que Sewall suturou as artérias radial, ulnar e interóssea com a linha de seda.

– Espero que todos estejam prestando atenção, cavalheiros – disse o Dr. Sewall enquanto costurava a aba de pele. – Algum dia serão chamados para executar esta tarefa. E pode não ser uma amputação assim tão simples.

Norris olhou para Charles, que estava de olhos fechados. Seus berros haviam se transformado em gemidos exaustos.

– Isso não me pareceu nada simples, senhor – murmurou.

Sewall riu.

– Isso? Mas é apenas um antebraço! Muito pior é um ombro ou uma perna. Não é qualquer torniquete que resolve. Perca o controle da artéria subclaviana ou da femural e você vai ficar surpreso com a quantidade de sangue que o paciente pode perder em alguns segundos. – Empunhava a agulha como um alfaiate experiente, fechando o tecido de pele humana, deixando apenas uma pequena abertura como duto de drenagem. Ao terminar a sutura, envolveu o coto em bandagens e olhou para Grenville. – Fiz o que pude, Aldous.

Grenville meneou a cabeça em sinal de agradecimento.

– Não confiaria meu sobrinho a ninguém mais.

– Esperemos que sua confiança se justifique. – Sewall deixou cair os instrumentos ensanguentados na bacia de água. – A vida de seu sobrinho está nas mãos de Deus, agora.

– AINDA PODE haver complicações – disse Sewall.

O fogo queimava na lareira do salão, e Norris bebera diversas taças do excelente clarete do Dr. Grenville. Mas não conseguia afastar o frio que ainda sentia após tudo o que testemunhara. Outra vez trajava o sobretudo, que vestira sobre a camisa manchada. Olhando para os punhos que saíam das mangas do agasalho, podia ver borrifos do sangue de Charles. Wendell e Edward também pareciam estar gelados, pois puxaram suas cadeiras para perto do fogo diante do qual o Dr. Grenville se sentara. Apenas o Dr. Sewall parecia não estar com frio. Seu rosto estava corado pelas muitas taças de clarete, que também serviram para relaxar sua postura e afrouxar sua língua. Sentou-se voltado para o fogo, o corpo generoso preenchendo toda a cadeira, as pernas robustas esticadas para a frente.

– Há muitas coisas que ainda podem dar errado – disse ele, enquanto pegava a garrafa para encher a taça. – Os próximos dias ainda serão perigosos. – Baixou a garrafa e olhou para Grenville. – Ela não sabe disso, certo?

Todos sabiam que Sewall se referia a Eliza. Podiam ouvir a voz dela no andar de cima, cantando canções de ninar para o filho adormecido. Desde que Sewall completara a terrível operação, ela não deixara o quarto de Charles. Norris não tinha dúvida de que ela ficaria ao lado dele toda a noite.

– Ela não ignora a possibilidade. Minha irmã esteve cercada de médicos a vida inteira. Ela sabe o que pode acontecer.

Sewall tomou um gole de vinho e olhou para os estudantes.

– Eu era apenas um pouco mais velho que vocês, cavalheiros, quando fui chamado para fazer minha primeira amputação. Vocês tiveram uma introdução suave. Testemunharam uma amputação em condições ideais, em um quarto confortável, bem-iluminado, com água limpa e instrumentos adequados à mão. O paciente estava bem-preparado com doses generosas de morfina. Nada parecido com as condições que enfrentei naquele dia em North Point.

– North Point? – perguntou Wendell. – Você lutou na Batalha de Baltimore?

– Não *na* batalha. Certamente não sou um soldado, e não quis participar daquela guerra estúpida e deplorável. Mas estava em Baltimore naquele verão, visitando um tio e uma tia. Naquela época, eu completara meus estudos de medicina, mas minhas habilidades como cirurgião ainda não haviam sido testadas. Quando a frota inglesa chegou e começou o bombardeio do Forte McHenry, a milícia de Maryland teve necessidade urgente de todos os cirurgiões disponíveis. Fui contra a guerra desde o início, mas não podia ignorar meu dever para com meus compatriotas. – Ele tomou um longo gole de clarete e suspirou. – O pior da carnificina ocorreu em campo aberto, perto de Bear Creek. Quatrocentos soldados ingleses marcharam por terra, tentando alcançar o Forte McHenry. Mas trezentos dos nossos esperavam por eles em Bouden's Farm.

Sewall olhou para o fogo como se voltasse a ver o campo de batalha, os soldados ingleses avançando, a milícia de Maryland mantendo sua posição.

– Começou com canhoneio de parte a parte – disse ele. – Então, ao se aproximarem, teve início a fuzilaria de mosquetes. Vocês são muito jovens e provavelmente nunca viram os danos que uma bala de chumbo pode infligir a um corpo humano. Elas não rasgam a pele. Elas esmagam. – Tomou outro gole. – Quando acabou, a milícia tinha 24 mortos e quase cem feridos. Os ingleses sofreram o dobro de baixas.

"Naquela tarde, fiz minha primeira amputação. Foi um trabalho desleixado, e jamais me perdoei pelos erros que cometi. Não me lembro quantas amputações fiz naquele campo de batalha. A memória tende a exagerar; portanto, duvido que tenham sido tantas quanto imagino. Certamente não chegou perto do número que o barão Larrey alega ter feito nos soldados de Napoleão na Batalha de Borodino. Duzentas amputações em um único dia, segundo escreveu. – Sewall deu de ombros. – Em North Point, talvez tenha feito umas 12 mas, ao fim do dia, estava muito orgulhoso de mim mesmo porque a maioria dos meus pacientes ainda estava viva. – Bebeu o que restava do clarete e voltou a pegar a garrafa. – Não me dava conta de quão pouco aquilo representava.

– Mas você os salvou – disse Edward.

Sewall sorriu, desdenhoso.

– Durante um dia ou dois. Até começarem as febres. – Ele olhou para Edward. – Sabe o que é piemia, não sabe?

– Sim, senhor. É envenenamento do sangue.

– Literalmente, é "pus no sangue". É a pior febre de todas, quando os ferimentos começam a minar uma copiosa descarga amarela. Alguns cirurgiões acreditam que o pus é um bom sinal, que significa que o corpo está se curando. Mas acho o contrário. Para mim, é sinal de que se deve começar a preparar um caixão. Afora a piemia, havia outros horrores. Gangrena. Erisipela. Tétano. – Ele olhou para os três alunos. – Algum de vocês já testemunhou um espasmo tetânico?

Os três estudantes balançaram a cabeça em negativa.

– Começa com os maxilares trincados e a boca retorcida em um riso grotesco. Progride para flexão paroxismal dos braços e extensões das pernas. Os músculos do abdome tornam-se rígidos como madeira. Súbitos espasmos fazem o tórax se curvar para trás com tanta violência que pode chegar a fraturar alguns ossos. Durante tudo isso, o paciente está lúcido e sofrendo as piores agonias. – Ele baixou o copo vazio. – Amputação, cavalheiros, é apenas o primeiro horror. Outros podem vir a seguir. – Ele olhou para os alunos. – Seu amigo Charles ainda corre perigo. Tudo o que fiz foi remover o membro comprometido. O que acontece depois depende de sua constituição, de sua vontade de viver. E da providência divina.

Lá em cima Eliza parara de cantar suas canções de ninar, mas eles podiam ouvir o ranger das ripas do chão enquanto ela caminhava pelo quarto de Charles. Para cima e para baixo, para cima e para baixo. Se o amor de uma mãe pudesse curar, não haveria remédio mais poderoso do que aquele que Eliza dispensava agora com cada passo agitado, cada suspiro ansioso. Será que minha mãe velou minha cama com tal devoção? Norris tinha apenas uma vaga lembrança de ter acordado em meio a uma febre e ver uma vela solitária brilhando perto de sua cama, Sophia curvada sobre ele, acariciando-lhe o cabelo e murmurando:

– Meu único e verdadeiro amor.

*Você realmente me amava? Então, por que me abandonou na-
quele dia?*

Alguém bateu à porta da frente. Ouviram a copeira atravessar o
corredor para atendê-la, mas o Dr. Grenville não fez menção de se
levantar. A exaustão o grudara à cadeira, e ele permaneceu sentado,
imóvel, ouvindo a conversa à porta da frente:

– Posso falar com o Dr. Grenville?

– Perdão, senhor – respondeu a copeira. – Hoje tivemos um problema grave, e o doutor não pode receber visitas. Se quiser deixar seu
cartão, talvez eu...

– Diga-lhe que o Sr. Pratt, da Ronda Noturna, está aqui.

Ainda afundado na cadeira, Grenville balançou a cabeça, contra-
riado com a intrusão indesejável.

– Estou certo de que ele terá o maior prazer em falar com o senhor
em uma outra hora – disse a empregada.

– Só vai demorar um minuto. Ele vai querer ouvir as notícias.

Ouviram-se as botas de Pratt entrando na casa.

– O Sr. Pratt está entrando, senhor! – gritou a empregada. – Por
favor, se pudesse esperar enquanto pergunto ao doutor...

Pratt apareceu à porta e olhou para os homens reunidos no salão.

– Dr. Grenville – disse a empregada, impotente. – Eu disse a ele
que o senhor não estava recebendo visitas!

– Está tudo bem, Sarah – disse Grenville, enquanto se levantava.
– Obviamente o Sr. Pratt acha que o assunto é bastante urgente para
justificar tal invasão.

– Acho, senhor – disse Pratt. Seus olhos se estreitaram sobre Norris. – Então, aí está você, Sr. Marshall. Eu o estive procurando.

– Esteve aqui toda a tarde – disse Grenville. – Meu sobrinho
ficou muito doente e o Sr. Marshall teve a gentileza de oferecer sua
assistência.

– Fiquei curioso em saber por que você não estava em sua pensão
– disse Pratt, olhar ainda fixo em Norris, que se sentiu subitamente
em pânico. Teria Rose Connolly sido descoberta em seu quarto? Era
por isso que Pratt olhava para ele daquele jeito?

236

– Seria esta a razão desta interrupção? – perguntou Grenville, incapaz de conter o desdém. – Apenas para confirmar o paradeiro do Sr. Marshall?

– Não, doutor – disse Pratt, voltando a olhar para Grenville.

– Então, por quê?

– Vocês não ouviram as notícias?

– Estive ocupado todo o dia com o meu sobrinho. Sequer saí de casa.

– Esta tarde – disse Pratt –, dois meninos que brincavam sob a ponte de West Boston notaram o que parecia ser um fardo de trapos caído na lama. Quando olharam de perto, viram que não eram trapos, mas sim o corpo de um homem.

– Na ponte de West Boston? – perguntou o Dr. Sewall, recostando-se na cadeira diante da notícia perturbadora.

– Sim, Dr. Sewall – prosseguiu Pratt. – Eu o convido a examinar o corpo. Baseado nos ferimentos, não terá escolha senão chegar às mesmas conclusões que eu. Na verdade, me parece bastante claro, assim como para o Dr. Crouch, que...

– Crouch já viu o corpo? – perguntou Grenville.

– O Dr. Crouch estava na enfermaria quando o corpo foi levado ao hospital. Uma circunstância oportuna, na verdade, porque ele também examinou Agnes Poole. Ele viu, de imediato, as semelhanças entre os ferimentos. O padrão peculiar de cortes. – Pratt olhou para Norris. – Deve saber do que estou falando, Sr. Marshall.

Norris olhou para ele e murmurou:

– A forma de cruz?

– Sim. Apesar do... dano, o padrão é evidente.

– Que dano? – perguntou Sewall.

– Ratos, senhor. Talvez outros animais, também. Está claro que o corpo está lá já faz algum tempo. É lógico assumir que a morte coincide com a data de seu desaparecimento.

Foi como se a temperatura na sala tivesse baixado subitamente. Embora ninguém tenha dito uma palavra, Norris podia ver que todos estavam pensando a mesma coisa.

– Então vocês o encontraram – disse Grenville, afinal.

Pratt assentiu

– O corpo é do Dr. Nathaniel Berry. Ele não fugiu, como pensávamos. Ele foi assassinado.

24

Dias atuais

Julia ergueu os olhos da carta de Wendell Holmes.

– Wendell Holmes estava certo, Tom? A febre puerperal teve algo a ver com o envenenamento do sangue de Charles?

Tom estava junto à janela, olhando para o mar. A névoa começara a se dissipar naquela manhã e, embora o céu ainda não estivesse azul, finalmente podiam ver a água. As gaivotas passavam contra um fundo de nuvens prateadas.

– Sim – disse ele em voz baixa. – Com certeza, teve relação. O que ele descreve nesta carta mal chega perto dos horrores da febre puerperal. – Ele se sentou à mesa de jantar, diante de Julia e Henry, e a luz que entrava pela janela atrás dele fazia com que seu rosto ficasse imerso em sombras. – Nos tempos de Holmes, em períodos de epidemia, era comum morrer uma a cada quatro mães. Morriam com tanta rapidez que os hospitais enterravam duas por caixão. Em uma maternidade em Budapeste, as mães em trabalho de parto viam o cemitério pela janela e a sala de necropsia ao fim do corredor. Não é de estranhar que as mulheres tivessem tanto medo de dar à luz. Sabiam que se fossem ao hospital para terem seus bebês havia boa chance de saírem dali dentro de um caixão. E sabem o pior de tudo isso? Elas eram mortas pelos próprios médicos.

– Pela incompetência? – perguntou Julia.

– Pela ignorância. Naquele tempo, ainda não conheciam a teoria dos germes. Não usavam luvas, de modo que os médicos usavam as mãos nuas para examinar as mulheres. Faziam uma necropsia em um cadáver apodrecido e iam direto à maternidade com as mãos

238

imundas. Examinavam paciente por paciente, espalhando a infecção e matando cada mulher que tocavam.

– Nunca ocorreu a algum deles lavar as mãos?

– Havia um médico em Viena que sugeriu tal coisa. Era um húngaro chamado Ignaz Semmelweis, que percebeu que as pacientes atendidas por estudantes de medicina tendiam a morrer de febre puerperal mais frequentemente do que as atendidas por parteiras. Ele sabia que os estudantes iam a necropsias e as parteiras, não. Portanto, ele concluiu que algum tipo de contágio da sala de necropsia estava se espalhando. Aconselhou os colegas a lavarem as mãos.

– Mas parece algo óbvio.

– Contudo, ele foi ridicularizado por isso.

– Não seguiram o conselho dele?

– Eles o exoneraram da profissão. Acabou tão deprimido que foi confinado em uma instituição para doentes mentais, onde cortou um dedo e morreu de septicemia.

– Como Charles Lackaway.

Tom assentiu.

– Irônico, não acha? É isso o que torna estas cartas tão valiosas. Isto é a história da medicina, escrita pela pena de um dos maiores médicos que já existiram. – Ele olhou para Julia no outro lado da mesa. – Você sabe, não sabe? Por que Holmes é esse herói da medicina nos Estados Unidos?

Julia balançou a cabeça em negativa.

– Aqui nos Estados Unidos não ouvimos falar de Semmelweis nem de sua teoria dos germes. Mas estávamos lidando com as mesmas epidemias de febre puerperal, as mesmas alarmantes taxas de mortalidade. Os médicos daqui culpavam o ar, a circulação sanguínea deficiente ou, mesmo, coisas ridículas como virtude ofendida! As mulheres estavam morrendo, e ninguém no país conseguia descobrir por quê. – Ele olhou para a carta. – Ninguém, até aparecer Oliver Wendell Holmes.

25

1830

Oculta em um vão de porta, protegida do vento, Rose olhou através do terreno nos fundos do hospital, olhos fixos na janela do sótão onde Norris morava. Estava ali havia horas, mas agora a noite caíra, e ela agora não conseguia distinguir o prédio entre os telhados que projetavam suas silhuetas contra o céu noturno. Por que ele ainda não voltara? E se ele não voltasse para casa naquela noite? Ela contava com uma segunda noite sob o teto de Norris, com uma segunda chance de vê-lo, de ouvir sua voz. Naquela manhã, ao acordar, encontrara as moedas que ele deixara para ela, moedas que manteriam Meggie alimentada e aquecida por mais uma semana. Em troca de sua generosidade, ela remendara duas de suas camisas puídas. Mesmo que nada devesse a ele, teria remendado aquelas camisas apenas pelo prazer de tocar o tecido que lhe roçara as costas, tecido que conhecera o calor da pele de Norris.

Rose viu o bruxulear de uma vela em uma janela. A janela dele.

Ela começou a atravessar o terreno. Daquela vez, ele estaria ansioso para ouvi-la, pensou Rose. Àquela altura, ele certamente já ouvira as últimas notícias. Ela chegou à portaria do prédio e olhou para dentro. Então, silenciosamente, galgou os dois lances de escada até o sótão. Rose parou diante da porta, o coração acelerado. Seria por causa da subida apressada pela escada? Ou porque estava a ponto de ver Norris outra vez? Ela ajeitou o cabelo, a saia, sentindo-se tola ao fazê-lo por estar se arrumando para um homem que sequer a olharia uma segunda vez. Por que ele se importaria em olhar para ela após ter dançado com todas aquelas jovens elegantes na noite anterior?

Rose as vira de relance, deixando a casa do Dr. Grenville e entrando em suas carruagens, aquelas jovens adoráveis com seus farfalhantes vestidos de seda, capas de veludo e regalos de pele. Percebeu como eram descuidadas, deixando a barra do vestido arrastar na neve suja. Obviamente, teriam quem o limpasse. Ao contrário de Rose, não precisavam passar horas curvadas sobre a linha e a agulha, costurando sob tão pouca luz que algum dia seus olhos ficariam permanentemente apertados, como se tivessem costurado pregas na própria pele. De qualquer modo, após uma temporada de festas e bailes aqueles pobres vestidos seriam aposentados para abrir caminho para novos estilos, novas tonalidades de gaze. Oculta pela escuridão à porta da casa do Dr. Grenville, Rose vira o próprio vestido que costurara, o de seda cor-de-rosa. Adornava uma jovem de bochechas redondas que ria enquanto caminhava para a carruagem. *Esse é o tipo de mulher que você prefere, Sr. Marshall? Porque não posso competir com isso.*

Ela bateu à porta. Manteve-se ereta, as costas retas e o queixo erguido ao ouvir passos aproximando-se da porta. Subitamente, lá estava ele diante dela, a luz que o iluminava por trás espalhando-se pela escadaria.

– Aí está você! Onde esteve?

Ela fez uma pausa, confusa.

– Achei que devia ficar longe até você voltar para casa.

– Você esteve fora o dia inteiro? Ninguém a viu aqui?

Suas palavras a feriram como um tapa na cara. Passara o dia inteiro ansiosa para vê-lo e era assim recebida? Ele não quer que ninguém saiba de minha existência, pensou. Sou um segredo embaraçoso.

– Vim apenas dizer o que ouvi na rua – disse ela. – O Dr. Berry está morto. Encontraram o corpo dele sob a ponte de West Boston.

– Eu sei. O Sr. Pratt me contou.

– Então, sabe tanto quanto eu. Boa noite, Sr. Marshall. – Ela deu-lhe as costas.

– Aonde vai?

– Ainda não jantei. – E provavelmente não jantaria naquela noite.

– Trouxe comida. Não vai ficar?

Ela parou na escada, surpresa com a oferta inesperada.

– Por favor – disse ele. – Entre. Há alguém aqui que deseja falar com você.

Ela ainda estava magoada com o comentário anterior e o orgulho quase a levou a declinar o convite. Mas seu estômago estava roncando, e ela queria saber quem poderia ser o tal alguém. Entrou no sótão e seus olhos voltaram-se para o homem baixo que estava em pé junto à janela. Não lhe era estranho. Lembrava-se dele do hospital. Assim como Norris, Wendell Holmes era um estudante de medicina, mas ela não demorou a notar diferenças entre os dois. O que percebeu, primeiro, foi a qualidade superior do casaco de Holmes, habilmente cortado para se acomodar sobre seus ombros estreitos, sua cintura fina. Ele tinha olhos de pardal, claros e alertas, e enquanto o observava, Rose sabia que ele também a estava observando e avaliando.

– Este é meu colega de turma – disse Norris. – O Sr. Oliver Wendell Holmes.

O sujeito meneou a cabeça em sua direção.

– Srta. Connolly.

– Eu me lembro de você – disse ela. *Porque você parece um pequeno elfo.* Mas ela sabia que o rapaz não gostaria de ouvir aquela observação. – Sobre o que queria falar comigo, Sr. Holmes?

– Sobre a morte do Dr. Berry. Você ouviu falar a respeito.

– Vi uma multidão reunida junto à ponte. Disseram ter encontrado o corpo do médico.

– Esse novo acontecimento confundiu tudo – disse Wendell. – Amanhã, os jornais estarão espalhando o terror. O Estripador de West End ainda está à solta! As pessoas vão voltar a ver monstros em toda parte. E isso põe o Sr. Marshall em uma posição muito desconfortável. Talvez até perigosa.

– Perigosa?

– Quando as pessoas ficam com medo, podem se tornar irracionais. Podem tentar fazer justiça com as próprias mãos.

– Ah! – disse ela, olhando para Norris. – Então é por isso que está querendo me ouvir agora. Porque isso o afeta.

Norris meneou a cabeça em sinal de desculpa.

– Perdão, Rose. Eu deveria ter prestado mais atenção ao que você me disse na noite passada.

– Você estava com medo de ser visto ao meu lado.

– E agora estou com vergonha de meu comportamento. Minha única desculpa é que eu tinha muito a considerar.

– Oh, sim. O seu *futuro.*

Norris suspirou, um som tão triste que ela quase sentiu pena dele.

– Não tenho futuro. Não mais.

– E como posso mudar isso?

– O que importa, agora, é descobrirmos a verdade – disse Wendell.

– A verdade só importa para aqueles que são acusados injustamente – disse ela. – Ninguém mais se importa.

– Eu me importo – insistiu Wendell. – Mary Robinson e o Dr. Berry se importariam. E as futuras vítimas do assassino certamente também se importarão. – Ele se aproximou, os olhos tão fixos nela que Rose achou que o rapaz podia ler sua mente. – Fale-nos de sua sobrinha, Rose. A menina que todos estão procurando.

Por um instante ela nada disse, ponderando o quanto podia confiar em Oliver Wendell Holmes. E decidiu que não tinha escolha afora confiar nele. Rose chegara ao limite, e agora estava quase desmaiando de fome.

– Vou lhe contar – disse ela. – Mas primeiro... – Ela olhou para Norris. – Você disse que me trouxe comida.

ELA COMEU ENQUANTO contava a história, fazendo pausas para atacar uma coxa de galinha ou para enfiar na boca um pedaço de pão. Não era assim que aquelas jovens deviam comer, mas, afinal de contas, a comida não lhe fora servida em fina porcelana ou com talheres de prata. Sua última refeição fora pela manhã: um pedaço ressecado de cavalinha defumada que o peixeiro pretendia dar para o gato mas que, por piedade, acabara dando para ela. Ela não usara as poucas moedas que Norris lhe deixara pela manhã para comprar comida. Em vez disso, entregara-as para Billy e pedira que ele entregasse o dinheiro a Hepzibah.

A pequena Meggie seria alimentada ao menos mais uma semana.

E agora, pela primeira vez em muitos dias, ela também podia comer. E foi o que fez, devorando tanto carne quanto cartilagem, sugando o tutano dos ossos, deixando sobre o prato um monte de ossos partidos.

243

– Você realmente não faz ideia de quem é o pai de sua sobrinha? – perguntou Wendell.

– Aurnia não me disse nada. Mas deu a entender...

– Sim?

Rose fez uma pausa e baixou o pedaço de pão. Sua garganta se estreitara por causa da lembrança.

– Ela me pediu para buscar o padre para lhe dar a extrema-unção. Aquilo era muito importante para ela, mas continuei adiando. Não queria que ela parasse de lutar. Eu queria que ela vivesse.

– E ela queria confessar seus pecados.

– A vergonha a impediu de me contar – murmurou Rose.

– E a identidade do pai da criança continua a ser um mistério.

– Exceto para o Sr. Gareth Wilson.

– Ah, sim, o advogado misterioso. Posso ver o cartão que ele lhe deu?

Ela limpou a mão engordurada e pegou no bolso o cartão de Gareth Wilson, que entregou para Wendell.

– Ele mora na rua Park. Um endereço elegante.

– Um endereço elegante não o torna um cavalheiro – disse ela.

– Você não confia nem um pouco nele, não é?

– Veja a gente nojenta com quem ele se dá.

– Refere-se ao Sr. Tate?

– Ele usou Eben para me encontrar. O que não depõe a favor do Sr. Wilson, não importando quão elegante seja seu endereço.

– Ele disse alguma coisa sobre quem era seu cliente?

– Não.

– Seu cunhado saberia?

– Idiota como é, Eben não deve saber de nada. E o Sr. Wilson seria ainda mais idiota caso contasse para ele.

– Duvido que o Sr. Gareth Wilson seja algum tipo de idiota – disse Wendell, voltando a olhar para o endereço. – Você falou alguma coisa a respeito disso com a Ronda Noturna?

– Não.

– Por que não?

– É inútil falar com o Sr. Pratt. – Seu tom de desdém não deixava dúvida quanto ao que ela achava do sujeito.

Wendell sorriu.

– Tenho de concordar.

– Acho que Billy Obtuso seria melhor policial. De qualquer forma, o Sr. Pratt não acreditaria em mim.

– Tem certeza disso?

– Ninguém acredita em gente como eu. Nós, irlandeses, precisamos ser vigiados o tempo todo. Senão, batemos sua carteira e roubamos seus filhos. Se vocês, médicos, não nos abrissem o peito e revirassem nosso tórax, como naquele livro ali – ela apontou para o livro de anatomia sobre a escrivaninha de Norris –, provavelmente achariam que nosso coração não era igual ao de vocês.

– Oh, eu não duvido que tenha um coração, Srta. Connolly. E certamente deve ser um coração generoso para assumir um fardo como sua sobrinha.

– Não é um fardo, senhor. Ela é minha família.

Sua única família agora.

– Tem certeza de que a criança está a salvo?

– Tanto quanto possível.

– Onde ela está? Posso vê-la?

Rose hesitou. Embora o olhar de Wendell estivesse imperturbável, embora não tivesse lhe dado motivo para duvidar dele, ainda assim era a vida de Meggie que estava em jogo.

– Ela parece ser o pivô de tudo isso – disse Norris. – Por favor, Rose. Só queremos ter certeza de que ela está protegida. E saudável.

Foi o apelo de Norris que a convenceu. Desde a primeira vez que o vira no hospital, ela se sentira atraída por ele, sentira que, ao contrário dos outros cavalheiros, ele era alguém com quem ela podia contar. Na noite anterior, com sua caridade, ele justificara sua confiança.

Rose olhou pela janela.

– Está bem escuro. Nunca vou lá de dia. – Ela se levantou. – Deve ser seguro agora.

– Vou chamar uma carruagem – disse Wendell.

– Nenhuma carruagem é capaz de entrar no beco onde os levarei. – Ela se embrulhou no manto e voltou-se para a porta. – Vamos a pé.

No mundo de Hepzibah, as sombras eram soberanas. Mesmo quando Rose estivera ali durante o dia, a luz mal penetrava naquela sala de teto baixo. Em seu zelo para manter o ambiente sempre aquecido, Hepzibah pregara as venezianas das janelas, transformando a sala em uma pequena e escura caverna, onde os cantos extremos permaneciam eternamente invisíveis. Portanto, o espaço penumbroso que Rose via naquela noite não parecia diferente do que sempre fora, com o fogo reduzido a brasas e nem uma única vela acesa.

Com um sorriso de felicidade, Rose pegou Meggie da cesta e trouxe seu rostinho para junto do dela, inspirando os aromas familiares do cabelo e das roupas da criança. Meggie respondeu com uma tosse seca, e dedos pequenos agarraram um cacho do cabelo de Rose. Havia catarro em seu lábio superior.

– Oh, minha menina querida! – disse Rose, apertando Meggie contra os seios vazios e desejando poder ser capaz de nutri-la. Os dois cavalheiros atrás dela permaneceram estranhamente silenciosos, observando enquanto ela acalentava o bebê. Ela se voltou para Hepzibah. – Ela está adoentada?

– Começou a tossir na noite passada. Você passou alguns dias sem vir.

– Mandei dinheiro ontem. Billy o entregou?

À luz tênue da lareira, Hepzibah, com o pescoço gordo, parecia um sapo imenso aboletado sobre a cadeira.

– Ah, o menino idiota trouxe sim. Precisarei de mais.

– Mais? Mas foi o que pediu.

– Ela está exigindo muita atenção. Anda tossindo.

– Podemos ver o bebê? – pediu Norris. – Queremos confirmar se está saudável.

Hepzibah olhou-os e resmungou:

– E por que os cavalheiros se importariam com uma criança sem pai?

– Somos estudantes de medicina, senhora. Nós nos importamos com todas as crianças.

– Ah, ótimo! – disse Hepzibah, rindo. – Posso lhes mostras outras 10 mil quando acabarem com esta.

Norris acendeu uma vela na lareira.

– Traga o bebê para cá, Rose. Para que eu possa vê-lo melhor.

Rose levou Meggie até ele. O bebê olhou para cima com olhos confiantes quando Norris abriu o cobertor, examinou-lhe o peito e sondou-lhe o abdome. Já tinha as mãos seguras e confiantes de um médico, observou Rose, e ela imaginou como ele seria algum dia, cabelo com mechas grisalhas, olhar sábio e comedido. Esperava poder conhecê-lo então! Esperava que examinasse seu próprio filho. *Nosso próprio filho*. Norris examinou Meggie cuidadosamente. As coxas gorduchas indicavam uma dieta adequada, mas o bebê estava tossindo, e fios de catarro transparente escorriam de suas narinas.

– Ela não parece estar febril – disse Norris. – Mas está congestionada.

Hepzibah emitiu um muxoxo de pouco-caso.

– Todos os pequenos têm isso. Não há uma criança no sul de Boston que não tenha catarro no nariz.

– Mas ela é muito pequena.

– Come mais que o suficiente. E por isso preciso ser mais bem paga também.

Wendell enfiou a mão no bolso e tirou dali um punhado de moedas, que entregou à ama de leite.

– Haverá mais. Mas a criança deve estar bem-alimentada e saudável. Compreende?

Hepzibah olhou para o dinheiro e disse, com um tom respeitoso:

– Ah, pode ter certeza disso, senhor. Tomarei as devidas providências.

Rose olhou para Wendell, atônita com sua generosidade.

– Encontrarei um meio de pagá-lo, Sr. Holmes – disse ela. – Eu juro.

– Não há por que falar em pagamento – disse Wendell. – Se nos perdoa, eu e o Sr. Marshall precisamos conversar em particular. – Ele olhou para Norris, e os dois foram até o beco.

Hepzibah olhou para Rose e deu uma gargalhada.

247

– *Dois* cavalheiros pagando suas contas, hein? Você deve ser uma menina e tanto.

– ESTE LUGAR é deprimente! – disse Wendell. – Mesmo que mantenha a criança bem-alimentada, *olhe* para aquela mulher! Ela é grotesca. E essa vizinhança, com todos esses cortiços, está repleta de doenças.

E crianças, pensou Norris, olhando para o beco estreito onde as velas tremulavam nas janelas. Inúmeras crianças, cada uma tão vulnerável quanto a pequena Meggie. Os dois rapazes estavam do lado de fora da porta de Hepzibah, tremendo de frio em uma noite que se tornara significativamente mais gelada no curto espaço de tempo em que estiveram lá dentro.

– Ela não pode ficar aqui.

– A questão é: que alternativa temos? – disse Wendell.

– Ela pertence a Rose. É com ela que será mais bem-cuidada.

– Rose não pode nutri-la. E se ela estiver certa quanto a esses assassinatos, se ela realmente estiver sendo procurada, então precisa ficar o mais longe possível do bebê. Ela sabe disso.

– E isso está partindo o coração dela. É visível.

– No entanto, ela é bastante lúcida para se dar conta de que isso é necessário. – Wendell olhou para o beco quando um bêbado saiu de uma porta e cambaleou na direção oposta. – É uma jovem muito capaz. Ela *precisa* ser inteligente para sobreviver nas ruas. Tenho a impressão de que, não importando a situação, Rose Connolly encontrará um meio de sobreviver. E, também, de manter a sobrinha viva.

Norris lembrou-se da pensão miserável onde ele a visitara. Pensou no quarto repleto de insetos rastejantes e do homem que tossia no canto, o chão coberto de palha imunda. *Será que eu aguentaria passar uma noite em um lugar assim?*

– Uma pequena notável – disse Wendell.

– Concordo.

– E bem bonita também. Mesmo debaixo daqueles trapos.

Também percebi.

– O que fará com ela, Norris?

A pergunta de Wendell pegou-o desprevenido. O que ele faria com ela? Naquela manhã, estava decidido a mandá-la embora com algumas moedas e votos de muitas felicidades. Agora se dava conta de que não podia devolvê-la à rua, não quando o mundo inteiro parecia disposto a esmagá-la. O bebê também se tornara objeto de preocupação. Quem não se encantaria com uma criança tão serena e sorridente?

– Não importa o que decida – disse Wendell. – Mesmo que a mande embora, seus destinos parecem estar ligados.

– Como assim?

– O Estripador de West End está atrás de vocês dois. Rose acredita estar sendo seguida por ele. A Ronda Noturna acredita que você é o Estripador. Até ele ser pego, você e Rose não estarão seguros. – Wendell voltou-se e olhou para a porta de Hepzibah. – Nem a criança.

26

Isso é que é ganhar a vida, pensava Jack Burke enquanto subia a rua Water, calçando botas limpas e vestindo seu melhor casaco. Nunca mais escavar no escuro e se esquivar de balas. Nada de voltar para casa com as roupas enlameadas e fedendo a cadáver. Com o inverno, o chão ficaria duro como pedra, e toda a mercadoria viria do sul, oculta em barris rotulados como PICLES, MADEIRA ou UÍSQUE. Que susto não levaria um ladrão sedento ao abrir um desses barris e descobrir, em vez de uísque, um cadáver nu preservado em salmoura.

Um sujeito podia deixar de beber por causa disso.

Ultimamente, muitos barris assim estavam chegando da Virgínia e das Carolinas. Macho ou fêmea, preto ou branco, o produto encontrava mercado imediato em todas as faculdades de medicina, cujo apetite voraz por cadáveres parecia crescer ano após ano. Ele sabia como iam os negócios. Vira os barris no pátio do Dr. Sewall e sabia que não continham pepino em conserva. A competição se tornara muito acirrada, e Jack tivera uma visão de trens intermináveis, vagão por vagão lotados de barris, trazendo a morte meridional, a 25 dólares a unidade, para as salas de dissecação de Boston, Nova York e Filadélfia. Como ele podia competir com aquilo?

Muito mais fácil fazer o que fazia então, caminhando à luz do dia, botas lustrosas, rua Water acima. Não era a melhor das vizinhanças, mas era boa o bastante para os comerciantes naquela manhã clara e gelada, suas carroças repletas de tijolos, madeira ou mantimentos. Era uma rua de operários, e a loja na qual entrou certamente supria os gostos e as necessidades de um operário. Contudo, por trás do vidro sujo havia um traje noturno que nenhum operário poderia usar. Era feito de tecido carmim brilhante com galões dourados nas bordas, um casaco que o obrigava a parar na rua e sonhar com uma vida melhor. Um casaco que dizia: *Até mesmo um homem como você pode parecer um príncipe.* Algo inútil para um comerciante, e o alfaiate certamente sabia disso, mas decidiu exibi-lo mesmo assim, como se para anunciar que estava destinado a se estabelecer em uma vizinhança melhor.

Uma sineta tocou quando Jack entrou na loja. Lá dentro havia artigos mais comuns em exibição: camisas de algodão, pantalonas e uma albarda de tecido escuro. Mesmo um alfaiate com delírios de grandeza devia suprir as necessidades práticas de sua clientela. Enquanto Jack sentia o cheiro de lã e o travo ácido das tinturas, um homem de cabelos escuros com um bigode bem-aparado emergiu da sala dos fundos. O homem olhou para Jack da cabeça aos pés, como se tirasse suas medidas mentalmente. Estava bem-vestido, o casaco bem rente à cintura fina, e embora não fosse particularmente alto sua postura arrogante era a de alguém que tinha uma impressão exagerada da própria estatura.

– Bom dia, senhor. Como posso servi-lo? – perguntou o alfaiate.

– Você é o Sr. Eben Tate? – perguntou Jack.

– Sim, sou.

Embora Jack estivesse vestindo seu melhor casaco e uma camisa limpa, tinha a nítida impressão de que o Sr. Tate julgara suas roupas inadequadas.

– Acabei de receber uma boa seleção de cortes de lã da fiação Lowell a um preço razoável – disse Eben. – Ficariam muito bem em um sobretudo.

Jack olhou para o próprio casaco e não viu razão para querer um novo.

– Ou talvez queira um casaco? Ou uma camisa? Posso lhe oferecer alguns estilos bem práticos, algo que se adapte à sua profissão. Que é...?

– Não estou no mercado – resmungou Jack, ofendido pelo fato de que com apenas um olhar aquele estranho o tivesse tomado por um cliente em busca de algo *prático* e a *preço razoável*. – Estou aqui para perguntar sobre alguém. Alguém que você conhece.

A atenção de Eben permaneceu no peito de Jack, como se estivesse se perguntando quantos metros de tecido seriam necessários.

– Sou um alfaiate, senhor...

– Burke.

– Sr. Burke. Se está interessado em camisas ou pantalonas, certamente poderei ajudar. Mas faço questão de evitar fofocas desnecessárias; portanto, duvido que seja aquele com quem deseja falar.

– É sobre Rose Connolly. Sabe onde posso encontrá-la?

Para surpresa de Jack, Eben soltou uma gargalhada.

– Você também?

– O quê?

– Todo mundo parece interessado em Rose.

Jack ficou confuso. Quantos outros haviam sido contratados para encontrá-la? Quanta competição teria?

– Bem, onde ela está? – perguntou.

– Não sei e não me importo.

– Ela não era sua cunhada?

– Ainda assim, não me importo. Tenho vergonha de admitir minha relação com ela. Aquela ali não vale nada, andou espalhando mentiras a meu respeito. E é uma ladra, também. Foi o que eu disse à Ronda Noturna. – Fez uma pausa. – Você não é da Ronda, certo?

Jack não respondeu.

– Onde posso encontrá-la?

– O que ela fez agora?

– Apenas diga-me onde encontrá-la.

– Da última vez que ouvi falar dela, estava em uma toca de rato na Fishery Alley.

– Há dias que não está mais lá.

– Então, não posso ajudá-lo. Agora, se me perdoa. – Eben deu-lhe as costas e desapareceu na sala dos fundos.

Jack ficou onde estava, frustrado com o impasse. E preocupado com a possibilidade de outra pessoa encontrar a menina antes dele. Ainda receberia o pagamento? Ou teria de se satisfazer com o que já recebera? Uma soma generosa, com certeza, mas não o suficiente.

Nunca era suficiente.

Olhou para o vão da porta através do qual o alfaiate arrogante se recolhera.

– Sr. Tate? – chamou.

– Já disse o que sei! – veio a resposta. Mas ele não voltou à loja.

– Você pode ganhar dinheiro com isso.

Aquela era a palavra mágica. Em um segundo, Eben estava de volta.

– Dinheiro?

Quão rapidamente dois homens começam a se entender. Seus olhares se cruzaram, e Jack pensou: aí está um sujeito que sabe o que é importante.

– Vinte dólares – disse Jack. – Encontre-a para mim.

– Vinte dólares não pagam o tempo que perderei. De qualquer modo, já disse. Não sei onde ela está.

– Mas ela tem amigos? Alguém que possa saber?

– Apenas aquele idiota.

– Quem?

– Um menino magrelo. Todos o conhecem. Anda pelo West End esmolando.

– Refere-se a Billy Obtuso.

– Ele mesmo. O menino estava hospedado com ela na Fishery Alley. Veio procurá-la aqui. Trouxe-lhe a bolsa, pensando que ela estava comigo.

– Então Billy também não sabe onde ela está?

– Não. Mas ele tem faro. – Eben riu. – Pode ser idiota, mas é bom para encontrar coisas.

E eu sei onde encontrar Billy, pensou Jack, virando-se para sair.

– Espere, Sr. Burke! Você disse que havia dinheiro envolvido.

– Por informações úteis. Mas têm de ser úteis.

– E se eu a encontrar?

– Conte-me, e eu lhe pago.

– Quem está financiando tudo isso? Quem está pagando você?

Jack balançou a cabeça.

– Acredite, Sr. Tate – disse ele. – É melhor não saber.

Encontrado Corpo do Dr. Berry

Chocante reviravolta na busca pelo Estripador de West End. Na tarde de domingo passado, às 13h, dois meninos que brincavam à margem do rio Charles descobriram o corpo de um homem sob a ponte de West Boston. As autoridades identificaram o cadáver como sendo do Dr. Nathaniel Berry, que desapareceu de seu posto como médico residente no início do mês. Um terrível ferimento em seu abdome, evidentemente deliberado, foi aceito como prova de que ele não se suicidou.

O Dr. Berry foi objeto de uma intensa caçada humana do Maine à Geórgia, por conta dos recentes assassinatos de duas enfermeiras no hospital onde ele era residente. A brutalidade de tais mortes espalhou terror por toda a região, e o súbito desaparecimento do médico foi interpretado pelo chefe de polícia Lyons, da Ronda Noturna, como indicação convincente de que o Dr. Berry era o culpado. A morte do Dr. Berry indica a perturbadora possibilidade de o Estripador de West End ainda estar à solta.

Este repórter tem informação de fonte segura de que outro suspeito está atualmente sob investigação, alguém que foi descrito como um jovem com habilidades de cirurgião e açougueiro. Afora isso, esse cavalheiro mora em West End. Os boatos de que ele está atualmente matriculado como estudante da Faculdade de Medicina de Boston não puderam ser confirmados.

De cavalheiro a leproso no intervalo de um dia, pensou Norris, ao ver a primeira página do *Daily Advertiser* passar por ele rua abaixo. Haveria alguém importante em Boston que não tivesse lido aquela maldita matéria? Alguém que não pudesse identificar quem era o "jovem com habilidades de cirurgião e açougueiro"?

Naquela manhã, ao entrar no auditório para as aulas, percebera olhares sobressaltados e suspiros fingidos. Ninguém impedira diretamente seu comparecimento. Como poderiam, uma vez que não fora acusado formalmente de qualquer crime? Não, o modo cavalheiresco de lidar com escândalos daquela natureza era com sussurros e insinuações, coisas que ele agora precisaria aguentar. Logo o seu sofrimento terminaria. De um modo ou de outro. Depois do feriado de Natal, o Dr. Grenville e os diretores da faculdade tomariam sua decisão, e Norris saberia se ainda tinha lugar naquela instituição.

Agora, via-se reduzido a espreitar a rua Park, procurando o único homem que poderia saber a identidade do Estripador.

Ele e Rose haviam vigiado a casa a tarde inteira, e agora as cores do dia eram substituídas por deprimentes tonalidades de cinza. Do outro lado da rua, a número 5, uma entre oito imponentes casas idênticas voltadas para as árvores esqueléticas do parque coberto de neve. Até então, não tinham visto o Sr. Gareth Wilson ou qualquer visitante. As perguntas de Wendell sobre o sujeito haviam rendido poucas informações, apenas que ele voltara de Londres recentemente e que aquela casa ficava vazia o resto do ano.

Quem é o seu cliente, Sr. Wilson? Quem lhe pagou para encontrar um bebê, para aterrorizar uma menina sem amigos?

A porta da casa número 5 subitamente se abriu.

– É ele – murmurou Rose. – É Gareth Wilson.

O homem estava bem-aquecido sob um chapéu de castor negro e um volumoso sobretudo. Fez uma pausa do lado de fora para tirar as luvas pretas, então começou a andar rapidamente pela rua em direção ao palácio do governo.

Norris o seguiu com os olhos.

– Vejamos aonde ele vai.

Deixaram que Wilson estivesse no fim do quarteirão de casas idênticas antes de começarem a segui-lo. Ao chegar ao palácio do governo, Wilson virou para oeste e entrou no labiríntico bairro de Beacon Hill.

Norris e Rose o seguiram passando por imponentes casas de tijolos e tílias desnudadas pelo inverno. Era um lugar tranquilo, muito tranquilo, perturbado apenas pela passagem ocasional de uma carruagem. O homem não parecia notar que estava sendo seguido e caminhava de modo despreocupado, deixando para trás as belas casas da rua Chestnut para entrar em território mais modesto – lugar onde não se esperava encontrar um cavalheiro que morasse em um endereço elegante como a rua Park.

Quando Wilson entrou subitamente na estreita rua Acorn, Norris perguntou-se se o sujeito subitamente se dera conta de que estava sendo seguido. Por que outro motivo Wilson visitaria aquele beco minúsculo, residência de cocheiros e empregados domésticos?

À luz tênue do crepúsculo, Wilson ficou quase invisível ao atravessar a passagem obscura. Parou diante de uma porta e bateu. Um instante depois a porta se abriu e ouviram um homem dizer:

– Sr. Wilson! É um prazer vê-lo de volta a Boston após todos esses meses.

– Os outros já chegaram?

– Nem todos. Mas virão, com certeza. Este assunto terrível nos tem deixado muito ansiosos.

Wilson entrou na casa e a porta se fechou.

Foi Rose quem tomou a iniciativa, subindo o beco com uma desenvoltura de moradora do lugar. Norris a seguiu até a porta, e eles olharam para a casa. Não era elegante nem espaçosa, apenas uma

255

em uma fileira de casas de tijolos. Sobre o portal havia um pesado lintel, e Norris não conseguiu ver com clareza os símbolos gravados no granito.

– Está vindo alguém – sussurrou Rose.

Rapidamente ela tomou o braço de Norris, e ambos se afastaram de costas para o homem que acabara de entrar no beco, corpos pressionados um contra o outro como se fossem amantes. Ouviram uma batida à porta.

A mesma voz que recebera Gareth Wilson disse:

– Estávamos nos perguntando se conseguiria vir.

– Peço desculpas pelo estado de minhas roupas, mas acabo de atender um paciente.

Norris parou de súbito, chocado demais para dar mais um passo. Lentamente, ele se voltou. Embora não conseguisse ver o rosto do homem no escuro, conseguia identificar uma silhueta familiar, os ombros largos preenchendo o sobretudo generoso. Mesmo depois que o homem entrou na casa e a porta se fechou, Norris ficou paralisado onde estava. *Não pode ser.*

– Norris? – Rose puxou-lhe o braço. – O que foi?

Ele olhou para a porta pela qual o visitante acabara de entrar.

– Conheço aquele sujeito – disse ele.

BILLY OBTUSO É um nome adequado para o menino que agora desce o beco, ombros curvados para a frente, pescoço esticado como o de uma cegonha enquanto olha para o chão, como se estivesse em busca de algum tesouro perdido. Um centavo, talvez, ou um pedaço de latão, algo que ninguém se importaria em olhar duas vezes. Mas Billy Piggott é diferente de todo mundo, como dissera Jack Burke. Um idiota inútil, foi como Burke chamou o menino, um vagabundo que anda pelas ruas sempre em busca de uma refeição gratuita, assim como o cachorro preto que tão frequentemente o acompanha. Billy pode ser idiota. Mas não é inútil.

Ele é a chave do paradeiro de Rose Connolly.

Até recentemente, Billy esteve hospedado com Rose em um buraco de rato na Fishery Alley. O menino deve saber onde encontrá-la.

E hoje à noite Billy Obtuso certamente abrirá o bico.

O menino para subitamente e estica a cabeça. De algum modo sente a presença de outra pessoa naquele beco.

– Quem está aí?

Mas sua atenção se dirige à sombra que o espreita em um vão de porta. Em vez disso, olha para o fim do beco, onde surge uma silhueta iluminada por trás pela luz de um poste.

– Billy! – chama uma voz masculina.

O menino fica parado, olhando para o intruso.

– O que quer comigo?

– Só quero falar com você.

– Sobre o quê, Sr. Tate?

– Sobre Rose. – Eben se aproxima. – Onde ela está, menino?

– Eu não sei.

– Ora vamos, Billy. Você sabe.

– Não sei. E não pode me obrigar a dizer!

– Ela é da minha família. Só quero falar com ela.

– Você bateu nela. Você é mau com ela.

– Foi o que ela disse? E você acreditou?

– Ela sempre me diz a verdade.

– Ela lhe diz o que quer que você acredite. – A voz de Eben torna-se macia, amistosa. – Eu lhe dou dinheiro se me ajudar a achá-la. Ainda mais se me ajudar a encontrar o bebê.

– Ela me disse que se eu falar eles vão matar Meggie.

– Então você sabe onde ela está.

– Ela é apenas um bebê, e bebês não podem reagir.

– Bebês precisam de leite, Billy. Precisam de cuidados. Eu posso comprar tudo isso para ela.

Billy se afasta. Por mais tolo que seja, ele é capaz de sentir a falsidade na voz de Eben Tate.

– Não vou dizer.

– Onde está Rose? – Eben avança. – Volte *aqui*!

Mas o menino se afasta, rápido como um caranguejo. Eben tenta começar a correr atrás dele, mas tropeça no escuro. Cai de cara no chão enquanto Billy escapa, seus passos desaparecendo na escuridão.

– Moleque desgraçado. Espere até eu pôr as mãos em você – grunhe Eben ao se erguer sobre os joelhos.

Ainda está de quatro quando seu olhar subitamente se volta para o vão de porta na penumbra ao lado de onde caiu. Para o brilho de dois sapatos de couro, plantados quase diante de seu nariz.

– O quê? Quem? – Eben se levanta enquanto a figura emerge do vão, a capa preta roçando as pedras geladas do calçamento.

– Boa noite, senhor.

Eben resmunga, embaraçado, e levanta-se rapidamente, recuperando a dignidade.

– Bem! Este não é um lugar onde eu esperaria encontrar...

O golpe da faca é tão profundo que a lâmina atinge-lhe a espinha, e o cabo reproduz o impacto contra o osso, uma sensação excitante de poder absoluto. Eben inspira uma golfada de ar à medida que seu corpo se enrijece, olhos arregalados saltando das órbitas. Ele não grita. Não emite qualquer som. O primeiro golpe é quase sempre recebido com o silêncio dos atônitos.

O segundo corte é rápido e eficiente, liberando um jorro de entranhas. Eben cai de joelhos, mãos contra o ferimento como se tentando conter a catarata de vísceras, mas estas escorrem de sua barriga e ele teria tropeçado sobre elas se tentasse fugir. Se pudesse dar um único passo.

Eben não é o rosto que o Estripador pretendia ver naquela noite, mas assim são os caprichos da providência. Embora não seja o sangue de Billy que escorre para a sarjeta e pinga entre as pedras do calçamento, há um propósito naquela colheita. Cada morte, assim como cada vida, tem uma utilidade.

Há mais um corte a ser feito. Qual parte desta vez, que pedaço de carne?

Ah, a escolha óbvia. A esta altura o coração de Eben já parou de bater. Apenas um pouco de sangue espirra quando a lâmina fere o couro cabeludo para recolher seu prêmio.

27

— Tais acusações são muito perigosas – disse o Dr. Grenville. – An tes de levá-las adiante, cavalheiros, eu os aconselho a considerar suas possíveis consequências.

– Norris e eu o vimos sair daquele prédio na noite passada, na rua Acorn – disse Wendell. – *Era* o Dr. Sewall. E havia outros naquela casa, outros que reconhecemos.

– E daí? Uma reunião de cavalheiros está longe de ser uma ocorrência extraordinária. – Grenville apontou para a sala na qual então se sentavam. – Nós três estamos nos reunindo em meu salão. Seria esta uma reunião suspeita?

– Considere quem eram tais homens – disse Norris. – Um era o Sr. Gareth Wilson, que recentemente voltou de Londres. Um sujeito muito misterioso com poucos amigos na cidade.

– Você andou investigando os assuntos do Sr. Wilson por causa de coisas que ouviu de uma menina idiota? Uma menina com quem ainda preciso ter uma palavrinha?

– Rose Connolly nos parece uma pessoa bastante razoável – disse Wendell.

– Não posso julgar a credibilidade de uma jovem a quem não conheço. Nem permitir que vocês caluniem um homem de respeito como o Dr. Sewall. Meu Deus, eu conheço o caráter dele!

Wendell perguntou, em voz baixa:

– Conhece, senhor?

Grenville ergueu-se da cadeira e caminhou pelo salão até a lareira. Ali ficou, de costas para eles, olhos fixos no fogo. Lá fora a rua Beacon silenciara com a chegada da noite, e os únicos sons que ouviam era o estalar das chamas e os passos ocasionais dos empregados. Ouviram tais passos, então, aproximando-se da sala de recepção e uma leve batida à porta. A copeira apareceu, trazendo uma bandeja.

– Lamento interromper, senhor – disse ela. – Mas a Sra. Lackaway me pediu para trazer estes bolos para os jovens cavalheiros.

Grenville sequer voltou-se da lareira; apenas disse com rispidez:

– Deixe a bandeja e feche a porta ao sair.

A jovem pousou a bandeja em uma mesinha de canto e rapidamente se retirou.

Apenas quando seus passos se afastaram pelo corredor Grenville disse:

– O Dr. Sewall salvou a vida de meu sobrinho. Devo-lhe a felicidade de minha irmã e recuso-me a crer que ele esteja envolvido com tais assassinatos. – Grenville voltou-se para Norris. – Você, melhor do que ninguém, sabe o que é ser vítima de boatos. De acordo com as histórias que correm a seu respeito, você tem chifres e cascos partidos. Acha que foi fácil para mim defendê-lo? Defender seu lugar em nossa faculdade? Fiz isso porque me recuso a ser persuadido por fofocas maliciosas. Digo-lhes, será preciso muito mais que isso para despertar minhas suspeitas.

– Senhor – disse Wendell –, ainda não ouviu os nomes dos outros homens que compareceram a esse encontro.

Grenville voltou-se para ele.

– E vocês também os espionaram?

– Apenas anotamos os nomes de quem entrou e saiu daquele endereço na rua Acorn. Havia um cavalheiro que me pareceu familiar. Eu o segui até um endereço na praça do Correio, número 12.

– E?

– Era o Sr. William Lloyd Garrison. Eu o reconheci porque ouvi seu discurso na igreja da rua Park no verão passado.

– O Sr. Garrison, o abolicionista? Acha que é crime advogar a libertação dos escravos?

– De modo algum. Acho sua atitude muito nobre.

Grenville olhou para Norris.

– E você?

– Tenho total simpatia pelos abolicionistas – concordou Norris. – Mas há boatos perturbadores sobre o Sr. Garrison. Um lojista nos disse que...

– Um lojista? Ora, mas que fonte confiável!

– Ele nos disse que o Sr. Garrison é visto frequentemente na rua à noite, vagando furtivamente pelas vizinhanças de Beacon Hill.

– Eu também costumo sair tarde da noite para atender às necessidades de meus pacientes. Meus movimentos devem parecer furtivos para muita gente.

– Mas o Sr. Garrison não é médico. O que o tiraria de casa em hora tão tardia? A rua Acorn parece atrair muita gente de fora. Há relatos de cantorias fantasmagóricas durante a noite, e no mês passado foram encontradas manchas de sangue no calçamento. Tudo isso alarmou a vizinhança, mas quando reclamaram com a Ronda Noturna, o chefe de polícia Lyons não fez nenhuma investigação. Ainda mais estranho: mandou que a Ronda evitasse patrulhar a rua Acorn.

– Quem lhe disse isso?

– O lojista.

– Considere sua fonte, Sr. Marshall!

– Teríamos sido mais céticos quanto a isso não fosse por outro rosto familiar que saiu da casa – disse Wendell. – Era o próprio chefe de polícia Lyons.

Pela primeira vez o Dr. Grenville pareceu se abalar. Ficou em silêncio, olhando para os jovens com uma expressão de descrédito.

– Seja lá o que for que esteja acontecendo naquela casa, está sendo feito em alto nível de sigilo – disse Norris.

Grenville emitiu uma súbita gargalhada.

– Você se dá conta de que o chefe de polícia Lyons é o único motivo para você não estar preso agora, Sr. Marshall? Aquele parceiro idiota dele, o Sr. Pratt, estava pronto para prendê-lo, mas Lyons o deteve. Mesmo com todos os boatos contra você, Lyons foi em sua defesa.

– Tem certeza disso?

– Ele me disse. Está sendo pressionado pelos dois lados. A opinião pública, a imprensa, todos estão clamando por uma prisão, qualquer prisão. Ele sabe perfeitamente bem que o Sr. Pratt cobiça seu cargo, mas Lyons não se precipitará. Não sem provas.

– Eu não fazia ideia, senhor – murmurou Norris.

– Se quiser permanecer em liberdade, sugiro que não entre em conflito com seus defensores.

– Mas Dr. Grenville – disse Wendell. – Há tantas questões em aberto. Por que se encontram em endereço tão modesto? Por que homens com ocupações tão diversas se reúnem tão tarde da noite? Finalmente, a casa em si é interessante. Ou, melhor, um detalhe da casa. – Wendell olhou para Norris, que tirou um papel dobrado de dentro do bolso.

– O que é isso? – perguntou Grenville.

– Esses símbolos estão gravados em um lintel de granito sobre o portal – disse Norris antes de entregar o papel para Grenville. – Voltei lá esta manhã, para examiná-lo à luz do dia. Pode ver dois pelicanos, um de frente para o outro. Entre eles, a cruz.

– Você vai encontrar diversas cruzes em edifícios desta cidade.

– Isto não é apenas uma cruz – disse Wendell. – Esta tem uma rosa no centro. Não é um símbolo papista. É a cruz dos rosa-cruzes.

Grenville amassou o pedaço de papel.

– Absurdo. Estão caçando fantasmas.

– Os rosa-cruzes são reais. Uma sociedade tão secreta que ninguém sabe a identidade de seus membros. Há relatos, aqui e em Washington, de que sua influência está crescendo. Que fazem sacrifícios. Que entre suas vítimas estão crianças cujo sangue inocente é vertido em rituais secretos. Essa criança que Rose Connolly protege parece estar no centro do mistério. Supomos que o bebê estava sendo procurado pelo pai verdadeiro. Agora, descobrimos esses encontros secretos na rua Acorn. Ouvimos relatos de manchas de sangue no calçamento. E nos perguntamos se o motivo não é completamente diferente daquele que pensávamos inicialmente.

– Sacrifício de crianças? – Grenville jogou o desenho no fogo. – Esta prova é muito inconsistente, Sr. Marshall. Quando me encontrar com o conselho diretor após o Natal, precisarei de mais que isso para defendê-lo. Como posso apoiar sua matrícula se meu único argumento for uma bizarra teoria da conspiração, criada por uma jovem que não conheço? Uma jovem que se recusa a me ver?

– Ela confia em pouca gente, senhor. Ainda menos desde que vimos o chefe de polícia Lyons na rua Acorn.

– Onde ela está? Quem a está abrigando?

Norris hesitou, desconcertado por ter de revelar o fato escandaloso de ele, um solteiro, ter permitido que uma menina dormisse a apenas alguns metros de sua cama.

Ficou grato quando Wendell disse:

– Providenciamos abrigo para ela, senhor. Asseguro-lhe que está em lugar seguro.

– E o bebê? Se tal bebê corre tanto perigo, como garantir que está a salvo?

Norris e Wendell se entreolharam. O bem-estar da pequena Meggie era um assunto que preocupava a ambos.

– O bebê também está escondido, senhor – disse Wendell.

– E em que circunstâncias?

– Longe das ideais, admito. É alimentada e cuidada, mas em um ambiente imundo.

– Então, tragam-na aqui, cavalheiros. Gostaria de ver essa criança misteriosa na qual todo mundo está tão interessado. Asseguro-lhes que ficará em segurança e em um lar extremamente saudável.

Outra vez, Norris e Wendell trocaram olhares. Haveria alguma dúvida de que Meggie estaria melhor ali do que no barraco imundo de Hepzibah?

Mas Norris disse:

– Rose jamais nos perdoaria se tomássemos tal decisão sem consultá-la. É ela quem mais se importa com a criança. É ela quem deve tomar tal decisão.

– Vocês concedem um bocado de autoridade para uma jovem de 17 anos.

– Ela pode ter apenas 17 anos, mas merece respeito, senhor. Ela tem sobrevivido, apesar de todas as adversidades, e tem mantido a sobrinha viva e saudável.

– Você entregaria a vida de uma criança nas mãos dessa menina?

– Sim. Entregaria.

– Então eu questiono seu bom-senso, Sr. Marshall. Uma menina não pode arcar com tal responsabilidade!

Uma batida à porta fez com que todos se voltassem. Eliza Lackaway entrou na sala com uma expressão preocupada.

– Está tudo bem, Aldous?

– Sim, sim. – Grenville suspirou profundamente. – Estamos apenas tendo uma discussão mais acalorada.

– Podemos ouvi-los lá de cima. Por isso desci. Charles está acordado e adoraria ver os amigos. – Ela olhou para Wendell e Norris. – Ele gostaria que dissessem olá antes de irem embora.

– Jamais deixaríamos de fazê-lo – disse Wendell. – De fato, esperávamos que pudesse receber visitas.

– Ele está ansioso por visitas.

– Vão. – Grenville gesticulou para que os jovens saíssem da sala. – Nossa conversa terminou.

Eliza franziu as sobrancelhas diante da rudeza do irmão para com os visitantes, mas evitou fazer comentários enquanto acompanhava Norris e Wendell escada acima. Em vez disso, falou sobre Charles.

– Ele queria descer para vê-los – disse ela. – Mas insisti para que ficasse na cama, uma vez que ainda não consegue ficar em pé com firmeza. Ainda estamos numa fase delicada de sua recuperação.

Chegaram ao topo da escada, e mais uma vez Norris viu de relance os retratos da família Grenville pendurados no corredor do segundo andar, uma galeria de homens e mulheres, jovens e velhos. Reconheceu Charles entre eles. Posava com um terno da moda, em pé ao lado de uma escrivaninha. Apoiava o cotovelo esquerdo sobre uma pilha de livros, a mão pousada sobre as lombadas de couro, a mão que ele não mais possuía.

– Aqui estão seus amigos, querido – disse Eliza.

Encontraram Charles pálido, mas com um sorriso no rosto. O coto do pulso esquerdo estava discretamente oculto sob o lençol.

– Ouvi meu tio gritando – disse Charles. – Parecia que estava acontecendo uma discussão e tanto lá embaixo.

Wendell puxou uma cadeira e sentou-se junto à cama.

– Se soubéssemos que estava acordado, teríamos subido antes.

264

Charles tentou se sentar, mas sua mãe protestou:

– Não, Charles. Você precisa descansar.

– Mãe, estou deitado há dias e estou farto disso. Precisarei me levantar cedo ou tarde. – Com uma careta, ele se inclinou para a frente, e Eliza rapidamente pôs alguns travesseiros às suas costas.

– Então, como vai, Charlie? – perguntou Wendell. – Ainda dói muito?

– Apenas quando o efeito da morfina diminui. Mas tento não deixar que isso aconteça. – Charles conseguiu esboçar um sorriso cansado. – Contudo, estou melhor. E veja pelo lado positivo. Jamais precisarei me desculpar por não ter aprendido a tocar piano!

Eliza suspirou.

– Isso não é engraçado, querido.

– Mãe, você se incomodaria se eu passasse algum tempo a sós com meus amigos? Parece que faz uma eternidade desde que os vi pela última vez.

– Interpretarei isso com um sinal de que está se sentindo melhor. – Eliza se levantou. – Cavalheiros, por favor, não o cansem. Volto em um minuto, querido.

Charles esperou a mãe sair do quarto, então emitiu um suspiro desesperado.

– Meu Deus, ela me sufoca!

– Está realmente se sentindo melhor? – perguntou Norris.

– Meu tio diz que os sinais são bons. Não tenho febre desde terça-feira. O Dr. Sewall viu o ferimento hoje pela manhã e pareceu satisfeito. – Charles olhou para o pulso enfaixado. – Ele salvou minha vida.

Ao ouvirem o nome do Dr. Sewall, Wendell e Norris não disseram palavra.

– Então – disse Charles, alegrando-se ao ver os amigos. – Digam-me, quais as últimas notícias do mundo lá fora?

– Sentimos sua falta durante as aulas – disse Norris.

– *Do Charlie Faniquito?* Não me admiro. Eu servia para que todos parecessem brilhantes quando comparados a mim.

265

– Você terá todo o tempo do mundo para estudar deitado nesta cama – disse Wendell. – Quando voltar às aulas, será o mais brilhante de todos nós.

– Vocês sabem que não voltarei.

– Claro que voltará.

– Wendell, é melhor ser honesto, não acha? – murmurou Norris.

– Na verdade, foi melhor assim – disse Charles. – Não nasci para ser médico. Todos sabem disso. Não tenho talento nem interesse pela profissão. Sempre foi por causa das esperanças, das expectativas de meu tio. Não sou como vocês. Vocês têm sorte por sempre terem sabido o que queriam ser.

– E o que você quer ser, Charlie? – perguntou Norris.

– Pergunte a Wendell. Ele sabe. – Charles apontou para o amigo de infância. – Ambos éramos membros do Clube Literário de Andover. Ele não é o único entre nós com tendência a cometer versos poéticos.

Norris soltou uma gargalhada.

– Você quer ser *poeta*?

– Meu tio ainda não aceitou, mas agora terá de aceitar. E por que não posso escolher a vida literária? Olhe para Johnny Greenleaf Whittier. Já está fazendo sucesso com seus poemas. E aquele escritor de Salem, o Sr. Hawthorne. Ele é apenas alguns anos mais velho que eu, e não duvido de que logo ficará famoso. Por que não fazer o que gosto? – Ele olhou para Wendell. – Como você chamava isso? O impulso de escrever?

– O prazer intoxicante da autoria.

– Sim, é isso! O prazer intoxicante! – Charles suspirou. – É claro que não dá para viver de literatura.

– Duvido que precise se preocupar com isso – disse Wendell laconicamente, olhando ao redor do quarto.

– O problema é que meu tio acha que poemas e romances são diversões frívolas, sem verdadeira importância.

Wendell meneou a cabeça.

– Meu pai diria o mesmo.

– Não se sente tentado a ignorá-lo e seguir a vida literária?

– Mas eu não tenho um tio rico. E estou gostando da medicina. É algo que me agrada.

– Bem, nunca me agradou. Agora meu tio terá de aceitar isso. – Ele olhou para o coto. – Não há nada mais inútil que um cirurgião maneta.

– Ah, mas um poeta maneta! Será uma figura muito romântica.

– Que mulher há de me desejar agora que perdi minha mão? – perguntou Charles com tristeza.

Wendell segurou o ombro do amigo.

– Charlie, ouça-me. Qualquer mulher que valha a pena conhecer, que valha a pena amar, não dará a mínima para a falta de uma de suas mãos.

O ruído de passos anunciou que Eliza voltava ao quarto.

– Cavalheiros – disse ela –, creio que é hora de Charles descansar.

– Mãe, estamos apenas conversando.

– O Dr. Sewall disse para você não se exaurir.

– Tudo o que exercitei até agora foi minha língua.

Wendell levantou-se.

– Precisamos ir de qualquer modo.

– Esperem. Não me disseram por que vieram ver meu tio.

– Oh, por nada. É sobre aquele assunto no West End.

– Refere-se ao Estripador? – disse Charles, subitamente atento. – Soube que encontraram o corpo do Dr. Berry.

Eliza intrometeu-se:

– Quem lhe disse isso?

– As empregadas estavam conversando a respeito.

– Não deviam. Não quero que nada o perturbe.

– Não estou perturbado. Só *quero* saber as últimas notícias.

– Hoje não – disse Eliza, encerrando a conversa. – Levarei seus amigos até a porta.

Ela acompanhou Wendell e Norris escada abaixo até a porta da frente. Quando os dois estavam saindo, ela disse:

– Embora Charles adore suas visitas, espero que da próxima vez a conversa gire em torno de assuntos agradáveis e otimistas. Kitty e Gwen Welliver estiveram aqui esta tarde e encheram o quarto de meu

267

filho de risos de alegria. O tipo de riso de alegria que ele precisa ouvir, especialmente perto do Natal.

O riso das desmioladas irmãs Welliver? Norris preferia o coma. Mas tudo o que disse foi:

– Lembraremos disso, Sra. Lackaway. Boa noite.

Do lado de fora, ele e Wendell pararam na rua Beacon, sua respiração condensando-se em fumaça por causa do frio, e observaram um cavaleiro solitário passar por eles, um homem profundamente curvado, agarrado ao sobretudo.

– O Dr. Grenville está certo, você sabe – disse Wendell. – A criança ficaria muito melhor aqui, com ele. Devíamos ter aceitado a oferta.

– Não é decisão nossa. Rose é quem decide.

– Você confia plenamente no discernimento dela?

– Sim, confio. – Norris começou a subir a rua enquanto o cavalheiro desaparecia na escuridão. – Acho que ela é a menina mais inteligente que já conheci.

– Você *está* apaixonado por ela, não está?

– Eu a respeito. E, sim, estou gostando dela. Quem não gostaria? Ela tem um coração extremamente generoso.

– A palavra é apaixonado, Norris. Enfeitiçado. Amando. – Wendell suspirou. – E, evidentemente, ela também está apaixonada por você.

Norris franziu as sobrancelhas.

– O quê?

– Não viu o modo como ela o admira, o modo como bebe cada palavra que você diz? O modo como ela arrumou seu quarto, remendou seu casaco e faz tudo o que pode para agradá-lo? Quer pista mais óbvia de que ela está apaixonada por você?

– Apaixonada?

– Abra seus olhos, homem! – Wendell riu e deu-lhe um tapinha no ombro. – Vou para casa no feriado de Natal. Você vai a Belmont?

Norris ainda estava impressionado com o que Wendell lhe dissera.

– Sim – respondeu, atônito. – Meu pai está me esperando.

– E quanto a Rose?

268

Realmente, e quanto a Rose?

Depois que Wendell se foi, Rose era tudo em que Norris conseguia pensar. Ao voltar para seus aposentos, perguntou-se se o amigo teria razão. Rose apaixonada por ele? Não se dera conta. *Mas também nunca prestei atenção nisso.*

Lá embaixo, da rua, viu a luz de uma vela bruxuleando em sua janela no sótão. Ela ainda está acordada, pensou. Subitamente, não podia mais esperar para vê-la. Subiu a escada sentindo-se mais ansioso a cada passo. Quando abriu a porta, seu coração batia tanto de ansiedade quanto de cansaço.

Rose adormecera na escrivaninha, a cabeça apoiada sobre os braços cruzados, a *Anatomia* de Wistar aberta à sua frente. Olhando por sobre seu ombro, viu que ela estava contemplando uma ilustração do coração e pensou: que menina extraordinária. A vela estava reduzida a uma poça de cera derretida, de modo que ele acendeu outra. Quando Norris delicadamente fechou o livro, Rose despertou.

– Oh – murmurou ela, erguendo a cabeça. – Você voltou.

Observou-a se espreguiçando, o pescoço arqueado, o cabelo solto. Olhando para seu rosto, não viu artifício, engodo, apenas uma menina sonolenta tentando despertar. O xale de lã parda que tinha sobre os ombros era grosseiro, e ao passar a mão no rosto ela deixou uma mancha de fuligem. Pensou no quanto ela era diferente das irmãs Welliver, com seus vestidos de seda, lenços bordados e botas de couro marroquino. Houve um momento na companhia daquelas irmãs em que Norris sentiu estar de fato vendo-as como de fato eram, tanta habilidade demonstravam no jogo desonesto do flerte. Não eram como aquela menina, que bocejava e esfregava os olhos com a naturalidade de uma criança despertando de uma soneca.

Ela olhou para Norris.

– Contou para ele? O que ele disse?

– O Dr. Grenville não emitiu opinião. Quer ouvir a história de seus próprios lábios. – Ele se inclinou e pousou uma das mãos sobre seu ombro. – Rose, ele fez uma oferta generosa, que tanto eu quanto Wendell achamos ser melhor para todos. O Dr. Grenville se ofereceu para acolher Meggie em sua casa.

Ela ficou tensa. Em vez de gratidão, o que passou pelos olhos dela foi pânico.

– Diga-me que não concordou!

– Seria muito melhor para a segurança e para a saúde dela.

– *Você não tinha o direito!*

Ela se levantou. Nos olhos de Rose, Norris viu a ferocidade primordial de uma menina disposta a sacrificar tudo por alguém que amava. Uma menina tão leal que suportaria qualquer coisa pela sobrevivência da sobrinha.

– Você entregou *Meggie* para ele?

– Rose, eu jamais trairia sua confiança!

– Ela não é sua para você a entregar!

– Ouça. Ouça. – Norris tomou-lhe o rosto entre as mãos e forçou-a olhar para ele. – Eu disse que *caberia a você* decidir. Disse que só faria o que você quisesse. Seguirei suas ordens, Rose, tudo o que desejar. Você é quem decide. Eu só quero que você seja feliz.

– Fala sério? – sussurrou.

– Sim. De verdade.

Olharam um para o outro um instante. Subitamente, os olhos dela se encheram de lágrimas e ela se afastou. Como era pequena, pensou Norris. Quão frágil. Contudo, aquela menina carregava o peso do mundo, e seu desprezo também. *Ela é bem bonita*, dissera Wendell. Olhando para ela agora, Norris via beleza pura e honesta que brilhava mesmo através das manchas de fuligem, uma beleza que as irmãs Welliver não podiam igualar. Eram apenas duas princesas afetadas vestidas de cetim. Aquela menina tinha tão pouco para si e, no entanto, adotara Billy, o idiota. Dera tudo o que tinha para garantir um enterro decente para a irmã e manter a sobrinha alimentada.

Esta é uma mulher que ficará ao meu lado. Mesmo que eu não mereça.

– Rose – disse ele. – É hora de falarmos sobre o futuro.

– O futuro?

– O que vai acontecer com você e com Meggie daqui em diante. Devo ser honesto: minhas perspectivas na faculdade são mínimas. Não sei se posso pagar por este quarto, muito menos por nossa comida.

– Quer que eu vá embora – disse ela como um fato consumado, como se não houvesse qualquer outra conclusão possível. Quão fácil seria mandá-la embora agora. Quão generosamente ela o perdoava de qualquer culpa!

– Quero que fique em segurança – disse ele.

– Não sou de vidro, Norrie. Posso suportar a verdade. Apenas diga-me.

– Amanhã vou para Belmont. Meu pai está me esperando para o feriado de Natal. Não será uma estadia agradável. Ele não é de festa, e provavelmente passarei esse tempo trabalhando na fazenda.

– Não precisa explicar. – Ela lhe deu as costas. – Irei embora pela manhã.

– Sim, irá. Comigo.

Subitamente ela se voltou para ele, os olhos arregalados de satisfação.

– Para Belmont?

– É o lugar mais seguro para ambas. Haverá leite fresco para Meggie e uma cama para você. Ninguém as encontrará lá.

– Posso levá-la?

– Claro que a levaremos. Jamais pensaria em deixá-la para trás.

O deleite a fez se jogar nos braços de Norris. Pequena que fosse, quase o derrubou de costas. Rindo, ele a amparou e a rodou no quarto minúsculo... e sentiu o coração de Rose batendo de felicidade contra o seu.

Subitamente, Rose se afastou, e Norris intuiu dúvida na expressão de seu rosto.

– Mas o que seu pai dirá a meu respeito? – perguntou ela. – E sobre Meggie?

Ele não podia mentir, certamente não com ela olhando-o tão de perto.

– Não faço ideia.

28

Passava das 15 horas quando o fazendeiro parou a carroça no acostamento da estrada rumo a Belmont para deixá-los saltar. Eles ainda tinham 4 quilômetros de caminhada pela frente, mas o céu estava azul e a neve endurecida brilhava como vidro ao sol vespertino. Enquanto caminhava ao lado de Rose, que carregava Meggie nos braços, Norris apontou quais campos pertenciam a quais vizinhos. Ele a apresentaria a todos, e todos a adorariam. Aquela velha casa pertencia ao velho Ezra Hutchinson, cuja mulher morrera de tifo havia dois anos, e as vacas no terreno contíguo pertenciam à viúva Heppy Comfort, que estava de olho no viúvo Ezra. A bela casa do outro lado da estrada pertencia ao Dr. e à Sra. Hallowell, um casal sem filhos que sempre fora muito carinhoso com ele ao longo dos anos e que o recebia em sua casa como se fosse um filho. O Dr. Hallowell abrira sua biblioteca para Norris, e no ano anterior escrevera a elogiosa carta de recomendação para a faculdade de medicina. Rose ouvia tudo aquilo com uma expressão de profundo interesse, até mesmo os comentários casuais sobre o bezerro manco de Heppy e a excêntrica coleção de hinários alemães do Dr. Hallowell. Ao se aproximarem da fazenda Marshall, suas perguntas tornaram-se mais rápidas, mais urgentes, como se desejasse ardentemente conhecer cada detalhe de sua vida antes de chegarem. Quando subiram a colina e a fazenda apareceu ao longe, ela parou para olhar, as mãos protegendo os olhos do sol poente.

– Não há muito o que ver – admitiu Norris.

– Há, sim, Norrie. É onde você cresceu.

– Não tive escapatória.

– Não me importaria nem um pouco em viver aqui. – Meggie despertou nos braços de Rose e emitiu um gorjeio de satisfação. Rose sorriu para a sobrinha. – Eu poderia ser feliz em uma fazenda.

Ele riu.

– É disso que gosto em você, Rose. Acho que você poderia ser feliz em qualquer lugar.

– Não é o *lugar* que importa.

– Antes que diga *são as pessoas com quem se convive*, precisa conhecer meu pai.

– Pelo modo como você fala dele, estou com medo de conhecê-lo.

– É um homem amargo. Você só precisa saber disso antecipadamente.

– Ele é assim porque perdeu sua mãe?

– Ela o abandonou. Ela abandonou a nós dois. Ele jamais a perdoará.

– Você a perdoou? – perguntou Rose, as bochechas rosadas de frio.

– Está ficando tarde – disse ele.

Continuaram a caminhar, o sol baixando no horizonte, árvores nuas projetando sombras compridas sobre a neve. Chegaram ao velho muro de pedra coberto de gelo brilhante e ouviram o mugir das vacas no estábulo. Ao se aproximarem, pareceu a Norris que a casa da fazenda era menor e mais humilde do que ele se lembrava. As ripas de madeira estavam assim tão gastas quando ele partira havia apenas dois meses? Será que o chão da varanda sempre fora tão empenado, a cerca tão irregular e inclinada? Quanto mais perto chegavam, mais pesado se tornava o fardo do dever sobre seus ombros, e mais ele temia o encontro iminente. Agora, arrependia-se de ter levado Rose e o bebê. Embora ele a tivesse advertido que seu pai poderia ser desagradável, ela não demonstrava sinais de apreensão, caminhando alegremente ao seu lado e cantarolando para Meggie. Como alguém, mesmo sendo seu pai, podia não gostar daquela menina? Certamente ela e o bebê o conquistarão, pensou. Rose vai conquistar sua simpatia, assim como conquistou a minha, e todos riremos juntos no jantar. Sim, poderia ser uma visita agradável, afinal de contas, e Rose seria seu talismã. Minha irlandesa da sorte. Norris olhou para ela, e seu espírito se animou, pois Rose parecia muito feliz por estar caminhando ao lado dele junto à cerca torta, em direção a uma casa de fazenda que parecia deprimente e dilapidada.

Entraram pelo portão empenado em um quintal frontal, no qual havia uma carroça quebrada e uma pilha de troncos esperando para ser transformados em lenha. As irmãs Welliver recuariam diante da visão daquele quintal, e ele as imaginou tentando abrir caminho com seus sapatos elegantes em meio à lama revolvida pelos porcos. Rose não hesitou. Apenas ergueu a saia e seguiu Norris pelo terreno. Uma porca velha, perturbada pelos visitantes, bufou e afastou-se em direção ao estábulo.

Antes de chegarem à varanda, a porta se abriu e o pai de Norris saiu. Isaac Marshall não via o filho havia dois meses, mas não emitiu qualquer palavra de boas-vindas. Apenas permaneceu na varanda, observando em silêncio a chegada dos visitantes. Vestia o mesmo casaco grosseiro, as mesmas calças cáqui, mas as roupas pareciam largas em seu corpo, e os olhos que os observavam sob o chapéu surrado estavam mais afundados nas órbitas. Esboçou um leve sorriso quando o filho subiu a escada.

– Bem-vindo ao lar – disse Isaac, mas não fez menção de abraçar o filho.

– Pai, deixe-me apresentá-lo à minha amiga, Rose. E sua sobrinha, Meggie.

Rose deu um passo à frente, sorrindo, e o bebê arrulhou, como se também o saudasse.

– É um prazer conhecê-lo, Sr. Marshall – disse Rose.

Isaac manteve os braços junto ao corpo e seus lábios se estreitaram. Norris viu Rose corar e nunca detestou tanto o pai quanto naquele instante.

– Rose é uma grande amiga – disse Norris. – Gostaria que a conhecesse.

– Ela vai passar a noite aqui?

– Esperava que pudesse ficar mais tempo. Ela e o bebê precisam de hospedagem. Ela pode usar o quarto no segundo andar.

– Então a cama terá de ser feita.

– Posso fazê-la, Sr. Marshall – disse Rose. – Não serei incômodo. Gosto de trabalho pesado! Não há nada que eu não possa fazer.

Isaac olhou longamente para o bebê. Então, com um menear de cabeça mal-humorado, voltou-se para a casa.

– Melhor ver se há comida bastante para o jantar.

– DESCULPE, ROSE. Lamento muito

Estavam sentados no palheiro, com Meggie profundamente adormecida ao seu lado, olhando para as vacas que pastavam lá embaixo, iluminadas pela luz da lanterna. Os porcos haviam entrado no estábulo e grunhiam enquanto competiam pelos melhores lugares entre os montes de palha. Naquela noite, Norris encontrava mais conforto ali, entre a bulha dos animais, do que em companhia daquele homem silencioso, naquela casa silenciosa. Isaac pouco falara durante a ceia de Natal, na qual comeram presunto, batatas e nabos cozidos. Fez apenas algumas perguntas sobre os estudos de Norris e pareceu indiferente ao ouvir as respostas. Apenas a fazenda o interessava, e quando falou, foi para dizer que a cerca precisava ser consertada, que o centeio daquele outono era de baixa qualidade e que os empregados recém-contratados eram muito preguiçosos. Rose se sentou diante de Isaac, mas podia muito bem estar invisível, pois ele raramente olhava para ela, exceto para passar-lhe a comida.

E ela fora esperta o bastante para se manter calada.

– Ele sempre foi assim – disse Norris, olhando para os porcos lá embaixo, fuçando a palha. – Eu não devia esperar nada diferente disso. Não devia tê-la envolvido.

– Estou feliz por ter vindo.

– Esta noite deve ter sido um aborrecimento para você.

– É por você que lamento. – O rosto dela foi iluminado pela lanterna e na penumbra do estábulo Norris não viu o vestido remendado nem o xale puído. Viu apenas aquele rosto, olhando-o atentamente. – Você foi criado em uma casa triste – disse ela. – Isso não é lar para uma criança.

– Não foi sempre assim. Não quero que pense que tive uma infância tão deprimente. Houve bons tempos.

– O que mudou? Foi porque sua mãe foi embora?

– Nada foi igual depois disso.

– E como poderia ser? É terrível ser abandonado. É triste quando as pessoas que amamos morrem. Mas quando escolhem nos deixar... – Rose parou de falar. Inspirando profundamente, ela olhou para o curral lá embaixo. – Sempre gostei do cheiro de estábulo. Tudo: os animais, o feno, o fedor. É um cheiro bom e honesto.

Ele olhou para as sombras, onde os porcos finalmente haviam parado de fuçar e agora se amontoavam para passar a noite.

– Quem a deixou, Rose? – perguntou Norris.

– Ninguém.

– Você falou de gente que abandona as outras.

– Fui eu quem abandonou alguém – exclamou ela antes de engolir em seco. – Quão tola eu fui! Quando Aurnia veio embora para os Estados Unidos, eu a segui porque não podia esperar para ver o mundo. – Ela suspirou de arrependimento, e sua voz ficou trêmula. – Acho que magoei muito minha mãe.

Norris não precisou perguntar. Bastou ver a tristeza com que ela baixou a cabeça para saber que a mãe de Rose havia morrido.

Ela se empertigou e disse com firmeza:

– Jamais voltarei a abandonar alguém. Nunca.

Ele pegou a mão dela, tão familiar agora. Parecia que sempre haviam se dado as mãos, que sempre haviam trocado segredos naquele estábulo em penumbra.

– Compreendo por que seu pai é amargo – disse ela. – Tem o direito de ser.

MUITO TEMPO DEPOIS de Rose e Meggie terem ido para a cama, Norris e Isaac sentaram-se à mesa da cozinha, uma lâmpada ardendo entre eles. Embora Norris tivesse bebido pouco da garrafa de destilado de maçã, o pai bebera a tarde inteira, mais do que Norris jamais o vira beber. Isaac serviu-se de outro copo, e suas mãos estavam trêmulas quando voltou a arrolhar a garrafa.

– Então, o que ela representa para você? – perguntou Isaac, olhando por sobre a armação dos óculos.

– Já disse, é uma amiga.

– Uma menina? E o que é você, um maricas? Não consegue arranjar um amigo como qualquer outro homem?

– O que tem contra ela? O fato de ser uma menina? O fato de ser irlandesa?

– Ela é virgem?

Norris olhou para o pai, incrédulo. *É por causa da bebida. Ele não sabe o que está dizendo.*

– Ah! Você nem mesmo sabe – disse Isaac.

– O senhor não tem o direito de falar assim dela, já que sequer a conhece.

– E quão bem *você* a conhece?

– Eu não a toquei, se é o que está perguntando.

– Mas isso não quer dizer que alguém já não a tenha tocado. E ainda vem com um bebê a tiracolo! Fique com ela e assuma a responsabilidade de outro homem.

– Esperava que ela fosse bem-vinda aqui. Que você a aceitasse ou talvez até viesse a gostar dela. É uma menina trabalhadora, com o coração mais generoso que já vi. Ela certamente merece mais do que a recepção que teve.

– Eu só estava pensando no seu bem-estar, rapaz. Na sua felicidade. Quer criar um filho que nem mesmo é seu?

Norris levantou-se de supetão.

– Boa noite, pai. – E deu-lhe as costas para deixar a sala.

– Estou tentando poupá-lo de uma dor que conheço. Elas mentirão para você, Norris. São cheias de falsidade, e você só descobrirá isso quando for tarde demais.

Norris parou e, subitamente entendendo, voltou-se para o pai.

– Você está falando de minha mãe.

– Tentei fazê-la feliz. – Isaac engoliu a bebida e bateu o copo na mesa. – Fiz o melhor que pude.

– Bem, não vi isso.

– Crianças não veem nada, não sabem de nada. Há muita coisa que você não sabe sobre sua mãe.

– Por que ela o deixou?

– Ela deixou você também.

Norris não conseguia pensar em uma resposta para aquela verdade dolorosa. *Sim, ela me abandonou. E jamais compreenderei isso.* Subitamente exausto, voltou à mesa e se sentou. Observou enquanto o pai enchia o copo de bebida.

– O que não sei sobre minha mãe?

– Coisas que eu mesmo deveria ter sabido. Coisas que deveria ter imaginado. Por que uma mulher como ela se casaria com um homem como eu? Ora, não sou idiota. Vivi na fazenda tempo suficiente para saber quanto demora uma porca para... – Ele parou de falar, baixou a cabeça. – Acho que ela nunca me amou.

– Você a amava?

Isaac ergueu os olhos úmidos para Norris.

– Que diferença isso faz? Não foi suficiente para mantê-la aqui. *Você* não foi suficiente para mantê-la aqui.

Tais palavras, tanto cruéis quanto verdadeiras, pairaram no ar entre eles como pólvora queimada. Ficaram sentados em silêncio, olhando-se por sobre a mesa.

– No dia em que ela foi embora, você estava doente – disse Isaac. – Lembra-se?

– Sim.

– Era uma febre de verão. Você estava tão quente que estávamos com medo de perdê-lo. O Dr. Hallowell estava em Portsmouth naquela semana, de modo que não podíamos chamá-lo. Sua mãe ficou com você a noite inteira. E todo o dia seguinte. Sua febre não baixava, e tivemos certeza de que o perderíamos. E o que ela fez? Você se lembra de quando ela foi embora?

– Ela disse que me amava. E que voltaria.

– Foi o que ela me disse também. Que seu filho merecia coisa melhor, e que ela iria providenciar. Vestiu o melhor vestido e foi embora de casa. E nunca mais voltou. Nem naquela noite, nem na seguinte. Fiquei aqui sozinho, com um menino doente, e não tinha como saber para onde ela fora. A Sra. Comfort veio cuidar de você enquanto eu a procurava em cada lugar que achava ser possível encontrá-la, na casa de cada vizinho que ela pudesse ter visitado. Ezra achou que a tinha visto caminhando para o sul, na estrada para Brighton. Alguém mais a viu na estrada para Boston. Não consegui imaginar por que ela iria a tais lugares. – Ele fez uma pausa. – Então, um menino apareceu à minha porta certo dia. Trazia o cavalo de Sophia. E uma carta.

– Por que nunca me mostrou essa carta?

– Você era muito criança. Tinha apenas 11 anos.

278

– Já tinha idade bastante para compreender.

– A carta já não existe há muito tempo. Eu a queimei. Mas posso lhe contar o que dizia. Não sou bom de leitura, você sabe. Portanto, pedi que a Sra. Comfort a lesse também, apenas para me certificar de que eu havia entendido o que estava escrito. – Isaac engoliu em seco e olhou para a lâmpada. – Dizia que ela não podia mais ficar casada comigo. Que conhecera um homem e que ambos iam embora para Paris. *Continue com sua vida.*

– Tinha de haver algo mais que isso.

– Não havia mais nada. A Sra. Comfort pode lhe confirmar o que estou dizendo.

– Ela não explicou nada? Não deu nenhum detalhe, nem mesmo o nome do sujeito?

– Garanto-lhe que foi tudo o que ela escreveu.

– Não dizia nada a meu respeito? Ela deve ter dito alguma coisa!

– Foi por isso que nunca mostrei a carta para você, rapaz – murmurou Isaac. – Não queria que soubesse.

Que sua própria mãe sequer mencionara seu nome. Norris não conseguia olhar para o pai. Em vez disso, olhou para a mesa riscada, a mesa na qual Isaac e ele haviam compartilhado tantas refeições silenciosas, ouvindo apenas o assobio do vento, o arranhar dos garfos contra os pratos.

– Por que agora? – perguntou Norris. – Por que esperou todos esses anos para me dizer?

– Por causa *dela*. – Isaac olhou para o quarto no andar de cima, onde Rose dormia. – Ela tem olhos para você, rapaz, e você tem olhos para ela. Cometa um erro agora e viverá com isso para o resto da vida.

– Por que acha que ela é um erro?

– Alguns homens não conseguem enxergar, mesmo que esteja bem à sua frente.

– Mamãe foi seu erro?

– E eu o dela. Eu a vi crescer. Durante anos eu a vi na igreja, sentada com seus belos chapéus, sempre muito gentil comigo, mas sempre muito inacessível, também. Então, certo dia, ela subitamente me viu. E decidiu que eu merecia um segundo olhar. – Isaac pegou a garrafa e voltou a encher o copo. – Onze anos depois, viu-se presa nesta fazenda fedorenta com um menino doente. É claro que era mais fácil fugir. Deixar tudo para trás e começar a viver com outro homem. – Ele baixou a jarra, e seu olhar voltou-se para o quarto onde Rose dormia. – Você não pode confiar no que dizem, é tudo o que tenho a dizer. A menina é muito simpática. Mas o que estará escondendo?

– Você a está julgando mal.

– Eu julguei mal sua mãe. Quero livrá-lo da mesma dor.

– Eu amo esta menina. Pretendo me casar com ela.

Isaac riu.

– Eu me casei por amor, e veja no que deu!

Ele ergueu o copo, mas sua mão fez uma pausa no ar. Ele se voltou e olhou para a porta.

Alguém batia.

Trocaram olhares assustados. Era tarde da noite e aquela não era hora para uma visita. Franzindo as sobrancelhas, Isaac pegou a lâmpada e foi abrir a porta. O vento soprava e a lâmpada quase se apagou enquanto Isaac olhava para quem estava na varanda.

– Sr. Marshall? – perguntou um homem. – Seu filho está aí?

Ao som daquela voz, Norris levantou-se, subitamente alarmado.

– O que deseja com meu filho? – perguntou Isaac, que subitamente tombou para trás quando dois homens passaram por ele e entraram à força na cozinha.

– Aí está você – disse o Sr. Pratt ao ver Norris.

– O que significa isso? – perguntou Isaac.

O patrulheiro Pratt meneou a cabeça para seu companheiro, que se posicionou atrás de Norris, como se para impedir sua fuga.

– Você vai voltar para Boston conosco.

– Como ousa invadir minha casa? – reclamou Isaac. – Quem são vocês?

– Somos a Ronda Noturna – respondeu Pratt com o olhar ainda fixo em Norris. – A carruagem está esperando, Sr. Marshall.

– Você está prendendo meu filho?

– Por motivos que ele já deve ter lhe explicado.

– Não vou até me dizerem qual a acusação – exclamou Norris.

O homem atrás dele o empurrou com tanta força que ele tombou sobre a mesa. A garrafa de bebida caiu no chão e se quebrou.

– Parem! – gritou Isaac. – Por que estão fazendo isso?

– A acusação é o múltiplo homicídio de Agnes Poole, Mary Robinson, Nathaniel Berry e, agora, do Sr. Eben Tate.

– Tate? – Norris olhou para ele. O cunhado de Rose também? – Nada sei sobre a morte dele! E certamente não o matei!

– Temos todas as provas de que precisamos. Agora é meu dever levá-lo de volta a Boston, onde será julgado. – Pratt acenou para os outros patrulheiros. – Tragam-no.

Norris foi empurrado para a frente e mal havia chegado à porta quando ouviu Rose gritar:

– Norris!

Ele se voltou e viu seus olhos em pânico.

– Vá ao Dr. Grenville! Diga-lhe o que aconteceu! – conseguiu gritar antes de ser empurrado porta afora.

A escolta o forçou a entrar na carruagem, e Pratt avisou o condutor com duas pancadas forte no teto. Logo se afastavam pela estrada de Belmont para Boston.

– Nem mesmo o Dr. Grenville poderá protegê-lo agora – disse Pratt. – Não contra tal prova.

– Qual prova?

– Não imagina? Um certo objeto em seu quarto?

Norris balançou a cabeça, perplexo.

– Não faço ideia do que está falando.

– O frasco, Sr. Marshall. Muito me admiro que tenha guardado aquilo.

O outro patrulheiro, sentado diante deles, olhou para Norris e murmurou:

– Você é doente, seu desgraçado.

– Não é todo dia que se encontra um rosto humano dentro de um frasco de uísque – disse Pratt. – E caso haja alguma dúvida, também encontramos sua máscara. Ainda suja de sangue. Arriscou-se um bocado ao descrever a mesma máscara que usava.

A máscara do Estripador de West End plantada em meu quarto?

– Eu diria que vai para a forca – disse Pratt.

O outro patrulheiro exultou, como se esperasse ansiosamente por um bom enforcamento, o tipo de entretenimento capaz de alegrar os deprimentes meses de inverno.

– Então seus amigos médicos poderão cuidar de você – acrescentou Pratt.

Mesmo na penumbra da carruagem, Norris viu o patrulheiro passar a mão sobre o peito, um gesto que não necessitava de interpretação. Outros corpos faziam rotas secretas e tortuosas para chegar à mesa do anatomista. Eram escavados de covas na calada da noite, por violadores de túmulos que se arriscavam a ser presos a cada invasão noturna de um cemitério. Mas os corpos de criminosos executados iam diretamente para a sala de necropsia, com a plena aprovação da lei. Por seus crimes, os condenados pagavam não apenas com a vida, mas também com seus restos mortais. Cada prisioneiro que aguardava o enforcamento sabia que a forca não era a indignidade final. A faca do anatomista viria a seguir.

Pensou então no velho irlandês, o cadáver cujo peito ele abrira, cujo coração sangrento segurara em suas mãos. Quem seguraria o coração de Norris? Qual avental seria manchado com seu sangue quando seus órgãos fossem jogados na bacia?

Pela janela da carruagem viu campos enluarados, as mesmas fazendas que vira na estrada quando viera de Boston. Seria a última vez que as veria, a última visão que teria do campo, do lugar de onde passara toda a infância tentando escapar. Fora idiota ao achar que seria capaz de fazê-lo, e este era o seu castigo.

A estrada os levava para o leste de Belmont, e as fazendas se tornavam aldeias à medida que se aproximavam de Boston. Agora, podia ver o rio Charles, brilhando sob o luar, e lembrou-se da noite na qual caminhara pela margem e olhara através daquelas águas em direção à prisão. Naquela noite em que se considerara afortunado comparado com as almas miseráveis atrás das grades. Agora, vinha se juntar a elas. E sua única escapatória seria a forca.

A carruagem atravessava a ponte de West Boston, e Norris sabia que sua viagem estava quase terminada. Uma vez sobre a ponte, seria um breve percurso até a rua Cambridge, então para o norte, em direção à cadeia municipal. O Estripador de West End fora capturado afinal. O colega de Pratt tinha um sorriso de triunfo nos lábios, dentes brilhando na escuridão.

– Ôooo! Ôooo! – gritou o condutor, e a carruagem parou subitamente.

– E essa agora? – perguntou Pratt, olhando pela janela. Ainda estavam sobre a ponte. Ele chamou o condutor. – Por que paramos?

– Há uma obstrução mais adiante, Sr. Pratt.

Pratt abriu a porta e saiu.

– Droga! Não conseguem tirar esse cavalo do caminho?

– Estão tentando, senhor. Mas esse aí não se levanta mais.

– Então deviam arrastá-lo para o abatedouro. O animal está bloqueando o caminho.

Pela janela da carruagem Norris podia ver o parapeito da ponte. Lá embaixo fluía o rio Charles. Pensou nas águas frias e escuras. Há túmulos piores, pensou.

– Se demorarem mais, teremos de ir pela ponte do canal.

– Olhe, chegou a carroça. Vão retirar o cavalo em um minuto.

Agora. Não terei outra chance.

Pratt estava a ponto de voltar a entrar na carruagem quando Norris se arremessou contra a porta e saiu.

Atingido pela porta, Pratt caiu no chão. Não teve tempo de reagir. Nem seu colega, que agora saía às pressas da carruagem.

Norris deu uma olhada nos arredores: o cavalo morto, tombado onde caíra, diante da carroça sobrecarregada. A fila de carruagens paradas na ponte. E o rio Charles iluminado pelo luar que disfarçava suas águas turvas. Não hesitou. É tudo o que me resta, pensou ao subir no parapeito. Ou agarro esta chance ou abro mão de qualquer esperança na vida. *Isto é por você, Rose!*

– Peguem-no! Não o deixem saltar!

Norris já estava caindo. Através da escuridão, através do tempo, em direção a um futuro tão desconhecido para ele quanto as águas nas quais se atirara. Sabia apenas que a verdadeira luta estava apenas começando e, um instante antes de atingir a água, protegeu-se como um guerreiro a caminho da batalha.

283

O mergulho no rio gelado foi uma recepção cruel para uma nova vida. Afundou de cabeça em uma escuridão tão densa que ele não sabia onde era em cima ou embaixo enquanto se debatia, desorientado. Então, viu o brilho da lua mais acima e nadou naquela direção, até sua cabeça surgir à superfície. Ao inspirar uma golfada de ar, ouviu vozes gritando lá em cima.

– Onde ele está? Consegue vê-lo?

– Chame a Ronda Noturna! Quero as margens vasculhadas!

– Dos dois lados?

– Claro, seu idiota! Dos dois lados!

Norris afundou outra vez na escuridão gelada e deixou-se levar pelas águas. Sabia não ser capaz de nadar contra a corrente e resolveu deixar que o rio o ajudasse em sua fuga. A correnteza arrastou-o por Lechmere Point, por West End, levando-o cada vez mais para leste, em direção ao porto.

Em direção às docas.

29

Dias atuais

Julia foi até o despenhadeiro e olhou para o mar. A neblina finalmente se dissipara, e ela podia ver ilhas ao largo da costa e um barco de pesca de lagosta atravessando águas tão calmas que pareciam prata manchada. Ela não ouviu os passos de Tom atrás dela, embora de algum modo soubesse que ele estava ali e tivesse sentido sua aproximação muito antes de ele falar.

– Já fiz as malas. Vou pegar a barca das 16h30. Lamento ter de deixá-la com ele, mas Henry parece estável. Ao menos não teve arritmia nos últimos dois dias.

– Ficaremos bem, Tom – disse ela, o olhar ainda voltado para o barco de pesca.

– É pedir muito.

– Não me importo, mesmo. De qualquer forma, pretendia passar a semana inteira. Aqui é lindo. Agora que finalmente posso ver o mar.

– É um belo lugar, não é mesmo? – Ele ficou ao lado dela. – Pena que vai tudo despencar um dia desses. A casa está com os dias contados.

– Não há como salvá-la?

– Não se pode lutar contra o mar. Algumas coisas são inevitáveis.

Ficaram em silêncio um instante, observando quando o barco parou e os pescadores de lagostas puxaram suas armadilhas.

– Você esteve calada a tarde inteira – disse ele.

– Não consigo deixar de pensar em Rose Connolly.

– O que tem ela?

– Quão forte devia ser para ter conseguido sobreviver.

– Quando as pessoas precisam, geralmente encontram forças.

– Nunca consegui. Mesmo quando mais precisei.

Caminharam ao longo da beirada, mantendo alguma distância do despenhadeiro.

– Está falando de sua separação?

– Quando Richard pediu o divórcio, pensei que não tinha conseguido fazê-lo feliz. É o que acontece quando dia após dia você é obrigada a achar que seu trabalho é inferior ao do parceiro. Que não é tão brilhante quanto as mulheres dos colegas dele.

– Quanto tempo aguentou isso?

– Sete anos.

– Por que não o abandonou?

– Porque comecei a acreditar naquilo. – Ela balançou a cabeça. – Rose não teria acreditado.

– Este é um bom mantra para você daqui por diante. *O que Rose faria?*

– Cheguei à conclusão de que não sou uma Rose Connolly.

Observaram quando os pescadores de lagostas voltaram a atirar as armadilhas na água.

– Preciso ir a Hong Kong na quinta-feira – disse Tom. – Ficarei lá durante um mês.

– Oh! – Ela ficou em silêncio. Então correria um mês inteiro antes de poder voltar a vê-lo.

– Adoro meu trabalho, mas ele me faz ficar muito tempo longe de casa. Pesquiso epidemias, cuidando de outras vidas enquanto me esqueço da minha.

– Mas você tem tanto a contribuir...

– Tenho 42 anos, e a criatura com quem compartilho a casa passa metade do ano no canil. – Ele olhou para a água. – De qualquer modo, estou pensando em cancelar esta viagem.

Ela sentiu o pulso acelerar subitamente.

– Por quê?

– Em parte, por causa de Henry. Ele está com 89 anos, afinal, e não estará conosco para sempre.

Claro, pensou ela. Por causa de Henry.

– Se ele tiver algum problema, pode me ligar.

– É um bocado de responsabilidade. Não desejaria a ninguém que ficasse com meu tio.

– Fiquei muito apegada a ele. Ele é um amigo, agora, e eu não abandono os amigos. – Ela olhou para uma gaivota que pairava sobre a cabeça deles. – É estranho como um punhado de ossos antigos pode unir duas pessoas. Gente que não tinha absolutamente nada em comum.

– Bem, ele certamente gosta de você. Ele me disse que se fosse ao menos dez anos mais jovem...

Ela riu.

– Quando me viu pela primeira vez, mal conseguia me tolerar.

– Henry mal consegue tolerar todo mundo, mas acabou gostando de você.

– É por causa de Rose. É isso o que temos em comum. Ambos estamos obcecados por ela. – Ela olhou para o barco que se afastava, deixando uma linha gravada na superfície metálica da baía. – Chego a sonhar com ela.

– Que tipo de sonhos?

– É como se eu estivesse lá, vendo o que ela viu. As carruagens, as ruas, os vestidos. Isso porque passei muito tempo lendo aquelas cartas. Ela está entrando no meu subconsciente. Quase posso acreditar que estive lá, tudo me parece tão... familiar.

286

– Do modo como você me pareceu familiar.

– Não sei como.

– Tenho a impressão de que a conheço. Que já nos encontramos antes.

– Não vejo como.

– Não. – Ele suspirou. – Eu também não. – Olhou para ela. – Então não vejo motivo para cancelar minha viagem, certo?

Havia mais naquela pergunta do que ambos admitiam. Ela o olhou e o que viu nos olhos dele a assustou, porque naquele instante ela viu tanto possibilidade quanto desilusão. E ela não estava pronta para nenhuma das alternativas.

Julia olhou para o mar.

– Henry e eu ficaremos bem.

NAQUELA NOITE JULIA voltou a sonhar com Rose Connolly. Só que, daquela vez, Rose não era uma menina com roupas remendadas e rosto sujo de fuligem, mas uma jovem elegante, com o cabelo puxado para trás e os olhos repletos de sabedoria. Caminhava entre flores silvestres enquanto olhava para um declive em direção a um rio. Era o mesmo declive suave que um dia seria o jardim de Julia. Naquele dia de verão, a relva alta oscilava ao vento, e tufos de dentes-de-leão rodopiavam em meio à névoa dourada. Rose voltou-se e viu um campo com mato e algumas ruínas que demarcavam o lugar onde outrora houvera outra casa, uma casa que já não existia, queimada até as fundações.

No topo do declive uma menina veio correndo, a saia rodopiando ao seu redor, o rosto sorridente e corado de sol. Correu em direção a Rose, que sorriu, tomou-a em seus braços e a rodou.

– De novo! De novo! – gritou a menina quando voltou a ser posta no chão.

– Não, sua tia está tonta.

– Podemos rolar colina abaixo?

– Veja, Meggie. – Rose apontou para o rio. – Não é um lugar lindo? O que acha?

– Há peixes e sapos na água.

– É um lugar perfeito, não acha? Algum dia você deve construir sua casa ali. Bem ali.

– E quanto àquela casa velha?

Rose olhou para as fundações chamuscadas perto do topo do aclive.

– Pertenceu a um grande homem – murmurou ela. – Queimou quando você tinha 2 anos de idade. Talvez algum dia, quando for mais velha, eu lhe fale a respeito dele. Sobre o que ele fez por nós. – Rose inspirou profundamente e olhou para o rio. – Sim, é um belo lugar para construir uma casa. Você precisa se lembrar deste lugar. – Ela pegou a mão da menina. – Vamos. A cozinheira está nos esperando para o almoço.

Caminharam, a tia e a sobrinha, as saias roçando o mato alto enquanto subiam o aclive, até chegarem ao topo e apenas o cabelo ruivo de Rose poder ser visto sobre o capim oscilante.

Julia despertou com lágrimas nos olhos. *Aquele era o meu jardim. Rose e Meggie passearam no meu jardim.*

Levantou-se e foi até a janela, onde viu a luz rosada da manhã. Finalmente as nuvens haviam se dispersado, e pela primeira vez via o nascer do sol na baía de Penobscot. Estou feliz por ter ficado tempo suficiente para ver este nascer do sol, pensou.

Tentou ser silenciosa e não acordar Henry ao descer a escada e ir até a cozinha para fazer café. Estava a ponto de abrir a torneira para encher o bule de água quando ouviu o farfalhar de papel na sala anexa. Baixou o bule e olhou para a biblioteca.

Henry estava sentado à mesa de jantar, cabeça baixa, uma pilha de papéis espalhados à sua frente.

Alarmada, correu em direção a ele, temendo o pior. Mas quando Julia lhe agarrou os ombros, ele se endireitou na cadeira e olhou para ela.

– Encontrei – disse Henry.

O olhar de Julia voltou-se para os papéis manuscritos sobre a mesa, e ela viu três iniciais familiares: *O.W.H.*

– Outra carta!

– Acho que é a última, Julia.

– Mas que maravilha! – disse ela. Então percebeu quão pálido ele estava e que suas mãos estavam trêmulas.

– O que há de errado?

Henry entregou-lhe a carta.

– Leia isto.

30

1830

O objeto macabro estava imerso em uísque havia dois dias, e, a princípio, Rose não reconheceu o conteúdo do frasco. Tudo o que viu foi uma aba de carne crua submersa em um líquido cor de chá. O Sr. Pratt pegou o jarro e ergueu-o diante de Rose, obrigando-a a olhar mais de perto.

– Sabe o que é isso? – perguntou ele.

Ela olhou para o frasco, dentro do qual o objeto preservado naquela solução insípida de álcool e sangue coagulado voltou-se contra o vidro, que ampliou cada um de seus traços. Rose recuou horrorizada.

– É um rosto que deveria reconhecer, Srta. Connolly – disse Pratt. – Foi arrancado de um corpo encontrado há duas noites em um beco de West End. Um corpo cortado com o sinal da cruz. O corpo de seu cunhado, o Sr. Eben Tate. – Ele voltou a pousar o frasco sobre a mesa do Dr. Grenville.

Rose voltou-se para Grenville, que parecia igualmente chocado com a prova exibida em seu salão.

– Este frasco jamais esteve no quarto de Norris! – disse ela. – Ele não pediria que eu viesse aqui caso não acreditasse no senhor, Dr. Grenville. Agora o senhor precisará acreditar *nele*.

Pratt reagiu com um sorriso impassível.

– Acho que está bastante claro, doutor, que seu aluno, o Sr. Marshall, o enganou. Ele é o Estripador de West End. É apenas uma questão de tempo antes de ele ser preso.

– Caso ele não tenha se afogado – disse Grenville.

– Oh, sabemos que ele ainda está vivo. Esta manhã encontramos pegadas na lama saindo da água perto das docas. Nós o encontraremos, e a justiça será feita. Este frasco é a prova da qual precisávamos.

– Tudo o que têm é um espécime preservado em uísque.

– E uma máscara manchada de sangue. Uma máscara branca, exatamente como certa testemunha descreveu. – Ele olhou para Rose.

– Ele é inocente! – retorquiu Rose. – Eu testemunharei...

– Testemunhará o quê, Srta. Connolly? – perguntou Pratt com um sorriso de escárnio.

– Que você plantou este frasco no quarto dele.

Pratt avançou contra ela com tanta fúria que Rose recuou.

– Sua piranha!

– Sr. Pratt! – disse Grenville.

Mas o olhar de Pratt permaneceu sobre Rose.

– Acha que seu testemunho terá algum valor? Sei muito bem que você estava morando com Norris Marshall, que ele chegou a levá-la para casa no Natal para conhecer o pai dele. Você não apenas mente debaixo dele, como também está mentindo *por* ele. Ele matou Eben Tate para lhe fazer um favor? Ele deu um jeito em seu cunhado? – Voltou a guardar o frasco na caixa de provas. – Ah, sim, um júri certamente acreditará no *seu* testemunho!

Rose voltou-se para Grenville.

– Este frasco não estava no quarto dele. Eu juro.

– Quem autorizou a busca no quarto do Sr. Marshall? – perguntou Grenville. – Como a Ronda Noturna teve a ideia de revistar o lugar?

Pela primeira vez Pratt pareceu incomodado.

– Só fiz o meu trabalho. Quando nos chegou uma informação...

– Qual informação?

– Uma carta, dizendo que a Ronda Noturna encontraria itens interessantes no quarto dele.

– Uma carta de quem?

– Não tenho liberdade de dizer.

Grenville riu ao entender a situação.

– Anônima!

– Encontramos a prova, não encontramos?

– Vai pôr em risco a vida de um homem por conta desse frasco? Dessa máscara?

– E o senhor devia pensar duas vezes antes de arriscar sua reputação por causa de um assassino. Já devia ser evidente que avaliou mal aquele jovem, assim como todo mundo. – Pratt ergueu a caixa de provas e acrescentou com um tom de satisfação: – Todo mundo, menos eu. – Meneou a cabeça. – Boa noite, doutor. Vou me retirar.

Ouviram seus passos no corredor e então a porta da frente se fechar atrás dele. Um instante depois, a irmã do Dr. Grenville, Eliza, entrou no salão e perguntou:

– Aquele homem horrível já foi embora?

– Infelizmente as coisas estão muito feias para Norris. – disse Grenville, suspirando e afundando na cadeira junto ao fogo.

– Você não pode fazer nada para ajudá-lo? – perguntou Eliza.

– Isso foi além de minha capacidade de influência.

– Ele está contando com o senhor, Dr. Grenville! – disse Rose. – Se tanto o senhor quanto o Sr. Holmes o defenderem, eles serão forçados a ouvir.

– Wendell testemunhará em sua defesa? – perguntou Eliza.

– Ele esteve no quarto de Norris. Ele sabe que o frasco não estava lá. Nem a máscara. – Ela olhou para Grenville. – É tudo culpa minha. Tudo tem a ver comigo, com Meggie. As pessoas que a querem farão qualquer coisa.

– Inclusive enviar um inocente para a forca? – perguntou Eliza.

– Isso é o de menos. – Rose se aproximou de Grenville, as mãos estendidas implorando para que ele acreditasse nela. – Na noite em que Meggie nasceu, havia duas enfermeiras e um médico na sala. Agora estão todos mortos, porque sabiam do segredo de minha irmã. Eles sabiam o nome do pai de Meggie.

– Um nome que você não ouviu – disse Grenville.

– Eu não estava no quarto. O bebê estava chorando, por isso a levei para fora. Mais tarde, Agnes Poole exigiu que eu a entregasse para ela, mas me recusei. – Rose engoliu em seco. – E estou sendo procurada desde então.

– Então é a criança que eles querem? – perguntou Eliza. Olhou para o irmão. – Ela precisa de proteção.

Grenville assentiu.

– Onde ela está, Srta. Connolly?

– Escondida, senhor. Em um lugar seguro.

– Eles podem encontrá-la.

Rose o encarou e disse calmamente:

– Sou a única que sabe onde ela está. E ninguém pode me obrigar a dizer.

Grenville manteve o olhar, avaliando-a.

– Nunca duvidei de você. Você a manteve a salvo até agora. Você, melhor do que ninguém, sabe o que é melhor para ela. – Levantou-se abruptamente. – Preciso ir.

– Aonde vai? – perguntou Eliza.

– Há gente que preciso consultar a esse respeito.

– Voltará para o jantar?

– Não sei. – Ele foi até o corredor e vestiu o sobretudo.

Rose seguiu-o.

– Dr. Grenville, o que devo fazer? Como posso ajudar?

– Fique aqui. – Ele olhou para a irmã. – Eliza, veja do que esta jovem precisa. Enquanto estiver sob nosso teto, estará a salvo. – Ele saiu, e uma lufada de vento gelado entrou na casa, ferindo os olhos de Rose. Ela afastou as lágrimas que subitamente tomaram seus olhos.

– Você não tem para onde ir, não é?

Rose voltou-se para Eliza.

– Não, senhora.

– A Sra. Furbush pode preparar-lhe uma cama na cozinha. – Eliza olhou para o vestido remendado de Rose. – E certamente lhe dará uma muda de roupa.

– Obrigada. – murmurou Rose. – Obrigada por tudo.

– Agradeça ao meu irmão – disse Eliza. – Só espero que esse assunto não arruíne a carreira dele.

AQUELA ERA A maior casa em que Rose já estivera, certamente, a maior casa onde já dormira. A cozinha era quente, as brasas na lareira ainda brilhando e emitindo calor. Seu cobertor era de lã pesada, diferente do manto surrado com o qual se cobria nas noites frias, um triste pedaço de pano que tinha o cheiro de cada pensão, cada cama de palha imunda onde ela já se deitara. A eficiente governanta, a Sra. Furbush, insistira em jogar o manto no fogo, assim como o restante das roupas velhas de Rose. Além disso, lhe trouxera sopa e um bocado de água quente, pois o Dr. Grenville insistia em dizer que uma casa limpa era uma casa saudável. De banho tomado e trajando um vestido novo, Rose estava deitada confortavelmente em um catre perto da lareira. Ela sabia que Meggie também estava aquecida e a salvo naquela noite.

Mas e Norris? Onde dormiria? Estaria com fome e frio? Por que não recebia notícias dele?

O Dr. Grenville não voltou para o jantar. Rose esperou toda a noite com os ouvidos atentos, mas não ouviu nem sua voz nem seus passos.

– A profissão dele é assim mesmo, menina – disse a Sra. Furbush. – Um médico não trabalha em horários comuns. Os pacientes estão sempre o obrigando a sair à noite, e há vezes em que ele não volta senão pela manhã.

Muito tempo depois de todos terem se recolhido o Dr. Grenville ainda não havia voltado. E Rose continuava desperta. As brasas na lareira perderam o brilho e estavam se transformando em cinzas. Através da janela da cozinha ela podia ver a silhueta de uma árvore contra o luar e ouvir os ranger de seus galhos oscilando ao vento.

Agora, ouvia algo mais: passos na escada dos empregados.

Ela ficou deitada, imóvel, ouvindo os passos se aproximando até entrarem na cozinha. Uma das empregadas, talvez, para alimentar o fogo. Ela podia ver uma silhueta vagando no escuro. Então, ouviu uma cadeira cair e uma voz murmurar:

– *Droga!*

Um homem.

Rose rolou da cama e engatinhou até a lareira, onde acendeu uma vela. Quando a chama iluminou o lugar, ela viu que o intruso era um jovem com roupas de dormir, o cabelo amassado de quem estava deitado. Ele ficou imóvel ao vê-la, obviamente tão assustado quanto Rose.

Era o jovem senhor, pensou ela. O sobrinho do Dr. Grenville, que lhe disseram estar se recuperando no andar de cima. Uma bandagem cobria o coto de seu pulso esquerdo e ele oscilava, instável sobre os próprios pés. Ela baixou a vela e correu para ampará-lo enquanto ele tombava de lado.

– Tudo bem, estou bem – insistiu o rapaz.

– Você não devia estar de pé, Sr. Lackaway. – Ela levantou a cadeira tombada e gentilmente o sentou. – Vou chamar sua mãe.

– Não. Por favor!

O pedido desesperado a fez parar.

– Ela vai brigar comigo – disse ele. – Estou cansado que briguem comigo. Não aguento mais ficar preso no meu quarto, só porque ela tem medo que eu pegue uma febre. – Ele olhou para ela. – Não a desperte. Deixe-me apenas ficar sentado aqui um instante. Então, volto para a cama. Prometo.

Ela suspirou.

– Como quiser. Mas não devia estar andando por aí sozinho.

– Não estou sozinho. – Ele conseguiu esboçar um sorriso. – Você está aqui.

Rose sentiu o olhar dele seguindo-a quando ela se aproximou da lareira para atiçar as brasas e acrescentar mais madeira. As chamas se ergueram, aquecendo o lugar.

– Você é a jovem de quem as empregadas estão falando – disse ele.

Rose se voltou para Charles. O fogo renovado iluminou-lhe o rosto, e ela viu seus traços refinados, sobrancelhas e lábios quase femininos. A doença o tornara pálido, mas era um rosto bonito e sensível mais de um menino do que de um homem.

– Você é a amiga de Norris – disse ele.

Ela assentiu.

– Meu nome é Rose.

– Bem, Rose. Eu também sou amigo dele. E, pelo que ouvi, ele vai precisar de todos os amigos que tiver.

A gravidade da situação de Norris subitamente pesou sobre os ombros dela, e Rose sentou-se em uma cadeira junto à mesa.

– Estou com tanto medo – sussurrou.

– Meu tio conhece pessoas. Gente influente.

– Até mesmo seu tio está em dúvida agora.

– E você não?

– De modo algum.

– Como pode estar tão certa?

Ela encarou Charles.

– Conheço o coração dele.

– É mesmo?

– Você acha que sou louca.

– Existem muitos poemas sobre devoção, mas raramente encontramos isso na vida real.

– Não desperdiçaria minha devoção com um homem que não a merecesse.

– Bem, Rose, se algum dia tivesse de enfrentar a forca, me sentiria afortunado caso tivesse uma amiga como você.

Ela estremeceu ao ouvir falar em forca e voltou-se para a lareira, onde as chamas rapidamente consumiam a madeira.

– Desculpe, não devia ter dito isso. Tomei tanta morfina que já não sei mais o que digo. – Ele olhou para o coto envolto em bandagens. – Não presto mais para nada. Sequer consigo andar sobre meus pés.

– É tarde, Sr. Lackaway. Não devia estar de pé.

– Só vim tomar um gole de conhaque. – Ele lançou um olhar esperançoso para Rose. – Você pegaria um pouco para mim? Está naquela despensa. – Apontou para o outro extremo da cozinha, e ela desconfiou que aquela não era a primeira vez que ele fazia um ataque noturno à garrafa de conhaque.

Ela serviu-lhe apenas um pouco, que ele tomou de um só gole. Embora ele obviamente esperasse mais, Rose devolveu a garrafa à despensa e disse com firmeza:

– Vou levá-lo de volta para o seu quarto.

Com a vela iluminando o caminho, ela o guiou escada acima. Rose nunca estivera no segundo andar daquela casa, e ao ajudá-lo a atravessar o corredor seu olhar foi atraído para todas as maravilhas reveladas pela luz da vela. Ela viu tapetes ricamente adornados e uma brilhante mesa de canto. Na parede havia uma galeria de retratos, homens e mulheres eminentes pintados com tanta riqueza de detalhes que ela sentiu seus olhares seguindo-a enquanto levava Charles para o quarto. Quando ela o ajudou a deitar na cama, ele estava começando a cambalear, como se apenas um gole de conhaque misturado com a morfina o tivesse deixado completamente bêbado. Ele se deitou no colchão com um suspiro.

– Obrigado, Rose.

– Boa noite, senhor.

– Norris é um homem de sorte por ter alguém que o ama como você. O tipo de amor sobre o qual os poetas escrevem.

– Nada sei a respeito de poesia, Sr. Lackaway.

– Você não precisa saber. – Ele fechou os olhos e suspirou. – Você conhece o amor verdadeiro.

Ela observou enquanto a respiração do rapaz diminuía de intensidade e ele caía no sono. *Sim, eu conheço o amor verdadeiro. E agora posso perdê-lo.*

Segurando a vela, ela deixou o quarto de Charles e voltou ao corredor. Ali, parou de súbito, o olhar fixo no rosto que a observava. Na penumbra, com apenas o brilho da vela iluminando o corredor, parecia tão incrivelmente real que ela ficou paralisada diante do retrato, atônita com a inesperada familiaridade daqueles traços. Viu um homem com cabelos bastos e olhos escuros que refletiam uma inteligência vibrante. Parecia ansioso para conversar com ela. Rose se aproximou para examinar cada sombra, cada curva daquele rosto. Estava tão entretida com a imagem que não percebeu os passos que se aproximavam. Um ruído a fez se voltar, tão assustada que quase deixou cair a vela.

– Srta. Connolly? – perguntou o Dr. Grenville, franzindo as sobrancelhas. – Posso perguntar por que está andando pela casa a esta hora da noite?

Ela percebeu o tom de suspeita na voz do médico e corou. *Ele está pensando o pior. Com os irlandeses, sempre pensavam o pior.*

– Foi o Sr. Lackaway, senhor.

– O que tem meu sobrinho?

– Ele desceu à cozinha. Achei que ele estava um tanto trôpego, de modo que o levei de volta à cama. – Ela apontou para a porta do quarto de Charles, que deixara aberta.

O Dr. Grenville olhou para dentro do quarto do sobrinho, que estava esparramado na cama, roncando alto.

– Desculpe, senhor – disse ela. – Não teria subido até aqui caso...

– Não, sou eu quem deve lhe pedir desculpas. – Ele suspirou. – Foi um dia difícil, estou cansado. Boa noite. – Grenville deu-lhe as costas.

– Senhor? Teve notícias de Norris?

Ele parou e voltou-se para ela, relutante.

– Infelizmente não há motivo para sermos otimistas. As provas são terríveis.

– As provas são falsas.

– A corte determinará isso. Mas, lá, a inocência é determinada por estranhos que nada sabem a respeito do réu. O que sabem é o que leem nos jornais ou ouvem na taberna. Que Norris Marshall morava próximo ao lugar onde foram cometidos os quatro homicídios. Que ele foi encontrado curvado sobre o corpo de Mary Robinson. Que o rosto arrancado de Eben Tate foi descoberto em seus aposentos. Que ele é um anatomista, assim como um açougueiro experiente. Vistas em separado, tais evidências podem ser contestadas. Mas, ao serem apresentadas na corte, a culpa dele parecerá inegável.

Rose olhou para Grenville, desesperada.

– Não há como defendê-lo?

– Infelizmente, sei de homens que foram enforcados por menos que isso.

Desesperada, ela agarrou a manga do casaco do médico.

– Não poderei vê-lo enforcado!

– Srta. Connolly, nem toda esperança está perdida. Deve haver um meio de salvá-lo. – Ele pegou a mão dela e a segurou enquanto olhava diretamente em seus olhos. – Mas precisarei da sua ajuda.

31

— Billy! Aqui, Billy!

O menino olhou em torno, confuso, sondando as sombras em busca de quem acabara de sussurrar seu nome. Um cão negro brincava aos seus pés. Subitamente, o animal latiu, perturbado, e foi em direção a Norris, que estava agachado atrás de uma pilha de barris. Ao menos o cão não desconfiava dele e abanava o rabo, adorando brincar de esconde-esconde com um homem que nem conhecia.

Billy Obtuso foi mais cauteloso.

— Quem é, Mancha? — perguntou, como se realmente achasse que o cão fosse responder.

Norris saiu de trás dos barris.

— Sou eu, Billy — disse ele, mas viu que o menino começava a se afastar. — Não vou machucá-lo. Você se lembra de mim, não lembra?

Billy olhou para o cão, que lambia as mãos de Norris, evidentemente despreocupado.

— Você é o amigo da Srta. Rose — disse ele.

— Preciso que mande um recado para ela.

— A Ronda Noturna diz que você é o Estripador.

— Não sou. Juro que não.

— Estão procurando por você ao longo do rio.

— Billy, se você é amigo dela, vai fazer isso para mim.

O menino voltou a olhar para o cão. Mancha sentara-se aos pés de Norris e abanava a cauda enquanto ouvia a conversa. Embora o rapaz fosse idiota, sabia que podia confiar na opinião de um cão no que dizia respeito às intenções de um homem.

— Quero que vá à casa do Dr. Grenville — disse Norris.

— Aquela casa grande, na Beacon?

— Sim. Descubra se ela está lá. E dê-lhe isso. — Norris entregou-lhe um pedaço de papel dobrado. — Entregue para ela. Apenas para ela.

— O que diz?

— Apenas entregue para ela.

— É um bilhete de amor?

– Sim – respondeu Norris rapidamente, ansioso para que o menino se fosse.

– Mas sou eu quem a ama – resmungou Billy. – Eu vou me casar com Rose. – Billy jogou fora o bilhete. – Não vou levar nenhum bilhete de amor para ela.

Engolindo a frustração, Norris pegou o pedaço de papel.

– Quero que ela saiba que está livre para continuar sua vida. – Ele devolveu o bilhete para Billy. – Leve isso para ela. Por favor. – E acrescentou: – Ela vai ficar furiosa se você não entregar.

Funcionou. O maior medo de Billy era desagradar Rose. O menino enfiou o bilhete no bolso.

– Farei qualquer coisa por ela.

– Não diga para ninguém que me viu.

– Não sou idiota – respondeu Billy antes de ir embora com o cão.

Norris não permaneceu onde estava. Rapidamente, começou a andar pela rua escura em direção a Beacon Hill. Por mais bem-intencionado que Billy fosse, Norris não confiava nele e não tinha intenção de esperar que a Ronda Noturna viesse procurá-lo.

Isso se acreditassem que ele ainda estava vivo e em Boston três dias depois.

As roupas que roubara não lhe serviam, a calça muito larga, a camisa muito apertada, mas o casaco pesado cobria as duas peças, e com um chapéu de quaker enfiado na cabeça até as sobrancelhas, ele caminhou decidido rua abaixo, sem temores ou hesitação. Posso não ser um assassino, pensou. Mas certamente sou um ladrão, agora. Já estava a ponto de enfrentar a forca. Mais alguns crimes não importariam muito. Tudo no que pensava agora era em sobreviver, e se aquilo significava roubar um casaco em um cabide de taberna ou roubar calças e camisas de um varal, ele o faria. Seria enforcado de qualquer modo; portanto, também podia ser culpado por um crime que realmente cometera.

Dobrou a esquina e entrou na estreita rua Acorn. Era o mesmo beco onde Gareth Wilson e o Dr. Sewall haviam se encontrado, na casa com os pelicanos entalhados no lintel. Norris escolheu um vão de porta escuro onde esperar e ali ficou, oculto nas sombras. Àquela altura, Billy teria chegado à casa de Grenville e o bilhete teria sido recebido por Rose, um bilhete que continha apenas uma linha:

Hoje à noite, sob os pelicanos.

Se aquilo caísse nas mãos da Ronda Noturna, eles não teriam ideia do que queria dizer. Mas Rose saberia. Rose viria.

Acomodou-se para esperar.

A noite avançava. Uma por uma, as luzes dentro das casas se apagavam e as janelas na pequena rua Acorn escureciam. Ocasionalmente, ele ouvia o ruído de uma carruagem na movimentada rua Cedar, mas logo o tráfego cessou.

Ele se protegeu com o casaco e observou a fumaça que saía de suas narinas enquanto respirava. Esperaria a noite inteira caso fosse necessário. Se, pela manhã, ela ainda não tivesse vindo, então voltaria na noite seguinte. Ele tinha confiança suficiente nela para saber que, uma vez que Rose soubesse que ele a estava esperando, nada a impediria de encontrá-lo.

Suas pernas ficaram duras; seus dedos, dormentes. A última janela da rua Acorn escureceu.

Então, emergindo de uma esquina, apareceu uma figura. Uma mulher, iluminada pela luz de um poste. Ela fez uma pausa no meio do beco, como se tentasse enxergar no escuro.

– Tem alguém aí? – murmurou Rose.

Imediatamente ele saiu do vão da porta.

– Rose – disse ele.

Ela correu em sua direção. Norris a abraçou e sentiu vontade de rir enquanto a rodava, feliz por voltar a vê-la. Rose parecia não ter peso; era como se fosse mais leve que o ar. Naquele instante, ele soube que estariam ligados um ao outro para sempre. O mergulho no rio Charles tanto fora uma morte quanto um renascimento, e aquela era sua nova vida, com aquela jovem sem fortuna ou sobrenome ilustre, que nada tinha a lhe oferecer a não ser o amor.

– Sabia que viria – murmurou. – Eu sabia.

– Você precisa me ouvir.

– Não posso ficar em Boston. Mas não posso viver sem você.

– Isso é importante, Norris. Ouça!

Ele ficou imóvel. Mas não foi Rose quem o fez se calar, mas sim a silhueta de uma figura corpulenta que se movia na direção deles, no outro extremo da rua Acorn.

O rumor de cascos fez Norris se voltar na direção oposta no exato momento em que uma carruagem com dois cavalos estacionava, bloqueando sua rota de fuga. A porta se abriu.

– Norris, você precisa confiar neles – disse Rose. – Você precisa confiar em mim.

Do beco atrás dele veio uma voz familiar.

– É o único meio, Sr. Marshall.

Atônito, Norris voltou-se para o homem de ombros largos que o encarava.

– Dr. Sewall?

– Sugiro que entre naquela carruagem se quiser viver – disse Sewall.

– São nossos amigos – disse Rose. Ela pegou a mão dele e puxou-o para a carruagem. – Por favor, vamos antes que alguém o veja.

Ele não tinha escolha. O que quer que o esperasse, Rose assim o queria, e ele confiava nela. A menina puxou-o para a carruagem.

O Dr. Sewall não embarcou. Em vez disso, fechou a porta e disse pela janela:

– Sucesso, Sr. Marshall. Espero que nos encontremos algum dia, em circunstâncias mais amenas.

O condutor sacudiu as rédeas e a carruagem começou a se mover.

Apenas quando Norris se acomodou para a viagem notou o homem dentro da carruagem, sentado diante dele e de Rose. O brilho de um poste iluminou o rosto do sujeito, e Norris nada pôde fazer a não ser olhá-lo, atônito.

– Não, isso não é uma prisão – disse o chefe de polícia Lyons.

– Então o que é? – perguntou Norris.

– É um favor para um velho amigo.

Saíram da cidade pela ponte de West Boston e atravessaram o vilarejo de Cambridge. Era a mesma rota pela qual Norris fora transportado como prisioneiro havia apenas algumas noites, mas aquela era uma viagem bem diferente, que ele fazia não com uma sensação de estar a caminho de sua desgraça, mas sim com esperança. Durante todo o caminho a mão de Rose permaneceu entrelaçada na dele, como se lhe dizendo que estava tudo correndo de acordo com o planejado, que ele não precisava temer ser traído. Como pôde ter suspeitado dela? Esta jovem solitária ficou ao meu lado lealmente, sem hesitar, e eu não a mereço.

A cidade de Cambridge cedeu lugar ao escuro dos campos desertos. Moviam-se em direção ao norte, em direção a Somerville e Medford, passando por aldeias de casas escuras reunidas sob a lua invernal. Na periferia de Medford a carruagem finalmente entrou em um pátio com calçamento de seixos e parou.

O chefe de polícia Lyons abriu a porta e saiu da carruagem.

– Você ficará aqui até amanhã, quando receberá instruções de como chegar ao próximo esconderijo, mais ao norte.

Norris desceu da carruagem e olhou para uma casa-grande de fazenda. Havia velas iluminando as janelas, dando bruxuleantes boas-vindas aos viajantes.

– Que lugar é este? – perguntou.

Lyons não respondeu. Em vez disso, foi até a porta e bateu duas vezes, fez uma pausa e bateu outra vez.

Após um instante, a porta se abriu e uma senhora idosa com um gorro de renda olhou para fora, erguendo a lâmpada para olhar para o rosto dos visitantes.

– Temos um viajante – disse Lyons.

A mulher franziu as sobrancelhas para Norris e Rose.

– São fugitivos incomuns.

– As circunstâncias são incomuns. Eu o trouxe até aqui a pedido do Dr. Grenville. Tanto o Sr. Garrison quanto o Dr. Sewall concordaram com isso, e o Sr. Wilson também deu seu consentimento.

A velha finalmente assentiu e afastou-se para que os dois visitantes entrassem.

Norris viu-se no interior de uma cozinha antiga, o teto escuro pela fuligem de incontáveis refeições. Dominando uma das paredes havia uma enorme lareira na qual as brasas ainda brilhavam. Do teto pendiam feixes de ervas, molhos secos de lavanda, menta, artemísia e sálvia. Norris sentiu Rose puxá-lo pela mão e apontar para o emblema entalhado em uma viga: um pelicano.

O chefe de polícia Lyons viu para o que olhavam e explicou:

– Este é um símbolo ancestral, Sr. Marshall, ao qual reverenciamos. O pelicano representa autossacrifício para um bem maior. Ele nos faz lembrar que, ao darmos, também recebemos.

A velha acrescentou:

– É o selo de nossa irmandade. A ordem das Rosas de Sharon.

Norris voltou-se para olhar para ela.

– Quem é você? O que é este lugar?

– Somos rosa-cruzes, senhor. E este é um albergue para viajantes. Viajantes em busca de abrigo.

Norris pensou na casa modesta na rua Acorn, com os pelicanos entalhados no lintel. Lembrou-se de que William Lloyd Garrison era um dos cavalheiros que vira na casa naquela noite. E lembrou-se, também, dos boatos dos lojistas, que falavam de estranhos andando pela vizinhança tarde da noite, uma vizinhança que o chefe de polícia Lyons decretara estar fora dos limites das patrulhas da Ronda Noturna.

– São abolicionistas – disse Rose. – Esta casa é um esconderijo.

– Um entreposto – disse Lyons. – Um dos muitos que os rosa-cruzes estabeleceram entre o sul do país e o Canadá.

– Vocês abrigam escravos?

– Nenhum homem é escravo – disse a velha. – Nenhum homem tem o direito de possuir outro homem. Somos todos livres.

– Compreende agora por que esta casa e a casa na rua Acorn não devem ser mencionadas, Sr. Marshall? – perguntou Lyons. – O Dr. Grenville nos assegurou que você apoia o movimento abolicionista. Se algum dia for capturado, não deve dizer uma palavra sobre tais entrepostos, pois ameaçará a vida de muita gente. Pessoas que já sofreram por dez vidas.

– Juro que nada revelarei – disse Norris.

– Estamos em um negócio perigoso – disse Lyons. – Agora mais do que nunca. Não podemos permitir que nossa rede seja descoberta, uma vez que muitos gostariam de nos destruir caso tivessem a oportunidade.

– Vocês são todos membros da ordem? Até mesmo o Dr. Grenville?

Lyons assentiu.

– Outro segredo que não deve ser revelado.

– Por que está me ajudando? Não sou um escravo fugido. Se você acredita no Sr. Pratt, sou um monstro.

Lyons riu com escárnio.

– E Pratt é um sapo. Eu o expulsaria da Ronda Noturna se pudesse, mas ele conseguiu alguma notoriedade aos olhos do público. Abra um jornal atualmente e lerá a respeito dos feitos do *heroico* Sr. Pratt, do *brilhante* Sr. Pratt. Na verdade, o sujeito é um imbecil. Sua prisão era para ser seu triunfo consagrador.

– E é por isso que você está me ajudando? Apenas para negar-lhe tal triunfo?

– Isso não valeria o trabalho que estou tendo. Não, nós o estamos ajudando porque Aldous Grenville está certo de sua inocência. Deixá-lo ser enforcado seria uma grande injustiça. – Lyons olhou para a velha. – Vou deixá-lo aqui, Sra. Goode. Amanhã o Sr. Wilson voltará com provisões para a viagem. Não havia tempo para isso hoje à noite. De qualquer modo, amanhecerá em breve, e é melhor o Sr. Marshall esperar até a noite de amanhã para trilhar o próximo trecho do percurso. – Ele se voltou para Rose. – Vamos voltar para Boston, Srta. Connolly.

Rose pareceu perturbada.

– Não posso ficar com ele? – perguntou, os olhos cheios de lágrimas.

– Um viajante solitário se move com mais rapidez e segurança. É importante que o Sr. Marshall não se detenha por sua causa.

– Mas nos separaremos de modo tão súbito!

– Não há escolha. Uma vez que ele esteja em segurança, mandará buscá-la.

– Mas acabei de reencontrá-lo! Não posso ficar com ele apenas hoje à noite? Você disse que o Sr. Wilson virá amanhã. Voltarei para Boston com ele.

Norris apertou a mão de Rose com mais força e disse para Lyons:

– Não sei quando a verei novamente. Tudo pode acontecer. Por favor, permita-nos estas poucas horas juntos.

Lyons suspirou e assentiu.

– O Sr. Wilson estará aqui antes do meio-dia. Esteja pronta para partir com ele.

FICARAM DEITADOS NO escuro, sua cama iluminada apenas pelo luar que entrava pela janela, mas era luz bastante para Rose ver o rosto dele. Para saber que ele também estava olhando para ela.

– Promete que mandará nos buscar? – disse ela.

– Assim que estiver em segurança, escreverei para você. A carta virá com outro nome, mas você saberá que é minha.

– Se eu pudesse ir com você agora...

– Não. Quero que fique em segurança na casa do Dr. Grenville, e não sofrendo em alguma maldita estrada ao meu lado. É um conforto saber que Meggie está sendo bem-cuidada. Realmente, você encontrou o melhor lugar possível.

– Eu sabia que você me mandaria escondê-la ali.

– Como você é esperta, Rose! Você me conhece tão bem.

Norris segurou o rosto de Rose, que suspirou ao sentir o calor das mãos dele.

– O melhor ainda nos espera. Você precisa acreditar nisso, Rose. Todas essas atribulações, todo esse sofrimento, só tornarão nosso futuro mais doce. – Gentilmente, ele pressionou os lábios contra os dela, um beijo que certamente faria o coração dela disparar. Em vez disso, porém, ela sentiu vontade de chorar, pois não sabia quando se encontrariam outra vez, se é que voltariam a se encontrar. Ela pensou na viagem que a esperava, nos entrepostos secretos e nas estradas invernais, todas levando a quê? Ela não conseguia vislumbrar o futuro, e era isso que a assustava. Antes, quando criança, sempre conseguia imaginar o que viria a seguir: os anos de trabalho como costureira, o rapaz que ela conheceria, os filhos que teriam. Mas agora, ao imaginar o futuro, ela nada via. Não se via morando com Norris, não via crianças ou felicidade. Por que o futuro subitamente se esvaíra? Por que ela não conseguia ver além daquela noite?

Será este o único tempo que teremos juntos?

– Você vai esperar por mim, não vai? – sussurrou Norris.

– Sempre.

– Não sei o que posso lhe oferecer afora uma vida de fugitivo. Sempre olhando por cima dos ombros, sempre esperando um caçador de recompensas. Não é o que você merece.

– Nem você.

– Mas você tem uma escolha, Rose. Tenho medo que algum dia você acorde e lamente tudo isso. Preferia que não nos encontrássemos de novo.

O luar iluminou as lágrimas dela.

– Você não fala sério.

– Sim, falo, mas apenas porque você merece ser feliz. Quero que você tenha chance de ter uma vida de verdade.

– É isso o que quer? – sussurrou Rose. – Que passemos a vida separados?

Ele não respondeu.

– Precisa me dizer agora, Norrie. Porque, se não disser, ficarei esperando sua carta para sempre. Esperarei até meu cabelo ficar branco e abrirem minha cova. E, ainda assim, estarei esperando... – A voz dela falseou.

– Pare. Por favor, pare. – Ele a abraçou. – Se eu não fosse um egoísta, diria para você me esquecer. Diria para você procurar a felicidade em outro lugar. – Ele riu com tristeza. – Mas parece que não sou assim tão nobre. Sou egoísta e tenho ciúme de qualquer homem que você venha a ter e que venha a amá-la. Quero ser esse homem.

– Então seja. – Ela estendeu a mão e agarrou a camisa dele. – Seja.

Rose não conseguia ver o futuro além daquelas poucas horas, e aquela noite podia ser todo o futuro que lhes restava. A cada batida de coração podia sentir seu tempo se esvaindo, afastando-se para além do alcance de qualquer outra coisa que não fosse lembranças e lágrimas.

Então, ela aproveitou o tempo que tinham, sem desperdiçar um segundo. Com mãos trêmulas, abriu apressadamente os ganchos e laços do vestido, a respiração rápida e entrecortada. Tão pouco tempo! A manhã já se aproximava. Ela jamais fizera amor com um homem, mas de algum modo sabia como proceder. Sabia o que o agradaria, o que o ligaria a ela para sempre.

O luar, denso como creme de leite, iluminou-lhe os seios, os ombros nus, todos os lugares secretos, os lugares sagrados que nunca haviam mostrado um ao outro. É isso que uma mulher dá a um marido, pensou, e embora o choque da penetração tenha lhe tirado o fôlego, ela gostou daquilo porque era com dor que uma mulher marcava os triunfos de sua vida, na perda da virgindade e no nascimento de cada criança. *Você é meu marido agora.*

Mesmo antes de o dia clarear, ela ouviu o canto de um galo. Está despertando, pensou Rose. Bicho velho idiota, enganado pela lua, anunciando uma falsa aurora ao mundo ainda adormecido. Mas o que logo brilhou pela janela não foi uma falsa aurora, e ela abriu os olhos para ver que a escuridão se dissipara em uma manhã fria e acinzentada. Desesperada, viu o dia clarear, o céu azular. Se pudesse, deteria o avanço da manhã, mas já podia sentir a respiração de Norris mudando, sentiu que ele despertava dos sonhos que o haviam mantido tão profundamente adormecido ao seu lado.

Ele abriu os olhos e sorriu.

– Não é o fim do mundo – disse ele, vendo o rosto triste da companheira. – Sobreviveremos a isso.

Ela afastou as lágrimas.

– E seremos felizes.

– Sim. – Rose tocou o rosto de Norris. – Muito felizes. Basta acreditar.

– Não acredito em mais nada. Apenas em você.

No lado de fora um cão latia. Norris levantou-se e foi olhar pela janela. Rose olhou para ele, as costas nuas emolduradas pela luz matinal, e ansiosamente memorizou cada curva, cada músculo. Isso será tudo o que terei para me consolar até voltar a ter notícias dele, pensou. A lembrança daquele instante.

– O Sr. Wilson está aqui para buscá-la – disse Norris.

– Tão cedo?

– Precisamos descer para nos encontrarmos com ele. – Norris voltou para perto da cama. – Não sei quando terei outra chance para dizer isso. Portanto, deixe-me dizer agora. – Ele se ajoelhou no chão ao lado dela e segurou-lhe a mão. – Eu a amo, Rose Connolly, e desejo passar minha vida ao seu lado. Quero que se case comigo.

Ela olhou para ele através das lágrimas.

– Casarei, Norrie. Oh, eu casarei.

Ele apertou a mão dela e sorriu ao ver o anel barato de Aurnia, que jamais deixara o dedo de Rose.

– E prometo que o próximo anel que ganhar não será um pedaço de latão e vidro.

– Não me importo com anéis. Só quero você.

Rindo, ele a abraçou.

– Você será uma mulher fácil de sustentar!

Uma batida forte à porta fez com que ambos se assustassem. Ouviram a voz da velha do outro lado:

– O Sr. Wilson chegou. Ele precisa voltar imediatamente a Boston; portanto, é melhor a jovem descer. – Ouviram os passos da velha descendo a escada.

Norris olhou para Rose.

– Eu prometo, esta será a última vez que nos separaremos – disse ele. – Mas agora, meu amor, é hora de partir.

32

Oliver Wendell Holmes estava no salão da casa de Edward Kingston, com Kitty Welliver à sua esquerda e a irmã dela, Gwendolyn, à sua direita, e achou que ser preso no inferno seria mais tolerável. Se soubesse que as irmãs Welliver iriam visitar Edward naquele dia, teria evitado a casa do amigo por mais de uma semana. Mas é muito rude chegar à casa de alguém e imediatamente sair correndo, gritando em desespero. De qualquer modo, quando considerou tal opção, já era tarde demais, porque Kitty e Gwen pularam das cadeiras onde estavam comportadamente sentadas e cada uma agarrou-lhe um braço, puxando Wendell até o salão como aranhas famintas rebocando a próxima refeição. Estou perdido, pensou, enquanto equilibrava uma xícara de chá sobre o colo, sua terceira naquela tarde. Estaria preso ali pelo resto do dia, até alguém ser obrigado a encerrar a visita por vontade de ir ao banheiro.

Contudo, as duas jovens pareciam ter bexigas de aço, pois bebiam alegremente xícara após xícara de chá enquanto fofocavam com Edward e sua mãe. Não querendo encorajá-las, Wendell permaneceu em silêncio a maior parte do tempo, o que não incomodou as irmãs nem um pouco, uma vez que raramente davam tempo para alguém dizer uma palavra. Se uma das irmãs parasse de falar para respirar, a outra começava a contar outra fofoca ou fazia alguma observação maliciosa, um fluxo interminável de palavras, limitado apenas pela necessidade de respirar.

– Ela me disse que foi uma travessia horrível e que quase morreu. Mas então falei com o Sr. Carter, e ele disse que não foi nada, apenas uma pequena tempestade no Atlântico. Portanto, ela estava exagerando de novo...

– ...como sempre. Ela *sempre* exagera. Como naquela vez em que *insistiu* que o Sr. Mason era um arquiteto mundialmente famoso. Depois, viemos a descobrir que ele havia construído apenas um teatro de ópera na Virgínia, um trabalho longe de ser impressionante, como me disseram, e certamente não do nível do Sr. Bulfinch...

Wendell conteve um bocejo e olhou pelas janelas enquanto as irmãs tagarelavam sobre gente absolutamente desinteressante. Há um poema aqui, pensou. Um poema sobre meninas inúteis trajando vestidos elegantes. Vestidos costurados por outras meninas. Meninas invisíveis.

– ...e me asseguraram que os caçadores de recompensas vão acabar capturando-o – disse Kitty. – Ah, eu *sabia* que havia algo de errado com ele. Eu podia *sentir* o mal.

– Eu também! – disse Gwen. – Naquela manhã na igreja, sentada ao lado dele... bem, fiquei arrepiada.

A atenção de Wendell voltou às irmãs.

– Estão falando do Sr. Marshall?

– Claro. Não se fala de outra coisa. Mas você esteve em Cambridge nos últimos dias, Sr. Holmes; portanto, não ouviu os boatos.

– Ouvi o bastante em Cambridge, obrigado.

– Não é chocante? – perguntou Kitty. – Pensar que jantamos e dançamos com um assassino? E que assassino! Arrancar o rosto de alguém! Cortar a língua de outra pessoa!

Conheço duas mulheres de quem eu cortaria a língua com prazer.

– Ouvi dizer – disse Gwen, os olhos iluminados de excitação – que ele tem uma cúmplice, uma irlandesa. – Ela baixou a voz para dizer a frase seguinte. – Uma *aventureira*.

– Pois ouviram besteiras! – rebateu Wendell.

Gwen olhou para ele, chocada com a rispidez de seu aparte.

– Suas garotas idiotas! Não fazem ideia do que estão falando. Nenhuma das duas.

– Ah, não! – exclamou a mãe de Edward rapidamente. – O bule de chá está vazio. Acho que vou pedir mais. – Ela pegou um sino e o balançou com vigor.

– Mas nós sabemos o que estamos dizendo, Sr. Holmes – disse Kitty. Seu orgulho estava em jogo, e isso superava qualquer tentativa de ser cortês. – Temos fontes *intimamente* ligadas à Ronda Noturna.

– Suponho que seja a esposa fofoqueira de alguém.

– Bem, isso foi um tanto indelicado.

A Sra. Kingston voltou a tocar o sino para chamar a empregada, desta vez em desespero.

– Onde *está* essa menina? Precisamos de chá fresco!

– Wendell – disse Edward, tentando pôr panos quentes na conversa. – Não precisa ficar ofendido. Estamos apenas conversando.

– *Apenas?* Elas estão falando de Norris. Você sabe tão bem quanto eu que ele seria incapaz de cometer tais atrocidades.

– Então, por que fugiu? – perguntou Gwen. – Por que pulou da ponte? Certamente, foi um gesto de alguém culpado.

310

– Ou amedrontado.

– Se ele é inocente, devia ter ficado e se defendido.

Wendell riu.

– De gente como vocês?

– Realmente, Wendell – disse Edward. – Acho melhor mudarmos de assunto.

– Onde *está* essa menina? – perguntou a Sra. Kingston, erguendo-se. Foi até a porta. – Nellie, está surda? *Nellie!* Queremos mais chá, imediatamente. – Ela bateu a porta com força e voltou à cadeira. – Vou lhes dizer, é impossível encontrar bons serviçais hoje em dia.

As irmãs Welliver ficaram sentadas em silêncio, ressentidas, nenhuma das duas olhando para Wendell. Ele avançara o limite do comportamento de um cavalheiro, e esta era sua punição: ser ignorado.

Como se eu me importasse com conversas idiotas, pensou. Ele baixou a xícara sobre o pires.

– Agradeço-lhe o chá, Sra. Kingston – disse ele. – Mas infelizmente devo ir embora.

Ele se levantou. Edward também.

– Oh, mas há um bule de chá fresco a caminho! – Ela olhou para a porta. – Caso aquela desmiolada faça seu serviço direito.

– A senhora está certa – disse Kitty, ignorando propositalmente a existência de Wendell. – Não há serviçais decentes hoje em dia. Nossa mãe passou um aperto em maio passado, depois que nossa camareira foi embora. Estava conosco havia apenas três meses quando fugiu para se casar, sem aviso prévio. Simplesmente nos abandonou, deixando-nos na mão.

– Que irresponsabilidade!

– Boa tarde, Sra. Kingston – disse Wendell. – Srta. Welliver, Srta. Welliver.

A anfitriã respondeu com um menear de cabeça, mas as irmãs o ignoraram. Continuaram a falar enquanto ele e Edward caminhavam para a porta.

– E você sabe como é difícil encontrar serviçais decentes hoje em dia em Providence. Aurnia não era nenhuma maravilha, mas ao menos sabia como manter nossos guarda-roupas em ordem.

Wendell estava a ponto de sair do salão quando parou subitamente. Ao se voltar, olhou para Gwen, que continuava a tagarelar.

– Demorou um mês até encontramos alguém para substituí-la. Mas, àquela altura, já era junho, hora de fazermos as malas para irmos para nossa casa de veraneio em Weston.

– O nome dela era Aurnia? – perguntou Wendell.

Gwen olhou ao redor, como se estivesse procurando quem lhe dirigira a palavra.

– Sua camareira – disse ele. – Fale-me sobre ela.

Gwen encarou-o com frieza.

– Qual o seu interesse neste assunto, Sr. Holmes?

– Era jovem? Bonita?

– Tinha mais ou menos a nossa idade, não é, Kitty? Quanto à beleza... bem, depende dos padrões de cada um.

– E o cabelo dela... era de que cor?

– Por qual motivo você...

– *Qual era a cor?*

Gwen deu de ombros.

– Ruivo. Muito chamativo, é verdade. Mas essas meninas de cabelo vermelho tendem a ser repletas de sardas.

– Sabe para onde ela foi? Onde ela está agora?

– Por que deveríamos? Aquela garota idiota não nos dirigia a palavra.

– Acho que mamãe deve saber – disse Kitty. – Só que ela não nos diria, porque este não é o tipo de coisa que se fala para gente educada.

Gwen olhou ressentida para a irmã.

– Por que não me disse isso antes? Eu conto tudo para você!

– Wendell, você me parece preocupado demais com uma simples camareira – disse Edward.

Wendell voltou à cadeira e se sentou diante das evidentemente atônitas irmãs Welliver.

– Gostaria que me contassem tudo de que se lembram sobre essa menina, a começar pelo nome completo dela. Seria Aurnia Connolly?

Kitty e Gwen olharam-se, atônitas.

– Bem, Sr. Holmes, como sabe disso? – perguntou Kitty.

– Há AQUI um cavalheiro que deseja vê-la – disse a Sra. Furbush.

Rose ergueu a cabeça das ceroulas que remendava. A seus pés havia uma cesta de roupas que ela consertara naquele dia: uma saia da Sra. Lackaway com a bainha solta, uma calça do Dr. Grenville com o bolso rasgado e todas as camisas, blusas e coletes que precisavam de botões pregados e bainhas costuradas. Desde que voltara para a casa naquela manhã, concentrara toda a sua tristeza em um frenesi de remendar e costurar, única habilidade que tinha para retribuir a gentileza daquela gente para com ela. Durante toda a tarde permanecera sentada naquele canto da cozinha, costurando em silêncio, a tristeza estampada de modo tão evidente em sua face que os outros criados respeitaram sua privacidade. Ninguém a incomodara, sequer tentara falar com ela. Até então.

– Há um cavalheiro à porta dos fundos – disse a Sra. Furbush.

Rose jogou a ceroula na cesta e levantou-se. Ao atravessar a cozinha, sentiu a governanta observando-a com curiosidade e, ao chegar à porta, compreendeu por quê.

Wendell Holmes estava à entrada de serviço, um lugar estranho para um cavalheiro bater à porta de alguém.

– Sr. Holmes – disse Rose. – Por que veio pelos fundos?

– Preciso falar com você.

– Entre. O Dr. Grenville está em casa.

– É um assunto particular, só você deve saber. Podemos conversar lá fora?

Ela olhou por sobre os ombros e viu a governanta olhando em sua direção. Sem dizer palavra, saiu e fechou a porta da cozinha depois de passar. Ela e Wendell foram até o pátio ao lado da casa, onde as árvores nuas projetavam sombras esqueléticas à luz fria do poente.

– Sabe onde Norris está? – perguntou Wendell.

Ela hesitou.

– Isso é urgente, Rose. Se souber, você *tem* de me dizer.

Ela balançou a cabeça em negativa.

– Eu prometi.

– Prometeu para quem?

313

– Não posso faltar com minha palavra. Não posso contar. Nem mesmo para você.

– Então você sabe onde ele está?

– Ele está em segurança, Sr. Holmes. Está em boas mãos.

Ele a agarrou pelos ombros.

– Foi o Dr. Grenville quem armou a fuga?

Ela olhou para os olhos desesperados de Wendell.

– Podemos confiar nele, não podemos?

Wendell emitiu um gemido.

– Então já deve ser tarde demais para Norris.

– Por que diz isso? Você está me assustando.

– Grenville jamais deixaria Norris viver para ir a julgamento. Muitos segredos seriam revelados, segredos terríveis que destruiriam esta família. – Ele ergueu a cabeça e olhou para a casa imponente de Aldous Grenville.

– Mas o Dr. Grenville sempre defendeu Norris.

– Já se perguntou por que um homem tão influente arriscaria sua reputação defendendo um aluno sem nome ilustre, sem ligações familiares?

– Porque Norris é inocente! E porque...

– Ele fez isso para afastá-lo do tribunal. Acho que ele quer que Norris seja julgado pelo tribunal da opinião pública, pelas primeiras páginas dos jornais. Ali, ele já é considerado culpado. Basta um caçador de recompensas para cuidar da execução. Você sabe que há um prêmio pela cabeça dele?

Ela engoliu as lágrimas.

– Sim.

– Tudo terminará de modo muito conveniente quando o Estripador de West End for encontrado morto.

– Por que o Dr. Grenville faria isso? Por que ele se voltaria contra Norris?

– Não há tempo para explicar agora. Apenas me diga onde está Norris, para que eu possa adverti-lo.

Ela olhou para ele, sem saber o que fazer. Ela jamais duvidara de Wendell Holmes anteriormente, mas agora, ao que parecia, devia duvidar de todo mundo, mesmo daqueles em quem mais confiava.

– Esta noite – disse ela – ele deixará Medford e viajará para o norte, na estrada para Winchester.

– Seu destino?

– A cidade de Hudson. O moinho junto ao rio. Há um pelicano entalhado no portão.

Ele assentiu.

– Com alguma sorte eu o alcanço antes de ele chegar a Hudson.

– Wendell se voltou para sair, então parou e olhou de novo para Rose. – Nem uma única palavra com Grenville – advertiu. – Acima de tudo, não diga para *ninguém* onde está o bebê. Meggie deve continuar escondida.

Ela o viu correr pelo pátio lateral e um instante depois ouviu os cascos de um cavalo se afastando. O sol já baixava no céu, e logo Norris pegaria a estrada para Winchester. Que hora melhor senão após o escurecer para emboscar um viajante solitário?

Rápido, Wendell. Seja o primeiro a encontrá-lo.

Uma lufada de vento varreu o pátio lateral, levantando folhas e poeira, e ela instintivamente semicerrou as pálpebras. Através de olhos quase fechados viu algo se mover pela calçada. O vento parou, e ela olhou para o cão que entrara pelo portão da rua Beacon. O animal cheirou os arbustos e arranhou as cinzas espalhadas na calçada escorregadia. Então, ergueu uma pata, aliviou-se ao pé de uma árvore e voltou a sair pelo portão. Ao vê-lo sair do pátio, subitamente se sentiu como se já tivesse vivido aquele momento. Ou um instante muito semelhante.

Embora tivesse sido à noite. Com aquela imagem, veio-lhe uma sensação de profunda tristeza, uma lembrança de dor tão terrível que Rose desejou afastar da memória, de volta ao buraco negro das mágoas esquecidas. Mas apegou-se à lembrança, teimosamente agarrando-se àquele fio frágil, até ser levada de volta ao instante no tempo em que estava diante da janela, segurando a sobrinha recém-nascida e olhando para a noite. Ela se lembrou do tílburi chegando ao pátio do hospital. Lembrou-se de Agnes Poole saindo das trevas para falar com o ocupante do tílburi.

E lembrou-se de outro detalhe: o cavalo inquieto, seus cascos batendo contra o calçamento enquanto o cão passava ao largo. Um cão grande cuja silhueta se destacava contra os seixos brilhantes.

Aquele era o cachorro de Billy. Estaria Billy por perto naquela noite?

Ela atravessou o portão e estava a ponto de sair pela rua Beacon quando ouviu uma voz que a deixou paralisada.

– Srta. Connolly?

Ela se voltou e viu o Dr. Grenville à porta da frente da casa.

– A Sra. Furbush disse que o Sr. Holmes veio visitá-la. Onde ele está?

– Ele... ele já foi, senhor.

– Sem nem mesmo falar comigo? Isso é muito peculiar. Charles ficará desapontado ao saber que o amigo foi embora sem falar com ele.

– Ele ficou só um instante.

– Por que veio? E por que diabos bateria na porta dos fundos?

Ela corou sob seu olhar.

– Ele só parou para saber como eu estava, senhor. Ele não queria incomodá-lo tão perto da hora do jantar.

Grenville observou-a um instante. Ela não conseguiu entender expressão do rosto dele e esperava que ele não conseguisse compreender a dela.

– Quando vir o Sr. Holmes outra vez, diga-lhe que suas visitas nunca serão um incômodo – disse Grenville. – Seja dia ou noite.

– Sim, senhor – murmurou Rose.

– Acho que a Sra. Furbush está procurando por você – disse Grenville antes de voltar para casa.

Ela olhou para a rua Beacon. O cão havia desaparecido.

33

Era quase meia-noite quando a casa finalmente ficou em silêncio.

Deitada em seu catre na cozinha, Rose esperou que as vozes no andar de cima cessassem, que o ranger de passos parasse. Somente então ela se levantou e vestiu a capa. Saiu furtivamente pela porta dos fundos e caminhou junto à lateral da casa, mas justo quando estava a ponto de emergir no pátio da frente ouviu a aproximação de uma carruagem e voltou a se ocultar nas sombras.

Alguém bateu à porta da frente.

– Doutor, precisamos do senhor!

Um instante depois a porta se abriu e o Dr. Grenville perguntou:

– O que houve?

– Um incêndio, senhor, perto do cais de Hancock! Dois prédios arderam, não sabemos quantos feridos. O Dr. Sewall pediu sua ajuda. Minha carruagem o aguarda, senhor, se puder vir agora.

– Deixe-me pegar minha maleta.

Um instante depois a porta da frente bateu e a carruagem se foi.

Rose emergiu de seu esconderijo e saiu pelo portão da frente, ganhando a rua Beacon. No horizonte diante dela o céu noturno estava iluminado por um vermelho alarmante. Uma carroça passou em direção ao cais em chamas. Dois jovens corriam a pé ao seu lado, ansiosos para ver o espetáculo. Ela não os seguiu. Em vez disso, subiu o aclive suave de Beacon Hill em direção à vizinhança conhecida como West End.

Vinte minutos depois entrou no pátio de um estábulo e abriu a porta de uma cocheira. No escuro, ouviu o cacarejar de galinhas e sentiu cheiro de cavalos e de feno.

– Billy? – murmurou.

O menino não respondeu. Mas em algum lugar lá em cima, no sótão do celeiro, um cão ganiu.

Ela caminhou em meio à penumbra até encontrar a escada estreita. Viu a magra silhueta de Billy emoldurada pela janela. O menino olhava para o brilho vermelho a leste.

– Billy? – murmurou Rose.

Ele se voltou.

– Srta. Rose, veja! Um incêndio!

– Eu sei. – Ela subiu até o sótão, e o cão veio lamber-lhe as mãos.

– Está aumentando. Acha que pode chegar até aqui? Devo pegar um balde de água?

– Billy, preciso perguntar uma coisa para você.

Mas ele não lhe deu atenção. Seu olhar estava fixo no brilho do fogo. Rose tocou-lhe o braço e sentiu que o menino tremia.

– É no cais – disse ela. – Não pode chegar aqui.

– Sim, pode. Vi um fogo queimar meu pai, veio do teto. Se eu tivesse um balde, poderia tê-lo salvado. Se ao menos eu tivesse um balde.

– Seu pai?

– Ficou preto, Srta. Rose, como carne assada. Quando acender uma vela, deve sempre ter um balde de água ao seu lado.

A leste, o brilho aumentou e uma chama se ergueu, arranhando o céu noturno como um forcado amarelo. O menino se afastou da janela como se estivesse pronto para fugir.

– Billy, preciso que se lembre de algo. É importante.

Ele continuou olhando para a janela, como se estivesse com medo de dar as costas ao inimigo.

– Na noite em que Meggie nasceu, um tílburi foi até o hospital para levá-la. A enfermeira Poole disse que era alguém do orfanato, mas ela estava mentindo. Acho que ela mandou um recado para o pai de Meggie. O *verdadeiro* pai de Meggie.

Ele continuava sem prestar atenção.

– Billy, vi seu cão no hospital naquela noite; portanto, sei que você também esteve lá. Você deve ter visto o tílburi no pátio. – Ela agarrou o braço dele. – Quem foi buscar o bebê?

Finalmente Billy olhou para ela, e Rose viu seu rosto atônito iluminado pelo brilho que vinha da janela.

– Eu não sei. Foi a enfermeira Poole quem escreveu o bilhete.

– Que bilhete?

– O que ela me pediu para entregar para ele.

– Ela lhe pediu para entregar um bilhete?

– Disse que eu ganharia meio dólar se fosse rápido.

Ela olhou para o menino. Um menino que não sabia ler. Que melhor mensageiro que Billy Obtuso, alguém que entregaria sem pestanejar qualquer encomenda em troca de algumas moedas e de um tapinha nas costas?

318

– Para onde ela mandou você levar o bilhete? – perguntou Rose.

Billy voltou a olhar para as chamas.

– Está aumentando. Está vindo para cá.

– Billy. – Ela o balançou com força. – Mostre-me para onde você levou o bilhete.

Ele concordou, afastando-se da janela.

– É longe do incêndio. Estaremos seguros lá.

Ambos desceram a escada e saíram do celeiro. O cão os seguiu, rabo abanando, enquanto subiam a encosta norte de Beacon Hill. Frequentemente, Billy parava para olhar para o leste, para ver se as chamas os estavam seguindo.

– Tem certeza de que se lembra da casa? – perguntou Rose.

– Claro. A enfermeira Poole disse que eu ganharia 50 centavos. Mas não ganhei. Fui até lá, mas o cavalheiro não estava em casa. Mas eu queria os meus 50 centavos, por isso entreguei o bilhete para a empregada. Ela bateu a porta na minha cara. Menina idiota! Não ganhei os 50 centavos. Voltei para falar com a enfermeira Poole, mas ela também não me pagou.

– Para onde estamos indo?

– Por aqui. Você sabe.

– Eu não sei.

– Sim, sabe.

Desceram a colina até a rua Beacon. Outra vez, Billy olhou para o leste. O céu estava iluminado por um sinistro brilho alaranjado e a fumaça soprava em sua direção, trazendo no ar o cheiro da catástrofe.

– Rápido – disse ele. – O fogo não pode atravessar o rio.

Ele começou a subir a rua Beacon, aproximando-se gradativamente da represa do moinho.

– Billy, mostre-me onde entregou o bilhete. Leve-me *direto* à porta!

– É aqui.

Ele abriu um portão e entrou em um pátio. O cão o seguiu.

Rose parou no meio da rua e olhou chocada para a casa do Dr. Grenville.

– Bati na porta dos fundos – disse ele. Billy entrou e sumiu em meio às sombras. – Foi aqui que eu trouxe o bilhete, Srta. Rose!

319

Ela continuou paralisada onde estava. *Então este era o segredo que Aurnia contara no berçário naquela noite.*

Ela ouviu o cão rosnar.

– Billy? – chamou Rose e foi atrás dele pelo pátio lateral. Estava muito escuro, e ela não conseguia vê-lo. Por um instante, hesitou, o coração disparado enquanto espreitava a escuridão. Deu alguns passos à frente e o cão veio se arrastando em sua direção, rosnando, o pelo do pescoço eriçado.

O que havia de errado com ele? Por que estava com medo dela?

Rose parou de súbito enquanto um calafrio lhe subia pela espinha. O cão não estava rosnando para ela, mas sim para algo que estava atrás dela.

– Billy? – chamou Rose.

E se virou.

– Não quero mais sangue derramado. E veja se mantém minha carruagem limpa. Já está uma bagunça aqui, e ainda precisarei lavar este caminho antes de o dia clarear.

– Não vou fazer isso sozinho. Se quiser que seja feito, senhora, terá de participar.

Em meio à dor que martelava sua cabeça, Rose ouvia vozes abafadas, mas não podia ver quem estava falando. Ao abrir os olhos, confrontou-se com uma escuridão densa como a de um túmulo. Havia algo pesando sobre ela, tão pesado que ela não conseguia se mover, mal podia respirar. As duas vozes continuaram a argumentar, perto o bastante para ela ouvir cada sussurro.

– E se eu for parado na estrada? – perguntou o homem. – E se alguém me vir com esta carruagem? Não tenho por que a estar dirigindo. Mas se você estiver comigo...

– Eu já lhe paguei muito dinheiro para cuidar disso.

– Não o bastante para eu me arriscar à forca. – O homem fez uma pausa ao ouvir o rosnado do cachorro de Billy. -- Cão desgraçado – disse ele. O cão emitiu um grito de dor e se afastou dali, ganindo.

Rose fez força para respirar e sentiu cheiro de lã suja e de um corpo não lavado, odores que lhe eram familiares. Conseguiu livrar um braço e tateou o volume que estava deitado sobre ela. Tocou botões e lã. Suas mãos passaram por um colarinho puído e, subitamente, tocaram pele humana. Sentiu um maxilar aberto e inerte e um queixo com os primeiros pelos de uma barba incipiente. Então, sentiu algo pegajoso que envolveu seus dedos com um forte cheiro de ferrugem.

Billy.

Rose cutucou-lhe o rosto, mas ele não se moveu. Somente então percebeu que Billy não estava respirando.

– ...ou você vem comigo, ou nada feito. Não vou arriscar meu pescoço por isso.

– Você se esqueceu, Sr. Burke, do que sei sobre você.

– Então, diria que estamos quites. Depois de hoje à noite.

– Como ousa? – A voz da mulher se exaltou, e Rose subitamente a reconheceu. *Eliza Lackaway.*

Houve uma longa pausa. Então, Burke riu.

– Vamos, vá em frente. Atire em mim. Acho que não ousaria fazê-lo. Assim, acabaria com três corpos dos quais se livrar. – Rose ouviu-o rir com desdém e se afastar.

– Certo – disse Eliza. – Irei com você.

– Suba lá atrás, junto com eles – resmungou Burke. – Se alguém nos parar, você livra nossa cara.

Rose ouviu a porta da carruagem se abrir e sentiu o veículo inclinar-se para o lado ao receber o peso extra. Eliza fechou a porta.

– Vamos, Sr. Burke.

Mas a carruagem não se moveu.

– Temos um problema, Sra. Lackaway. Uma testemunha.

– O quê? – exclamou Eliza, sobressaltada. – Charles – murmurou ela em seguida. E saltou da carruagem. – Você não devia sair da cama! Volte imediatamente para casa.

– Por que está fazendo isso, mãe? – perguntou Charles.

– Há um incêndio nas docas, querido. Estamos levando a carruagem até lá para o caso de precisarem transportar os feridos.

– Não é verdade. Eu a vi, mãe, de minha janela. Vi o que você embarcou na carruagem.

– Charles, você não entende.

– Quem são?

– Não importa.

– Então, por que os matou?

Houve um longo silêncio.

– Ele é uma testemunha – disse Burke.

– Ele é meu *filho*! – Eliza inspirou profundamente, e ao falar outra vez soou calma e controlada. – Charles, estou fazendo isso para o seu bem. Para o seu futuro.

– O que o meu futuro tem a ver com o assassinato de duas pessoas?

– Eu não vou tolerar outro bastardo dele! Limpei a sujeira de meu irmão há dez anos e o farei outra vez agora.

– Do que está falando?

– Estou protegendo sua herança, Charles. Veio de meu pai e pertence a você. Não permitirei que 1 centavo sequer acabe nas mãos do filho de uma *camareira*!

Houve um longo silêncio. Então, com uma voz atônita, Charles perguntou:

– O bebê é filho do meu *tio*?

– Chocado? – Ela riu. – Meu irmão não é santo e, no entanto, recebe todos os méritos. Eu era apenas a filha, feita para casar e dar o fora. Você é a minha realização, querido. Não deixarei que destruam seu futuro. – Eliza voltou a entrar na carruagem. – Agora, vá para a cama.

– E a criança? Você mataria um bebê?

– Apenas a menina sabia onde ele está escondido. O segredo morreu com ela. – Eliza fechou a porta da carruagem. – Agora, deixe-me terminar isso. Vamos, Sr. Burke.

– Qual caminho? – perguntou Burke.

– Para longe do incêndio. Haverá muita gente por lá. Vá para o oeste. Estará mais tranquilo na ponte de Prison Point.

– Mãe – chamou Charles, a voz em desespero. – Se fizer isso, não será em meu nome. *Nada* disso está sendo feito em meu nome!

– Mas você vai aceitar. E um dia me agradecerá.

A carruagem se afastou. Presa embaixo do corpo de Billy, Rose permaneceu completamente imóvel, sabendo que, caso se movesse, caso Eliza descobrisse que ela ainda estava viva, bastaria um golpe em sua cabeça para terminar o trabalho. Que pensassem que estava morta. Poderia ser sua única chance de fuga.

Em meio ao ruído das rodas da carruagem, ouvia vozes de gente na rua, o barulho de outros veículos passando por perto. O fogo atraía a multidão para o leste, em direção ao cais em chamas. Ninguém notaria aquela carruagem solitária, movendo-se lentamente para o oeste. Ela ouviu os latidos insistentes de um cão – o cachorro de Billy, correndo atrás do corpo do dono.

Ela dissera para o homem seguir para o oeste. Em direção ao rio.

Rose pensou em um cadáver que ela vira ser içado no porto. Era verão, e quando o corpo do afogado subiu à superfície, um pescador o tirou da água e o levou até o quebra-mar. Rose se juntara à multidão para ver o cadáver, e o que vira naquele dia tinha pouca semelhança com um ser humano. Os peixes e caranguejos haviam comido toda a carne, esvaziado as órbitas dos olhos, sua barriga estava inchada, a pele esticada como um tambor.

É isso que acontece com o corpo de um afogado.

A cada ranger da roda da carruagem Rose chegava mais perto da ponte, mais perto da queda final. Agora, ouvia os cascos dos cavalos chocando-se contra madeira e sabia que começavam a atravessar a movimentada ponte do canal, indo em direção a Lechmere Point. Seu destino final era a ponte de Prison Point, muito mais tranquila. Lá, os dois corpos seriam jogados na água e ninguém perceberia. O pânico fez o coração de Rose bater como o de um animal selvagem em fuga. Já se sentia afogando, tentando respirar desesperadamente.

Rose não sabia nadar.

34

— Aurnia Connolly era camareira na casa das Welliver, em Providence – disse Wendell. – Após três meses no emprego, deixou o cargo abruptamente. Isso foi em maio.

– Maio? – perguntou Norris, compreendendo o significado da data.

– Àquela altura, devia estar ciente de sua situação. Logo em seguida, casou-se com um alfaiate que ela já conhecia. O Sr. Eben Tate.

Norris olhou ansioso para a estrada escura à sua frente. Segurava as rédeas da carruagem de dois passageiros de Wendell, e nas últimas duas horas eles haviam exigido muito do cavalo. Agora, aproximavam-se do vilarejo de Cambridge, e Boston estava a apenas uma ponte de distância.

– Kitty e Gwen me disseram que sua camareira era ruiva – continuou Wendell. – Que tinha 19 anos e era bem bonita.

– O bastante para atrair a atenção de um hóspede?

– O Dr. Grenville visitou os Welliver em março. Foi o que as irmãs me contaram. Ficou lá duas semanas, tempo durante o qual elas perceberam que ele frequentemente ficava acordado até tarde, lendo no salão. Depois que os outros iam dormir.

Em março, mês em que a filha de Aurnia fora concebida.

A carroça em movimento subitamente caiu em um buraco na estrada, e os dois precisaram se agarrar para não cair.

– Devagar, pelo amor de Deus! – disse Wendell. – Não podemos quebrar um eixo aqui. Assim tão perto de Boston alguém pode reconhecê-lo.

Mas Norris não reduziu a velocidade, embora o animal já estivesse muito ofegante e ainda tivessem uma longa jornada a cumprir naquela noite.

– É loucura você voltar à cidade – disse Wendell. – Devia estar longe daqui a esta altura.

– Não deixarei Rose com ele. – Norris inclinou-se para a frente, como se isso fizesse o cavalo correr mais. – Achei que ela estaria mais segura lá. Achei que a estava protegendo. Em vez disso, entreguei-a ao assassino.

A ponte sobre o rio Charles surgiu à frente da carruagem. Bastava atravessar aquela ponte e Norris estaria de volta à cidade da qual fugira na véspera. Naquela noite, porém, a cidade estava diferente. Ele obrigou o cavalo a desacelerar a marcha e olhou por sobre as águas para o brilho alaranjado no céu noturno. Na margem oeste do rio Charles uma multidão pequena, embora muito excitada, se reunia para observar as chamas que iluminavam o horizonte. Mesmo daquela distância do incêndio o ar cheirava a fumaça.

Um menino passou correndo por eles, e Wendell perguntou:

– Onde é o incêndio?

– Dizem que é nas docas de Hancock! Estão chamando voluntários para ajudar a apagar!

O que significava que haveria menos gente na cidade, pensou Norris. Menos chance de eu ser reconhecido. Contudo, ergueu o colarinho do sobretudo e baixou a aba do chapéu quando começaram a atravessar a ponte de West Boston.

– Vou entrar na casa para buscá-la – disse Wendell. – Você fica com o cavalo.

Norris olhou adiante, as mãos agarrando as rédeas.

– Nada pode dar errado. Apenas tire Rose daquela casa.

Wendell segurou o braço do amigo.

– Quando der por si, ela estará sentada aqui ao seu lado. Então, poderão ir embora juntos. – Fez uma pausa e acrescentou, com tristeza: – Com meu cavalo.

– De algum modo eu o devolverei. Eu juro, Wendell.

– Bem, Rose certamente acredita em você. Para mim é o bastante. *E eu acredito nela.*

O cavalo deixou a ponte e entrou na rua Cambridge. O brilho do incêndio nas docas estava bem adiante, e a rua parecia sobrenaturalmente vazia, o ar adensado pela fumaça e pela fuligem. Quando ele e Rose saíssem da cidade, iriam para o oeste buscar Meggie. Ao amanhecer, estariam longe de Boston.

Ele voltou o cavalo para o sul, em direção à rua Beacon, que também estava deserta e onde o cheiro de fumaça era ainda mais forte. O ar parecia estar se fechando ao redor de Norris como um laço que se estreitava. A casa de Grenville ficava logo adiante, e ao se aproximarem do portão da frente, o cavalo subitamente recuou, assustado por uma sombra. Norris puxou as rédeas e a carroça balançou perigosamente, mas ele conseguiu recuperar o controle. Somente então viu o que assustara o animal.

Charles Lackaway, vestindo apenas ceroulas, estava no pátio, olhando para Norris com olhos atônitos.

– Você voltou – murmurou.

Wendell pulou da carroça.

– Apenas deixe que ele leve Rose e não diga nada para ninguém. Por favor, Charlie. Deixe-a ir com ele.

– Não posso.

– Pelo amor de Deus, você era meu *amigo*. Tudo o que ele quer é levar Rose.

– Eu acho... – a voz de Charles tremulou, chorosa. – Eu acho que ela a matou.

Norris pulou da carroça. Agarrando o colarinho de Charles, encostou-o contra a cerca.

– Onde está Rose?

– Minha mãe... Ela e aquele homem a levaram...

– Para onde?

– Para a ponte de Prison Point – murmurou Charles. – Acho que é tarde demais.

Em um instante Norris estava de volta à carruagem. Não esperou por Wendell: o cavalo se moveria com mais rapidez com apenas um passageiro. Estalou o chicote e o cavalo partiu a galope.

– Espere! – gritou Wendell, correndo atrás dele.

Mas Norris apenas chicoteou o cavalo com mais força.

A CARRUAGEM PAROU.

Imprensada contra o chão, presa sob o corpo de Billy, Rose não conseguia sentir as próprias pernas. Estavam dormentes e inúteis, membros mortos que bem poderiam pertencer ao cadáver de Billy. Ouviu a porta se abrir e sentiu a carruagem oscilar quando Eliza saltou na ponte.

– Espere – advertiu Burke. – Alguém está se aproximando.

Rose ouviu um cavalo atravessar a ponte. O que o cavaleiro pensaria ao passar e ver a carruagem estacionada no acostamento?

326

Será que olharia para o homem e para a mulher voltados para a água junto ao parapeito? Pensaria que Eliza e Burke eram amantes, encontrando-se furtivamente naquele lugar solitário? O cachorro de Billy começou a latir, e ela o ouviu arranhando a carruagem, tentando chegar ao corpo do dono. Será que o cavaleiro que passava por ali notaria aquele estranho detalhe? O cão latindo e arranhando a carruagem, o casal ignorando-o enquanto se mantinha de costas, olhando para a água?

Tentou gritar por socorro, mas não conseguiu inspirar profundamente e sua voz foi abafada pela lona pesada que os cobria. E o cachorro, aquele cachorro barulhento, continuava latindo e arranhando, abafando os gritos fracos que conseguiu emitir. Ouviu o cavalo passar por eles e então o som de cascos diminuiu gradativamente, sem que o cavaleiro soubesse que sua desatenção acabara de condenar uma mulher à morte.

A porta da carruagem se abriu.

– Droga, achei ter ouvido alguma coisa. Um deles ainda está vivo! – disse Eliza.

A lona foi retirada. O homem agarrou o corpo de Billy e tirou-o da carruagem. Rose inspirou profundamente e gritou. Seu grito foi imediatamente abafado pela mão grosseira de Jack, pressionada sobre seus lábios.

– Dê-me a faca – disse Jack para Eliza. – Eu a farei se calar.

– Sem sangue na carruagem! Apenas a atire na água antes que alguém mais apareça!

– E se ela souber nadar?

Sem precisar responder, Eliza rasgou a anágua de Rose em tiras. Com brutal eficiência, amarrou os tornozelos da jovem. Um chumaço de tecido foi enfiado em sua boca, então o homem amarrou-lhe os pulsos.

Os latidos do cão tornaram-se frenéticos. Ele circundava a carruagem, uivando, ao mesmo tempo que mantinha distância dos chutes que lhe eram desferidos.

– Jogue-a – disse Eliza. – Antes que aquele cão atraia mais... – Ela fez uma pausa. – Alguém está se aproximando.

– Onde?

– Faça isso agora, antes que nos vejam!

Rose soluçou quando o homem a arrastou para fora da carruagem. Debateu-se nos braços dele, o cabelo golpeando-lhe o rosto enquanto tentava se libertar. Mas os braços dele eram muito fortes, e era tarde demais para Jack pensar duas vezes no que estava fazendo. Enquanto ele a levava até o parapeito, Rose viu Billy de relance, morto ao lado da carruagem, o cão agachado ao seu lado. Também viu Eliza, o cabelo desgrenhado e agitado pelo vento. Em seguida, viu o céu e as estrelas obnubiladas por uma névoa de fumaça.

Então, caiu.

35

Em Lechmere Point, Norris ouviu o barulho de algo caindo na água. Não podia ver exatamente o que era, mas viu a carruagem parada na ponte à sua frente. E ouviu um cão uivando.

Ao se aproximar, viu o corpo do rapaz deitado junto à roda traseira da carruagem. Um cão negro agachado ao lado, dentes à mostra, rosnando para o homem e para a mulher que tentavam se aproximar do cadáver. *É o cachorro de Billy.*

– Não conseguimos parar a carruagem a tempo! – gritou a mulher. – Foi um acidente horrível! O menino apareceu bem à nossa frente e... – Ela parou de falar ao reconhecer Norris, que saltava da carroça. – Sr. Marshall?

Norris abriu a porta da carruagem, mas não viu Rose lá dentro. No chão, pegou um pedaço de tecido. *De uma anágua.*

Voltou-se para Eliza, que o olhava em silêncio.

– Onde está Rose? – perguntou. Olhou para Jack Zarolho, que já se afastava, preparando-se para fugir.

Aquele barulho... eles haviam jogado algo na água!

Norris correu para o parapeito e olhou para o rio. Viu a água ondulada, prateada pelo luar. Então, detectou movimento quando algo subiu à superfície e depois voltou a afundar.

Rose.

Subiu no parapeito. Norris já mergulhara no rio Charles, oportunidade em que docilmente entregara seu destino aos caprichos da providência. Agora, entretanto, não abriria mão de coisa alguma. Ao pular da ponte, estendeu os braços como se pretendendo agarrar aquela única chance de felicidade. Atingiu uma água tão fria que engoliu em seco. Subiu à margem, tossindo. Fez uma pausa, apenas o suficiente para inspirar e expirar diversas vezes, inundando os pulmões de ar.

Então, mergulhou outra vez.

No escuro, tateou em busca de alguma coisa palpável, procurando um membro, um pedaço de tecido, um punhado de cabelo. Suas mãos encontraram apenas água. Sem fôlego, voltou à superfície. Desta vez ouviu gritos de um homem lá em cima, na ponte.

– Há alguém lá embaixo!

– Eu vi. Chame a Ronda Noturna!

Três rápidas inspirações e Norris mergulhou outra vez. Em meio ao pânico, não se deu conta do frio nem do coro crescente de vozes que vinha da ponte. A cada segundo que passava, Rose se afastava cada vez mais. Braços se debatendo, ele vasculhava a água, desesperado como um afogado. Ele podia estar a centímetros dela, mas não podia vê-la.

Estou perdendo você.

Uma necessidade desesperada de respirar o fez voltar à superfície. Havia luzes na ponte lá em acima e mais vozes. Testemunhas impotentes de seu desespero.

Prefiro me afogar a deixá-la aqui.

Um último mergulho. O brilho das lanternas penetrava a água em veios tênues de luz. Viu seus braços se movendo e nuvens de sedimentos. Logo abaixo, viu algo mais. Algo pálido, ondulando como lençóis ao vento. Nadou naquela direção e suas mãos agarraram tecido.

O corpo lânguido de Rose aproximou-se do dele, o cabelo como um redemoinho negro.

Imediatamente começou a emergir, puxando-a atrás de si. Mas ao chegarem à superfície para respirar percebeu que ela estava flácida, inerte como um fardo de panos. Cheguei tarde demais. Chorando, ofegante, arrastou-a para a margem, esforçando-se a ponto de suas pernas mal o obedecerem. Quando seus pés finalmente pisaram a lama do chão, ele mal suportava o próprio peso. Arrastou-se para fora da água e levou Rose margem acima, até alcançar terra firme.

Os pulsos e tornozelos de Rose estavam amarrados e ela não estava respirando.

Ele a virou de barriga para baixo. *Viva, Rose! Você precisa sobreviver. Por mim.* Pôs as mãos em suas costas e inclinou-se para a frente, pressionando-lhe o peito. A água esguichou da boca da jovem. Ele pressionou diversas vezes, até seus pulmões se esvaziarem por completo. Mas ela continuava inerte.

Norris arrancou os panos atados aos pulsos de Rose e virou-a de costas. Seu rosto sujo de lama voltou-se para o dele. Ele pressionou as mãos contra e peito da jovem e inclinou-a para a frente, tentando expelir as últimas gotas de água de seus pulmões. Continuou a pressionar enquanto as lágrimas e a água do rio escorriam por seu rosto.

– Rose, volte para mim! Por favor, querida. Volte.

O primeiro movimento de Rose foi tão débil que podia ser apenas uma ilusão de sua imaginação desesperada. Então, subitamente, ela estremeceu e tossiu, uma tosse úmida e dolorosa que foi o som mais belo que ele já ouvira em toda a vida. Rindo e chorando ao mesmo tempo, ele a virou de lado e afastou o cabelo molhado de seu rosto. Embora ouvisse passos se aproximando, não ergueu a cabeça. Seu olhar estava fixado em Rose. Quando ela abriu os olhos, seu rosto foi a primeira coisa que viu.

– Estou morta? – murmurou.

– Não. – Ele abraçou o corpo trêmulo de Rose. – Você está bem aqui comigo. Onde sempre estará.

Um seixo rolou pelo chão, e os passos pararam. Somente então Norris ergueu a cabeça para ver Eliza Lackaway, a capa oscilando ao vento. *Como asas. Como asas de um pássaro gigantesco.* A pistola estava apontada para ele.

– Estão vendo tudo – disse Norris, olhando para as pessoas na ponte.

– O que verão será eu matar o Estripador de West End. – Ela voltou-se para a multidão. – Sr. Pratt! É Norris Marshall!

As vozes na ponte se excitaram.

– Vocês ouviram isso?

– É o Estripador de West End!

Rose esforçou-se para se sentar, agarrando o braço de Norris.

– Mas eu sei a verdade – disse ela. – Eu sei o que você fez. E você não pode matar a nós dois.

O braço de Eliza esmoreceu. Ela só tinha um tiro. Mesmo quando o Sr. Pratt e dois homens da Ronda Noturna desceram rapidamente a margem íngreme do rio, ela ainda estava ali, indecisa, a arma oscilando entre Norris e Rose.

– Mãe!

Eliza ficou estática. Olhou para a ponte, onde viu o filho ao lado de Wendell.

– Mãe, não faça isso! – implorou Charles.

– Seu filho nos contou – disse Norris. – Ele sabe o que a senhora fez, Sra. Lackaway. Wendell Holmes também sabe. Você pode me matar aqui, agora, mas a verdade foi revelada. Esteja eu morto ou vivo, seu futuro já foi decidido.

Lentamente, ela baixou a pistola.

– Eu não tenho futuro – murmurou. – Acabe isso aqui ou na forca, é o fim. A única coisa que posso fazer é poupar meu filho. – Ela ergueu a arma, que desta vez não estava apontada para Norris. Estava apontada para sua própria cabeça.

Norris pulou na direção dela. Agarrando-lhe o pulso, tenteou fazê-la soltar o revólver, mas Eliza resistia, lutando com a fúria de um animal ferido. Apenas quando Norris torceu-lhe o braço ela finalmente soltou a arma. Ela tropeçou para trás, uivando, e Norris ficou exposto na margem do rio com a arma na mão. Em um piscar de olhos deu-se conta do que estava para acontecer. Viu o patrulheiro Pratt apontar a arma em sua direção. Ouviu o grito angustiado de Rose.

– *Não!*

O impacto da bala tirou-lhe o ar dos pulmões. A arma caiu de sua mão. Ele cambaleou e tombou de costas na lama. Um estranho silêncio tomou conta da noite. Norris olhou para o céu, mas não ouviu vozes, passos, nem mesmo o marulhar da água contra a margem. Tudo era calma e paz. Viu as estrelas no céu, brilhando através da névoa que se dissipava. Não sentia dor, medo, apenas uma sensação de que toda a sua luta, todos os seus sonhos, se resumiam àquele instante à margem, com as estrelas brilhando.

Então, como se viesse de muito longe, ouviu uma voz doce e familiar e viu Rose, sua cabeça emoldurada pelas estrelas, como se ela o olhasse do céu.

– Você pode fazer alguma coisa? – gritava ela. – Por favor, Wendell, você precisa salvá-lo!

Agora, ele também escutava a voz de Wendell e ouviu o som de pano sendo rasgado quando ele abriu a camisa.

– Aproximem a lâmpada! Preciso ver o ferimento!

Quando o ferimento foi iluminado, Norris viu a expressão no rosto de Wendell e leu a verdade em seus olhos.

– Rose? – murmurou Norris.

– Estou aqui. Estou bem aqui. – Ela se aproximou, tomou-lhe a mão e acariciou-lhe o cabelo. – Você vai ficar bem, querido. Você vai ficar bem, e seremos felizes. Seremos muito felizes.

Norris suspirou, fechou os olhos e viu Rose se afastando dele, levada tão rapidamente pelo vento que ele não tinha esperanças de poder alcançá-la.

– Espere por mim – murmurou. Então, ouviu o que pareceu ser um trovão distante, um tiro solitário de arma de fogo que ecoou na escuridão que se fechava ao seu redor.

Espere por mim.

JACK BURKE ARRANCOU uma tábua do chão de seu quarto e tirou apressadamente o dinheiro ali escondido. Suas economias de uma vida, quase 2 mil dólares, retiniram ao cair dentro do alforje.

– O que está fazendo? Está levando tudo? Você é louco? – perguntou Fanny.

– Estou indo embora.

– Você não pode levar tudo! Isso é meu também!

– Você não tem um laço de forca pendurado sobre *sua* cabeça. – Subitamente, ele ergueu o queixo e ficou paralisado.

Alguém batia à porta no andar de baixo.

– Sr. Burke! Sr. Jack Burke, é a Ronda Noturna. Abra imediatamente esta porta!

Fanny voltou-se para descer.

– Não! – disse Jack. – Não os deixe entrar!

Ela olhou para ele com olhos maliciosos.

– O que você fez, Jack? Por que estão atrás de você?

Lá embaixo, uma voz gritou:

– Vamos arrombar a porta se não nos deixar entrar!

– Jack? – perguntou Fanny.

– Foi ela quem fez tudo aquilo! – disse Jack. – Ela matou o menino, não eu!

– Que menino?

– Billy Obtuso.

– Então, que ela vá para a forca.

– Ela está morta. Pegou a arma e se matou na frente de todo mundo. – Ele se levantou e jogou o pesado alforje às costas. – Serei culpado por tudo. Tudo pelo que ela me pagou para fazer. – Foi em direção à escada. Pelos fundos, pensou. Selar o cavalo e partir. Se conseguisse alguns minutos de vantagem, poderia despistá-los na escuridão. Pela manhã estaria bem longe dali.

A porta da frente se abriu com um estrondo. Jack parou ao pé da escada quando três homens entraram.

Um deles se adiantou e disse:

– Está preso, Sr. Burke. Pelo assassinato de Billy Piggott e pela tentativa de homicídio de Rose Connolly.

– Mas não fui eu! Foi a Sra. Lackaway!

– Cavalheiros, levem-no preso.

Jack foi empurrado com tanta força que tombou sobre os joelhos, deixando cair o alforje. Imediatamente, Fanny avançou e pegou-o. Ela se afastou, pressionando-o contra o peito. Quando a Ronda Noturna ergueu o marido, ela não fez menção de ajudá-lo, nada disse em sua defesa. Foi a última vez que ele a viu: Fanny abraçando suas economias de uma vida, o rosto calmo e impassível enquanto Jack era retirado da taberna.

Sentado na carruagem, Jack sabia exatamente o que aconteceria a seguir. Não apenas o julgamento, a forca, mas além. Ele sabia onde invariavelmente acabavam os corpos dos prisioneiros executados. Pensou no dinheiro que tão cuidadosamente guardara para seu precioso caixão de chumbo, com a gaiola de ferro e o vigia, tudo para vencer os esforços de violadores de túmulo como ele. Havia muito, prometera que nenhum anatomista abriria sua barriga ou cortaria sua carne.

Agora, olhava para o próprio peito e soluçava de tristeza. Ele já sentia a faca começando a cortar.

Aquele era um lar enlutado. E envergonhado.

Wendell Holmes sabia estar se intrometendo na dor particular dos Grenville, mas não fez menção de ir embora, e ninguém pediu que o fizesse. Sentado em silêncio a um canto, o Dr. Grenville sequer percebeu que Wendell estava no salão. Wendell fizera parte daquela tragédia desde o início e era normal que estivesse presente, para testemunhar seu fim. E o que ele viu, à luz tremeluzente da lareira, foi um Aldous Grenville arrasado, curvado profundamente na cadeira, a cabeça baixa de pesar. O chefe de polícia Lyons estava sentado à sua frente.

A governanta, a Sra. Furbush, entrou timidamente no salão com uma bandeja de conhaque, que pousou em uma mesa de canto.

– Senhor – disse ela em voz baixa. – Dei ao jovem Sr. Lackaway a dose de morfina que pediu. Ele está dormindo agora.

Grenville nada disse, simplesmente meneou a cabeça.

– E a Srta. Connolly? – perguntou o chefe de polícia Lyons.

– Ela não quer deixar o corpo do rapaz, senhor. Tentei afastá-la, mas ela fica junto ao caixão. Não sei o que faremos com ela quando vierem buscá-lo pela manhã.

– Deixe-a. A jovem tem todos os motivos para estar infeliz.

A Sra. Furbush se foi e Grenville murmurou:

– Assim como todos nós.

Lyons serviu uma dose de conhaque e entregou-a ao amigo.

– Aldous, você não pode se culpar pelo que Eliza fez.

– Mas eu me culpo. Eu não queria saber, mas deveria ter suspeitado. – Grenville suspirou e bebeu o conhaque de um só gole. – Eu sabia que ela faria qualquer coisa por Charles. Mas matar por ele?

– Não sabemos se ela fez tudo aquilo sozinha. Jack Burke jura não ser o Estripador, mas pode estar envolvido.

– Então, ela certamente o instigou. – Grenville olhou para o copo vazio e murmurou: – Eliza sempre quis controlar tudo, mesmo quando era criança.

– Contudo, de quanto controle uma mulher realmente é capaz, Aldous?

Grenville baixou a cabeça e murmurou:

– A pobre Aurnia levou a pior. Não há desculpa para o que fiz. Mas ela era adorável, tão adorável! E eu não passo de um velho solitário.

– Você tentou fazer o que era certo. Conforte-se com isso. Você contratou o Sr. Wilson para encontrar o bebê e estava pronto para ajudá-la.

– O que era certo? – Grenville balançou a cabeça. – O certo seria ter ajudado Aurnia há meses, em vez de lhe dar um belo colar e ir embora. – Ele ergueu a cabeça, os olhos atormentados. – Eu juro, não sabia que ela carregava um filho meu. Não até o dia em que a vi aberta sobre a mesa de dissecação. Quando Erastus disse que ela dera à luz recentemente foi que me dei conta de que tinha um filho.

– Mas nunca contou para Eliza?

– Para ninguém, afora o Sr. Wilson. Eu queria o bem-estar da criança, mas sabia que Eliza se sentiria ameaçada. Seu falecido marido foi infeliz nos negócios. Ela tem vivido comigo por caridade.

E aquela criança podia reivindicar tudo, pensou Wendell. Pensou em todas as maldades contra os irlandeses pronunciadas pelas irmãs Welliver e pela mãe de Edward Kingston, por toda senhora da sociedade nos melhores salões de Boston. O fato de seu próprio filho querido, que não tinha talento para ganhar a vida, ter o futuro ameaçado pelo rebento de uma camareira teria sido um ultraje intolerável para Eliza.

Contudo, fora uma menina irlandesa quem, afinal, a vencera. Rose Connolly mantivera a criança viva, e Wendell podia imaginar a fúria crescente de Eliza à medida que a jovem conseguia se esquivar dela, dia após dia. Pensou nos cortes terríveis no corpo de Agnes Poole, na tortura de Mary Robinson, e compreendeu que o alvo verdadeiro do ódio de Eliza era Rose e todas as meninas como ela, cada estrangeira esfarrapada que lotava as ruas de Boston.

Lyons pegou o copo de Grenville, voltou a enchê-lo e o devolveu.

– Desculpe-me, Aldous, por eu não ter assumido o controle da investigação mais cedo. Quando o fiz, o idiota do Pratt já tinha posto a população em polvorosa. – Lyons balançou a cabeça. – Infelizmente, o Sr. Marshall foi a vítima infeliz de toda essa histeria.

– Pratt terá de pagar por isso.

– Ah, ele pagará. Providenciarei para que pague. Quando eu tiver terminado com ele, sua reputação estará arrasada. Não descansarei até ele ser expulso de Boston.

– Não que isso importe agora – murmurou Grenville. – Norris morreu.

– O que nos abre uma possibilidade. Um meio de reduzir os danos.

– Como assim?

– Nada podemos fazer pelo Sr. Marshall, agora. Para o bem ou para o mal. Ele não pode sofrer mais do que já sofreu. Podemos deixar que esse escândalo seja abafado.

– E não limpar o nome dele?

– À custa de sua família?

Wendell estivera calado até então. Mas agora estava tão chocado que não conseguiu se conter.

– Vai deixar Norris ser enterrado como o Estripador de West End mesmo sabendo que ele é inocente?

O chefe de polícia Lyons olhou para ele.

– Há outros inocentes a considerar, Sr. Holmes. O jovem Charles, por exemplo. Já é bem doloroso para ele o fato de sua mãe ter decidido acabar com a própria vida... e tão publicamente. Também o quer forçar a viver com o estigma de ter uma mãe assassina?

– Mas é a verdade, não é mesmo?

– O público não tem direito à verdade.

– Mas devemos isso a Norris. À sua memória.

– Ele não está aqui para se beneficiar de tal redenção. Não o acusaremos. Simplesmente ficaremos em silêncio e permitiremos que o público chegue às suas próprias conclusões.

– Mesmo que tais conclusões sejam falsas?

– A quem dizem respeito? A ninguém que ainda esteja vivo. – Lyons suspirou. – De qualquer modo, ainda há um julgamento a ser feito. O Sr. Jack Burke será enforcado pelo assassinato de Billy Piggott. A verdade pode aparecer, então, e não poderemos abafá-la. Mas também não precisamos divulgá-la.

Wendell olhou para o Dr. Grenville, que permaneceu em silêncio.

– O senhor permitiria que tal injustiça fosse cometida contra Norris? Ele merecia mais do que isso.

Grenville murmurou:

– Eu sei.

– Que honra é essa à qual sua família se apega que exige manchar a memória de um inocente para ser preservada?

– Tenho de pensar em Charles.

– E isso é tudo o que importa?

– Ele é meu sobrinho!

Uma voz subitamente interveio:

– E quanto ao seu filho, Dr. Grenville?

337

Pasmo, Wendell voltou-se para Rose, que estava à porta do salão. A dor privara seu rosto de qualquer coloração, e o que ele viu tinha pouca semelhança com a jovem vibrante que ela fora. Em seu lugar viu uma estranha, não mais uma menina, mas uma mulher de rosto pétreo, postura ereta e tenaz, olhar fixo em Grenville.

– Certamente, sabia que tinha outro filho – disse ela. – Ele era seu filho.

Grenville emitiu um gemido angustiado e escondeu a cabeça entre as mãos.

– Ele nunca percebeu – disse Rose. – Mas eu, sim. E o senhor também deve ter percebido, doutor. Assim que olhou para ele. De quantas mulheres se aproveitou, senhor? Quantos outros filhos teve fora do casamento, filhos dos quais sequer sabe a respeito? Filhos que agora estão lutando para permanecer vivos?

– Não há outros.

– Como pode saber?

– Eu *sei*! – Ele ergueu a cabeça. – O que aconteceu entre mim e Sophia foi há muito tempo, e é algo que ambos lamentamos. Traímos minha amada esposa. Nunca mais voltei a fazê-lo, não enquanto Abigail era viva.

– Você deu as costas para seu filho.

– Sophia nunca me disse que o filho era meu! Durante todos esses anos em que ele cresceu em Belmont, eu não sabia de nada. Até ele chegar à faculdade e eu vê-lo. Então, dei-me conta...

Wendell olhava para Rose e Grenville alternadamente.

– Vocês não podem estar falando de *Norris*.

Rose ainda olhava fixamente para Grenville.

– Enquanto morava nesta mansão, doutor, enquanto ia para sua casa de campo em Weston a bordo de sua bela carruagem, ele estava arando campos e alimentando porcos.

– Eu já disse que não sabia! Sophia nunca me disse uma palavra.

– Se tivesse dito, o senhor o reconheceria? Não creio. E, pobre Sophia, ela não teve escolha a não ser se casar com o primeiro homem disposto a esposá-la.

– Eu *teria* ajudado o rapaz. Eu *teria* cuidado de suas necessidades.

– Mas não cuidou. Tudo o que ele conseguiu foi por seus próprios esforços. Tem orgulho de ter sido pai de um filho tão notável? Que em tão pouco tempo de vida subiu tão além de seu escalão social?

– Estou orgulhoso – murmurou Grenville. – Se Sophia tivesse me dito...

– Ela tentou.

– Como assim?

– Pergunte ao seu sobrinho, Charles. Ele ouviu a Sra. Lackaway dizer que não queria *outro* de seus bastardos aparecendo subitamente na família. Ela disse que, há dez anos, foi forçada a limpar sua sujeira.

– Há dez anos? – perguntou Wendell. – Mas isso não foi quando...

– ...quando a mãe de Norris desapareceu – continuou Rose. Ela inspirou, trêmula, os primeiros sinais de lágrimas entrecortando-lhe a voz. – Se ao menos Norris tivesse sabido! Significaria tudo para ele saber que a mãe o amava. Que ela não o abandonou. Que, em vez disso, foi assassinada.

– Não tenho palavras em minha defesa, Srta. Connolly – disse Grenville. – Tenho uma vida inteira de pecados dos quais me penitenciar, e pretendo fazê-lo. – Olhou diretamente para Rose. – Agora, parece que há uma menina em algum lugar precisando de um lar. Uma menina para quem eu juro que será dado todo conforto, todas as vantagens.

– Aceitarei isso como uma promessa – disse Rose.

– Onde ela está? Você me levará à minha filha?

Rose encarou-o.

– Na hora certa.

Na lareira, o fogo se apagara. As primeiras luzes da manhã iluminavam o céu.

O chefe de polícia Lyons levantou-se.

– Deixo-o agora, Aldous. Quanto a Eliza, o que decidir revelar é escolha sua. Neste instante, os olhos do público estão sobre o Sr. Jack Burke. É o monstro do dia. Mas logo, estou certo, haverá outro que chamará a atenção. É o que sei sobre a opinião pública: sua fome de monstros é insaciável. – Ele se despediu com um menear de cabeça e se retirou.

Após um instante, Wendell também se levantou para ir embora. Estava naquela casa como intruso havia muito tempo e se expressara com muita rudeza. Portanto, foi com um tom de desculpas na voz que anunciou sua partida ao Dr. Grenville, que sequer se moveu, preferindo ficar sentado em sua cadeira, olhando para as cinzas.

Rose seguiu Wendell até o saguão.

– Você foi um verdadeiro amigo – disse ela. – Obrigada por tudo o que fez.

Eles se abraçaram, e não houve qualquer embaraço apesar do imenso oceano de classes que os separava. Norris Marshall os unira. Agora, o pesar por sua morte os ligaria para sempre. Wendell estava a ponto de sair quando parou e olhou para Rose.

– Como soube? – perguntou ele. – O próprio Norris não sabia.

– Que o Dr. Grenville é o pai dele?

– Sim.

Ela o tomou pela mão.

– Venha comigo.

Rose levou-o até o segundo andar. No corredor em penumbra ela se deteve para acender uma lâmpada e aproximá-la de um dos retratos pendurados na parede.

– Aqui – disse ela. – Foi assim que descobri.

Ele olhou para a pintura de um jovem de cabelos escuros, em pé ao lado de uma escrivaninha, a mão apoiada sobre um crânio humano. Seus olhos castanhos olhavam diretamente para Wendell, como se o desafiassem diretamente.

– É um retrato de Aldous Grenville quando tinha 19 anos – disse Rose. – Foi o que a Sra. Furbush me disse.

Wendell não conseguia tirar os olhos do retrato.

– Nunca tinha notado.

– Eu vi de imediato. E não tive dúvidas. – Rose olhou para o retrato do jovem e seus lábios se curvaram em um sorriso triste. – Você sempre reconhece aqueles a quem ama.

340

36

A bela carruagem do Dr. Grenville levou-os para o oeste na estrada para Belmont, através de fazendas e campos invernais que agora eram familiares para Rose. Era uma tarde belíssima e a neve brilhava sob um céu muito azul, como quando ela passara por ali havia apenas duas semanas. *Você estava comigo naquela vez, Norrie. Se eu fechar meus olhos, quase consigo acreditar que você está aqui ao meu lado.*

– É muito mais adiante? – perguntou Grenville.

– Só um pouco, senhor. – Rose abriu os olhos e piscou, ofuscada pelo sol. *Mas eu jamais voltarei a vê-lo. E sentirei sua falta durante todos os dias de minha vida.*

– Foi aqui que ele cresceu, não é mesmo? – perguntou Grenville.

– Nesta estrada.

Ela assentiu.

– Logo chegaremos à fazenda de Heppy Comfort. Ela tem uma vaca aleijada que trouxe para dentro de casa. Ficou tão apegada ao animal que não tem coragem de abatê-la. Na porta ao lado é a fazenda de Ezra Hutchinson. A mulher dele morreu de tifo.

– Como sabe tudo isso?

– Norris me contou. – E ela jamais esqueceria. Enquanto vivesse, lembraria de cada palavra, de cada instante.

– A fazenda Marshall fica nesta estrada?

– Não vamos à fazenda de Isaac Marshall.

– Então, para onde vamos?

Ela olhou para a bela casa de fazenda que acabara de aparecer mais adiante.

– Vejo a casa agora.

– Quem mora ali?

Um homem que foi mais carinhoso e generoso com Norris do que o próprio pai.

Quando a carruagem parou, uma porta se abriu, e o velho Dr. Hallowell apareceu na varanda. Pela expressão triste de seu rosto, Rose soube que ele já recebera a notícia da morte de Norris. Ele se adiantou para ajudar Rose e o Dr. Grenville a saltarem da carruagem. Ao subirem os degraus da varanda, Rose surpreendeu-se ao ver outro homem sair da casa.

Era Isaac Marshall, que parecia infinitamente mais velho do que parecera havia apenas algumas semanas.

Os três homens reunidos naquela varanda estavam ali para chorar a morte de um jovem, e as palavras não eram facilmente pronunciadas por nenhum deles. Em silêncio, olharam uns para os outros, os dois que viram Norris crescer e aquele que deveria ter visto.

Rose passou pelos três e entrou na casa, seguindo aquilo que ouvidos masculinos não estão acostumados a detectar: os suaves arrulhos de um bebê. Ela seguiu o som até uma sala onde a grisalha Sra. Hallowell estava sentada, ninando Meggie.

– Voltei para buscá-la – disse Rose.

– Sabia que viria. – A mulher olhou-a com olhos esperançosos ao entregar o bebê. – Por favor, diga-me que a veremos outra vez! Diga-me que podemos fazer parte da vida dela!

– Oh, a senhora fará – disse Rose, sorrindo. – Assim como todos que a amarem.

Os três homens voltaram-se para Rose quando ela saiu à varanda carregando o bebê. Neste instante, Aldous Grenville olhou para o rosto da filha pela primeira vez, e Meggie sorriu para ele, como se o reconhecesse.

– O nome dela é Margaret – disse Rose.

– Margaret – murmurou Grenville. E pegou a criança nos braços.

37

Dias atuais

Julia levou a mala para o andar de baixo e deixou-a junto à porta da frente. Então, foi até a biblioteca onde Henry estava sentado entre as caixas, agora prontas para ser transportadas para o Boston Athenaeum.

Juntos, ela e Henry haviam organizado todos os documentos e lacrado todas as caixas. As cartas de Oliver Wendell Holmes, porém, eles haviam separado cuidadosamente. Henry as tinha sobre a mesa e estava sentado relendo-as pela centésima vez.

– É doloroso abrir mão destas cartas – disse ele. – Talvez devesse guardá-las.

– Você já prometeu doá-las ao Athenaeum.

– Ainda posso mudar de ideia.

– Henry, estas cartas precisam de cuidados especiais. Um arquivista saberá como preservá-las. Não seria maravilhoso compartilhar esta história com o mundo todo?

Henry afundou teimosamente na cadeira, olhando para os documentos como um avaro que não quisesse abrir mão de sua fortuna.

– Significam muito para mim. Isso é pessoal.

Ela foi até a janela e olhou para o mar.

– Sei o que quer dizer – murmurou Julia. – Está começando a se tornar pessoal para mim também.

– Ainda sonha com ela?

– Todas as noites, há semanas.

– Como foi o sonho de ontem à noite?

– Foram mais... impressões. Imagens.

– Que imagens?

– Rolos de tecido. Fitas e arcos. Empunho uma agulha e estou costurando. – Ela balançou a cabeça e riu. – Henry, eu nunca soube costurar.

– Mas Rose sabia.

– Sim, sabia. Às vezes, penso que ela está viva outra vez, falando comigo. Ao ler as cartas, é como se eu tivesse trazido sua alma de volta. E, agora, estou tendo as memórias dela. Estou revivendo a vida de Rose.

– Os sonhos são assim tão vívidos?

– Até a cor da linha. O que me faz pensar que passei muito tempo pensando nela. – *E no que a vida dela poderia ter sido.* Ela olhou para o relógio e voltou-se para ele. – Está na hora de pegar a barca.

– É uma pena que você precise ir. Quando voltaremos a nos ver?

– Você também pode vir me visitar.

– Talvez quando Tom voltar? Posso visitar os dois na mesma viagem. – Ele fez uma pausa. – Então, diga-me. O que acha dele?

– De Tom?

– Ele está disponível, você sabe.

Ela sorriu.

– Sim, eu sei, Henry.

– Ele também é muito exigente. Já o vi com uma infinidade de namoradas, nenhuma delas demorou muito. Você pode ser a exceção. Mas você deve demonstrar que está interessada. Ele acha que não está.

– Foi o que ele disse?

– Ele está desapontado. Mas também é um homem paciente.

– Bem, eu gosto dele.

– Então, qual é o problema?

– Talvez goste demais. Isso me assusta. Sei quão rapidamente o amor pode acabar. – Julia voltou-se outra vez para a janela e olhou para o mar. Estava calmo e liso como um espelho. – Em um minuto você está feliz, amando, e tudo está certo no mundo. Você acha que nada pode acontecer de errado. Mas, então, acontece, como aconteceu comigo e com Richard. Como aconteceu com Rose Connolly. E você acaba sofrendo o resto da vida. Rose teve um gostinho de felicidade com Norris, então foi obrigada a viver todos aqueles anos com a lembrança do que perdeu. Não sei se vale a pena, Henry. Não sei se eu seria capaz de suportar.

– Acho que você está tirando a lição errada da vida de Rose.

– E qual é a lição certa?

– Agarre a oportunidade quando puder. Ame.

– E sofra as consequências.

Henry sorriu, debochado.

– Sabe todos esses sonhos que tem tido? Há uma mensagem neles, Julia, mas você não a percebeu. Ela teria aproveitado a oportunidade.

– Sei disso. Mas não sou Rose Connolly. – Ela suspirou. – Adeus, Henry.

ELA JAMAIS VIRA Henry tão bem-vestido. Enquanto estavam sentados no escritório da diretora do Boston Athenaeum, Julia o olhava de rabo de olho, perguntando-se se aquele era o mesmo Henry que gostava de perambular por sua casa decrépita no Maine usando calças largas e velhas camisas de flanela. Ela esperava que ele estivesse assim vestido quando o buscou em seu hotel em Boston naquela manhã. Mas o homem que encontrou esperando por ela no saguão vestia um terno de três peças e se apoiava em uma bengala de marfim com cabo de bronze. Henry não apenas abriu mão de suas roupas velhas, como também da perpétua cara feia, e estava flertando abertamente com a Sra. Zaccardi, diretora do Athenaeum.

E a Sra. Zaccardi, de 60 anos, retribuía o flerte.

– Não é todo dia que recebemos uma doação assim tão importante, Sr. Page – disse ela. – Há uma fila de eruditos que não podem esperar para pôr as mãos nessas cartas. Faz muito tempo desde que descobrimos o último material a respeito de Holmes, de modo que estamos encantados por ter escolhido doar isto para nós.

– Ah, eu tive de pensar muito – disse Henry. – Considerei outras instituições. Mas o Athenaeum tem, com certeza, a mais bela diretora.

A Sra. Zaccardi riu.

– E o senhor precisa de óculos novos. Mas prometo vestir meu vestido mais sensual caso o senhor e Julia compareçam hoje ao jantar dos curadores. Tenho certeza de que adorarão conhecê-los.

– Gostaria de poder comparecer – disse Henry. – Mas meu sobrinho-neto está voltando de Hong Kong esta noite. Julia e eu planejávamos passar a noite com ele.

– Então, quem sabe, no mês que vem. – A Sra. Zaccardi se levantou. – Mais uma vez, obrigada. Há poucos cidadãos tão reverenciados em Boston quanto Oliver Wendell Holmes. E a história que ele conta nestas cartas... – Ela sorriu embaraçada. – É tão comovente que me fez chorar um pouquinho. Há tantas outras histórias que desconhecemos, tantas outras vozes perdidas na história. Obrigada por nos conceder a história de Rose Connolly.

Quando Henry e Julia saíram do escritório, a bengala dele fazia um vívido *clac-clac* ao chocar-se contra o chão. Naquela hora da manhã de quinta-feira o Athenaeum estava quase vazio, e eles eram os únicos passageiros no elevador, os únicos visitantes no saguão, a bengala de Henry batendo contra o chão. Passaram por uma galeria, e Henry parou. Ele apontou para a placa que anunciava a exposição temporária: BOSTON E OS TRANSCENDENTALISTAS: RETRATOS DE UMA ERA.

– Era a época de Rose – disse ele.

– Quer dar uma olhada?

– Temos o dia inteiro. Por que não?

Entraram na galeria. Estavam a sós no local e puderam examinar cuidadosamente cada pintura e litografia. Estudaram uma paisagem do porto de Boston em 1832, visto de Pemberton Hill, e Julia perguntou-se se aquela seria uma paisagem que Rose teria visto quando era viva. Teria visto aquela mesma cerca no primeiro plano, os mesmos telhados das casas? Prosseguiram até uma litografia do Colonnade Row retratando um grupo de senhoras bem-vestidas e cavalheiros sob árvores luxuriantes, e ela se perguntou se Rose não passara sob aquelas mesmas árvores. Demoraram-se diante de retratos de Theodore Parker e do reverendo William Channing, rostos que Rose devia ter visto nas ruas ou visto de relance através de uma janela. *Este é o seu mundo, Rose, um mundo que há muito tempo virou história, assim como você.*

Haviam contornado quase toda a galeria quando Henry parou de repente. Julia se chocou contra ele e sentiu que seu corpo estava rígido.

– O que foi? – perguntou ela. Então, seu olhar se ergueu para a pintura a óleo para a qual Henry estava olhando, e ela também ficou instantaneamente paralisada. Aquele rosto estava deslocado em uma sala repleta de retratos de gente estranha. O jovem de cabelos escuros que olhava para eles estava em pé ao lado de uma escrivaninha, a mão pousada sobre um crânio humano. Embora tivesse costeletas bastas e vestisse sobretudo e gravata de época, era um rosto incrivelmente familiar.

346

– Meu Deus – disse Henry. – É o Tom!

– Mas foi pintado em 1792.

– Olhe para os olhos, para a boca. Definitivamente, é o nosso Tom.

Julia franziu as sobrancelhas para a placa ao lado do retrato.

– O artista é Christian Gullager. Não diz quem é o modelo.

Ouviram passos no saguão e viram uma das bibliotecárias passar diante da galeria.

– Perdão! – chamou Henry. – Você sabe alguma coisa sobre esta pintura?

A bibliotecária entrou na sala e sorriu para o retrato.

– É realmente bonito, não é mesmo? – disse ela. – Gullager era um dos melhores retratistas da época.

– Quem é o homem na pintura?

– Acreditamos que seja um proeminente médico de Boston chamado Aldous Grenville. Foi pintado quando ele teria entre 19 e 20 anos, creio eu. Morreu tragicamente em um incêndio, por volta de 1832. Em sua casa de campo, em Weston.

Julia olhou para Henry.

– É o pai de Norris.

A bibliotecária franziu as sobrancelhas.

– Nunca ouvi dizer que ele tinha um filho. Só sei a respeito de seu sobrinho.

– Você sabe de Charles? – perguntou Henry, surpreso. – Ele ficou famoso?

– Oh, sim. O trabalho de Charles Lackaway fez muito sucesso em seu tempo. Mas, honestamente, cá entre nós, seus poemas eram horríveis. Acho que a popularidade dele se devia mais ao fato romântico de ele ser o "poeta maneta".

– Então ele acabou mesmo se tornando poeta – disse Julia.

– Com uma grande reputação. Diziam que perdera a mão em um duelo, por causa de uma mulher. A lenda o tornou muito popular com o sexo frágil. Acabou morrendo aos 50 e poucos anos, de sífilis. – Ela olhou para a pintura. – Se este era o tio dele, nota-se que a beleza é um traço familiar marcante.

Quando a bibliotecária se foi, Julia permaneceu embevecida com o retrato de Aldous Grenville, o homem que fora o amante de Sophia Marshall. Agora sei o que aconteceu com a mãe de Norris, pensou Julia. Em uma noite de verão, quando o filho estava febril, Sophia deixou-o na cama e correu até a casa de campo de Aldous Grenville em Weston. Ali, planejava dizer-lhe que ele tinha um filho que estava muito doente.

Mas Aldous não estava em casa. Foi sua irmã, Eliza, quem ouviu a confissão de Sophia e seu pedido de ajuda. Estaria Eliza pensando no filho, Charles, ao decidir o que faria a seguir? Seria apenas o escândalo que ela temia, ou o aparecimento de outro herdeiro na linhagem dos Grenville, um bastardo que ficaria com aquilo que ela e seu filho herdariam?

Aquele foi o dia que Sophia Marshall desapareceu.

Quase dois séculos se passariam até que Julia, escavando o quintal que certa vez fizera parte da casa de campo de Aldous Grenville, desenterrasse o crânio de Sophia Marshall. Durante quase dois séculos Sophia estivera oculta e esquecida naquela tumba sem lápide.

Até então. Os mortos talvez partissem para sempre, mas a verdade podia ser ressuscitada.

Ela olhou para o retrato de Grenville e pensou: você jamais reconheceu Norris como seu filho. Mas ao menos cuidou do bem-estar de sua filha, Meggie. E por meio dela seu sangue foi perpetuado por todas as gerações desde então.

Agora, em Tom, Aldous Grenville ainda estava vivo.

HENRY ESTAVA MUITO cansado para acompanhar Julia ao aeroporto.

Ela dirigiu sozinha noite adentro, pensando na conversa que tivera com Henry havia algumas semanas:

"Acho que você está tirando a lição errada da vida de Rose."

"E qual é a lição certa?"

"Agarre a oportunidade quando puder. Ame."

Não sei se tenho coragem, pensou.

Mas Rose teria. E Rose teve.

Um acidente em Newton causara um engarrafamento de quase 4 quilômetros na estrada. Enquanto avançava lentamente, ela pensou nos telefonemas de Tom nas últimas semanas. Conversaram sobre a saúde de Henry, sobre as cartas de Holmes, sobre a doação para o Athenaeum. Assuntos seguros, nada que exigisse que ela revelasse qualquer segredo.

"Você deve demonstrar que está interessada", dissera-lhe Henry. "Ele acha que você não está."

Eu estou. Mas tenho medo.

Presa na estrada, ela observou os minutos passarem. Pensou no que Rose arriscara em nome do amor. Teria valido a pena? Teria se arrependido?

No Brookline, o trânsito subitamente melhorou, mas àquela altura tinha certeza de que se atrasaria. Quando entrou no Terminal E do aeroporto Logan, o voo de Tom já havia pousado, e Julia enfrentou uma pista de obstáculos de passageiros e bagagens.

Ela começou a correr, desviando-se de crianças e carrinhos de bagagem. Quando chegou à área onde os passageiros deixavam a alfândega, seu coração estava disparado. *Eu o perdi,* pensou enquanto se misturava à multidão, procurando. Só via rostos estranhos, uma multidão interminável de gente que ela não conhecia, gente que passava por ela sem olhar duas vezes. Gente cujas vidas jamais cruzariam com a dela. Subitamente, pareceu que ela sempre estivera procurando por Tom, e que sempre o perdera. Sempre o deixara escapar, sem reconhecê-lo.

Desta vez, porém, conheço seu rosto.

– Julia?

Ela se virou e o viu bem atrás dela. Parecia cansado após o longo voo. Sem nem mesmo parar para pensar, ela o abraçou, e ele riu, surpreso.

– Que recepção! Não esperava – disse ele.

– Estou tão feliz por tê-lo encontrado!

– Eu também – murmurou Tom.

– Você estava certo. Oh, Tom, você estava certo!

– Sobre o quê?

– Certa vez você me disse que me conhecia. Que havíamos nos encontrado anteriormente.

– E nos encontramos?

Ela olhou para um rosto que acabara de ver naquela tarde em um retrato. Um rosto que ela sempre conhecera, que sempre amara. *O rosto de Norrie.*

Ela sorriu.

– Sim.

1888

Então, Margaret, agora você já sabe de tudo e estou feliz porque a história não morrerá comigo.

Embora sua tia Rose nunca tenha se casado e tido filhos, acredite, querida Margaret, você lhe deu alegrias suficientes para preencher muitas vidas. Aldous Grenville não viveu muito depois desses eventos, mas foi muito feliz nos poucos anos que esteve ao seu lado. Espero que não se ressinta pelo fato de ele nunca ter reconhecido ser seu pai. Em vez disso, lembre-se de quão generosamente ele cuidou de você e de Rose, deixando para vocês sua casa de campo em Weston, onde agora você construiu sua casa. Quão orgulhoso ele ficaria de sua mente perspicaz e inquisitiva! Quão orgulhoso ficaria ao saber que sua filha foi uma das primeiras formandas da nova faculdade feminina de medicina! Que mundo estimulante este se tornou, onde às mulheres é permitida, ao menos, a chance de chegar tão longe.

Agora o futuro pertence a nossos netos. Você me escreveu dizendo que seu neto Samuel já demonstra uma incrível habilidade para a ciência. Você deve estar maravilhada, uma vez que você, melhor do que ninguém, sabe não haver profissão mais nobre que a de um médico. Realmente espero que o jovem Samuel siga essa vocação e continue a tradição de seus ancestrais mais talentosos. Aqueles que salvam vidas adquirem um tipo de imortalidade própria nas gerações que preservam, em seus descendentes, que, de outro modo, não nasceriam. Curar é deixar sua marca no futuro.

Então, querida Margaret, termino esta última carta com uma bênção para seu neto. É a maior bênção que poderia dar a ele, assim como a qualquer pessoa.
Que ele seja médico.

Sinceramente,
O.W.H.

fim

EDIÇÕES BESTBOLSO

Dublê de corpo

Tess Gerritsen é um dos grandes nomes atuais do suspense médico. Considerada a versão feminina de Robin Cook, a autora dedica-se a histórias repletas de suspense e ação. Sua experiência como ex-interna de medicina contribui para criar uma trama envolvente, com descrições precisas que surpreendem pela veracidade. Gerritsen logo ganhou notoriedade com a publicação de seu primeiro romance, *Harvest*, inédito no Brasil. Também é autora de *O dominador, Desaparecidas, Gravidade, O clube Mefisto*, entre outros. Os casos da detetive Jane Rizzoli e da patologista Maura Isles, principais personagens de diversas obras da autora, ganharam as telas da TV em 2010 com a série *Rizzoli & Isles*.

TESS GERRITSEN

DUBLÊ DE CORPO

LIVRO VIRA-VIRA 2

Tradução de
ALEXANDRE RAPOSO

2ª edição

RIO DE JANEIRO – 2012

CIP-BRASIL. CATALOGAÇÃO-NA-FONTE
SINDICATO NACIONAL DOS EDITORES DE LIVROS, RJ

Gerritsen, Tess, 1953-

G326j   Dublê de corpo – Livro vira-vira 2 / Tess Gerritsen; tradução Alexandre Raposo.

2ª ed.   – 2ª edição – Rio de Janeiro: BestBolso, 2012.

12 × 18 cm

Tradução de: Body Double
Obras publicadas juntas em sentido contrário.
Com: O jardim de ossos / Tess Gerritsen
ISBN 978-85-7799-373-4

1. Medicina legal – Ficção. 2. Patologia forense – Ficção. 3. Ficção norte-americana.
I. Raposo, Alexandre. II. Título. III. Título: Jardim de ossos.

CDD: 813

11-6518   CDU: 821.111(73)-3

Dublê de corpo, de autoria de Tess Gerritsen.
Título número 284 das Edições BestBolso.
Segunda edição vira-vira impressa em novembro de 2012.
Texto revisado conforme o Acordo Ortográfico da Língua Portuguesa.

Título original norte-americano:
BODY DOUBLE

Copyright © 2004 by Tess Gerritsen.
Copyright da tradução © by Editora Record Ltda.
Direitos de reprodução da tradução cedidos para Edições BestBolso, um selo da Editora Best Seller Ltda. Editora Record Ltda e Editora Best Seller Ltda são empresas do Grupo Editorial Record.

A logomarca vira-vira (vira-vira) e o slogan 2 LIVROS EM 1 são marcas registradas e de propriedade da Editora Best Seller Ltda, parte integrante do Grupo Editorial Record.

www.edicoesbestbolso.com.br

Design de capa: Simone Villas-Boas sobre imagem intitulada "Beautiful Naked Woman Laying" (Fotolia).

Todos os direitos reservados. Proibida a reprodução, no todo ou em parte, sem autorização prévia por escrito da editora, sejam quais forem os meios empregados.

Direitos exclusivos de publicação em língua portuguesa para o Brasil em formato bolso adquiridos pelas Edições BestBolso um selo da Editora Best Seller Ltda. Rua Argentina 171 – 20921-380 – Rio de Janeiro, RJ – Tel.: 2585-2000 que se reserva a propriedade literária desta tradução.

Impresso no Brasil

ISBN 978-85-7799-373-4

Para Adam e Danielle

Agradecimentos

Escrever é um ato solitário, mas nenhum escritor trabalha sozinho de verdade. Tenho a sorte de ter tido a ajuda e apoio de Linda Marrow e Gina Centrello, da Ballantine Books, Meg Ruley, Jane Berkey, Don Cleary e a excelente equipe da Agência Jane Rotrosen, Selina Walker, da Transworld, e – o mais importante – de meu marido Jacob. Sinceros agradecimentos a todos vocês!

Prólogo

Aquele menino estava olhando para ela outra vez.

Alice Rose, de 14 anos, tentou se concentrar na prova que tinha sobre a mesa, mas seus pensamentos não estavam nas questões de inglês. Estavam voltados para Elijah. Ela sentia o olhar do garoto, como um farol focado sobre seu rosto, e sabia estar ruborizada.

Concentre-se, Alice!

A questão seguinte da prova impressa em mimeógrafo estava borrada, e ela teve de forçar a vista para decifrar o que estava escrito:

Charles Dickens com frequência escolhia nomes que refletiam as características de seus personagens. Dê alguns exemplos e descreva por que os nomes se encaixam nesses personagens em particular.

Alice mordeu a ponta do lápis, tentando engendrar uma resposta. Mas ela não conseguia pensar enquanto *ele* estava sentado na carteira ao lado, tão perto que ela podia sentir o aroma de sabão de pinho e fumaça de madeira. Cheiros masculinos. Dickens, Dickens, quem se importava com Charles Dickens, Nicholas Nickleby e essa chatice de aula de inglês quando o belo Elijah Lank estava olhando para ela? Ah, meu Deus, ele era *tão* bonito, com aquele cabelo preto e olhos azuis. Olhos de Tony Curtis. Na primeira vez em que viu Elijah, foi isso que pensou: que ele era exatamente igual a Tony Curtis, cujo belo rosto ilustrava as páginas de suas revistas favoritas, a *Modern Screen* e a *Photoplay*.

Ela inclinou a cabeça para a frente e, quando o cabelo caiu sobre o seu rosto, lançou um olhar furtivo através da cortina de fios dourados. Sentiu o coração disparar quando confirmou que ele estava, de fato, olhando para ela, não do modo desdenhoso como os outros meninos da escola a olhavam, aqueles meninos malvados que a faziam se sentir burra e simplória. Cujos sussurros debochados estavam sempre fora de seu campo de audição, baixos demais para que ela entendesse o que diziam. Alice sabia que sussurravam a seu respeito, porque estavam sempre olhando em sua direção enquanto o faziam. Os mesmos meninos que haviam colado a fotografia de uma vaca em seu armário e que mugiam caso acidentalmente cruzassem com ela no corredor. Mas Elijah... Ele a olhava de um modo completamente diferente. Com olhos ardentes. Olhos de ator de cinema.

Ela lentamente ergueu a cabeça e o encarou, desta vez não mais através da proteção de um véu de cabelo, mas demonstrando com clareza estar ciente do olhar dele para ela. Ele já havia virado a prova sobre a mesa e afastado o lápis. Toda sua atenção estava voltada para ela, que mal conseguia respirar sob o feitiço de seu olhar.

Ele gosta de mim. Eu sei disso. Ele gosta de mim.

Ela levou a mão até o pescoço, até o primeiro botão de sua blusa. Seus dedos correram sobre a própria pele, deixando um rastro de calor. E pensou no olhar de Tony Curtis para Lana Turner, um olhar de fazer qualquer garota ficar sem fala e com as pernas bambas. O olhar que vinha sempre antes do beijo inevitável. Nessa hora, o filme sempre saía de foco. Por que isso tinha de acontecer? Por que sempre ficava fora de foco justo na hora em que a gente mais desejava ver?

– Atenção, o tempo acabou! Por favor, virem suas provas sobre a mesa.

A atenção de Alice voltou para a prova mimeografada, metade das questões ainda sem resposta. Ah, não. O que houve com o tempo? Ela *sabia* as respostas. Ela só precisava de mais alguns minutos...

– Alice. Alice!

Ela ergueu a cabeça e viu a mão estendida da Sra. Meriweather.

– Você não ouviu? Hora de virar a prova.

– Mas eu...

– Não me venha com "mas". Você tem de começar a *ouvir*, Alice.

A Sra. Meriweather pegou a prova de Alice e saiu. Embora Alice mal pudesse ouvir seus murmúrios, sabia que as meninas sentadas bem atrás dela fofocavam a seu respeito. Virou-se e viu as cabeças delas juntas, as mãos protegendo os lábios, rindo abafado. *Alice sabe ler lábios, portanto, não a deixe ver que estamos falando dela.*

10

Agora, alguns dos meninos também riam, apontando para ela. O que era tão engraçado?

Alice olhou para baixo. Para seu horror, viu que o primeiro botão havia caído e que sua blusa estava aberta.

A campainha da escola tocou, anunciando o fim da aula.

Alice pegou sua bolsa e abraçou-a contra o peito ao sair da classe. Não ousou olhar para ninguém nos olhos, apenas continuou a andar, cabeça baixa, o choro acumulado na garganta. Ela correu até o banheiro e se trancou em uma cabine. Quando as outras meninas entraram e começaram a rir, embonecando-se diante do espelho, Alice estava escondida atrás da porta trancada. Conseguia sentir os diferentes perfumes e as lufadas de ar toda vez que a porta do banheiro se abria. Aquelas garotas douradas, com seus conjuntos de suéter novinhos, nunca perdiam botões. Nunca vinham para a escola trajando saias usadas ou sapatos com solas gastas.

Vão embora. Todas vocês, por favor, vão embora.

A porta afinal parou de abrir e fechar.

Grudada à porta da cabine, Alice se esforçou para ouvir se ainda havia alguém no banheiro. Olhando pela fresta, não viu ninguém em frente ao espelho. Só então saiu furtivamente.

O corredor também estava deserto, e todo mundo já fora para casa. Não havia ninguém para atormentá-la. Ela caminhou, ombros defensivamente curvados para baixo, o longo corredor com seus armários surrados e cartazes nas paredes anunciando o baile de Halloween dali a duas semanas. Um baile ao qual ela com certeza não compareceria. A humilhação do baile da semana anterior ainda lhe doía, e provavelmente doeria para sempre. Duas horas em pé sozinha, encostada à parede, esperando, desejando que algum menino a convidasse para dançar. E, quando um menino por fim se aproximou dela, não foi para convidá-la para dançar. Em vez disso, ele de repente curvou-se e vomitou em seus sapatos. Chega de bailes. Estava naquela cidade havia dois meses e já desejava que a mãe empacotasse tudo e se mudasse outra vez, levando-os para algum lugar onde pudessem começar tudo de novo. Um lugar onde as coisas finalmente seriam diferentes.

Só que nunca eram.

Ela saiu pelo portão da frente da escola, sob o sol outonal. Curvada sobre a bicicleta, estava tão concentrada em abrir a trava que não ouviu os passos. E só se deu conta de que ele estava de pé a seu lado quando percebeu a sombra de Elijah projetada sobre seu rosto.

– Olá, Alice.

Ela se levantou de imediato, deixando a bicicleta cair ao seu lado. Ah, meu Deus, ela era uma idiota. Como podia ser tão desastrada?

– Foi uma prova difícil, não foi? – perguntou ele, devagar e com clareza.

Esta era outra coisa de que ela gostava em Elijah. Diferente dos outros meninos, sua voz era sempre clara. E ele sempre a deixava ver seus lábios. Ele sabe o meu segredo, pensou. Ainda assim, quer ser meu amigo.

– Então, terminou todas as questões? – perguntou ele.

Ela se curvou para erguer a bicicleta.

– Eu sabia as respostas. Só precisava de mais tempo.

Quando se ergueu, viu que o olhar dele havia baixado até sua blusa. Para o espaço aberto do botão que faltava. Ruborizada, ela cruzou os braços.

– Eu tenho um alfinete – disse ele.

– O quê?

Ele enfiou a mão no bolso e tirou um alfinete.

– Eu também sempre perco botões. É meio embaraçoso. Aqui está, deixe-me prendê-lo para você.

Ela reteve a respiração quando ele tocou sua blusa. E mal conseguiu conter o tremor quando Elijah colocou o dedo sob o tecido para fechar o alfinete. Será que ele sentiu meu coração bater?, perguntou-se. Será que sabe que seu toque me deixa inebriada?

Quando ele se afastou, Alice voltou a respirar. Olhou para baixo e viu que a blusa estava decentemente fechada.

– Melhor? – perguntou ele.

– Oh. Sim!

Ela fez uma pausa para se recompor e disse a seguir, com a dignidade de uma rainha:

– Obrigada, Elijah. Foi muito gentil de sua parte.

Passou um instante. Os corvos crocitavam, e as folhas de outono eram como labaredas consumindo os galhos mais acima.

– Será que você poderia me ajudar com uma coisa, Alice? – perguntou ele.

– O quê?

Oh, pergunta estúpida. Bastava apenas dizer sim! Sim, faria qualquer coisa para você, Elijah Lank.

– Estou fazendo um trabalho de biologia. Preciso de alguém para me ajudar e não sei mais a quem pedir.

– Que tipo de trabalho?

– Vou lhe mostrar. Temos de ir à minha casa.

A casa dele. Ela nunca estivera na casa de um menino.

Assentiu com um menear de cabeça.

– Preciso deixar os meus livros em casa.

Ele pegou a bicicleta. Era quase tão velha quanto a dela, os paralamas enferrujados, o vinil do assento descascando. Aquela velha bicicleta fez com que gostasse ainda mais dele. Somos uma dupla de verdade, pensou. Tony Curtis e eu.

Foram até a casa dela primeiro. Ela não o convidou a entrar. Tinha vergonha de que ele visse os móveis velhos, a pintura descascando das paredes. Apenas entrou, jogou a bolsa de livros sobre a mesa da cozinha e saiu.

Infelizmente, o cachorro de seu irmão, Buddy, fez o mesmo. Assim que ela saiu pela porta da frente, ele fugiu.

– Buddy! – gritou Alice. – Volte aqui!

– Ele não ouve muito bem, não é mesmo? – disse Elijah.

– Porque é um cachorro idiota. *Buddy!*

O vira-lata olhou para trás, abanado o rabo, e então desceu a rua.

– Oh, deixa para lá – disse ela. – Ele vai acabar voltando para casa.

Ela subiu na bicicleta.

– Então, onde você mora?

– Na Skyline Road. Já esteve lá?

– Não.

– É um bom trecho ladeira acima. Acha que consegue?

Ela assentiu com a cabeça. *Faço qualquer coisa por você.*

13

Pedalaram para longe da casa dela. Alice esperou que ele pegasse a rua principal e passasse diante da lanchonete para onde ia o pessoal após a escola, para ouvir música da jukebox e beber refrigerantes. Nos veriam andando de bicicleta juntos, pensou ela, e ficariam de queixo caído. Lá vão Alice e Elijah-dos-olhos-azuis.

Mas ele não pegou a rua principal. Em vez disso, dobrou em Locust Lane, onde mal havia casas, apenas os fundos de algumas lojas e o estacionamento dos funcionários do Neptune's Bounty Cannery. Ah, bem. Ela estava andando de bicicleta com ele, certo? Mais atrás, embora perto o bastante para ver suas pernas pedalando e seu traseiro empinado sobre o banco.

Ele olhou para trás para vê-la, e seu cabelo negro oscilou ao vento.

– Tudo bem, Alice?

– Sim.

Mas a verdade era que ela estava ficando sem fôlego porque haviam deixado o povoado e estavam começando a subir a montanha. Elijah devia subir a Skyline todos os dias, de modo que estava acostumado com aquilo. Não parecia estar perdendo o fôlego, as pernas movendo-se como poderosos pistões. Ela, no entanto, ofegava, forçando-se a prosseguir. Subitamente, olhou para o lado e viu que Buddy os seguira. Também parecia cansado e corria com a língua de fora, enquanto tentava alcançá-los.

– Vá para casa!

– O que você disse? – falou Elijah olhando para trás.

– É este cachorro idiota outra vez – ofegou Alice. – Ele vai continuar a nos seguir. Ele vai... vai se perder.

Ela olhou feio para Buddy, mas o cão apenas continuava a correr ao lado dela, naquele seu modo alegre e bobo de ser cão. Bem, vá em frente, pensou ela. Que se mate de cansaço. Eu não me importo.

Continuaram a subir a estrada ligeiramente sinuosa. De vez em quando, por entre as árvores, ela podia ver Fox Harbor lá embaixo, a água como cobre batido sob o sol da tarde. Então a vegetação se adensou, e ela só conseguia ver a floresta, vestida de vermelhos e laranja brilhantes. A estrada repleta de folhas curvava-se a sua frente.

Quando Elijah por fim parou, as pernas de Alice estavam tão cansadas e trêmulas que ela mal conseguia ficar de pé. Buddy não estava à vista. Ela só podia esperar que ele encontrasse o caminho de casa, porque com certeza não o procuraria. Não agora, não com Elijah ali de pé, sorrindo para ela, os olhos brilhantes. Ele encostou a bicicleta contra uma árvore e ergueu a bolsa de livros sobre o ombro.

– Então, onde é sua casa? – perguntou Alice.

– É naquela entrada de veículos ali.

Apontou para a estrada, para uma caixa de correio enferrujando em um poste.

– Não vamos até lá?

– Não, minha prima está doente. Ela vomitou a noite inteira, então é melhor não entrarmos. De qualquer maneira, meu trabalho de biologia está lá na floresta. Deixe a sua bicicleta aqui. Vamos caminhar.

Ela encostou a bicicleta junto à dele, as pernas ainda bambas da subida da montanha. Entraram na floresta, que se adensava a cada passo. O chão estava coberto de folhas. Ela o seguiu corajosamente, espantando mosquitos.

– Então sua prima mora com você? – perguntou Alice.

– É, ela veio ficar conosco no ano passado. Acho que é permanente agora. Não tem mais para onde ir.

– Seus pais não se importam?

– É só meu pai. Minha mãe morreu.

– Oh.

Ela não sabia o que dizer quanto àquilo. Finalmente, murmurou um simples "lamento muito", mas ele não pareceu tê-la ouvido.

As plantas rasteiras tornaram-se mais densas e arranhavam as suas pernas nuas. Ela tinha dificuldade de acompanhá-lo. Elijah caminhava à frente dela, deixando-a para trás, a saia agarrada a galhos de amoreira.

– Elijah!

Ele não respondeu. Apenas continuou em frente como um bravo explorador, a bolsa de livros pendurada no ombro.

– Espere!

– Quer ver ou não?

– Sim, mas...

– Então *vamos*.

De súbito, sua voz assumiu um tom de impaciência, e aquilo a assustou. Ele estava alguns metros mais à frente, olhando para ela, e Alice percebeu que ele fechara os punhos.

– Tudo bem – murmurou Alice, submissa. – Estou indo.

Alguns metros mais adiante, a floresta subitamente se abriu em uma clareira. Ela viu uma antiga fundação de pedra, tudo o que restava de uma casa de fazenda que ali existira. Elijah olhou para trás, o rosto mosqueado pela luz da tarde.

– É bem aqui – disse ele.

– O quê?

Ele se ajoelhou e afastou duas tábuas de madeira, revelando um buraco profundo.

– Olhe lá dentro – disse ele. – Passei três semanas cavando.

Ela se aproximou lentamente do buraco e olhou. A luz oblíqua da tarde morria por detrás das árvores, e o fundo do buraco estava na penumbra. Ela pôde discernir uma camada de folhas mortas que se acumulava no fundo. Havia uma corda enrolada ao lado.

– É uma armadilha de urso ou algo assim?

– Poderia ser. Se eu pusesse alguns galhos para ocultar a abertura poderia pegar muita coisa. Até mesmo um veado. – Ele apontou para o buraco. – Olha, consegue ver?

Ela se inclinou mais um pouco. Algo brilhava em meio às sombras lá embaixo. Traços de branco que despontavam por entre as folhas mortas.

– O que é?

– É meu trabalho.

Ele pegou a corda e puxou.

No fundo do buraco, as folhas farfalharam. Alice viu a corda se retesar e Elijah ergueu algo das trevas. Uma cesta. Ele a pousou no chão. Afastando as folhas, revelou o que brilhava no fundo do buraco.

Era um pequeno crânio.

Ao afastar as folhas, ela viu tufos de pelo negro e finas costelas. Uma coluna vertebral, ossos de pernas delicados como gravetos.

– Não é incrível? Não tem nem mais cheiro – disse ele. – Está lá embaixo há quase sete meses. Da última vez em que vi ainda tinha alguma carne. Incrível como desapareceu. Começou a apodrecer bem rápido depois que o tempo ficou mais quente, em maio passado.

– O que é isso?

– Não consegue ver?

– Não.

Ele torceu um pouco o crânio, separando-o da espinha dorsal. Ela esquivou-se quando ele o empurrou em sua direção.

– Não! – gritou Alice.

– Miau!

– Elijah!

– Bem, você perguntou o que era.

Ela olhou para as órbitas vazias.

– É um gato?

Ele pegou um saco de compras de sua bolsa de livros e começou a guardar os ossos ali dentro.

– O que fará com o esqueleto?

– É meu trabalho de ciências. De gatinho a esqueleto em sete meses.

– Onde você pegou o gato?

– Eu o encontrei.

– Você *encontrou* um gato morto?

Ele ergueu a cabeça. Seus olhos azuis sorriam. Mas não eram mais os olhos de Tony Curtis. Eram olhos assustadores.

– Quem disse que estava morto?

O coração dela começou a bater mais rápido. Alice deu um passo para trás.

– Sabe, acho que tenho de ir para casa agora.

– Por quê?

– Dever de casa. Tenho dever de casa.

Ele se ergueu sem esforço. O sorriso desaparecera, substituído por um olhar de plácida expectativa.

– Vejo você... na escola – disse ela.

Ela se afastou olhando para a esquerda e para a direita e a floresta parecia igual em todas as direções. De onde vieram? Para onde deveria ir?

– Mas você acabou de chegar, Alice – disse ele.

Ele segurava alguma coisa. Mas foi somente quando Elijah ergueu a mão acima da cabeça que ela viu o que era.

Uma pedra.

O golpe a fez cair de joelhos. Ela agachou-se no chão de terra, a visão obscurecida, os membros dormentes. Não sentiu dor, apenas a descrença atônita de que ele de fato a havia ferido. Ela começou a se arrastar, mas não conseguia ver para onde ia. Então ele agarrou suas pernas e puxou-a para trás. O rosto dela arrastou no chão quando Elijah a puxou. Alice tentava se livrar, tentava gritar, mas sua boca estava cheia de terra e gravetos. Quando sentiu os pés balançando na borda do buraco, agarrou um arbusto e ficou com as pernas penduradas.

– Solte, Alice – disse ele.

– Me ajude! Me ajude!

– Eu disse *solte*.

Ele pegou uma pedra e bateu na mão dela.

Alice gritou e soltou o arbusto. Caiu de pé dentro do buraco, sobre um leito de folhas mortas.

– Alice. Alice.

Tonta com a queda, ela olhou para o círculo de céu lá em cima e viu a silhueta da cabeça de Elijah inclinando-se para olhar para ela.

– Por que está fazendo isso? – choramingou. – *Por quê?*

– Nada pessoal. Só quero saber quanto tempo demora. Sete meses para um gato. Quanto você acha que vai demorar?

– Você não pode fazer isso comigo!

– Adeus, Alice.

– Elijah! *Elijah!*

As tábuas de madeira voltaram a se fechar sobre a abertura, cobrindo o círculo de luz. Seu último relance de céu esvaeceu. Isso não é real, pensou. Isso é uma brincadeira. Ele está só tentando me assustar. Vai me deixar aqui alguns minutos, então vai voltar e me deixar sair. Claro que vai voltar.

Então ela ouviu algo bater contra a cobertura de madeira. *Pedras. Ele estava empilhando pedras lá em cima.*

Ela se levantou e tentou escalar o buraco. Apoiou-se em um fiapo seco de mato que logo se desintegrou em sua mão. Ela agarrou a terra, mas não encontrou apoio, e não conseguiu erguer-se mais do que alguns centímetros sem escorregar de volta. Seus gritos ecoavam na escuridão.

– Elijah! – gritou.

A única resposta que teve foi o som de pedras golpeando a madeira.

1

Pesez le matin que vous n'irez peut-être pas jusqu'au soir,
Et au soir que vous n'irez peut-être pas jusqu'au matin.

Pondere pela manhã que você pode não durar até a noite.
E, à noite, que você pode não durar até a manhã.

– PLACA GRAVADA NAS CATACUMBAS DE PARIS

Uma fileira de crânios a observava sobre um muro de fêmures e tíbias empilhados. Embora fosse junho e ela soubesse que o sol brilhava nas ruas de Paris, 20 metros acima, a Dra. Maura Isles sentiu um calafrio ao atravessar a passagem escura com as paredes revestidas de restos humanos. Estava familiarizada com a morte, chegavam a ser íntimas, e confrontava sua face incontáveis vezes na mesa de necrópsia, mas estava atônita com a escala daquela exibição, com o número formidável de ossos armazenados naquela rede de túneis sob a Cidade Luz. O passeio de um quilômetro levou-a por uma pequena seção das catacumbas. Fora do alcance dos turistas, porém, havia inúmeros túneis secundários e câmaras repletas de ossos, suas bocas escuras abertas sedutoramente por trás de portões fechados. Ali estavam os despojos de seis milhões de parisienses que outrora sentiram o sol em suas faces, que sentiram fome, sede e amaram, que sentiram seus corações batendo em seus peitos, o ar entrando e saindo dos pulmões. Nunca poderiam imaginar que algum dia seus ossos seriam desenterrados de seus cemitérios e transportados para aquele ossuário escuro sob a cidade.

Que um dia seriam expostos para o assombro de hordas de turistas.

Um século e meio atrás, para abrir espaço ao permanente influxo de mortos nos cemitérios de Paris, os ossos haviam sido desenterrados e movidos para a vasta rede de antigas minas de calcário que jazia profundamente sob a cidade. Os trabalhadores que transferiram os ossos não os atiraram em pilhas descuidadas, mas executaram sua tarefa macabra com graça, empilhando-os de maneira meticulosa para formarem motivos caprichosos. Como pedreiros detalhistas, ergueram altas paredes decoradas com camadas alternadas de crânios e ossos longos, transformando a decomposição em arte. E penduraram placas gravadas com frases sinistras, lembrando a todos que caminhassem por aquelas passagens que a Morte não poupava ninguém.

Uma das placas chamou a atenção de Maura, e ela parou no meio do fluxo de turistas para lê-la. Ao lutar para traduzir as palavras usando o seu claudicante francês escolar, ouviu o som incongruente de risos de crianças ecoando pelos corredores escuros e o sotaque texano de um homem que murmurava para a mulher:

– Já viu um lugar desses, Sherry? Dá um medo danado...

O casal de texanos prosseguiu, suas vozes esvaecendo em meio ao silêncio. Por um momento, Maura ficou a sós na câmara, respirando a poeira dos séculos. Sob o brilho mortiço da luz do túnel, o mofo espalhou-se sobre um grupo de crânios, cobrindo-os com uma camada esverdeada. Um dos crânios possuía um único buraco de bala na testa, como um terceiro olho.

Sei como você morreu.

O frio do túnel penetrou até os ossos de Maura. Mas ela não se moveu, determinada a traduzir a placa, abrandando o seu horror com um inútil enigma intelectual. Vamos, Maura. Três anos de francês no colégio e você não consegue decifrar a inscrição? Agora era um desafio pessoal, todos os pensamentos sobre mortalidade temporariamente contidos. Então, as palavras fizeram sentido, e ela sentiu o próprio sangue gelar.

Feliz daquele que para sempre é confrontado com a hora de sua morte e que todos os dias se prepara para o fim.

De repente, deu-se conta do silêncio. Nenhuma voz, nenhum eco de passos. Virou-se e saiu da câmara sombria. Como se deixara ficar tão para trás dos outros turistas? Estava sozinha naquele túnel, sozinha com os mortos. Maura pensou em uma falta de luz imprevista,

22

em errar o caminho na escuridão total. Ouvira falar que, um século antes, alguns trabalhadores parisienses se perderam nas catacumbas e morreram de fome. Acelerou as passadas enquanto tentava alcançar o grupo e voltar à companhia dos vivos. Ela sentia a Morte muito perto naqueles túneis. Os crânios pareciam olhá-la com ressentimento, um coro de seis milhões de vozes censurando-a por sua mórbida curiosidade.

Já fomos vivos, como você. Acha que pode escapar do futuro que vê aqui?

Quando por fim emergiu das catacumbas e caminhou sob o sol na Rue Remy Dumoncel, Maura respirou profundamente. Pela primeira vez deu boas-vindas ao tráfego barulhento, à pressão das multidões, como se lhe tivesse sido concedida uma segunda oportunidade de viver. As cores pareciam mais claras, os rostos mais amistosos. Meu último dia em Paris, pensou, e somente agora eu aprecio de verdade a beleza da cidade. Ela passara a maior parte da semana anterior presa em salas de reunião, comparecendo à Conferência Internacional de Patologia Forense. Houve pouco tempo para fazer turismo e até mesmo os passeios arranjados pelos organizadores da conferência eram relacionados a morte e doenças: o museu de medicina, a antiga sala de cirurgia.

As catacumbas.

De todas as memórias que trouxera de Paris, como era irônico o fato de a mais vívida ser a de despojos humanos. Isso não é saudável, pensou, ao se sentar em um café ao ar livre, saboreando uma última xícara de café expresso e uma torta de morango. Em dois dias, estarei de volta à minha sala de necrópsia, cercada por aço inoxidável, longe da luz do sol. Respirando apenas o ar frio e filtrado do ar-condicionado. Aquele dia, então, pareceria uma lembrança do paraíso.

Demorou-se ali, gravando aquelas memórias. O cheiro de café, o gosto da massa amanteigada. Os executivos bem-vestidos com telefones celulares apertados contra os ouvidos, os intrincados nós das echarpes ao redor dos pescoços das mulheres. Acalentou a fantasia que sem dúvida passava pela cabeça de todo americano que já visitou Paris: e se eu perdesse o avião? E se eu apenas ficasse aqui, neste café, nesta cidade gloriosa, para o resto de minha vida?

Porém, ela se levantou da mesa e pegou um táxi para o aeroporto. Finalmente, ela se afastou da fantasia parisiense, mas apenas porque prometeu a si mesma voltar ali algum dia. Só não sabia quando.

O VOO ATRASOU três horas. Três horas que eu poderia ter caminhado ao longo do Sena, pensou, desgostosa, enquanto estava sentada no Charles de Gaulle. Três horas que eu poderia ter passeado pelo Marais ou vagado por Les Halles. Em vez disso, estava presa em um aeroporto tão lotado que os viajantes não encontravam lugar para sentar. Quando ela afinal embarcou no jato da Air France, estava cansada e muito irritada. E bastou uma taça do vinho que acompanhava a comida de bordo para fazê-la cair em um sono profundo e sem sonhos.

Maura só acordou quando o avião começava a descer em Boston. Sua cabeça doía, e o sol poente rebrilhou em seus olhos. A dor de cabeça aumentou enquanto ela observava as malas passando pela esteira, nenhuma que lhe pertencesse. Ficou ainda pior enquanto esperava na fila para dar queixa da perda da bagagem. Quando por fim entrou em um táxi, levando apenas a bagagem de mão, já havia escurecido, e ela não queria outra coisa além de um banho quente e uma dose caprichada de analgésico. Afundou no banco do táxi e adormeceu outra vez.

O frear súbito do veículo a despertou.

– O que está acontecendo aqui? – ouviu o motorista dizer.

Espreguiçando-se, Maura olhou com olhos embaralhados para as luzes azuis que piscavam. Demorou um instante até entender o que estava vendo. Foi quando se deu conta de que haviam dobrado em sua rua. Ela se sentou, subitamente alerta, alarmada com o que via. Quatro carros da polícia de Brookline estacionados, as luzes do teto rompendo a escuridão.

– Parece que está acontecendo alguma emergência – disse o motorista. – Esta é a sua rua, certo?

– E aquela é a minha casa. No meio do quarteirão.

– Ali onde estão todos aqueles carros de polícia? Acho que não nos deixarão passar.

Como se confirmando as palavras do motorista, um policial se aproximou, acenando para que voltassem. O motorista enfiou a cabeça para fora da janela e disse:

– Tenho uma passageira aqui que preciso deixar. Ela mora nesta rua.

– Desculpe, amigo. Todo o quarteirão está isolado.

Maura inclinou-se para a frente e disse para o motorista:

– Olhe, acho que vou descer aqui mesmo.

Maura pagou a corrida, pegou a bagagem de mão e saiu do táxi. Momentos antes, sentira-se confusa e sonolenta. Agora, o próprio ar quente daquela noite de junho parecia tomado de tensão elétrica. Caminhou até a calçada, a ansiedade aumentando enquanto se aproximava do grupo de curiosos e via todos aqueles carros de polícia estacionados diante de sua casa. Teria acontecido alguma coisa com algum vizinho? Uma série de terríveis possibilidades passou por sua mente. Suicídio. Homicídio. Pensou no Sr. Telushkin, o engenheiro de robótica solteiro que morava na porta ao lado. Não lhe parecera particularmente melancólico quando ela o viu pela última vez? Pensou também em Lily e Susan, suas vizinhas do outro lado, duas advogadas lésbicas cujo ativismo pelos direitos dos gays as tornavam alvos proeminentes. Então viu Lily e Susan de pé entre a multidão de curiosos, ambas bem vivas, e sua preocupação voltou-se para o Sr. Telushkin, a quem ela não viu entre os curiosos.

Lily voltou-se para o lado e viu Maura se aproximando. Ela não acenou. Apenas ficou olhando, sem palavras, e cutucou Susan com força. Susan virou-se para olhar e ficou boquiaberta ao ver Maura. Agora, outros vizinhos também se voltavam para olhar, todos os rostos registrando assombro.

Por que estão olhando para mim?, perguntou-se Maura. O que eu fiz?

– *Dra. Isles?* – disse um policial do Brookline, boquiaberto. – É... é *você mesma*, não é? – perguntou ele.

Bem, aquela era uma pergunta idiota.

– Eu moro ali. O que está acontecendo, policial?

Ele expirou com força e disse:

– Ahn... acho melhor você vir comigo.

O policial tomou-a pelo braço e conduziu-a em meio à multidão. Seus vizinhos abriram-lhe caminho com ar solene, como se ela fosse uma prisioneira condenada. O silêncio era assustador. O único som era a estática dos rádios da polícia. Chegaram até uma barreira policial limitada por uma fita amarela presa a estacas, diversas delas cravadas no gramado da frente do Sr. Telushkin. *Ele tem orgulho de seu gramado e não vai gostar disso,* foi seu pensamento imediato e completamente fora de propósito. O patrulheiro ergueu a fita e ela passou por baixo, entrando no que agora percebia ser a cena de um crime.

Maura sabia que ali era a cena de um crime porque viu uma figura conhecida. Mesmo estando do outro lado do gramado, ela podia reconhecer a detetive de homicídios Jane Rizzoli. Agora com oito meses de gravidez, a pequena Rizzoli parecia uma pera madura dentro de um terninho. Sua presença era outro estranho detalhe. O que uma detetive de Boston estava fazendo em Brookline, fora de sua jurisdição habitual? Rizzoli não viu Maura se aproximar. Seu olhar estava voltado para um carro estacionado junto ao meio-fio, em frente à casa do Sr. Telushkin. Ela balançava a cabeça, claramente transtornada, os cachos negros despenteados como sempre.

Foi o parceiro de Rizzoli, o detetive Barry Frost, quem viu Maura primeiro. Ele olhou para ela, desviou o olhar e de repente, pálido, virou-se para olhá-la novamente. Sem palavras, agarrou o braço da parceira.

Rizzoli ficou absolutamente imóvel, as luzes dos carros de polícia iluminaram a sua expressão de descrença. Ela começou a caminhar, como se estivesse em transe, em direção a Maura.

– Doutora? – disse Rizzoli. – É você mesma?

– Quem mais seria? Por que todo mundo está me perguntando isso? Por que todos me olham como se eu fosse um fantasma?

– Porque...

Rizzoli parou de falar. Balançou a cabeça, sacudindo os cachos descuidados.

– Meu Deus. Por um minuto pensei que você *fosse* um fantasma.

– O quê?

Rizzoli voltou-se e gritou:

– Padre Brophy?

Maura não vira o padre por perto, mas agora ele emergia das sombras; o colarinho, uma faixa branca ao redor do pescoço. Seu rosto, em geral belo, parecia desolado, a expressão fatigada. *Por que Daniel está aqui?* Padres não costumavam ser chamados a cenas de crime, a não ser que a família da vítima assim o desejasse. Seu vizinho, o Sr. Telushkin, não era católico e, sim, judeu. Não teria motivo para requisitar um padre.

– Poderia levá-la para dentro da casa, padre? – disse Rizzoli.

Maura perguntou:

– Alguém vai me dizer o que está acontecendo?

– Entre, doutora. Por favor. Explicamos depois.

Maura sentiu o braço de Brophy ao redor de sua cintura, seu aperto firme, claramente indicando que não era hora de resistir. Que ela devia apenas obedecer ao pedido da detetive. Ela deixou que ele a conduzisse até a porta da frente, e sentiu a emoção secreta do contato, o calor de seu corpo apertado contra o dela. Estava tão afetada pela presença dele que teve dificuldade para inserir a chave na porta da frente. Embora fossem amigos havia meses, ela nunca convidara Daniel Brophy à sua casa, e sua reação agora era uma lembrança de por que ela mantivera cuidadosa distância entre os dois. Entraram em uma sala de estar cujas lâmpadas já estavam acesas, acionadas por temporizadores automáticos. Ela fez uma pausa breve junto ao sofá, incerta do que fazer a seguir.

Foi o padre Brophy quem assumiu o comando:

– Sente-se – disse ele, apontando para o sofá. – Vou pegar algo para você beber.

– Você é a visita em minha casa. Eu é que deveria estar lhe oferecendo bebida – disse ela.

– Não nestas circunstâncias.

– E eu nem mesmo sei que circunstâncias são essas.

– A detetive Rizzoli vai lhe dizer.

Ele deixou a sala e logo voltou com um copo d'água. Não era bem a bebida que ela queria no momento, mas também não parecia apropriado pedir a um padre que buscasse uma garrafa de vodca. Ela bebeu a água, sentindo-se desconfortável sob o olhar dele. O padre

Brophy afundou em uma cadeira em frente a Maura, observando-a como se tivesse medo de que ela desaparecesse.

Por fim ouviu Rizzoli e Frost entrarem na casa, ouviu-os murmurando no vestíbulo com uma terceira pessoa, uma voz que Maura não reconheceu. Segredos, ela pensou. Por que estão todos me escondendo coisas? O que não querem que eu saiba?

Ergueu a cabeça quando os dois detetives entraram na sala. Com eles estava um homem que lhe foi apresentado como detetive Eckert, de Brookline, um nome que ela provavelmente esqueceria em cinco minutos. Sua atenção estava completamente voltada para Rizzoli, alguém com quem ela já trabalhara. Uma mulher da qual gostava e respeitava.

Os detetives sentaram-se, Rizzoli e Frost de frente para Maura, do outro lado da mesinha de café. Ela sentiu-se em desvantagem, quatro contra um, todos olhando para ela. Frost sacou um bloco e uma caneta. Por que ele estava fazendo anotações? Por que aquilo parecia o início de um interrogatório?

– Como vai você, doutora? – perguntou Rizzoli, a voz terna e preocupada.

Maura riu da banalidade da pergunta.

– Estaria bem melhor se soubesse o que está acontecendo.

– Posso perguntar onde esteve hoje à noite?

– Acabo de chegar do aeroporto.

– Por que estava no aeroporto?

– Voltei de Paris. Do aeroporto Charles de Gaulle. Foi um longo voo, e não estou com espírito para responder a um interrogatório.

– Quanto tempo esteve em Paris?

– Uma semana. Fui para lá na última quarta-feira. – Maura achou ter detectado um tom de acusação nas perguntas bruscas de Rizzoli, e sua irritação estava se transformando em raiva. – Se não acredita, pode perguntar a Louise, minha secretária. Foi ela quem marcou o voo para mim. Eu estava lá para um evento...

– A Conferência Internacional de Patologia Forense. Certo?

Maura ficou pasma.

– Você já sabia?

– Louise nos disse.

28

Andaram fazendo perguntas a meu respeito. Mesmo antes de eu chegar em casa, falaram com minha secretária.

– Ela nos disse que seu voo deveria aterrissar às 17 horas, em Logan – disse Rizzoli. – Já são quase 22 horas. Onde esteve?

– Tivemos um atraso no Charles de Gaulle. Algo a ver com uma verificação adicional de segurança. As companhias aéreas estão tão paranoicas que tive sorte de termos decolado com apenas três horas de atraso.

– Então a sua partida atrasou três horas.

– Acabei de dizer isso.

– Quando pousou?

– Não sei. Por volta das 20h30.

– Demorou uma hora e meia para vir do Logan até aqui?

– Minha mala sumiu. Tive de preencher um formulário de queixa na Air France. – Maura fez uma pausa, sentido-se subitamente no limite. – Mas que droga! O que está acontecendo? Antes de responder a qualquer pergunta, tenho o direito de saber. Vocês estão me acusando de alguma coisa?

– Não, doutora. Não estamos acusando você de coisa alguma. Estamos apenas tentando montar uma linha do tempo.

– Linha do tempo de quê?

Frost disse:

– Já foi ameaçada, Dra. Isles?

Ela olhou para ele, atônita.

– O quê?

– Conhece alguém que tivesse razão para feri-la?

– Não.

– Tem certeza?

Maura riu com frustração.

– Bem, quem pode ter certeza absoluta?

– Você deve ter tido alguns casos levados a julgamento em que seu depoimento irritou alguém – disse Rizzoli.

– Só se ficaram irritados com a verdade.

– Você criou inimigos no tribunal. Marginais que ajudou a condenar.

– Estou certa de que você também, Jane. Apenas por fazer seu trabalho.

– Recebeu alguma ameaça específica? Alguma carta ou telefonema?

– Meu telefone não consta da lista. E Louise nunca revela meu endereço.

– E quanto a cartas enviadas ao laboratório de perícia médica?

– Sempre há cartas estranhas. Todos recebemos.

– Esquisitas?

– Gente escrevendo sobre alienígenas ou conspirações. Ou nos acusando de tentar ocultar a verdade de alguma necrópsia. Simplesmente guardamos essas cartas na pasta de "malucos". A não ser que seja uma ameaça clara. Nesse caso, nós a enviamos para a polícia.

Maura viu Frost fazer anotações em seu bloco e imaginou o que ele escrevera. Estava tão furiosa que tinha vontade de passar por cima da mesinha de café e arrancar-lhe o bloco das mãos.

– Doutora – disse Rizzoli –, você tem uma irmã?

A pergunta, assim, vinda do nada, deixou Maura perplexa e ela olhou para Rizzoli, a irritação subitamente esquecida.

– O quê?

– Você tem uma irmã?

– Por que me pergunta isso?

– Preciso saber.

Maura expirou com força.

– Não, não tenho uma irmã. E você sabe que sou adotada. Quando diabos vão me dizer do que se trata?

Rizzoli e Frost se olharam.

Frost fechou o bloco de notas.

– Acho que é hora de mostrar para ela – disse.

RIZZOLI GUIOU-OS ATÉ a porta da frente. Maura saiu na noite quente de verão, iluminada pelas luzes dos carros de polícia. Seu corpo ainda funcionava no fuso-horário de Paris, onde eram quatro horas da manhã, e ela via tudo através de uma névoa de exaustão, a noite surrealista como um pesadelo. No instante em que saiu de casa, todos os rostos voltaram-se para ela. Do lado oposto da fita de isolamento, no outro lado da rua, os vizinhos a observavam.

Como perita médica, estava acostumada a ficar sob as vistas do público, cada movimento que fazia sendo acompanhado pela polícia e pela imprensa, mas naquela noite a atenção era um tanto diferente. Mais intrusiva, até mesmo assustadora. Estava feliz por ter Rizzoli e Frost ao seu lado, como se a estivessem protegendo de olhos curiosos, enquanto desciam a calçada em direção ao Ford Taurus escuro estacionado junto ao meio-fio, em frente à casa do Sr. Telushkin.

Maura não reconheceu o carro, mas reconheceu o homem barbudo ao lado do veículo, as mãos grossas cobertas por luvas de látex. Era o Dr. Abe Bristol, seu colega do laboratório de perícia médica. Abe era um homem que gostava de comer, e sua cintura refletia seu amor por comidas gordurosas, a barriga excessiva caindo flácida sobre o cinto. Ele olhou para Maura e disse:

– Meu Deus, é fantástico. Eu teria me enganado. – Ele meneou a cabeça em direção ao carro. – Espero que esteja preparada para isso, Maura.

Preparada para o quê?

Ela olhou para o Taurus estacionado. Iluminada por trás pelas luzes dos carros de polícia, viu a silhueta de uma figura tombada sobre o volante. Havia manchas escuras no para-brisa. *Sangue.*

Rizzoli iluminou a porta do lado do passageiro. A princípio, Maura não compreendeu para o que ela deveria olhar. Sua atenção ainda estava voltada para o vidro manchado de sangue e a pessoa imersa em sombras no banco do motorista. Então ela viu o que a lanterna de Rizzoli iluminava. Pouco abaixo da maçaneta, havia três arranhões paralelos, que se aprofundavam na pintura do carro.

– Como marcas de unhas afiadas – disse Rizzoli, curvando os dedos.

Maura olhou para as marcas. Não eram unhas, pensou em meio a um calafrio. *Eram as garras de uma ave de rapina.*

– Venha ver no banco do motorista – disse Rizzoli.

Maura não fez perguntas enquanto seguia Rizzoli, contornando a traseira do Taurus.

– Placa de Massachusetts – disse Rizzoli, com o facho da lanterna passando brevemente pelo para-choque traseiro. Mas aquilo era apenas um detalhe mencionado de passagem. Rizzoli continuou até o lado do motorista. Ali ela parou e olhou para Maura.

– Foi isso que nos deixou tão chocados – disse ela. E apontou a lanterna para o carro.

O facho iluminou em cheio o rosto da mulher, que estava virado para a janela. A face direita repousava sobre o volante. Estava de olhos abertos.

Maura ficou sem voz. Olhou para a pele cor de marfim, o cabelo negro, os lábios cheios e ligeiramente abertos, como se tomados de surpresa. Ela cambaleou para trás, com as pernas subitamente bambas, e teve a sensação atordoante de estar voando para longe, o corpo não mais ancorado à terra. Uma mão agarrou-lhe o braço, mantendo-a de pé. Era o padre Brophy que estava ao seu lado. Ela nem mesmo havia percebido que ele estava ali.

Agora ela compreendia por que todo mundo ficara tão atônito com sua chegada. Olhou para o cadáver no carro, para o rosto iluminado pela lanterna de Rizzoli.

Sou eu. Aquela mulher sou eu.

2

Sentou-se no sofá, bebendo vodca com soda, os cubos de gelo tilintando no copo. Dane-se a água pura. Aquele choque pedia remédio mais severo, e o padre Brophy foi compreensivo o bastante para preparar uma bebida mais forte, entregando-a sem fazer comentários. Não é todo dia que você se vê morto. Não é todo dia que você entra na cena de um crime e encontra o seu duplo morto.

– É apenas uma coincidência – murmurou. – A mulher se parece comigo, e é só. Há um bocado de mulheres com cabelo preto. E seu rosto... como ver o seu rosto direito dentro daquele carro?

– Não sei, doutora – disse Rizzoli. – A semelhança é assustadora.

32

Ela se refestelou em uma cadeira, gemendo quando as almofadas acomodaram seu corpo grávido. Pobre Rizzoli, pensou Maura. Mulheres com oito meses de gravidez não deviam participar de investigações de homicídio.

– O estilo do cabelo é diferente – disse Maura.

– Um pouco mais comprido, só isso.

– Eu tenho franja. Ela não tem.

– Não acha que esse é um detalhe meio superficial? Olhe para o rosto dela. Ela podia ser sua irmã.

– Espere até a vermos com mais luz. Talvez não se pareça em nada comigo.

– A semelhança existe, Maura – disse padre Brophy. – Todos vimos. Ela é idêntica a você.

– Além disso, ela estava dentro de um carro em sua vizinhança – acrescentou Rizzoli. – Estacionado praticamente em frente à sua casa. E achamos isto aqui sobre o banco traseiro.

Rizzoli ergueu um saco de provas. Através do plástico transparente, Maura viu que ele continha uma matéria recortada do *Boston Globe*. A manchete era grande o bastante para que ela pudesse ler do outro lado da mesa de café.

Bebê rawlins era espancado, testemunha médica perita.

– É uma foto *sua*, doutora – disse Rizzoli. – A legenda diz: "A médica perita Dra. Maura Isles deixa a Corte após testemunhar no julgamento Rawlins." – Olhou para Maura. – A vítima estava com este recorte dentro do carro.

Maura balançou a cabeça.

– Por quê?

– É o que estamos nos perguntando.

– O julgamento Rawlins... isso foi há quase duas semanas.

– Você se lembra de ter visto esta mulher no tribunal?

– Não. Eu nunca a vi antes.

– Mas ela obviamente *viu você*. No jornal, pelo menos Então, apareceu mais tarde. Procurando você? Seguindo você?

Maura olhou para o copo. A vodca estava fazendo sua cabeça rodar. Há menos de 24 horas, pensou, eu caminhava pelas ruas de Paris. Desfrutando do sol, saboreando os aromas que vinham dos cafés ao ar livre. Como me meti neste pesadelo?

– Você tem uma arma de fogo, doutora? – perguntou Rizzoli.

Maura se empertigou.

– Que tipo de pergunta é essa?

– Não, não estou acusando você. Só me pergunto se tem algum meio de se defender.

– Não tenho armas. Sei o dano que podem causar ao corpo humano, e não teria uma em minha casa.

– Tudo bem. Só estava perguntando.

Maura tomou outro gole de vodca. Precisava de coragem líquida para fazer a pergunta seguinte:

– O que sabem sobre a vítima?

Frost sacou o bloco de notas, folheando-o como um escriturário afetado. Às vezes, Barry Frost lembrava a Maura um burocrata de bons modos, com a caneta sempre a postos:

– De acordo com a carteira de motorista encontrada em sua bolsa, o nome é Anna Jessop, 40 anos, com residência em Brighton. O registro do veículo bate com o nome.

Maura ergueu a cabeça.

– Fica a apenas alguns quilômetros daqui.

– O lugar é um prédio de apartamentos. Os vizinhos não parecem saber muito sobre ela. Ainda estamos tentando encontrar a senhoria para entrarmos na unidade.

– O nome Jessop lhe diz alguma coisa? – perguntou Rizzoli.

Ela balançou a cabeça em negativa.

– Não conheço ninguém com esse nome.

– Conhece alguém no Maine?

– Por que a pergunta?

– Havia uma multa por excesso de velocidade na bolsa dela. Parece que foi emitida há dois dias, ao sul da autoestrada do Maine.

– Não conheço ninguém no Maine.

Maura respirou fundo e perguntou:

– Quem a encontrou?

– Seu vizinho, o Sr. Telushkin, foi quem ligou – disse Rizzoli. – Estava passeando com o cachorro e viu o Taurus estacionado junto ao meio-fio.

– Quando foi isso?

– Por volta das 20 horas.

É claro, pensou Maura. O Sr. Telushkin passeava com o cão precisamente à mesma hora toda noite. Os engenheiros eram assim, precisos e previsíveis. Mas naquela noite ele encontrara o imprevisível.

– Ele não ouviu nada? – perguntou Maura.

– Disse ter ouvido o que pensou ser um estouro de cano de descarga, talvez uns dez minutos antes. Mas ninguém viu acontecer. Depois que ele encontrou o Taurus, ligou para 911. Reportou que alguém baleara a sua vizinha, a Dra. Isles. A polícia de Brookline respondeu primeiro, com o detetive Eckert. Frost e eu chegamos perto das 21 horas.

– Por quê? – disse Maura, por fim fazendo a pergunta que lhe ocorrera quando vira Rizzoli pela primeira vez no gramado da frente de sua casa. – Por que estão em Brookline? Esta não é sua área.

Rizzoli olhou para o detetive Eckert, que disse, um tanto tímido:

– Você sabe, só tivemos um homicídio em Brookline no ano passado. Pensamos que, devido às circunstâncias, fazia sentido chamar Boston.

Sim, fazia sentido, deu-se conta Maura. Brookline não passava de uma comunidade-dormitório dentro da cidade de Boston. No ano anterior, o Departamento de Polícia de Boston investigara sessenta homicídios. A prática leva à perfeição, com investigações de assassinato assim como com qualquer outra coisa.

– Teríamos entrado nessa de qualquer modo, após sabermos quem era a vítima – disse Rizzoli. – Ou quem pensávamos que era. – Fez uma pausa. – Devo admitir, nunca me ocorreu que poderia *não* ser você. Dei uma olhada na vítima e presumi.

– Todos nós – disse Frost.

Fez-se silêncio.

– Sabíamos que voltaria de Paris esta noite – disse Rizzoli. – Foi o que sua secretária disse. A única coisa que não fazia sentido para nós era o carro. Por que você estaria em um carro registrado no nome de outra mulher?

Maura esvaziou o copo e pousou-o na mesinha de café. Um drinque era tudo o que ela conseguiria aguentar naquela noite. Seus membros já estavam ficando dormentes e ela estava tendo dificuldade para se concentrar. A sala tornou-se um borrão, os abajures cobrindo tudo com um brilho cálido. Isto não é real, pensou. Estou dormindo dentro de um jato em algum lugar sobre o Atlântico e vou acordar e descobrir que o avião pousou. Que nada disso aconteceu.

– Ainda não sabemos nada sobre Anna Jessop – disse Rizzoli. – Tudo o que sabemos... o que vimos com os nossos próprios olhos... é que, seja lá quem for, ela é um clone seu, doutora. Talvez o cabelo seja um pouco mais comprido. Talvez haja algumas diferenças aqui e ali. Mas o fato é que nos enganou. A todos nós. E nós *conhecemos* você. – Fez uma pausa. – Entende aonde quero chegar?

Sim, Maura entendia, mas não queria dizê-lo. Apenas ficou sentada, olhando para o vidro da mesinha de café. Para os cubos de gelo derretendo.

– Se nós nos enganamos, qualquer outro também se enganaria – disse Rizzoli. – Inclusive quem meteu aquela bala na cabeça dela. Era pouco antes das 20 horas quando o seu vizinho ouviu o tiro. Já estava ficando escuro. E lá estava ela, dentro de um carro estacionado a apenas alguns metros de sua casa. Qualquer um que a visse ali pensaria que era você.

– Você acha que eu era o alvo – disse Maura.

– Faz sentido, não faz?

Maura balançou a cabeça.

– Nada disso faz sentido.

– Você tem um trabalho muito público. Você presta testemunho em julgamentos de homicídio. Você está nos jornais. Você é a Rainha dos Mortos.

– Não me chame assim.

– É como todos os policiais a chamam. E a imprensa. Sabe disso, não sabe?

– Não quer dizer que eu goste do apelido. Na verdade, não o suporto.

– Mas significa que você é notada. Não apenas pelo que faz, mas também por sua aparência. Você sabe que os homens prestam atenção em você, não sabe? Teria de ser cega para não perceber. Mulheres bonitas sempre atraem a atenção. Não é, Frost?

Frost surpreendeu-se, obviamente sem esperar ser chamado à conversa, e seu rosto enrubesceu. Pobre Frost, corava tão facilmente...

– É apenas a natureza humana – admitiu ele.

Maura olhou para o padre Brophy, que não retribuiu o olhar. Perguntou-se se ele, também, era sujeito às mesmas leis de atração. Queria pensar que sim. Queria crer que Daniel não era imune aos mesmos pensamentos que passavam por sua cabeça.

– Uma mulher bonita e conhecida do público é seguida e atacada diante da própria casa – disse Rizzoli. – Já aconteceu antes. Como era o nome daquela atriz de Los Angeles? A que foi assassinada?

– Rebecca Schaefer – disse Frost.

– Certo. E houve o caso de Lori Hwang. Você se lembra dela, doutora.

Sim, Maura lembrava, pois fora ela quem fizera a necrópsia de Lori Hwang. A apresentadora do Canal Seis estreara no ar havia apenas um ano quando foi baleada e morta em frente ao estúdio. Nunca se dera conta de estar sendo seguida. O assassino a vira na TV e escrevera algumas cartas de fã. Então, certo dia, esperou do lado de fora do estúdio. Quando Lori saiu e foi até o seu carro, deu-lhe um tiro na cabeça.

– Esse é o risco de estar em evidência – disse Rizzoli. – Você nunca sabe quem está vendo você. Nunca sabe quem está no carro de trás quando você dirige de volta para casa à noite. Não é algo com que a gente se preocupe normalmente... que alguém nos siga. Que fantasie a nosso respeito.

Rizzoli fez uma pausa e então disse:

– Já passei por isso. Sei o que é ser o centro das obsessões de alguém. Eu nem sou lá essa coisas, mas aconteceu comigo.

Ela estendeu a mão, revelando as cicatrizes nas palmas. Uma lembrança permanente de sua luta com o homem que duas vezes quase lhe tirara a vida. Um homem que ainda estava vivo, embora preso em um corpo tetraplégico.

– Por isso perguntei se recebeu alguma carta estranha – disse Rizzoli. – Estava pensando nela. Em Lori Hwang.

– O assassino dela foi preso – disse o padre Brophy.

– Sim.

– Então, não está sugerindo que seja o mesmo homem.

– Não, só estou destacando as semelhanças. Um único ferimento à bala na cabeça. Mulheres com trabalhos públicos. Faz a gente pensar.

Rizzoli esforçou-se para se levantar. Era trabalhoso erguer-se da poltrona e Frost logo ofereceu-lhe a mão, mas ela o ignorou. Embora pesadamente grávida, Rizzoli não era de pedir ajuda. Levou a bolsa ao ombro e olhou para Maura, inquisitiva.

– Gostaria de ficar em algum outro lugar esta noite?

– Aqui é a minha casa. Por que iria para algum outro lugar?

– Só estava perguntando. Acho que não preciso lhe dizer para trancar as portas.

– Sempre tranco.

Rizzoli olhou para Eckert.

– A polícia de Brookline pode vigiar a casa?

Ele assentiu com a cabeça.

– Vou mandar um carro de patrulha passar por aqui de vez em quando.

– Muito obrigada – disse Maura.

Maura acompanhou os três detetives até a porta da frente e observou-os enquanto voltavam a seus carros. Passava de meia-noite. Lá fora, a rua voltara a ser a vizinhança calma que ela conhecia. Os carros da polícia de Brookline haviam ido embora. O Taurus já havia sido rebocado para o laboratório da perícia. Até mesmo a fita de isolamento amarela fora removida. Pela manhã, pensou, vou acordar e achar que imaginei isso tudo.

Virou-se e olhou para o padre Brophy, que ainda estava em pé no vestíbulo. Nunca se sentira tão desconfortável na presença dele como naquele momento, ambos a sós em sua casa. As possibilidades certamente passavam pelas cabeças de ambos. *Ou apenas pela minha? Tarde da noite, sozinho em sua cama, você já pensou em mim, Daniel? Do modo como penso em você?*

– Tem certeza de que se sente segura aqui? – perguntou ele.

– Estarei bem.

E qual é a alternativa? Que você passe a noite comigo? É o que está oferecendo?

Ele se voltou para a porta.

– Quem o chamou aqui, Daniel? – perguntou Maura. – Como soube?

Ele se virou e respondeu:

– A detetive Rizzoli. Foi ela quem me contou... – Fez uma pausa. – Sabe, recebo chamados da polícia a toda hora. Uma morte na família, e alguém precisa de um padre. Sempre atendo prontamente. Mas desta vez... – Fez outra pausa. – Tranque as portas, Maura – disse ele. – Nunca mais quero passar por uma noite como esta.

Ela o viu sair da casa e entrar no carro. Não ligou o motor de imediato. Esperava para se certificar de que ela estaria segura dentro de casa.

Ela fechou e trancou a porta.

Através da janela da sala de estar, viu o carro de Daniel se afastar. Por um instante olhou para o meio-fio vazio e sentiu-se subitamente abandonada. Naquele momento, desejava poder chamá-lo de volta. Mas o que aconteceria a seguir? O que ela queria que acontecesse entre eles? É melhor evitar certas tentações, pensou. Olhou uma última vez para a rua escura, então se afastou da janela, preocupada por estar em evidência pela luz da sala de estar. Fechou a cortina e verificou as trancas e janelas de cada cômodo. Em noites quentes de junho ela normalmente dormiria com as janelas do quarto abertas. Mas naquela noite, deixou as janelas fechadas e ligou o ar-condicionado.

Acordou cedo pela manhã, tremendo de frio por causa do ar-condicionado. Sonhara com Paris. Com caminhar sob o céu azul, junto a vasos de rosas e lírios, e, por um instante, não se lembrou de onde estava. Não mais em Paris, mas em minha própria cama, deu-se conta afinal. E algo terrível acontecera.

Eram apenas 5 horas da manhã, embora se sentisse completamente desperta. São 11 horas em Paris, pensou. O sol estaria brilhando e, caso estivesse lá agora, já estaria em minha segunda xícara de café. Ela sabia que a mudança de fuso horário a incomodaria mais tarde naquele dia, que aquele surto de vigor matinal se esvairia durante a tarde, mas ela não conseguia se forçar a dormir mais.

39

Levantou-se e se vestiu.

A rua em frente à sua casa era a mesma de sempre. O céu começava a se iluminar. Viu as luzes se acenderem na casa do Sr. Telushkin, ao lado. Ele acordava cedo e em geral saía para trabalhar uma hora antes dela, mas naquela manhã ela despertara primeiro, e via a vizinhança com olhos límpidos. Viu os aspersores automáticos ligarem do outro lado da rua, a água caindo em círculos sobre o gramado. Viu o jornaleiro passar de bicicleta, com o boné de beisebol virado para trás, e ouviu o ruído do *Boston Globe* caindo em sua varanda. Tudo parecia igual, pensou, mas não era. A Morte fizera uma visita à vizinhança, e todo mundo que morava ali se lembraria daquilo. Olhariam pelas janelas da frente de suas casas, para o meio-fio onde o Taurus estivera estacionado, e tremeriam de medo ao ver quão perto chegara.

Uma luz rebrilhou na esquina, e um veículo desceu a rua, reduzindo a velocidade ao se aproximar de sua casa. Um carro de patrulha da polícia do Brookline.

Não, nada será como antes, pensou, ao vê-lo passar.

Nunca é.

ELA CHEGOU AO trabalho antes de sua secretária. Às seis, Maura estava em sua escrivaninha, lidando com a grande pilha de ditados transcritos e relatórios de laboratório que se acumularam em sua caixa de entrada durante a semana que passara em Paris. Estava já em um terço da pilha quando ouviu passos e ergueu a cabeça para ver Louise de pé a sua porta.

– Você está aqui – murmurou Louise.

Maura saudou-a com um sorriso.

– *Bonjour!* Achei melhor começar cedo, com tanta papelada para cuidar.

Louise olhou-a durante algum tempo, então entrou na sala e sentou-se na cadeira em frente à escrivaninha de Maura, como se estivesse cansada demais para ficar de pé. Embora tivesse 50 anos, Louise sempre parecera ter duas vezes mais disposição que Maura, que era dez anos mais jovem. Mas, naquela manhã, Louise parecia esgotada, o rosto encovado e abatido sob as luzes fluorescentes.

– Você está bem, Dra. Isles? – perguntou Louise.

– Estou bem. Só um pouco desorientada com o fuso horário.

– Quero dizer... depois do que aconteceu ontem à noite. O detetive Frost parecia tão certo de que era você quem estava no carro...

Maura assentiu com um menear de cabeça, o sorriso esvaecendo dos lábios.

– Foi como estar no seriado *Além da Imaginação*, Louise. Voltar para casa e encontrar todos aqueles carros de polícia.

– Foi terrível. Todos pensamos... – Louise engoliu em seco e baixou o olhar. – Fiquei tão aliviada quando o Dr. Bristol me ligou ontem à noite para dizer que fora um engano...

Houve um silêncio cheio de reprovação. De repente Maura percebeu que ela mesma deveria ter ligado para a secretária. Devia ter se dado conta de que Louise estava abalada, de que gostaria de ouvir sua voz. Tenho vivido sozinha e sem compromissos há tanto tempo, pensou, que nunca me ocorreu que há gente neste mundo que pode se importar com o que acontece comigo.

Louise levantou-se e saiu.

– Estou feliz em tê-la de volta, Dra. Isles. Só queria lhe dizer isso.

– Louise?

– Sim?

– Trouxe-lhe uma coisinha de Paris. Sei que parece uma desculpa esfarrapada, mas está na mala. E a companhia aérea perdeu a minha bagagem.

– Oh. – Louise riu. – Bem, se for chocolate, minha cintura certamente não vai sentir falta.

– Nada calórico, prometo.

Ela olhou para o relógio sobre a mesa.

– O Dr. Bristol já chegou?

– Acabou de chegar. Eu o vi no estacionamento.

– Sabe quando ele vai fazer a necrópsia?

– Qual? Ele tem duas hoje.

– O assassinato de ontem à noite. A mulher.

Louise olhou-a demoradamente.

– Acho que é a segunda que ele fará.

– Descobriram algo mais sobre ela?

– Não sei. Terá de perguntar ao Dr. Bristol.

3

Embora não tivesse necrópsias marcadas para aquele dia, às 14 horas Maura desceu e vestiu o uniforme de laboratório. Estava sozinha no vestiário das mulheres, e demorou-se tirando as roupas de passeio, dobrando a blusa e as calças e empilhando-as cuidadosamente dentro do armário. Sentia o uniforme áspero sobre a pele nua, como o tecido de lençóis recém-lavados, e descobriu conforto na rotina familiar de apertar os cordões das calças e ajeitar o cabelo sob a touca. Sentia-se controlada e protegida por algodão limpo, e pelo papel de que se investira com o uniforme. Olhou para o espelho, seu reflexo tão frio quanto o de um estranho, todas as emoções resguardadas. Deixou o vestiário, desceu o corredor e entrou na sala de necrópsia.

Rizzoli e Frost já estavam junto à mesa, ambos com toucas e luvas, as costas obstruindo a visão que Maura teria da vítima. Foi o Dr. Bristol quem viu Maura primeiro. Olhou-a assim que entrou na sala, sua cintura generosa preenchendo o avental cirúrgico extralargo. Suas sobrancelhas se franziram acima da máscara cirúrgica e ela viu a pergunta em seus olhos.

– Pensei em dar uma passada para assistir – disse ela.

Agora, Rizzoli se voltava para olhá-la. Ela, também, estava com as sobrancelhas franzidas.

– Tem certeza de que quer ficar aqui?

– Você não ficaria curiosa?

– Mas não estou certa se você gostaria de ver. Considerando as circunstâncias.

– Só vou observar. Se estiver tudo bem para você, Abe.

Bristol deu de ombros.

– Bem, que diabos, acho que eu também ficaria curioso – disse ele. – Junte-se à festa.

Maura foi para o lado da mesa onde estava Abe e ficou com a garganta seca à primeira visão desobstruída do cadáver. Ela já vira a sua cota de horrores naquele laboratório, vira carne em todas as etapas do processo de decomposição, em corpos tão danificados pelo

42

fogo ou pelo trauma que os restos mal podiam ser classificados como humanos. A mulher sobre a mesa estava, sob o ponto de vista de sua experiência, incrivelmente intacta. O sangue fora lavado e o ferimento de entrada da bala, no lado esquerdo do escalpo, fora obscurecido pelo cabelo negro. O rosto estava ileso, o torso marcado apenas por livores hipostáticos. Havia marcas de punções recentes na virilha e no pescoço, de onde o assistente do necrotério, Yoshima, tirara sangue para fazer exames laboratoriais. Afora isso, o torso estava intacto. O bisturi de Abe não fizera ainda sequer uma incisão. Tivesse o tórax já sido aberto e a cavidade exposta, o corpo não a teria chocado tanto. Corpos abertos são anônimos. Corações, pulmões e baços são meros órgãos, tão sem individualidade que podem ser transplantados entre corpos, como peças de automóveis. Mas aquela mulher ainda estava inteira, seus traços claramente reconhecíveis. Na noite anterior, Maura vira o corpo todo vestido e na penumbra, iluminado apenas pelo brilho da lanterna de Rizzoli. Agora, seus traços estavam cruamente expostos pelas luzes da mesa de necrópsia, as roupas haviam sido retiradas para revelar o torso nu, e aqueles traços eram mais do que apenas familiares.

Meu Deus, aquele é meu rosto, é meu corpo, sobre a mesa.

Só ela sabia o quanto eram parecidas. Ninguém naquela sala conhecia o formato dos seios de Maura, a curvatura de suas coxas. Conheciam apenas aquilo que ela permitia que vissem, sua face, seu cabelo. Não podiam saber que a semelhança entre ela e aquele cadáver chegava a detalhes como as mechas marrom-avermelhadas nos pelos pubianos.

Maura olhou para as mãos da mulher, dedos longos e delgados, como os dela. Mãos de pianista. As digitais já haviam sido tiradas. Também haviam feito radiografias do crânio e dos dentes. As radiografias dentárias estavam expostas na caixa de luz, duas fileiras de dentes brancos que brilhavam um sorriso de Gato de Alice. É assim que seriam minhas radiografias?, perguntou-se. Somos a mesma pessoa, até o esmalte dos dentes?

Com uma voz que lhe soou estranhamente calma, disse:

– Descobriram algo mais sobre ela?

– Ainda estamos verificando aquele nome, Anna Jessop – disse Rizzoli. – Tudo o que temos até agora é uma carteira de motorista de Massachusetts, emitida há quatro meses. Diz que tem 40 anos. Um metro e setenta, cabelos pretos, olhos verdes e 54 quilos.

Rizzoli olhou para o cadáver sobre a mesa.

– Diria que ela se encaixa na descrição.

Eu também, pensou Maura. Tenho 40 anos e meço um metro e setenta. Só o peso é diferente. Eu peso 56. Mas qual mulher não mente sobre o próprio peso na carteira de motorista?

Ela observou, sem palavras, quando Abe completou o exame de superfície. Ele fazia anotações ocasionais no diagrama impresso de um corpo feminino. Ferimento à bala na têmpora esquerda. Livores hipostáticos na parte inferior do torso e das coxas. Cicatriz de apendicectomia. Então, ele baixou o fichário e foi até o pé da mesa colher amostras vaginais. Quando ele e Yoshima abriram-lhe as coxas para expor o períneo, foi no abdome do cadáver que Maura se concentrou. Olhou para a cicatriz da operação de apendicite, uma linha fina e branca sobre a pele pálida.

Também tenho uma.

Amostras coletadas, Abe foi até a mesa de instrumentos e pegou o bisturi.

O primeiro corte foi quase insuportável de ver. Maura chegou a levar a mão ao peito, como se pudesse sentir a lâmina cortando sua própria carne. Aquilo fora um erro, pensou, quando Abe fez a incisão em Y. Não sei se consigo olhar. Mas permaneceu onde estava, presa por um fascínio horrorizado ao ver Abe afastar a pele da parede torácica, puxando-a com rapidez, como se tirasse a pele de um animal de caça. Trabalhou sem se dar conta do horror de Maura, sua atenção focada apenas na tarefa de abrir o tórax. Um patologista eficiente pode completar uma necrópsia simples em uma hora e, àquela altura do pósmorte, Abe não perdia tempo com dissecações desnecessariamente elegantes. Maura sempre pensara em Abe como um homem simpático, com grande apetite para comidas, bebidas e ópera, mas, naquele momento, com seu abdome proeminente e o pescoço grosso como o de um touro, ele parecia um açougueiro gordo cortando carne a faca.

A pele do peito já estava aberta, os seios estavam ocultos pela carne virada do avesso, costelas e músculos expostos. Yoshima inclinou-se com a tesoura e cortou as costelas. Cada estalo fazia Maura estremecer. Como é fácil quebrar um osso humano, pensou. Achamos que nossos corações estão protegidos por uma sólida gaiola de costelas, mas basta um pouco de pressão no cabo de uma tesoura e, uma por uma, as costelas cedem ao aço temperado. Somos feitos de matéria muito frágil.

Yoshima rompeu o último osso, e Abe cortou os últimos músculos e cartilagens. Juntos, abriram a cavidade torácica, como se abrissem a tampa de uma caixa.

Dentro do tórax aberto, coração e pulmões brilhavam. Órgãos jovens, foi o primeiro pensamento de Maura. Mas logo se deu conta de que não era bem assim, de que ter 40 anos não era ser jovem, certo? Não era fácil reconhecer que, aos 40 anos de idade, estava já no meio do caminho da vida. Que ela, assim como aquela mulher na mesa, não mais poderia se considerar jovem.

Os órgãos que viu no tórax aberto pareciam normais, sem sinais óbvios de patologia. Com alguns cortes rápidos, Abe retirou os pulmões e o coração e pousou-os em uma bacia de metal. Sob as luzes brilhantes, fez alguns cortes para ver o parênquima pulmonar.

– Não era fumante – disse ele para os dois detetives. – Sem edema. Tecido saudável.

Exceto pelo fato de ser tecido morto.

Deixou os pulmões de volta na bacia, onde formaram um monte cor-de-rosa, e pegou o coração. Coube com facilidade em sua mão enorme. Maura de súbito percebeu o próprio coração pulsando no peito. Como o coração daquela mulher, caberia na palma da mão de Abe. Sentiu-se um pouco nauseada ao vê-lo verificando os vasos coronários. Embora mecanicamente não passe de uma bomba, o coração é o âmago do corpo de uma pessoa. Ao ver aquele coração tão exposto, sentiu o próprio peito vazio. Inspirou, e o cheiro de sangue piorou a sua náusea.

Desviou os olhos do cadáver e seu olhar encontrou o de Rizzoli. Conheciam-se havia quase dois anos e tinham trabalhado juntas em casos suficientes para desenvolverem um grande respeito profissional mútuo. Mas junto com esse respeito vinha um pouco de cautela. Maura sabia quanto eram afinados os instintos de Rizzoli e, ao se encararem por sobre a mesa de necrópsia, ela sabia que a outra certamente via que estava a ponto de sair correndo dali. Diante da pergunta muda que leu nos olhos de Rizzoli, Maura simplesmente se fez de desentendida. A Rainha dos Mortos confirmava sua invencibilidade.

Concentrou-se mais uma vez no cadáver.

Sem se dar conta da tensão que reinava na sala, Abe abriu as câmaras do coração.

– As válvulas parecem normais – comentou. – Coronárias macias. Vasos limpos. Puxa, adoraria que meu coração estivesse bem assim.

Maura olhou para a barriga imensa do colega e duvidou, sabendo de sua paixão por *foie gras* e molhos amanteigados. Desfrute da vida enquanto pode, era a filosofia de Abe. Satisfaça seus apetites agora, porque todos acabamos, cedo ou tarde, como nossos amigos na mesa. De que adiantam coronárias limpas se você viveu uma vida sem prazeres?

Pousou o coração na bacia e começou a trabalhar no conteúdo do abdome, o bisturi cortando fundo, através do peritônio. Estômago, fígado, baço e pâncreas foram expostos. O odor de morte, de órgãos gelados, era familiar a Maura, embora dessa vez estivesse muito perturbador. Como se assistisse a uma necrópsia pela primeira vez. Ela observou Abe cortar com tesoura e faca, e a brutalidade do procedimento a chocou, como se não fosse a patologista calejada que era. Meu Deus, faço isso todos os dias. Mas só corto a carne de desconhecidos.

Aquela mulher não parecia uma desconhecida.

Entrou em um estado de dormência, observando Abe trabalhar como se estivesse muito distante de onde ele estava. Fatigada pela noite insone e pelo fuso horário, sentiu-se afastar-se da cena que se desenrolava sobre a mesa, recuando até um ponto seguro de onde podia observar com as emoções amortecidas. Era apenas um cadáver sobre a mesa. Sem ligação com ela, ninguém que ela conhecesse. Abe rapidamente retirou o intestino delgado e jogou-o na bacia. Com tesouras e uma faca de cozinha, esvaziou o abdome, deixando apenas uma concha oca.

Levou a bacia cheia de entranhas até a bancada de aço inoxidável, onde ergueu os órgãos um a um para examinar mais de perto.

Na mesa de corte, abriu o estômago e esvaziou o seu conteúdo em uma bacia menor. O cheiro de comida não digerida fez Rizzoli e Frost virarem os rostos com uma careta de nojo.

– Parece que temos restos de um jantar aqui – disse Abe. – Diria que ela comeu uma salada de frutos do mar. Vejo alface e tomate. Talvez camarão.

– Quanto tempo antes da hora da morte foi a refeição? – perguntou Rizzoli, com a voz estranhamente nasalada e a mão sobre o rosto, bloqueando o cheiro.

– Uma hora, talvez mais. Acho que ela comeu fora, já que salada de frutos do mar não é o tipo de prato que eu faria para mim em casa.

Abe olhou para Rizzoli.

– Encontrou algum recibo de restaurante na bolsa dela?

– Não. Pode ter pagado em dinheiro. Ainda estamos esperando informações da empresa de cartão de crédito.

– Meu Deus – disse Frost, ainda desviando o olhar. – Isso acaba com a minha vontade de comer camarão.

– Ah, você não pode deixar isso incomodá-lo – disse Abe, agora fatiando o pâncreas. – No fundo, somos feitos das mesmas coisas. Gordura, carboidratos e proteínas. Quando você come um filé suculento, está comendo músculos. Acha que vou deixar de comer um filé só porque é o tecido que disseco todos os dias? Todos os músculos têm os mesmos ingredientes bioquímicos, só que às vezes alguns cheiram melhor do que outros.

Pegou os rins. Fatiou-os e então jogou pequenas amostras de tecido em um vidro de formol.

– Até agora, tudo parece normal – disse ele. E olhou para Maura. – Concorda?

Ela meneou a cabeça mecanicamente mas nada disse, subitamente distraída pela nova série de radiografias que Yoshima pendurava na caixa de luz. Eram chapas do crânio. Na vista lateral, o contorno do tecido macio podia ser visto como um fantasma semitransparente de um rosto de perfil.

Maura foi até a caixa de luz e olhou para o objeto denso em forma de estrela, brilhando intensamente contra os ossos mais escuros. Estava acomodado à base do crânio. O pequeno ferimento de entrada do couro cabeludo não dava mostras do dano que aquele projétil devastador fazia no corpo humano.

– Meu Deus – murmurou ela. – É uma bala Black Talon.

Abe olhou para a bacia onde estavam os órgãos.

– Não vejo uma dessas há muito tempo. Teremos de ser cuidadosos. As pontas de metal dessa bala são afiadas como lâminas. Cortam através das luvas.

Ele olhou para Yoshima, que trabalhava no laboratório de perícia médica havia mais tempo que os patologistas atuais e que servia como sua memória institucional.

– Quando foi a última vez que tivemos uma vítima de Black Talon?

– Acho que faz uns dois anos – disse Yoshima.

– Tão recente?

– Lembro-me de que o Dr. Tierney cuidou do caso.

– Pode pedir a Stella para ver se o caso foi encerrado? Essa bala é incomum o bastante para fazer a gente se perguntar se não há alguma ligação.

Yoshima tirou a luva e foi até o interfone para falar com a secretária de Abe.

– Alô, Stella? O Dr. Bristol gostaria que você procurasse o último caso envolvendo uma bala Black Talon. Foi um caso do Dr. Tierney...

– Já ouvi falar sobre essas balas – disse Frost, que se aproximou da caixa de luz para olhar as radiografias mais de perto. – Mas é a primeira vez que deparo com uma vítima deste tipo de munição.

– É uma bala de ponta oca, fabricada pela Winchester – disse Abe. – Projetada para se expandir e cortar tecido mole. Quando penetra na carne, a ponta de cobre se abre em forma de estrela de seis pontas. Cada ponta é afiada como uma garra.

Ele se moveu até a cabeça do cadáver e prosseguiu:

– Foram tiradas do mercado em 1993, depois que um maluco em São Francisco usou-as para matar nove pessoas em uma chacina. A Winchester ficou com uma imagem tão ruim que decidiu parar a produção. Mas ainda há algumas em circulação. De vez em quando aparecem em uma ou outra vítima, mas estão ficando cada vez mais raras.

O olhar de Maura ainda estava voltado para a estrela branca na radiografia. Ela pensou no que Abe acabara de dizer: *cada ponta afiada como uma garra*. E lembrou-se das marcas feitas no carro da vítima. *Como as presas de uma ave de rapina.*

Voltou à mesa no momento em que Abe completava sua incisão no couro cabeludo. Naquele breve instante, antes de ele puxar a aba de pele para a frente, Maura descobriu-se inevitavelmente olhando para o rosto da vítima. A morte colorira seus lábios de um azul escuro. Os olhos estavam abertos, as córneas expostas, secas e opacas pela exposição ao ar. O brilho dos olhos dos vivos é apenas o reflexo da luz nas córneas úmidas. Quando as pálpebras não piscam, quando a córnea não é mais banhada em fluido, os olhos ficam secos e inexpressivos. Não é a partida da alma que tira a aparência de vida dos olhos dos mortos. É apenas a ausência do reflexo de piscar. Maura olhou para as duas córneas opacas e por um instante imaginou como aqueles olhos deviam ter sidos quando vivos. Era como olhar para o espelho. De repente, ela teve a vertiginosa sensação de que, na verdade, era *ela* quem estava ali, deitada na mesa. Que estava observando o próprio corpo sendo necropsiado. Os fantasmas não costumam vagar pelos mesmos lugares que frequentavam em vida? Aqui é o lugar que devo assombrar, pensou. O laboratório de necrópsia. É aqui que estou condenada a passar a eternidade.

Abe puxou o couro cabeludo para a frente, e o rosto desfigurou-se como uma máscara de borracha.

Maura estremeceu. Ao olhar para o lado, viu que Rizzoli estava olhando para ela outra vez. *Está olhando para mim? Ou para meu fantasma?*

Ouviu-se o som da serra Stryker atingindo o tutano. Abe cortou ao redor do topo do crânio exposto, preservando o segmento onde a bala entrara. Forçou a abertura delicadamente e removeu a tampa. A Black Talon caiu do crânio aberto e tilintou na bacia que Yoshima segurava mais embaixo. Ali ficou, brilhando, com as pontas metálicas abertas como pétalas de uma flor letal.

O crânio estava salpicado de sangue escuro.

– Hemorragia intensa, ambos os hemisférios. O que era de se esperar, considerando as radiografias – disse Abe. – A bala entrou aqui, osso temporal esquerdo. Mas não saiu. Pode ver nos filmes.

Ele apontou para a caixa de luz, onde a bala se destacava com brilho intenso, repousando sobre a curva interna do osso occipital esquerdo.

Frost disse:

– Engraçado como foi parar no mesmo lado do crânio em que entrou.

– Provavelmente houve ricochete. A bala penetrou o crânio e ricocheteou para lá e para cá, rasgando o cérebro por dentro. Despendendo toda sua energia no tecido mole. Como as lâminas de um liquidificador.

– Dr. Bristol? – Era a secretária, Stella, no interfone.

– Sim?

– Encontrei o caso com a Black Talon. O nome da vítima era Vassily Titov. O Dr. Tierney fez a necrópsia.

– Quem era o detetive deste caso?

– Ahn... aqui está. Detetives Vann e Dunleavy.

– Vou falar com eles – disse Rizzoli. – Saber o que lembram sobre o caso.

– Obrigado, Stella – disse Bristol. A seguir, olhou para Yoshima, que estava com a câmera fotográfica a postos. – Tudo bem, fotografe.

Yoshima começou a tirar fotografias do cérebro exposto, capturando um registro permanente de sua aparência antes de Abe removê-lo da caixa de ossos. Ali estava uma vida inteira de memórias, pensou Maura ao olhar para as volutas brilhantes de massa cinzenta. O ABC da infância. Quatro vezes quatro são 16. O primeiro beijo, o primeiro amor, o primeiro coração partido. Tudo estava depositado, como pacotes de RNA mensageiro, naquela complexa coleção de neurônios. A memória era puramente bioquímica, embora definisse cada ser humano como um indivíduo.

Com alguns golpes do bisturi, Abe liberou o cérebro e o levou com ambas as mãos até a bancada, como se carregasse um tesouro. Ele não o dissecaria naquele dia. Em vez disso, o deixaria imerso em uma bacia de fixador, para ser seccionado posteriormente. Mas não era necessário um exame microscópico para se ter a evidência do trauma. Estava ali, na descoloração da superfície.

– Então, temos o orifício de entrada na têmpora esquerda – disse Rizzoli.

– Sim, e os buracos na pele e no crânio se alinham perfeitamente – disse Abe.

– Isso é consistente com um tiro direto no lado da cabeça.

Abe assentiu.

– O assassino provavelmente apontou através da janela do motorista. A janela estava aberta, então não havia vidro para alterar a trajetória.

– Ela estava ali sentada – disse Rizzoli. – Noite quente. Janela aberta. São 20 horas, já está escurecendo. Ele caminha até o carro, aponta a arma e dispara. – Rizzoli balançou a cabeça. – Por quê?

– Não levou a bolsa – disse Abe.

– Nesse caso, não foi roubo – disse Frost. – O que nos deixa às voltas com um crime passional. Ou uma execução.

Rizzoli olhou para Maura. Ali estava, de novo, a possibilidade de um assassinato premeditado.

Teria atingido o alvo certo?

Abe deixou o cérebro em um balde de formol.

– Sem surpresas até agora – disse ele, ao se voltar para fazer a dissecação do pescoço.

– Vai fazer um exame toxicológico? – perguntou Rizzoli.

Abe deu de ombros.

– Podemos pedir, mas não estou certo se será necessário. A causa da morte está bem ali. – Ele meneou a cabeça para a caixa de luz, onde a bala se destacava contra o crânio. – Você tem algum motivo para querer um exame toxicológico? A perícia encontrou alguma droga ou parafernália suspeita dentro do carro?

– Nada. O carro estava em ordem. Quero dizer, exceto pelo sangue.

– E todo esse sangue é da vítima?

– Bem, é B positivo.

Abe olhou para Yoshima.

– Já verificou o tipo de nossa menina?

Yoshima assentiu com um menear de cabeça.

– Bate. Ela é B positivo.

Ninguém estava olhando para Maura. Ninguém a viu ficar boquiaberta nem a ouviu inspirar bruscamente. Ela se virou abruptamente para que não pudessem ver seu rosto, desamarrou e arrancou a máscara com um puxão.

Enquanto Maura ia até a lata de lixo, Abe gritou:

– Já se entediou conosco, Maura?

– Este fuso horário está acabando comigo – disse ela, tirando a touca. – Acho que vou para casa mais cedo. Até amanhã, Abe.

E deixou o laboratório sem olhar para trás.

A volta para casa foi um borrão. Apenas ao chegar na periferia de Brookline seu cérebro finalmente voltou a funcionar. Só então ela rompeu a sequência obsessiva de pensamentos que se repetia em sua cabeça. *Não pense na necrópsia. Tire-a de sua mente. Pense no jantar, sobre qualquer coisa que tenha visto hoje.*

Parou no mercado. A geladeira estava vazia e, a não ser que ela quisesse comer atum e ervilhas congeladas, precisava fazer compras. Era um alívio ter de se concentrar em outra coisa. Jogava as compras em seu carrinho com uma pressa incontrolável. Era mais seguro pensar em comida, no que prepararia para o resto da semana.

Pare de pensar em manchas de sangue, em órgãos de mulheres, em bacias de aço. Preciso de laranjas e maçãs. E estas berinjelas não estão bonitas? Ela pegou um maço de manjericão fresco e inalou profundamente seu aroma, agradecida por sua pungência ter afastado, mesmo que por pouco tempo, todos os cheiros que lembravam a sala de necrópsia. Uma semana de comida francesa suave a deixara com saudade dos temperos. Hoje à noite, pensou, vou fazer um curry verde tailandês tão picante que vai queimar minha língua.

Em casa, vestiu um short e uma camiseta e se dedicou a preparar o jantar. Bebericou um Bordeaux branco gelado enquanto picava o frango, as cebolas e o alho. A fragrância vaporosa do arroz de jasmim tomou a cozinha. Não tinha tempo para pensar em sangue B positivo nem em mulheres de cabelos pretos: o óleo fumegava na frigideira. Hora de refogar o frango e acrescentar a pasta de curry. Em seguida, derramar o leite de coco. Então, cobriu a panela e deixou cozinhar. Olhou para a janela da cozinha e viu o seu reflexo no vidro.

Eu pareço com ela. Sou exatamente igual a ela.

Teve um calafrio, como se o rosto na janela não fosse um reflexo, mas um fantasma. A tampa da panela chacoalhou com o vapor. Fantasmas tentando sair. Desesperados para chamarem sua atenção.

Ela desligou o fogo, foi até o telefone e discou um número de pager que ela sabia de cor.

Um momento depois, Jane Rizzoli ligou. Ao fundo, Maura ouvia um telefone tocar. Então Rizzoli ainda não estava em casa. Devia estar sentada em sua escrivaninha no Schroeder Plaza.

– Desculpe incomodá-la – disse Maura. – Mas preciso fazer uma pergunta.

– Você está bem?

– Estou. Só queria mais uma informação sobre ela.

– Anna Jessop?

– Sim. Você disse que a carteira de motorista dela era de Massachusetts.

– Certo.

– Qual a data de nascimento?

– O quê?

– Hoje, na sala de necrópsia, você disse que ela tinha 40 anos. Em que dia ela nasceu?

– Por quê?

– Por favor. Só quero saber.

– Tudo bem. Espere.

Maura ouviu um farfalhar de papel, então Rizzoli voltou à linha.

– De acordo com aquela carteira de motorista, a data do aniversário dela era 25 de novembro.

Por um momento, Maura ficou calada.

– Ainda está aí? – perguntou Rizzoli.

– Sim.

– Qual o problema, doutora? O que está havendo?

Maura engoliu em seco.

– Preciso que faça algo para mim, Jane. Vai parecer loucura.

– Fale.

– Quero que o laboratório de perícia compare o meu DNA com o dela.

Do outro lado da linha, Maura ouviu o outro telefone finalmente parar de trocar.

– Repita – disse Rizzoli. – Acho que não ouvi direito.

– Quero saber se o meu DNA bate com o de Anna Jessop.

– Veja, concordo que há uma grande semelhança...

– Há mais.

– Do que está falando?

– Temos o mesmo tipo sanguíneo. B positivo.

– Quantas outras pessoas no mundo têm sangue B positivo? – ponderou Rizzoli. – Algo como o quê? Dez por cento da população?

– A data de nascimento. Você disse que a data de nascimento dela era 25 de novembro. Jane, a minha também.

A notícia precipitou o silêncio. A seguir, Rizzoli disse:

– Está bem. Você acaba de me deixar arrepiada.

– Agora entende por que quero isso? Tudo a respeito dela, sua aparência, tipo sanguíneo, data de nascimento... – Maura fez uma pausa. – Ela *sou eu*. Quero saber de onde veio. Quero saber quem era essa mulher.

Uma longa pausa. Então Rizzoli disse:

– Responder esta pergunta vai ser bem mais difícil do que pensamos.

– Por quê?

– Fizemos uma investigação à tarde. Descobrimos que seu cartão de crédito só tem seis meses.

– E daí?

– A carteira de motorista tem quatro meses. As placas do carro foram emitidas há apenas três meses.

– E quanto a sua residência? Ela tinha um endereço em Brighton? Deve ter falado com os vizinhos, certo?

54

– Finalmente conseguimos falar com a senhoria ontem, tarde da noite. Disse que alugou o lugar para Anna Jessop há três meses. Ela nos deixou entrar no apartamento.

– E?

– Está vazio, doutora. Nenhum móvel, nenhuma frigideira, nenhuma escova de dente. Alguém pagou por um serviço de TV a cabo e uma linha telefônica, mas não havia ninguém lá.

– E quanto aos vizinhos?

– Nunca a viram. Eles a chamavam de "o fantasma".

– Deve haver algum endereço anterior. Uma conta de banco...

– Procuramos. Não conseguimos encontrar *nada* sobre essa mulher em datas anteriores.

– O que quer dizer?

Rizzoli respondeu:

– Quero dizer que Anna Jessop não existia até seis meses atrás.

4

Quando Rizzoli entrou no J. P. Doyle's, encontrou o pessoal de sempre em torno do bar. Policiais, em sua maioria, trocando histórias sobre a luta diária em meio a cervejas e amendoim. Localizado na mesma rua do subdistrito de polícia de Jamaica Plain, em Boston, o Doyle provavelmente era o bar mais seguro da cidade. Faça um movimento em falso, e uma dezena de policiais se atira sobre você como um time de futebol americano. Ela conhecia aquela gente, e todos a conheciam. Abriram caminho para deixar passar a senhora grávida, e ela viu alguns sorrisos enquanto passava, sua barriga abria caminho como a proa de um navio.

– Ei, Rizzoli – gritou alguém. – Está engordando ou o quê?

– É. – Ela riu. – Mas, diferente de você, estarei magra em agosto.

Ela abriu caminho até os detetives Vann e Dunleavy, que acenavam para ela do bar. Sam e Frodo, era como chamavam a dupla. O hobbit gordo e o hobbit magro, parceiros havia tanto tempo que agiam como um velho casal, e deviam passar mais tempo juntos do que com as próprias esposas.

Rizzoli quase nunca via um deles sozinho e achava que era apenas questão de tempo até começarem a se vestir um igual ao outro.

Eles sorriram e a saudaram com canecas de Guinness idênticas.

– Oi, Rizzoli – disse Vann.

– ...você está atrasada – disse Dunleavy.

– Já estamos na segunda caneca...

– ...quer uma?

Meu Deus, eles até terminavam as frases um do outro.

– Está muito barulhento aqui – disse ela. – Vamos para o outro salão.

Foram até a área de jantar, para seu cubículo de sempre, sob a bandeira da Irlanda. Dunleavy e Vann sentaram-se confortavelmente um ao lado do outro diante de Rizzoli. Ela pensou em seu parceiro, Barry Frost, um cara legal, um cara até muito legal, mas com quem ela não tinha absolutamente nada em comum. No fim do dia, ela ia para um lado, Frost, para outro. Gostavam-se o bastante, mas ela não achava que pudesse aguentar a companhia dele mais do que já aguentava. Com certeza não no grau daqueles dois sujeitos.

– Então você tem uma vítima de Black Talon – disse Dunleavy.

– Noite passada, em Brookline – disse ela. – Primeira Talon desde o seu caso. Isso foi há o quê, uns dois anos?

– É, por aí.

– Fechado?

Dunleavy riu.

– Pregado como um caixão.

– Quem era o atirador?

– Um cara chamado Antonin Leonov. Imigrante ucraniano, peixe pequeno tentando entrar no primeiro time. A máfia russa acabaria contratando ele se não o prendêssemos primeiro.

– Que idiota – desdenhou Vann. – Ele não fazia ideia de que estávamos de olho nele.

– Por que estavam? – perguntou ela.

– Ouvimos dizer que ele esperava uma encomenda do Tadjiquistão – disse Dunleavy. – Heroína. Uma grande quantidade. Estávamos na pista dele havia uma semana, e ele nunca percebeu. Então nós o seguimos à casa de seu sócio, Vassily Titov. Titov deve ter irritado Leonov ou algo assim. Vimos quando Leonov foi até a casa de Titov. Então ouvimos os tiros, e Leonov saiu.

– E estávamos esperando por ele do lado de fora – disse Vann. – Como eu disse, um idiota.

Dunleavy ergueu a caneca de Guinness em um brinde.

– Aberto e fechado. Assassino preso com a arma do crime. Estávamos lá para testemunhar. Não sei por que ele se deu ao trabalho de alegar inocência. Demorou menos de uma hora para o júri dar o veredicto.

– Ele disse como conseguiu as Black Talons? – perguntou ela.

– Está brincando? – disse Vann. – Ele não diria coisa alguma. Mal falava inglês, mas certamente conhecia a palavra "Miranda".*

– Uma equipe vasculhou sua casa e seu escritório – disse Dunleavy. – Encontraram cerca de oito caixas de Black Talons armazenadas em seu depósito, acredita numa coisa dessas? Não sei como conseguiu tantas, mas tinha um estoque bem grande.

Dunleavy deu de ombros.

– Essa é a história de Leonov. Não vejo como ligá-lo ao seu caso.

– Houve apenas duas vítimas de Black Talon aqui nos últimos cinco anos – disse ela. – O seu caso e o meu.

– Bem, é provável que ainda haja algumas balas por aí no mercado negro. Veja na internet. Tudo o que sei é que pegamos Leonov, e bem direitinho.

Dunleavy terminou a bebida.

– Seu atirador é outra pessoa.

Aquilo era algo que ela já havia concluído. Uma desavença entre peixes pequenos da máfia russa havia dois anos não parecia relevante no assassinato de Anna Jessop. Aquela bala Black Talon era um beco sem saída.

---

*Regra que obriga a polícia a ler os direitos constitucionais de um preso e adverti-lo de que tudo o que disser poderá ser usado como prova. (*N. do T.*)

– Você me emprestaria o arquivo de Leonov? – perguntou ela. – Ainda assim gostaria de ver.

– Estará em sua escrivaninha amanhã.

– Obrigada, rapazes.

Ela se levantou e saiu do cubículo.

– Então, quando vai ser? – perguntou Vann, apontando para a barriga de Rizzoli.

– Não vejo a hora.

– Os rapazes fizeram uma aposta, sabe. Sobre o sexo do bebê.

– Você está brincando.

– Acho que estamos em 70 dólares se for menina, 40 se for menino.

Vann riu.

– E 20 dólares – disse ele – se for *outra coisa*.

RIZZOLI SENTIU O bebê chutar ao entrar no apartamento. Calma aí, Júnior, pensou. Não se contenta em me tratar como um saco de pancadas o dia inteiro e agora vai continuar com isso à noite também? Ela não sabia se era menino, menina ou outra coisa. Tudo o que sabia era que aquela criança estava ansiosa para nascer.

Apenas pare de tentar abrir caminho a golpes de kung-fu, está bem?

Ela jogou a bolsa e as chaves no balcão da cozinha, tirou os sapatos junto à porta e atirou o blazer sobre uma cadeira da sala de jantar. Havia dois dias seu marido, Gabriel, partira para Montana como parte de uma equipe do FBI que investigava um depósito clandestino de armas de um grupo paramilitar. Agora o apartamento voltava à mesma anarquia confortável que reinara ali antes de seu casamento. Antes de Gabriel se mudar e impor alguma aparência de disciplina. Só mesmo um ex-fuzileiro para arrumar suas panelas em ordem de tamanho.

No quarto, viu de relance seu reflexo no espelho. Mal reconheceu a si mesma, curvada para trás, as maçãs do rosto proeminentes, a barriga avolumando-se sob as calças elásticas para gestantes. Quando foi que eu desapareci?, pensou. Ainda estou aqui, oculta em algum lugar neste corpo distorcido? Ela confrontou o reflexo daquela estranha, lembrando-se de como seu abdome havia sido reto. Rizzoli não gostava do jeito que seu rosto inchara, do modo como suas bochechas se tornaram rosadas como as de um bebê. O brilho da gravidez, como Gabriel chamava, tentando assegurá-la de que ela não parecia uma baleia de nariz brilhante. Aquela mulher ali não sou eu, pensou. Esta não é a policial que derruba portas e mata bandidos.

Deitou-se de costas na cama e abriu ambos os braços sobre o colchão, como um pássaro alçando voo. Ela podia sentir o cheiro de Gabriel nos lençóis. Estou com saudades, pensou. Casamentos não deveriam ser assim. Duas carreiras, duas pessoas obcecadas por trabalho. Gabriel viajando, ela sozinha naquele apartamento. Mas Rizzoli sabia que não seria fácil. Que haveria muitas noites como aquela, quando o trabalho dele, ou o dela, os separaria. Pensou em ligar para ele outra vez, mas já tinham se falado duas vezes naquela manhã, e a companhia telefônica já estava levando uma fatia suficiente de seu salário.

Ah, dane-se.

Rolou para o lado, levantou-se da cama e estava a ponto de pegar o telefone na mesa de cabeceira quando ele subitamente tocou. Assustada, verificou quem chamava. Um número que não conhecia. Não era o de Gabriel.

Ela atendeu.

– Alô?

– Detetive Rizzoli? – perguntou um homem.

– Sim.

– Desculpe ligar tão tarde, mas só cheguei à cidade esta noite e...

– Por favor, quem fala?

– Detetive Ballard, polícia de Newton. Soube que é a investigadora-chefe daquele homicídio da noite passada, em Brookline. A vítima de nome Anna Jessop.

– Sim, sou eu.

– No ano passado, peguei um caso aqui. Envolvia uma mulher chamada Anna Jessop. Não sei se é a mesma pessoa, mas...

– Você disse que é da polícia de Newton?

– Sim.

– Poderia identificar a Srta. Jessop, caso visse o corpo?

Uma pausa.

59

– Acho que preciso fazê-lo. Preciso ter certeza de que é ela.

– E se for?

– Então sei quem a matou.

ANTES MESMO DE o detive Rick Ballard sacar o distintivo, Rizzoli já adivinhara que o homem era um policial. Quando ela entrou na recepção do prédio do laboratório de análises clínicas ele se levantou imediatamente, como se de prontidão. Seus olhos eram de um azul cristalino, o cabelo era castanho, cortado de modo conservador, a camisa passada com capricho militar. Tinha o mesmo plácido ar de comando que Gabriel, o mesmo olhar sólido como uma rocha, que parecia dizer: em um aperto, pode contar comigo. Ele a fez desejar, apenas por um instante, voltar a ter a cintura fina e ser atraente. Ao apertarem as mãos, enquanto ela olhava para seu distintivo, sentiu que ele estudava seu rosto.

Definitivamente um policial, pensou ela.

– Está pronto? – perguntou ela. Quando ele assentiu, ela olhou para a recepcionista. – O Dr. Bristol está lá embaixo?

– Está terminando uma necrópsia. Ele disse que pode encontrá-lo lá.

Pegaram o elevador até o subsolo e entraram na antessala do necrotério, onde os armários estocavam suprimentos de protetores de sapatos, máscaras e toucas de papel. Através da ampla janela podiam ver o laboratório de necrópsia, onde o Dr. Bristol e Yoshima trabalhavam em um homem magro e grisalho. Bristol os viu através do vidro e acenou.

– Mais dez minutos! – disse ele.

Rizzoli assentiu.

– Esperamos.

Bristol acabara de fazer a incisão no couro cabeludo. Agora puxava-o para a frente sobre o crânio, desfigurando a face.

– Detesto esta parte – disse Rizzoli. – Quando começam a mexer com o rosto. O resto posso aguentar.

Ballard nada disse. Ela olhou para ele e viu que suas costas estavam rígidas e o rosto, soturno e estoico. Como não era detetive de homicídios, ele provavelmente não fazia muitas visitas ao necrotério, e o procedimento que se desenrolava além daquela janela decerto o deixava horrorizado. Ela se lembrou da primeira visita que fizera ao lugar, ainda como cadete. Fazia parte de um grupo da academia, a única mulher entre seis cadetes musculosos, todos muito mais altos que ela. Todos esperavam que a garota fosse a mais suscetível, que seria ela quem daria as costas e sairia dali durante a necrópsia. Mas ela ficou na frente, bem ao centro, e assistiu a todo o procedimento. Foi um dos rapazes, o mais forte de todos, que empalideceu e tombou sobre uma cadeira. Ela se perguntou se Ballard estava a ponto de fazer o mesmo. Sob as luzes fluorescentes, sua pele assumira uma palidez doentia.

Na sala de necrópsia, Yoshima começou cortar a abertura no crânio. O ruído da lâmina contra o osso pareceu ser mais do que Ballard era capaz de aguentar. Ele tirou os olhos da janela e fixou-os em caixas de luvas de diversos tamanhos empilhadas na prateleira. Rizzoli chegou a sentir um pouco de pena dele. Quando se era um sujeito forte como Ballard, devia ser humilhante deixar uma policial perceber que está de pernas bambas.

Ela empurrou um banco para ele e puxou outro para si. Suspirou e se sentou.

– Hoje em dia, não consigo ficar muito tempo de pé.

Ele também se sentou, parecendo aliviado por poder se concentrar em algo além da serra de ossos.

– É a sua primeira gravidez? – perguntou ele, apontando para a barriga dela.

– É.

– Menino ou menina?

– Não sei. Ficaremos felizes de qualquer modo.

– Foi como me senti quando nasceu a minha filha. Dez dedos nos pés e dez nas mãos, era tudo o que eu estava pedindo...

Fez uma pausa, engoliu em seco, enquanto a serra continuava a sibilar.

– Qual a idade de sua filha agora? – perguntou Rizzoli, tentando distraí-lo.

– Ah, vai fazer 14 no dia trinta. Não tem sido exatamente uma fonte de alegrias.

– É uma idade complicada para meninas.

– Está vendo todos esses cabelos brancos?

Rizzoli riu e disse:

– Minha mãe costumava fazer isso. Apontava a cabeça e dizia: "Esses cabelos brancos são todos por *sua* causa." Devo admitir que eu não era uma pessoa muito agradável de se ter por perto aos 14 anos. É a idade.

– Bem, temos alguns problemas agora também. Minha mulher e eu nos separamos no ano passado, e Katie tem sido arrastada de um lado para outro. Dois pais que trabalham, duas casas.

– Deve ser difícil para uma criança.

O ruído da serra de ossos por fim parou. Através da janela, Rizzoli viu Yoshima remover o topo do crânio. Viu Bristol liberar o cérebro, aparando-o delicadamente com ambas as mãos ao extraí-lo da caixa óssea. Ballard manteve o olhar longe da janela, sua atenção voltada para Rizzoli.

– É difícil, não é? – disse ele.

– O quê?

– Trabalhar como policial. Na sua condição.

– Ao menos ninguém espera que eu arrombe portas atualmente.

– Minha esposa era caloura quando engravidou.

– Polícia de Newton?

– Boston. Queriam tirá-la do patrulhamento. Ela disse para eles que a gravidez era uma vantagem. Que os bandidos ficavam muito mais corteses.

– Bandidos? Nunca foram corteses comigo.

Na sala ao lado, Yoshima costurava a incisão feita no corpo com agulha e linha, um alfaiate macabro unindo não tecido, mas carne. Bristol tirou as luvas, lavou as mãos e saiu para se encontrar com os visitantes.

– Desculpem o atraso. Demorou um pouco mais do que eu esperava. O cara tinha tumores por todo o abdome e nunca foi ao médico. Então em vez do médico, pegou a mim.

Estendeu uma mão gorda, ainda úmida, para saudar Ballard.

– Detetive. Então está aqui para dar uma olhada na nossa baleada.

Rizzoli viu o rosto de Ballard se contrair.

– A detetive Rizzoli me pediu para fazê-lo.

Bristol meneou a cabeça.

– Bem, vamos então. Ela está na geladeira.

Guiou-os pelo laboratório de necrópsia até uma grande unidade de refrigeração. Parecia qualquer frigorífico de carne, daqueles onde se pode entrar, com mostradores de temperatura e uma pesada porta de aço inoxidável. Pendurado na parede ao lado havia um fichário contendo o registro de entregas. O nome do velho a quem Bristol acabara de necropsiar estava ali na lista. Ele fora entregue às 23 horas do dia anterior. Não era uma lista da qual alguém desejaria fazer parte.

Bristol abriu a porta, e gotas de condensação pingaram para fora. Entraram, e o cheiro de carne refrigerada quase fez Rizzoli vomitar. Desde que engravidara, ela perdera a tolerância a maus cheiros. Até mesmo um leve bafejar de putrefação podia fazê-la correr para a pia mais próxima. Daquela vez, ela conseguiu conter a náusea ao olhar com determinação para a fileira de macas de metal no refrigerador. Havia cinco corpos embrulhados em plástico branco.

Bristol caminhou entre a fileira de macas de metal, verificando as etiquetas. Parou diante da quarta.

– Aqui está a nossa menina – disse ele, e abriu o saco de modo a revelar a metade superior do tórax, a incisão em Y costurada com suturas de necrotério. Mais um trabalho de Yoshima.

Quando o plástico se abriu, o olhar de Rizzoli não estava voltado para a mulher morta e, sim, para Rick Ballard. Ele olhava o corpo em silêncio, como se a visão de Anna Jessop o tivesse paralisado onde estava.

– Bem? – disse Bristol.

Ballard piscou, como se saindo de um transe. Ele expirou com força.

– É ela – murmurou.

– Está absolutamente certo?

– Sim.

Ballard engoliu em seco.

– O que houve? O que vocês descobriram?

Bristol olhou para Rizzoli, um pedido silencioso para que ela liberasse a divulgação da informação. Ela meneou a cabeça.

– Um único tiro, têmpora esquerda – disse Bristol, apontando para o orifício de entrada no couro cabeludo.

– Grande dano no temporal esquerdo assim como em ambos os lobos parietais, devido ao ricochete intracraniano. Hemorragia intensa.

– Foi o único ferimento?

– Correto. Muito rápido, muito eficiente.

O olhar de Ballard baixou até o torso da vítima. Para os seios. Não era uma reação masculina das mais surpreendentes, quando confrontado com uma jovem desnuda, mas ainda assim Rizzoli ficou incomodada com aquilo. Viva ou morta, Anna Jessop tinha direito à sua dignidade, e Rizzoli ficou aliviada quando o Dr. Bristol fechou o saco, garantindo a privacidade do cadáver.

Saíram da sala refrigerada, e Bristol fechou a porta.

– Sabe o nome do familiar mais próximo? – perguntou ele. – Alguém que devamos avisar?

– Não há ninguém – disse Ballard.

– Tem certeza disso?

– Ela não tem nenhum parente vivo e...

Parou de falar abruptamente. Ficou parado como uma estátua, olhando através da janela da sala de necrópsia.

Rizzoli voltou-se para ver o que ele estava olhando e de imediato viu o que lhe roubara a atenção. Maura Isles acabara de entrar na sala, trazendo um envelope de radiografias. Foi até a caixa de luz, pendurou as radiografias e ligou a luz. Enquanto olhava as imagens de ossos esmagados, não se deu conta de que estava sendo observada. Que três pares de olhos olhavam para ela através da janela.

– Quem é? – murmurou Ballard.

– É uma de nossas médicas peritas – disse Bristol. – Dra. Maura Isles.

– A semelhança é assustadora, não é mesmo? – disse Rizzoli.

Ballard balançou a cabeça.

– Por um momento, pensei...

– Todos nós pensamos quando vimos a vítima pela primeira vez.

Na sala ao lado, Maura guardou as radiografias de volta no envelope. Ela saiu do laboratório sem se dar conta de que estava sendo

64

observada. Como é fácil espreitar alguém, pensou Rizzoli. Não há um sexto sentido para nos dizer quando os outros estão olhando para nós. Não sentimos nas costas o olhar de quem nos espreita. Apenas quando ele se move é que nos damos conta de que está ali.

Rizzoli voltou-se para Ballard.

– Tudo bem, você viu Anna Jessop. Você confirmou conhecê-la. Agora nos diga quem ela realmente era.

5

O automóvel definitivo. Era como os anúncios o chamavam, como Dwayne o chamava, e Mattie Purvis dirigia aquela máquina poderosa pela West Central Street, afastando as lágrimas e pensando: você tem de estar lá. Por favor, Dwayne, esteja lá. Mas ela não sabia se ele estaria. Ultimamente, havia tanta coisa sobre o marido que ela não compreendia, como se um estranho tivesse ocupado o seu lugar, um estranho que mal lhe dava atenção, que sequer olhava para ela. Quero meu marido de volta. Mas nem mesmo sei como o perdi.

O cartaz gigante com as palavras BMW PURVIS brilhou mais adiante. Ela entrou no estacionamento, passando por fileiras de outros automóveis definitivos, e viu o carro de Dwayne estacionado perto da entrada do showroom.

Estacionou na vaga ao lado do carro dele e desligou o motor. Ficou sentada por um instante, respirando fundo. Respiração de limpeza, como lhe ensinaram na aula do método Lamaze. As aulas às quais Dwayne parara de ir havia um mês por achar uma perda de tempo. *Você vai ter o bebê, não eu. Por que tenho de estar lá?*

Epa, respirei demais. Subitamente tonta, ela se inclinou para a frente contra o volante. Esbarrou por acidente na buzina e encolheu-se ao ouvir o ruído estridente. Olhou para fora da janela e viu um dos mecânicos olhando para ela. Para a idiota da mulher de Dwayne, tocando a buzina por nada. Corando, abriu a porta, tirou a barriga de trás do volante e entrou no showroom da BMW.

Lá dentro o cheiro era de couro e cera de automóvel. Um afrodisíaco para os homens, dizia Dwayne. Agora, porém, aquele banquete de aromas fazia Mattie sentir-se um pouco nauseada. Demorou-se em meio às sereias sensuais do showroom: modelos do ano, todos curvas e cromo, brilhando sob os refletores. Um homem poderia perder a alma ali dentro. Se passasse a mão sobre um flanco azul metálico, ou olhasse tempo demais para o próprio reflexo no para-brisa, começaria a sonhar. Ele veria o homem que *poderia* se tornar caso tivesse uma daquelas máquinas.

– Sra. Purvis?

Mattie virou-se e viu Bart Thayer, um dos vendedores de seu marido, acenando para ela.

– Oh, olá – disse ela.

– Procurando por Dwayne?

– Sim. Onde ele está?

– Acho que, ahn...

Bart olhou para as salas nos fundos.

– Deixe-me ver.

– Está tudo bem, posso encontrá-lo.

– *Não!* Quero dizer, ahn, deixe-me buscá-lo, está bem? Você deve se sentar, descansar. Em sua condição, não deve ficar muito tempo de pé.

Engraçado Bart dizer aquilo. Ele tinha uma barriga maior que a dela.

Ela conseguiu sorrir.

– Estou apenas grávida, Bart. Não aleijada.

– Então, quando será o grande dia?

– Daqui a duas semanas. De qualquer modo, é quando achamos que será. Nunca se sabe.

– Não é mesmo? Meu primeiro filho não queria nascer, não queria sair. Nasceu três semanas depois e tem se atrasado para tudo desde então. – Ele piscou. – Deixe-me buscar Dwayne para você.

Ela o viu ir até as salas dos fundos e o seguiu, o bastante para vê-lo bater à porta de Dwayne. Não houve resposta, de modo que ele bateu outra vez. Finalmente a porta se abriu, e Dwayne meteu a cabeça para fora. Ele estremeceu quando viu Mattie acenando para ele do showroom.

66

– Posso falar com você? – gritou ela.

Dwayne saiu do escritório fechando a porta atrás de si.

– O que está fazendo aqui? – perguntou.

Bart olhou para ambos e lentamente começou a se afastar.

– Ahn, Dwayne, acho que vou fazer uma pausa para o café agora.

– É, está bem – murmurou Dwayne. – Não me importo.

Bart saiu às pressas do showroom. Marido e mulher se olharam.

– Esperei por você – disse Mattie.

– O quê?

– Minha consulta no obstetra, Dwayne. Você disse que iria. O Dr. Fishman esperou vinte minutos, e então não pudemos esperar mais. Você perdeu a oportunidade de assistir à ultrassonografia.

– Oh. Oh, meu Deus. Esqueci.

Dwayne passou a mão na cabeça, puxando os cabelos negros para trás. Sempre ajeitando o cabelo, a camisa, a gravata. Quando se estava lidando com um produto de topo de linha, Dwayne gostava de dizer que você tinha de estar pronto para o papel.

– Desculpe.

Ela meteu a mão na bolsa e tirou dali uma foto Polaroid.

– Quer dar uma olhada na fotografia?

– O que é isso?

– É nossa filha. É uma fotografia da ultrassonografia.

Ele olhou para a foto e deu de ombros.

– Não dá para ver nada.

– Dá para ver o braço aqui e a perna. E, se olhar bem, pode até ver o rosto.

– É, legal.

Ele devolveu a fotografia.

– Chegarei um pouco mais tarde hoje à noite, está bem? Tem um sujeito que vai chegar às 18 horas para um test drive. Vou jantar por aqui mesmo.

Ela guardou a foto na bolsa e suspirou.

– Dwayne...

Ele beijou sua testa brevemente.

– Deixe-me levá-la até a porta. Vamos.

– Não podemos sair para tomar um café ou algo assim?

– Tenho clientes.

– Mas não tem ninguém mais no showroom.

– Mattie, *por favor*. Apenas me deixe trabalhar, está bem?

Subitamente, a porta do escritório de Dwayne se abriu. Mattie acompanhou com os olhos a loura alta que saiu dali, ganhou o corredor e entrou em outro escritório.

– Quem é? – perguntou Mattie.

– O quê?

– Aquela mulher que saiu de seu escritório.

– Ah, ela? – Dwayne pigarreou. – É uma nova funcionária. Achei que era hora de contratar uma vendedora. Você sabe, diversificar a equipe. Ela se revelou uma ótima vendedora. Vendeu mais carros no mês passado do que Bart. E isso é muito.

Mattie olhou para a porta fechada do escritório de Dwayne, pensando: foi quando começou. No mês passado. Foi quando tudo mudou entre nós, quando o outro se mudou para o corpo de Dwayne.

– Como é o nome dela? – perguntou ela.

– Olhe, realmente tenho de voltar ao trabalho.

– Só quero saber o nome.

Ela se virou para olhar para o marido e então viu a culpa nos olhos dele, brilhando como néon.

– Ah, meu Deus – ele deu as costas. – Eu não preciso disso.

– Ahn, Sra. Purvis? – Era Bart, chamando da porta do showroom. – Sabia que está com um pneu furado? O mecânico acabou de me mostrar.

Confusa, ela se virou e olhou para ele.

– Não. Eu... eu não sabia.

– Como você pode *não* notar que está com um pneu furado? – perguntou Dwayne.

– Deve ter sido... Bem, o carro pareceu meio lerdo, mas...

– Não acredito numa coisa dessas.

Dwayne já se encaminhava para a porta. Fugindo de mim como sempre, pensou ela. E, agora, está furioso. Como é que tudo acaba sempre se tornando culpa minha?

Ela e Bart o seguiram até o carro. Dwayne estava agachado junto à roda traseira direita, balançando a cabeça.

– Dá para acreditar que ela não notou um negócio desses? – disse ele para Bart. – Olhe para esse pneu! Ela esfrangalhou a porcaria dc pneu!

– Ah, isso acontece – disse Bart. E olhou com simpatia para Mattie. – Olhe, vou pedir ao Ed para colocar um novo. Sem problemas.

– Mas olhe para o aro. Está todo amassado. Quantos quilômetros você acha que ela rodou assim? Como alguém pode ser tão idiota?

– Calma, Dwayne – disse Bart. – Não é nada demais.

– Eu não sabia – disse Mattie. – Desculpe.

– Você veio assim desde o consultório do médico? – Dwayne olhou para ela por sobre o ombro, e a raiva nos olhos dele a assustou. – Estava sonhando acordada, por acaso?

– Dwayne, *eu não sabia.*

Bart deu um tapinha no ombro de Dwayne.

– Talvez devesse maneirar um pouquinho, que tal?

– Fique fora disso! – rebateu Dwayne.

Bart recuou, mãos erguidas em sinal de submissão.

– Tudo bem, tudo bem.

Lançou um último olhar para Mattie, um olhar de *boa sorte, querida* e se afastou.

– É só um pneu – disse Mattie.

– Você deve ter espalhado fagulhas pela rua inteira. Quantas pessoas você acha que a viram dirigindo assim por aí?

– Isso importa?

– Acorda! Este é um *Beemer*. Quando você dirige uma máquina assim, você está passando uma imagem. As pessoas que veem este carro esperam que o motorista seja um pouco mais esperto, um pouco mais descolado. Daí você sai por aí rodando sobre o aro puro, e isso *arruína* essa imagem. Prejudica a imagem dos outros donos de BMW. Prejudica a *minha* imagem.

– É só um pneu.

– Pare de dizer isso.

– Mas é.

Dwayne bufou com desdém e se ergueu.

– Desisto.

Ela engoliu as lágrimas.

– Não tem nada a ver com o pneu, não é mesmo, Dwayne?

– O quê?

– Esta briga é pela gente. Há algo de errado entre *nós*.

O silêncio dele só tornou as coisas piores. Ele não olhou para ela. Em vez disso, virou-se para olhar para o mecânico que se aproximava.

– Oi – disse o mecânico. – Bart disse para eu trocar o pneu.

– É, cuide disso para mim, está bem? – Dwayne fez uma pausa, a atenção se voltando para o Toyota que acabara de entrar no estacionamento. Um homem desceu, começou a admirar um dos BMWs e se curvou para ler o adesivo do vendedor na janela. Dwayne ajeitou o cabelo para trás, arrumou a gravata e começou a caminhar em direção ao novo cliente.

– Dwayne? – disse Mattie.

– Tenho um cliente.

– Mas eu sou sua *mulher*.

Ele se virou, seu olhar venenoso.

– Não insista, Mattie.

– O que devo fazer para ter sua atenção? – ela gritou. – Comprar um de seus carros? É o que preciso? Porque não conheço nenhuma outra maneira. – A voz de Mattie falhou. – Não conheço outra maneira.

– Então talvez você devesse parar de tentar. Porque não vejo mais sentido nisso.

Ela o viu se afastar. Viu-o fazer uma pausa para ajeitar os ombros, abrir um sorriso. Sua voz subitamente ecoou, quente e amistosa, enquanto saudava o novo cliente.

– Sra. Purvis? Madame?

Ela piscou e se virou para olhar para o mecânico.

– Preciso das chaves de seu carro, se não se importa. Daí vou poder levá-lo para a oficina e trocar o pneu.

Estendeu uma das mãos suja de graxa.

Sem palavras, ela lhe deu o chaveiro, então olhou para Dwayne. Mas ele nem mesmo se voltou para olhá-la. Como se ela fosse invisível. Como se não fosse coisa alguma.

Ela mal se lembrava de sua volta para casa.

Viu-se sentada na mesa da cozinha, ainda segurando as chaves, a correspondência do dia diante dela. No topo da pilha estava a conta

70

do cartão de crédito, dirigida a Sr. e Sra. Dwayne Purvis. Sr. e Sra. Ela se lembrou da primeira vez que alguém a chamou de Sra. Purvis, e da alegria que sentiu ao ouvir o nome. Sra. Purvis. Sra. Purvis.

Sra. Ninguém.

As chaves caíram no chão. Ela levou a mão ao rosto e começou a chorar. Chorou enquanto o bebê chutava dentro dela, chorou até sua garganta arder e a correspondência ficar encharcada de lágrimas. *Quero ele de volta do jeito que era. Quando ele me amava.*

Em meio a seus soluços, ouviu o ranger de uma porta. Vinha da garagem. Ergueu a cabeça, a esperança florescia em seu peito.

Ele está em casa! Ele voltou para me pedir desculpas.

Levantou-se tão bruscamente que a cadeira caiu. Ansiosa, abriu a porta e entrou na garagem. Ficou piscando na penumbra, confusa. O único carro estacionado era o dela.

– Dwayne? – disse ela.

Viu uma fímbria de luz do sol. A porta que dava para o jardim lateral estava aberta. Ela atravessou a garagem para fechá-la. Havia acabado de fazê-lo quando ouviu passos atrás de si e ficou paralisada, com o coração disparado. Soube, naquele instante, que não estava só.

Ela se virou, mas, a meio caminho, a escuridão desabou sobre ela.

6

Maura abandonou a luz da tarde e entrou na fria penumbra da Igreja de Nossa Senhora da Luz Divina. Por um instante, não conseguiu ver mais que sombras, a vaga silhueta de bancos de igreja e o vulto de uma paroquiana solitária sentada à frente, cabeça curvada. Maura sentou-se em um dos bancos. Deixou o silêncio envolvê-la enquanto seus olhos se ajustavam ao interior escuro. Nos vitrais mais acima, brilhando em tons ricamente sombrios, uma mulher de cabelos revoltos olhava com adoração para uma árvore da qual pendia uma maçã vermelha. Eva no Jardim do Éden. A mulher como a tentação, a sedutora. A destruidora. Olhando para o vitral, sentiu-se inquieta, e seu olhar moveu-se para outro lugar. Embora tivesse sido criada por pais católicos, ela não se sentia bem na igreja. Olhou para as imagens de mártires sagrados emolduradas naquelas janelas e, embora agora fossem adorados como santos, ela sabia que, em carne e osso, não poderiam ter sido infalíveis. Que seu tempo na Terra com certeza fora maculado por pecados, escolhas erradas e desejos mesquinhos. Ela sabia, melhor que a maioria, que a perfeição não era humana.

Levantou-se, voltou-se para o corredor e parou. O padre Brophy estava ali, a luz filtrada pelos vitrais projetava um mosaico de cores em seu rosto. Ele se aproximara tão silenciosamente que ela não o ouviu, e agora estavam frente a frente, nenhum dos dois ousava romper o silêncio.

– Espero que não esteja indo embora – disse ele afinal.

– Vim meditar por alguns minutos.

– Então fico feliz por tê-la encontrado antes de ir embora. Gostaria de conversar?

Ela olhou para as portas dos fundos, como se pensasse em escapar. Então suspirou.

– Sim. Acho que sim.

A mulher no banco da frente se voltou e olhou para eles. E o que ela estava vendo? Maura se perguntou. O jovem e belo padre. Uma mulher atraente. Sussurros sob o olhar dos santos.

O padre Brophy parecia compartilhar o desconforto de Maura. Ele olhou para a outra paroquiana e disse:

– Não precisa ser aqui.

ENTRARAM NO PARQUE Jamaica Riverway, seguindo um caminho sombreado pelas árvores que ladeavam o rio. Naquela tarde quente, compartilhavam o parque com corredores, ciclistas e mães empurrando carrinhos de bebês. Em um lugar tão público, um padre caminhando ao lado de uma paroquiana com problemas não despertaria a fofoca alheia. É assim que tem de ser entre nós, pensou, quando se curvaram para passar sob os galhos de um salgueiro. Sem vestígio de escândalo ou pecado. O que mais quero dele é aquilo que ele não pode me dar. Contudo, aqui estou.

Aqui estamos.

– Perguntei-me quando viria me ver – disse ele.

– Bem que eu quis. Foi uma semana difícil.

Ela parou e olhou para o rio. O burburinho do tráfego de uma rua ali perto abafava o som da água em movimento. – Tenho sentido minha própria mortalidade ultimamente.

– Nunca a sentiu antes?

– Não assim. O que vi na necrópsia na semana passada...

– Você vê muitas necrópsias.

– Não apenas vejo, Daniel. Eu as *faço*. Empunho o bisturi e corto. Faço isso quase todo dia no trabalho, e nunca me incomodou. Talvez isso queira dizer que perdi contato com a humanidade. Tornei-me tão distanciada que nem mesmo me dou conta de que estou cortando carne humana. Mas naquele dia, vendo aquilo, tudo se tornou muito pessoal. Eu olhei para ela e vi a mim mesma na mesa. Agora não consigo pegar um bisturi sem pensar nela. Como teria sido sua vida, o que sentiu, o que estava pensando quando...

Maura parou de falar e suspirou.

– Tem sido difícil voltar ao trabalho. Isso é tudo.

– Você tem mesmo de voltar?

Perplexa com a pergunta, ela olhou para ele.

– Tenho escolha?

– Você faz isso soar como servidão contratual.

– É meu trabalho. É aquilo que faço bem.

– Não é, em si, uma razão para fazê-lo. Por que o faz?

– Por que você é padre?

Foi a vez de ele parecer perplexo. Pensou naquilo um instante, o azul de seus olhos ocultos pela sombra dos salgueiros.

– Fiz essa escolha há tanto tempo... – disse ele. – Não penso muito mais nisso. Nem questiono.

– Você deve ter acreditado.

– Ainda acredito.

– Não basta?

– Você realmente acredita que basta ter fé?

– Não, claro que não.

Ela se virou e começou a caminhar outra vez, ao longo de um caminho mosqueado de luz do sol e sombras. Com medo do olhar dele, com medo de que ele visse muita coisa em seus olhos.

– Às vezes é bom ficar cara a cara com sua mortalidade – disse ele. – Faz com que reconsideremos nossas vidas.

– Preferia não ficar.

– Por quê?

– Não sou muito boa em introspecção. Ficava muito impaciente nas aulas de filosofia. Todas aquelas perguntas sem respostas. Mas física e química eu podia compreender. Eram reconfortantes porque me ensinavam princípios que são reproduzíveis e consistentes. – Ela fez uma pausa para ver a jovem de patins passar empurrando um carrinho de bebê. – Não gosto do inexplicável.

– Sim, eu sei. Você sempre quer sua equação matemática resolvida. Por isso está com problemas com o assassinato daquela mulher.

– É uma pergunta sem resposta. Do tipo que detesto.

Ela afundou em um banco de madeira de frente para o rio. A luz do dia se esvaía, e a água fluía negra em meio às sombras que se adensavam. Ele também se sentou e, embora não tivessem se tocado, ele estava sentado tão perto que ela podia quase sentir o coração dele pulsar contra seu braço nu.

– Ouviu mais alguma coisa sobre o caso pela detetive Rizzoli?

– Ela não tem me mantido informada.

– Esperava que o fizesse?

– Como policial, não. Não o faria.

– E como amiga?

– É isso, achava que *éramos* amigas. Mas ela me contou tão pouco.

– Você não pode culpá-la. A vítima foi encontrada perto de sua casa. Ela tem de imaginar...

– O quê, que sou suspeita?

– Ou que você era o alvo pretendido. Foi o que todos pensamos naquela noite. Que era você no carro. – Ele olhou para o outro lado do rio. – Você disse que não pode parar de pensar na necrópsia. Bem, eu não consigo parar de lembrar daquela noite, ali na sua rua com todos aqueles carros de polícia. Eu não acreditava no que estava acontecendo. Eu me *recusava* a acreditar.

74

Ambos ficaram em silêncio. Diante deles fluía um rio de águas escuras e, mais atrás, um rio de carros.

De repente, ela perguntou:

– Quer jantar comigo esta noite?

Ele não respondeu imediatamente, e sua hesitação a fez enrubescer. Que pergunta idiota. Ela queria retirar o que dissera, voltar os últimos sessenta segundos. Teria sido tão bom apenas dizer adeus e ir embora. Em vez disso, deixara escapar aquele convite precipitado que ambos sabiam que não deveria ser aceito.

– Desculpe – murmurou. – Não creio que seja uma boa...

– Sim – disse ele. – Gostaria muito.

ELA ESTAVA EM sua cozinha, picando tomates para a salada, sua mão estava trêmula enquanto empunhava a faca. No fogão, uma panela de *coq au vin* espalhava o aramo do frango e do vinho tinto pelo ambiente. Um prato fácil, que ela conhecia e podia fazer sem consultar a receita, sem ter de parar para pensar. Não seria capaz de cozinhar algo mais complexo. Sua mente estava completamente concentrada no homem que agora servia duas taças de pinot noir.

Pousou uma taça ao lado dela sobre o balcão.

– O que mais posso fazer?

– Nada.

– Preparar o molho da salada? Lavar alface?

– Não o convidei para fazê-lo trabalhar. Só achei que preferisse jantar aqui em vez de um lugar público, como um restaurante.

– Você deve estar cansada de estar sempre sob as vistas do público – disse ele.

– Eu estava me referindo a você.

– Os padres também comem em restaurantes, Maura.

– Não, quero dizer...

Sentiu-se corar e recomeçou a picar os tomates.

– Acho que as pessoas ficariam intrigadas caso nos vissem juntos – disse o padre.

Ele a observou por um instante, e o único som que se ouvia era o da lâmina da faca contra a tábua de carne. O que fazer com um padre na cozinha?, ela se perguntou. Pedir que ele abençoe a comida? Nenhum outro homem seria capaz de fazê-la se sentir tão incomodada, tão humana e falha. E quais são as suas falhas, Daniel?, ela se perguntou enquanto punha os tomates picados em uma saladeira e os regava com azeite e vinagre balsâmico. Será que esse seu colarinho branco o imuniza contra a tentação?

– Ao menos me deixe picar o pepino – disse ele.

– Você realmente não consegue relaxar, não é mesmo?

– Não sou de ficar sentado enquanto os outros trabalham.

Ela riu.

– Junte-se ao clube.

– Será esse o clube dos viciados em trabalho incuráveis? Porque sou um membro fundador. – Ele tirou uma faca do bloco de madeira e começou a fatiar o pepino, liberando sua fragrância fresca. – Isso vem de minha criação ao lado de outros cinco irmãos e uma irmã.

– Sete em sua família? Meu Deus!

– Estou certo de que era isso que meu pai pensava toda vez que sabia que havia outro a caminho.

– E entre esses sete, qual a sua colocação?

– Número quatro. Bem no meio. O que, de acordo com os psicólogos, torna-me um mediador nato. Aquele que está sempre tentando promover a paz. – Ele ergueu a cabeça para olhá-la com um sorriso. – Também quer dizer que eu sei tomar banho bem rápido.

– E como foi que você passou de irmão número quatro a padre? Ele olhou para a tábua de carne.

– Como deve imaginar, é uma longa história.

– Uma a respeito da qual você não quer falar?

– Meus motivos provavelmente parecerão ilógicos.

– Bem, é engraçado como as maiores decisões de nossas vidas em geral são as menos lógicas. A pessoa que escolhemos para casar, por exemplo. – Ela tomou um gole de vinho e devolveu a taça ao balcão. – Eu com certeza não poderia defender meu casamento em termos lógicos.

Ele ergueu a cabeça.

– Luxúria?

76

– Esta seria a palavra funcional. Foi assim que cometi o maior erro de minha vida. Até agora.

Ela tomou outro gole de vinho. *E você pode ser meu próximo grande erro. Se Deus quisesse que nos comportássemos, ele não devia ter criado a tentação.*

Ele pôs os pepinos picados na saladeira e lavou a faca. Ela o viu em pé diante da pia, de costas para ela. Era alto e magro, a compleição de um corredor fundista. Por que me meto nessas situações?, ela se perguntou. De todos os homens por quem poderia me sentir atraída, por que tinha de ser logo este?

– Você perguntou por que eu escolhi o sacerdócio – disse ele.

– Por que escolheu?

Ele se voltou para ela.

– Minha irmã tinha leucemia.

Pega de surpresa, ela não sabia o que dizer. Nada parecia apropriado.

– Sophie tinha 6 anos – disse ele. – A mais jovem da família, a única menina.

Ele pegou um pano de prato para enxugar as mãos e voltou a pendurá-lo com cuidado, demorando-se ao fazê-lo, como se precisasse ponderar suas próximas palavras.

– Foi leucemia linfocítica aguda. Acho que se pode chamá-la do tipo bom, se é que existe algo parecido com uma leucemia boa.

– É a que tem o melhor prognóstico para as crianças. Uma taxa de sobrevivência de oitenta por cento.

Era uma afirmação verdadeira, mas arrependeu-se no instante em que acabou de dizê-lo. A lógica Dra. Isles, respondendo à tragédia com seus habituais fatos úteis e estatísticas insensíveis. Essa era a maneira com que ela sempre lidara com as confusas emoções daqueles ao seu redor, recuando para seu papel de cientista. Um amigo que acabara de morrer de câncer no pulmão? Um parente que ficara tetraplégico em um acidente de carro? Para cada tragédia ela podia citar uma estatística, encontrando segurança na firme certeza dos números. Na crença de que, por trás de cada horror, havia uma explicação.

Ela se perguntou se Daniel achou-a distanciada, até mesmo insensível, por causa de sua resposta. Mas ele parecia não ter se ofendido. Ele apenas assentiu, aceitando a estatística dela do modo como lhe fora oferecida, como um simples fato.

– As taxas de sobrevivência de 5 anos não eram tão boas na época – disse ele. – Quando ela foi diagnosticada, já estava bem doente. Não tenho como dizer como aquilo foi devastador para todos nós. Para minha mãe, em especial. Sua única filha. Seu bebê. Eu tinha 14 anos na época e tomava conta de Sophie. Mesmo com toda a atenção que recebia, todos os carinhos, ela nunca se tornou uma menina mimada. Nunca deixou de ser a menina mais doce que se pode imaginar.

Ele ainda não estava olhando para Maura. Olhava para o chão, como se não quisesse revelar a profundidade de sua dor.

– Daniel? – disse ela.

Ele inspirou e se recompôs.

– Não sei como explicar essa história para uma pessoa tão cética quanto você.

– O que aconteceu?

– O médico nos informou que ela se encontrava em estado terminal terminal. Na época, quando um médico dava sua opinião, você a aceitava como se fosse o evangelho. Naquela noite, meus pais e irmãos foram até a igreja. Para rezar por um milagre, eu acho. Fiquei no hospital para que Sophie não ficasse sozinha. Ela já estava careca. Perdera todos os pelos com a quimioterapia. Eu me lembro dela adormecendo no meu colo. E eu rezando. Rezei durante horas, fiz todo tipo de promessas para Deus. Se ela morresse, não creio que voltaria a pisar em uma igreja outra vez.

– Mas ela viveu – disse Maura.

Ele ergueu a cabeça e sorriu.

– Sim, ela viveu. E eu cumpri todas as promessas que fiz. Cada uma delas. Porque naquele dia Ele estava me ouvindo. Não tenho dúvida.

– Onde está Sophie agora?

– Casada e feliz, mora em Manchester. Dois filhos adotivos.

Sentado do outro lado da mesa da cozinha, ele olhou para ela e disse:

– Portanto, aqui estou.

– Padre Brophy.

– Agora você sabe por que fiz esta escolha.

E foi a escolha certa? Maura quis perguntar, mas não o fez.

Eles voltaram a encher suas taças. Ela acrescentou *croutons* à salada e colocou o *coq au vin* fumegante na travessa. O melhor caminho para o coração de um homem é pelo estômago. Era isso o que ela estava tentando fazer? O que ela realmente queria? O coração de Daniel Brophy?

Talvez por não poder tê-lo eu me sinta tão segura ao desejá-lo. Ele está além do meu alcance, portanto, não pode me ferir como Victor fez.

Mas quando ela casou com Victor, também achou que ele não poderia magoá-la.

Nunca somos tão impenetráveis quanto pensamos.

Haviam acabado de terminar a refeição quando a campainha da porta os sobressaltou. Mesmo tendo sido uma noite inocente, trocaram olhares inquietos, como dois amantes culpados pegos no ato.

Jane Rizzoli estava na varanda de Maura, os cabelos numa massa indomável de cachos negros em meio ao ar úmido do verão. Embora a noite estivesse quente, ela vestia um daqueles conjuntos escuros que sempre usava no trabalho. Aquilo não era uma visita social, pensou Maura, ao encontrar o olhar sombrio de Rizzoli. Ao olhar para baixo, viu que Rizzoli trazia uma pasta.

– Desculpe incomodá-la em casa, doutora. Mas precisamos conversar. Achei melhor vê-la aqui e não no laboratório.

– É sobre o caso?

Rizzoli assentiu. Nenhuma das duas precisou especificar a qual caso se referiam. Ambas sabiam. Embora ela e Rizzoli se respeitassem como profissionais, ainda não haviam cruzado a linha de uma amizade confortável e, naquela noite, olhavam uma para a outra com uma ponta de inquietação. Algo aconteceu, pensou Maura. Algo que a fez ficar desconfiada de mim.

– Por favor, entre.

Rizzoli entrou e parou, sentindo o cheiro de comida.

– Estou atrapalhando seu jantar?

– Não, nós acabamos agora há pouco.

O *nós* não passou despercebido a Rizzoli. Ela olhou para Maura com curiosidade. Ouviu passos e virou-se para ver Daniel no corredor levando as taças de vinho de volta para a cozinha.

– Boa noite, detetive! – disse ele.

Rizzoli piscou, surpresa.

– Padre Brophy.

Ele continuou na cozinha, e Rizzoli voltou-se para Maura. Embora nada tenha dito, era evidente o que ela estava pensando. O mesmo que a paroquiana pensou. *Sim, parece estranho, mas não aconteceu coisa alguma. Nada exceto jantar e conversa. Por que diabos tem de me olhar desse jeito?*

– Bem – disse Rizzoli, um bocado de significado contido naquela simples palavra. Ouviram o ruído de pratos e talheres de prata. Daniel estava colocando a louça na máquina de lavar. Um padre na cozinha de sua casa.

– Gostaria de conversar com você em particular – disse Rizzoli.

– É mesmo necessário? O padre Brophy é meu amigo.

– Já vai ser difícil o suficiente, doutora.

– Não posso pedir que ele vá embora.

Ela parou de falar ao ouvir os passos de Daniel vindo da cozinha.

– Mas tenho mesmo de ir – disse ele. Ele olhou para a pasta de Rizzoli. – Já que obviamente têm negócios a tratar.

– Na verdade, temos – disse Rizzoli.

Ele sorriu para Maura.

– Obrigado pelo jantar.

– Espere – disse Maura. – Daniel.

Ela saiu com ele até a varanda da frente e fechou a porta atrás de si.

– Você não precisa ir embora.

– Ela precisa falar com você em particular.

– Desculpe.

– Por quê? Foi uma noite maravilhosa.

– Sinto como se você tivesse sido expulso de minha casa.

Ele estendeu a mão e segurou-lhe o braço, com um aperto afetuoso e reconfortante.

– Ligue sempre que precisar conversar – disse ele. – Não importa a hora.

80

Ela o viu caminhar até o carro, suas roupas pretas se confundiam com a noite de verão. Quando ele se virou para acenar, ela viu um relance de seu colarinho, um último brilho na escuridão.

Maura voltou a entrar em casa e encontrou Rizzoli ainda de pé no corredor, olhando para ela. Perguntado-se sobre Daniel, é claro. Ela não era cega. Podia ver que algo mais que amizade estava crescendo entre eles.

– Então, posso lhe oferecer uma bebida? – perguntou Maura.

– Seria ótimo. Nada alcoólico. – Rizzoli bateu na barriga. – Júnior ainda é muito jovem para começar a beber.

– Claro.

Maura indicou o caminho, forçando-se para agir como boa anfitriã. Na cozinha, serviu dois copos de suco de laranja com gelo. Acrescentou uma dose de vodca no seu. Ao se voltar para pousar os copos na mesa da cozinha, viu que Rizzoli tirou um arquivo de uma pasta e o colocou sobre a mesa.

– O que foi? – perguntou Maura.

– Por que não nos sentamos primeiro, doutora? O que eu vou lhe dizer é um tanto perturbador.

Maura afundou na cadeira. Rizzoli fez o mesmo. Ficaram sentadas uma de frente para a outra, o arquivo entre elas, a caixa de Pandora, pensou Maura, olhando para o arquivo. Talvez eu realmente não queira saber o que tem aí dentro.

– Lembra-se do que eu lhe disse na semana passada, sobre Anna Jessop? Que não conseguíamos encontrar nada sobre ela mais antigo do que seis meses atrás? E que o único endereço que tínhamos era o de um apartamento vazio?

– Você a chamou de fantasma.

– De certo modo, é verdade. Anna Jessop não existiu de verdade.

– Como é possível?

– Porque não há nenhuma Anna Jessop. Era um nome falso. Seu nome verdadeiro era Anna Leoni. Há cerca de seis meses, ela assumiu uma nova identidade. Começou a fechar suas contas e, finalmente, mudou-se. Sob um novo nome, alugou um apartamento em Brighton para o qual nunca pretendeu se mudar. Era apenas um chamariz caso alguém conseguisse descobrir seu novo nome. Então fez as malas e mudou-se para o Maine. Para uma cidade pequena, a meio caminho costa acima. Ela morou ali nos últimos dois meses.

– Como descobriu tudo isso?

– Falei com o policial que a ajudou a fazer tudo isso.

– Um policial?

– Detetive Ballard, de Newton.

– Então o nome falso... não era por estar fugindo da lei?

– Não. Você provavelmente pode adivinhar do que ela estava fugindo. É uma velha história.

– Um homem?

– Infelizmente, um homem muito rico. O Dr. Charles Cassell.

– Não conheço o nome.

– Castle Produtos Farmacêuticos. Ele é o fundador. Anna era pesquisadora em sua empresa. Envolveram-se, mas, três anos depois, ela tentou deixá-lo.

– E ele não queria que ela fosse embora.

– O Dr. Cassell parece o tipo de sujeito difícil de deixar. Certa vez, ela acabou na sala de emergências de um hospital em Newton com um olho roxo. Dali em diante, a coisa ficou séria. Perseguições. Ameaças de morte. Até mesmo um canário morto na caixa de correio.

– Meu Deus!

– É, isso é que é amor de verdade. Às vezes, o único meio de fazer um homem parar de magoá-la é dando um tiro nele... ou se escondendo. Talvez ela ainda estivesse viva caso tivesse escolhido a primeira opção.

– Ele a encontrou.

– Tudo o que temos de fazer é provar isso.

– Você pode?

– Ainda não conseguimos falar com o Dr. Cassell. Muito convenientemente, ele deixou Boston na manhã após o assassinato. Tem viajado a negócios na última semana e só deve voltar para casa amanhã.

Rizzoli levou o copo de suco aos lábios, e o ruído de cubos de gelo irritou Maura. Rizzoli devolveu o copo à mesa e ficou um instante em silêncio. Ela parecia estar ganhando tempo, mas para o quê?, perguntou-se Maura.

– Há algo mais a respeito de Anna Leoni que você precisa saber – disse Rizzoli. Ela apontou para o arquivo sobre a mesa. – Trouxe isto para você.

Maura abriu o arquivo e reconheceu o que viu. Era a cópia colorida de uma fotografia. Uma jovem com cabelos negros e olhar compenetrado sentada entre um casal mais velho, cujos braços a envolviam em um abraço protetor.

– Essa menina poderia ser eu – murmurou Maura.

– Ela trazia esta fotografia na carteira. Acreditamos que seja Anna aos 10 anos de idade, com seus pais, Ruth e William Leoni. Ambos já morreram.

– São os pais dela?

– Sim.

– Mas... são tão velhos.

– Sim, eram. A mãe, Ruth, tinha 62 anos quando a fotografia foi tirada.

Rizzoli fez uma pausa.

– Anna era sua filha única.

Filha única. Pais mais velhos. Eu sei aonde isso vai parar, pensou Maura, e tenho medo do que ela está a ponto de me contar. Foi por isso que ela realmente veio até aqui esta noite. Não foi apenas por causa de Anna Leoni e seu amante violento. Foi por causa de algo bem mais chocante.

Maura olhou para Rizzoli.

– Ela foi adotada?

Rizzoli assentiu.

– A Sra. Leoni tinha 52 anos quando Anna nasceu.

– Velha demais para a maioria das agências.

– Motivo pelo qual devem ter optado pela adoção particular, por meio de um advogado.

Maura pensou em seus próprios pais, ambos mortos. Eles também eram mais velhos, por volta de 40 anos.

– O que sabe sobre sua adoção, doutora?

Maura respirou fundo.

83

– Após a morte de meu pai, encontrei meus documentos de adoção. Tudo foi feito por meio de um advogado em Boston. Liguei para ele há alguns anos, para ver se ele me dizia o nome de minha mãe biológica.

– Ele disse?

– Ele disse que meus registros estavam bloqueados. E se recusou a me dar mais informações.

– E você não procurou saber mais?

– Não, não procurei.

– O nome do advogado era Terence van Gates?

Maura se calou. Ela não precisava responder àquela pergunta. Ela sabia que Rizzoli podia ler a resposta em seu olhar atônito.

– Como soube? – perguntou Maura.

– Dois dias antes de morrer, Anna se hospedou no Tremont Hotel, aqui em Boston. De seu quarto de hotel, ela fez duas ligações. Uma para o detetive Ballard, que na ocasião estava fora da cidade. A outra para o escritório de Van Gates. Não sabemos por que ela entrou em contato com o advogado. Ele ainda não retornou minhas chamadas.

Agora vem a revelação, pensou Maura. A verdadeira razão de ela estar aqui, na minha cozinha.

– Sabemos que Anna Leoni era adotada. Ela tinha o mesmo tipo de sangue e a mesma data de nascimento que você. E pouco antes de morrer, falou com Van Gates, o advogado que cuidou de sua adoção. Uma incrível sequência de coincidências.

– Há quanto tempo sabe disso?

– Há alguns dias.

– E não me contou? Você escondeu isso de mim.

– Não queria chateá-la sem necessidade.

– Bem, eu *estou* chateada por você ter esperado tanto.

– Tive de esperar, porque havia algo mais que eu precisava descobrir. – Rizzoli respirou fundo. – À tarde, falei com Walt DeGroot, no laboratório de DNA. No começo da semana, pedi-lhe que apressasse o exame que você requisitou. Esta tarde ele me mostrou os gráficos que desenvolveu. Fez dois perfis diferentes de marcadores genéticos. Um de Anna Leoni. O outro seu.

84

Maura ficou sentada, estática, esperando o golpe que estava por vir.

– Eles batem – disse Rizzoli. – Os dois perfis genéticos são idênticos.

7

O relógio na parede da cozinha marcava os segundos. Os cubos de gelo derretiam lentamente dentro dos copos sobre a mesa. O tempo continuava a passar, mas Maura sentiu-se presa àquele momento, as palavras de Rizzoli ecoavam sem parar em seus ouvidos.

– Lamento – disse Rizzoli. – Não sabia como dizer isso para você. Mas achei que você devia saber que tinha uma...

Rizzoli parou de falar.

Tinha. Eu tive uma irmã. E nem mesmo soube que ela existia.

Rizzoli segurou a mão de Maura sobre a mesa. Não era de seu feitio, não era mulher de reconfortar nem de abraçar os outros. Mas lá estava ela, segurando a mão de Maura, observando-a como se esperasse que Maura desmaiasse.

– Fale-me sobre ela – disse Maura. – Diga-me que tipo de mulher ela era.

– Você deve falar com o detetive Ballard.

– Quem?

– Rick Ballard. Ele está em Newton. Foi designado para o caso depois que o Dr. Cassell a atacou, e acho que ele a conhecia bem.

– O que ele falou a respeito dela?

– Foi criada em Concord. Casou-se aos 25 anos, mas não durou. Tiveram um divórcio amistoso, sem filhos.

– O ex-marido não é suspeito?

– Não. Ele voltou a se casar e mora em Londres.

Uma divorciada, como eu. Há um gene que determine casamentos fracassados?

– Como disse, ela trabalhou para a empresa de Charles Cassell, a Castle Produtos Farmacêuticos. Era microbióloga de seu departamento de pesquisa.

– Uma cientista.

– É.

Novamente, como eu, pensou Maura, olhando para o rosto da irmã na fotografia. Portanto, ela valorizava a lógica, como eu. Os cientistas são governados pelo intelecto. Encontram conforto em fatos. Teríamos nos entendido.

– É muito para absorver, sei que é – disse Rizzoli. – Estou tentando me colocar no seu lugar e realmente não consigo imaginar. É como descobrir um universo paralelo, onde há outra versão de você. Saber que ela estava lá todo esse tempo, morando na mesma cidade. Se ao menos...

Rizzoli parou.

Há frase mais inútil que "se ao menos"?

– Desculpe – disse Rizzoli.

Maura respirou fundo e ajeitou-se na cadeira, indicando que não precisava de auxílio. Que era capaz de lidar com isso. Ela fechou o arquivo e devolveu-o a Rizzoli.

– Obrigada, Jane.

– Não, fique com isso. Fiz esta cópia para você.

Ambas se levantaram, Rizzoli colocou a mão no bolso e pousou um cartão de visita sobre a mesa.

– Você pode querer isto também. Ele disse que você poderia ligar para perguntar o que quisesse.

Maura olhou para o nome no cartão: RICHARD D. BALLARD, DETETIVE. Departamento de polícia de Newton.

– É com ele que deve falar – disse Rizzoli.

Foram juntas até a porta da frente, Maura ainda controlava suas emoções, representando a boa anfitriã. Ficou na varanda tempo suficiente para acenar, então fechou a porta e foi até a sala de estar. Ficou ali, ouvindo o carro de Rizzoli se afastar, deixando atrás de si apenas a calma de uma rua suburbana. Sozinha, pensou. Outra vez estou completamente só.

Voltou para a sala de estar. Da estante de livros, retirou um velho álbum de retratos. Não o folheava havia anos, desde a morte de seu pai, quando limpou a casa dele algumas semanas após o funeral. Encontrou o álbum na mesa de cabeceira e o imaginou sentado na cama, na última noite de sua vida, sozinho na casa grande, olhando para fotografias de sua família quando jovem. As últimas coisas que viu antes de desligar a luz foram rostos felizes.

Ela abriu o álbum e olhou novamente para aqueles rostos. As páginas estavam quebradiças, algumas das fotos tinham quase 40 anos. Deteve-se na primeira fotografia da mãe, sorrindo para a câmera, com uma criança de cabelos escuros nos braços. Atrás deles uma casa da qual Maura não se lembrava, em estilo vitoriano e janelas em arco. Embaixo da fotografia, sua mãe, Ginny, escrevera com sua letra caprichosa: *Trazendo Maura para casa.*

Não havia fotografias no hospital, nem de sua mãe grávida. Apenas aquela imagem súbita de Ginny sorrindo sob o sol e segurando seu bebê instantâneo. Maura pensou em outro bebê de cabelo negro nas mãos de outra mãe. Talvez naquele mesmo dia, um pai orgulhoso tenha tirado uma fotografia de sua filha recém-chegada. Uma menina chamada Anna.

Maura virou as páginas. Viu-se crescer de um bebê até o jardim de infância. Aqui com uma bicicleta novinha, apoiada pelas mãos do pai. Ali em seu primeiro recital de piano, com os cabelos escuros presos para trás por um arco verde, e as mãos sobre as teclas.

Foi até a última página. Natal. Maura, com cerca de sete anos, de pé ao lado da mãe e do pai, os braços afetuosamente entrelaçados. Atrás deles, uma árvore decorada, brilhando com enfeites. Todos sorrindo. Um momento perfeito no tempo, pensou Maura. Mas esses momentos nunca duram. Chegam e se vão, e não podemos trazê-los de volta. A única coisa que podemos fazer é criar novos momentos.

Ela chegou ao fim do álbum. Havia outros, é claro. Pelo menos quatro outros volumes na história de Maura, cada evento gravado e catalogado pelos pais. Mas este era o livro que o pai escolhera para manter à cabeceira, com fotografias de sua filha criança, dele mesmo e de Ginny como pais cheios de energia, antes que seus cabelos se tornassem grisalhos. Antes que a dor e a morte de Ginny tocassem suas vidas.

Ela olhou para os pais e pensou: que sorte eu tive por vocês terem me escolhido. Sinto falta de vocês. Tenho tantas saudades de vocês dois. Ela fechou o álbum e olhou através de lágrimas para a capa de couro.

Se ao menos estivessem aqui. Se ao menos pudessem me dizer quem realmente sou.

Foi até a cozinha e pegou o cartão de visita que Rizzoli deixara sobre a mesa. Na frente estava impresso o número de telefone de Rick Ballard no Departamento de Polícia de Newton. Ela virou o cartão e viu que ele também escrevera o seu número de casa e as palavras: "Ligue a qualquer hora. Noite ou dia. – R.B."

Ela foi até o telefone e discou o número. No terceiro toque, uma voz respondeu:

– Ballard.

Apenas um nome, pronunciado com segurança e eficiência. Este é um homem que vai direto ao assunto, pensou Maura. Ele não vai receber bem uma ligação de uma mulher tomada de emoções. Ao fundo ela ouviu um comercial de TV. Ele estava em casa, relaxando. A última coisa que queria era ser incomodado.

– Alô? – disse ele, agora com um pouco de impaciência.

Ela pigarreou.

– Desculpe ligar para sua casa. A detetive Rizzoli me deu seu cartão. Meu nome é Maura Isles, e eu...

E eu o quê? Quer me ajudar a passar esta noite?

– Estava esperando sua ligação, Dra. Isles – disse ele.

– Sei que deveria ter esperado até de manhã mas...

– De modo algum. Deve ter muitas perguntas.

– Estou realmente mal com tudo isso. Nunca soube que tinha uma irmã. Então, de repente...

– Tudo mudou para você, não foi? – A voz que soara brusca um instante atrás soava tranquila agora, tão simpática que ela sentiu os olhos marejarem de lágrimas.

– Sim – ela murmurou.

– Devíamos nos encontrar. Posso vê-la em qualquer dia da semana que vem. Ou se preferir à noite...

– Podíamos nos ver hoje à noite?

– Minha filha está aqui. Não posso sair agora.

Claro, ele tem uma família. Ela riu, constrangida.

– Perdão. Não estava pensando com clareza...

– Então, por que não vem até aqui, na minha casa?

88

Ela fez uma pausa, o sangue pulsando nos ouvidos.

– Onde você mora? – perguntou ela.

ELE MORAVA EM Newton, uma confortável área residencial a oeste do centro de Boston, a uns 6 quilômetros de sua casa, em Brookline. A casa dele era como todas as outras daquela rua: calma, indistinta mas bem cuidada, embora fosse outra daquelas casas em forma de caixa em uma vizinhança onde nenhuma das casas é particularmente notável. Da varanda da frente, ela viu o brilho azulado de uma tela de TV e ouviu o pulsar monótono de música pop. MTV. Não era o que ela esperava que um policial estivesse assistindo.

Ela tocou a campainha. A porta se abriu e uma menina loura apareceu, vestindo um jeans rasgado e uma camiseta com umbigo de fora. Roupa provocativa para uma menina que não devia ter mais de 14 anos, a julgar pelos quadris estreitos e quase nenhum seio. A menina não disse uma palavra, apenas olhou para Maura com olhos mal-humorados, como se protegendo a entrada da nova intrusa.

– Olá – disse Maura. – Sou Maura Isles, estou aqui para ver o detetive Ballard.

– Meu pai está esperando você?

– Sim, está.

Ouviu-se uma voz masculina:

– Katie, é para mim.

– Achei que fosse a mamãe. Ela já devia ter chegado.

Ballard apareceu à porta e Maura achou difícil acreditar que aquele homem, com seu corte de cabelo conservador e camisa Oxford bem-passada, pudesse ser pai de uma adolescente petulante. Ele a cumprimentou com um aperto de mão firme.

– Rick Ballard. Entre, Dra. Isles.

Quando Maura entrou na casa, a menina deu-lhe as costas e voltou à sala de estar, sentando em frente à TV.

– Katie, ao menos diga olá à nossa visitante.

– Estou perdendo meu programa.

– Você não tem tempo para ser educada, não é mesmo?

Katie suspirou alto e cumprimentou Maura com um menear de cabeça mal-humorado.

– Oi – disse ela, e voltou a olhar para a TV.

Ballard olhou para a filha um instante, como se ponderando se valia a pena o esforço de exigir alguma educação.

– Bem, abaixe o som – disse ele. – A Dra. Isles e eu precisamos conversar.

A menina pegou o controle remoto e apontou-o como uma arma para a TV. O volume mal diminuiu.

Ballard olhou para Maura.

– Gostaria de tomar um café ou um chá?

– Não, obrigada.

Ele meneou a cabeça, compreensivo.

– Só quer saber sobre Anna.

– Sim.

– Tenho uma cópia do arquivo dela em meu escritório.

Se o escritório refletia o homem, então Rick Ballard era sólido e confiável como a escrivaninha de carvalho que dominava o lugar. Mas ele escolheu não se recolher por trás dessa escrivaninha. Em vez disso, apontou-lhe um sofá e sentou-se em uma poltrona de frente para Maura. Não havia barreiras entre os dois exceto a mesinha de café, onde repousava uma simples pasta. Através da porta fechada, ainda era possível ouvir a batida alucinada da TV.

– Devo me desculpar pela grosseria de minha filha – disse ele. – Katie está passando por uma época difícil, e não estou certo de como lidar com ela ultimamente. Com criminosos eu consigo me virar, mas e com meninas de 14 anos? – E deu uma risada dolorida.

– Espero que minha visita não piore as coisas.

– Isso nada tem a ver com você, acredite. Nossa família está passando por uma transição difícil agora. Minha mulher e eu nos separamos no ano passado, e Katie recusa-se a aceitar isso. O casamento acabou em muita briga, muita tensão.

– Lamento ouvir isso.

– O divórcio nunca é agradável.

– O meu com certeza não foi.

– Mas você superou.

90

Ela pensou em Victor, que tão recentemente se intrometera em sua vida. E como, por um breve período de tempo, ele a levou a pensar em reconciliação.

– Não estou certa de que seja algo possível de se superar – disse ela. – Uma vez que se casou com alguém, esta pessoa sempre fará parte de sua vida. O segredo é lembrar das coisas boas.

– Às vezes é difícil.

Fez-se silêncio por um momento. O único som era o pulsar irritante de rebeldia adolescente na TV. Ele se aprumou na cadeira, ajeitando os ombros, e olhou para ela. Era um olhar difícil de evitar, que dizia que ela era o único foco de sua atenção.

– Bem. Você veio saber sobre Anna.

– Sim. A detetive Rizzoli me disse que você a conhecia. Que tentou protegê-la.

– Não fui bom o bastante – disse ele. Ela viu um relance de dor em seus olhos, então seu olhar voltou-se para o arquivo na mesinha de café. Ele pegou a pasta e entregou para ela. – Não é agradável de ver. Mas você tem o direito de fazê-lo.

Ela abriu a pasta e viu uma fotografia de Anna Leoni, tendo como fundo uma parede branca. Usava uma touca hospitalar de papel. Um olho estava inchado, quase fechado, e ela tinha um hematoma roxo na face. Seu olho intacto olhava para a câmera com uma expressão atônita.

– Foi assim que eu a conheci – disse ele. – Esta foto foi tirada na sala de emergência, no ano passado. O homem com quem ela vivia a espancou. Ela havia acabado de se mudar da casa dele, em Marblehead, e estava alugando uma outra aqui, em Newton. Ele apareceu na porta da casa dela certa noite e tentou convencê-la a voltar. Ela mandou que ele fosse embora. Bem, não se *manda* Charles Cassell fazer coisa alguma. Daí, aconteceu isso.

Maura sentiu raiva em sua voz, ergueu a cabeça e notou que a boca dele se estreitara.

– Suponho que ela tenha dado queixa.

– Claro que sim. Eu ajudei em cada passo do caminho. Um homem que bate em uma mulher só entende uma coisa: punição. Eu ia me certificar de que ele enfrentasse as consequências. Lido com violência doméstica o tempo todo e fico furioso toda vez que vejo isso acontecer. É como ligar um interruptor dentro de mim. Tudo o que desejo é enquadrar o cara. Foi o que tentei fazer com Charles Cassell.

– E o que houve?

Ballard balançou a cabeça, desgostoso.

– Acabou preso só por uma noite. Quando se tem dinheiro, é possível comprar a própria liberdade em quase todas as situações. Eu achava que tudo fosse acabar ali, que ele ficaria longe dela. Mas este é um homem que não está acostumado a perder. Ele continuou ligando para ela, aparecendo na casa dela. Ela se mudou duas vezes, mas Cassell sempre a encontrou. Por fim, ela conseguiu que fosse impedido judicialmente de se aproximar dela, mas isso não evitou que ele passasse de carro diante da casa dela. Então, há cerca de seis meses, a coisa começou a ficar séria.

– Como assim?

Ele apontou com a cabeça para o arquivo.

– Está aí. Ela encontrou isso pregado em sua porta certa manhã.

Maura olhou para uma fotocópia. Nela havia apenas três palavras impressas no centro de uma folha em branco.

Você está morta.

Maura sentiu um calafrio de medo subir-lhe a espinha. Ela imaginou despertar certa manhã, abrir a porta para pegar o jornal e ler aquelas palavras em um pedaço de papel.

– Foi apenas o primeiro bilhete – disse ele. – Outros vieram depois.

Ela virou a página. Eram as mesmas três palavras.

Você está morta.

E virou uma terceira e uma quarta página.

Você está morta.

Você está morta.

Sua garganta secou. Ela olhou para Ballard.

– Não havia nada que ela pudesse fazer para que ele parasse com isso?

– Tentamos, mas nunca conseguimos provar que foi ele quem escreveu esses bilhetes. Do mesmo modo como não pudemos provar que foi ele quem arranhou o carro dela ou quebrou suas vidraças. Então, um dia ela abriu sua caixa de correio. Lá dentro havia um

92

canário com o pescoço quebrado. Foi quando ela decidiu que queria ir embora de Boston. Queria desaparecer.

– E você a ajudou.

– Nunca deixei de ajudá-la. Era a mim que ela chamava sempre que Cassell vinha incomodá-la. Ajudei-a a conseguir a restrição judicial. E quando ela decidiu ir embora da cidade, também a ajudei. Não é fácil simplesmente desaparecer, ainda mais quando alguém com os recursos de Cassell está procurando por você. Ela não apenas mudou de nome como também criou uma residência falsa para esse novo nome. Alugou um apartamento e nunca se mudou para lá. Era apenas para confundir alguém que a estivesse seguindo. A ideia é ir para um lugar completamente diferente e pagar tudo em dinheiro. Você deixa para trás tudo e todos. É assim que deve funcionar.

– Mas ele a encontrou de qualquer modo.

– Acho que foi por isso que ela voltou a Boston. Ela sabia não estar mais segura lá. Sabe que ela me ligou, não sabe? Na noite anterior?

Maura assentiu.

– Foi o que disse Rizzoli.

– Ela deixou uma mensagem na minha secretária eletrônica, disse que estaria no Tremont Hotel. Eu estava em Denver, visitando minha irmã, então só ouvi a mensagem quando voltei para casa. Àquela altura, Anna já estava morta.

Ele olhou para Maura.

– Cassell vai negar, é claro. Mas se ele conseguiu segui-la até Fox Harbor, então deve haver alguém naquela cidade que o viu. É o que planejo fazer a seguir: provar que ele esteve lá. Descobrir se alguém o viu.

– Mas ela não foi morta no Maine. Foi morta em frente à *minha* casa.

Ballard balançou a cabeça.

– Não sei onde você entra nisso, Dra. Isles. Mas não creio que a morte de Anna tenha algo a ver com você.

Ouviram a campainha tocar. Ele não fez menção de se levantar para atender. Em vez disso, permaneceu sentado, olhando para ela. Era um olhar tão intenso que ela não conseguia evitar, mas apenas olhar de volta e pensar: eu quero acreditar nele. Porque não suporto pensar que a morte de Anna tenha sido de algum modo minha culpa.

93

– Quero Cassell na cadeia – disse ele. – E vou fazer tudo o que puder para ajudar Rizzoli a conseguir isso. Vi tudo se desenrolar e eu sabia desde o início como acabaria. Contudo, não pude evitar. Devo isso a Anna – disse ele. – Preciso levar isso até o fim.

Vozes furiosas subitamente lhe atraíram a atenção. Na outra sala, a TV ficou muda, mas Katie e uma mulher agora trocavam palavras ríspidas. Ballard olhou para a porta quando as vozes se transformaram em gritos.

– O que diabos estava pensando? – gritava a mulher.

Ballard se levantou.

– Desculpe, vou ver qual é o problema.

Ele saiu, e Maura ouviu-o dizer:

– Carmen, o que está havendo?

– Deve fazer essa pergunta à sua filha – respondeu a mulher.

– Dá um tempo, mãe. *Dá um tempo, droga!*

– Diga para seu pai o que aconteceu hoje. Vamos, diga o que encontraram no seu armário.

– *Nada* demais.

– *Diga*, Katie.

– Você está exagerando.

– O que houve, Carmen? – disse Ballard.

– O diretor me chamou esta tarde. A escola hoje fez uma revista ao acaso nos armários dos alunos, e adivinhe o que acharam no armário de nossa filha? Maconha. Que tal? Ela tem dois pais trabalhando na polícia e guarda drogas no armário. Temos sorte de ele nos deixar cuidar disso. E se ele fizesse uma denúncia? Imagine ter de prender a minha própria filha.

– Ah, meu Deus.

– Temos de lidar com isso juntos, Rick. Temos de discutir como fazê-lo.

Maura levantou-se do sofá e foi até a porta, incerta de como sair de modo educado. Ela não queria se intrometer na vida familiar dele, mas lá estava ela, ouvindo uma conversa que sabia que não devia estar ouvindo. Eu devia apenas me despedir e ir embora, pensou. Deixar esses pais com problemas a sós.

94

Ela foi até o corredor e parou ao se aproximar da sala de estar. A mãe de Katie ergueu a cabeça, surpresa ao ver uma visitante inesperada na casa. Se a mãe era uma indicação de como Katie seria algum dia, então aquela adolescente mal-humorada estava destinada a se tornar uma loura esculural. A mulher era quase tão alta quanto Ballard, com a forma esbelta de uma atleta. Seu cabelo estava preso em um rabo de cavalo casual, e ela não parecia usar maquiagem, embora uma mulher com maçãs do rosto tão impressionantes pedisse poucos retoques.

Maura disse:

– Desculpem interromper.

Ballard voltou-se e riu com cansaço.

– Lamento não estar nos vendo em um de nossos melhores momentos. Esta é a mãe de Katie, Carmen. Esta é a Dra. Maura Isles.

– Estou indo – disse Maura.

– Mas mal pudemos conversar.

– Ligo para você outra hora. Vejo que tem outras coisas com que se preocupar.

Ela cumprimentou Carmen.

– Prazer em conhecê-la. Boa noite.

– Deixe-me levá-la até a porta – disse Ballard.

Saíram da casa, e ele suspirou, como se aliviado por estar longe das exigências familiares.

– Desculpe por me intrometer – disse ela.

– Desculpe por você ter de ouvir isso.

– Já notou que a gente não para de se desculpar um com o outro?

– Você não tem nada pelo que se desculpar, Maura.

Chegaram ao carro dela e fizeram uma pausa.

– Não lhe contei muito sobre sua irmã – disse ele.

– Da próxima vez em que nos virmos?

Ele assentiu.

– Da próxima vez.

Ela entrou no carro e fechou a porta. Mas baixou o vidro da janela ao vê-lo se curvar para falar.

– Vou lhe dizer algo sobre ela – disse ele.

95

– Sim?

– Você se parece tanto com Anna que chego a ficar sem fôlego.

SENTADA EM SUA sala de estar, estudando a foto da jovem Anna Leoni com os pais, ela não conseguia parar de pensar nas palavras dele. Durante todos esses anos você esteve longe de mim, e eu nunca me dei conta, pensou. Mas eu devia saber. Em um certo nível devo ter sentido falta de minha irmã.

Você se parece tanto com Anna que chego a ficar sem fôlego.

Sim, pensou ela, tocando o rosto de Anna na fotografia. Também fico sem fôlego. Ela e Anna compartilhavam o mesmo DNA. O que mais compartilharam? Anna também escolhera uma carreira científica, um trabalho governado pela razão e pela lógica. Ela também devia ser boa em matemática. Teria ela, assim como Maura, estudado piano? Será que gostava de livros, vinhos australianos e do History Channel?

Há tanto mais que desejo saber sobre você.

Era tarde. Ela desligou a lâmpada e foi para o quarto fazer as malas.

8

ESCURO total. A cabeça doía. Cheiro de madeira, terra molhada e... algo que não fazia sentido. Chocolate. Ele sentiu cheiro de chocolate.

Mattie Purvis arregalou os olhos, mas podia tê-los mantido fechados porque não faria diferença. Nenhum raio de luz, nenhum contorno de sombra sobre sombra. *Oh meu Deus, estarei cega?*

Onde estou?

Não estava na própria cama. Estava deitada sobre algo duro, e aquilo fazia as suas costas doerem. O chão? Não, aquilo embaixo dela não eram pranchas de madeira polida, mas pranchas de madeira áspera, sujas de terra.

Se ao menos sua cabeça parasse de latejar.

Ela fechou os olhos, lutando contra a náusea. Tentando se lembrar, apesar da dor, de como tinha ido parar naquele lugar estranho e escuro, onde nada parecia familiar. Dwayne, pensou ela. Nós brigamos, então eu voltei para casa. Ela lutou para recuperar os fragmentos perdidos de tempo. Ela se lembrou de uma pilha de correspondências sobre a mesa. Ela se lembrou de estar chorando, as lágrimas caindo sobre os envelopes. Ela se lembrou de ter se levantado de supetão, e da cadeira caindo no chão.

Ouvi um barulho. Fui até a garagem. Ouvi um barulho e fui até a garagem e...

Nada. Não conseguia lembrar de nada depois disso.

Ela abriu os olhos. Ainda estava escuro. Oh, isso é ruim, Mattie, pensou, isso é muito, muito ruim. Sua cabeça dói, você perdeu a memória e está cega.

– Dwayne? – chamou. Ouviu apenas o ruído de sua própria circulação.

Tinha de se levantar. Tinha de buscar ajuda, tinha ao menos de encontrar um telefone.

Ela se virou para o lado direito para se levantar, e seu rosto bateu em uma parede. O impacto a fez voltar a deitar de costas. Atônita, com o nariz doendo, ela se perguntou o que fazia uma parede ali? Estendeu a mão para tocá-la e sentiu mais pranchas de madeira áspera. Tudo bem, pensou. Vou me virar para o outro lado. Ela se virou para a esquerda.

E colidiu com outra parede.

Seu coração começou a bater mais forte, mais rápido. Ela voltou a se deitar de costas, pensando: paredes de ambos os lados. Não pode ser. Não é real. Erguendo-se para se sentar, bateu a cabeça. E voltou a cair de costas.

Não, não, não!

O pânico a dominou. Balançando os braços, atingia obstáculos em todas as direções. Ela agarrou a madeira, as farpas penetraram em seus dedos. Ouvia os próprios gritos mas não reconhecia sua voz. Em toda parte, paredes. Ela se debateu, os punhos golpeando cegamente até estarem doloridos e machucados, e seus membros estarem exaustos demais para se moverem. Aos poucos, seus gritos se tornaram soluços. Por fim, silêncio atônito.

Uma caixa. Estou presa em uma caixa.

Ela respirou profundamente e inalou o aroma de seu próprio suor, seu próprio medo. Sentiu o bebê se contorcer dentro dela, outro prisioneiro em um lugar apertado. Pensou em uma boneca russa que sua avó certa vez lhe dera. Uma boneca dentro de uma boneca.

Vamos morrer aqui. Nós dois vamos morrer, meu bebê e eu.

Fechando os olhos, afastou uma nova leva de pânico. *Pare. Pare com isso agora. Pense, Mattie.*

Com a mão trêmula, virou-se para a direita, tocou uma parede. Voltou-se para a esquerda. Tocou outra parede. Qual era a distância entre elas? Talvez um metro, talvez mais. E o comprimento? Verificou atrás de sua cabeça e sentiu uns trinta centímetros de espaço. Não era assim tão mau naquela direção. Havia um pouco de espaço ali. Seus dedos roçaram em algo macio, bem atrás de sua cabeça. Ela trouxe o objeto para perto de si e descobriu que era um cobertor. Quando ela o desenrolou, algo pesado caiu ao chão. Um cilindro metálico frio. Seu coração voltou a bater, desta vez não com pânico, mas com esperança.

Uma lanterna.

Ela encontrou o interruptor, acionou-o e emitiu um profundo suspiro de alívio quando um raio de luz atravessou a escuridão. *Eu posso ver! Posso ver!* O facho de luz sondou as paredes de sua prisão. Ela o apontou para o teto e viu que só havia espaço para ela se sentar caso mantivesse a cabeça curvada.

Barriguda e desajeitada, teve de se contorcer para conseguir ficar sentada. Apenas então viu o que havia a seus pés: um balde e um penico de plástico. Duas grandes jarras de água. Um saco de compras. Pegou o saco e viu o que continha. *Por isso senti cheiro de chocolate,* pensou ela. Lá dentro havia barras de chocolate Hershey's, pacotes de carne-seca e bolachas salgadas. E pilhas... três pacotes de pilhas.

Ela se inclinou contra a parede e de repente começou a rir. Um riso louco, assustador, que não era dela de modo algum. Era o riso de uma louca. *Bem, isso é ótimo. Tenho tudo de que preciso para sobreviver, exceto...*

Ar.

Parou de rir. Ficou sentada, ouvindo o som da própria respiração. Oxigênio para dentro, dióxido de carbono para fora, limpando o organismo. Mas o oxigênio acaba. Uma caixa tem uma quantidade limitada de oxigênio. Será que o ar já não está viciado? Além disso, ela entrara em pânico... todo aquele movimento. Provavelmente, usara a maior parte do oxigênio.

Então, sentiu uma lufada de ar frio em seu cabelo. Ela ergueu a lanterna sobre a cabeça e viu uma grade circular. Tinha apenas alguns centímetros de diâmetro, mas era larga o bastante para trazer ar lá de cima. Olhou para a grade, confusa. Estou presa em uma caixa, pensou. Tenho comida, água, ar.

Quem quer que a tivesse prendido ali queria que ficasse viva.

9

Rick Ballard dissera-lhe que o Dr. Charles Cassell era rico. Mas Jane Rizzoli não esperava por aquilo. A propriedade em Marblehead era cercada por um muro alto de tijolos e, através das barras do portão de ferro, ela e Frost podiam ver a casa, uma estrutura branca enorme circundada por ao menos dois acres de gramado cor de esmeralda. Mais além brilhavam as águas da baía de Massachusetts.

– Uau – disse Frost. – Isso tudo vem de produtos farmacêuticos?

– Ele começou comercializando um único remédio para perda de peso – disse Rizzoli. – Em vinte anos, chegou a *isso*. Ballard disse que ele não é o tipo de sujeito que se deva contrariar. – Ela olhou para Frost. – E se você for mulher, não deve deixá-lo.

Ela baixou o vidro e apertou o botão do interfone.

Ouviu-se uma voz de homem:

– Nome, por favor?

– Detetives Rizzoli e Frost, polícia de Boston. Estamos aqui para ver o Dr. Cassell.

O portão se abriu e eles seguiram através de um acesso de veículos sinuoso que os levou a um pórtico imponente. Ela estacionou atrás de uma Ferrari vermelho-bombeiro, provavelmente o mais perto do estrelato automobilístico que o seu velho Subaru jamais chegaria. A porta da frente se abriu antes de baterem, e apareceu um sujeito musculoso, de olhar nem amistoso nem hostil. Embora vestisse uma camisa polo e bermudas, nada havia de casual no modo como ele os encarava.

– Sou Paul, assistente do Dr. Cassell – disse ele.

– Detetive Rizzoli.

Ela estendeu a mão mas o sujeito nem olhou, como se não merecesse sua atenção.

Paul os fez entrar em uma casa que não era o que Rizzoli esperava. Embora o exterior fosse tradicional, lá dentro ela encontrou uma decoração extremamente moderna, até mesmo fria, uma galeria de arte abstrata de paredes brancas. O saguão era dominado por uma escultura de bronze de curvas entrelaçadas, vagamente sensual.

– Vocês sabem que o Dr. Cassell acabou de chegar de viagem na noite passada – disse Paul. – Está desorientado com a mudança de fuso e não se sente muito bem. Portanto, se puderem ser breves...

– Estava viajando a negócios? – perguntou Frost.

– Sim. E a viagem estava combinada há um mês, caso estejam imaginando alguma coisa.

O que não queria dizer coisa alguma, pensou Rizzoli, exceto que Cassell era capaz de planejar seus movimentos com antecedência.

Paul os levou através de uma sala de estar decorada em preto e branco, com apenas um vaso escarlate para chocar a visão. Uma TV de tela plana ocupava uma das paredes, e um gabinete de vidro esfumaçado continha uma grande quantidade de aparelhos eletrônicos. Um sonho de solteiro, pensou Rizzoli. Nenhum toque feminino, só coisas de homem. Ela ouviu música e imaginou que havia um CD tocando. Acordes jazzísticos de piano que se derretiam em langorosas escalas. Não havia melodia nem canção, apenas notas se misturando em um lamento sem palavras. A música aumentou de volume enquanto Paul os levava até um conjunto de portas corrediças. Ele as abriu e anunciou:

– A polícia está aqui, Dr. Cassell.

100

– Obrigado.

– Quer que eu fique?

– Não, Paul, você pode sair.

Rizzoli e Frost entraram na sala, e Paul fechou as portas atrás de si. Estavam em um espaço tão sombrio que mal podiam ver o homem sentado ao piano de cauda. Então era música ao vivo, não um CD. Pesadas cortinas cobriam a janela, deixando entrar apenas uma fresta de luz. Cassell acendeu uma luminária. Era um globo de papel de arroz japonês de luz fraca, mas o ofuscou. Um copo de algo que parecia ser uísque repousava sobre o piano ao seu lado. Estava sem se barbear, com olhos vermelhos – não era o rosto de um frio tubarão do mundo dos negócios, mas o de um homem muito perturbado para se importar com a aparência. Ainda assim, era um rosto incrivelmente bonito, com um olhar tão intenso que parecia abrir caminho a fogo até o cérebro de Rizzoli. Ele era mais jovem do que ela esperava de um magnata que se fez por conta própria, na faixa dos quarenta e tantos anos. Ainda jovem o bastante para crer na própria invencibilidade.

– Dr. Cassell – disse ela. – Sou a detetive Rizzoli, da polícia de Boston. E este é o detetive Frost. Sabe por que estamos aqui?

– Porque ele me denunciou. Não foi?

– Quem?

– Aquele tal detetive Ballard. Ele é como um maldito pit bull.

– Estamos aqui porque você conhecia Anna Leoni. A vítima.

Ele pegou o copo de uísque. A julgar por sua aparência, não era o primeiro drinque do dia.

– Deixe-me dizer algo sobre o detetive Ballard antes de acreditarem em tudo o que ele diz. Esse sujeito é um babaca.

E tomou o resto do uísque em um único gole.

Ela pensou em Anna Leoni, o olho inchado e fechado, um hematoma roxo na face. *Acho que sabemos quem é o babaca aqui.*

Cassell baixou o copo vazio.

– Diga-me como aconteceu – disse ele. – Preciso saber.

– Temos algumas perguntas, Dr. Cassell.

– Primeiro me diga o que houve.

Foi por isso que concordou em nos receber, pensou Rizzoli. Ele quer informação. Quer descobrir o quanto sabemos.

101

– Soube que foi um tiro na cabeça – disse ele. – E que ela foi encontrada dentro de um carro. Certo?

– Certo.

– Isso eu li no *Boston Globe*. Que tipo de arma foi usada? Qual o calibre da bala?

– Você sabe que não podemos revelar isso.

– E aconteceu em Brookline? O que diabos ela estava fazendo lá?

– Também não posso lhe dizer isso.

– Não pode me dizer? – Ele olhou para ela. – Ou não sabe?

– Não sabemos.

– Havia alguém com ela quando aconteceu?

– Não houve outra vítima.

– Então, quem são os suspeitos? Afora eu?

– Estamos aqui para lhe fazer perguntas, Dr. Cassell.

Ele se levantou e cambaleou até um gabinete ali perto, de onde tirou uma garrafa de uísque e voltou a encher o copo. Propositalmente, não ofereceu um drinque para os visitantes.

– Por que eu não respondo logo à pergunta que vieram me fazer? – disse ele, voltando a sentar no banco do piano. – Não, eu não a matei. Eu não a vejo há meses.

Frost perguntou:

– Quando foi a última vez em que viu a Srta. Leoni?

– Em março, eu acho. Fui até a casa dela certa tarde. Ela estava na calçada, pegando a correspondência.

– Não foi depois que ela conseguiu a ordem judicial para que mantivesse distância?

– Eu não saí do carro, está bem? Nem mesmo falei com ela. Ela me viu e voltou para casa sem dizer uma palavra.

– Então, por que passar de carro? – disse Rizzoli. – Intimidação?

– Não.

– Então por quê?

– Desejava vê-la, só isso. Eu estava com saudades dela... – Fez uma pausa e pigarreou. – Ainda estou.

Agora ele vai dizer que a amava.

– Eu a amava – disse ele. – Por que eu iria feri-la? – Como se nunca tivesse ouvido um homem dizer isso. – Além do mais, como poderia? Não sabia para onde ela havia se mudado. Nesta última vez eu não consegui encontrá-la.

– Mas tentou?

– Sim, tentei.

– Sabia que ela estava morando no Maine? – perguntou Frost.

Uma pausa. Ele ergueu a cabeça, franzindo as sobrancelhas.

– Onde no Maine?

– Uma cidadezinha chamada Fox Harbor.

– Não, eu não sabia disso. Achei que ela estava em algum lugar em Boston.

– Dr. Cassell, onde você estava na noite da última quinta-feira? – perguntou Rizzoli.

– Estava aqui, em casa.

– A noite inteira?

– De 17 horas em diante. Estava fazendo as malas para viajar.

– Alguém pode confirmar isso?

– Não. Era a noite de folga de Paul. Eu admito livremente que não tenho álibi. Só estava eu aqui, a sós com meu piano. – Ele atacou o teclado com um acorde dissonante. – Viajei na manhã seguinte. Northwest Airlines, se quiserem verificar.

– Verificaremos.

– A reserva foi feita há seis semanas. Já tinha reuniões programadas.

– Foi o que nos disse o seu assistente.

– Foi? Bem, é verdade.

– Você tem uma arma? – perguntou Rizzoli.

Cassell se calou, os olhos escuros perscrutando os dela.

– Você sinceramente acha que eu fiz aquilo?

– Pode responder à pergunta?

– Não, eu não tenho uma arma. Nem pistola, rifle ou um revólver de brinquedo. Eu não a matei. Eu não fiz *metade* das coisas das quais ela me acusa.

– Está dizendo que ela mentiu para a polícia?

– Estou dizendo que ela exagerou.

– Vimos a fotografia tirada no pronto-socorro, na noite que você a presenteou com um olho roxo. Ela também exagerou nesse caso?

Baixou o olhar, como se não conseguisse suportar o olhar acusador de Rizzoli.

– Não – disse ele. – Não nego que bati nela. Eu me arrependo disso. Mas não nego.

– E quanto a passar de carro repetidas vezes diante da casa dela? Contratar um detetive particular para segui-la? Aparecer na porta da casa dela exigindo que ela falasse com você?

– Ela não atendia nenhuma de minhas ligações. O que eu poderia fazer?

– Se mancar, talvez?

– Eu não fico sentado esperando as coisas *acontecerem* para mim, detetive. Nunca. Por isso tenho esta casa, com esta vista. Quando quero algo, trabalho duro para conseguir. E então eu consigo o que desejo. Eu não ia deixar ela simplesmente ir embora de minha vida.

– O que Anna era para você, exatamente? Apenas outra propriedade?

– Não era uma propriedade.

Ele olhou para ela, os olhos desolados.

– Anna Leoni era o amor da minha vida.

Sua resposta surpreendeu Rizzoli. Aquela afirmação simples, dita de modo tão sereno, tinha a marca da autenticidade.

– Compreendo que estiveram juntos durante três anos – disse ela. Ele assentiu.

– Ela era microbióloga, trabalhava no meu departamento de pesquisa. Foi como nos conhecemos. Certo dia, ela participou de uma reunião de diretoria para nos apresentar um relatório atualizado sobre testes de um antibiótico. Olhei para ela e pensei: *é ela*. Sabe como é amar muito alguém e, de repente, ver essa pessoa se afastar de você?

– Por que ela foi embora?

– Eu não sei.

– Você deve ter uma ideia.

104

– Não tenho. Veja o que ela tinha aqui! Esta casa, qualquer coisa que desejasse. Não me acho feio. Qualquer mulher gostaria de estar comigo.

– Até você começar a bater nela.

Fez-se silêncio.

– Com que frequência isso acontecia, Dr. Cassell?

Ele suspirou.

– Tenho um trabalho estressante...

– Esta é sua explicação? Você batia em sua namorada sempre que tinha um dia ruim no trabalho?

Ele não respondeu. Em vez disso, pegou o copo. E aquilo, sem dúvida, era parte do problema, ela pensou. Misture um executivo estressado com muita bebida e você acaba com uma namorada de olho roxo.

Ele voltou a baixar o copo.

– Eu só queria que ela voltasse para casa.

– E seu modo de convencê-la era colando ameaças de morte na porta dela?

– Não fiz isso.

– Ela fez diversas queixas à polícia.

– Não fiz isso.

– O detetive Ballard disse que fez.

Cassell riu com desdém.

– Aquele idiota acredita em tudo o que ela dizia. Ele gosta de brincar de Sir Galahad, faz com que se sinta importante. Você sabe que ele apareceu aqui um dia e me disse que se eu tocasse nela outra vez ele iria me espancar? Acho isso lamentável.

– Ela alega que você quebrou a vidraça dela.

– Não quebrei.

– Está dizendo que ela fez isso sozinha?

– Só estou dizendo que não fui eu.

– Você arranhou o carro dela?

– O quê?

– Você marcou a porta do carro dela?

– Essa para mim é nova. Quando teria acontecido?

105

– E o canário morto na caixa de correio?

Cassell riu, incrédulo.

– Será que eu *pareço* alguém capaz de fazer algo tão pervertido? Eu nem mesmo estava na cidade quando isso aconteceu. Onde está a prova de que fui eu?

Ela olhou para ele por um instante, pensando: é claro que ele nega, porque está certo. Não podemos provar que ele quebrou a janela, arranhou o carro ou pôs um canário morto na caixa de correio dela. Esse cara não chegou onde está por ser um idiota.

– Por que Anna iria mentir sobre isso? – disse ela.

– Eu não sei – respondeu ele. – Mas ela mentiu.

10

Ao meio-dia Maura estava na estrada, outra viajante de fim de semana presa no trânsito em direção ao norte, como salmões migratórios fugindo de uma cidade onde as ruas já estavam tremulando de calor. Presos em seus carros, com as crianças reclamando no banco de trás, os viajantes avançavam lentamente para o norte, em direção à promessa de praias frescas e ar marinho. Era isso o que Maura via em meio ao trânsito, olhando a fila de carros que se estendia até o horizonte. Ela nunca estivera no Maine e só conhecia o lugar como um cenário no catálogo da L.L. Bean, no qual homens e mulheres bronzeados usavam anoraques e botas de alpinista, tendo a seus pés cães labradores refestelados na grama. No mundo da L.L. Bean, o Maine era uma terra de florestas e litorais enevoados, um lugar mítico, belo demais para existir a não ser como uma esperança, um sonho. Estou certa que vou ficar decepcionada, pensou, ao olhar para o sol que brilhava sobre a interminável fila de automóveis. Mas lá estavam as respostas.

Havia alguns meses, Anna Leoni fizera essa mesma viagem rumo ao norte. Teria sido um dia no começo da primavera, ainda frio, com o tráfego bem mais calmo do que então. Ao sair de Boston, ela

106

também teria atravessado a ponte Tobin e pegado a Rota 95 rumo ao norte, em direção a Massachusetts, fronteira de New Hampshire.

Estou seguindo suas pegadas. Preciso saber quem você era. É o único meio de saber quem eu sou.

Às 14 horas, ela saiu de New Hampshire e entrou no Maine, onde o tráfego magicamente se dissolveu, como se a experiência penosa até ali tivesse sido apenas um teste, e agora os portões se abriam para admitir os que mereciam. Parou apenas tempo suficiente para pegar um sanduíche em uma loja de conveniência. Às 15 horas, havia deixado a rodovia interestadual e dirigia pela Rota 1 do Maine, contornado a costa enquanto subia rumo ao norte.

Você também passou por aqui.

A paisagem que Anna viu teria sido diferente, os campos começando a ficar verdes, as árvores ainda nuas. Mas com certeza Anna passara pela mesma lanchonete, olhara para o mesmo ferro-velho onde estavam expostas armações de camas eternamente enferrujadas, e reagira, assim como Maura, balançando a cabeça, divertida. Talvez ela também tenha parado na cidade de Rockport para esticar as pernas e visitar a estátua de André, a foca, enquanto olhava para o porto. E tremido de frio com o vento que soprava do mar.

Maura entrou no carro e continuou rumo ao norte.

Quando passou pela cidade costeira de Bucksport e dobrou para o sul, península abaixo, o sol já ia descendo por trás das árvores. Ela podia ver a névoa sobre o mar, uma massa acinzentada avançando em direção à costa como uma besta faminta engolindo o horizonte. Ao pôr do sol, pensou ela, meu carro será cercado pela névoa. Ela não fizera reserva em nenhum hotel em Fox Harbor, e deixara a cidade de Boston com a tola ideia de que simplesmente se hospedaria em um motel à beira-mar para passar a noite. No entanto viu poucos motéis naquele rude trecho de litoral, e todos pelos quais passou tinham placas dizendo que não havia vagas.

O sol baixou ainda mais.

A estrada fez uma curva abrupta, e ela agarrou o volante, mal conseguindo ficar em sua pista ao circundar uma ponta rochosa, com árvores de um lado e mar do outro.

107

De repente, lá estava: Fox Harbor, abrigada por uma enseada. Ela não esperava uma cidade tão pequena, pouco menos que um cais, uma igreja com campanário e uma fileira de prédios brancos de frente para a baía. No cais, havia barcos de pesca de lagosta ancorados, como iscas esperando para serem engolidas pela névoa que se aproximava.

Dirigindo devagar pela rua principal, viu casas de fachadas antigas, necessitando de uma mão de tinta, e janelas com cortinas desbotadas. Evidentemente não era uma cidade rica, a julgar pelas picapes enferrujadas nas garagens. Os únicos modelos mais recentes de veículo que viu estavam no estacionamento do Bayview Motel, carros com placas de Nova York, Massachusetts e Connecticut. Refugiados urbanos que fugiram do calor das cidades em troca de lagostas e de uma visão do paraíso.

Estacionou em frente à administração do motel. Uma coisa de cada vez, pensou. Precisava de uma cama para passar a noite, e aquele parecia ser o único lugar da cidade. Ela saiu do carro e se esticou para desemperrar os músculos e respirar o ar úmido e salgado. Embora Boston fosse uma cidade portuária, ela poucas vezes sentia cheiro de mar lá. Os cheiros urbanos de diesel, descargas de automóveis e do asfalto quente contaminavam toda a brisa que soprava do porto. Ali, porém, era possível sentir o gosto do sal, senti-lo como uma névoa úmida contra a pele. Ao sair do carro, no estacionamento do motel, vento no rosto, sentiu como se tivesse emergido de um sono profundo e despertado outra vez. Viva de novo.

A decoração do motel era exatamente o que ela esperava: revestimento de madeira estilo anos 1960, tapetes verdes surrados, um relógio de parede montado em uma roda de leme. Não havia ninguém no balcão.

Ela se inclinou para a frente.

– Olá?

Uma porta se abriu e um homem apareceu, gordo e careca, óculos delicados pousados como uma libélula sobre o nariz.

– Tem um quarto? – perguntou Maura.

Sua pergunta foi recebida com um silêncio mortal. O homem olhou para ela, de boca aberta, o olhar concentrado em seu rosto.

– Com licença – disse ela, pensando que ele não a ouvira. – Tem vagas?

– Você... quer um quarto?

Não acabei de dizer isso?

Ele olhou para o livro de registro e então voltou a olhar para ela.

– Ahn, perdão. Estamos lotados.

– Acabo de vir dirigindo de Boston. Há algum lugar na cidade onde eu possa ficar?

Ele engoliu em seco.

– O fim de semana está movimentado. Um casal chegou há exatamente uma hora, pediu um quarto. Fiz umas ligações, e mandei-os para Ellsworth.

– Onde fica?

– A uns 50 quilômetros.

Maura olhou para o relógio montado em uma roda de leme. Já eram 16h45. A busca por um quarto de motel teria de esperar.

– Preciso ir ao escritório da Land and Sea Realty.

– Fica na rua principal. Duas quadras mais abaixo, à esquerda.

AO ENTRAR NA Land and Sea Realty, Maura encontrou outra sala de recepção vazia. Será que havia alguém tomando conta de seus negócios naquela cidade? O escritório cheirava a cigarro, e, sobre a escrivaninha, havia um cinzeiro repleto de pontas. Nas paredes, fotografias das propriedades negociadas pela empresa, algumas das fotos bem amareladas. Era evidente que aquele não era um mercado imobiliário muito movimentado. Verificando as ofertas, Maura viu um celeiro dilapidado (PERFEITO PARA UMA FAZENDA DE CAVALOS!), uma casa com uma varanda despencada (PERFEITO PARA UM FAZ-TUDO!) e uma foto de árvores, exato, apenas árvores (QUIETO E RESERVADO! TERRENO PERFEITO PARA CONSTRUIR UMA CASA!). Haveria algo naquela cidade, perguntou-se, que não fosse *perfeito*?

Ouviu uma porta se abrir nos fundos e se virou para ver um homem emergir dali, carregando uma jarra de cafeteira molhada, que colocou sobre a escrivaninha. Ele era mais baixo que Maura, com uma cabeça quadrada e cabelos grisalhos curtos. Suas roupas eram largas demais para ele, as mangas da camisa e das calças enroladas como se vestisse as roupas de segunda mão de um gigante. Com as chaves tilintando no cinto, ele se adiantou para saudar Maura.

– Perdão, eu estava lá fora lavando a jarra de café. Você deve ser a Dra. Isles.

A voz pegou Maura de surpresa. Embora fosse rouca, sem dúvida por causa de todos aqueles cigarros no cinzeiro, era claramente feminina. Foi só então que Maura percebeu o volume de seios sob a camisa larga.

– Você é... a pessoa com quem falei esta manhã? – perguntou Maura.

– Britta Clausen. – Ela apertou a mão de Maura com firmeza. – Harvey me disse que você estava na cidade.

– Harvey?

– Rua acima, no Bayview Motel. Ele me ligou para dizer que você estava a caminho. – A mulher fez uma pausa, olhando Maura da cabeça aos pés. – Bem, acho que não precisa me mostrar documento algum. Olhando para você, não há dúvida de quem você é irmã. Vamos juntas até a casa?

– Vou segui-la no meu carro.

A Srta. Clausen olhou para o chaveiro no cinto e resmungou, satisfeita.

– Aqui está, Skyline Drive. A polícia já terminou por lá, de modo que acho que posso deixá-la entrar.

MAURA SEGUIU A picape de Clausen ao longo de uma estrada que se afastava abruptamente do litoral e subia uma encosta. Ao subirem, ela teve uma visão de relance da linha costeira, a água então obscurecida por um denso cobertor de neblina. A vila de Fox Harbor estava oculta pela névoa mais abaixo. À frente dela, as luzes de freio da Srta. Clausen acenderam de repente, e Maura mal teve tempo de pisar no freio. Seu Lexus derrapou nas folhas úmidas e parou com o para-choque encostado em uma placa de vende-se da Land and Sea Realty.

110

A Srta. Clausen meteu a cabeça para fora da janela.

– Ei, está tudo bem aí?

– Estou bem. Desculpe, eu não estava prestando atenção.

– É, aquela última curva pega a gente de surpresa. É nessa entrada de veículos à direita.

– Estou bem atrás de você.

A Srta. Clausen riu.

– Não tão perto, está bem?

As árvores erguiam-se tão próximas à estrada de terra batida que Maura sentiu como se estivesse dirigindo através de um túnel na floresta, que se abriu abruptamente para revelar um pequeno chalé revestido de cedro. Maura estacionou ao lado da picape da Srta. Clausen e saiu de seu Lexus. Por um instante ficou em silêncio na clareira, observando a casa. Degraus de madeira levavam a uma varanda coberta onde havia um balanço. Em um pequeno canteiro, dedaleiras e lírios esforçavam-se para crescer. A floresta parecia se fechar sobre a clareira por todos os lados, e Maura descobriu-se respirando mais rapidamente, como se estivesse presa em um pequeno cômodo. Como se o próprio ar estivesse perto demais dela.

– É tão tranquilo aqui – disse Maura.

– É, é longe da cidade. É isso que dá a esta colina um valor tão bom. A explosão imobiliária vai tomar conta disto tudo. Daqui a alguns anos, você verá casas ao longo de toda esta estrada. É a hora de comprar.

Porque é *perfeito,* Maura esperou que ela acrescentasse.

– Vou mandar abrir uma clareira para construir uma casa bem aqui ao lado – disse a Srta. Clausen. – Depois que sua irmã se mudou para cá, achei que era hora de ajeitar esses lotes. Uma pessoa se muda para um lugar e a bola começa a rolar. Logo todo mundo quer comprar imóveis nas redondezas.

Ela olhou para Maura.

– Então, que tipo de médica você é?

– Uma patologista.

– Isso é tipo o quê? Você trabalha em um laboratório?

A mulher estava começando a irritá-la. Ela respondeu, ríspida:

– Trabalho com cadáveres.

A resposta não pareceu incomodar a outra.

– Bem, então você deve ter um horário de trabalho regular. Um bocado de fins de semana livres. Uma casa de verão talvez a interessasse. Você sabe, o lote ao lado logo estará pronto para começar a construir. Se alguma vez pensou em ter um lugar para ir nas férias, você não vai encontrar uma época mais barata para investir.

Então é assim que a gente se sente presa ao lado de um vendedor.

– Não estou mesmo interessada, Srta. Clausen.

– Oh. – A mulher resmungou, virou-se e subiu até a varanda. – Bem, então entre. Agora que está aqui, pode me dizer o que fazer com as coisas de sua irmã.

– Não estou certa de ter autoridade para mexer nisso.

– Não sei o que fazer com essas coisas. E com certeza não quero pagar um guarda-móveis. Preciso esvaziar o lugar caso deseje vendê-lo ou alugá-lo outra vez. – Ela procurou a chave certa no chaveiro. – Administro a maioria das casas de aluguel da cidade, e esse não tem sido o lugar mais fácil de ocupar. Sua irmã assinou um contrato de seis meses.

Era somente aquilo que a morte de Anna representava? Perguntou-se Maura. Uma propriedade em busca de um novo inquilino? Ela não gostou daquela mulher com suas chaves barulhentas e seu olhar interesseiro. A rainha imobiliária de Fox Harbor, cuja única preocupação parecia ser obter a sua cota de cheques mensais.

Por fim a Srta. Clausen abriu a porta.

– Entre.

Maura entrou. Embora houvesse janelas grandes na sala de estar, a proximidade das árvores e a hora tardia enchiam a casa de sombras. Ela viu um chão de madeira escura de pinho, um tapete gasto, um sofá alquebrado. O papel de parede desbotado da sala era estampado com trepadeiras verdes, aumentando a sensação sufocante de estar cercada de vegetais.

– Está completamente mobiliado – disse a Srta. Clausen. – Considerando isso, fiz-lhe um preço bem razoável.

– Quanto? – perguntou Maura, olhando para as árvores do lado de fora da janela.

– Seiscentos por mês. Podia conseguir quatro vezes mais, caso o lugar fosse perto da água. Mas o homem que construiu isto aqui gostava de privacidade. – A Srta. Clausen olhou devagar ao redor, como se realmente não visse a casa havia algum tempo. – Surpreendi-me quando ela ligou para perguntar sobre o imóvel, em especial porque eu tinha outras propriedades disponíveis, perto do litoral.

Maura voltou-se para olhá-la. A luz do dia se esvaía, e a Srta. Clausen estava imersa em penumbra.

– A minha irmã perguntou especificamente por esta casa?

A Srta. Clausen deu de ombros.

– Acho que tinha o preço que ela queria.

Deixaram a sala de estar sombria e começaram a percorrer um corredor. Se uma casa reflete a personalidade de seu ocupante, então algo de Anna Leoni devia ter permanecido entre aquelas paredes. Mas outros inquilinos também haviam passado por ali, e Maura perguntou-se quais quinquilharias, quais quadros nas paredes pertenciam a Anna, e quais foram deixados por outros antes dela. A pintura de um pôr de sol feito a lápis pastel certamente não era de Anna. Nenhuma irmã minha penduraria algo tão feio na parede de casa, pensou. E o odor de cigarro que permeava os cômodos... sem dúvida não foi Anna quem fumou por ali. Gêmeos idênticos com frequência são incrivelmente parecidos. Anna não compartilharia a aversão de Maura a cigarros? Será que ela também não espirrava e tossia ao sentir uma baforada de fumaça?

Chegaram a um quarto com um colchão listrado.

– Ela não usava este quarto, creio eu – disse a Srta. Clausen. – Armário e cômoda vazios.

A seguir veio o banheiro. Maura entrou e abriu o armário de remédios. Nas prateleiras havia analgésico, antigripal e pastilhas para tosse de marcas que a impressionaram pela familiaridade. Aqueles eram os mesmos produtos que ela mantinha no armário de seu banheiro. Éramos idênticas até mesmo na escolha de remédios contra a gripe, pensou.

Ela fechou a porta do armário e continuou pelo corredor até a última porta.

– Este era o quarto que ela usava – disse a Srta. Clausen.

O quarto estava bem arrumado, a cama feita, o tampo da penteadeira livre de objetos. *É como meu quarto,* pensou Maura. Ela foi até o armário e abriu a porta. Lá dentro havia calças e camisas passadas. Tamanho 38. O tamanho de Maura.

– A polícia estadual veio na semana passada e deu uma geral na casa.

– Encontraram algo interessante?

– Não que tenham me dito. Ela não tinha muita coisa, já que morou nesta casa por apenas alguns meses.

Maura voltou-se e olhou pela janela. Ainda não estava escuro, mas a sombra da floresta ao redor fazia a noite parecer iminente.

A Srta. Clausen estava de pé na porta do quarto, como se pronta para cobrar um pedágio de Maura antes de deixá-la sair.

– Não é uma casa ruim – disse ela.

Sim, é, pensou Maura. É uma casinha horrorosa.

– Nesta época do ano, não sobra muito o que alugar. Tudo está ocupado. Hotéis, motéis. Não há quartos na pousada. – Maura manteve o olhar na floresta. Qualquer coisa para não ter de puxar mais assunto com aquela mulher. – Bem, foi só uma ideia. Você já deve ter encontrado algum lugar para ficar.

Então era ali que ela queria chegar. Maura virou-se para olhar para ela.

– Na verdade, não tenho onde ficar. O Bayview Motel estava lotado.

A mulher respondeu com um sorrisinho apertado.

– Assim como tudo o mais.

– Disseram-me que havia vagas em Ellsworth.

– É? Isso se você estiver disposta a dirigir até lá. No escuro, demora mais do que você pensa. E a estrada é muito sinuosa.

A Srta. Clausen apontou para a cama.

– Posso conseguir alguns lençóis limpos. E cobrar o que cobraria o motel. Se estiver interessada.

Maura olhou para a cama e sentiu um calafrio subir-lhe a espinha. *Minha irmã dormiu aqui.*

– É pegar ou largar.

114

– Eu não sei...

A Srta. Clausen resmungou.

– Parece que você não tem muita escolha.

MAURA FICOU NA varanda da frente observando as luzes traseiras da picape de Britta Clausen desaparecerem por trás das árvores. Ela se deteve por um instante em meio à escuridão que aumentava, ouvindo os grilos e as folhas farfalhantes. Ouviu algo ranger atrás dela e virou-se para ver que a portinhola da varanda estava se movendo, como se tocada por uma mão fantasmagórica. Com um calafrio, voltou para dentro de casa, e estava a ponto de fechar a porta quando ficou subitamente imóvel. Mais uma vez sentiu um calafrio.

Havia quatro trancas na porta.

Duas correntes, uma tranca corrediça e uma fechadura. As placas de bronze ainda estavam brilhando, os parafusos não estavam gastos. *Fechaduras novas*. Fechou todas as trancas e inseriu as correntes em suas fendas. O metal pareceu gelado a seu toque.

Maura foi até a cozinha e ligou a luz. Viu um chão de linóleo gasto e uma pequena mesa de jantar de fórmica lascada. Em um canto, ressonava uma velha geladeira Frigidaire. Mas ela se concentrou na porta dos fundos. Tinha três trancas com placas de bronze ainda brilhantes. Sentiu o coração bater mais rápido ao fechá-las. Ao se virar assustou-se de ver que havia uma outra porta trancada na cozinha. Para onde daria?

Ela destrancou a porta, abriu-a e deu com uma escada estreita de madeira que descia em meio às trevas. Um ar frio soprava lá de baixo, e ela sentiu cheiro de terra molhada. Os cabelos de sua nuca ficaram arrepiados.

Um porão. Por que alguém desejaria trancar um porão?

Ela voltou a fechar e trancar a porta. Foi quando se deu conta de que aquela tranca era diferente. Estava enferrujada, gasta.

Agora, sentia necessidade de verificar se todas as janelas também estavam trancadas. Anna estava tão assustada que transformou aquela casa em uma fortaleza, e Maura ainda podia sentir o medo permeando cada um de seus cômodos. Verificou as janelas da cozinha. Então, foi até a sala de estar.

Apenas quando se certificou de que todas as janelas da casa estavam trancadas ela finalmente começou a explorar o quarto de dormir. Diante do armário aberto, olhou para as roupas que havia lá dentro. Deslizando os cabides, observou peça por peça, percebendo que eram exatamente de seu tamanho. Tirou dali um vestido preto de linha, com um caimento simples e preciso que sempre a agradara. Ela imaginou Anna em uma loja de departamentos, detendo-se diante daquele vestido, verificando a etiqueta de preço, segurando a roupa contra o corpo enquanto se olhava no espelho e pensava: é este que eu quero.

Maura desabotoou a blusa e tirou as calças. Colocou o vestido preto e, ao fechar o zíper, sentiu o tecido se acomodar sobre suas curvas como uma segunda pele. Ela se voltou para o espelho. Foi isso que Anna viu, pensou. O mesmo rosto, o mesmo corpo. Será que ela também não gostava daquele aumento dos quadris, sinal da meia-idade que se aproximava? Será que ela também se virava de lado para medir o tamanho da barriga? Com certeza, toda mulher que experimenta um novo vestido executa um balé idêntico em frente ao espelho. Vira-se para lá, vira-se para cá. Pareço gorda de costas?

Ela fez uma pausa, lado direito para o espelho, olhando para um fio de cabelo preso ao tecido. Ela o tirou dali e levou-o até a luz. Era preto como dela, porém mais longo. O cabelo de uma morta.

O telefone tocou e ela se virou de súbito. Foi até a mesa de cabeceira e fez uma pausa, coração aos saltos. O telefone tocou duas, três vezes, cada toque insuportavelmente alto dentro da casa silenciosa. Antes de tocar uma quarta vez, ela atendeu.

– Alô? Alô?

Ouviu-se um clique e, então, o tom de discar.

Número errado, pensou. Só isso.

Lá fora, o vento aumentava de intensidade, e mesmo através da janela fechada ela escutava o ranger das árvores. Mas, dentro da casa, estava tão silencioso que ela podia ouvir o próprio coração bater. Seriam assim as noites de Anna?, perguntou-se. A sós nesta casa, cercada pela floresta escura?

Antes de ir se deitar naquela noite, Maura trancou e encostou uma cadeira na porta do quarto. Sentiu-se um tanto covarde ao fazê-lo. Não tinha o que temer, embora se sentisse mais ameaçada ali do que em Boston, onde os predadores eram humanos e muito mais perigosos do que qualquer animal que vagasse por aquela floresta.

Anna também tinha medo.

Maura podia sentir esse medo ainda pairando naquela casa, com as suas portas repletas de trancas.

ACORDOU DE REPENTE, desperta por um grito agudo. Ficou deitada, sem ar, com o coração aos pulos. Apenas uma coruja, não havia motivo para pânico. Estava na floresta, pelo amor de Deus! Claro que ouviria animais. Os lençóis estavam encharcados de suor. Maura trancara a janela antes de se deitar, e o quarto agora estava abafado, úmido. Não consigo respirar, pensou.

Ela se levantou e abriu a janela. Ficou ali respirando o ar fresco e olhando para as árvores, suas folhas prateadas pelo luar. Nada se movia. A floresta ficara em silêncio novamente.

Ela voltou para a cama e dessa vez dormiu pesado até o amanhecer.

A luz do dia mudou tudo. Ouviu pássaros cantando, e, ao olhar pela janela, viu dois veados de caudas brancas atravessar o jardim e desaparecer na floresta. Com a luz do sol iluminando o quarto, a cadeira que ela apoiou contra a porta na noite anterior parecia-lhe algo irracional. Não vou dizer nada a ninguém a esse respeito, pensou ao afastá-la.

Na cozinha, encontrou um saco de café francês no congelador. O café de Anna. Verteu a água fervente dentro do filtro enquanto inalava a fragrância vaporosa. Ela estava cercada pelas compras de Anna. A pipoca de micro-ondas e o pacote de espaguete. As caixas vencidas de leite e de iogurte de pêssego. Cada item representava um instante na vida de sua irmã, um momento em que ela parou diante de uma prateleira de mercearia e pensou: também preciso disto. Então, depois, ao voltar para casa, esvaziou os sacos e guardou os produtos comprados. Quando Maura olhou para o conteúdo da despensa, viu as mãos da irmã empilhando as latas de atum sobre o papel florido que revestia a prateleira.

Levou a caneca de café para a varanda da frente e ficou olhando para o gramado mosqueado de raios de sol. Tudo é tão verde, maravilhou-se ela. A grama, as árvores, a própria luz. Sobre a alta copa das árvores, os pássaros cantarolavam. Agora vejo por que ela desejou morar aqui. Porque queria despertar toda manhã sentindo os aromas da floresta.

De repente, os pássaros nas árvores se espantaram, assustados com um novo som: o rumor de uma máquina. Embora Maura não pudesse ver o trator, ela sem dúvida podia ouvi-lo em meio à floresta, soando incomodamente perto. Ela se lembrou de que a Srta. Clausen lhe contara que o lote ao lado seria limpo. Lá se foi a paz da manhã de domingo.

Ela desceu os degraus e fez a volta ao redor da casa, tentando ver o trator através das árvores, mas a floresta era muito densa e ela não conseguia enxergar coisa alguma. Olhando para baixo, viu pegadas de animais e lembrou-se dos dois veados que vira pela janela do quarto naquela manhã. Ela as seguiu ao longo da casa, percebendo outra prova de sua visita em algumas folhas mastigadas dos arbustos junto aos alicerces. Ela admirou-se da coragem daqueles veados que vinham comer tão perto da casa e continuou em direção aos fundos, onde deparou com um outro grupo de pegadas. Não eram de veados. Maura ficou absolutamente imóvel durante algum tempo. O coração disparou, e as mãos agarraram a caneca de café. Devagar, seguiu as pegadas com os olhos e viu que terminavam sob uma das janelas da casa.

Havia a impressão de uma bota no chão de terra no lugar onde alguém estivera espreitando o interior da casa.

O interior de seu quarto de dormir.

11

Quarenta e cinco minutos depois, um carro da polícia de Fox Harbor desceu aos sacolejos a estrada de terra. Parou em frente ao chalé, e um policial saltou. Tinha perto de 50 anos, pescoço largo, cabelo louro, ligeiramente careca no topo da cabeça.

– Dra. Isles? – disse ele, oferecendo-lhe um aperto de mão firme.

– Roger Gresham, chefe de polícia.

– Não esperava conseguir um chefe de polícia.

– É, bem, nós estávamos pensando em vir até aqui de qualquer modo quando recebemos seu chamado.

– Nós? – Ela franziu o cenho quando outro veículo, um Ford Explorer, subiu a rampa de veículos e estacionou ao lado do carro de Gresham. O motorista saiu e acenou.

– Olá, Maura – disse Rick Ballard.

Por um instante, ela apenas olhou para ele, assustada com a chegada inesperada.

– Não fazia ideia de que você estava aqui – disse ela afinal.

– Vim na noite passada. Quando chegou?

– Ontem de tarde.

– Passou a noite nesta casa?

– O motel estava cheio. A Srta. Clausen, a corretora, me deixou dormir aqui.

Fez uma pausa e acrescentou um detalhe em sua defesa:

– Ela disse que a polícia já havia acabado por aqui.

Gresham emitiu um riso debochado.

– Mas cobrou o pernoite, não cobrou?

– Sim.

– Essa Britta é uma figuraça. Ela cobraria pelo ar que você respira se pudesse. – Virando-se para a casa, disse: – Então, onde viu as pegadas?

Maura guiou os homens pela varanda da frente e ao redor da casa. Caminhavam pelas bordas do caminho, vasculhando o chão ao se moverem. O trator parou, e os únicos sons que ouviam eram seus passos sobre o tapete de folhas.

– Trilhas frescas de veados aqui – disse Gresham, apontando.

– Sim, um par de veados esteve por aqui esta manhã – disse Maura.

Podem explicar as pegadas que viu.

– Chefe Gresham – disse Maura, e suspirou. – Eu *sei* a diferença entre uma marca de bota e uma pegada de veado.

119

– Não, o que quero dizer é que alguém deve ter estado por aqui, caçando. Fora da estação, você compreende. Devia estar seguindo aqueles veados na floresta.

Ballard parou subitamente, com o olhar fixo no chão.

– Está vendo? – perguntou ela.

– Sim – disse ele, a voz estranhamente baixa.

Gresham agachou-se ao lado de Ballard. Um momento se passou. Por que não dizem alguma coisa? O vento sacudiu as árvores. Tremendo, ela olhou para os ramos oscilantes. Na noite anterior, alguém saiu daquela floresta e olhou pela janela de seu quarto enquanto ela dormia.

Ballard olhou para a casa.

– Aquilo é uma janela de quarto?

– Sim.

– Seu?

– Sim.

– Fechou as cortinas ontem à noite? – Ele olhou para ela sobre o ombro e ela soube o que ele estava pensando: *Deu-lhes um espetáculo de graça ontem à noite?*

Ela corou.

– Não há cortinas naquele quarto.

– Essas pegadas são grandes demais para serem de Britta – disse Gresham. – Ela é a única pessoa que viria até aqui para verificar a casa.

– Parece uma sola Vibram – disse Ballard.

– Tamanho 41, talvez 42.

Seu olhar seguiu os passos em direção às árvores.

– As pegadas dos veados se sobrepõem às marcas de bota.

– O que significa que ele passou por aqui primeiro – disse Maura. – Antes dos veados. Antes de eu despertar.

– Sim, mas quanto antes? – Ballard se esticou e olhou através da janela para o quarto. Durante um longo tempo nada disse, e mais uma vez Maura ficou impaciente com o silêncio dele, ansiosa para ouvir uma reação, qualquer reação, daquele homem.

– Sabe, não chove aqui há quase uma semana – disse Gresham. – Essas marcas de bota podem não ser tão frescas assim.

– Mas quem andou por aqui espreitando pelas janelas? – perguntou Maura.

– Posso ligar para Britta. Talvez seja algum de seus empregados. Ou alguém deu uma olhada só por curiosidade.

– Curiosidade? – perguntou Maura.

– Todo mundo aqui soube o que houve com sua irmã em Boston. Alguém pode ter querido olhar dentro da casa.

– Não compreendo. Nunca tive esse tipo de curiosidade mórbida.

– Rick me disse que você é uma patologista, certo? Bem, você deve lidar com o mesmo tipo de coisa que eu. Todo mundo querendo saber detalhes. Você não acreditaria na quantidade de gente que me perguntou sobre o crime. Não acha que um desses intrometidos não desejaria dar uma olhada dentro da casa?

Ela olhou para ele, incrédula. O silêncio foi rompido subitamente pela estática no rádio do carro de Gresham.

– Perdão – disse ele, e foi até lá.

– Bem – disse ela. – Acho que minhas preocupações são infundadas, certo?

– Levo suas preocupações muito a sério.

– É mesmo? – Ela olhou para ele. – Entre, Rick. Quero lhe mostrar uma coisa.

Ele a seguiu até dentro da casa. Ela fechou a porta e apontou para a série de fechaduras de bronze.

– Era isso que eu queria que você visse – disse ela.

Ele franziu o cenho.

– Uau.

– Há mais. Venha comigo.

Ela o levou até a cozinha. Apontou para outras trancas e ferrolhos brilhantes na porta do fundos.

– São todas novas. Anna deve tê-las instalado. Algo a estava assustando.

– Ela tinha motivos para estar assustada. Todas aquelas ameaças de morte. Ela não sabia quando Cassell poderia aparecer.

Maura olhou para ele.

– É por isso que está aqui, certo? Para descobrir se ele apareceu?

121

– Tenho mostrado a fotografia dele por aí.

– E?

– Até agora, ninguém se lembra de tê-lo visto. Mas isso não quer dizer que não tenha estado aqui. – Ele apontou para as fechaduras. – Essas trancas fazem todo sentido para mim.

Suspirando, ela se sentou em uma cadeira à mesa da cozinha.

– Como nossas vidas podem ter ficado tão diferentes? Lá estava eu, pegando um avião em Paris enquanto ela... – Maura engoliu em seco. – E se eu tivesse sido criada no lugar de Anna? Teria acontecido o mesmo? Talvez fosse ela aqui sentada, falando com você.

– Vocês são duas pessoas diferentes, Maura. Você pode ter o mesmo rosto e a mesma voz. Mas você não é a Anna.

Ela olhou para ele.

– Fale-me mais sobre minha irmã.

– Não sei por onde começar.

– Qualquer coisa. Tudo. Você disse que minha voz é igual à dela.

Ele assentiu.

– Sim. A mesma inflexão. A mesma entonação.

– Você se lembra dela assim tão bem?

– Anna não era uma mulher fácil de esquecer – disse ele.

Seu olhar buscou o dela. Ficaram se olhando, mesmo ao ouvirem passos entrando na casa. Apenas quando Gresham entrou na cozinha, ela por fim interrompeu o olhar para se voltar para o chefe de polícia.

– Dra. Isles – disse Gresham. – Imagino se pode me fazer um pequeno favor. Venha comigo. Há algo que quero lhe mostrar.

– Que tipo de coisa?

– Ouvi a notícia pelo rádio. Receberam uma chamada da equipe que está trabalhando mais acima, na estrada. Seu trator desenterrou alguns... bem, alguns ossos.

Ela franziu o cenho.

– Humanos?

– É o que estão se perguntando.

MAURA SEGUIU COM Gresham no carro de polícia, Ballard seguiu-os de perto em seu jipe. A viagem mal pedia um carro, apenas uma curva curta estrada acima e lá estava o trator, parado em um lote limpo recentemente. Quatro homens usando capacetes de segurança estavam sentados à sombra junto a suas picapes. Um deles se adiantou para saudá-los quando Maura, Gresham e Ballard saíram de seus veículos.

– Oi, chefe.

– Oi, Mitch. Onde está?

– Perto do trator. Vi os ossos e desliguei o motor. Havia uma antiga casa de fazenda aqui, neste lote. A última coisa que quero é escavar algum jazigo de família.

– A Dra. Isles vai dar uma olhada antes de eu fazer qualquer ligação. Detestaria fazer o patologista vir de Augusta até aqui por causa de um bando de ossos de urso.

Mitch os levou até lá. O solo recém-escavado era uma pista de obstáculos de raízes e rochas revolvidas. Os sapatos de Maura não eram feitos para caminhadas, e não importava o quanto fosse cuidadosa, não conseguia evitar sujar o couro negro.

Gresham deu um tapa no próprio rosto.

– Droga de mosquitos. Eles nos encontraram.

A clareira era cercada por grossas fileiras de árvores, e o ar ali estava parado e sem vento. Àquela altura, os insetos haviam sentido seu cheiro e pululavam, ansiosos por sangue. Maura ficou feliz por ter vestido calças compridas naquela manhã. Mas seus braços e seu rosto, sem proteção, já estavam se tornando restaurantes de mosquito.

Quando ela chegou perto do trator, as bainhas de suas calças estavam sujas de terra. O sol fazia brilhar pedaços de vidro quebrado. Um velho roseiral arrancado morria sob o forte calor.

– Ali – disse Mitch, apontando.

Mesmo antes de se aproximar para ver mais de perto, Maura já sabia o que era aquilo caído no chão. Ela não o tocou, apenas se ajoelhou ao lado, os sapatos afundando em terra revolvida recentemente. Recém-exposta aos elementos, a palidez do osso despontava em meio à crosta de terra seca. Ouviu um ruído entre as árvores e olhou para cima para ver corvos voejando como fantasmas negros entre os galhos. *Eles também sabem o que é isso.*

– O que acha? – perguntou Gresham.

– É um ílio.

– O que é isso?

– Este osso.

Ela tocou o seu próprio ílio, onde a pélvis se avolumava contra as calças. Subitamente ela se lembrou do fato sombrio de que, debaixo da pele, dos músculos, ela também era apenas um esqueleto. Uma moldura estrutural de cálcio e fósforo que duraria até mu ito tempo depois de a carne ter apodrecido.

– É humano – disse ela.

Ficaram em silêncio por um instante. O único som naquela clara manhã de junho vinha dos corvos, um bando deles, empoleirados nas árvores, como frutos negros entre os galhos. Olhavam para os humanos mais abaixo com olhares inteligentes, e seu crocitar acabou se avolumando em um coro ensurdecedor. Então, como se a um sinal, todos pararam abruptamente.

– O que sabe sobre este lugar? – perguntou Maura para o operador de trator. – O que havia aqui?

Mitch disse:

– Havia algumas antigas paredes de pedra. Alicerces de uma casa. Movemos todas as pedras para lá, achando que alguém poderia desejar usá-las para alguma outra coisa.

Apontou para uma pilha de pedregulhos a um canto do lote.

– Paredes antigas realmente não são incomuns. Você anda pela floresta e encontra um bocado de velhas fundações como essas. Havia fazendas de ovelhas ao longo de toda a costa.

– Então isso pode ser um antigo túmulo – disse Ballard.

– Mas aquele osso estava justamente sob uma das paredes – disse Mitch. – Não creio que alguém fosse desejar enterrar a velha mãe tão perto de casa. Mau agouro, eu acho.

– Algumas pessoas achavam que dava sorte – disse Maura.

– O quê?

– Em tempos antigos, uma criança enterrada viva sob uma pedra da fundação supostamente protegia a casa.

124

Mitch olhou para ela. Um olhar de *quem diabos é a senhora?*

– Só estou dizendo que as práticas de sepultamento variam com o tempo – disse Maura. – Isso bem poderia ser uma antiga sepultura.

Ouviu-se um rumor de asas mais acima. Os corvos voaram da árvore ao mesmo tempo. Maura os observou, incomodada com a visão de tantas asas negras erguendo-se ao mesmo tempo, como se obedecendo a um comando.

– Estranho – disse Gresham.

Maura ergueu-se e olhou para as árvores. Lembrou-se do ruído dos tratores pela manhã e quão perto pareciam estar.

– A casa onde passei a noite fica em qual direção? – perguntou ela.

Gresham olhou para o sol para se orientar, então apontou.

– Para lá. Para onde você está olhando agora.

– Fica a que distância?

– Basta atravessar estas árvores. Dá para ir andando.

O PATOLOGISTA DO estado do Maine chegou de Augusta uma hora e meia depois. Ao sair do carro carregando seu kit, Maura logo reconheceu o homem com o turbante branco e barba bem aparada. Maura conhecera o Dr. Daljeet Singh em uma conferência de patologistas no ano anterior, e haviam jantado juntos em fevereiro, quando ele compareceu a um encontro regional de peritos em Boston. Embora não fosse um homem alto, sua conduta digna e o turbante sikh tradicional o faziam parecer mais imponente do que realmente era. Maura sempre se impressionou com seu ar de calma competência. E com seus olhos. Daljeet tinha olhos castanhos e as pestanas mais compridas que ela já vira em um homem.

Eles se cumprimentaram, uma saudação calorosa entre dois colegas que realmente gostavam um do outro.

– Então, o que faz aqui, Maura? Não tem trabalho bastante para você em Boston? Veio roubar os meus casos?

– Meu fim de semana se transformou em hora extra.

– Viu os restos mortais?

Ela assentiu, seu sorriso esvaecendo.

– Há a cabeça de um ilíaco parcialmente enterrada. Não tocamos ainda. Sabia que você gostaria de ver o osso *in situ*.

– Nenhum outro osso?

– Ainda não.

– Bem, então.

Ele olhou para a clareira, como se preparando para sujar os pés de terra. Ela se deu conta de que ele viera preparado com o calçado certo: botas de caminhada que pareciam novas em folha e a ponto de passar pelo primeiro teste em terreno enlameado.

– Vamos ver o que o trator descobriu.

Àquela altura já era começo da tarde, o calor era tão úmido que o rosto de Daljeet logo estava coberto de suor. Ao avançarem pela clareira, os insetos enxamearam, tirando vantagem da carne fresca. Os detetives Corso e Yates da polícia estadual do Maine chegaram vinte minutos antes, e caminhavam pelo lugar ao lado de Ballard e Gresham.

Corso acenou e gritou:

– Não é a melhor maneira de passar um belo domingo de sol, certo, Dr. Singh?

Daljeet acenou de volta, então se agachou para ver o ílio.

– Antigamente, isso aqui era uma casa – disse Maura. – Havia um alicerce de pedra ali, de acordo com a equipe.

– Mas nenhum vestígio de caixão?

– Não vimos nenhum.

Ele olhou para a paisagem de pedras enlameadas, arbustos arrancados e tocos de árvores.

– Aquele trator pode ter espalhado os ossos por toda parte.

Ouviu-se um grito do detetive Yates:

– Encontrei mais!

– Aí? – disse Daljeet, enquanto ele e Maura atravessavam o campo para se juntarem a Yates.

– Estava andando por aqui, meu pé ficou preso naquela raiz de amoreira – disse Yates. – Tropecei e isso aqui emergiu da terra.

Quando Maura se agachou ao lado dele, Yates afastou com cautela um emaranhado espinhento de plantas arrancadas. Uma nuvem de mosquitos ergueu-se do solo úmido, roçando o rosto de Maura quando ela olhou o que estava parcialmente enterrado ali. Era um crânio

Uma órbita vazia olhava para ela, perfurada por gavinhas de raiz de amoreira que forçaram caminho através das aberturas que outrora suportaram olhos.

Ela olhou para Daljeet.

– Você tem uma tesoura de poda?

Ele abriu o kit. Tirou luvas, uma tesoura de poda e uma colher de pedreiro. Juntos, ajoelharam-se na terra, esforçando-se para liberar o crânio. Maura cortou as raízes enquanto Daljeet afastava a terra com cuidado. O sol estava forte, e o próprio solo parecia irradiar calor. Maura teve de parar diversas vezes para afastar o suor. O repelente de insetos que ela havia aplicado uma hora antes vencera, e os mosquitos estavam outra vez voando ao redor de seu rosto.

Ela e Daljeet deixaram as ferramentas de lado e começaram a escavar com as mãos protegidas por luvas, tão juntos um do outro que suas cabeças chegaram a colidir. Os dedos dela se afundaram em solo mais frio, liberando o crânio. De repente ela parou, observando a grave fratura no osso temporal.

Olharam um para o outro, ambos registrando o mesmo pensamento: *esta não foi uma morte natural.*

– Acho que está solto agora – disse Daljeet.

– Vamos levantar.

Ele estendeu uma folha de plástico e pegou o crânio, a mandíbula meio presa por espirais de raízes de amoreira. Colocou o tesouro sobre a folha de plástico.

Por um instante, ninguém disse coisa alguma. Todos olhavam para o osso temporal rompido.

O detetive Yates apontou para o brilho metálico em um dos molares.

– Aquilo não é uma obturação? – disse ele. – Naquele dente?

– Sim. Mas os dentistas usam obturações de amálgama há mais de cem anos – disse Daljeet.

– Portanto, ainda pode ser um sepultamento antigo.

– Mas onde estão os fragmentos do caixão? Se isso foi um enterro formal, tinha de haver um caixão. E há este pequeno detalhe. – Daljeet apontou para a fratura. Olhou para os dois detetives por sobre o

127

ombro. – Seja qual for a idade destes restos mortais, acho que temos uma cena de crime aqui.

Os outros homens se juntaram a eles, e pareceu que o oxigênio do ar havia sido sugado. O zumbir dos mosquitos cresceu em um rugido pulsante. Está tão quente, pensou Maura. Ela se levantou e caminhou com pernas bambas até o limiar da floresta, onde a copa de um carvalho projetava uma sombra. Sentando em uma pedra, ela segurou a cabeça com as mãos, pensando: é isso o que acontece quando não como nada pela manhã.

– Maura? – chamou Ballard. – Você está bem?

– É só o calor. Preciso me refrescar um instante.

– Quer água? Tenho um pouco no carro, se não se incomoda de beber da mesma garrafa.

– Obrigada. Cairia bem.

Ela olhou quando ele foi até o carro, as costas da camisa marcadas de suor. Ele não se incomodou em escolher um caminho mais fácil, apenas continuou em frente, suas botas pisando no solo desnivelado. Decidido. Era assim que Ballard caminhava, como um homem que sabia o que devia ser feito, e simplesmente o fazia.

A garrafa que ele trouxe estava quente por ter ficado dentro do carro. Ela tomou um gole generoso, a água escorreu por seu queixo. Baixando a garrafa, viu que Ballard a observava. Por um instante, não percebeu o zumbir dos insetos, o murmúrio das vozes dos outros homens. Ali, na sombra verde das árvores, só conseguia se concentrar nele. No modo como as mãos dele roçaram as dela ao pegar a garrafa de volta. Na luz suave mosqueando seu cabelo, e a rede de rugas de riso ao redor de seus olhos. Ela ouviu Daljeet chamar seu nome, mas não respondeu, não se virou. Nem Ballard, que parecia preso pelo momento. Ela pensou: um de nós tem de romper o encanto. Um de nós tem de despertar. Mas acho que não consigo.

– Maura? – Daljeet de repente estava ao lado dela, que não o viu se aproximar. – Temos um problema interessante – disse ele.

– Que problema?

– Venha dar outra olhada no ílio.

128

Ela se levantou devagar, sentindo-se mais equilibrada, pensando com clareza. O gole de água e os poucos momentos à sombra deram-lhe um novo alento. Ela e Ballard seguiram Daljeet de volta ao local onde estava o osso do quadril, e ela viu que Daljeet afastara um pouco de terra, expondo mais da pélvis.

– Cheguei ao sacro deste lado – disse ele. – Dá para ver o orifício pélvico e a tuberosidade isquial.

Ela se agachou ao lado dele. Nada disse durante um instante, apenas olhou para o osso.

– Qual o problema? – perguntou Ballard.

– Precisamos expor o restante – disse ela. Ela olhou para Daljeet. – Tem outra espátula?

Ajoelhados lado a lado, espátulas em mãos, ela e Daljeet retiraram mais solo pedregoso. Raízes de árvores haviam crescido por entre as fossas ósseas, ancorando os ossos a seu túmulo, e tiveram de cortá-las para liberar a pélvis. Quanto mais profundamente escavavam, mais rápido seu coração começou a bater. Os caçadores de tesouro cavavam em busca de ouro. Ela o fazia em busca de segredos. Atrás das respostas que apenas uma sepultura pode fornecer. A cada espátula cheia de terra que removiam, mais a pélvis ficava em evidência. Trabalhavam com fervor agora, suas ferramentas escavavam fundo.

Quando por fim olharam para a pélvis exposta, ambos estavam muito atônitos para dizer qualquer coisa.

Maura levantou-se e se virou para ver o crânio, ainda pousado sobre a folha de plástico. Ajoelhada a seu lado, ela tirou as luvas e correu os dedos nus acima da órbita, sentindo a robusta curva da crista supraorbital. Então ela virou o crânio para examinar a protuberância occipital.

Aquilo não fazia sentido.

Ela se voltou sobre os joelhos, sua blusa estava encharcada de suor. Com exceção do zumbir dos insetos, a clareira estava em silêncio. As árvores erguiam-se por todos os lados, guardando aquele lugar secreto. Olhando para a impenetrável muralha verde, sentiu como se a estivesse observando, como se a própria floresta estivesse olhando para ela. Esperando por seu próximo movimento.

– O que houve, Dra. Isles?

Ela ergueu a cabeça para o detetive Corso.

– Temos um problema – disse ela. – Este crânio...

– O que tem?

– Vê estas cristas aqui, sobre as órbitas? E veja aqui atrás, na base do crânio. Se passar os dedos por aqui, poderá sentir uma protuberância. Chama-se de protuberância occipital.

– E daí?

– É onde o *ligamentum nuchae* se prende, ancorando os músculos da nuca ao crânio. O fato de a protuberância estar tão evidente indica que este indivíduo tinha uma musculatura robusta. Com quase toda certeza este é o crânio de um homem.

E qual é o problema?

– Aquela pélvis ali pertencia a uma mulher.

Corso olhou para ela e virou-se para olhar para o Dr. Singh.

– Concordo completamente com a Dra. Isles – disse Daljeet.

– Mas isso significa...

– Temos os restos mortais de dois indivíduos diferentes aqui – disse Maura. – De um homem e de uma mulher. – Ela se levantou e olhou para Corso. – A questão é: quantos outros estão enterrados aqui?

Por um instante, Corso pareceu muito surpreso para responder. Então, voltou-se lentamente, olhou para a clareira como se a visse pela primeira vez e disse:

– Chefe Gresham, vamos precisar de voluntários. Muitos. Policiais, bombeiros. Vou chamar nossa equipe de Augusta, mas não será o bastante. Não para o que precisamos fazer.

– De quantas pessoas está falando?

– O necessário para revirarmos este lugar.

Corso olhou para as árvores que os cercavam.

– Vamos esmiuçar cada centímetro quadrado deste lugar. A clareira, a floresta. Se há mais de duas pessoas enterradas aqui, eu vou descobrir.

12

Jane Rizzoli crescera no subúrbio de Revere, além da ponte Tobin vindo do centro de Boston. Era uma vizinhança de trabalhadores, com casas em forma de caixa, um lugar onde, todo 4 de Julho, as salsichas de cachorro-quente fritavam em churrasqueiras de quintal e bandeiras dos EUA eram exibidas com orgulho nas fachadas das casas. A família Rizzoli teve sua parcela de altos e baixos, incluindo alguns meses terríveis quando Jane tinha 10 anos de idade e seu pai ficou desempregado. Ela era crescida o bastante para sentir o medo da mãe e absorver o desespero furioso do pai. Ela e seus dois irmãos sabiam como era viver na corda bamba entre conforto e ruína, e embora agora desfrutasse de um pagamento regular como policial, ela nunca conseguiu silenciar por completo os vestígios de insegurança de sua infância. Ela sempre pensaria em si mesma como a menina de Revere que cresceu sonhando um dia ter uma casa grande em uma vizinhança melhor, uma casa com banheiros suficientes de modo que não fosse preciso esmurrar a porta toda manhã para conseguir tomar banho. Teria de haver uma chaminé de tijolos e uma porta da frente dupla e uma aldrava de bronze. A casa na frente da qual estava estacionada tinha tudo isso e mais: a aldrava de bronze, a porta frontal dupla e não uma, mas duas chaminés. Tudo o que ela sempre havia sonhado.

Mas era a casa mais feia que ela já tinha visto na vida.

As outras casas de East Dedham eram do tipo que a gente espera encontrar em uma vizinhança confortável de classe média: garagens de dois carros e gramados bem-cuidados. Carros último tipo estacionados nos acesso de veículo. Nada elegante. Nada que pedisse *olhe para mim*. Mas aquela casa... bem, ela não apenas pedia sua atenção. Ela exigia.

Era como se Tara, a casa de fazenda de *...E o vento levou*, tivesse sido levada por um tornado e caído em um lote urbano. Não tinha um gramado propriamente dito, apenas uma faixa de terra dos lados, tão estreita que mal dava para empurrar um cortador de grama entre a parede e a cerca do vizinho. Colunas brancas ornavam uma varanda onde Scarlett O'Hara podia namorar à vista do tráfego da rua Spra- gue. A casa a fez pensar em Johnny Silva e em como ele gastou todo o seu primeiro pagamento em um Corvette vermelho-cereja.

– Tentando fingir não ser um perdedor – dissera o pai. – O garoto mal se mudou do porão da casa dos pais e compra um carro esporte de luxo. Quanto maior o perdedor, maior o carro.

Ou constrói a maior casa da vizinhança, pensou ela, olhando para aquela Tara-em-Sprague.

Tirou a barriga de detrás do volante. Sentiu o bebê sapatear em sua bexiga enquanto subia os degraus da varanda. Primeiro, o mais importante, pensou. Peça para usar o banheiro. A campainha não apenas tocou, ela *badalou,* como um sino de catedral chamando os fiéis para o culto.

A loura que lhe abriu a porta parecia ter entrado na casa errada. Em vez de Scarlett O'Hara, era uma Barbie clássica: cabelos e seios grandes, corpo apertado em uma roupa de ginástica cor-de-rosa. Uma face tão artificialmente desprovida de expressão que só podia ser resultado de Botox.

– Sou a detetive Rizzoli, estou aqui para ver Terence van Gates. Liguei mais cedo.

– Oh, sim, Terry está esperando por você.

Uma voz infantil, alta e doce. Tudo bem em pequenas doses, mas após uma hora, pareceria com o ruído de unhas arranhando em um quadro-negro.

Rizzoli entrou no saguão e foi imediatamente confrontada com uma imensa pintura na parede. Era Barbie, trajando um vestido de gala verde, ao lado de um enorme vaso de orquídeas. Tudo na casa parecia grande demais. As pinturas, os tetos, os seios.

– Estão reformando o prédio do escritório dele, então ele está trabalhando em casa hoje. No fim do corredor, à direita.

– Desculpe-me... lamento não saber seu nome.

– Bonnie.

Bonnie, Barbie. Perto.

– Você é a... Sra. Van Gates? – perguntou Rizzoli.

– Sim.

Mulher-troféu. Van Gates devia ter perto de 70 anos.

132

– Posso usar o banheiro? Ultimamente tenho precisado de um a cada dez minutos.

Pela primeira vez, Bonnie pareceu perceber que Rizzoli estava grávida.

– Oh, querida! Claro que sim. É logo ali.

Rizzoli nunca vira um banheiro pintado de rosa-choque. A privada ficava em uma plataforma, como um trono, com um telefone instalado na parede ao lado. Como se alguém quisesse tratar de negócios enquanto, bem, fazia o seu negócio. Ela lavou as mãos com sabão cor-de-rosa na pia cor-de-rosa, secou-as com toalhas cor de rosa e saiu dali.

Bonnie desaparecera, mas Rizzoli podia ouvir a batida da música de ginástica e o ruído de pés pulando no andar de cima. Bonnie fazia sua rotina de exercícios. Um dia desses também vou entrar em forma, pensou Rizzoli. Mas me recuso a fazê-lo usando uma roupa de ginástica cor-de-rosa.

Ela desceu o corredor em busca do escritório de Van Gates. Procurou primeiro em uma grande sala de estar com um piano de cauda branco, tapete e mobília igualmente brancos. Sala branca, sala cor de rosa. O que viria a seguir? Passou por outra pintura de Bonnie no corredor, desta vez posando como uma deusa grega em um vestido branco, mamilos discerníveis através do tecido diáfano. Essa gente devia estar em Las Vegas.

Finalmente chegou a um escritório.

– Sr. Van Gates? – disse ela.

O homem sentado atrás da escrivaninha de cerejeira ergueu a cabeça, e ela viu olhos azuis e úmidos, uma face flácida pela idade, e um cabelo... que *tom* era aquele? Algo entre amarelo e laranja. Com certeza não era intencional, apenas um tingimento que não deu certo.

– Detetive Rizzoli? – disse ele. Ele olhou para a barriga dela e ficou ali parado, olhando, como se nunca tivesse visto uma policial grávida.

Fale comigo, não com minha barriga. Ela foi até a escrivaninha e apertou-lhe a mão. Percebeu os implantes que pontilhavam seu couro cabeludo, dos quais brotavam cabelos como pequenos tufos de grama amarela, como uma última e desesperada afirmação de virilidade. É o que merece por ter se casado com uma mulher-troféu.

133

– Sente-se, sente-se – disse ele.

Ela se acomodou em uma cadeira de couro macia. Ao olhar ao redor, percebeu que a decoração ali era radicalmente diferente do resto da casa. Era estilo Advogado Tradicional, com prateleiras de madeira escura e mogno repletas de periódicos e livros jurídicos. Nem um pingo de rosa. Claramente, ali era seu domínio, uma zona livre de Bonnie.

– Realmente não sei como posso ajudá-la, detetive – disse ele. – A adoção de que está falando aconteceu há quarenta anos.

– Não é exatamente o que se pode chamar de história antiga.

Ele riu.

– Duvido que fosse nascida na época.

Seria aquilo uma afinetada? O modo de ele dizer que ela era jovem demais para estar aborrecendo-o com tais perguntas?

– Não se lembra das pessoas envolvidas?

– Estou apenas dizendo que faz muito tempo. Havia acabado de me formar. Trabalhava em um escritório alugado, com mobília alugada e sem secretária. Atendia meu próprio telefone. Aceitava qualquer caso que aparecesse: divórcios, adoções, álcool ao volante. Qualquer coisa que pagasse o aluguel.

– E você obviamente ainda tem todos esses arquivos. De seus casos na época.

– Estão guardados.

– Onde?

– No File-Safe, em Quincy. Mas antes de irmos adiante, devo dizer: as partes envolvidas neste caso em particular requisitaram sigilo absoluto. A mãe verdadeira não quer seu nome revelado. Aqueles registros foram selados há anos.

– Este é um caso de homicídio, Sr. Van Gates. Uma das duas adotadas está morta.

– Sim, eu sei. Mas não consigo entender o que isso tem a ver com sua adoção há quarenta anos. Por que isso é relevante para sua investigação?

– Por que Anna Leoni ligou para você?

Ele pareceu assustado. Nada que dissesse depois poderia desfazer aquela reação inicial, aquela expressão de "*e agora?*".

134

– Perdão? – disse ele.

– No dia anterior a seu assassinato, Anna Leoni ligou do Tremont Hotel para seu escritório. Temos o registro telefônico. A conversa durou 37 minutos. Agora, vocês devem ter falado a respeito de *alguma coisa* nesses 37 minutos. Você não a deixou esperando todo esse tempo, certo?

Ele nada disse.

– Sr. Van Gates?

– Aquela... aquela conversa foi confidencial.

– A Srta. Leoni era sua cliente? Você cobrou por aquela chamada?

– Não, mas...

– Então, você não está preso pelo privilégio advogado-cliente.

– Mas estou preso pela confidencialidade de outro cliente.

– A mãe biológica.

– Bem, ela *era* minha cliente. Ela deu seus bebês sob uma condição: que seu nome nunca fosse revelado.

– Isso foi há quarenta anos. Ela pode ter mudado de ideia.

– Não sei. Não imagino onde ela esteja. Nem mesmo sei se ainda está viva.

– Foi por isso que Anna ligou para você? Para perguntar sobre a mãe?

Ele se recostou na cadeira.

– Os adotados com frequência têm curiosidade a respeito de suas origens. Para alguns, torna-se uma obsessão. Daí, começam a caçar documentos. Investem milhares de dólares e um bocado de tristeza procurando mães que não querem ser encontradas. E se eles *de fato* as encontram, raramente é o conto de fadas que esperavam. Era isso que ela estava procurando, detetive. Um final feliz. Às vezes, seria melhor esquecerem disso e continuarem as suas vidas.

Rizzoli pensou na própria infância, em sua própria família. Ela sempre soube quem era. Ela podia olhar para seus avós, seus pais, e ver sua ascendência gravada em suas faces. Ela era um deles até o DNA, e não importava o quanto seus parentes a aborrecessem ou a envergonhassem, ela sabia que eram dela.

Mas Maura Isles nunca vira a si mesma nos olhos de uma avó. Será que, ao andar pela rua, Maura olhava para o rosto dos estranhos com quem cruzava procurando traços semelhantes aos seus? Uma curva familiar da boca ou a inclinação do nariz? Rizzoli podia compreender muito bem a ânsia de conhecer suas origens. Saber que você não é um ramo perdido, mas um galho de uma árvore profundamente enraizada.

Ela encarou Van Gates.

– Quem é a mãe de Anna Leoni?

Ele balançou a cabeça.

– Vou dizer de novo: isso não é relevante para seu...

– Deixe-me decidir. Apenas diga o nome.

– Por quê? Para você irromper na vida de uma pessoa que pode não querer ser lembrada de um erro da juventude? O que isso tem a ver com o assassinato?

Rizzoli inclinou-se para a frente, apoiando ambas as mãos na escrivaninha. Invadindo seu espaço particular de maneira agressiva. Doces Barbies podiam não fazer aquilo, mas garotas policiais de Revere não tinham medo de fazê-lo.

– Podemos intimá-lo a exibir seus arquivos. Ou posso pedir com educação.

Olharam-se por um instante. Então ele liberou um suspiro de derrota.

– Tudo bem, não precisamos passar por isso outra vez. Vou contar, está bem? O nome da mãe é Amalthea Lank. Ela tinha 24 anos. E precisava de dinheiro. Desesperadamente.

Rizzoli franziu o cenho.

– Está me dizendo que ela recebeu dinheiro pelos bebês?

– Bem...

– Quanto?

– Uma boa quantia. O bastante para ter um bom começo de vida.

– Quanto?

Ele piscou.

– Vinte mil dólares, cada.

– Cada bebê?

– Duas famílias felizes com suas crianças. Ela ficou com o dinheiro. Acredite, pais adotivos pagam um bocado de dinheiro atualmente. Sabe a dificuldade de adotar um recém-nascido branco? Não há bebês suficientes. É a lei da oferta e da procura, é isso.

Rizzoli recostou-se, chocada ao saber que uma mulher daria seus filhos em troca de dinheiro.

– Isso é tudo o que posso lhe dizer – disse Van Gates. – Se quiser descobrir mais, bem, talvez vocês policiais devessem tentar conversar uns com os outros. Economizaria um bocado de tempo.

A última afirmação a deixou intrigada. Então ela se lembrou do que ele dissera pouco antes: *não precisamos passar por isso outra vez*.

– Quem mais perguntou sobre essa mulher? – disse ela.

– Vocês são todos iguais. Vocês vêm, ameaçam tornar minha vida uma desgraça caso eu não coopere...

– Foi outro policial?

– Sim.

– Quem?

– Não me lembro. Faz alguns meses. Devo ter apagado o nome dele da minha mente.

– Por que ele queria saber?

– Porque ela o meteu nisso. Vieram juntos.

– Anna Leoni veio aqui com ele?

– Ele estava fazendo aquilo para ela. Um favor – disse Van Gates com desprezo. – Todos nós deveríamos ter policiais nos fazendo favores.

– Faz vários meses? Vieram vê-lo juntos?

– Acabei de dizer isso.

– E você lhe disse o nome da mãe?

– Sim.

– Então, por que Anna ligou para você na semana passada, se ela já sabia o nome da mãe?

– Porque viu uma fotografia no *Boston Globe*. Uma mulher que era igual a ela.

– A Dra. Maura Isles.

Ele assentiu.

– A Srta. Leoni me perguntou diretamente, então lhe contei.

– Contou o quê?

– Que ela tinha uma irmã.

137

13

Aqueles ossos mudaram tudo. Maura planejava voltar para Boston naquela noite. Em vez disso, ela retornou rapidamente ao chalé para vestir calças jeans e uma camiseta, então voltou em seu próprio carro até a clareira. Vou ficar mais um pouco, pensou, e vou embora às 16 horas. Mas, à medida que a tarde passava, à medida que os peritos chegaram de Augusta, e as equipes de busca começaram a vasculhar a área que Corso mapeara na clareira, Maura perdeu a noção do tempo. Comeu em duas dentadas um sanduíche de frango que voluntários entregaram no local. Tudo tinha gosto do repelente de mosquito que ela passara no rosto, mas estava com tanta fome que teria comido pão velho com muito prazer. Apetite saciado, voltou a vestir as luvas, pegou uma espátula e ajoelhou-se na terra ao lado do Dr. Singh.

As 16 horas chegaram e passaram.

As caixas de papelão começaram a se encher de ossos. Costelas e vértebras lombares. Fêmures e tíbias. Na verdade, o trator não espalhara demais os ossos. Os restos mortais da mulher estavam todos localizados em um raio de dois metros. Os do homem, unidos por uma teia de raízes de amoreira, estavam ainda mais juntos. Parecia haver apenas dois indivíduos, mas demorou a tarde inteira para desenterrá-los. Presa pela empolgação da escavação, Maura não conseguia ir embora. Não enquanto cada pá de terra que ela peneirava revelava alguma coisa nova. Um botão, uma bala ou um dente. Como estudante da Universidade de Stanford, ela passara um verão trabalhando em um sítio arqueológico na Baja Califórnia. Embora as temperaturas de lá chegassem aos 32 graus e sua única sombra fosse um chapéu de abas largas, trabalhou sem intervalos na parte mais quente do dia, movida pela mesma febre que aflige os caçadores de tesouros que acreditam que o próximo artefato está a apenas alguns centímetros de distância. Essa febre era o que ela experimentava então, ajoelhada entre as samambaias, afastando mosquitos. Foi o que a manteve escavando durante toda a tarde e noite adentro, enquanto nuvens de tempestade se avolumavam e os trovões reboavam a distância.

Isso e a emoção que sentia sempre que Rick Ballard se aproximava.

Mesmo enquanto peneirava a terra e afastava raízes, ela estava ciente de sua presença. Sua voz, sua proximidade. Foi ele quem lhe trouxe uma garrafa de água fresca, quem lhe entregou o sanduíche. Quem parou para pousar uma mão em seu ombro e perguntar como ela estava. Seus colegas do laboratório raramente a tocavam. Talvez fosse o seu distanciamento, ou algum sinal silencioso que ela emitia, dizendo que não gostava de contato físico. Mas Ballard não hesitou em estender o braço e apoiar a mão em suas costas.

Seus toques a deixavam ruborizada.

Quando os peritos começaram a guardar seus instrumentos ao fim do dia de trabalho, ela deu-se conta de que já eram 19 horas, e a luz do dia estava acabando. Seus músculos estavam doloridos, suas roupas, sujas. Ela se levantou, trêmula de cansaço, e viu Daljeet fechar e selar com fita adesiva duas caixas de restos mortais. Cada um pegou uma caixa e a levou para o carro dele.

– Depois disso, acho que me deve um jantar, Daljeet – disse ela.

– Restaurante Julien, prometo. Na próxima vez em que eu for a Boston.

– Acredite, vou cobrar.

Ele colocou as caixas dentro do carro e fechou a porta. Então, apertaram as mãos sujas de terra. Ela acenou quando ele se foi. A maior parte da equipe de busca também já havia ido embora. Restavam apenas alguns carros.

O jipe de Ballard estava entre eles.

Ela fez uma pausa na penumbra que se adensava e olhou para a clareira. Ele estava junto às árvores, conversando com o detetive Corso, de costas para ela. Maura se deteve ali, esperando que ele percebesse que ela estava a ponto de ir embora.

E daí? O que ela queria que acontecesse entre eles?

Vá embora antes de fazer papel de idiota.

Ela se virou abruptamente, caminhou até o carro, ligou o motor e saiu cantando pneus.

De volta ao chalé, tirou as roupas sujas e tomou um longo banho, ensaboando-se duas vezes para lavar qualquer resquício do repelente de mosquito. Ao sair do banheiro, deu-se conta de que não tinha mais roupas limpas para vestir. Planejara passar apenas uma noite em Fox Harbor.

Ela abriu a porta do armário e olhou para as roupas de Anna. Eram todas de seu tamanho. O que poderia vestir? Pegou um vestido de verão. Era de algodão branco, um tanto infantil para seu gosto, mas, naquela noite quente e úmida, era o que gostaria de vestir. Ao passar o vestido pela cabeça, sentiu o toque do tecido sobre a pele e se perguntou quando fora a última vez que Anna vestira aquela roupa, quando ela, pela última vez, amarrara o cordão do vestido ao redor da cintura. As dobras ainda estavam ali, marcando o tecido no lugar onde Anna fizera o nó. Tudo o que vejo e toco ainda tem sua marca, ela pensou.

O telefone tocou, e ela se voltou para a mesa de cabeceira. De algum modo ela sabia, antes mesmo de atender, que era Ballard.

– Não vi você ir embora – disse ele.

– Voltei para casa para tomar um banho. Eu estava imunda.

Ele riu.

– Eu também estou me sentindo bem desmazelado.

– Quando volta para Boston?

– Já está muito tarde. Acho que vou ficar mais uma noite. E você?

– Também não estou disposta a voltar hoje à noite.

Uma pausa.

– Você conseguiu um quarto de hotel? – perguntou ela.

– Trouxe minha barraca e meu saco de dormir. Vou ficar em um camping na estrada.

Demorou cinco segundos para ela se decidir. Cinco segundos para considerar as possibilidades. E as consequências.

– Tem um quarto vago aqui – disse ela. – Se quiser, é bem-vindo.

– Não quero incomodar.

– A cama está à disposição, Rick.

Outra pausa.

– Seria ótimo. Mas com uma condição.

– Qual?

– Você me deixa levar o jantar. Há um lugar que vende comida para viagem na rua principal. Nada elegante, talvez apenas lagosta cozida.

140

– Não sei quanto a você, Rick. Mas, na minha bíblia, lagosta definitivamente é um prato elegante.

– Quer vinho ou cerveja?

– A noite pede cerveja.

– Estarei aí em uma hora. Guarde seu apetite.

Ela desligou e logo se deu conta de que estava faminta. Havia alguns instantes, estava cansada demais para dirigir até a cidade e chegara a pensar em deixar o jantar de lado e simplesmente se deitar cedo. Agora estava faminta, não apenas por comida, mas também por companhia.

Vagou pela casa, inquieta e movida por muitos desejos contraditórios. Havia apenas algumas noites, jantara com Daniel Brophy. Mas havia muito que a igreja requisitara Daniel, e ela nunca estaria no páreo. Causas perdidas podiam ser sedutoras, mas quase nunca traziam felicidade.

Ela ouviu um reboar de trovão e foi até a porta de tela. Lá fora, a penumbra se tornara noite. Embora não tivesse visto relâmpagos, o ar em si parecia ter mudado. Carregado de possibilidades. Gotas de chuva começaram a cair no telhado. A princípio, apenas algumas pancadas hesitantes, então o céu se abriu como cem tocadores de tambor rufando seus instrumentos. Impressionada com a força da tempestade, ficou na varanda e observou a água caindo, e sentiu o ar frio tocar seu vestido e erguer seu cabelo.

Um par de faróis de automóvel atravessou a cortina d'água.

Ela ficou imóvel na varanda, seu coração batia como a chuva no telhado, enquanto o carro estacionava diante de sua casa. Ballard saiu, carregando um grande saco de compras e algumas cervejas. Com a cabeça baixa para evitar a torrente, ele subiu os degraus da escada da varanda.

– Não sabia que teria de nadar para chegar aqui – disse ele.

Ela riu.

– Venha, vou lhe dar uma toalha.

– Você se incomoda se eu tomar um banho? Ainda não tive chance de me limpar.

– Vá em frente.

141

Ela pegou o saco de compras que ele carregava.

– O banheiro fica no fim do corredor. Há toalhas limpas no armário.

– Vou pegar minha mala no carro.

Ela levou a comida para a cozinha e guardou a cerveja na geladeira. Ouviu a porta de tela se fechar quando ele entrou na casa. Então, pouco depois, ouviu o chuveiro ser ligado.

Sentou-se na mesa e suspirou. Isto é apenas um jantar, pensou. Uma noite como qualquer outra, sob um mesmo teto. Ela pensou na refeição que preparara para Daniel havia apenas alguns dias, e em como aquela noite fora diferente desde o início. Ao olhar para Daniel, ela via o inatingível. *E o que vejo ao olhar para Rick? Talvez mais do que devesse.*

O chuveiro foi desligado. Ela ficou sentada em silêncio, ouvindo, cada sentido subitamente tão apurado que conseguia perceber as lufadas de ar na pele. Os passos se aproximaram e de repente lá estava ele, cheirando a sabão, vestindo jeans e uma camisa limpa.

– Espero que não se incomode em jantar com um homem descalço – disse ele. – Minhas botas estão enlameadas demais para usar dentro de casa.

Ela riu.

– Então também vou ficar descalça. Vai parecer um piquenique.

Ela tirou as sandálias e foi até a geladeira.

– Pronto para uma cerveja?

– Estou pronto há horas.

Ela abriu duas garrafas e deu uma para ele. Enquanto bebia a sua, ela o viu inclinar a cabeça para trás e tomar um gole generoso. Nunca verei Daniel assim, pensou. À vontade e descalço, com o cabelo molhado.

Ela se voltou e olhou para o saco de compras.

– Então, o que trouxe para jantar?

– Deixe-me mostrar.

Juntando-se a ela na bancada, ele pegou o saco e tirou dali diversas quentinhas de alumínio.

– Batatas assadas. Manteiga derretida. Milho na espiga. E o prato principal.

Ele abriu um grande recipiente de isopor, revelando duas lagostas vermelho-vivo, ainda fumegando.

– Como se abre isso?

– Você não sabe abrir esses bichos?

– Esperava que você soubesse.

– Não tem segredo.

Ele tirou dois alicates do saco.

– Pronta para a cirurgia, doutora?

– Agora você está me deixando nervosa.

– Tudo depende de técnica. Mas primeiro, precisamos nos vestir.

– Como assim?

Ele enfiou a mão na sacola e tirou dali dois babadores de plástico:

– Deve estar brincando.

– Você acha que os restaurantes dão essas coisas só para os turistas parecerem bobos?

– Sim.

– Ora, vamos, tenha espírito esportivo. Isto vai garantir que esse seu belo vestido continue limpo.

Ele fez a volta por trás e prendeu o babador sobre o peito dela. Ela sentiu a respiração dele em seu cabelo enquanto ele amarrava os cordões atrás de seu pescoço. As mãos dele se detiveram ali, um toque que a fazia estremecer.

– Sua vez, agora – disse ela.

– Minha vez?

– Não vou ser a única a usar essas coisas ridículas.

Ele suspirou resignado e amarrou o babador ao redor do próprio pescoço. Olharam um para o outro, vestindo babadores de lagosta idênticos, e ambos caíram na gargalhada. Continuavam rindo quando se sentaram à mesa. Alguns goles de cerveja e um estômago vazio e estou fora de controle, pensou. *E é tão bom.*

Ele pegou um alicate.

– Então, Dra. Isles. Estamos prontos para operar?

Ela segurou seu alicate como um cirurgião a ponto de fazer a primeira incisão.

– Pronta.

A chuva continuava a golpear o telhado enquanto eles arrancavam garras, quebravam cascas e retiravam pedaços de carne adocicada. Não se preocuparam com garfos e comeram com as mãos, seus dedos escorregadios de manteiga, enquanto abriam garrafas de cerveja e partiam batatas assadas, expondo seu interior quente e macio. Naquela noite, os bons modos não importavam. Aquilo era um piquenique, e eles se sentavam descalços à mesa, lambendo os dedos. Trocando olhares.

– Isso é muito mais divertido do que comer com garfo e faca – disse ela.

– Nunca comeu lagosta com as mãos?

– Acredite se quiser, esta é a primeira vez que encontro uma ainda na casca.

Ela pegou um guardanapo e limpou a manteiga dos dedos.

– Não sou da Nova Inglaterra, você sabe. Mudei-me para cá há apenas dois anos. Vim de São Francisco.

– Isso me surpreende um pouco.

– Por quê?

– Você me parece uma típica ianque.

– Como assim?

– Contida. Reservada.

– Tento ser.

– Está dizendo que essa não é você de verdade?

– Todos representamos papéis. Tenho minha máscara oficial no trabalho. Aquela que uso quando sou a Dra. Isles.

– E quando está com amigos?

Ela deu um gole na cerveja e pousou a garrafa com delicadeza sobre a mesa.

– Ainda não fiz muitos amigos em Boston.

– Demora se você é de fora.

De fora. Sim, era assim que ela se sentia, todos os dias. Ela via os policiais dando tapinhas nas costas uns dos outros. Ouvia-os falar sobre churrascos e jogos de *softball* para os quais nunca fora convidada porque não era um deles, um policial. O "Dra." antes de seu nome era como uma parede, que os mantinha do lado de fora. E seus colegas médicos do laboratório, todos casados, também não sabiam o que fazer com ela. Divorciadas bonitas eram inconvenientes, perturbadoras. Uma ameaça ou tentação com a qual ninguém queria lidar.

– Então, o que a trouxe a Boston? – perguntou ele.

– Acho que precisava mudar de vida.

– Tédio profissional?

– Não, isso não. Eu era bem feliz na escola de medicina de lá. Era patologista no hospital universitário. Tinha a chance de trabalhar com todos aqueles jovens e brilhantes residentes e estudantes.

– Então, se não foi o trabalho deve ter sido a vida amorosa.

Ela olhou para a mesa, para os restos de seu jantar.

– Adivinhou.

– É neste momento que você me manda cuidar da minha própria vida.

– Eu me divorciei, isso é tudo.

– Algo que deseje falar a respeito?

Ela deu de ombros.

– O que posso dizer? Victor era brilhante, muito carismático...

– Opa, já estou com ciúmes.

– Mas você não consegue ficar casado com uma pessoa assim. É muito intenso. Queima tão rápido que você fica exausta. E ele...

Ela parou de falar.

– O quê?

Ela pegou a cerveja. Demorou-se saboreando a bebida.

– Ele não foi exatamente honesto comigo – disse ela. – Só isso.

Ela percebeu que ele queria saber mais, mas que notou o tom definitivo em sua voz. *Daqui não passamos.* Ele se levantou e foi até a geladeira pegar mais duas cervejas. Ele as abriu e entregou uma garrafa para Maura.

– Se vamos falar de ex-cônjuges – disse ele –, precisaremos de muito mais cerveja.

– Então não falemos. Se isso nos dói.

– Talvez doa por *não* falarmos a respeito.

– Ninguém quer saber de meu divórcio.

Ele se sentou e a encarou.

145

– Eu quero.

Nenhum homem, pensou, prestara atenção nela de modo tão completo, e ela não conseguia desviar o olhar. Ela se descobriu respirando fundo, inalando o cheiro de chuva e o rico aroma animal da manteiga derretida. Ela viu coisas no rosto dele que não havia notado antes. As mechas louras de seu cabelo. A cicatriz no queixo, uma tênue linha branca abaixo do lábio. O dente da frente lascado. Acabei de conhecer este homem, pensou, mas ele olha para mim como se me conhecesse desde sempre. Ao longe, ouviu o celular tocando no quarto, mas não quis atendê-lo. Deixou-o tocar até silenciar. Ela sempre atendia o telefone, mas naquela noite tudo parecia diferente. Maura se sentia *diferente*. Inconsequente. Uma mulher que ignorava o telefone e comia com as mãos.

Uma mulher que poderia dormir com um homem que mal conhecia.

O telefone voltou a tocar.

Desta vez, a urgência daquele som por fim chamou sua atenção. Ela não podia mais ignorá-lo. Relutante, ela se levantou.

– Acho que devo atender.

Quando chegou ao quarto, o telefone parara de tocar outra vez. Ela ligou para seu correio de voz e ouviu duas mensagens diferentes, ambas de Rizzoli.

– Doutora, preciso falar com você. Ligue para mim.

A segunda mensagem foi gravada em um tom de voz mais queixoso:

– Sou eu de novo. Por que não atende?

Maura sentou-se na cama e, ao olhar para o colchão, não conseguiu evitar pensar que era grande o bastante para dois. Ela afastou o pensamento, respirou fundo e discou o número de Rizzoli.

– Onde você está? – perguntou Rizzoli.

– Ainda em Fox Harbor. Desculpe, não consegui atender a tempo.

– Viu Ballard por aí?

– Sim, acabamos de jantar. Como sabia que ele estava aqui?

– Porque ele me ligou ontem perguntando para onde você tinha ido. Soou como se estivesse disposto a ir até aí.

146

– Ele está na sala ao lado. Quer que eu o chame?

– Não, quero falar com você. – Rizzoli fez uma pausa. – Fui ver Terence van Gates hoje.

A mudança abrupta de assunto fez Maura ficar confusa.

– O quê? – perguntou ela, atônita.

– Van Gates. Você me disse que ele era o advogado que...

– Sim, sei quem é. O que ele lhe disse?

– Algo interessante. Sobre a adoção.

– Ele falou com você sobre isso?

– Sim. É incrível como as pessoas abrem o bico ao verem um distintivo. Ele me disse que sua irmã foi vê-lo há alguns meses. Assim como você, tentava encontrar a mãe biológica. Disse para ela o mesmo que para você. Arquivos lacrados, a mãe queria privacidade, bla-bla-blá. Então ela voltou com um amigo, que finalmente convenceu Van Gates de que era de seu interesse revelar o nome da mãe.

– E ele revelou?

– Sim, revelou.

Maura apertava o aparelho com tanta força contra o ouvido que ouviu o próprio sangue pulsando.

– Você sabe quem é minha mãe?

– Sim. Mas há algo mais...

– Diga o nome, Jane.

Uma pausa.

– Lank. Seu nome é Amalthea Lank.

Amalthea. O nome de minha mãe é Amalthea.

Maura emitiu um profundo suspiro de gratidão.

– Obrigada! Meu Deus, eu não consigo crer que finalmente...

– Espere. Não terminei.

O tom de voz de Rizzoli denunciava que algo de ruim estava a caminho. Algo que Maura não gostaria de ouvir.

– O que houve?

– Aquele amigo de Anna, o que falou com Van Gates?

– Sim?

– Era Rick Ballard.

Maura ficou imóvel. Da cozinha vinha o ruído de louça, o sibilar de água corrente. Passei o dia inteiro com ele e de repente descubro que não sei que tipo de homem ele realmente é.

– Doutora?

– Então, por que ele não me disse?

– Eu sei por quê.

– E por quê?

– Melhor perguntar para ele. Peça-lhe para lhe contar o resto da história.

QUANDO ELA VOLTOU à cozinha, viu que ele havia tirado a mesa e jogado as cascas de lagosta na lixeira. Estava em pé junto à pia lavando as mãos e não se deu conta de que ela estava à porta, olhando para ele.

– O que você sabe sobre Amalthea Lank? – perguntou Maura.

Ele ficou tenso, ainda de costas para ela. Houve um longo silêncio.

Ele pegou um pano de prato e demorou-se enxugando as mãos. Ganhando tempo antes de responder, pensou Maura. Mas não havia desculpa aceitável, nada que ele dissesse reverteria a sensação de desconfiança que ela agora sentia.

Finalmente ele se virou para ela.

– Esperava que você não descobrisse. Amalthea Lank não é uma mulher que você deseje conhecer, Maura.

– Ela é minha mãe? Droga, diga apenas isso.

Um menear de cabeça relutante.

– Sim. É.

Pronto, ele disse. Ele confirmou. Outro momento se passou enquanto ela absorvia o fato de ele ter omitido uma informação tão importante. O tempo todo ele a olhou com preocupação.

– Por que não me contou? – perguntou ela.

– Só estava pensando em você, Maura. Naquilo que era melhor para você...

– A verdade não é melhor para mim?

– Neste caso, não. Não é.

– O que quer dizer com isso?

– Cometi um erro com sua irmã... um erro sério. Ela queria tanto conhecer a mãe que eu achei que poderia lhe fazer esse favor. Não fazia ideia de que fosse acontecer o que aconteceu. – Ele deu um passo em direção a ela. – Eu estava tentando protegê-la, Maura. Vi o efeito que aquilo teve sobre Anna. Não queria que acontecesse o mesmo com você.

– Eu não sou Anna.

– Mas é igual a ela. Tão parecida que dá medo. Não apenas sua aparência, mas o modo como você pensa.

Ela riu com sarcasmo.

– Então agora você pode ler minha *mente*?

– A sua mente não. Sua personalidade. Anna era tenaz. Quando queria algo, não largava. O mesmo acontece com você: quando quer saber alguma coisa, não para até conseguir uma resposta. O modo como você escavou na floresta hoje, aquilo não era trabalho seu, nem sua jurisdição. Não havia motivo para você estar lá, exceto pura curiosidade. E teimosia. Você queria encontrar aqueles ossos, então os encontrou. Anna era assim também. – Ele suspirou. – Só lamento ela ter encontrado o que buscava.

– Quem era minha mãe, Rick?

– Uma mulher que você não quer conhecer.

Demorou um instante até Maura registrar completamente o significado daquela resposta. *Tempo presente.*

– Minha mãe está viva.

Relutante, ele assentiu.

– E você sabe onde encontrá-la.

Ele não respondeu.

– Droga, Rick! – ela explodiu. – Por que você simplesmente não *me diz*?

Ele foi até a mesa e se sentou, como se estivesse cansado demais para continuar a batalha.

– Porque sei que vai ser doloroso para você saber dos fatos. Especialmente sendo quem é. Sua profissão.

– O que meu trabalho tem a ver com isso?

– Você trabalha na manutenção da lei. Você ajuda a levar assassinos à Justiça.

149

– Eu não levo ninguém à Justiça. Apenas forneço fatos. Às vezes, os fatos não são aqueles que a polícia deseja ouvir

– Mas você trabalha do *nosso* lado.

– Não. Do lado da *vítima*.

– Tudo bem, do lado da vítima. Por isso não vai gostar do que tenho a lhe dizer.

– Você não disse nada até agora.

Ele suspirou.

– Tudo bem. Talvez deva começar dizendo onde ela mora.

– Prossiga.

– Amalthea Lank, a mulher que abriu mão de você, está presa em uma instalação do Departamento de Correção de Massachusetts, em Framingham.

Com as pernas subitamente bambas, Maura sentou-se na cadeira diante dele e sentiu o braço roçar em um pouco de manteiga derretida que se solidificara sobre a mesa. Prova da alegre refeição que compartilharam havia menos de uma hora, antes de seu universo virar de cabeça para baixo.

– Minha mãe está presa?

– Sim.

Maura olhou-o e não conseguiu fazer a pergunta seguinte porque tinha medo da resposta. Mas ela já tinha dado o primeiro passo nesse sentido, e mesmo sem saber aonde aquilo a levaria, não podia voltar atrás agora.

– O que ela fez? – perguntou Maura. – Por que está na cadeia?

– Cumpre prisão perpétua – disse ele. – Por duplo homicídio.

– ERA ISSO que eu não queria que você soubesse – disse Ballard. "Eu vi o que isso causou a Anna, saber do que a mãe era culpada. Saber de onde vinha o sangue que tinha nas veias. Essa é uma herança que ninguém quer ter: um assassino na família. É claro que ela não quis acreditar. Achou que podia ser um erro, que talvez a mãe fosse inocente. E após vê-la...

– Espere. Anna conheceu nossa mãe?

– Sim. Eu e ela fomos juntos ao ICM-Framingham. A prisão feminina. Foi outro erro, porque a visita só a confundiu ainda mais a respeito da culpa da mãe. Ela simplesmente não conseguia aceitar o fato de sua mãe ser um mons... – Ele parou de falar.

Um monstro. Minha mãe é um monstro.

A chuva se resumiu a um simples tamborilar no telhado. Embora a tempestade tivesse passado, ela ainda conseguia ouvir seu rumor distante à medida que se afastava mar adentro. Mas na cozinha, tudo era silêncio. Estavam sentados à mesa, um diante do outro, Rick observando-a com uma preocupação muda, como se tivesse medo de que ela ruísse. Ele não me conhece, pensou Maura. Não sou Anna. Não vou ficar arrasada. E não preciso de ninguém para cuidar de mim.

– Conte-me o resto – disse ela.

– O resto?

– Você disse que Amalthea Lank foi condenada por duplo homicídio. Quando foi isso?

– Há cerca de cinco anos.

– Quem eram as vítimas?

– Não é algo fácil de dizer. Ou de ouvir.

– Até agora você já disse que minha mãe é uma assassina, e eu recebi a notícia muito bem.

– Melhor do que Anna – admitiu ele.

– Então, diga-me quem eram as vítimas e não omita nada. Uma coisa que não suporto, Rick, é que as pessoas escondam a verdade de mim. Fui casada com um homem que tinha muitos segredos. Foi o que acabou com nosso casamento. Não vou aceitar mais isso de ninguém.

– Tudo bem. – Ele se inclinou para a frente, olhando-a nos olhos. – Você quer detalhes, então serei brutalmente honesto a esse respeito. Porque os detalhes *são* brutais. As vítimas eram duas irmãs, Theresa e Nikki Wells, 35 e 28 anos, de Fitchburg, Massachusetts. Estavam paradas no acostamento com um pneu furado. Era fim de novembro e caía uma tempestade de neve inesperada. Devem ter se achado pessoas de sorte quando um carro parou para lhes dar carona. Dois dias depois, seus corpos foram encontrados a 50 quilômetros dali, em um galpão incendiado. Uma semana depois, a polícia de Virgínia parou Amalthea Lank por uma infração de trânsito. Descobriram que as placas do carro dela eram roubadas. Então, notaram manchas de sangue no para-choque traseiro. Quando a polícia revistou o carro, descobriu as carteiras das vítimas, assim como uma chave de roda com as digitais de Amalthea. Testes posteriores revelaram vestígios de sangue no objeto. Sangue de Nikki e Theresa. A prova final foi gravada por uma câmera de segurança de um posto de gasolina de Massachusetts. Amalthea Lank é vista na gravação enchendo um recipiente de plástico com gasolina. A gasolina que usou para queimar os corpos das vítimas.

Ele a olhou nos olhos.

– Aí está. Fui brutal. Era o que queria?

– Qual a causa da morte? – perguntou ela, a voz estranhamente calma. – Você disse que os corpos foram queimados, mas como as mulheres foram mortas?

Ele a olhou um instante, como se não aceitando sua compostura.

– Radiografias dos restos mortais mostravam que os crânios de ambas as mulheres foram fraturados, muito provavelmente com a chave de roda. A irmã mais jovem, Nikki, foi golpeada no rosto com tanta força que os ossos faciais afundaram, deixando nada além de uma cratera. O crime foi terrível.

Ela pensou no cenário que lhe fora apresentado. Pensou em uma tempestade de neve e em duas irmãs no acostamento. Quando uma mulher parou o carro para ajudar, elas tinham todos os motivos para confiar na boa samaritana, especialmente sendo mais velha. Mulheres mais velhas ajudando mulheres mais jovens.

Ela olhou para Ballard.

– Você disse que Anna não acreditou que ela fosse culpada.

– Acabei de lhe dizer o que foi apresentado no julgamento. A chave de roda, o vídeo do posto de gasolina. As carteiras roubadas. Qualquer júri a teria condenado.

– Isso aconteceu há cinco anos. Qual era a idade de Amalthea?

– Não me lembro. Sessenta e poucos.

– E ela conseguiu subjugar e matar duas mulheres que eram décadas mais jovens do que ela?

– Meu Deus, você está fazendo o mesmo que Anna. Duvidando do óbvio.

– Porque o óbvio nem sempre é verdade. Qualquer pessoa física mente capaz reagiria ou fugiria. Por que Theresa e Nikki não o fizeram?

– Devem ter sido pegas de surpresa.

– Mas as *duas*? Por que a outra não fugiu?

– Uma delas não tinha condições físicas.

– Como assim?

– A irmã mais jovem, Nikki. Estava grávida de nove meses.

14

Mattie Purvis não sabia se era dia ou noite. Não tinha relógio, de modo que não conseguia ter noção das horas e dos dias. Esta era a pior parte, não saber há quanto tempo estava naquela caixa. Quantas batidas de coração, quanta respiração gasta a sós com seu medo Tentou contar os segundos, então os minutos, mas desistiu ao cabo de cinco. Era um exercício inútil, mesmo servindo como distração para o desespero.

Ela já explorara cada centímetro quadrado de sua prisão. Não encontrou qualquer ponto fraco, nenhuma fissura que pudesse abrir ou alargar. Ela estendera o cobertor sob o próprio corpo, um revestimento bem-vindo dada a dureza da madeira. Aprendera a usar o penico de plástico sem espalhar muita urina. Mesmo trancada em uma caixa, a vida seguia uma rotina. Dormir. Beber água. Urinar. Tudo o que ela tinha para medir a passagem do tempo era seu estoque de comida. Quantas barras de chocolate Hershey ela comera, e quantas restavam.

Ainda havia uma dúzia no saco.

Ela colocou um pedaço de chocolate na boca, mas não mastigou. Deixou-o derreter na língua. Ela sempre adorara chocolate e nunca conseguira passar por uma loja de doces sem parar para admirar as trufas em exibição, como joias negras em seus ninhos de papel. Ela pensou em cacau em pó, recheio azedinho de cereja e xarope de rum escorrendo por seu queixo... Muito longe daquela simples barra de chocolate. Mas chocolate era chocolate, e ela saboreava o que tinha.

Não vão durar para sempre.

Ela olhou para as embalagens amassadas espalhadas por sua prisão, preocupada por já ter consumido tanta comida. Quando acabasse, o que aconteceria? Com certeza havia mais por vir. Por que seu sequestrador forneceria comida e água apenas para que ela morresse de fome dias depois?

Não, não, não. Querem-me viva, não morta.

Ela ergueu o rosto para a grade de ventilação e inspirou profundamente. Querem que eu viva, continuou repetindo para si mesma. Querem que eu viva.

Por quê?

Ela se encostou na parede, a pergunta ecoando em sua mente. A única resposta a que conseguia chegar: *resgate.* Oh, que sequestrador burro. Você caiu na ilusão de Dwayne. Os BMWs, o relógio Breitling, as gravatas de marca. *Quando você dirige uma máquina dessas, está mantendo uma imagem.* Ela começou a rir histericamente. Fui sequestrada por causa de uma imagem construída com dinheiro emprestado. Dwayne não pode pagar qualquer resgate.

Ela o imaginou entrando em casa e descobrindo que ela havia ido embora. Vai ver que meu carro está na garagem, a cadeira tombada no chão, pensou ela. Não vai fazer sentido até ele ler o bilhete de resgate. Até ler a exigência de dinheiro. *Você vai pagar, não vai? Não vai?*

Subitamente, a luz perdeu intensidade. Ela bateu a lanterna contra a palma da mão e esta voltou a brilhar mais intensamente, mas apenas por um instante. Então, voltou a enfraquecer. Ah, meu Deus, as pilhas. Estúpida, não devia ter mantido a lanterna acesa durante tanto tempo! Ela remexeu o saco de compras e abriu outro pacote de pilhas novas, que caíram e rolaram por todo lado.

A luz se apagou.

O som de sua própria respiração preenchia a escuridão. Gemidos de pânico crescente. Tudo bem, tudo bem, Mattie, pare com isso. Você sabe que tem pilhas novas. Basta instalá-las do jeito certo.

Ela tateou o chão, recolhendo as pilhas caídas. Respirou fundo, abriu a lanterna, apoiando a tampa com cuidado sobre os joelhos dobrados. Tirou as pilhas usadas, colocou-as de lado. Cada movimento que fazia era na total escuridão. Se ela perdesse um pedaço vital, talvez nunca mais voltasse a achá-lo. Calma, Mattie. Você já instalou pilhas antes. Apenas as coloque aí dentro, lado positivo primeiro. Uma, duas. Agora, enrosque a tampa na extremidade...

A luz surgiu, clara e maravilhosa. Ela emitiu um suspiro e deitou de costas, exausta como se tivesse corrido dois quilômetros. Você recuperou sua luz, agora, economize-a. Não a deixe acabar outra vez. Ela desligou a lanterna e sentou-se no escuro. Desta vez, sua respiração estava regular, lenta, sem pânico. Podia estar cega, mas tinha o dedo no interruptor e podia ligar a luz a qualquer instante. *Estou no controle.*

O que ela não conseguia controlar, sentada no escuro, eram os medos que agora a assaltavam. A essa altura, Dwayne já deve saber que fui sequestrada, pensou. Ele leu o bilhete ou recebeu uma ligação telefônica. *Seu dinheiro ou sua mulher.* Ele vai pagar, claro que vai. Ela o imaginou implorando para uma voz anônima ao telefone. *Não a machuque, por favor, não a machuque!* Ela o imaginou soluçando na mesa da cozinha, arrependido, muito arrependido por todas as coisas ruins que dissera para ela. Pelas centenas de maneiras diferentes por meio das quais a fez se sentir pequena e insignificante. Agora, desejaria retirar tudo o que disse, desejaria poder lhe dizer o quanto ela significava para ele...

Está sonhando, Mattie.

Ela fechou os olhos ao sentir uma angústia tão profunda que parecia agarrar e apertar seu coração com um punho cruel.

Você sabe que ele não a ama. Você sabe disso há meses.

Envolvendo o abdome com os braços, ela abraçava a si mesma e ao bebê. Curvada em um canto de sua prisão, não mais podia evitar a verdade. Ela se lembrou da expressão de desagrado do marido ao olhar para sua barriga quando ela saiu do chuveiro naquela noite. Ou da noite em que ela veio por trás para beijá-lo no pescoço e ele simplesmente a evitou. Ou a festa na casa dos Everett havia dois meses, em que ela o perdera de vista e acabou encontrando-o no gazebo dos fundos, flertando com Jen Hockmeister. Houve pistas, tantas pistas, e ela as ignorou porque acreditava no verdadeiro amor. Acreditava nele desde que fora apresentada a Dwayne Purvis em uma festa de aniversário e vira que ele era o homem de sua vida, mesmo havendo coisas a respeito dele que a aborreciam. O fato de sempre terem que dividir a conta quando saíam, ou a incapacidade dele de passar diante de um espelho sem ajeitar o cabelo. Coisas que não importavam no longo prazo porque havia o amor para uni-los. Era isso o que ela dizia para si mesma, belas mentiras que faziam parte do amor de outras pessoas, talvez de um caso de amor que tivesse visto no cinema, mas não do dela. Não de sua vida.

Sua vida era assim. Sentada, fechada dentro de uma caixa, esperando o resgate de um marido que não a queria de volta.

Pensou no Dwayne de verdade, não no de mentira, sentado na cozinha e lendo o bilhete de resgate. *Estamos com sua mulher. A não ser que nos pague um milhão de dólares...*

Não, era dinheiro demais. Nenhum sequestrador em sã consciência pediria tanto. Quanto os sequestradores andavam cobrando por uma esposa atualmente? Cem mil dólares soava bem mais razoável. Ainda assim, Dwayne se recusaria a pagar. Consideraria tudo o que tem. Os BMWs, a casa. E quanto vale uma mulher?

Se você me ama, se algum dia me amou, vai pagar. Por favor, por favor, pague.

Ela se deitou no chão, abraçando a si mesma, encolhendo-se em desespero. Sua caixa particular, mais escura e mais profunda do que qualquer prisão onde pudessem encarcerá-la.

– *Moça. Moça.*

Ela parou em meio a um soluço e ficou estática, incerta de ter realmente ouvido o sussurro. Agora já estava ouvindo vozes. Estava ficando louca.

– Fale comigo, moça.

Ligou a lanterna e a apontou para cima. Dali vinha a voz: da grade de ar.

– Pode me ouvir? – Era uma voz masculina. Baixa e melíflua.

– Quem é você? – disse ela.

– Encontrou a comida?

– *Quem é você?*

– Seja cuidadosa. A comida tem de durar.

– Meu marido vai pagar. Eu sei que vai. Por favor, apenas me tire daqui!

156

– Está sentido dor?

– O quê?

– Alguma dor?

– Só quero sair! Deixe-me *sair*!

– Quando for a hora.

– Quanto tempo vai me manter aqui? Quando vai me deixar sair?

– Mais tarde.

– Como assim?

Nenhuma resposta.

– Olá? Senhor, *olá*? Diga a meu marido que estou viva. Diga que ele *tem* de pagar!

Os passos se afastaram.

– Não vá! – gritou ela. – Deixe-me sair!

Ela ergueu-se e golpeou o teto, gritando:

– Você tem de *me deixar sair*!

Os passos se foram. Ela olhou para a grade. Ele disse que voltaria, pensou. Amanhã vai voltar. Após Dwayne pagar o resgate ele vai me deixar sair.

Então lhe ocorreu. *Dwayne*. A voz além da grade não mencionara seu marido nenhuma vez.

15

Jane Rizzoli dirigia como uma típica habitante de Boston, a mão pronta para tocar a buzina, seu carro passando rente aos carros estacionados em fila dupla, ao abrir caminho até a rampa da autoestrada. A gravidez não abrandara sua agressividade. Na verdade, ela parecia mais impaciente do que o habitual, enquanto o trânsito conspirava para detê-la a cada cruzamento.

– Não sei, doutora – disse ela, dedos tamborilando no volante enquanto esperavam paradas no sinal de trânsito. – Isso só vai confundir ainda mais sua cabeça. Quero dizer, qual a vantagem de vê-la?

– Ao menos saberei quem é minha mãe.

– Você sabe o nome dela. Sabe o crime que ela cometeu. Isso não basta?

– Não, não basta.

Atrás delas, alguém buzinou. O sinal estava verde.

– Imbecil – disse Rizzoli, ao atravessar o cruzamento.

Pegaram a autoestrada oeste para Framingham, o Subaru de Rizzoli diminuído entre os comboios de carretas e veículos utilitários. Uma semana depois de ter trafegado pelas estradas tranquilas do Maine, foi um choque para Maura estar de volta a uma autoestrada movimentada onde um pequeno erro, um momento de desatenção, era o que bastava para estreitar o espaço entre vida e morte. A direção rápida e destemida de Rizzoli fez Maura se sentir apreensiva. Ela, que nunca se arriscava, que insistia no carro mais seguro e em air bags duplos, que nunca deixara o marcador do tanque de gasolina baixar além de um quarto, não estava nem um pouco à vontade. Não quando carretas de duas toneladas passavam a centímetros de sua janela.

Só quando deixaram a autoestrada para entrar na Rota 126, entrando no centro de Framingham, que Maura se acalmou e largou o painel. Mas agora enfrentava outros medos, não das carretas enormes ou dos carros em alta velocidade. O que ela mais temia era ver-se frente a frente consigo mesma.

E odiar o que visse.

– Você pode mudar de ideia quando quiser – disse Rizzoli, como se lesse os pensamentos de Maura. – Basta pedir e eu faço um retorno. Podemos ir ao Friendly's tomar um café. Talvez comer uma torta de maçã.

– Há alguma hora do dia em que as grávidas parem de pensar em comida?

– Não *esta* grávida.

– Não vou mudar de ideia.

– Tudo bem, tudo bem – disse Rizzoli. E passou a dirigir em silêncio por um instante. – Ballard veio me ver esta manhã.

Maura olhou para ela, mas o olhar de Rizzoli estava fixado na estrada adiante.

– Por quê?

– Queria explicar por que nunca nos contou sobre sua mãe. Olhe, sei que está furiosa com ele, doutora. Mas acho que ele realmente estava tentando protegê-la.

– Foi o que ele disse?

– Acredito nele. Talvez até concorde com ele. Também cheguei a pensar em omitir essa informação de você.

– Mas não omitiu. Você me ligou.

– O que quero dizer é que entendo por que ele não quis falar com você.

– Ele não tinha desculpa para me negar essa informação.

– É uma coisa de homem, sabe? Talvez uma coisa de policial. Desejam proteger a mocinha...

– Então, escondem a verdade?

– Só estou dizendo que sei de suas razões.

– *Você* não ficaria furiosa no meu lugar?

– Claro.

– Então por que o está defendendo?

– Porque ele é bonito?

– Oh, por favor.

– Só estou dizendo que ele lamenta muito por tudo isso. Mas acho que ele gostaria de dizê-lo pessoalmente.

– Não estou com cabeça para desculpas.

– Então simplesmente vai ficar com raiva dele?

– Por que estamos discutindo esse assunto?

– Não sei, acho que foi pela forma como ele falou de você. Como se tivesse acontecido algo entre vocês lá em cima. Aconteceu?

Maura sentiu Rizzoli olhando-a com aqueles enormes olhos de policial, e sabia que, caso mentisse, Rizzoli perceberia.

– Não preciso de nenhuma relação complicada.

– O que há de complicado? Quero dizer, fora o fato de você estar chateada com ele?

– Uma filha. Uma ex-esposa.

– Homens na idade dele são todos de segunda mão. Todos têm ex-mulheres.

Maura olhou para a estrada adiante.

Sabe, Jane, nem todas as mulheres são feitas para o casamento.

– É o que eu costumava pensar, e veja o que aconteceu comigo. Um dia não suporto o sujeito, no outro não consigo deixar de pensar nele. Nunca achei que isso fosse acontecer.

– Gabriel é dos bons.

– É, um sujeito correto. Mas a questão é que ele tentou fazer o mesmo que Ballard fez, aquele negócio de macho protetor. E fiquei irritada com ele. O ponto é: a gente nunca pode prever quando é o cara certo.

Maura pensou em Victor. Em seu casamento desastroso.

– Não, não pode.

– Mas pode começar se concentrando no que é possível, nas chances. E esquecer os homens que nunca darão certo.

Embora não tivessem mencionado o nome, Maura sabia que ambas estavam falando de Daniel Brophy. O impossível personificado. Uma miragem sedutora que poderia tentá-la ao longo dos anos, das décadas, até a velhice. Deixando-a sozinha.

– Aqui é a saída – disse Rizzoli, entrando na Loring Drive. O coração de Maura começou a bater mais forte quando viu a placa do ICM-Framingham. *É hora de ficar cara a cara comigo mesma.*

– Ainda pode mudar de ideia – disse Rizzoli.

– Já falamos sobre isso.

– É, só queria que soubesse que pode voltar atrás se quiser.

– Você voltaria, Jane? Depois de uma vida inteira se perguntando quem é sua mãe, como ela é, você desistiria a essa altura? Quando está tão perto de finalmente ter respostas para as perguntas que sempre se fez?

Rizzoli virou-se para olhar para ela. Rizzoli, que parecia estar sempre em movimento, sempre no olho de um ou outro furacão, agora observava Maura com plácida compreensão.

– Não – disse ela. – Não voltaria.

NA ALA ADMINISTRATIVA do edifício Betty Cole Smith, ambas apresentaram suas identidades e assinaram o livro de visitas. Alguns minutos depois, a superintendente Barbara Gurley desceu para encontrá-las na recepção. Maura esperava uma diretora de prisão imponente, mas a mulher que ela viu parecia uma bibliotecária, o cabelo curto, mais cinza do que castanho, uma figura magra vestida com uma saia amarela e blusa de algodão cor-de-rosa.

– Prazer em conhecê-la, detetive Rizzoli – disse Gurley. Então, voltou-se para Maura. – E você é a Dra. Isles?

– Sim. Obrigada por me atender.

Maura cumprimentou-a e recebeu de volta um aperto de mão frio e reservado. Ela sabe quem sou, pensou Maura. Sabe por que estou aqui.

– Vamos ao meu escritório. Separei o arquivo dela para vocês.

Gurley seguiu na frente, agindo com total eficiência. Sem movimentos desnecessários, sem olhar para trás para ver se as visitantes a estavam acompanhando. Entraram em um elevador.

– Esta é uma instalação de nível 4? – perguntou Rizzoli.

– Sim...

– Isso não caracteriza um nível médio de segurança? – perguntou Maura.

– Estamos desenvolvendo uma unidade de nível 6. Esta é a única unidade de correção feminina no estado de Massachusetts. Então, por enquanto, é o que temos. Precisamos lidar com todo tipo de criminosos.

– Mesmo assassinos em massa? – perguntou Rizzoli.

– Se são mulheres e foram condenadas por um crime, vêm para cá. Não temos os mesmos problemas de segurança que têm as penitenciárias masculinas. Além disso, nossa abordagem é um pouco diferente. Enfatizamos tratamento e reabilitação. Algumas de nossas internas têm problemas mentais e com abuso de drogas. Afora isso, há o complicador de muitas delas serem mães, de modo que também temos de lidar com o assunto emocional da separação materna. Há um bocado de crianças chorando quando acaba a hora de visita.

– E quanto a Amalthea Lank? Têm algum problema especial com ela?

– Temos... – Gurley hesitou, o olhar fixado adiante. – Alguns.

– Como o quê?

A porta do elevador abriu e Gurley saiu.

– Aqui é meu escritório.

Atravessaram uma antessala. As duas secretárias olharam para Maura, então, rapidamente baixaram a cabeça para as telas de seus computadores. Todos tentam evitar meu olhar, pensou. O que têm medo de ver?

Gurley levou as visitantes para seu escritório e fechou a porta.

– Por favor, sentem-se.

A sala foi uma surpresa. Maura achou que deveria refletir a própria Gurley: eficiente e sem adornos. Mas em toda parte havia fotografias de rostos sorridentes. Mulheres carregando bebês, crianças posando com o cabelo cuidadosamente penteado e camisas passadas. Um jovem casal de noivos cercado de crianças. Os dele, os dela, os nossos.

– Minhas meninas – disse Gurley, apontando para a parede de fotografias. – Estas são as que fizeram a transição de volta à sociedade. As que fizeram a escolha certa e continuaram a viver suas vidas. Infelizmente – disse ela, o sorriso esmorecendo em seus lábios –, Amalthea Lank nunca figurará nesta parede.

Ela se sentou atrás da escrivaninha e olhou para Maura.

– Não estou certa de que sua visita aqui seja uma boa ideia, Dra. Isles.

– Nunca conheci minha mãe verdadeira.

– É o que me preocupa.

Gurley recostou-se em sua cadeira e observou Maura por um instante.

– Todas queremos amar nossas mães. Desejamos que sejam mulheres especiais porque isso *nos torna* especiais, sendo suas filhas.

– Não espero amá-la.

– Então, o que espera?

A pergunta fez Maura se calar. Pensou na mãe imaginária que criou quando criança, desde que o primo cruelmente lhe revelou a verdade: que Maura era adotada. Que este era o motivo de ela ser a única pessoa com cabelo preto em uma família de gente loura. Ela construíra uma mãe de conto de fadas baseada na cor de seus cabelos. Uma nobre italiana, forçada a abrir mão da filha concebida em uma relação proibida. Ou uma bela espanhola abandonada pelo amante, que morreu tragicamente por causa da desilusão amorosa. Como Gurley dissera, ela sempre imaginara alguém especial, até mesmo extraordinária.

162

Agora ela estava a ponto de se confrontar não com a fantasia, mas com a mulher real, e a perspectiva disso fazia sua boca ficar seca.

Rizzoli disse para Gurley:

– Por que você acha que ela não deveria ver a mãe?

– Só estou pedindo que aborde esta visita com cautela.

– Por quê? A interna é perigosa?

– Não no sentido de ela atacar alguém fisicamente. Na verdade, ela é bem dócil na superfície.

– E sob a superfície?

– Pense no que ela fez, detetive. Quanto ódio é necessário para romper o crânio de uma mulher com uma chave de roda? Agora, responda a esta pergunta: o que se oculta sob a superfície de Amalthea? – Gurley olhou para Maura. – Tem de enfrentar isso com os olhos abertos e perfeitamente ciente de com quem está lidando.

– Eu e ela podemos compartilhar o mesmo DNA – disse Maura. – Mas não tenho ligação emocional com essa mulher.

– Então você só está curiosa.

– Preciso resolver isso. Preciso continuar com minha vida.

– Provavelmente também foi o que sua irmã pensou. Você sabe que ela veio visitar Amalthea?

– Sim, soube.

– Não creio que isso tenha lhe trazido alguma paz. Acho que isso apenas a perturbou.

– Por quê?

Gurley empurrou uma pasta de arquivo sobre a escrivaninha em direção a Maura.

– Esses são os registros psiquiátricos de Amalthea. Tudo o que precisa saber sobre ela está aqui. Por que não lê isso em vez de vê-la pessoalmente? Leia, vá embora e esqueça-se dela.

Maura não tocou no arquivo. Foi Rizzoli quem tomou a pasta em mãos e disse:

– Ela está sob tratamento psiquiátrico?

– Sim – disse Gurley.

– Por quê?

– Porque Amalthea é esquizofrênica.

Maura olhou para a superintendente.

163

– Então, por que foi condenada por assassinato? Se é esquizofrênica, não deveria estar na cadeia e, sim, em um hospital.

– Diversas de nossas internas estão na mesma situação. Diga isso aos tribunais, Dra. Isles, porque eu já tentei. O próprio sistema é insano. Mesmo que você esteja completamente psicótico ao cometer um assassinato, é raro uma defesa alegando insanidade comover um júri.

Rizzoli perguntou:

– Tem certeza de que ela é esquizofrênica?

Maura virou-se para Rizzoli. Viu que ela olhava para o registro psiquiátrico da interna.

– Há alguma dúvida quanto ao diagnóstico dela?

– Conheço a psiquiatra que a tem atendido, a Dra. Joyce O'Donnell. Ela em geral não perde tempo tratando esquizofrênicos de mentira.

Ela olhou para Gurley.

– Por que ela está envolvida no caso?

– Você parece ter ficado perturbada com isso – disse Gurley.

– Se você conhecesse a Dra. O'Donnell, também ficaria. – Rizzoli fechou a pasta com força e respirou fundo. – Há algo mais que a Dra. Isles precise saber antes de ver a prisioneira?

Gurley olhou para Maura.

– Acho que não consegui dissuadi-la, não é?

– Não. Estou pronta para vê-la.

– Então vou levá-la à entrada de visitantes.

16

Ainda posso mudar de ideia.

Esse pensamento continuou passando pela cabeça de Maura enquanto ela passava pelo processo de admissão de visitantes, retirava o relógio e a bolsa e guardava-os em um armário. Não podia portar joias nem bolsa na sala de visitas, e ela se sentia nua sem a sua bolsa, desprovida de qualquer prova de identidade e de todos os pequenos cartões de plástico que contavam ao mundo quem ela era. Ela fechou

164

o armário e o ruído que ouviu foi um lembrete do mundo no qual estava a ponto de entrar: um lugar onde as portas eram trancadas, onde vidas eram aprisionadas em caixas.

Maura esperava que o encontro fosse em particular, mas quando a guarda a admitiu na sala de visitas, Maura viu que privacidade era impossível. As visitas vespertinas haviam começado uma hora antes, e a sala ressoava com vozes infantis e o caos de famílias reunidas. Moedas chacoalhavam em uma máquina de sanduíches, doces e batatas fritas.

– Amalthea já está descendo – disse a guarda para Maura. – Por que não se senta?

Maura foi até uma mesa vazia e sentou-se. O tampo de plástico estava pegajoso de suco derramado. Ela manteve as mãos no colo e esperou, com o coração disparado e a garganta seca. A clássica reação de luta ou fuga, pensou. Por que diabos estou tão nervosa?

Ela se levantou e foi até uma pia. Encheu um copo de papel com água e bebeu. Sua garganta ainda estava seca. Esse tipo de sede não podia ser saciada apenas com água. A sede, o pulso acelerado, as mãos suadas, todos eram um mesmo reflexo, o corpo se preparando para uma ameaça iminente. Relaxe, relaxe. Você vai encontrá-la, dirá algumas palavras, satisfará sua curiosidade e irá embora. Seria assim tão difícil? Ela amassou o copo de papel, virou-se e ficou estática.

Uma porta havia se aberto e uma mulher entrou, com ombros retos e o queixo erguido e confiante. Ela olhou para Maura e, por um instante, deteve-se ali. Maura pensou: *é ela,* mas a mulher virou-se, sorriu e abriu os braços para abraçar uma criança que corria em sua direção.

Maura ficou confusa, sem saber se sentava ou permanecia em pé. Então a porta se abriu novamente, e a guarda que falara com ela voltou a aparecer, conduzindo uma mulher pelo braço. Uma mulher que não andava e, sim, arrastava os pés, os ombros tombados para a frente, a cabeça curvada, como se obsessivamente procurasse no chão algo que perdera. A guarda a trouxe até a mesa onde estava Maura, puxou uma cadeira e sentou a prisioneira.

– Agora, veja, Amalthea. Esta senhora veio vê-la. Por que não conversa com ela, hein?

A cabeça de Amalthea permaneceu curvada, seu olhar fixado no tampo da mesa. Cachos despenteados de cabelos caíam-lhe sobre o rosto em uma cortina oleosa. Embora muito grisalho, era evidente que aquele cabelo já fora preto. Como o meu, pensou Maura. Como o de Anna.

A guarda deu de ombros e olhou para Maura.

— Bem, vou deixá-las a sós, está bem? Quando acabar, acene que eu a levo de volta.

Amalthea não ergueu a cabeça quando a guarda se afastou. Nem pareceu perceber a visitante que acabara de se sentar diante dela. Sua postura permaneceu estática, a face oculta por trás da cortina de cabelo sujo. A camisa da prisão estava folgada, como se ela estivesse encolhendo dentro das roupas. A mão, apoiada sobre a mesa, balançava para a frente e para trás, em um tremor incessante.

— Olá, Amalthea — disse Maura. — Você sabe quem eu sou?

Sem resposta.

— Meu nome é Maura Isles. Eu... — Maura engoliu em seco. — Procuro você há muito tempo.

A vida inteira.

A cabeça da mulher se voltou para o lado. Não em reação ao que Maura lhe dissera, apenas um tique involuntário. Um impulso de reflexo percorrendo nervos e músculos.

— Amalthea, eu sou sua filha.

Maura olhou, esperando uma reação. Até mesmo ansiosa por uma. Naquele momento, tudo o mais na sala pareceu ter sumido. Não ouvia mais a cacofonia das crianças ou das moedas caindo nas máquinas, ou o arranhar das cadeiras no chão de linóleo. Tudo o que via era aquela mulher cansada e alquebrada.

— Pode olhar para mim? Por favor, *olhe* para mim.

Finalmente a cabeça se ergueu, movendo-se em pequenos espasmos, como uma boneca mecânica cujas engrenagens estivessem enferrujadas. O cabelo maltratado se abriu, e os olhos se concentraram em Maura. Olhos insondáveis. Maura nada viu ali, nenhuma consciência. Nenhuma alma. Os lábios de Amalthea se moveram, mas não produziram qualquer som. Apenas outro espasmo muscular, sem intenção, sem sentido.

166

Um menino pequeno passou por ali, deixando no ar um cheiro de fralda suja. Na mesa ao lado, uma mulher de cabelos louros escuros com uniforme de prisioneira estava sentada segurando a cabeça entre as mãos e soluçando silenciosamente enquanto seu visitante do sexo masculino observava, sem expressão. Naquele momento ocorria uma dezena de dramas familiares como o de Maura. Ela era apenas um dos figurantes que não conseguia enxergar além do âmbito de sua crise particular.

– Minha irmã, Anna, veio vê-la – disse Maura. – Ela era igual a mim. Você se lembra dela?

A mandíbula de Amalthea se movia agora, como se estivesse mastigando. Uma refeição imaginária que apenas ela podia provar.

Não, claro que ela não se lembrava, pensou Maura, olhando com frustração para a expressão vazia de Amalthea. Ela não me vê, não sabe quem eu sou nem por que estou aqui. Estou gritando dentro de uma caverna vazia, e apenas minha voz ecoa de volta.

Determinada a extrair uma reação, qualquer reação, Maura disse, com crueldade quase deliberada:

– Anna está morta. Sua outra filha está morta. Você sabia disso?

Nenhuma resposta.

Por que diabos estou tentando? Não há ninguém aí. Não há luz nesses olhos.

– Bem – disse Maura. – Voltarei outra hora. Talvez então você fale comigo.

Com um suspiro, Maura se levantou e olhou ao redor em busca da guarda. Ela a viu do outro lado da sala. Maura havia acabado de erguer a mão para acenar quando ouviu a voz. Um murmúrio tão baixo que ela bem poderia tê-lo imaginado:

– Vá embora.

Surpresa, Maura olhou para Amalthea, que estava sentada na mesma posição, lábios retorcidos, olhar ainda perdido.

Lentamente, Maura se sentou.

– O que disse?

O olhar de Amalthea buscou o dela. E apenas por um instante, Maura viu consciência dentro deles. Um brilho de inteligência.

– Vá embora antes que ele a veja.

Um calafrio percorreu a espinha de Maura e fez os pelos de sua nuca se arrepiarem.

Na mesa ao lado, a loura ainda chorava. Seu visitante levantou-se e disse:

– Desculpe, mas você vai ter de aceitar. As coisas são assim.

Ele se foi, de volta para a vida exterior, onde as mulheres usam blusas bonitas e não uniformes azuis. Onde as portas fechadas podem ser abertas.

– Quem? – perguntou Maura. Amalthea não respondeu. – Quem vai me ver, Amalthea? – pressionou Maura. – O que quer dizer?

Mas o olhar de Amalthea voltou a se esvaziar. Aquele breve lampejo de consciência se foi, e Maura outra vez olhava para o nada.

– Então, acabou a visita? – perguntou a guarda alegremente.

– Ela é sempre assim? – perguntou Maura, observando os lábios de Amalthea formando palavras mudas.

– Geralmente. Ela tem dias bons e dias ruins.

– Ela mal falou comigo.

– Falará, se a conhecer melhor. A maior parte das vezes ela se cala, mas às vezes fala. Escreve cartas, até mesmo usa o telefone.

– Para quem ela liga?

– Não sei. Sua psiquiatra, eu acho.

– A Dra. O'Donnell?

– A loura. Esteve aqui algumas vezes, então Amalthea se sente muito à vontade com ela. Não é mesmo, querida? – Ela pegou o braço da prisioneira. – Vamos, levante-se. Vou levá-la de volta.

Obediente, Amalthea levantou-se e permitiu que a guarda a guiasse para longe da mesa. Ela se moveu apenas alguns passos e então parou.

– Amalthea, vamos.

Mas a prisioneira não se moveu. Ficou parada como se seus músculos tivessem se solidificado de repente.

– Querida, não posso esperar o dia inteiro. Vamos.

Amalthea virou-se devagar. Seus olhos ainda estavam vazios. As palavras que disse a seguir foram emitidas em uma voz que não era exatamente humana e, sim, mecânica. Uma entidade estrangeira canalizada por meio de uma máquina. Ela olhou para Maura.

– Agora você vai morrer também – disse ela.

Então virou-se e se arrastou de volta a sua cela.

– ELA TEM discinesia tardia – disse Maura. – Por isso a superintendente Gurley tentou me desencorajar a visitá-la. Não queria que eu visse o estado de Amalthea. Ela não queria que eu descobrisse o que fizeram com ela.

– O que fizeram com ela exatamente? – perguntou Rizzoli. Estava outra vez ao volante, guiando-as entre carretas que faziam a pista tremer e o pequeno Subaru chacoalhar com a turbulência.

– Está me dizendo que a transformaram em algum tipo de zumbi?

– Você viu o registro psiquiátrico. Seus primeiros médicos a trataram com fenotiazinas. É um tipo de droga antipsicótica. Em mulheres mais velhas, essas drogas podem ter efeitos colaterais devastadores. Um deles é chamado de discinesia tardia... movimentos involuntários da boca e da face. O paciente não consegue parar de mascar ou inflar as bochechas ou pôr a língua para fora. Ela não tem controle sobre isso. Imagine como deve ser. Todo mundo olhando enquanto você faz caretas. Você é visto como um anormal.

– Como parar os movimentos?

– Não é possível. Deveriam ter parado de ministrar a droga assim que ela apresentou os primeiros sintomas. Mas esperaram demais. Então a Dra. O'Donnell pegou o caso. Foi ela quem finalmente interrompeu as drogas. Reconheceu o que estava acontecendo.

Maura suspirou com raiva.

– A discinesia tardia provavelmente é permanente.

Ela olhou pela janela, para o trânsito que aumentava. Dessa vez não se sentiu ansiosa vendo toneladas de metal passando a seu lado. Em vez disso, pensava em Amalthea Lank, em seus lábios movendo-se de maneira incessante, como se murmurando segredos.

– Está me dizendo que ela não precisava dessas drogas?

– Não. Estou dizendo que deveriam ter parado antes.

– Então ela é louca? Ou não é?

– Esse foi o diagnóstico inicial. Esquizofrenia.

169

– E qual é o seu?

Maura pensou no olhar vago de Amalthea, em suas palavras obscuras. Palavras que não faziam sentido a não ser como uma ilusão paranoica.

– Tenho de concordar – disse ela. Com um suspiro, ela se recostou no banco. – Eu não me vejo nela, Jane. Não vejo nenhuma parte de mim naquela mulher.

– Bem, deve ser um alívio nessas circunstâncias.

– Mas ainda existe um vínculo entre nós. Você não pode negar o próprio DNA.

– Conhece a velha máxima, o sangue sempre fala mais alto? Isso é besteira, doutora. Você nada tem em comum com aquela mulher. Ela a deu à luz. E é só. Relação terminada.

– Ela sabe tantas respostas. Quem é meu pai. Quem sou.

Rizzoli virou-se para olhá-la, então voltou-se para a estrada.

– Vou lhe dar um conselho. Sei que vai se perguntar de onde tirei isso. Acredite-me, não estou inventando. Aquela mulher, Amalthea Lank, é alguém de quem você deve manter distância. Não a veja, não fale com ela. Nem mesmo pense nela. Ela é perigosa.

– Ela não passa de uma esquizofrênica terminal.

– Não estou tão certa disso.

Maura olhou para Rizzoli.

– O que sabe sobre ela que eu não sei?

Rizzoli dirigiu algum tempo sem nada dizer. Não era o tráfego que a preocupava. Parecia estar ponderando a resposta, considerando a melhor forma de dizer aquilo.

– Lembra-se de Warren Hoyt? – ela afinal perguntou. Embora tivesse dito o nome sem emoção discernível, ela trincou os dentes e suas mãos agarraram o volante com força.

Warren Hoyt, pensou Maura. *O Cirurgião.*

Era assim que a polícia o chamava. Ganhara o apelido por causa das atrocidades que infligia a suas vítimas. Seus instrumentos eram silver tape e um bisturi. Suas vítimas, mulheres que dormiam em suas camas, sem se darem conta do intruso ao lado delas no escuro, antecipando o prazer do primeiro corte. Jane Rizzoli fora seu alvo final, seu oponente em um jogo de inteligência que ele não esperava perder.

Mas foi ela quem o derrubou com um único tiro que rompeu sua coluna vertebral. Agora tetraplégico, com membros paralisados e inúteis, o universo de Warren Hoyt resumia-se a um quarto de hospital, e os poucos prazeres que lhe restavam eram os da mente, uma mente que continuava tão brilhante e perigosa como sempre.

– Claro que me lembro dele – disse Maura. Ela vira o resultado de seu trabalho, as terríveis mutilações que seu bisturi produzira na carne de uma de suas vítimas.

– Tenho andado de olho nele – disse Rizzoli. – Você sabe, só para me certificar de que o monstro ainda está na jaula. Ele ainda está lá, tudo bem, na unidade de ortopedia. E, nos últimos oito meses, ele tem sido visitado pela Dra. Joyce O'Donnell toda quarta-feira à tarde.

Maura franziu o cenho.

– Por quê?

– Ela alega que é parte de sua pesquisa sobre comportamento violento. Sua teoria é a de que os assassinos não são responsáveis por seus atos. Que alguma coisa que aconteceu com suas cabeças quando eram crianças os tornou suscetíveis à violência. É claro que os advogados de defesa a têm em alta conta. Ela provavelmente lhe dirá que Jeffrey Dahmer foi apenas um mal-entendido, que John Wayne Gacy apenas levou muita pancada na cabeça. Ela defenderia qualquer um.

– As pessoas fazem aquilo pelo que são pagas.

– Não creio que ela faça isso por dinheiro.

– Então, por quê?

– Pela chance de estar perto e ser íntima de gente que mata. Ela diz ser sua área de estudo, que faz isso em nome da ciência. Sim, bem, Josef Mengele também agiu em nome da ciência. Isso é apenas uma desculpa, um modo de tornar respeitoso o que ela faz.

– O que ela faz?

– Ela é uma caçadora de emoções. Gosta de ouvir as fantasias dos assassinos, de "entrar" na cabeça deles, dar uma olhada, ver o que eles veem. Saber como é ser um monstro.

– Você faz parecer como se ela fosse igual a eles.

– Talvez gostasse de ser. Vi cartas que ela escreveu para Hoyt enquanto ele estava na prisão. Pedindo que ele contasse todos os detalhes de seus assassinatos. Oh, sim, ela adora os detalhes.

– Muitas pessoas têm curiosidade sobre o macabro.

– Ela é mais do que curiosa. Ela quer saber como é cortar a carne e ver a vítima sangrar. Como é desfrutar desse poder supremo. Ela tem sede de detalhes como um vampiro tem sede de sangue.

Rizzoli fez uma pausa. Em seguida, deu uma gargalhada.

– Sabe, acabo de me dar conta de uma coisa. É isso que ela é, uma vampira. Ela e Hoyt se alimentam. Ele lhe conta suas fantasias, ela lhe diz que é normal ele gostar delas. É normal ser tomado pela ideia de cortar a garganta de alguém.

– E agora ela anda visitando minha mãe.

– É.

Rizzoli olhou para ela.

– Imagino quais fantasias *elas* compartilham.

Maura pensou nos crimes pelos quais Amalthea Lank fora condenada. Perguntou-se o que passara por sua cabeça quando dera carona para as duas irmãs. Terá sentido alguma excitação prévia, alguma sensação inebriante de poder?

– Apenas o fato de O'Donnell achar Amalthea digna de visita já diz alguma coisa – disse Rizzoli.

– O quê?

– O'Donnell não perde tempo com assassinos comuns. Ela não se incomoda com o cara que matou o caixa da loja de conveniência durante um assalto. Ou do marido que se irritou com a mulher e a empurrou escada abaixo. Não, ela passa seu tempo com os anormais que matam por prazer. Aqueles que dão uma última girada na faca porque gostam da sensação da lâmina raspando contra o osso. Ela passa seu tempo com os especiais. Os monstros.

Minha mãe, pensou Maura. Ela também é um monstro?

17

A casa da Dra. Joyce O'Donnell, em Cambridge, era uma grande mansão colonial branca em uma vizinhança de belas residências na rua Brattle. Uma cerca de ferro protegia o jardim de gramado perfeito e canteiros onde as rosas floresciam obedientes. Era um jardim disciplinado, nenhuma desordem permitida, e, enquanto subia o caminho de granito até a porta da frente, Maura já conseguia ter uma ideia de como era a moradora. Bem-cuidada e bem-vestida. Uma mente tão organizada quanto seu jardim.

A pessoa que atendeu à porta era exatamente como Maura imaginara.

A Dra. O'Donnell tinha o cabelo louro bem claro e a pele pálida e imaculada. Vestia uma camisa Oxford para dentro de uma calça branca bem-passada, cortada para acentuar a cintura fina. Olhou para Maura sem grande entusiasmo. Em vez disso, o que Maura viu nos olhos da outra foi um brilho de curiosidade. O olhar de um cientista analisando um novo espécime.

– Dra. O'Donnell? Sou Maura Isles.

O'Donnell respondeu com um firme aperto de mão.

– Entre.

Maura entrou em uma casa tão friamente elegante quanto a dona. O único toque de calor era dado pelos tapetes orientais cobrindo o chão escuro de tábua corrida. O'Donnell seguiu na frente através do saguão, até uma sala de estar formal, onde Maura se acomodou em um sofá de seda branca. O'Donnell sentou-se na poltrona diante dela. Na mesinha de jacarandá entre as duas havia uma pilha de arquivos e um gravador digital. Embora não estivesse ligado, a ameaça daquele gravador era outro detalhe que aumentava o incômodo de Maura.

– Obrigada por me receber – disse Maura.

– Estava curiosa. Imaginava como seria a filha de Amalthea. Eu a conheço, Dra. Isles, mas apenas pelo que leio nos jornais.

Ela se recostou na poltrona, parecendo estar perfeitamente confortável. Vantagem territorial. Ela tinha favores a conceder. Maura era apenas uma suplicante.

– Não sei nada a seu respeito pessoalmente. Mas gostaria de saber.

– Por quê?

– Eu me dou bem com Amalthea. Não consigo evitar me perguntar...

– Tal mãe, tal filha?

O'Donnell ergueu uma sobrancelha elegante.

– Foi você quem disse.

– Esse é o motivo de sua curiosidade a meu respeito. Não é?

– E qual é o motivo de sua curiosidade? Por que está aqui?

O olhar de Maura pairou sobre uma pintura acima da lareira. Uma tela a óleo extremamente moderna, em preto e vermelho.

– Quero saber quem realmente é essa mulher.

– Você sabe quem ela é. Você só não quer acreditar. Sua irmã também não quis.

Maura franziu o cenho.

– Você conheceu Anna?

– Não, na verdade nunca a vi. Mas recebi um telefonema há uns quatro meses, de uma mulher que se identificou como filha de Amalthea. Eu estava de partida para um julgamento de duas semanas em Oklahoma, então não pude me encontrar com ela. Apenas conversamos ao telefone. Ela foi visitar a mãe no ICM-Framingham, por isso sabia que eu era a psiquiatra de Amalthea. Queria saber mais sobre ela. A infância de Amalthea, sua família.

– E você sabe de tudo isso?

– Sei um pouco por meio de seus registros escolares e um pouco por meio do que ela me contou quando estava lúcida. Sei que nasceu em Lowell. Quando tinha cerca de 9 anos, sua mãe morreu, e ela foi morar com o tio e um primo, no Maine.

Maura ergueu a cabeça.

– Maine?

– Sim. Ela se formou no ensino médio em uma cidade chamada Fox Harbor.

Agora entendo por que Anna escolheu aquela cidade. Eu estava seguindo as pegadas de Anna. Ela seguia as de nossa mãe.

– Depois do ginásio, os registros acabam – disse O'Donnell. – Não sabemos para onde foi, ou como se sustentava. É provável que tenha sido nessa época que a esquizofrenia se estabeleceu. Em geral se manifesta no início da idade adulta. Ela provavelmente vagou durante anos e ficou do jeito que está hoje. Acabada e tendo alucinações. – O'Donnell olhou para Maura.– É um quadro muito triste. Sua irmã teve muita dificuldade em aceitar que aquela fosse mesmo sua mãe.

– Olhei para ela e nada vi de familiar. Nada de mim ali.

– Mas eu vejo a semelhança. É a mesma cor de cabelo. O mesmo queixo.

– Não nos parecemos em nada.

– Você realmente não vê? – O'Donnell inclinou-se, olhos fixos em Maura. – Diga-me, Dra. Isles, por que escolheu patologia?

Perplexa com a pergunta, Maura apenas olhou para ela.

– Você podia ter escolhido qualquer outra especialidade na medicina. Obstetrícia, pediatria. Podia estar trabalhando com pacientes vivos, mas você escolheu patologia. Especificamente, patologia forense.

– Qual é a razão de sua pergunta?

– A razão é que você de algum modo se sente atraída pela morte.

– Isso é absurdo.

– Então, por que escolheu essa especialidade?

– Porque gosto de respostas definitivas. Não gosto de jogos de adivinhação. Gosto de *ver* o diagnóstico sob a lente de meu microscópio.

– Você não gosta da incerteza.

– Quem gosta?

– Então podia ter escolhido matemática ou engenharia. Tantas outras carreiras envolvem precisão. Respostas definitivas. Mas aí está você no laboratório de perícia médica, convivendo com cadáveres.

O'Donnell fez uma pausa e então perguntou:

– Você gosta disso?

Maura encarou-a de cabeça erguida.

– Não.

– Você escolheu uma ocupação da qual não gosta?

– Escolhi o desafio. A satisfação está aí. Mesmo que a tarefa em si não seja agradável.

– Mas você não vê aonde quero chegar? Você me disse que nada vê de semelhante entre você e Amalthea Lank. Você olha para ela e provavelmente vê alguém horrível. Ou, ao menos, uma mulher que cometeu atos horríveis. Há gente que olha para você, Dra. Isles, e provavelmente pensa o mesmo.

– Você não pode nos comparar.

175

– Sabe pelo que sua mãe foi condenada?

– Sim, me disseram.

– Mas leu os relatórios da necrópsia?

– Ainda não.

– Eu li. Durante o julgamento, a equipe de defesa me pediu para verificar a situação mental de sua mãe. Vi fotografias, revi as provas. Sabia que as vítimas eram duas irmãs? Estavam paradas no acostamento da estrada.

– Sim.

– A mais jovem estava grávida de nove meses.

– Sei de tudo isso.

– Então sabe que sua mãe pegou essas duas mulheres na estrada, levou-as até um abrigo na floresta a uns 50 quilômetros dali e esmagou seus crânios com uma chave de roda. Então ela fez algo surpreendentemente, estranhamente, lógico. Foi até um posto de gasolina e encheu uma lata com gasolina. Voltou ao abrigo e o incendiou, com os dois corpos dentro.

O'Donnell inclinou a cabeça.

– Não acha interessante?

– Acho doentio.

– Sim, mas em algum nível talvez ache algo mais, talvez esteja sentindo mais, e que nem mesmo queira reconhecer. Que esteja intrigada por esses atos, não apenas como um enigma intelectual. Há algo nessa história que a fascina, chega a excitá-la.

– Do modo que obviamente também a excita?

O'Donnell não se ofendeu com a resposta. Em vez disso ela sorriu, assimilando com facilidade a observação de Maura.

– Meu interesse é profissional. É meu trabalho estudar os atos dos assassinos. Só estou imaginando as razões de *seu* interesse por Amalthea Lank.

– Há dois dias, não sabia quem era minha mãe. Agora, estou procurando a verdade. Estou tentando compreender...

– Quem é você? – perguntou O'Donnell.

Maura a encarou.

– Eu *sei* quem sou.

– Tem certeza? – O'Donnell inclinou-se para mais perto. – Quando está no laboratório de necrópsia, examinando os ferimentos de uma vítima, descrevendo os golpes de faca de um assassino, não sente nem um pouquinho de excitação?

– O que a faz pensar que sim?

– Você é filha de Amalthea.

– Sou um acidente biológico. Ela não me educou.

O'Donnell acomodou-se na cadeira e a estudou com olhos de fria apreciação.

– Você se dá conta de que há um componente genético na violência? Que algumas famílias a carregam em seu DNA?

Maura lembrou-se do que Rizzoli lhe dissera sobre a Dra. O'Donnell: *Ela é mais que curiosa. Ela quer saber como é cortar a carne e ver a vítima sangrar. Como é desfrutar desse poder supremo. Ela tem sede de detalhes como um vampiro tem sede de sangue.* Maura podia ver tal sede nos olhos de O'Donnell. Aquela mulher gostava de confraternizar com monstros, pensou Maura. E acha que encontrou um.

– Vim falar de Amalthea – disse Maura.

– E não é sobre isso que estamos discutindo?

– De acordo com o ICM-Framingham, você já a visitou uma dezena de vezes. Por que com tanta frequência? Certamente não para o benefício dela.

– Como pesquisadora, estou interessada em Amalthea. Quero compreender o que leva as pessoas a matar. Por que têm prazer com isso.

– Está dizendo que ela fez isso por prazer?

– Bem, *você* sabe por que ela matou?

– Ela obviamente é psicótica.

– A vasta maioria dos psicóticos não mata.

– Mas você concorda que ela é psicótica?

O'Donnell hesitou.

– Parece ser.

– Não me parece segura. Mesmo depois de todas as visitas que fez?

177

– Há mais coisas em sua mãe afora a psicose. E há mais em seu crime do que aquilo que podemos ver.

– O que quer dizer?

– Você diz que já sabe o que ela fez. Pelo menos, o que a promotoria alega que ela tenha feito.

– As provas eram sólidas o bastante para condená-la.

– Oh, sim, havia provas de sobra. A placa do carro filmada pela câmera do posto de gasolina. O sangue da mulher na chave de roda. Suas carteiras no porta-malas. Mas provavelmente não ouviu falar sobre isto.

O'Donnell pegou um dos arquivos na mesinha de café e entregou-o para Maura.

– É do laboratório de perícia criminal de Virgínia, onde Amalthea foi presa.

Maura abriu a pasta e viu a fotografia de um sedã branco com placa de Massachusetts.

– Este é o carro que Amalthea estava dirigindo – disse O'Donnell.

Maura virou a página. Era um resumo das provas de impressões digitais.

– Foram achadas algumas impressões digitais dentro do carro – disse O'Donnell. – Ambas as vítimas, Nikki e Theresa Wells, deixaram impressões nos cintos de segurança do banco traseiro, indicando que embarcaram na parte de trás do carro e ataram os cintos. Obviamente, havia impressões de Amalthea no volante e na alavanca de marchas.

O'Donnell fez uma pausa.

– Então, um quarto conjunto de impressões digitais.

– Quarto conjunto?

– Está bem aí no relatório. Foram encontradas no porta-luvas. Em ambas as portas, e no volante. Essas impressões nunca foram identificadas.

– Isso não quer dizer nada. Talvez um mecânico tenha trabalhado no carro e deixado suas impressões.

– É uma possibilidade. Agora veja o relatório sobre os fios de cabelo encontrados.

Maura virou a página e descobriu que foram encontrados fios de cabelos louros no banco de trás. Os cabelos eram de Theresa e Nikki Wells.

– Nada vejo de surpreendente nisso. Sabemos que as vítimas estiveram no carro.

– Mas perceba que não há cabelo algum no banco da frente. Pense nisso. Duas mulheres paradas no acostamento da estrada. Alguém para e lhes oferece uma carona. E o que as irmãs fazem? *Ambas* entram e se sentam no banco traseiro. Parece um tanto grosseiro, não é? Deixar a motorista sozinha na frente. A não ser...

Maura olhou para ela.

– A não ser que houvesse alguém mais no banco da frente.

O'Donnell se recostou na cadeira com um sorriso de satisfação nos lábios.

– Esta é a questão. Uma questão nunca respondida em julgamento. Esta é a razão de eu continuar voltando, diversas vezes, para ver sua mãe. Quero descobrir o que a polícia nunca se preocupou em investigar: quem estava sentado no banco da frente com Amalthea?

– Ela não lhe disse?

– O nome dele não.

Maura olhou para ela.

– Dele?

– Estou apenas adivinhando o sexo. Mas acredito que havia alguém com Amalthea no carro no momento em que ela viu as duas mulheres na estrada. Alguém a ajudou a controlar as vítimas. Alguém forte o bastante para ajudá-la a empilhar os corpos no abrigo e atear fogo.

O'Donnell fez uma pausa.

– É *nele* que estou interessada, Dra. Isles. É ele quem desejo encontrar.

– Todas aquelas visitas a Amalthea não diziam respeito a ela.

– A insanidade não me interessa. O Mal sim.

Maura olhou-a, pensando: sim, interessa. Você gosta de se misturar com ele, cheirá-lo. Amalthea não é o que a atrai. Ela é apenas uma intermediária, aquela que pode apresentá-la ao seu verdadeiro objeto de desejo.

179

– Um parceiro – disse Maura.

– Não sabemos quem é, ou como é. Mas sua mãe sabe.

– Então, por que ela não revela o nome?

– Esta é a questão: por que ela o encoberta? Tem medo dele? Está protegendo-o?

– Você nem mesmo sabe se tal pessoa existe. Tudo o que tem são algumas impressões não identificadas. E uma teoria.

– Mais do que uma teoria. A Besta é real.

O'Donnell inclinou-se para a frente e disse, quase com intimidade:

– Foi esse o nome que ela usou quando foi presa em Virgínia. Quando a polícia de lá a interrogou, ela disse, abre aspas: "A Besta me disse para fazê-lo", fecha aspas. *Ele* mandou que ela matasse aquelas mulheres.

No silêncio que se seguiu, Maura ouviu o som do próprio coração, como a batida acelerada de um tambor. Ela engoliu em seco e disse:

– Estamos falando de uma esquizofrênica. Uma mulher que provavelmente tem alucinações auditivas.

– Ou ela está falando de alguém real.

– A *Besta*? – Maura riu. – Um demônio pessoal, talvez. Um monstro de seus pesadelos.

– Que deixa digitais.

– Isso não pareceu ter impressionado o júri.

– Eles ignoraram a prova. Eu estava naquele julgamento. Eu vi a promotoria construir um caso contra uma mulher tão psicótica que até mesmo a promotoria devia saber que ela não era responsável por seus atos. Mas ela era um alvo fácil, uma condenação fácil...

– Embora evidentemente ela fosse louca.

– Oh, sem dúvida ela era psicótica e ouvia vozes. Aquelas vozes devem ter gritado para ela esmagar o crânio das mulheres e queimar seus corpos, mas o júri ainda assim achava que ela sabia discernir entre o certo e o errado. Amalthea era um prato feito para a promotoria, e foi o que aconteceu. Eles erraram. Esqueceram *dele*.

O'Donnell recostou-se na cadeira e disse:

– E sua mãe é a única pessoa que sabe quem ele é.

ERAM QUASE 18 HORAS quando Maura estacionou atrás do prédio do laboratório de perícia médica. Dois carros ainda estavam parados ali: o Honda azul de Yoshima e o Saab preto do Dr. Costas. Deve estar havendo uma necrópsia tardia, pensou, com uma pontada de culpa. Aquele seria o seu dia de plantão, mas ela pediu que os colegas a substituíssem.

Ela abriu a porta dos fundos, entrou no prédio e foi direto para seu escritório, sem encontrar ninguém no caminho. Sobre sua escrivaninha, encontrou o que viera buscar: duas pastas de arquivo, com um bilhete adesivo colado sobre a capa, no qual Louise escrevera: *Os arquivos que você pediu.* Ela se sentou em sua escrivaninha, respirou fundo e abriu a primeira pasta.

Era a pasta de Theresa Wells, a irmã mais velha. Na capa da pasta estava escrito o nome da vítima, o número do caso e a data da necrópsia. Ela não reconheceu o nome do patologista, Dr. James Hobart, mas ela se juntara à equipe de perícia médica havia apenas dois anos, e aquele relatório de necrópsia já tinha cinco anos. Ela se voltou para o relatório datilografado do Dr. Hobart.

A morta é uma mulher de aparência saudável, idade indeterminada, medindo 1,67 metro e pesando 52 quilos. Identidade definitiva estabelecida por meio de radiografia da arcada dentária. Impressões digitais indiscerníveis. Extensas queimaduras no tronco e extremidades, com carbonização severa da pele e áreas de musculatura exposta. Face e parte da frente do torso estão mais bem preservadas. Roupas remanescentes no lugar, consistindo de um jeans da Gap tamanho 38 com zíper fechado e botão metálico abotoado, um suéter branco carbonizado e sutiã com colchetes também fechados. O exame das vias aéreas não revelou acúmulo de fuligem, e o índice de saturação de carboxi-hemoglobina no sangue é mínimo.

Quando seu corpo pegou fogo, Theresa Wells não estava respirando. A causa da morte ficou evidente na interpretação que o Dr. Hobart fez das radiografias.

As radiografias lateral e AP do crânio revelam fratura parietal direita deprimida e fragmentada em forma de cunha com quatro centímetros de largura.

Muito provavelmente ela fora morta com um golpe na cabeça.

No fim do relatório datilografado, abaixo da assinatura do Dr. Hobart, Maura viu iniciais conhecidas. Louise transcrevera o ditado. Os patologistas iam e vinham, mas, naquele escritório, Louise era eterna.

Maura folheou o arquivo. Havia uma planilha de necrópsia listando todas as radiografias feitas, quais provas foram recolhidas em forma de sangue e fluidos corporais. Páginas administrativas registravam a cadeia de custódia, objetos pessoais e o nome das pessoas presentes à necrópsia. Yoshima fora o assistente de Hobart. Ela não reconheceu o nome do policial de Fitchburg que compareceu ao procedimento, um certo detetive Swigert.

Foi até o fim do arquivo, no qual encontrou uma fotografia. Ali parou, repugnada pela imagem. As chamas haviam carbonizado os membros de Theresa Wells e exposto os músculos de seu tórax, mas sua face estava estranhamente intacta e sem dúvida feminina. Apenas 35 anos, pensou Maura. Já vivi cinco anos a mais que Theresa Wells. Se ela fosse viva, teria minha idade atualmente. Caso seu pneu não tivesse furado naquele dia de novembro.

Ela fechou o arquivo de Theresa e pegou o arquivo seguinte. Outra vez fez uma pausa antes de abrir a pasta, relutante em ver os horrores que continha. Pensou na vítima de incêndio que ela necropsiara havia um ano e nos odores que impregnaram seu cabelo e suas roupas mesmo depois de ter saído da sala. Pelo resto daquele verão, ela evitou acender a churrasqueira do quintal, incapaz de tolerar o cheiro de carne na brasa. Agora, ao abrir o arquivo de Nikki Wells, ela quase era capaz de sentir aquele odor outra vez, soprando em sua memória.

Embora o rosto de Theresa tivesse sido poupado pelo fogo, o mesmo não podia ser dito de sua irmã mais jovem. As chamas que consumiram Theresa apenas parcialmente concentraram toda sua fúria na carne de Nikki Wells.

O corpo está severamente carbonizado, com porções do peito e da parede abdominal completamente eliminadas pelo fogo, expondo as vísceras. O tecido mole da face e do couro cabeludo também foi queimado. Áreas da caixa craniana são visíveis, assim como o esmagamen-

to dos ossos faciais. Não restam fragmentos de roupas, mas pequenas densidades metálicas são visíveis aos raios X ao nível da quinta costela, o que pode representar ganchos de um sutiã, assim como um simples fragmento metálico sobre o púbis. Radiografias do abdome também revelaram restos adicionais de esqueleto, representando um feto, diâmetro do crânio compatível com uma gestação de cerca de 36 semanas...

A gravidez de Nikki Wells seria evidente para seu assassino. Mas sua condição não garantiu piedade ou concessões nem a ela e nem a seu bebê. Apenas uma pira funerária comum na floresta.

Ela virou a página e franziu o cenho ao ver a frase seguinte do relatório de necrópsia:

É notável na radiografia a ausência da tíbia, da fíbula e dos tarsos direitos.

Um asterisco foi acrescentado à caneta, com uma nota rabiscada: "Ver adendo." Ela foi até a página anexada e leu:

A anomalia fetal foi registrada no relatório do obstetra da falecida, datado de três meses antes da morte. A ultrassonografia feita no terceiro trimestre revelou que o feto não tinha a parte inferior da perna direita, muito provavelmente devido a uma síndrome da banda amniótica.

Uma malformação fetal. Meses antes de sua morte, Nikki Wells soube que seu bebê nasceria sem a perna direita, mas ainda assim escolheu continuar a gravidez e ficar com a criança.

As páginas finais do arquivo, Maura sabia, seriam as mais difíceis de encarar. Ela não tinha estômago para aquela fotografia, mas forçou-se a olhar de qualquer modo. Viu membros e um tronco enegrecidos. Nenhuma mulher ali, nenhum brilho rosado de gravidez. Apenas um crânio, olhando através de uma máscara carbonizada, com os ossos faciais afundados pelo golpe mortal.

Amalthea Lank fez isso. Minha mãe. Ela esmagou seus crânios e arrastou os corpos até um galpão. Será que ela sentiu algum prazer ao jogar gasolina sobre os corpos, acender o fósforo e ver as chamas ganharem vida? Terá se demorado junto ao galpão em chamas para inalar o fedor de cabelo e carne queimados?

Incapaz de suportar a imagem por mais tempo, ela fechou o arquivo e voltou sua atenção para dois grandes envelopes de radiografias que também repousavam sobre a mesa. Levou-os à caixa de luz e posicionou a chapa com a cabeça e o pescoço de Theresa Wells. As luzes se acenderam, iluminando as sombras fantasmagóricas de ossos. As radiografias eram bem mais fáceis para o estômago do que as fotografias. Retirada a carne, os cadáveres perdem o poder de aterrorizar. Um esqueleto é igual a qualquer outro. O crânio que ela agora via na caixa de luz podia ser de qualquer mulher, conhecida ou estranha. Ela olhou para a caixa craniana fraturada, para o triângulo de osso que foi forçado para dentro. Aquele não fora um golpe hesitante. Apenas um golpe deliberado e selvagem poderia afundar tanto aquele fragmento de osso no lobo parietal.

Ela tirou as chapas de Theresa, pegou o segundo envelope e levou as chapas à caixa de luz. Outro crânio, desta vez o de Nikki. Assim como a irmã, Nikki fora atingida na cabeça, mas o golpe atingiu-lhe a testa, afundando o osso frontal, esmagando ambas as órbitas de modo tão severo que os olhos devem ter se rompido. Nikki Wells deve ter visto o golpe se aproximando.

Maura removeu os filmes do crânio e fixou outra série de chapas, mostrando a coluna e a pélvis de Nikki, incrivelmente intactas sob a carne devorada pelo fogo. Sobre a pélvis repousavam os ossos fetais. Embora as chamas tenham fundido mãe e filho em uma única massa carbonizada, Maura podia ver pela radiografia que eram indivíduos distintos. Dois conjuntos de ossos, duas vítimas.

Ela também viu algo mais: um ponto brilhante que se destacava em meio às sombras sobrepostas dos ossos. Apenas um pequeno fragmento da largura de uma agulha sobre o osso pubiano de Nikki Wells. Um pequeno estilhaço de metal?

Talvez algo que pertencesse à roupa – um zíper, um prendedor – que tivesse aderido à pele queimada?

Maura pegou o envelope e encontrou uma visão lateral do tronco. Ela a afixou ao lado da visão frontal. O fragmento metálico ainda estava lá na tomada lateral, mas agora ela podia ver que não estava sobre o púbis. Parecia estar introduzido no osso.

Ela tirou todas as radiografias do envelope de Nikki e as afixou na caixa de luz, duas de cada vez. Viu as densidades metálicas que o Dr.

Hobart também vira nos raios X de tórax da vítima, anéis metálicos representando ganchos de sutiã. Nas chapas laterais, os mesmos anéis de metal estavam claramente sobre o tecido mole. Ela ergueu as chapas da pélvis e olhou para o fragmento metálico encravado no osso pubiano de Nikki Wells. Embora o Dr. Hobart tivesse mencionado o fragmento metálico em seu relatório, ele não voltara a falar sobre o assunto em suas conclusões. Talvez tivesse achado aquilo uma descoberta trivial. E por que haveria de pensar de maneira diferente, em vista dos outros horrores infligidos à vítima?

Yoshima auxiliara Hobart na necrópsia. Talvez ele se lembrasse do caso.

Maura saiu de seu escritório, desceu a escada e entrou na sala de necrópsia. O laboratório estava deserto, as bancadas, limpas.

– Yoshima? – chamou.

Ela vestiu protetores sobre os sapatos e caminhou pelo laboratório, passando por mesas vazias de aço inoxidável. A seguir, foi até o setor de entrada de corpos. Maura abriu o compartimento refrigerado e olhou para dentro. Viu apenas mortos, dois sacos brancos sobre um par de macas dispostas lado a lado.

Ela fechou a porta e esperou um instante no lugar deserto, tentando ouvir vozes, passos, alguma coisa que indicasse ainda haver alguém no prédio. Mas ouviu apenas o murmúrio do refrigerador e, ao longe, a sirene de uma ambulância passando pela rua.

Costas e Yoshima já deviam ter ido para casa.

Quinze minutos depois, ao sair do prédio, ela viu que o Saab e o Toyota de fato não estavam mais lá. Com exceção de seu Lexus preto, os únicos veículos no estacionamento eram as três vans do necrotério, com as palavras LABORATÓRIO DE PERÍCIA MÉDICA DE MASSACHUSETTS gravadas nas laterais.

Era noite fechada, e seu carro destacava-se sob a luz de um poste. As imagens de Theresa e Nikki Wells ainda a assombravam. Ao caminhar até o Lexus, estava alerta para cada sombra à sua volta, cada ruído, cada menção de movimento. A alguns passos de seu carro, ela parou e olhou para a porta do lado do passageiro. Os pelos de sua nuca se arrepiaram. Os arquivos que trazia em suas mãos escorregaram e os papéis se espalharam pelo chão.

185

Três arranhões paralelos marcavam a pintura brilhante de seu carro. Marcas de garra.

Afaste-se. Entre no prédio.

Ela se virou e correu até o edifício. Parou diante da porta fechada, procurando as chaves. Onde estava a chave certa? Finalmente ela a encontrou, enfiou-a na fechadura, entrou e fechou a porta, sobre a qual jogou o peso do corpo, como se para reforçar a barreira.

Dentro do edifício vazio, estava tão silencioso que Maura era capaz de ouvir a própria respiração acelerada pelo pânico.

Ela correu até o escritório e trancou-se lá dentro. Somente então, cercada por tudo o que lhe era familiar, sentiu o pulso desacelerar e as mãos pararem de tremer. Então, foi até a escrivaninha, pegou o telefone e ligou para Jane Rizzoli.

18

— Você fez exatamente o que devia fazer. Saiu de onde estava e procurou um lugar seguro – disse Rizzoli.

Maura sentou-se a sua mesa e olhou para os papéis amarrotados que Rizzoli recuperara para ela no estacionamento. Uma pilha desarrumada e suja do arquivo de Nikki Wells. Mesmo agora, a salvo em companhia de Rizzoli, Maura ainda estava chocada.

– Encontrou alguma impressão digital na porta do carro? – perguntou Maura.

– Algumas. O que se espera encontrar na porta de qualquer carro.

Rizzoli puxou uma cadeira para perto da escrivaninha de Maura e sentou-se com as mãos apoiadas na plataforma da barriga. Mama Rizzoli, grávida e armada, pensou Maura. Haveria algum salvador mais improvável para vir em meu auxílio?

– Quanto tempo seu carro ficou no estacionamento? Você disse que chegou por volta das 18 horas.

– Mas as marcas podem ter sido feitas antes de eu ter chegado aqui. Não uso a porta do passageiro todos os dias. Só se estou carregando compras ou algo assim. Só vi agora por causa do modo como o carro estava estacionado. E estava parado bem debaixo do poste.

– Quando foi a última vez que você olhou para aquela porta?

Maura apertou as mãos contra as têmporas.

– Tenho certeza de que não estava ali ontem pela manhã. Quando deixei o Maine. Guardei minha bolsa de viagem no banco da frente. Teria notado os arranhões.

– Tudo bem. Então você voltou para casa de carro ontem. E daí?

– O carro ficou na minha garagem a noite inteira. Então, esta manhã, fui vê-la na Schroeder Plaza.

– Onde estacionou?

– Na garagem perto do quartel-general da polícia. Aquele na avenida Columbus.

– Então ficou naquela garagem toda a tarde. Enquanto estávamos visitando a prisão.

– Sim.

– Aquela garagem é completamente vigiada, você sabe.

– É mesmo? Não percebi.

– E então, para onde você foi? Depois que voltamos de Framingham?

Maura hesitou.

– Doutora?

– Fui visitar Joyce O'Donnell. – Ela olhou para Rizzoli. – Não me olhe assim. Tinha de vê-la.

– Você iria me contar?

– Claro. Só precisava saber mais sobre a minha mãe.

Rizzoli recostou-se na cadeira, os lábios em uma linha reta. Ela não está contente comigo, pensou Maura. Ela me disse para ficar longe de O'Donnell e eu ignorei seu conselho.

– Quanto tempo ficou na casa dela? – perguntou Rizzoli.

– Cerca de uma hora. Jane, ela me contou algo que eu não sabia. Amalthea foi criada em Fox Harbor. Foi por isso que Anna foi para o Maine.

– E depois que você saiu da casa de O'Donnell? O que aconteceu?

Maura suspirou.

187

– Vim direto para cá.

– Não notou ninguém seguindo você?

– Por que me incomodaria em olhar? Tenho coisas demais na cabeça.

Olharam-se em silêncio durante algum tempo, a tensão a propósito de sua visita a O'Donnell ainda pairava entre ambas.

– Sabia que a câmera de segurança está quebrada? – disse Rizzoli.

– A que fica no estacionamento.

Maura riu. E deu de ombros.

– Sabe quanto cortaram de nosso orçamento este ano? Aquela câmera está quebrada há meses. Quase dá para ver os fios pendurados.

– O que quero dizer é que aquela câmera teria afastado a maioria dos vândalos.

– Infelizmente não afastou.

– Quem mais sabe que a câmera está quebrada? Todos que trabalham aqui, certo?

Maura sentiu uma pontada de apreensão.

– Não gosto do que está insinuando. Muita gente percebeu que estava quebrada. Policiais. Os motoristas do necrotério. Qualquer um que tenha entregado um corpo aqui. Basta levantar a cabeça e ver.

– Você disse que havia dois carros estacionados aqui quando chegou. O do Dr. Costas e o de Yoshima.

– Sim.

– E quando você saiu do prédio, perto das 20 horas, esses carros tinham ido embora.

– Foram embora antes de mim.

– Você encontrou algum deles?

Maura deu uma risada de descrédito.

– Está brincando, certo? Porque essas perguntas são ridículas.

– Não estou gostando de ter de fazê-las.

– Então por que as faz? Você conhece o Dr. Costas, Jane. E conhece Yoshima. Não pode tratá-los como suspeitos.

– Ambos passaram por aquele estacionamento e passaram perto de seu carro. O Dr. Costas foi embora primeiro, por volta das 18h45. Yoshima foi embora um pouco depois, talvez por volta das 19h15.

– Você falou com eles?

– Ambos disseram não terem notado arranhões em seu carro. Era de se esperar que vissem. Com certeza Yoshima veria, porque estava estacionado bem a seu lado.

– Trabalhamos juntos há quase dois anos. Eu o conheço. Você também.

– Achamos que sim.

Não, Jane, pensou ela. Não me faça ter medo de meus próprios colegas.

– Ele trabalha aqui há quase 18 anos – disse Rizzoli.

– Abe e Louise também.

– Sabia que Yoshima mora sozinho?

– Eu também moro.

– Ele tem 48 anos, nunca se casou e mora sozinho. Vem trabalhar todo dia e você está sempre próxima. Ambos trabalham com cadáveres. Lidam com coisas bem assustadoras. Isso deve criar um vínculo entre ambos. Com todas as coisas terríveis que apenas você e ele viram.

Ela pensou nas horas que compartilhou com Yoshima naquela sala, com suas mesas de aço e instrumentos afiados. Ele sempre parecia antecipar o que ela precisava, antes mesmo de Maura pedir. Sim, havia um vínculo, claro que havia, porque eram uma equipe. Mas depois de tirarem a touca e os protetores de sapato, cada um ia cuidar de sua própria vida. Eles não socializavam. Nunca compartilharam sequer um drinque depois do trabalho. Somos parecidos nesse ponto. Duas pessoas solitárias que só se encontram por causa de cadáveres.

– Olha – disse Rizzoli com um suspiro. – Eu gosto de Yoshima. Detesto sequer aventar a possibilidade. Mas é algo que devo considerar ou não estaria fazendo meu trabalho.

– Que é o quê? Tornar-me paranoica? Já estou assustada o bastante, Jane. Não me faça temer as pessoas em quem preciso confiar.

Maura pegou os papéis em sua escrivaninha

– Terminou com meu carro? Gostaria de ir para casa.

– É, terminamos com ele. Mas não estou certa de que você deva ir para casa.

– E o que devo fazer?

– Há outras opções. Você pode ir para um hotel. Pode dormir no meu sofá. Acabei de falar com o detetive Ballard, e ele mencionou ter um quarto vago.

– Por que esteve falando com Ballard?

– Ele tem falado comigo todos os dias a respeito do caso. Ligou há cerca de uma hora, e eu contei o que houve com seu carro. Ele veio ver.

– Ele está no estacionamento agora?

– Acabou de chegar. Ele está preocupado, doutora. Eu também estou. – Rizzoli fez uma pausa. – Então, o que quer fazer?

– Não sei...

– Bem, você tem alguns minutos para pensar.

Rizzoli levantou-se.

– Vamos, eu te acompanho.

Aquele era um momento absurdo, pensou Maura enquanto percorriam o corredor lado a lado. Estou sendo protegida por uma mulher que mal consegue se erguer da cadeira. Mas Rizzoli deixou claro que era ela quem estava no comando, aquela que assumiria o papel de guardiã. Foi ela quem abriu a porta e saiu primeiro.

Maura seguiu-a no estacionamento até o Lexus, onde estavam Frost e Ballard.

– Você está bem, Maura? – perguntou Ballard. A luz do poste projetava uma sombra sobre seus olhos. Ela olhava para um rosto cuja expressão não conseguia decifrar.

– Estou bem.

– Isso poderia ter sido muito pior. – Ele olhou para Rizzoli. – Disse a ela o que estamos pensando?

– Disse que talvez não devesse voltar para casa hoje à noite.

Maura olhou para o carro. Os três arranhões se destacavam, ainda mais feios do que ela se lembrava, como feridas deixadas pela pata de um predador. *O assassino de Anna está falando comigo. Eu não sabia como ele estava perto.*

Frost disse:

– A perícia percebeu uma pequena mossa na porta do motorista.

– É velha. Alguém bateu no meu carro no estacionamento há alguns meses.

– Tudo bem, então são apenas os arranhões. Recolheram algumas impressões digitais. Vão precisar das suas, doutora. Assim que puder.

– Claro.

Ela pensou em todos os dedos dos quais tirara impressões digitais no necrotério, toda aquela carne fria que era pressionada rotineiramente sobre os cartões de impressões digitais. *Estão tirando as minhas antes do tempo. Enquanto ainda estou viva.* Ela cruzou os braços sobre o peito, sentindo-se gelada apesar da noite quente. Pensou em voltar para a casa vazia e se trancar no banheiro. Mesmo com todas as barreiras, era apenas uma casa, não uma fortaleza. Uma casa com janelas que eram facilmente quebráveis, telas que podiam ser cortadas a faca.

– Você disse que foi Charles Cassell quem arranhou o carro de Anna. – Maura olhou para Rizzoli. – Cassell não teria feito *isso*. Não comigo.

– Não, não teria motivo. Isso claramente é uma advertência *para você.*

Rizzoli disse:

– Talvez Anna tenha sido um erro.

Era eu. Era eu quem deveria ter morrido.

– Para onde deseja ir, doutora? – perguntou Rizzoli.

– Eu não sei – disse Maura. – Não sei o que fazer.

– Bem, posso sugerir que não fique à vista por aqui? – disse Ballard. – Onde todos podem vê-la?

Maura olhou para a calçada. Viu a silhueta de pessoas atraídas pelo brilho das luzes do carro de polícia. Pessoas cujas faces não podia ver, por estarem na penumbra enquanto ela estava ali, iluminada como uma atriz principal sob a luz do poste.

– Tenho um quarto vago – disse Ballard.

Ela não olhou para ele. Em vez disso, manteve o olhar naquelas sombras sem rosto, pensando: isso está acontecendo rápido demais. Muitas decisões estão sendo tomadas no calor do momento. Escolhas das quais posso me arrepender.

– Doutora? – disse Rizzoli. – O que acha?

Finalmente, Maura olhou para Ballard e sentiu outra vez aquela atração perturbadora.

– Não sei mais para onde ir – disse ela.

ELE FOI BEM atrás dela, tão perto que seus faróis brilhavam no espelho retrovisor, como se estivesse com medo de que ela tentasse despistá-lo em meio ao tráfego pesado. Manteve-se perto mesmo quando entraram no tranquilo subúrbio de Newton, mesmo quando ela deu duas voltas no quarteirão, como ele instruíra, para confirmar que nenhum carro os seguia. Quando ela afinal parou em frente à casa dele, ele quase que imediatamente já estava de pé ao lado de sua janela, batendo no vidro.

– Entre na minha garagem – disse ele.

– Vou ocupar sua vaga.

– Está tudo bem. Não quero seu carro estacionado na rua. Vou abrir a porta da garagem.

Ela entrou no acesso de veículos e observou quando a porta se abriu para revelar uma garagem organizada, com ferramentas penduradas em um painel e latas de tinta enfileiradas nas prateleiras. Até mesmo o chão de concreto parecia brilhar. Ela entrou na garagem e a porta se fechou de imediato atrás dela, impedindo que o carro pudesse ser visto da rua. Durante um momento, ela ficou sentada ouvindo os tiques do radiador e preparando-se para a noite que teria pela frente. Havia apenas alguns instantes, voltar para a própria casa parecia inseguro, impróprio. Agora ela se perguntava se aquela escolha era a mais adequada.

Ballard abriu a porta do carro.

– Entre. Vou mostrar como armar o sistema de segurança. Apenas no caso de eu não estar aqui para fazê-lo.

Ele a acompanhou através de um pequeno corredor que terminava no saguão de entrada da casa e apontou para um teclado montado perto da porta da frente.

– Atualizei isso há apenas alguns meses. Primeiro você digita o código de segurança, então pressiona a tecla armar. Uma vez armado, se alguém abrir uma porta ou janela, isso acionará um alarme tão alto que fará seus ouvidos zumbirem. Também notifica automaticamente a empresa de segurança e eles ligam para a casa. Para desarmá-lo, você digita o mesmo código, então aperta desligar. Tudo bem até agora?

– Sim. Vai me dizer qual é o código?

– Estava chegando lá. – Ele olhou para ela. – Você se dá conta, é claro, de que estou a ponto de entregar a chave numérica de minha casa para você.

– Está em dúvida se pode confiar em mim?

– Apenas prometa não passá-la para seus amigos mais desagradáveis.

– Deus sabe que tenho muitos desses.

– É. – Ele riu. – E todos devem ter distintivos. Tudo bem, o código é 2712. O aniversário de minha filha. Acha que consegue se lembrar ou quer que eu escreva?

– Vou me lembrar.

– Bom. Agora vá em frente e arme, porque acho que ficaremos aqui esta noite.

Quando ela digitou os números, ele se aproximou por trás dela e ela pôde sentir seu hálito no cabelo. Ela apertou armar e ouviu um bipe suave. O mostrador digital informava então: sistema armado.

– Fortaleza segura – disse ele.

– Foi bem simples.

Ela se virou e viu-o olhando para ela de maneira tão intensa que teve vontade de recuar, ao menos para restabelecer uma distância segura entre ambos.

– Já jantou? – perguntou ele.

– Não deu. Aconteceu muita coisa hoje.

– Vamos, então. Não posso deixá-la com fome.

A cozinha era exatamente do jeito que ela esperava, com sólidos armários de borda e tampos em madeira. As panelas estavam penduradas ordenadamente no teto. Não havia toques extravagantes, apenas o lugar de trabalho de um homem prático.

– Não quero que você se incomode – disse ela. – Ovos com torrada seriam ótimos.

Ele abriu a geladeira e retirou dali uma caixa de ovos.

– Mexidos?

– Posso fazê-los, Rick.

– Que tal fazer as torradas? O pão está logo ali. Também quero uma.

Ela pegou duas fatias de pão do pacote e as colocou na torradeira. Ela se virou para ver Ballard misturar os ovos em uma tigela junto ao fogão e se lembrou de sua última refeição juntos, ambos descalços, rindo. Desfrutando da companhia um do outro. Antes que o telefonema de Jane a fizesse suspeitar dele. E se Jane não tivesse ligado naquela noite, o que teria ocorrido entre os dois? Ela o viu derramar os ovos em uma frigideira e ligar o fogo. Sentiu o rosto corar como se ele tivesse acendido outro fogo dentro dela.

Ela olhou para a porta da geladeira, onde havia fotografias de Ballard e da filha: Katie quando criança nos braços da mãe; quando bebê, sentada em uma cadeira alta... uma progressão de imagens, levando à fotografia de uma adolescente loura com um sorriso relutante.

– Ela está mudando muito rápido – disse ele. – Não consigo acreditar que essas fotos são da mesma pessoa.

Ela olhou para ele por sobre o ombro.

– O que você decidiu fazer a respeito do baseado no armário?

– Ah, isso. – Ele suspirou. – Carmen a pôs de castigo. Ainda pior, proibiu-a de ver TV durante um mês. Agora, tenho de trancar meu próprio aparelho, apenas para ter certeza de que Katie não vai vir até aqui ver TV quando eu não estiver em casa.

– Você e Carmen são bons nisso de montar uma frente unida.

– Na verdade, não temos muita escolha. Não importa o quanto o divórcio seja amargo, é importante se unir pelo bem das crianças.

Ele se voltou para o fogão e serviu os ovos em dois pratos.

– Nunca teve filhos?

– Não, por sorte.

– Por sorte?

– Victor e eu não conseguiríamos ser tão civilizados quanto vocês dois.

– Não é tão fácil quanto parece. Especialmente desde...

– Sim?

– Conseguimos manter as aparências. Isso é tudo.

Colocaram a mesa com os pratos de ovos mexidos, torradas e manteiga e se sentaram um de frente para o outro. O assunto de seus casamentos falidos os manteve sob controle. Ainda estamos nos recuperando de feridas emocionais, pensou ela. Não importa quanta atração estejamos sentindo um pelo outro, esta é a hora errada de se envolver.

Mais tarde, porém, quando ele a levou para o andar de cima, ela sabia que as mesmas possibilidades passavam pelas cabeças dos dois.

– Este é seu quarto – disse ele, abrindo a porta do quarto de Katie. Ela entrou e deu de cara com o olhar sedutor de Britney Spears em um pôster gigante na parede. Bonecas e CDs de Britney estavam alinhados nas prateleiras. Vou ter pesadelos neste quarto, pensou Maura.

– Tem um banheiro só para você, atrás daquela porta – disse ele. – Deve haver uma ou duas escovas de dente reservas no armário. E você pode usar o robe de Katie.

– Ela não se importa?

– Ela está com Carmen esta semana. Nem vai saber que você esteve aqui.

– Obrigada, Rick.

Ele fez uma pausa, como se esperando que ela dissesse algo mais. Esperando por palavras que mudariam tudo.

– Maura – disse ele.

– Sim?

– Vou cuidar de você. Só queria que soubesse disso. O que aconteceu com Anna... não deixarei acontecer com você. – Antes de se virar para ir embora, ele disse: – Boa noite – e fechou a porta atrás de si.

Vou cuidar de você.

Não é o que todos desejamos?, pensou Maura. Alguém que nos dê segurança. Ela havia se esquecido de como era ser protegida. Mesmo quando fora casada com Victor, ela nunca se sentira protegida por ele. Ele era egocêntrico demais para cuidar de alguém além de si mesmo.

Deitada na cama, ouviu o relógio contando os segundos na mesa de cabeceira e os passos de Ballard no quarto ao lado. Aos poucos, a casa ficou em silêncio. Ela viu as horas avançarem no relógio. Meia-noite. Uma. E ainda não conseguia dormir. No dia seguinte ela estaria exausta.

Será que ele também está acordado?

Ela mal conhecia aquele homem, assim como mal conhecia Victor quando se casaram. Três anos de sua vida jogados fora por causa de mera química. Fagulhas. Ela não confiava em seu julgamento no que dizia respeito aos homens. O homem com quem você mais quer se deitar pode ser a pior escolha de todas.

Duas da madrugada.

O brilho de um farol de automóvel iluminou a janela. Um motor ressonava na rua. Ela ficou tensa, pensando: não é nada, provavelmente um vizinho voltando tarde para casa. Então ela ouviu ruído de passos na varanda da frente. Prendeu a respiração. Subitamente, ouviu-se um ruído altíssimo. Ela se sentou na cama.

O alarme de segurança. Alguém está na casa.

Ballard bateu à porta.

– Maura? *Maura?* – ele gritou.

– Estou bem!

– Tranque a porta! Não saia.

– Rick?

– Apenas fique no quarto!

Ela pulou da cama, trancou a porta e se agachou com as mãos protegendo os ouvidos, incapaz de ouvir qualquer outra coisa por causa do ruído do alarme. Ela pensou em Ballard, descendo a escada. Imaginou uma casa repleta de sombras. Alguém esperando lá embaixo. *Onde está você, Rick?* Ela não conseguia ouvir outra coisa além do alarme. Ali no escuro ela estava cega e surda para qualquer coisa que estivesse caminhando em direção a sua porta.

O ruído cessou de repente. No silêncio que se seguiu, ela pôde finalmente ouvir a própria respiração ofegante e o coração batendo.

E vozes.

– Meu Deus! – gritou Rick. – Eu podia ter atirado em você! O que diabos estava pensando?

Então a voz de uma menina. Magoada, furiosa.

– Você trancou a porta com a corrente! Não consegui entrar para desligar o alarme!

– Não grite comigo.

Maura abriu a porta e saiu no corredor. As vozes estavam mais altas agora, ambas furiosas. Olhando sobre a balaustrada, viu Rick lá embaixo, sem camisa, vestindo blue jeans, o revólver que levara para baixo preso na cintura. A filha olhava feio para ele.

– São duas da madrugada, Katie. Como veio até aqui?

– Um amigo me trouxe.

– No meio da noite?

– Vim buscar minha mochila, está bem? Esqueci que precisaria dela amanhã e não queria acordar a mamãe.

– Diga-me quem é esse amigo. Quem a trouxe até aqui?

– Bem, ele já foi embora! O alarme deve tê-lo assustado.

– É um garoto? Quem é?

– Não vou metê-lo nesta roubada!

– Quem é o garoto?

– Não, papai. Simplesmente não.

– Você fique aqui e fale comigo. Katie, não suba...

Ouviram-se passos na escada que subitamente cessaram. Katie ficou imóvel, olhando para Maura.

– Desça já aqui! – gritou Rick.

– Tá bom, pai – murmurou Katie, o olhar ainda fixo em Maura. – Agora sei por que trancou a porta com a corrente.

– Katie! – Rick fez uma pausa, interrompido pelo telefone. Ele atendeu. – Alô? Sim, é Rick Ballard. Tudo bem por aqui. Não, não precisa enviar ninguém. Minha filha voltou para casa e não desligou o sistema de alarme a tempo...

A menina ainda olhava para Maura com hostilidade.

– Então você é a nova namorada dele.

– Por favor, você não precisa ficar aborrecida com isso – disse Maura calmamente. – Não sou namorada dele. Só precisava de um lugar onde passar a noite.

– Oh, claro. Por que não na casa de meu pai?

– Katie, é a verdade...

– Ninguém nesta família me conta a verdade.

197

Lá embaixo, o telefone voltou a tocar. Novamente Rick atendeu.

– Carmen. Carmen, acalme-se! Katie está aqui. É, está bem. Um rapaz a trouxe até aqui para pegar a mochila...

A menina lançou um último e venenoso olhar para Maura e desceu a escada.

– Era sua mãe – disse Rick.

– Você vai contar para ela sobre sua nova namorada? Como pôde fazer isso com ela, papai?

– Precisamos conversar sobre isso. Você precisa aceitar o fato de que sua mãe e eu não estamos mais juntos. As coisas mudaram.

Maura voltou para o quarto e fechou a porta. Enquanto se vestia, podia ouvi-los discutir lá embaixo. A voz de Rick, firme e regular, a da menina, aguda e raivosa. Maura demorou apenas alguns instantes para se vestir. Quando desceu, encontrou Ballard e a filha sentados na sala de estar. Katie estava enroscada no sofá como um porco-espinho furioso.

– Rick, estou indo embora – disse Maura.

Ele se levantou.

– Você não pode.

– Não, está tudo bem. Você precisa de tempo com a sua família.

– Não é seguro voltar para casa.

– Não vou para casa. Vou para um hotel. É sério, estarei perfeitamente bem.

– Maura, espere...

– Ela quer ir, *está bem*? – rebateu Katie. – Então deixe que vá.

– Ligarei quando achar um hotel – disse Maura.

Quando ela saiu da garagem, Rick estava na rampa de veículos, observando-a. Seus olhares se encontraram através da janela do carro, e ele deu um passo à frente, como se tentando mais uma vez persuadi-la a ficar, a voltar à segurança de sua casa.

Surgiu outro par de faróis. O carro de Carmen estacionou no meio-fio e ela saiu, com o cabelo louro despenteado e a camisola aparecendo por sob o robe. Outro pai tirado da cama por aquela adolescente problemática. Carmen lançou um olhar na direção de Maura, disse algumas palavras para Ballard e entrou na casa. Através da janela da sala, Maura viu o abraço de mãe e filha.

198

Ballard demorou-se do lado de fora. Olhou para a casa e de volta para Maura, como se puxado em duas direções.

Ela tomou a decisão por ele: engatou a marcha, pisou no acelerador e foi embora. A última visão que teve dele foi pelo espelho retrovisor, quando ele deu as costas e voltou para casa. De volta para sua família. Até mesmo o divórcio não é capaz de apagar os laços forjados durante anos de casamento, pensou. Muito tempo depois de os papéis assinados e do divórcio selado, os laços ainda permanecem. E o mais poderoso deles está escrito na carne e no sangue dos filhos.

Ela emitiu um suspiro profundo e se sentiu subitamente limpa de tentações. Livre.

Como prometera a Ballard, não voltou para casa. Em vez disso, dirigiu para oeste na Rota 95, que fazia um longo arco ao redor de Boston. Parou no primeiro motel de beira de estrada que encontrou. O quarto que conseguiu cheirava a cigarro e a sabão Ivory. O vaso sanitário tinha uma faixa de papel sobre a tampa, indicando que havia sido "higienizado", e os copos no banheiro eram de plástico. O barulho do trânsito que vinha da autoestrada ali perto atravessava as finas paredes do quarto. Ela não se lembrava da última vez em que estivera em um motel tão barato, tão caído. Ela ligou para Rick, apenas um telefonema breve de trinta segundos para lhe dizer onde estava. Então desligou o celular e se enfiou entre lençóis puídos.

Naquela noite ela dormiu mais profundamente do que dormira em uma semana.

19

*N*obody likes me, everybody hates me, think I'll go eat worms. Worms, worms, worms.*

Pare de pensar nisso!

---

*"Ninguém gosta de mim, todo mundo me odeia, acho que vou comer vermes. Vermes, vermes, vermes." É o trecho inicial de uma tradicional canção infantil norte-americana. (*N. do E.*)

Mattie fechou os olhos e trincou os dentes, mas não conseguia afastar a melodia daquela insípida canção infantil que se repetia em sua mente e sempre recaía naqueles vermes.

Só que não vou comê-los. Eles me comerão.

Oh, pense em outra coisa. Coisas boas, coisas bonitas. Flores, vestidos. Vestidos brancos, de seda, com contas. O dia de seu casamento. Sim, pense nisso.

Lembrou-se de estar sentada na sala da noiva na Igreja Metodista de St. John olhando-se no espelho e pensando: hoje é o melhor dia da minha vida. Estou me casando com o homem que amo. Lembrou-se da mãe entrando na sala para ajudá-la com o véu. De como a mãe se inclinou e disse, com um suspiro de alívio:

– Nunca pensei que viveria para ver este dia.

O dia em que um homem finalmente se casaria com sua filha.

Agora, sete meses depois, Mattie pensou nas palavras da mãe e em como não foram particularmente gentis. Mas naquele dia, nada estragou sua alegria. Nem mesmo a náusea matinal, os sapatos altos que a estavam matando, ou o fato de Dwayne ter bebido tanto champanhe na noite de núpcias que dormiu na cama do hotel antes de ela sair do banheiro. Nada importava, exceto o fato de ela ser a Sra. Purvis e de sua vida, sua vida real, estar finalmente a ponto de começar.

E agora vai acabar aqui, nesta caixa, a não ser que Dwayne me salve.

Ele vai me salvar, não vai? Ele não me quer de volta?

Oh, isso era pior do que pensar em vermes comendo seu corpo. Mude de assunto, Mattie!

E se ele não me quiser de volta? E se ele estiver esperando que eu simplesmente vá embora para que possa ficar com aquela mulher? E se for ele quem...

Não, não Dwayne. Se ele a queria morta, por que prendê-la em uma caixa? Por que mantê-la viva?

Ela inspirou profundamente, e seus olhos se encheram de lágrimas. Ela queria viver. Faria qualquer coisa para viver, mas não sabia como sair daquela caixa. Passara horas pensando em como fazê-lo. Batera nas paredes, chutara o teto diversas vezes. Pensou em desmontar a lanterna e talvez usar suas peças para montar... o quê?

Uma bomba.

Ela quase podia ouvir Dwayne rindo dela, ridicularizando-a. Oh, claro, Mattie, você é uma verdadeira MacGyver.

Bem, o que devo fazer?

Vermes...

Eles voltaram a sua mente. Entravam em seu futuro, deslizando sob sua pele, devorando a sua carne. Estavam lá, fora da caixa, pensou. Esperando que ela morresse. Então entrariam para se banquetearem.

Ela se virou de lado e estremeceu.

Tem de haver uma saída.

20

Yoshima estava diante de um cadáver, sua mão enluvada segurava uma seringa com agulha calibre 16. O corpo era de uma jovem mulher, tão magra que a barriga tombava sobre os ossos dos quadris como uma tenda arriada. Yoshima esticou a pele sobre a virilha e introduziu a agulha na veia femural. Puxou o êmbolo e um sangue tão escuro que era quase negro começou a preencher a seringa.

Ele não ergueu a cabeça quando Maura entrou na sala. Em vez disso, continuou concentrado em sua tarefa. Ela observou em silêncio quando ele retirou a agulha e transferiu o sangue para vários tubos de vidro, trabalhando com a calma eficiência de alguém que manipulara incontáveis tubos de sangue de incontáveis cadáveres. Se eu sou a Rainha dos Mortos, pensou ela, então Yoshima certamente é o Rei. Ele os despia, pesava, sondava suas virilhas e pescoços em busca de veias, depositava seus órgãos em jarros de formol. E quando a necrópsia terminava, quando ela acabava de cortar, era ele quem pegava agulha e linha e fechava suas incisões.

Yoshima tirou a agulha e jogou a seringa usada no lixo de material contaminado. Então fez uma pausa, olhando para a mulher cujo sangue acabara de coletar.

– Chegou hoje pela manhã – disse ele. – O namorado a encontrou morta no sofá quando acordou.

Maura viu as marcas de agulha nos braços do cadáver.

– Que desperdício.

– Sempre é.

– Quem vai cuidar desse?

– O Dr. Costas. O Dr. Bristol está no tribunal hoje.

Empurrou uma bandeja para junto da mesa e começou a arrumar os instrumentos. O barulho de metal parecia dolorosamente alto em meio ao silêncio. Seu contato fora profissional como sempre, mas, naquele dia, Yoshima não olhava para ela. Parecia estar evitando seu olhar, com medo de virar-se em sua direção, evitando comentar o que acontecera no estacionamento na noite anterior. Mas o assunto estava ali, no ar, entre eles, impossível de ser ignorado.

– Soube que a detetive Rizzoli ligou para sua casa ontem à noite – disse ela.

Ele parou, com as mãos imóveis sobre a bandeja.

– Yoshima, lamento se ela insinuou de algum modo...

– Dra. Isles, você sabe há quanto tempo eu trabalho no laboratório de perícia médica? – interrompeu ele.

– Sei que está aqui há mais tempo do que todos nós.

– Dezoito anos. O Dr. Tierney me contratou assim que deixei o Exército. Servia na unidade mortuária. É difícil, você sabe, trabalhar com tantos jovens. A maioria era vítima de acidentes ou suicídios, mas faz parte do trabalho. Os jovens se arriscam. Brigam, dirigem rápido demais. Ou suas esposas os abandonam e eles pegam as próprias armas e atiram em si mesmos. Achava que pelo menos podia fazer algo por eles, podia tratá-los com o respeito devido a um soldado. E alguns deles eram apenas crianças, quase imberbes. Esta era a parte perturbadora, o quão jovens eram, mas consegui lidar com aquilo. Do modo como lido com isso aqui, por causa de meu trabalho. Não me lembro da última vez em que faltei por estar doente. – Fez uma pausa. – Mas hoje, pensei em não vir.

– Por quê?

Ele se virou e olhou para ela.

– Imagina como deve ser, após 18 anos de trabalho, de repente descobrir que é suspeito de um crime?

– Desculpe se foi assim que ela o fez se sentir. Sei como pode ser brusca quando...

– Não, na verdade, ela não foi. Foi muito educada, muito amistosa. Foi a *natureza* de suas perguntas que me fez perceber o que estava acontecendo. *Como é trabalhar com a Dra. Isles? Vocês se dão bem?* – Yoshima riu. – Agora me diga, por que você acha que ela me perguntou isso?

– Ela estava fazendo o trabalho dela, isso é tudo. Não foi uma acusação.

– Mas pareceu.

Ele foi até a bancada e começou a enfileirar jarros de formol com amostras de tecido.

– Trabalhamos juntos há quase dois anos, Dra. Isles.

– Sim.

– Nunca aconteceu, ao menos que eu saiba, de você ter ficado insatisfeita com meu trabalho.

– Nunca. Eu não o trocaria por ninguém.

Ele a encarou. Sob as luzes fluorescentes, ela viu o quanto ele estava ficando grisalho. Antes achava que ele estivesse na faixa dos 30 anos. Com aquele rosto tranquilo e sem vincos e a constituição esguia, parecia ter uma idade indefinida. Agora, vendo as rugas de preocupação ao redor de seus olhos, ela viu o que ele realmente era: um homem entrando na meia-idade. *Assim como eu.*

– Não houve um momento – disse ela, – nem um *instante*, em que eu tenha pensado que você...

– Mas agora está pensando, não está? Desde que a detetive Rizzoli levantou o assunto, teve de considerar a possibilidade de eu ter vandalizado seu carro. De ser eu quem a está seguindo.

– Não, Yoshima. Não. Eu me recuso a pensar assim.

Ele olhou para ela.

– Então não está sendo honesta consigo mesma, ou comigo. Porque o pensamento tem de estar em sua mente. E enquanto houver um resquício de desconfiança, não ficará à vontade comigo. Posso sentir isso, você também.

203

Ele tirou as luvas, virou-se e começou a escrever o nome do cadáver em etiquetas. Ela podia ver a tensão em seus ombros, nos músculos rígidos de seu pescoço.

– Vamos superar isso – disse ela.

– Talvez.

– Talvez, não. Nós vamos. Temos de trabalhar juntos.

– Bem, acho que isso depende de você.

Ela o observou por um instante, imaginando como recuperar a relação cordial de que certa vez desfrutaram. Talvez não fosse tão cordial afinal de contas, pensou ela. Só achava que fosse, mas todo esse tempo ele escondeu suas emoções de mim, assim como escondi as minhas dele. Que dupla nós somos, o duo insondável. Todas as semanas as tragédias desfilavam sobre nossa mesa de necrópsia, mas nunca o vi chorar, nem ele a mim. Enfrentamos a morte como dois trabalhadores em uma fábrica.

Ele acabou de etiquetar os vidros de amostras e virou-se para perceber que ela ainda estava atrás dele.

– Precisa de alguma coisa, Dra. Isles? – perguntou ele, e sua voz, assim como a sua expressão, não revelava vestígio do que acabara de acontecer entre eles. Aquele era o Yoshima que ela sempre conhecera, discretamente eficiente, pronto para oferecer assistência.

Ela respondeu à altura. Tirou as radiografias do envelope que trouxera para a sala e afixou as chapas de Nikki Wells na caixa de luz.

– Espero que se lembre deste caso – disse ela, e ligou a luz. – Faz cinco anos. Um caso em Fitchburg.

– Qual era o nome da vítima?

– Nikki Wells.

Ele franziu o cenho ao olhar para a radiografia e logo concentrou a sua atenção na coleção de ossos fetais sobre a pélvis materna.

– Era aquela mulher grávida? Assassinada com a irmã?

– Então você se lembra.

– Ambos os corpos queimados?

– Exato.

– Eu me lembro, foi um caso do Dr. Hobart.

– Não conheço o Dr. Hobart.

204

– Não, não poderia tê-lo conhecido. Foi embora uns dois anos antes de você se juntar a nós.

– Onde ele está trabalhando agora? Gostaria de falar com ele.

– Bem, isso vai ser difícil. Ele está morto.

Ela franziu as sobrancelhas.

– O quê?

Yoshima balançou a cabeça com tristeza.

– Foi tão difícil para o Dr. Tierney... Ele se sentiu responsável, embora não tivesse tido outra escolha.

– O que houve?

– Houve alguns... problemas com o Dr. Hobart. Primeiro, perdeu alguns slides. Então, sumiu com alguns órgãos, e a família descobriu. Processaram nosso laboratório. Foi uma grande confusão, um bocado de má publicidade, mas o Dr. Tierney o apoiou. Então, sumiram algumas drogas de uma bolsa de uso pessoal, e ele não teve escolha a não ser pedir que o Dr. Hobart pedisse demissão.

– E o que aconteceu a seguir?

– O Dr. Hobart foi para casa e engoliu um punhado de Oxycontin. Só o encontraram três dias depois.

Yoshima fez uma pausa.

– Aquela foi uma necrópsia que ninguém aqui queria fazer.

– A competência dele foi questionada?

– Cometeu alguns erros.

– Sérios?

– Não estou certo do que quer saber.

– Estou me perguntando se ele deixou escapar isto.

Ela apontou para o fragmento brilhante encravado no osso pubiano.

– O relatório dele sobre Nikki Wells não explica esta densidade metálica aqui.

– Há outras sombras metálicas nesta chapa – percebeu Yoshima. – Vejo um gancho e um fecho de sutiã.

– Sim, mas olhe esta visão lateral. Este fragmento de metal está *dentro* do osso, não por cima dele. O Dr. Hobart lhe disse alguma coisa a esse respeito?

205

– Não que eu me lembre. Não está no relatório dele?

– Não.

– Então não deve ter achado relevante.

O que quer dizer que provavelmente não foi trazido à baila durante o julgamento de Amalthea, pensou Maura. Yoshima voltou aos seus afazeres, posicionando bacias e baldes e ajeitando os papéis no fichário. Embora houvesse uma jovem morta a alguns metros dali, a atenção de Maura estava voltada para a radiografia de Nikki Wells e de seu feto, seus ossos fundidos pelo fogo em uma única massa carbonizada.

Por que você as queimou? Qual foi o propósito? Teria Amalthea sentido prazer ao observar as chamas consumi-las? Ou esperava que essas chamas consumissem algo mais, algum vestígio de si mesma que ela não quisesse que fosse encontrado?

O foco de sua atenção se moveu do arco do crânio fetal para o fragmento branco encravado no púbis de Nikki. Um fragmento fino como...

Uma ponta de faca. Um fragmento de lâmina.

Mas Nikki fora morta com uma pancada na cabeça. Por que usar uma faca em uma vítima cujo rosto você acabou de esmagar com uma chave de roda? Ela olhou para o fragmento de metal, e seu significado subitamente lhe ocorreu, um significado que lhe provocou um calafrio ao longo da espinha.

Foi até o telefone e apertou o botão do interfone.

– Louise?

– Sim, Dra. Isles?

– Por favor, ligue para o Dr. Daljeet Singh, o médico perito em Augusta, Maine.

– Um momento.

Então, um pouco depois:

– O Dr. Singh está na linha.

– Daljeet? – disse Maura.

– Não, não me esqueci do jantar que estou lhe devendo! – ele respondeu.

206

– Talvez *eu* lhe deva um jantar, se puder me responder uma pergunta.

– Qual?

– Aqueles esqueletos que escavamos em Fox Harbor. Já os identificou?

– Não. Pode demorar. Não há registro de desaparecidos em Waldo nem em Hancock que sejam consistentes com os restos mortais. Ou esses ossos são muito antigos, ou essas pessoas não são da área.

– Você já pediu uma busca no CNIC? – perguntou ela.

O Centro Nacional de Informação Criminal, administrado pelo FBI, tinha um banco de dados de casos de gente desaparecida em todo o país.

– Sim, mas como não posso fechar a busca em uma determinada década, consegui várias páginas cheias de nomes. Tudo o que foi registrado na região da Nova Inglaterra.

– Talvez eu possa ajudá-lo a estreitar seus parâmetros de busca.

– Como?

– Especifique apenas os casos de pessoas desaparecidas entre 1955 e 1965.

– Posso perguntar como chegou a essa década em particular?

Porque foi a época em que minha mãe morou em Fox Harbor, pensou. *Minha mãe, que matara a outros.*

Mas tudo o que ela disse foi:

– Uma intuição.

– Você está muito misteriosa.

– Explicarei quando nos encontrarmos.

PELA PRIMEIRA VEZ, Rizzoli deixava Maura dirigir, mas apenas porque estavam no Lexus de Maura, rumo ao norte em direção à autoestrada. Durante a noite, uma tempestade se aproximara vindo do oeste, e Maura despertara ao som de chuva tamborilando em seu telhado. Ela fizera café, lera o jornal, todas as coisas que fazia habitualmente numa manhã comum. Com quanta rapidez as velhas rotinas se impõem, mesmo diante do medo. Na noite anterior não ficara em um motel. Preferira voltar para casa. Trancara todas as portas e deixara a luz da varanda acesa, uma pobre defesa contra as ameaças da noite, embora tivesse dormido em meio à turbulência da tempestade e despertado sentindo-se novamente no controle da própria vida.

Já me cansei de ter medo, pensou. Não vou deixá-lo me dominar em minha própria casa.

Agora, enquanto ela e Rizzoli iam ao Maine, onde pairavam nuvens de chuva ainda mais escuras, ela estava pronta para reagir, pronta para virar a mesa. *Quem quer que você seja, vou rastreá-lo e descobri-lo. Também posso ser um caçador.*

ERAM 14 HORAS quando chegaram ao prédio do laboratório de perícia médica do Maine, em Augusta. O Dr. Daljeet Singh as encontrou na recepção e levou-as para o subsolo, até a sala de necrópsia, onde as duas caixas de ossos os aguardavam sobre o balcão.

– Essa não tem sido minha maior prioridade – admitiu e pegou uma folha de plástico. Pousou-a suavemente na mesa de aço, como um paraquedas de seda. – Provavelmente estão enterrados há décadas, então alguns dias a mais não farão muita diferença.

– Conseguiu os resultados da nova consulta ao CNIC? – perguntou Maura.

– Esta manhã. Imprimi a lista de nomes. Está naquela mesa.

– Radiografias de arcadas dentárias?

– Eles me mandaram o arquivo por e-mail. Não tive tempo de vê-lo. Achei melhor esperar vocês duas chegarem.

Ele abriu a primeira caixa de papelão e começou a remover os ossos, colocando-os gentilmente sobre a folha de plástico. Tirou um crânio com o topo afundado. Uma pélvis suja de terra, ossos longos e uma espinha atarracada. Uma pilha de costelas, que ressoavam como uma cortina de bambu. Afora isso, pairava o silêncio no laboratório de Daljeet, tão claro e brilhante quanto a sala de necrópsia de Maura, em Boston. Bons patologistas são perfeccionistas por natureza, e ele agora revelava este aspecto de sua personalidade. Parecia dançar ao redor da mesa, movendo-se com graça quase feminina enquanto arranjava os ossos em suas posições anatômicas.

– Este é quem? – perguntou Rizzoli.

– Este é o homem – disse ele. – O tamanho do fêmur indica que ele tinha entre 1,77 metro e 1,83 metro. Fratura óbvia no osso temporal. Há também essa antiga fratura de Colles bem calcificada. – Ele olhou para Rizzoli, que parecia perplexa. – Um pulso quebrado.

– Por que vocês médicos fazem isso?

– O quê?

– Dar nomes sofisticados às coisas. Por que não dizem apenas pulso quebrado?

Daljeet sorriu.

– Algumas perguntas não têm respostas simples, detetive Rizzoli. Rizzoli olhou para os ossos.

– O que mais sabemos sobre ele?

– Não há alterações causadas por osteoporose ou artrite na coluna. Era um jovem adulto, caucasiano. Algum trabalho dentário aqui... obturações com amálgama de prata nos dentes número 18 e 19.

Rizzoli apontou para o osso temporal afundado.

– Essa foi a causa da morte?

– Isto certamente é classificável como um golpe fatal. – Ele se voltou e olhou para a segunda caixa. – Agora, a mulher. Foi encontrada a uns 20 metros do homem.

Na segunda mesa de necrópsia, ele novamente estendeu uma folha de plástico. Juntos, ele e Maura montaram os restos mortais em sua posição anatômica original, como dois garçons apressados preparando a mesa de um jantar. Os ossos chacoalharam sobre a mesa. O quadril sujo de terra. Outro crânio, menor, as cristas supraorbitais mais delicadas que as do homem. Ossos das pernas, dos braços, esterno, um bando de costelas e dois sacos de papel contendo ossos carpais e tarsais.

– Portanto, eis nossa Fulana – disse Daljeet, observando o arranjo final. – Aqui não posso determinar a causa da morte, porque não há nada em que se basear. Ela parece ser jovem, também caucasiana. Vinte a 35 anos de idade. Altura por volta de 1,60 metro, sem fraturas an-

209

tigas. Boa dentição. Uma pequena lasca aqui, no canino, e uma coroa de ouro no número quatro.

Maura olhou para a caixa de luz, onde estavam expostos dois filmes.

– São radiografias de suas arcadas dentárias?

– O homem à esquerda, a mulher à direita.

Daljeet foi até a pia lavar a terra das mãos e arrancou uma toalha de papel.

– Então, aí estão: Fulano e Fulana.

Rizzoli pegou os nomes que o CNIC enviara por e-mail para Daljeet naquela manhã.

– Meu Deus. Há dezenas de registros aqui. Tanta gente desaparecida.

– E isso apenas na região da Nova Inglaterra. Brancos entre 20 e 45 anos.

– Todos os relatórios são das décadas de 1950 e 1960.

– Foi o período que Maura especificou.

Daljeet foi até o laptop.

– Muito bem, vamos dar uma olhada em algumas radiografias que nos enviaram.

Ele abriu o arquivo que lhe fora encaminhado por e-mail pelo CNIC. Surgiu uma fileira de ícones, cada um rotulado com um número de caso. Ele clicou no primeiro ícone, e uma radiografia preencheu a tela. Uma linha de dentes tortos, como dominós brancos tombando uns contra os outros.

– Bem, este certamente não é um dos nossos – disse ele. – Veja estes dentes! É um pesadelo de ortodontista.

– Ou a mina de ouro de um ortodontista – disse Rizzoli.

Daljeet fechou a imagem e clicou no ícone seguinte. Outra radiografia, esta com um espaço vago entre os incisivos.

– Não creio – disse ele.

A atenção de Maura voltou-se para a mesa. Para os ossos da mulher sem nome. Olhou a graciosa linha dos olhos e os delicados arcos zigomáticos daquele crânio. Um rosto de belas proporções.

– Ah, *olá* – ouviu Daljeet dizer. – Acho que reconheço esses dentes.

210

Ela olhou para a tela do computador. Viu uma radiografia de molares e o brilho de obturações metálicas.

Daljeet levantou-se da cadeira e foi até a mesa onde estava o esqueleto masculino. Ele pegou o maxilar e trouxe-o para perto do computador a fim de comparar.

– Obturações de amálgama nos números 18 e 19 – notou.

– Sim. Sim, confere.

– Qual era o nome do radiografado? – perguntou Rizzoli.

– Robert Sadler.

– Sadler... Sadler...

Rizzoli folheou a lista impressa pelo computador.

– Certo, encontrei. Sadler, Robert. Branco, 29 anos. Media 1,80 metro, cabelos e olhos castanhos.

Ela olhou para Daljeet, que assentiu.

– É compatível com nossos restos mortais.

Rizzoli continuou a ler:

– Era um construtor. Foi visto pela última vez em sua cidade, Kennebunkport, Maine. Dado como desaparecido em 3 de julho de 1960, com sua...

Ela fez uma pausa. Olhou para a mesa onde estavam os ossos da mulher.

– ...com sua esposa.

– Qual era o nome dela? – perguntou Maura.

– Karen. Karen Sadler. Tenho o número do caso para você.

– Dê para mim – disse Daljeet, voltando-se para o computador. – Vamos ver a radiografia dela.

Maura ficou logo atrás, olhando por cima do ombro de Daljeet enquanto ele clicava no ícone correto e uma imagem aparecia na tela. Era uma radiografia tirada quando Karen Sadler estava viva, sentada na cadeira de seu dentista. Ansiosa, talvez, diante da possibilidade de estar com uma cárie e com medo da obturação inevitável que se seguiria. Enquanto segurava a aba de papelão para manter o filme no lugar, Karen jamais poderia ter imaginado que a imagem que seu dentista capturara naquele dia estaria brilhando, anos depois, na tela do computador de um patologista.

Maura viu uma fileira de molares e o brilho metálico de uma coroa. Foi até a caixa de luz onde Daljeet afixara o panógrafo dos dentes da mulher não identificada e disse:

– É ela. Esses ossos são de Karen Sadler.

– Então temos duas identificações positivas – disse Daljeet. – Marido e mulher.

Atrás deles, Rizzoli folheava a lista impressa, procurando pelo arquivo de Karen Sadler.

– Muito bem, aqui está. Branca, 25 anos. Loura, olhos azuis... – Ela subitamente parou de falar. – Há algo errado aqui. Seria bom verificar essas radiografias outra vez.

– Por quê? – disse Maura.

– Apenas veja outra vez.

Maura estudou o filme, então virou-se para a tela de computador.

– Elas batem, Jane. Qual o problema?

– Está faltando uma ossada.

– Que ossos?

– Os de um feto.

Rizzoli olhou para ela com uma expressão atônita.

– Karen Sadler estava grávida de oito meses.

Houve um longo silêncio.

– Não encontramos outros despojos – disse Daljeet.

– Pode não tê-los visto – disse Rizzoli.

– Escavamos tudo e peneiramos a terra.

– Predadores podem tê-los levado dali.

– Sim, é sempre possível. Mas esta é Karen Sadler.

Maura foi até a mesa e olhou para a pélvis da mulher, pensando nos ossos de outra mulher brilhando na caixa de luz. *Nikki Wells também estava grávida.*

Levou a lupa até a mesa e ligou a luz. Focou a lente sobre o ramo pubiano. Havia terra avermelhada encrostada sobre a sínfise, onde os dois ramos se juntavam, unidos por uma grossa cartilagem.

– Daljeet, conseguiria para mim um cotonete ou uma gaze molhada? Algo para eu poder limpar esta terra.

212

Ele encheu uma vasilha de água e abriu um pacote de cotonetes. Colocou-os na mesa ao lado dela.

– O que procura?

Ela não respondeu. Sua atenção estava voltada para a tarefa de tirar aquela camada de sujeira e revelar o que havia embaixo. À medida que a terra era removida, seu pulso acelerava. O último pedaço de sujeira finalmente foi retirado. Ela olhou para o que agora era revelado pela lupa. Ela se levantou e olhou para Daljeet.

– O que é? – disse ele.

– Olhe. Está bem na beira, onde os ossos se articulam.

Ele se inclinou para olhar através das lentes.

– Você se refere àquele pequeno talho? É disso que está falando?

– Sim.

– É bem sutil.

– Mas está lá.

Ela respirou fundo.

– Trouxe uma radiografia, está no meu carro. Acho que deveriam dar uma olhada.

Ao sair no estacionamento, a chuva castigou seu guarda-chuva. Ao apertar o botão abrir do chaveiro, não conseguiu evitar olhar para os arranhões na porta do lado do passageiro. Uma marca de garra com o propósito de amedrontá-la. *Tudo o que conseguiu foi me deixar furiosa. Pronta para retaliar.* Ela tirou o envelope do banco de trás e protegeu-o sob o casaco enquanto o trazia para dentro do prédio.

Daljeet parecia perplexo enquanto a observava afixar as radiografias de Nikki Wells na caixa de luz.

– Qual é este caso que você está me mostrando agora?

– Um homicídio há cinco anos, em Fitchburg, Massachusetts. O crânio da vítima foi esmagado e seu corpo queimado.

Daljeet franziu o cenho ao olhar para a radiografia.

– Mulher grávida. O feto parece em fim de gestação.

– Mas foi isso o que me chamou atenção.

Ela apontou para o fragmento brilhante na sínfise pubiana de Nikki Wells.

– Acho que é uma ponta de faca.

– Mas Nikki Wells foi morta com uma chave de roda – disse Rizzoli. – Seu crânio foi esmagado.

– Isso mesmo – disse Maura.

– Então, por que usar também uma faca?

Maura apontou para a radiografia. Para os ossos fetais enrodilhados sobre o quadril de Nikki Wells.

– Por isso. Isso é o que o assassino realmente queria.

Daljeet nada disse durante um instante. Mas ela sabia, sem que ele dissesse uma palavra, que compreendera o que ela estava pensando. Ele se virou para os restos mortais de Karen Sadler. Pegou o quadril.

– Uma incisão central, de cima a baixo do abdome – disse ele. – A lâmina atingiria o osso, exatamente onde está este talho...

Maura pensou na faca de Amalthea, cortando o abdome de uma jovem com um golpe tão decisivo que a lâmina só parasse ao encontrar um osso. Pensou em sua profissão, na qual as facas tinham uma grande importância, e nos dias que ela passara na sala de necrópsia, cortando pele e órgãos. *Ambas gostamos de cortar, minha mãe e eu. Mas eu corto carne morta, ela, carne viva.*

– Por isso não encontraram ossos de feto no túmulo de Karen Sadler – disse Maura.

– Mas no outro caso... – ele gesticulou para a radiografia de Nikki Wells. – Este feto não foi retirado. Foi queimado com a mãe. Por que fazer uma incisão para extraí-lo e então matá-lo de qualquer modo?

– Porque o bebê de Nikki Wells tinha um defeito congênito. Uma banda amniótica.

– O que é isso? – perguntou Rizzoli.

– É um filamento membranoso que às vezes se estende sobre a bolsa amniótica – disse Maura. – Se ela se enroscar nos membros de um feto, pode restringir o fluxo de sangue e até mesmo amputá-lo. O defeito foi diagnosticado durante o segundo trimestre da gravidez de Nikki. – Ela apontou para a radiografia. – Você pode ver que falta a perna direita do feto, abaixo do joelho.

– Não é uma deformidade fatal?

– Não, o feto teria sobrevivido. Mas o assassino teria percebido o problema imediatamente. Ele teria visto que não era um bebê perfeito. Acho que foi por isso que ele não o levou.

214

Maura virou-se e olhou para Rizzoli. Não conseguia evitar confrontar o fato da gravidez de Rizzoli. A barriga grande, o rubor nas faces.

– Ele queria um bebê perfeito.

– Mas o de Karen Sadler também não seria perfeito – destacou Rizzoli. – Ela estava com apenas oito meses de gravidez. Os pulmões não estariam maduros, certo? Ele precisaria de uma incubadora para sobreviver.

Maura olhou para os ossos de Karen Sadler. Pensou no lugar onde foram recolhidos. Pensou, também, nos ossos do marido, enterrado 20 metros adiante. Mas não na mesma cova... em um lugar separado. Por que cavar dois buracos diferentes? Por que não enterrar marido e mulher juntos?

Sua boca de repente secou. A resposta deixou-a estupefata.

Eles não foram enterrados ao mesmo tempo.

21

O chalé espremia-se sob galhos de árvores pesados de chuva, como se fosse seu prisioneiro. Quando Maura esteve ali pela primeira vez na semana anterior, achara a casa simplesmente deprimente, uma caixa escura sendo aos poucos estrangulada pela floresta. Agora, ao olhá-la do carro, as janelas pareciam observá-la como olhos malévolos.

– Esta é a casa onde Amalthea cresceu – disse Maura – Não seria difícil para Anna obter essa informação. Tudo o que tinha de fazer era verificar o histórico escolar de Amalthea. Ou procurar o nome Lank em um velho catálogo telefônico.

Ela olhou para Rizzoli.

– A dona, Srta. Clausen, me disse que Anna perguntou especificamente sobre a possibilidade de alugar esta casa.

– Então Anna deve ter sabido que Amalthea tinha morado aqui.

E, assim como eu, estava ansiosa por saber mais sobre nossa mãe, pensou Maura. Para compreender a mulher que nos deu à luz e então nos abandonou.

A chuva caía no teto do carro e escorria em lâminas prateadas pelo para-brisa.

Rizzoli fechou o zíper de seu impermeável e puxou o gorro sobre a cabeça.

– Bem, então vamos entrar e dar uma olhada.

Correram na chuva e subiram os degraus da varanda, onde sacudiram a água de suas capas de chuva. Maura sacou a chave que pegara na imobiliária da Srta. Clausen e meteu-a na fechadura. A princípio não queria girar, como se a casa estivesse resistindo, determinada a não deixar que entrassem. Quando por fim conseguiu abri-la, a porta emitiu um rangido de alerta, resistindo até o fim.

Lá dentro era ainda mais escuro e mais claustrofóbico do que ela se lembrava. O ar tinha um cheiro azedo de mofo, como se a umidade de fora tivesse vazado pelas paredes, alcançando as cortinas e a mobília. A luz através da janela cobria a sala de estar com tons de cinza-escuro. Esta casa não nos quer aqui, pensou ela. Não quer que conheçamos seus segredos.

Ela tocou o braço de Rizzoli.

– Veja – disse ela, apontando para as duas trancas e a corrente na porta.

– Trancas novinhas.

– Anna mandou instalá-las. Faz a gente pensar, não é? Quem ela estava tentando trancar do lado de fora?

– Se não era Charles Cassell. – Rizzoli foi até a janela da sala de estar e olhou para uma cortina de folhas encharcadas de chuva. – Bem, este lugar é tremendamente isolado. Sem vizinhos. Nada exceto árvores. Eu também desejaria algumas trancas extras. – Ela riu, tensa. – Sabe, nunca gostei do campo. Fui acampar com um grupo de amigos, uma vez, quando estava no colégio. Dirigimos até New Hampshire e estendemos nossos sacos de dormir ao redor da fogueira. Não preguei o olho. Ficava pensando: como saber o que está lá nas árvores, escondido entre os arbustos, me observando?

– Vamos – disse Maura. – Quero mostrar o resto da casa.

Ela mostrou o caminho até a cozinha e ligou o interruptor. Luzes fluorescentes acenderam. A luz implacável revelou cada fenda, cada buraco do linóleo antigo. Ela olhou para o padrão xadrez do chão, amarelado de tão gasto, e pensou em todo o leite derramado e nas pegadas de lama que, ao longo dos anos, certamente deixaram traços microscópicos naquele chão. O que mais vazou por entre estas fendas e rachaduras? Que terríveis eventos deixaram ali seus resíduos?

– Essas são trancas novinhas também – disse Rizzoli, diante da porta dos fundos.

Maura foi até a porta do porão.

– Eu queria que você visse isto.

– Outra tranca?

– Mas vê como está oxidada? Não é nova. Esta tranca está aqui há muito tempo. A Srta. Clausen disse que já estava na porta quando ela comprou a propriedade em um leilão, há 28 anos. E aqui vai a parte esquisita.

– Qual?

– Atrás desta porta fica apenas o porão. – Ela olhou para Rizzoli. – É um beco sem saída.

– Por que alguém precisaria trancar esta porta?

– Foi o que me perguntei.

Rizzoli abriu a porta, e o cheiro de terra úmida ergueu-se da escuridão.

– Ai, ai – murmurou. – Detesto porões.

– Tem um interruptor de luz bem acima de sua cabeça.

Rizzoli puxou a corda. A luz se acendeu, seu brilho anêmico iluminou uma escada estreita. Abaixo havia apenas sombras.

– Tem certeza de que não há outra entrada para este porão? – perguntou ela, espiando em meio às sombras. – Uma comporta de carvão ou algo assim?

– Caminhei ao redor de toda a casa e não vi nenhuma porta externa que desse para esse porão.

– Esteve lá embaixo?

– Não vi motivo para isso.

217

Até hoje.

– Tudo bem – Rizzoli tirou uma minilanterna Maglite do bolso e respirou fundo.

– Acho que devíamos dar uma olhada.

A lâmpada balançava sobre elas, espalhando sombras por toda volta, enquanto desciam a escada, que rangia. Rizzoli movia-se devagar, como se experimentando cada passo. Nunca antes Maura vira Rizzoli tão vacilante, tão cautelosa, e tal apreensão alimentava a sua própria. Quando chegaram ao fim da escada, a porta para a cozinha parecia muito acima delas, em outra dimensão.

A lâmpada ao pé da escada estava queimada. Rizzoli passou o facho de sua Maglite por um chão de terra batida, úmida pela água de chuva infiltrada. A luz revelou uma pilha de latas de tinta e um tapete enrolado, mofando contra uma parede. Em um canto havia uma caixa de madeira repleta de lenha para a lareira da sala de estar. Nada ali parecia fora do comum, nada justificava a sensação de ameaça que Maura sentiu no topo da escada.

– Bem, você está certa – disse Rizzoli. – Não parece haver saída daqui.

– Apenas aquela porta.

– O que quer dizer que a tranca não faz sentido. A não ser...

A luz de Rizzoli parou na parede oposta.

– O que foi?

Rizzoli cruzou o porão e ficou parada, olhando.

– Por que isto está aqui? Para que alguém usaria isto?

Maura aproximou-se. Sentiu um calafrio ao longo da espinha quando viu o que a Maglite de Rizzoli estava iluminando. Era um anel de metal, encravado em uma das grandes pedras do porão. *Para que alguém usaria isto?*, perguntara Rizzoli. A resposta fez Maura recuar, repugnada pelas visões que aquilo suscitava.

Isto não é um porão. É uma masmorra.

A lanterna de Rizzoli iluminou o teto.

– Há alguém na casa – ela sussurrou.

Apesar do ruído de seu próprio coração, Maura ouviu o chão ranger sobre eles. Ouviu passadas pesadas pela casa. Aproximando-se da cozinha. Uma silhueta subitamente assomou à porta, e a luz da lanterna que brilhava lá em cima era tão clara que Maura teve de se virar, ofuscada.

– Dra. Isles? – chamou uma voz masculina.

– Não posso vê-lo – disse Maura.

– Detetive Yates. A equipe de perícia também acabou de chegar. Quer nos mostrar a casa antes de começarmos?

Maura suspirou profundamente.

– Estamos subindo.

Quando Maura e Rizzoli emergiram do porão, havia quatro homens na cozinha. Maura conhecera os detetives Corso e Yates na semana anterior, na clareira na floresta. Dois técnicos da equipe de perícia, que se apresentaram apenas como Pete e Gary, os acompanhavam, e todos fizeram uma pausa para uma rodada de apertos de mão.

Yates disse:

– Então, estamos na temporada de caça ao tesouro?

– Sem garantias de que acharemos alguma coisa – disse Maura.

Os dois técnicos da perícia observavam a cozinha e examinavam o chão.

– Este linóleo parece bem batido – disse Pete. – Que período de tempo estamos buscando?

– Os Sadler desapareceram há 45 anos. O suspeito ainda morava aqui, com o tio. Depois que se foram, a casa ficou vazia durante anos, antes de ser vendida em leilão.

– Quarenta e cinco anos? É, este linóleo pode ser velho assim.

– Sei que o tapete na sala de estar é mais recente, apenas uns vinte anos – disse Maura. – Teremos de tirá-lo para verificar o chão.

– Nunca tentamos isso com algo com mais de 15 anos. Pode se tornar um novo recorde.

Pete olhou para a janela da cozinha

– Ainda faltam duas horas para escurecer.

– Então vamos começar pelo porão – disse Maura. – Ali está escuro o bastante.

Todos saíram para buscar diferentes equipamentos na van: câmeras e tripés, caixas com equipamento de proteção, borrifadores e água destilada, uma caixa térmica contendo garrafas de produtos químicos, fios elétricos e lanternas. Tudo isso trouxeram pela escada estreita até o porão, que de repente pareceu apertado demais para seis pessoas, mais o equipamento de câmera. Havia apenas meia hora, Maura olhara aquele lugar sombrio com desconforto. Agora, ao observar os homens casualmente instalando tripés e desenrolando fios elétricos, viu que o lugar havia perdido o poder de assustá-la. Aquilo se tornara apenas pedra úmida e terra batida, pensou. Não há fantasmas aqui.

– Não sei não – disse Pete, virando a aba do boné de beisebol dos Sea Dogs para trás. – Temos um chão de terra aqui. Terá um alto conteúdo de ferro. Pode ficar tudo claro. Vai ser difícil de interpretar.

– Estou mais interessada nas paredes – disse Maura. – Nódoas, padrões de respingos.

Ela apontou para o bloco de granito com o anel de metal.

– Vamos começar por aquela parede.

– Primeiro, precisaremos tirar uma fotografia básica. Vou armar o tripé. Detetive Corso, pode apoiar a régua naquela parede? É fosforescente. Nos dará um padrão de referência.

Maura olhou para Rizzoli.

– Devia subir, Jane. Vão começar a mexer com Luminol. Não creio que deva se expor a isso.

– Não sabia que era tóxico.

– Ainda assim, não deve arriscar. Não com o bebê.

Rizzoli suspirou.

– É, está bem – disse ela, subindo a escada lentamente. – Mas detesto perder um espetáculo de luzes.

A porta do porão se fechou atrás dela.

– Ela já não devia estar em licença-maternidade? – perguntou Yates.

– Ainda faltam seis semanas – disse Maura.

Um dos técnicos riu.

– Como aquela policial em *Fargo*, hein? Como perseguir um bandido nessa condição?

Através da porta fechada do porão, Rizzoli gritou:

– Ei, eu posso estar grávida, mas não estou surda!

– Ela também está armada – disse Maura.

O detetive Corso disse:

– Podemos começar?

– Há máscaras e óculos protetores naquela caixa – disse Pete. – Por favor, sirvam-se.

Corso entregou uma máscara e um par de óculos para Maura. Ela os colocou e observou Gary começar a medir as substâncias químicas.

– Vamos começar com um preparado de Weber – disse ele. – Por isso, acho mais seguro usar o equipamento. Este negócio costuma irritar a pele e os olhos.

– Refere-se a estes líquidos que você está misturando? – perguntou Maura, a voz abafada pela máscara.

– É, nós os mantemos armazenados no refrigerador do laboratório. Só misturamos os três com água destilada no local.

Ele tampou a garrafa e deu-lhe uma vigorosa sacudida.

– Alguém aqui usa lentes de contato?

– Eu uso – disse Yates.

– Então deve sair, detetive. Estará mais sensível, mesmo usando estes óculos.

– Não, eu quero ver.

– Então se afaste quando eu começar a borrifar.

Deu mais uma sacudida, então derramou o conteúdo em um borrifador.

– Bom, estamos prontos para começar. Deixe-me tirar uma fotografia primeiro. Detetive, poderia se afastar dessa parede?

Corso se afastou, e Pete disparou a câmera, que capturou uma imagem inicial da parede que estavam a ponto de borrifar com Luminol.

– Quer que desligue as luzes agora? – perguntou Maura.

– Deixe Gary se posicionar primeiro. Quando escurecer, vamos começar a tropeçar por aqui. Portanto, todo mundo escolha um lugar e fique parado onde está, certo? Apenas Gary se movimenta.

Gary foi até a parede e ergueu o borrifador contendo Luminol. Com os óculos e a máscara, parecia um dedetizador a ponto de exterminar uma barata.

– Desligue a luz, Dra. Isles.

Maura estendeu a mão até o refletor a seu lado e o desligou, mergulhando-os em profunda escuridão.

– Vá em frente, Gary.

Ouviram o sibilar do borrifador. Fragmentos de azul-esverdeado começaram a brilhar na escuridão, como estrelas em um céu noturno. Agora, surgia um círculo fantasmagórico, parecendo flutuar sozinho na escuridão. O anel de ferro.

– Pode não ser sangue – disse Pete. – O Luminol reage com um bocado de coisas. Ferrugem, metais. Água sanitária. O anel de ferro brilharia de qualquer modo, com ou sem sangue. Gary, poderia se afastar enquanto eu tiro esta fotografia? Será uma exposição de quarenta segundos, portanto não se movam.

Quando o diafragma finalmente se fechou ele disse:

– Luzes, Dra. Isles.

Maura tateou no escuro e ligou o refletor. Quando a luz se acendeu, ela se viu olhando outra vez para a parede de pedra.

– O que achou? – perguntou Corso.

Pete deu de ombros.

– Nada de impressionante. Deve haver um bocado de falsos positivos aqui. Há terra em todas essas pedras. Vamos experimentar as outras paredes, mas a não ser que encontremos uma impressão de mão ou um grande respingo, não vai ser fácil detectar sangue contra este fundo.

Maura percebeu que Corso olhava para o relógio. Fora uma longa viagem para ambos os detetives do Maine, e ela podia ver que ele estava começando a achar que aquilo era uma perda de tempo.

– Vamos continuar – disse ela.

222

Pete moveu o tripé e posicionou a lente da câmera para focalizar a outra parede. Tirou uma fotografia e então disse:

– Luzes.

Novamente, a sala ficou completamente às escuras.

O borrifador voltou a sibilar. Mais fragmentos verde-azulados apareceram magicamente, como vaga-lumes brilhando no escuro, à medida que o Luminol reagia com os metais oxidados na pedra, produzindo pontos luminosos. Gary borrifou um novo arco sobre a parede, e uma nova faixa de estrelas apareceu, encoberta por sua sombra. Ouviu-se uma pancada surda, e a silhueta moveu-se para a frente subitamente.

– Merda.

– Você está bem, Gary? – disse Yates.

– Bati com a canela em algum lugar. Na escada, eu acho. Não consigo ver nada nessa...

Ele parou de falar e então murmurou:

– Ei pessoal, vejam isso.

Quando ele se afastou para o lado, uma mancha azul-esverdeada surgiu, como uma piscina de ectoplasma.

– Que diabos é isso? – perguntou Corso.

– Luz! – pediu Pete.

Maura ligou a luz. A piscina azul-esverdeada desapareceu. Em seu lugar ela viu a escada de madeira que levava à cozinha.

– Estava naquele degrau – disse Gary. – Quando caí, derramei um pouco de Luminol.

– Deixe-me reposicionar a câmera. Então quero que suba ao topo da escada. Acha que consegue descer caso apaguemos as luzes?

– Não sei. Se eu for bem devagar...

– Passe Luminol nos degraus à medida que desce.

– Não, não. Acho que vou começar do fundo e subir. Não gosto da ideia de dar as costas para a escada no escuro.

– Como preferir.

O flash da câmera disparou.

– Tudo bem. Gary, já estou preparado. Quando quiser.

– Pode apagar a luz, doutora.

223

Maura desligou o refletor.

Mais uma vez, ouviram o sibilar do borrifador espargindo sua fina névoa de Luminol. Junto ao chão, apareceu uma mancha azul-esverdeada, então mais acima apareceu outra, como poças de água fantasmagóricas. Ouviam a respiração pesada de Gary através da máscara e o ranger dos degraus à medida que ele subia a escada, borrifando sem parar. Degrau por degrau iluminou-se, formando uma catarata intensamente luminosa.

Uma catarata de sangue.

Não havia outra coisa que aquilo pudesse ser, pensou ela. Cada degrau estava manchado, com fios luminosos escorrendo pelos lados da escada.

– Meu Deus – murmurou Gary. – Está ainda mais claro aqui em cima, no primeiro degrau. Parece que veio da cozinha. Vazou por debaixo da porta e escorreu pela escada.

– Todos fiquem onde estão. Vou tirar a fotografia. Quarenta e cinco segundos.

– Já deve estar escuro o bastante lá fora – disse Corso. – Podemos começar a trabalhar no resto da casa.

Rizzoli estava esperando por eles na cozinha quando subiram a escada, carregando o equipamento.

– Parece que foi um tremendo espetáculo de luzes – disse ela.

– Creio que estamos a ponto de ver ainda mais – disse Maura.

– Onde quer começar agora? – perguntou Pete a Corso.

– Aqui. No chão mais próximo à porta do porão.

Desta vez, Rizzoli não saiu quando as luzes se apagaram. Ela se afastou e observou a distância enquanto o Luminol era espalhado no chão. Um padrão geométrico de repente brilhou aos seus pés, um tabuleiro de xadrez de sangue velho retido no padrão repetitivo do linóleo. O tabuleiro cresceu como fogo azul espalhando-se por uma paisagem. Agora, galgava uma superfície vertical, em manchas largas e arcos de gotas brilhantes.

– Acenda as luzes – disse Yates, e Corso acionou o interruptor.

As manchas desapareceram. Olharam para a parede da cozinha, que não mais brilhava em azul. Para o chão gasto de linóleo com seu padrão repetitivo de quadrados brancos e pretos. Não havia horror ali, apenas um cômodo com chão amarelado e mobília surrada. Contudo, apenas um momento antes, viram sangue por toda parte.

Maura olhou para a parede, e a imagem do que vira ainda estava vívida em sua memória.

– Aquilo era um jato de sangue arterial – disse ela calmamente. – Foi aqui que aconteceu. Foi aqui que morreram.

– Mas vocês viram sangue no porão também – disse Rizzoli.

– Nos degraus.

– Tudo bem. Portanto, ao menos sabemos que uma vítima foi morta neste cômodo, já que há um jato de sangue arterial naquela parede.

Rizzoli atravessou a cozinha. Seus cachos despenteados escondiam os olhos à medida que se concentrava no chão. Ela parou.

– Como sabemos que não há outras vítimas? Como sabemos que esse sangue é dos Sadler?

– Não sabemos.

Rizzoli foi até a porta do porão. Ficou ali por um instante, olhando para a escadaria escura. Ela se virou e olhou para Maura.

– O porão tem chão de terra batida.

Houve um momento de silêncio.

Gary disse:

– Temos equipamento de GPR na van. Nós o usamos há dois dias, em uma fazenda em Machias.

– Traga-o para a casa – disse Rizzoli. – Vamos ver o que há debaixo deste chão.

22

O GPR, ou radar de penetração subterrânea, usa ondas eletromagnéticas para sondar abaixo da superfície do solo. A máquina SIR System-2 que os técnicos descarregaram da van tinha duas antenas, uma para enviar um pulso de energia de alta frequência eletromagnética para o chão, a outra para medir as ondas que ricocheteavam em objetos enterrados e voltavam à superfície. Uma tela de computador exibia os dados, mostrando os vários extratos como uma série de camadas horizontais. À medida que os técnicos levavam o equipamento escada abaixo, Yates e Corso marcavam intervalos de um metro no chão do porão para formar uma grade de busca.

– Com toda essa chuva, o chão vai estar bem úmido – disse Pete, desenrolando o cabo de eletricidade.

– E isso faz alguma diferença? – perguntou Maura.

– A resposta do RPS varia, dependendo do conteúdo de água subterrânea. É preciso ajustar a frequência EM para compensar.

– Duzentos megahertz? – perguntou Gary.

– É pelo que eu começaria. Não seria bom começar mais alto, ou teríamos detalhes demais.

Pete conectou os cabos ao console da mochila e ligou o laptop.

– Vai ser meio problemático aqui, ainda mais com toda essa floresta ao redor.

– O que as árvores têm a ver com isso? – perguntou Rizzoli.

– Esta casa foi construída em um terreno na floresta. Provavelmente há várias cavidades aqui embaixo, deixadas por raízes deterioradas. Isso vai tornar a imagem confusa.

Gary disse:

– Ajude-me a colocar a mochila.

– Está bem? Precisa ajustar as correias?

– Não, estão bem. – Gary inspirou e deu uma olhada no porão. – Vou começar naquele canto.

Quando Gary moveu o RPS pelo chão de terra, o perfil do subterrâneo apareceu na tela do laptop em faixas onduladas. Como médica, Maura estava familiarizada com ultrassons e tomografias do corpo humano, mas não fazia ideia de como interpretar aquelas ondulações na tela.

– O que você está vendo? – perguntou a Gary.

– Estas áreas escuras aqui são ecos positivos de radar. Os ecos negativos aparecem em branco. Estamos procurando algo anormal. Uma reflexão hiperbólica, por exemplo.

– O que é isso? – perguntou Rizzoli.

– Parece uma protuberância levantando essas várias camadas. Causada por algo enterrado, refratando as ondas de radar em todas as direções.

Ele parou, estudando a tela.

– Olhe aqui, vê isso? Temos alguma coisa a uns 3 metros de profundidade que está criando uma reflexão hiperbólica.

– O que acha que é? – perguntou Yates.

– Pode ser apenas uma raiz de árvore. Vamos marcar e prosseguir.

Pete cravou uma estaca no chão para marcar o lugar.

Gary continuou, seguindo as linhas da grade, e os ecos do radar ondulavam na tela do laptop. Às vezes parava, pedia outra estaca, marcando outro ponto a ser verificado novamente na segunda passada. Ele tinha dado a volta e retornava ao longo do meio da grade quando parou de repente.

– Agora, isso aqui é interessante – disse ele.

– O que está vendo? – perguntou Yates.

– Espere. Deixe-me ver esta seção outra vez.

Gary voltou, movendo o GPR pela seção que acabara de sondar. Rastreou-a outra vez, olhar fixo no laptop. De novo ele parou.

– Temos uma grande anomalia aqui.

Yates aproximou-se.

– Mostre.

– Está a menos de um metro. Um grande bolsão, bem aqui. Vê? – Gary apontou uma protuberância de ecos de radar distorcidos na tela. Olhando para o chão, ele disse:

– Há algo aqui. E não é muito profundo.

Ele olhou para Yates.

– O que quer fazer?

– Vocês têm pás na van?

– Sim, temos uma. E algumas espátulas.

Yates assentiu.

– Tudo bem. Vamos trazê-las aqui para baixo. E vamos precisar de mais luz.

– Há outro refletor na van. E mais fios de extensão.

Corso olhou para a escada.

– Vou buscar.

– Eu ajudo – disse Maura, e seguiu escada acima até a cozinha.

Lá fora, a chuva transformara-se em garoa. Correram até a van da perícia onde encontraram a pá e o equipamento extra de luz, que Corso transportou até a casa. Maura fechou a porta da van e estava a ponto de segui-lo com a caixa de ferramentas de escavação quando viu faróis brilhando através das árvores. Deteve-se no acesso de veículos, observando uma picape conhecida deixar a estrada e estacionar perto da van.

A Srta. Clausen vestia um sobretudo impermeável grande demais para o seu tamanho, que arrastava atrás de si como se fosse uma capa.

– Achei que já teriam terminado. Estava me perguntando por que ainda não me devolveram a chave.

– Vamos ficar aqui durante algum tempo.

A Srta. Clausen viu os veículos estacionados.

– Achei que você só quisesse dar uma outra olhada. O que a perícia está fazendo aqui?

– Isso vai demorar um pouco mais do que eu pensei. Talvez fiquemos aqui a noite inteira.

– Por quê? As roupas de sua irmã nem mesmo estão aqui. Eu as guardei em caixas para você levar.

– Não se trata de minha irmã, Srta. Clausen. A polícia está aqui por outro motivo. Algo que aconteceu há muito tempo.

– Quanto tempo?

– Uns 45 anos. Antes mesmo que você tivesse comprado a casa.

– Quarenta e cinco anos? Isso foi no tempo em que...

A mulher fez uma pausa.

– Em que o quê?

A Srta. Clausen olhou subitamente para a caixa de ferramentas que Maura estava carregando.

– Para que essas espátulas? O que estão fazendo na minha casa?

– A polícia está revistando o porão.

– Revistando? Você quer dizer que estão *escavando* lá embaixo?

– Pode ser que precisem.

– Não dei permissão para isso.

Então, deu-lhe as costas e subiu até a varanda, com a capa arrastando pelos degraus.

Maura seguiu-a até a cozinha. Colocou a caixa de ferramentas sobre a bancada e disse:

– Espere, você não compreende...

– Não quero ninguém destruindo meu porão! – A Srta. Clausen escancarou a porta do porão e olhou para o detetive Yates, que empunhava uma pá. Ele já havia começado a escavar, e havia uma pilha de terra junto a seus pés.

– Srta. Clausen, deixe que façam seu trabalho – disse Maura.

– Esta casa é minha – gritou a mulher escada abaixo. – Vocês não podem escavar aí sem minha permissão!

– Senhora, prometemos tapar o buraco quando acabarmos – disse Corso. – Só vamos dar uma olhadinha aqui.

– Por quê?

– Nosso radar indica um grande eco aqui.

– O que quer dizer com *grande eco*? O que há aí embaixo?

– É o que estamos tentando descobrir. Se nos deixar continuar.

Maura puxou a mulher para fora do porão e fechou a porta.

– Por favor, deixe-os trabalhar. Senão, serão obrigados a pegar um mandado.

– Para começo de conversa, por que diabos estão escavando ali?

– Sangue.

– Que sangue?

– Há sangue por toda a cozinha.

A mulher olhou para o chão, vasculhando o linóleo.

– Não vejo sangue algum.

– Você não pode ver. É preciso espalhar um produto químico para ver. Mas, acredite, está aí. Vestígios microscópicos no chão, respingados na parede. Escorrendo por baixo da porta do porão escada abaixo. Alguém tentou limpá-lo lavando o chão, esfregando as paredes. Talvez tenham achado que se livraram dele, porque não podiam vê-lo. Mas o sangue ainda estava lá. Ele se infiltra nas fendas, nas rachaduras de madeira. Fica ali durante anos e você não consegue apagá-lo. Está preso nesta casa. Nas próprias paredes.

A Srta. Clausen olhou para ela.

– Sangue de quem? – perguntou ela.

– É o que a polícia deseja saber.

– Vocês não acham que eu tenha algo a ver com...

– Não. Achamos que o sangue é muito antigo. Provavelmente já estava aqui quando você comprou a casa.

A mulher parecia atônita ao sentar em uma cadeira junto à mesa da cozinha. O gorro da capa escorregara de sua cabeça, revelando um topete de cabelo grisalho. Dentro daquela capa grande demais para seu tamanho, ela parecia ainda menor e mais velha. Uma mulher já se encolhendo dentro de sua cova.

– Agora ninguém mais vai querer comprar esta casa – murmurou. – Não depois de ouvirem falar a esse respeito. Não vou conseguir me desfazer desta porcaria.

Maura sentou-se diante dela.

– Por que minha irmã pediu para alugar esta casa? Ela disse?

Sem resposta. A Srta. Clausen ainda balançava a cabeça, parecendo atônita.

– Você disse que ela viu a placa de aluga-se lá na estrada. E ligou para você na imobiliária.

Um último balançar de cabeça.

– Sem mais nem menos.

– O que ela disse para você?

– Queria saber mais sobre a propriedade. Quem morava aqui, quem era o proprietário anterior. Disse estar procurando um imóvel nesta área.

– Você falou sobre os Lank?

A Srta. Clausen ficou tensa.

– Você sabe sobre eles?

– Sei que eram os donos da casa. Havia um pai e um filho. E a sobrinha do homem, uma menina chamada Amalthea. Minha irmã fez perguntas a respeito deles?

A mulher respirou fundo.

230

– Ela queria saber, eu percebi. Se você pensa em comprar uma casa, precisa saber quem a construiu. Quem morou ali. – Ela olhou para Maura. – Isso tem a ver com eles, não é? Os Lank.

– Você foi criada nesta cidade?

– Fui.

– Então deve ter conhecido a família Lank.

A Srta. Clausen não respondeu de imediato. Em vez disso, levantou-se e tirou a capa de chuva. Demorou-se ao pendurá-la em um dos ganchos perto da porta da cozinha.

– Ele era da minha série – falou, ainda de costas para Maura.

– Quem?

– Elijah Lank. Eu não conheci muito bem a prima dele, Amalthea, porque ela estava cinco anos atrás de nós na escola. Era uma menininha. Mas todos conhecíamos Elijah.

Sua voz tornou-se um sussurro, como se ela relutasse em dizer o nome em voz alta.

– Quanto você o conhecia?

– O bastante.

– Não parece que gostava muito dele.

A Srta. Clausen voltou-se e olhou para ela.

– É difícil gostar de quem deixa a gente apavorada.

Através da porta do porão, ouviam o ruído da pá escavando o solo. Escavando profundamente os segredos da casa. Uma casa que, mesmo tantos anos depois, ainda é uma testemunha silenciosa de algo terrível.

– Era uma cidade pequena, Dra. Isles. Não como agora, com toda essa gente de fora comprando casas de veraneio. Na época, eram apenas as pessoas daqui, e todos se conheciam. Todos sabíamos quais famílias eram boas e de quais era melhor manter distância. Percebi isso a respeito de Elijah Lank quando tinha 14 anos de idade. Era um menino de quem era bom estar muito longe.

Ela voltou à mesa e afundou em uma cadeira, como se estivesse exausta. Olhou para a superfície de fórmica como se olhasse para seu reflexo em um lago. O reflexo de uma menina de 14 anos, com medo do menino que morava naquela montanha.

Maura esperou, olhando os cabelos grisalhos naquela cabeça curvada.

– Por que ele a apavorava?

– Eu não era a única. Todos tínhamos medo de Elijah. Depois que...

– Depois que o quê?

A Srta. Clausen ergueu a cabeça:

– Depois que ele enterrou aquela garota viva.

No SILÊNCIO QUE se seguiu, Maura pôde ouvir o rumor de vozes enquanto os homens escavavam o chão do porão. Conseguiu sentir o próprio coração batendo contra as costelas. Meu Deus, pensou. O que vamos encontrar lá embaixo?

– Ela era nova na cidade – disse a Srta. Clausen. – Alice Rose. As outras meninas sentavam atrás dela e faziam comentários. Debochavam dela. Você podia dizer qualquer coisa a respeito de Alice e ficar por isso mesmo porque ela não podia ouvi-la. Ela nunca soube que a gente debochava dela. Eu sabia que éramos cruéis, mas esse é o tipo de coisa que as crianças fazem aos 14 anos. Antes de aprenderem a se porem no lugar das outras pessoas. Antes de sentirem o mesmo na própria carne.

Ela suspirou, um som de arrependimento pelas transgressões da infância, por todas as lições aprendidas tarde demais.

– O que aconteceu com Alice?

– Elijah disse que era apenas brincadeira. Que a tiraria dali em algumas horas. Mas pode imaginar como deve ser ficar presa dentro de um buraco? Tão aterrorizada que você se molha toda? E ninguém ouve você gritar. Ninguém sabe onde você está a não ser o menino que a prendeu lá dentro.

Maura esperou, silenciosa, com medo do que viria a seguir. Com medo de ouvir o fim da história.

A Srta. Clausen viu a apreensão nos olhos dela e balançou a cabeça.

– Oh, Alice não morreu. Foi o cachorro que a salvou. Ele sabia onde ela estava. Latiu até se acabar e levou as pessoas até o lugar.

– Então ela sobreviveu.

A mulher assentiu.

– Eles a encontraram tarde da noite. Àquela altura, ela estava no buraco havia horas. Quando a tiraram dali, ela mal falava. Parecia um zumbi. Algumas semanas depois, a família se mudou. Não sei para onde foram.

– O que houve com Elijah?

A Srta. Clausen deu de ombros.

– O que acha que aconteceu? Ele continuou insistindo que era só um trote. O tipo de coisa que todos nós fazíamos todo dia com Alice na escola. E era verdade, todos a atormentamos. Todos a fizemos se sentir péssima. Mas Elijah levou aquilo a um outro nível.

– Ele foi punido?

– Quando se tem apenas 14 anos, ganha-se uma segunda chance. Especialmente quando as pessoas precisam de você em casa. Quando seu pai está bêbado a metade do dia e há uma prima de 9 anos morando na casa.

– Amalthea – disse Maura.

A Srta. Clausen assentiu.

– Imagine ser uma menina pequena nesta casa. Crescendo em meio a uma família de bestas.

Bestas.

O ar de repente pareceu carregado. As mãos de Maura ficaram geladas. Ela pensou no que lhe dissera Amalthea Lank. *Vá embora, antes que ele a veja.*

E pensou no arranhão em forma de garra na porta de seu carro. *O símbolo da Besta.*

A porta do porão se abriu, assustando Maura. Ela se virou e viu Rizzoli.

– Encontraram alguma coisa – disse Rizzoli.

– O quê?

– Madeira. Algum tipo de painel, as uns sessenta centímetros de profundidade. Estão tirando a terra agora. – Ela apontou para a caixa com espátulas sobre a bancada. – Vamos precisar disso.

Maura levou a caixa escada abaixo. Viu que a pilha de terra contornava o perímetro de uma vala com cerca de 1,80 metro de comprimento.

Do tamanho de um caixão.

O detetive Corso, que agora empunhava a pá, olhou para Maura.

– O painel parece bem grosso. Mas ouça.

Bateu com a pá na madeira.

– Não é sólido. Há um espaço de ar abaixo.

Yates disse:

– Quer que eu assuma agora?

– É, minhas costas estão me matando.

Corso entregou a pá.

Yates entrou na vala, seus pés bateram contra a madeira. Um som oco. Atacou a terra com determinação, amontoando-a em uma pilha que crescia rapidamente. Ninguém falou à medida que o painel era exposto. Os dois refletores projetavam sua luz ofuscante dentro da vala, e a sombra de Yates movia-se como uma marionete pelas paredes do porão. Os outros observaram, silenciosos como ladrões de túmulos, esperando com ansiedade a primeira visão de uma sepultura.

– Limpei até a borda deste lado – disse Yates, ofegante, com a pá raspando contra a madeira. – Parece algum tipo de caixote. Eu já o lasquei com a pá. Não quero danificar a madeira.

– Trouxe espátulas e escovas – disse Maura.

Yates se aprumou, ofegante, e saiu do buraco.

– Tudo bem. Talvez você possa limpar essa terra do topo. Vamos tirar algumas fotografias antes de abrir.

Maura e Gary entraram na vala, e ela sentiu o painel tremer sob seu peso. Imaginou quais horrores jaziam sob a madeira manchada e teve uma visão terrível da madeira cedendo e eles caindo sobre carne decomposta. Ignorando o pulsar acelerado de seu coração, ela se ajoelhou e começou a retirar a terra do painel.

– Dê-me uma dessas escovas – disse Rizzoli, a ponto de pular dentro da vala.

– Você não – disse Yates. – Por que simplesmente não relaxa?

– Não sou deficiente. Detesto ficar parada sem fazer nada.

Yates riu com ansiedade.

– É, bem, detestaríamos vê-la em trabalho de parto aqui embaixo. E também não gostaria de explicar isso para seu marido.

Maura disse:

– Não há muito espaço de manobra aqui embaixo, Jane.

– Bem, então me deixem reposicionar esses holofotes para vocês. Assim, poderão ver o que estão fazendo.

Rizzoli moveu um refletor, e a luz iluminou o canto onde Maura estava trabalhando. Ajoelhada, Maura começou a varrer as pranchas de madeira, descobrindo pontinhos de ferrugem.

– Estou vendo cabeças de prego aqui – disse ela.

– Tenho um pé de cabra no carro – disse Corso. – Vou buscar.

Maura continuou varrendo a terra, descobrindo as cabeças enferrujadas de mais pregos. O espaço era apertado, e seus ombros e seu pescoço começaram a doer. Ela ajeitou as costas. Então, ouviu um tilintar atrás dela.

– Ei – disse Gary. – Olhe isso.

Maura virou-se e viu que a espátula de Gary havia atingido um pedaço de cano quebrado.

– Parece vir direto da borda deste painel – disse Gary. Com as mãos nuas, ele cuidadosamente sondou a protuberância enferrujada e tirou um torrão de terra que incrustava a extremidade.

– Por que você poria um cano em um... – Ele parou de falar e olhou para Maura.

– É uma entrada de ar – disse ela.

Gary olhou para a madeira sob seus joelhos e disse:

– O que diabos deve haver aí dentro?

– Saiam do buraco os dois – disse Pete. – Vamos tirar fotografias.

Yates ajudou Maura a sair da vala, da qual ela se afastou sentindo-se tonta por ter se levantado rápido demais. Ela piscou, ofuscada pelos flashes da câmera, pelo brilho surrealista de holofotes e pelas sombras dançando nas paredes. Foi até a escada do porão e sentou-se. Somente então lembrou que os degraus onde estava sentada estavam impregnados com resíduos de sangue fantasmagóricos.

235

– Tudo bem – disse Pete. – Vamos abrir.

Corso ajoelhou-se junto à vala e introduziu a ponta do pé de cabra sob um canto da tampa. Esforçou-se para abrir o painel, fazendo ranger as cabeças de prego enferrujadas.

– Não está cedendo – disse Rizzoli.

Corso fez uma pausa e passou a manga no rosto, deixando uma faixa de terra em sua testa.

– Cara, minhas costas vão sentir isso amanhã.

Novamente ele posicionou a ponta do pé de cabra sob a tampa. Desta vez, conseguiu introduzir mais. Respirou fundo e jogou todo o peso contra o ponto de apoio.

Os pregos se soltaram.

Corso jogou de lado o pé de cabra. Ele e Yates entraram na vala, agarraram a borda da tampa e a ergueram. Por um instante, ninguém disse nada. Todos olharam para o buraco, agora exposto sob o brilho dos refletores.

– Não entendo – disse Yates.

O caixote estava vazio.

Voltaram para casa naquela noite, por uma estrada brilhando de chuva. Os limpadores de para-brisa de Maura moviam-se lentamente contra o vidro embaçado.

– Todo aquele sangue na cozinha – disse Rizzoli. – Você sabe o que quer dizer. Amalthea matou antes. Nikki e Theresa Wells não foram suas primeiras vítimas.

– Ela não estava só naquela casa, Jane. Seu primo Elijah morava lá também. Pode ter sido ele.

– Ela estava com 19 anos quando os Sadler desapareceram. Ela devia saber o que estava acontecendo em sua própria cozinha.

– Não significa que tenha sido ela quem fez aquilo.

Rizzoli olhou para Maura.

– Você acredita na teoria de O'Donnell? Sobre a Besta?

– Amalthea é esquizofrênica. Diga-me como alguém com uma mente tão desorientada consegue matar duas mulheres e então segue a etapa tão lógica de queimar os seus corpos, destruindo as provas.

– Ela não fez um trabalho tão bom para encobrir suas pistas. Ela foi pega, lembra?

– A polícia de Virgínia teve sorte. Pegá-la em uma blitz de trânsito rotineira não foi um exemplo de trabalho de investigação brilhante. – Maura olhou para a névoa que tomava a estrada deserta. – Ela não matou essa gente sozinha. Tinha de haver alguém mais que a ajudou, alguém que deixou impressões digitais em seu carro. Alguém que esteve com ela desde o início.

– O primo?

– Elijah tinha apenas 14 anos quando enterrou aquela menina viva. Que tipo de menino faria uma coisa dessas? Em que tipo de homem ele se transformaria?

– Detesto imaginar.

– Acho que ambas sabemos – disse Maura. – Ambas vimos o sangue naquela cozinha.

O Lexus seguia estrada afora. A chuva havia parado, mas o ar ainda estava vaporoso, umedecendo o para-brisa. Rizzoli olhou para Maura e disse:

– Se eles mataram os Sadler, então você tem de se perguntar: o que fizeram com o bebê de Karen Sadler?

Maura nada disse. Manteve o olhar na estrada, dirigindo sempre em frente. Sem desvios, sem entradas laterais. *Apenas continue dirigindo.*

– Sabe o que estou concluindo? – disse Rizzoli. – Há 45 anos, os primos Lank mataram uma mulher grávida. Os restos mortais do bebê desapareceram. Cinco anos depois, Amalthea Lank aparece no escritório de Van Gates em Boston, com duas filhas recém-nascidas para vender.

Os dedos de Maura sobre o volante ficaram dormentes.

– E se esses bebês não eram dela? – perguntou Rizzoli. – E se Amalthea não for realmente sua mãe?

23

Mattie Purvis estava sentada no escuro, imaginando quanto tempo demorava para uma pessoa morrer de fome. Ela estava consumindo sua comida muito depressa. No saco de compras restavam apenas seis barras de chocolate, meio pacote de biscoitos e algumas tiras de carne-seca. Tenho de racionar isso, pensou. Tenho de fazer durar tempo o bastante para...

Para o quê? Morrer de sede, talvez?

Mordeu um pedaço precioso de chocolate e sentia-se tentada a dar uma segunda dentada, mas teve força de vontade para resistir. Com cuidado, embrulhou o resto da barra e guardou-o para depois. Se eu ficar realmente desesperada, posso comer o papel, pensou. Papel é comestível, não é? É feito de madeira, e veados famintos comem casca de árvores, então deve haver algum valor nutricional. Sim, guarde o papel. Mantenha-o limpo. Relutante, ela devolveu a barra de chocolate parcialmente comida ao saco. Fechando os olhos, ela pensou em hambúrgueres e frango frito e em todas as comidas proibidas a que se negara desde que Dwayne lhe dissera que mulheres grávidas lembravam vacas para ele. Sugerindo que *ela* o fazia se lembrar de uma vaca. Durante duas semanas depois disso, ela nada comeu além de saladas, até um dia em que se sentiu tonta e teve de sentar no chão, em plena Macy's. Dwayne ficou vermelho de vergonha quando senhoras preocupadas os cercaram, perguntando seguidas vezes se a mulher dele estava bem. Ele as mandava embora enquanto sibilava para que Mattie se levantasse. Imagem é tudo, sempre gostava de dizer, e lá estava o Sr. BMW com a vaca da mulher vestindo calças elásticas para gestantes, esparramada no chão de uma loja de departamentos. *Sim, sou uma vaca, Dwayne. Uma vaca grande e bonita carregando seu filho. Agora venha e nos salve, droga. Salve-nos, salve-nos.*

Ouviu um passo mais acima.

Ela olhou ao perceber a chegada de seu sequestrador. Ela passara a reconhecer seu modo de andar, leve e cuidadoso como o de um gato caçando. Todas as vezes em que a visitou, ela pediu que ele a libertasse. A cada vez, ele simplesmente se foi, deixando-a dentro daquela caixa. Agora tinha pouca comida e pouca água também.

– Moça.

Ela não respondeu. Deixe-o pensar. Vai ficar preocupado se estou bem ou não e vai abrir a caixa. Ele tem de me manter viva ou então não terá seu precioso resgate.

– Fale comigo, moça.

Ela ficou em silêncio. Nada havia adiantado, pensou ela. Talvez isso o assuste. Talvez agora me deixe sair.

Ouviu-se um baque surdo.

– Você está aí?

Onde mais estaria, seu babaca?

Uma longa pausa.

– Bem, se já está morta, não faz sentido tirá-la daí, certo? – Os passos se afastaram.

– Espere! *Espere!* – Ela ligou a lanterna e começou a bater no teto. – Volte, droga! Volte!

Ela esperou com o coração aos pulos e quase sorriu aliviada quando o ouviu se aproximar. Como aquilo era humilhante. Via-se reduzida a implorar pela atenção dele, como uma amante ignorada.

– Você está acordada – disse ele.

– Falou com meu marido? Quando ele vai lhe pagar?

– Como se sente?

– Por que nunca responde minhas perguntas?

– Responda a minha primeiro.

– Oh, estou me sentindo *ótima!*

– E quanto ao bebê?

– Estou ficando sem comida. Preciso de mais comida.

– Você tem o bastante.

– Desculpe, mas sou eu quem está aqui, não você! Estou faminta. Como vai conseguir seu dinheiro se eu estiver morta?

– Acalme-se, senhora. Descanse. Tudo vai ficar bem.

– *Nada* está bem!

Nenhuma resposta.

– Olá? *Olá?* – ela gritou.

Os passos se afastavam.

– Espere! – Ela bateu no teto. – Volte! – Bateu na madeira com ambos os punhos. A raiva subitamente a consumiu, uma raiva como nada que ela sentira antes. Ela gritou:

– Você não pode fazer isso comigo! Não sou um *animal*! – Ela tombou contra a parede com as mãos feridas e doloridas e o corpo convulsionado de soluços. Soluços de fúria, não de derrota. – Vá se foder! – disse ela. – Foda-se. E que se foda Dwayne, também. E que se fodam todos os outros babacas deste mundo!

Exausta, ela tombou de costas e cobriu os olhos com o braço, afastando as lágrimas. O que ele quer de nós? Dwayne já devia ter pagado. Então, por que ainda estou aqui? O que ele está esperando?

O bebê deu um chute. Ela apertou a mão contra a barriga, um toque tranquilizador transmitido através da pele que os separava. Ela sentiu o útero se contrair, o primeiro tremor de uma contração. Pobrezinho. Pobre...

Bebê.

Ela ficou imóvel, pensando. Lembrando-se de todas as conversas através da grade. Nunca sobre Dwayne. Nunca sobre dinheiro. Não fazia sentido. Se o cretino queria dinheiro, Dwayne era a pessoa a quem ele deveria recorrer. Mas ele não pergunta sobre meu marido. Ele não fala de Dwayne. E se nem mesmo ligou para ele? E se não pediu resgate algum?

Então, o que ele quer?

A luz da lanterna enfraqueceu. A segunda carga de pilhas estava acabando. Havia mais duas cargas, e então ela ficaria na escuridão permanente. Desta vez, não entrou em pânico ao procurar dentro do saco e abrir um novo pacote. Já fiz isso antes. Posso fazer outra vez. Ela desatarraxou a parte de trás da lanterna, tirou as pilhas velhas calmamente e inseriu as novas. A luz brilhou com intensidade, um alívio temporário para a longa noite que ela temia estar a caminho.

Todo mundo morre. Mas não quero morrer enterrada nesta caixa, onde ninguém encontrará meus ossos.

Economize luz, economize luz o máximo que puder. Ela desligou o interruptor e as trevas a envolveram. O medo fechou o cerco e apertou ainda mais os tentáculos a seu redor. Ninguém sabe, ela pensou. Ninguém sabe que estou aqui.

Pare com isso, Mattie. Mantenha a calma. Você é a única que pode salvar a si mesma.

Ela se virou de lado e abraçou o ventre. Ouviu algo rolar no chão. Uma das pilhas gastas, agora inútil.

E se ninguém souber que fui sequestrada? E se ninguém souber que ainda estou viva?

Ela pensou em todas as conversas que tivera com seu sequestrador. *Como se sente?* Era o que ele sempre perguntava. Como está se sentindo? Como se lhe importasse. Como se alguém que enfiasse uma mulher grávida em uma caixa se preocupasse com como ela se sentia. Mas ele sempre fazia a mesma pergunta, e ela sempre implorou para que ele a deixasse sair.

Ele está esperando uma resposta diferente.

Ela se encolheu e seu pé atingiu algo que rolou para longe. Ela se sentou e ligou a lanterna. Começou a recolher todas as pilhas velhas. Tinha quatro gastas, e outras duas ainda novas, dentro da embalagem. Mais as duas na lanterna. Ela desligou o interruptor outra vez. Economize luz, economize luz.

No escuro, ela começou a desamarrar o sapato.

24

A Dra. Joyce P. O'Donnell entrou na sala de reuniões da unidade de homicídios parecendo ser dona do lugar. Seu vestido St. John's provavelmente custara mais do que o que Rizzoli gastava em roupas em um ano. Saltos de sete centímetros enfatizavam a sua altura já escultural. Embora houvesse três policiais observando-a quando se sentou à mesa, não revelou um traço sequer de desconforto. Ela sabia como controlar um ambiente, habilidade que Rizzoli não conseguia evitar invejar, mesmo detestando a mulher.

Evidentemente, o desagrado era mútuo. O'Donnell lançou um olhar gelado para Rizzoli. Então, seu olhar passou por Barry Frost antes de ela por fim voltar toda sua atenção para o tenente Marquette, o chefe da unidade de homicídio. Claro que ela se concentrou em Marquette. O'Donnell não perdia tempo com subalternos.

– Este foi um convite inesperado, tenente – disse ela. – Não sou chamada a Schroeder Plaza com muita frequência.

– Foi a detetive Rizzoli quem sugeriu.

– Então, ainda mais inesperado. Considerando...

Considerando que jogamos em times opostos, pensou Rizzoli. Eu pego monstros e você os defende.

– Mas, como já disse à detetive Rizzoli pelo telefone, não posso ajudá-los a não ser que me ajudem – prosseguiu O'Donnell. – Se querem que eu os ajude a encontrar a Besta, terão de compartilhar a informação que têm.

Em resposta, Rizzoli entregou uma pasta para O'Donnell.

– É o que sabemos de Elijah Lank até agora.

Ela viu o brilho ansioso nos olhos da psiquiatra quando pegou a pasta. Era para isso que O'Donnell vivia: ter relances de monstros. Uma chance de se aproximar do coração pulsante do mal.

O'Donnell abriu o arquivo.

– Seu histórico escolar.

– De Fox Harbor.

– Um QI de 136. Mas apenas notas medianas.

– O clássico estudante que não rende o que pode – *Capaz de grandes coisas caso se esforce*, escrevera um professor, sem se dar conta de aonde as realizações de Elijah Lank o levariam. – Após a morte da mãe, foi criado pelo pai, Hugo. O pai nunca conseguiu manter-se em um emprego. Aparentemente, passava a maior parte do dia com uma garrafa e morreu de pancreatite quando Elijah tinha 18 anos.

– E este foi o lar onde Amalthea cresceu.

– É. Passou a morar com o tio quando tinha 9 anos de idade, após a morte da mãe. Ninguém sequer sabia quem era o pai. Portanto, aí está a família Lank em Fox Harbor. Um tio bêbado, um primo sociopata e uma menina que ficou esquizofrênica. A família americana típica.

– Você chamou Elijah de sociopata.

– Como chamar um menino que enterra viva uma colega de escola só para se divertir?

O'Donnell virou a página seguinte. Qualquer outra pessoa ao ler aquele arquivo faria uma expressão de horror, mas a expressão no rosto dela era de fascínio.

– A menina que ele enterrou tinha apenas 14 anos – disse Rizzoli.

– Alice Rose era nova na escola. Também tinha deficiência auditiva, por isso as outras crianças a atormentavam. Provavelmente por esse motivo, Elijah a escolheu. Ela era vulnerável, uma presa fácil. Ele a convidou a ir até sua casa, então a levou até um buraco que ele escavara na mata. Ele a jogou lá dentro, cobriu o buraco com pranchas e empilhou pedras em cima. Depois, quando foi questionado sobre o que fizera, disse que foi tudo um trote. Mas honestamente acredito que ele pretendia matá-la.

– De acordo com este relatório, a menina saiu ilesa.

– Ilesa? Não exatamente.

O'Donnell ergueu a cabeça.

– Mas sobreviveu.

– Alice Rose passou os cinco anos seguintes de sua vida sendo tratada de depressão severa e ataques de ansiedade. Quando tinha 19 anos, entrou em uma banheira e cortou os pulsos. Para mim, Elijah Lank é responsável pela morte dela. Ela foi sua primeira vítima.

– Pode provar que há outras?

– Há 45 anos, um casal chamado Karen e Robert Sadler desapareceu de Kennebunkport. Karen Sadler estava grávida de oito meses na época. Seus restos mortais foram encontrados na semana passada, no mesmo lugar onde Elijah enterrou Alice Rose viva. Acho que os Sadler foram mortos por Elijah. Por ele e Amalthea.

O'Donnell ficou parada, como se estivesse prendendo a respiração.

– Foi você quem primeiro sugeriu a hipótese, Dra. O'Donnell – disse o tenente Marquette. – Você disse que Amalthea tinha um parceiro, alguém a quem ela chamava de Besta. Alguém que a ajudou a matar Nikki e Theresa Wells. Foi isso que disse para a Dra. Isles, não foi?

– Ninguém mais acreditou em minha teoria.

– Bem, agora acreditamos – disse Rizzoli. – Achamos que a Besta é o primo dela, Elijah.

As sobrancelhas de O'Donnell ergueram-se com curiosidade.

Um caso de *primos assassinos*?

– Não seria a primeira vez que primos matam juntos – destacou Marquette.

– Verdade – concordou O'Donnell. – Kenneth Bianchi e Angelo Buono, os Estranguladores de Hillside, eram primos.

– Então há um precedente – disse Marquette. – Primos como parceiros de homicídio.

– Não precisam de mim para dizer isso.

– Você sabia da Besta antes de qualquer um – disse Rizzoli. – Você esteve tentando entrar em contato com ele por meio de Amalthea.

– Mas não consegui. Portanto, não vejo como posso ajudá-los a encontrá-lo. Nem mesmo sei por que me chamou aqui, detetive, uma vez que tem tanto desprezo por minhas pesquisas.

– Sei que Amalthea fala com você. Ela não disse uma palavra para mim quando a vi ontem. Mas as guardas me disseram que ela fala com *você*.

– Nossas sessões são confidenciais. Ela é minha paciente.

– Mas o primo dela não é. É ele que queremos encontrar.

– Bem, qual o último paradeiro conhecido? Você deve ter alguma informação com a qual começar.

– Não temos quase nada. Nada de seu paradeiro há décadas.

– Sabem se ele está vivo?

Rizzoli suspirou e admitiu:

– Não.

– Ele teria quase 70 anos hoje, não é mesmo? É um tanto geriátrico para um assassino em série.

– Amalthea tem 65 – disse Rizzoli. – Contudo, ninguém duvidou de que ela tivesse matado Theresa e Nikki Wells. Que tivesse esmagado seus crânios, encharcado seus corpos com gasolina e os queimado.

O'Donnell recostou-se na cadeira e olhou para Rizzoli por um instante.

244

– Diga-me por que a polícia de Boston está perseguindo Elijah Lank. São assassinatos antigos, fora de sua jurisdição. Qual é seu interesse nisso?

– O assassinato de Anna Leoni pode estar vinculado a esses outros crimes.

– Como?

– Pouco antes de morrer, Anna andou fazendo muitas perguntas sobre Amalthea. Talvez tenha sabido demais.

Rizzoli entregou outro arquivo para O'Donnell.

– O que é isso?

– Você conhece o Centro Nacional de Informação Criminal do FBI? Mantém um banco de dados de pessoas desaparecidas em todo o país.

– Sim, conheço o CNIC.

– Submetemos um pedido de busca usando as palavras-chave *mulher* e *grávida*. Isso foi o que recebemos de volta do FBI. Todos os casos que têm em seu banco de dados desde a década de 1960. Cada mulher grávida que desapareceu no país.

– Por que especificou mulheres grávidas?

– Porque Nikki Wells estava grávida de nove meses. Karen Sadler, de oito. Não acha uma tremenda coincidência?

O'Donnell abriu o arquivo e verificou as páginas impressas por computador. Ela ergueu a cabeça, surpresa.

– Há dezenas de nomes aqui.

– Considere o fato de que milhares de pessoas desaparecem a cada ano neste país. Se uma mulher grávida desaparece de vez em quando, é apenas um pontinho sobre um pano de fundo mais amplo. Não chamaria atenção. Mas quando desaparece uma mulher grávida por mês, os números ficam bem elevados ao final de um período de quarenta anos.

– Você consegue ligar todos esses casos a Amalthea Lank ou seu primo?

– Foi por isso que chamamos você aqui. Você já teve mais de dez sessões com ela. Ela lhe contou alguma coisa sobre as viagens que fez? Onde morou, onde trabalhou?

245

O'Donnell fechou a pasta.

– Você está me pedindo para quebrar o sigilo entre médico e paciente. Por que eu faria isso?

– Porque a matança não acabou.

– Minha paciente não pode matar mais. Está na prisão.

– Seu parceiro não está.

Rizzoli inclinou-se para a frente, para perto da mulher que ela tanto desprezava. Mas ela precisava de O'Donnell agora e conseguiu conter a própria repulsa.

– A Besta a fascina, não é mesmo? Você quer saber mais sobre ele. Você quer entrar na cabeça dele, saber por que ele é assim. Você gosta de ouvir todos os detalhes. Por isso deve nos ajudar. Para acrescentar mais um monstro à sua coleção.

– E se estivermos erradas? Talvez a Besta seja apenas um produto de nossas imaginações.

Rizzoli olhou para Frost.

– Por que não liga aquele retroprojetor?

Frost posicionou o projetor e ligou o interruptor. Em tempos de computadores e apresentações em PowerPoint, um retroprojetor parecia tecnologia da Idade da Pedra. Mas ela e Frost optaram pelo meio mais rápido, mais direto de exporem seu caso. Frost abriu uma pasta e retirou dali diversas transparências.

Frost colocou uma lâmina no projetor. Um mapa dos EUA apareceu na tela. Então, sobrepôs ao mapa a primeira transparência. Seis pontos negros foram acrescentados à imagem.

– O que significam esses pontos? – perguntou O'Donnell.

– Esses são casos registrados pelo CNIC nos primeiros seis meses de 1984 – disse Frost. – Escolhemos este ano porque foi o primeiro ano em que o banco de dados computadorizado do FBI entrou em funcionamento. Portanto, a informação deve ser bem completa. Cada um desses pontos representa um relatório de uma mulher grávida desaparecida.

Direcionou um apontador a laser para a tela.

– Há muito espaço geográfico aqui, um caso no Oregon, outro em Atlanta. Mas veja este pequeno aglomerado aqui no sudoeste.

246

Frost circundou o canto relevante no mapa.

– Uma mulher desaparecida no Arizona, uma no Novo México. Duas no Sul da Califórnia.

– E o que devo concluir disso?

– Bem, vamos ver o próximo período de três meses. De julho a dezembro de 1984. Talvez fique mais claro.

Frost colocou a transparência seguinte sobre o mapa. Um novo grupo de pontos foi acrescentado, estes marcados em vermelho.

– Novamente, vai ver alguma dispersão pelo país – disse ele. – Mas veja, temos outro aglomerado. – Ele fez um círculo ao redor de um grupo de três pontos vermelhos.

– San Jose, Sacramento e Eugene, no Oregon.

O'Donnell sussurrou:

– Isso está ficando interessante.

– Espere até ver os próximos seis meses – disse Rizzoli.

Com a terceira transparência, outro grupo de pontos foi acrescentado, estes em verde. Agora, o padrão era evidente. Um padrão que O'Donnell viu com olhos incrédulos.

– Meu Deus – disse ela. – Os aglomerados se movem.

Rizzoli assentiu. Soturna, ela olhou para a tela.

– Do Oregon, sobe para noroeste. Nos seis meses seguintes, duas mulheres grávidas desapareceram no estado de Washington, então uma terceira desapareceu no estado seguinte, Montana.

Ela olhou para O'Donnell.

– Não para aí.

O'Donnell inclinou-se para a frente na cadeira, o rosto alerta como um gato prestes a saltar.

– Para onde se move o aglomerado a seguir?

Rizzoli olhou para o mapa.

– Durante o verão e o outono, moveu-se direto para leste: Illinois e Michigan, Nova York e Massachusetts. Então, fez uma curva abrupta para o sul.

– Em que mês?

Rizzoli olhou para Frost, que verificou os papéis impressos.

247

– O caso seguinte aparece em Virgínia, em 14 de dezembro – disse ele.

– Move-se com o clima – disse O'Donnell.

Rizzoli olhou para ela.

– O quê?

– O clima. Viu como se moveu ao longo do Meio-Oeste nos meses de verão? Mas no outono, em dezembro, de repente foi para o sul. Justamente quando o tempo esfria.

Rizzoli franziu o cenho olhando para o mapa. Meu Deus, ela pensou. A mulher está certa. Como não vimos isso antes?

– O que acontece a seguir? – perguntou O'Donnell.

– Faz um círculo completo – disse Frost. – Move-se pelo sul, da Flórida ao Texas. Finalmente, volta ao Arizona.

O'Donnell levantou-se da cadeira e foi até a tela. Ficou ali um instante, estudando o mapa.

– Por favor, qual era mesmo o ciclo? Quanto tempo demorou para completar este circuito?

– Desta vez, demorou três anos e meio para circundar o país – disse Rizzoli.

– Um ritmo lento.

– É. Mas perceba como nunca fica em um mesmo estado durante muito tempo, nunca faz muitas vítimas em uma mesma área. Apenas se move, então as autoridades nunca veem um padrão, nunca se dão conta de que isso vem acontecendo há muitos anos.

– O quê? – O'Donnell se virou. – O ciclo se repete?

Rizzoli assentiu.

– Começa tudo de novo, seguindo a mesma rota. Como as antigas tribos nômades costumavam seguir as manadas de búfalos.

– As autoridades nunca perceberam um padrão?

– Isso porque esses caçadores nunca param de se mover. Diferentes estados, diferentes jurisdições. Alguns meses em uma região e então se vão, mudam-se para outro campo de caça. Lugares aos quais voltam sempre.

– Território conhecido.

– *Aonde vamos depende do que sabemos. E o que sabemos depende de aonde formos* – disse Rizzoli, citando um dos princípios de perfil criminal geográfico.

– Algum corpo foi encontrado?

– Nenhum. Estes casos permanecem em aberto.

– Então eles devem ter esconderijos. Lugares para esconder as vítimas e desfazerem-se dos corpos.

– Como nenhuma dessas mulheres foi achada, supomos que sejam lugares ermos – disse Frost. – Áreas rurais ou corpos d'água.

– Mas encontraram Nikki e Theresa Wells – disse O'Donnell. – Seus corpos não foram enterrados e, sim, queimados.

– As irmãs foram encontradas em 25 de novembro. Nós verificamos os boletins meteorológicos. Houve uma tempestade de neve inesperada naquela semana. Caíram 46 centímetros de neve em um único dia. Pegou Massachusetts de surpresa, fechando diversas estradas. Talvez não tenham conseguido chegar a seu esconderijo habitual.

– E por isso queimaram os corpos?

– Como você destacou, os desaparecimentos parecem se mover com o clima – disse Rizzoli. – Quando fica frio, vão para o sul. Mas, naquele novembro, a Nova Inglaterra foi pega de surpresa. Ninguém esperava uma nevasca tão cedo.

Ela se voltou para O'Donnell.

– Aí está a sua Besta. Essas são as suas pegadas no mapa. Acho que Amalthea estava com ele a cada passo do caminho.

– O que espera que eu faça, um perfil psicológico? Explicar por que matam?

– Sabemos por quê. Não matavam por prazer ou pela emoção. Esses não são assassinos em série comuns.

– Então, qual é sua motivação?

– Absolutamente mundana, Dra. O'Donnell. Na verdade, seus motivos provavelmente são entediantes para uma caçadora de monstros como você.

– Não acho assassinato entediante. Por que acham que eles matam?

– Sabe que Amalthea ou Elijah nunca trabalharam? Não encontramos qualquer indício de que algum deles teve um emprego, contribuiu para a previdência social ou preencheu um formulário de imposto de renda. Não tinham cartão de crédito, nenhuma conta em banco. Durante décadas, foram invisíveis, vivendo nas margens da sociedade. Como se alimentavam? Como pagavam gasolina e hospedagem?

– Dinheiro vivo, presumo.

– Mas de onde vinha esse dinheiro? – Rizzoli virou-se para o mapa. – Era assim que ganhavam dinheiro.

– Não entendo.

– Algumas pessoas pescam, algumas colhem maçãs. Amalthea e seu parceiro também eram coletores. – Ela olhou para O'Donnell. – Há quarenta anos, Amalthea vendeu duas filhas recém-nascidas para pais adotivos. Ganhou quarenta mil dólares com isso. Não acredito que os filhos fossem dela.

O'Donnell franziu o cenho.

– Está se referindo à Dra. Isles e sua irmã?

– Sim.

Rizzoli sentiu uma pontada de satisfação ao ver a expressão atônita de O'Donnell. Essa mulher não faz ideia de com quem está lidando, pensou Rizzoli. A psiquiatra que tão regularmente se associava a monstros foi pega de surpresa.

– Eu examinei Amalthea – disse O'Donnell. – Falei com outros psiquiatras...

– Que ela era psicótica?

– Sim.

O'Donnell suspirou profundamente.

– O que você está me mostrando aqui... isso é uma criatura completamente diferente.

– Não uma louca.

– Eu não sei. Eu não sei o que ela é.

– Ela e o primo matam por dinheiro. Isso parece bem são para mim.

– Possivelmente.

– Você se dá bem com assassinos, Dra. O'Donnell. Você conversa com eles, passa horas com pessoas como Warren Hoyt. – Rizzoli fez uma pausa. – Você os compreende.

– Eu tento.

– Então, que tipo de assassina é Amalthea? É um monstro? Ou apenas uma mulher de negócios?

– Ela é minha paciente. Isso é tudo que tenho a dizer.

– Mas está questionando seu diagnóstico agora, não está? – Rizzoli apontou para a tela. – *Isso* que vê aí é comportamento lógico. Caçadores nômades, perseguindo a presa. Ainda acha que ela é louca?

– Eu repito, ela é minha paciente. Preciso proteger seus interesses.

– Não estamos interessados em Amalthea. É o outro que queremos. Elijah.

Rizzoli aproximou-se de O'Donnell até ficarem face a face.

– Ele não parou da caçar, você sabe.

– O quê?

– Amalthea já está presa há cinco anos. – Rizzoli olhou para Frost. – Mostre os pontos desde que Amalthea Lank foi presa.

Frost retirou a transparência anterior e posicionou outra sobre o mapa.

– No mês de janeiro – disse ele. – Uma mulher grávida desapareceu na Carolina do Sul. Em fevereiro, desaparece outra na Geórgia. Em março, em Daytona Beach.

Colocou outra lâmina.

– Seis meses depois, acontece o mesmo no Texas.

– Amalthea Lank estava na cadeia nessa época – disse Rizzoli. – Mas os sequestros continuaram. A Besta não parou.

O'Donnell olhou para a marcha implacável de pontos. Um ponto, uma mulher. Uma vida.

– Onde estamos agora? – perguntou ela.

– Há um ano – disse Frost –, chegou à Califórnia e começou a se mover para o norte outra vez.

– E agora? Onde está?

– O último desaparecimento registrado foi há um mês. Em Albany, Nova York.

– Albany? – O'Donnell olhou para Rizzoli. – Isso significa que...

– Agora, ele está em Massachusetts – disse Rizzoli. – A Besta está na cidade.

Frost virou-se para o projetor e o súbito desligar do ventilador fez a sala mergulhar em um silêncio assustador. Embora a tela agora estivesse vazia, a imagem do mapa parecia permanecer gravada na memória de todos. O celular de Frost pareceu tocar ainda mais alto naquela sala silenciosa.

Frost disse:

– Desculpem-me – e saiu.

Rizzoli disse para O'Donnell:

– Fale-nos da Besta. Como encontrá-lo?

– Do mesmo modo que fazem para encontrar qualquer outra pessoa. Não é isso que vocês da polícia fazem? Já têm o nome. Vão atrás dele.

– Ele não tem cartão de crédito, conta bancária. É difícil de rastrear.

– Não sou um cão farejador.

– Você tem falado com a pessoa mais próxima a ele. Aquela que deve saber como encontrá-lo.

– Nossas sessões são confidenciais.

– Ela alguma vez se referiu a ele pelo nome? Deu alguma pista de que seria seu primo Elijah?

– Não tenho a liberdade de compartilhar nenhuma conversa particular que tive com a minha paciente.

– Elijah Lank não é seu paciente.

– Mas Amalthea é, e você está tentando montar um caso contra ela também. Múltiplas acusações de homicídio.

– Não estamos interessados em Amalthea. É *ele* quem queremos.

– Não é meu trabalho ajudá-los a pegar esse homem.

– E quanto à sua maldita responsabilidade civil?

– Detetive Rizzoli – disse Marquette.

O olhar de Rizzoli permaneceu sobre O'Donnell.

– Pense naquele mapa. Todos aqueles pontos, todas aquelas mulheres. Ele está aqui, agora. Esperando a próxima vítima.

O olhar de O'Donnell voltou-se para o abdome dilatado de Rizzoli.

– Então, acho melhor tomar cuidado, detetive, não é mesmo?

Rizzoli observou em silêncio enquanto O'Donnell pegava sua pasta executiva.

– De qualquer modo, duvido poder acrescentar muito – disse ela.

– Como você disse, esse assassino é movido por lógica e praticidade, não por luxúria ou prazer. Ele precisa de dinheiro para viver, pura e simplesmente. Só que a ocupação que encontrou é um tanto fora do comum. Perfil criminal não vai ajudar a pegá-lo. Porque ele não é um monstro.

– Estou certa de que você saberia identificar, caso fosse.

– Aprendi a fazê-lo. Mas, afinal, você também.

O'Donnell virou-se para a porta. Então parou e olhou para trás com um sorriso sem graça.

– Por falar em monstros, detetive, seu velho amigo pergunta por você toda vez que eu o visito.

O'Donnell não precisou dizer o nome. Ambas sabiam que ela falava de Warren Hoyt. O homem que continuava a aparecer nos pesadelos de Rizzoli, cujo bisturi fizera cicatrizes nas palmas de suas mãos havia quase dois anos.

– Ele ainda pensa em você – disse O'Donnell. Outro sorriso, discreto e dissimulado. – Achei que gostaria de saber que é lembrada.

Ela foi até a porta.

Rizzoli sentiu o olhar de Marquette esperando por sua reação. Esperando para ver se ela perderia aquela. Ficou aliviada quando ele também saiu da sala, deixando-a a sós para guardar o pesado retro-projetor. Pegou as transparências, desligou a máquina e enrolou o fio, concentrando toda sua raiva naquilo. Empurrou o projetor até o corredor e quase colidiu com Frost, que acabava de fechar o celular.

– Vamos – disse ele.

– Para onde?

– Natick. Uma mulher desapareceu.

Rizzoli franziu o cenho para ele.

– Ela...

Ele assentiu.

– Está no nono mês de gravidez.

253

25

— Se quiser minha opinião – disse o detetive Sarmiento, de Natick –, esse é apenas outro caso Laci Peterson. Casamento em crise, o marido arranja uma amante.

– Ele admitiu ter uma amante? – perguntou Rizzoli.

– Ainda não, mas consigo farejar essas coisas, sabe? – Sarmiento tocou o próprio nariz e riu. – O cheiro da outra.

É, ele provavelmente *podia* farejar esse tipo de coisa, pensou Rizzoli enquanto Sarmiento guiava ela e Frost por mesas com telas de computadores iluminadas. Ele parecia um homem familiarizado com o aroma de mulheres. Tinha o caminhar confiante dos mocinhos, o braço direito pendendo longe do corpo devido aos diversos anos em que usou uma pistola presa à cintura, o movimento característico que indica um policial. Barry Frost nunca pegaria aquele jeito. Perto do musculoso e moreno Sarmiento, Frost parecia um escriturário pálido com sua caneta e bloco de notas.

– O nome da mulher desaparecida é Matilda Purvis – disse Sarmiento, parando em sua mesa para pegar uma pasta, que entregou a Rizzoli.

– Trinta e um anos, branca. Casada há sete meses com Dwayne Purvis. Ele é o representante da BMW na cidade. Viu a mulher na última sexta-feira, quando apareceu para visitá-lo no trabalho. Parece que discutiram, porque testemunhas dizem que ela foi embora chorando.

– Quando ele registrou o desaparecimento? – perguntou Frost.

– No domingo.

– Ele demorou dois dias para tomar uma atitude?

– Após a briga, ele disse que pretendia deixar as coisas acalmarem entre os dois, então ficou em um hotel. Só voltou para casa no domingo. Encontrou o carro da mulher na garagem, a correspondência de sábado ainda na caixa de correio. Deu-se conta de que algo estava errado. Pegamos o depoimento dele no domingo à noite. Então, esta manhã, vimos o alerta que nos enviou, sobre mulheres grávidas desaparecidas. Não estou certo se essa se encaixa no seu padrão. Parece mais com uma briga doméstica clássica.

– Você verificou o hotel onde ele se hospedou? – perguntou Rizzoli.

Sarmiento respondeu com um sorriso afetado.

– Da última vez em que falei com ele, teve dificuldade para se lembrar qual foi o hotel.

Rizzoli abriu a pasta e viu uma fotografia de Matilda Purvis e seu marido, tirada no dia de seu casamento. Se estavam casados havia apenas sete meses, então ela já estava grávida de dois meses quando a fotografia fora tirada. A noiva tinha um belo rosto, cabelo e olhos castanhos e bochechas redondas e infantis. Seu sorriso refletia pura felicidade. Era a expressão de uma mulher que acabava de realizar o sonho de uma vida. Ao lado dela, Dwayne Purvis parecia cansado, quase entediado. A fotografia podia ter a legenda *problemas pela frente.*

Sarmiento conduziu-os por um corredor até uma sala em penumbra. Através de um espelho falso, viam a sala de entrevistas ao lado, desocupada naquele momento. Tinha paredes muito brancas, uma mesa e três cadeiras e uma câmera de vídeo montada em um canto. Uma sala projetada para extrair a verdade das pessoas.

Através do espelho falso, viram a porta se abrir e dois homens entrarem. Um deles era um policial, careca e barrigudo, de rosto inexpressivo, impassível. O tipo de rosto que faz a gente desejar ver um lampejo de emoção.

– O detetive Ligett vai cuidar disso desta vez – murmurou Sarmiento. – Vai ver se consegue algo novo dele.

– Sente-se – ouviram Ligett dizer.

Dwayne sentou-se de frente para o espelho falso. Será que se dava conta de que havia olhos observando-o ali atrás? Por um instante, seu olhar pareceu deter-se em Rizzoli. Ela suprimiu a vontade de recuar, de retroceder ainda mais na escuridão. Não que Dwayne Purvis parecesse particularmente ameaçador. Tinha trinta e poucos anos, vestia-se casualmente, uma camisa branca de botões, sem gravata, e calças cáqui. Em seu pulso havia um relógio Breitling – péssima escolha a sua ir a um interrogatório policial usando uma joia pela qual um policial não podia pagar. Dwayne tinha uma beleza insípida e uma autoconfiança arrogante que algumas mulheres achavam atraentes – caso gostassem de homens que ostentassem relógios caríssimos.

– Deve vender um bocado de BMWs – disse ela.

– Está hipotecado até as orelhas – disse Sarmiento. – O banco é dono da casa dele.

– De quanto é o seguro da esposa?

– 250 mil.

– Não o bastante para valer a pena matá-la.

– Ainda assim, são 250 mil dólares. Mas sem um corpo, vai ter dificuldade de receber. Até agora, não temos nenhum.

Na sala ao lado, o detetive Ligett disse:

– Tudo bem, Dwayne, só quero confirmar alguns detalhes.

A voz de Ligett era plana como sua expressão facial.

– Já falei com aquele outro policial – disse Dwayne. – Esqueci o nome dele. O que parece com aquele ator. Você sabe, Benjamin Bratt.

– O detetive Sarmiento?

– É.

Rizzoli ouviu Sarmiento emitir um resmungo de satisfação. É sempre legal ouvir dizer que você parece com Benjamin Bratt.

– Não sei por que você está perdendo tempo aqui – disse Dwayne. – Você devia estar na rua, procurando minha mulher.

– Estamos, Dwayne.

– E como isso pode ajudar?

– Nunca se sabe. Nunca se sabe qual pequeno detalhe que você se lembre que pode fazer uma diferença na busca. – Ligett fez uma pausa. – Por exemplo.

– O quê?

– Aquele hotel onde você se hospedou. Já se lembrou do nome?

– Era apenas um hotel.

– Como pagou?

– Isso é irrelevante!

– Você usou o cartão de crédito?

– Acho que sim.

– Acha?

Dwayne emitiu um gemido de desespero

– É, tudo bem. Usei o cartão de crédito.

– Então o nome do hotel deve estar em seu extrato. Tudo o que temos de fazer é verificar.

Silêncio.

– Tudo bem, lembro-me agora. Era o Crowne Plaza.

– Em Natick?

– Não. Em Wellesley.

Sarmiento, ao lado de Rizzoli, pegou um telefone na parede e murmurou:

– Aqui é o detetive Sarmiento. Ligue-me com o Crowne Plaza Hotel, em Wellesley...

Na sala de interrogatório, Ligett disse:

– Wellesley é meio longe de sua casa, não?

Dwayne suspirou.

– Precisava de um pouco de espaço. Um pouco de tempo comigo mesmo. Sabe, Mattie tem estado tão grudenta ultimamente. Aí, vou para o trabalho e todo mundo lá também quer um pedaço de mim.

– Vida difícil, hein? – disse Ligett, sem demonstrar o sarcasmo que devia estar sentindo.

– Todo mundo quer negociar. Tenho de rir forçado para clientes que desejam o impossível. Não posso lhes dar o impossível. Se você quer uma máquina como uma BMW, tem de pagar por ela. E o que me mata é saber que eles têm dinheiro. Têm dinheiro e ainda querem tirar de mim cada centavo que puderem.

A mulher está desaparecida, possivelmente morta, pensou Rizzoli, e ele está preocupado com clientes que pechincham?

– Por isso perdi a cabeça. A briga foi por causa disso.

– Com sua mulher?

– É. Não era por *nossa* causa. Foi o trabalho. O dinheiro está curto, sabe? Esse é o problema. Estamos apertados.

– Os empregados que testemunharam a briga de vocês...

– Que empregados? Com quem falou?

– Havia um vendedor e um mecânico. Ambos disseram que sua mulher parecia muito perturbada ao ir embora.

– Bem, ela está grávida. Ela fica alterada com qualquer coisa. Com todos aqueles hormônios, elas ficam fora de controle. Não dá para argumentar com uma mulher grávida.

Rizzoli sentiu-se corar. Perguntou-se se Frost achava o mesmo *dela*.

– Além do mais, ela está sempre cansada – disse Dwayne. – Chora por qualquer coisa. As costas doem, os pés também. Tem de correr ao banheiro a cada dez minutos.

Ele deu de ombros.

– Acho que lido bem com isso, considerando as circunstâncias.

– Sujeito simpático – disse Frost.

Sarmiento desligou o telefone subitamente e saiu. Então, através do espelho, viram-no enfiar a cabeça dentro da sala de interrogatório e gesticular para Ligett. Ambos os detetives deixaram a sala. Dwayne ficou sozinho à mesa, olhou para o relógio, remexeu-se na cadeira, olhou para o espelho e franziu o cenho. Tirou uma escova de bolso e penteou o cabelo à perfeição. O marido preocupado, preparando-se para aparecer no noticiário das 17 horas.

Sarmiento voltou à sala onde estavam Rizzoli e Frost e deu uma piscadela.

– Peguei ele – sussurrou.

– O que tem?

– Veja.

Pelo espelho, viram Ligett voltar à sala de interrogatório. Ele fechou a porta e ficou parado, apenas olhando para Dwayne. Dwayne ficou muito quieto, mas o pulsar de seu pescoço era visível apesar do colarinho da camisa.

– Então – disse Ligett –, quer me dizer a verdade agora?

– Sobre o quê?

– Aquelas duas noites no Crowne Plaza Hotel?

Dwayne riu, resposta inadequada, dadas as circunstâncias.

– Não sei o que quer dizer.

– O detetive Sarmiento acabou de falar com o Crowne Plaza. Eles confirmaram que você esteve lá hospedado durante duas noites.

– Bem, está vendo? Eu disse...

258

– Quem era a mulher que se hospedou com você, Dwayne? Loura, bonita. Tomou café da manhã com você no restaurante do hotel dois dias seguidos.

Dwayne ficou em silêncio. Engoliu em seco.

– Sua mulher sabe da loura? Foi por isso que você e Mattie estavam discutindo?

– Não...

– Então ela não sabe?

– Não! Quero dizer, não foi por isso que discutimos.

– Claro que foi.

– Você está encarando isso da pior maneira possível!

– Por quê, a loura não existe? – Ligett se aproximou, ficando face a face com Dwayne. – Não vai ser difícil encontrá-la. Ela provavelmente irá *nos* procurar. Vai ver seu retrato nos jornais e dar-se conta de que é melhor aparecer e revelar a verdade.

– Isso nada tem a ver com... Quero dizer, sei que parece esquisito, mas...

– Certamente.

– Tudo bem – Dwayne suspirou. – Tudo bem, eu saí da linha, está bem? Muita gente faz o mesmo na minha posição. É difícil quando a sua mulher está tão grande que não dá mais para fazer sexo com aquele barrigão. E ela simplesmente não tem interesse em sexo.

Rizzoli olhou rigidamente em frente, imaginando se Frost e Sarmiento estavam olhando para ela. É, aqui estou. Outra barriguda. Com um marido fora da cidade. Ela olhou para Dwayne e imaginou Gabriel sentado naquela cadeira, dizendo as mesmas palavras. Meu Deus, não faça isso consigo mesma, pensou, não confunda sua cabeça. Esse não é Gabriel, mas um imbecil chamado Dwayne Purvis pego com a amante e que não sabe lidar com as consequências. *Sua mulher descobre que tem uma substituta, e você está pensando: adeus relógios Breitling, metade da casa e 18 anos de pensão para o filho. Esse babaca certamente é culpado.*

Ela olhou para Frost. Ele balançou a cabeça. Ambos podiam ver que aquilo era apenas a repetição de uma velha tragédia que já haviam visto dezenas de vezes.

– Ela ameaçou se divorciar? – perguntou Ligett.

– Não. Mattie nada sabia a respeito dela.

– Ela simplesmente apareceu no seu trabalho e começou uma briga?

– Foi estupidez. Falei com Sarmiento a respeito.

– Por que ficou furioso, Dwayne?

– Porque ela fica dirigindo por aí com uma droga de um pneu furado e nem se dá conta! Quero dizer, você tem de ser muito idiota para não perceber que está destruindo um aro! Foi um vendedor que notou. Um pneu novinho todo esfarrapado, pronto para ir para o lixo. Vi isso e acho que gritei com ela. Daí ela ficou chorosa, e isso só me irritou ainda mais, porque me faz parecer um cretino.

Você *é* um cretino, pensou Rizzoli. Ela olhou para Sarmiento.

– Acho que ouvimos o bastante.

– O que eu lhe disse?

– Você nos informará caso alguma coisa nova aconteça?

– Pois é. – Sarmiento voltou o olhar para Dwayne. – É fácil quando são burros assim.

Rizzoli e Frost viraram-se para ir embora.

– Quem sabe quantos quilômetros ela rodou assim? – dizia Dwayne. – Droga, já devia estar vazio quando ela foi ao médico.

Rizzoli de repente estancou. Voltando-se para o espelho falso, ela encarou Dwayne. Sentiu as têmporas pulsarem. *Meu Deus. Quase ia deixando passar.*

– De que médico ele está falando? – ela perguntou a Sarmiento.

– Dra. Fishman. Falei com ela ontem.

– Por que a Sra. Purvis foi vê-la?

– Apenas rotina. Consulta na obstetra, nada anormal quanto a isso.

Rizzoli olhou para Sarmiento.

– A Dra. Fishman é obstetra?

Ele assentiu.

– Tem um consultório na Clínica de Mulheres. Na rua Bacon.

A Dra. Susan Fishman passara a maior parte da noite no hospital, e seu rosto era um retrato da exaustão. O cabelo castanho não lavado estava amarrado para trás em um rabo de cavalo, e o avental amarrotado que usava tinha bolsos tão carregados de instrumentos de exame que o tecido parecia estar puxando os ombros dela para o chão.

– Larry da segurança trouxe as fitas das câmeras de vigilância – disse ela enquanto escoltava Rizzoli e Frost até a recepção ao longo de um corredor. Seus tênis guinchavam sobre o chão de linóleo.

– Ele está montando o equipamento de vídeo na sala dos fundos. Graças a Deus que não tenho de fazer isso. Nem mesmo tenho um videocassete em casa.

– Sua clínica ainda tem as gravações de uma semana atrás? – perguntou Frost.

– Temos um contrato com a Minute Man Security. Eles mantêm as fitas durante pelo menos uma semana. Pedimos que fizessem assim, dadas as ameaças.

– Quais ameaças?

– Esta é uma clínica pró-escolha, você sabe. Não fazemos abortos aqui, mas só o fato de nos chamarmos de clínica *feminina* parece incomodar o pessoal da ala de direita. Gostamos de ficar de olho em quem frequenta o prédio.

– Então tiveram problemas antes?

– Os de sempre. Cartas ameaçadoras. Envelopes com anthrax falso. Idiotas tirando fotos de pacientes. Por isso mantemos a câmera de vídeo no estacionamento. Não podemos ficar de olho em todo mundo que entra pela porta da frente.

Ela os conduziu ao longo de outro corredor decorado com os mesmos cartazes alegres e genéricos que parecem adornar todas as clínicas de obstetrícia. Diagramas sobre como amamentar, nutrição materna, os "cinco sinais de que você tem um parceiro perigoso". Uma ilustração anatômica de uma mulher grávida, o conteúdo de seu abdome revelado em um corte lateral. Aquilo fez Rizzoli se sentir incômoda ao lado de Frost, com aquele cartaz exposto na parede revelando sua anatomia. Intestino, rins, útero. Feto enrodilhado em um emaranhado de membros. Ainda na semana passada, Matilda Purvis passara diante daquele mesmo cartaz.

– Estamos todos tristes por causa de Mattie – disse a Dra. Fishman. – Ela é um amor de pessoa. E estava tão ansiosa pelo bebê.

– Tudo bem nesta última consulta? – perguntou Rizzoli.

– Oh, sim. O coração do feto estava firme e forte, boa posição no útero. Tudo parecia muito bem.

Fishman olhou para Rizzoli e perguntou:

– Acha que foi o marido?

– Por que pergunta?

– Bem, geralmente não é o marido? Ele só veio com ela aqui uma vez, bem no começo. Pareceu entediado durante toda a consulta. Depois disso, Mattie passou a vir sozinha. Para mim, essa é a deixa. Se fazem um bebê juntos, devem vir juntos. Mas essa é apenas minha opinião.

Ela abriu a porta.

– Esta é nossa sala de reunião.

Larry, da Minute Man Security Systems, esperava por eles na sala.

– Estou com o vídeo pronto – disse ele. – Separei o intervalo de tempo em que vocês estão interessados. Dra. Fishman, precisará observar a filmagem para nos mostrar quando sua paciente aparecer no vídeo.

Fishman suspirou e sentou-se diante do monitor.

– Nunca tive de assistir a isso antes.

– Sorte sua – disse Larry. – Na maioria das vezes são muito chatos.

Rizzoli e Frost sentaram-se ao lado de Fishman.

– Tudo bem – disse Rizzoli. – Vamos ver o que tem aí.

Larry apertou a tecla play.

No monitor, apareceu uma tomada da entrada da clínica. Um dia luminoso, o sol refletindo nos carros estacionados em frente ao prédio.

– Esta câmera está montada sobre um poste de luz no estacionamento – disse Larry. – Podem ver a hora aqui, no canto: 14h05.

Um Saab entrou e estacionou em uma vaga. A porta do motorista se abriu e uma morena alta saiu do carro. Ela entrou na clínica.

262

– A consulta de Mattie era às 13h30 – disse a Dra. Fishman. – Talvez devesse voltar o filme um pouco.

– Apenas veja – disse Larry. – Ali. Duas e meia da tarde, não é ela? Uma mulher acabava de sair do prédio. Fez uma rápida pausa sob o sol, passou a mão sobre os olhos, como se estivesse ofuscada pela luz.

– É ela – disse Fishman. – É Mattie.

Mattie começou a se afastar do edifício naquele passo de pato tão característico de mulheres grávidas. Demorou-se procurando as chaves do carro na bolsa enquanto caminhava, distraída, sem prestar atenção. De repente parou e olhou ao redor, confusa, como se tivesse esquecido onde deixara o carro. Sim, esta é uma mulher que não perceberia estar com o pneu vazio, pensou Rizzoli. Agora, Mattie virou-se e caminhou em uma direção completamente diferente, sumindo da vista da câmera.

– É tudo o que tem? – perguntou Rizzoli.

– Era o que queria, não? – disse Larry. – Confirmação da hora em que ela deixou o prédio?

– Mas onde está o carro? Nós não a vemos entrando no carro.

– Há alguma dúvida de que não entrou?

– Só quero vê-la deixar o estacionamento.

Larry levantou-se e foi até o equipamento de vídeo.

– Há outro ângulo que posso mostrar, de uma câmera do outro lado do estacionamento – disse ele, mudando a fita. – Mas não creio que ajude, porque é muito de longe.

Ele pegou o controle remoto e voltou a apertar a tecla play.

Outra visão apareceu. Desta vez, apenas um canto do prédio da clínica era visível. A maior parte da tela estava ocupada por carros estacionados.

– Este estacionamento é compartilhado com a clínica de cirurgia médica do outro lado da rua – disse Larry. – Por isso há tantos carros. Muito bem, veja. Não é ela?

A distância, via-se a cabeça de Mattie passando detrás de uma fileira de carros. Então ela saiu de quadro. Um momento depois, um carro azul dava marcha à ré saindo da vaga e também saía de quadro.

263

– É tudo o que temos – disse Larry. – Ela sai do prédio, entra no carro e vai embora. O que quer que tenha acontecido, não foi aqui nesse estacionamento.

Ele estendeu a mão para pegar o controle remoto.

– Espere – disse Rizzoli.

– O quê?

– Volte.

– Quanto?

– Uns trinta segundos.

Larry rebobinou a fita e *pixels* digitais passaram brevemente pelo monitor e então se recompuseram em uma imagem de carros estacionados. Ali estava Mattie, entrando no carro. Rizzoli levantou-se da cadeira, foi até o monitor e viu Mattie ir embora, ao mesmo tempo que uma mancha branca aparecia em um canto do quadro, na mesma direção do BMW de Mattie.

– Pare – disse Rizzoli. – Com a imagem congelada, Rizzoli tocou a tela. – Ali. Aquela van branca.

Frost disse:

– Está se movendo paralelamente ao carro da vítima.

A vítima. Já prevendo o pior no destino de Mattie.

– E daí? – disse Larry

Rizzoli olhou para Fishman.

– Você reconhece aquele veículo?

A médica deu de ombros.

– Eu não presto atenção em carros. Nada sei sobre marcas e modelos.

– Mas já viu essa van branca antes?

– Não sei. Para mim é igual a qualquer outra van branca.

– Por que está interessada naquela van? – perguntou Larry. – Quero dizer, dá para ver que ela entrou no carro e foi embora em segurança.

– Volte a fita – disse Rizzoli.

– Quer que eu repita esta parte?

– Não. Quero voltar mais – Ela olhou para Fishman. – Você disse que a consulta dela era às 13h30?

– Sim...

– Volte para as 13 horas.

Larry apertou o controle remoto. No monitor, os pixels se embaralharam então, voltaram a se organizar. A hora no fundo era 13h02.

– Está bom – disse Rizzoli. – Pode soltar.

Enquanto passavam os segundos, viram carros entrarem e saírem, de vista. Viu uma mulher estacionar e sair do carro com dois filhos pequenos com as mãos firmemente agarradas às dela.

Às 13h08, a van apareceu. Passou lentamente diante da fila de carros, então saiu de quadro.

Às 13h25, o BMW azul de Mattie Purvis entrou no estacionamento. Estava parcialmente oculto pela fileira de carros entre ela e a câmera, e viram apenas o topo de sua cabeça quando saiu do carro e caminhou em direção ao prédio.

– Basta? – perguntou Larry.

– Continue.

– O que está esperando?

Rizzoli sentiu o pulso acelerar.

– Por isso – disse ela.

A van branca estava de volta à tela. Cruzou lentamente diante da fileira de carros e parou entre a câmera e o BMW azul.

– Merda – disse Rizzoli. – Está bloqueando a nossa visão! Não podemos ver o que o motorista está fazendo.

Segundos depois, a van se foi. Não conseguiram nenhum relance do rosto do motorista nem da placa do veículo.

– Do que se trata? – perguntou a Dra. Fishman.

Rizzoli olhou para Frost. Ela não teve de dizer uma única palavra. Ambos compreenderam o que acontecera no estacionamento. *O pneu furado. Theresa e Nikki Wells também estavam com um pneu furado.*

É assim que ele as encontra, pensou. Em um estacionamento de clínica. Com mulheres grávidas indo visitar seus médicos. Um rápido corte no pneu e, daí em diante, é um jogo de espera. Siga sua presa enquanto ela sai do estacionamento. Quando parar, lá estará você, bem atrás dela.

Pronto para oferecer ajuda.

ENQUANTO FROST DIRIGIA, Rizzoli pensava na vida que trazia dentro de si. Em como era fina a parede de pele e músculos que protegia seu filho. Uma lâmina não teria de cortar muito fundo. Uma rápida incisão abdome abaixo, do esterno ao púbis, sem se preocupar com cicatrizes, pois não haveria cicatrizações, sem se preocupar com a saúde da mãe. Ela é apenas uma casca descartável aberta para revelar o tesouro que contém. Apertou a barriga com as mãos e de repente sentiu-se nauseada pela ideia do que Mattie Purvis poderia estar passando naquele momento. Certamente Mattie não imaginou imagens tão grotescas enquanto olhava para seu próprio reflexo no espelho. Talvez olhasse para as estrias que se espalhavam por seu abdome e se sentisse infeliz por estar perdendo o poder de atração. A triste sensação de que, agora, quando o marido a olhava, era com desinteresse e não com desejo. Nem com amor.

Você sabia que Dwayne estava tendo um caso?

Ela olhou para Frost.

– Ele precisa de um atravessador.

– O quê?

– Quando ele põe as mãos em um novo bebê, o que ele faz? Tem de levá-lo a um intermediário. Alguém que realize a adoção, prepare os documentos. E pague em dinheiro.

– Van Gates.

– Sabemos que já o fez, ao menos uma vez.

– Isso foi há quarenta anos.

– Quantas adoções já arranjou até hoje? Quantos outros bebês trocou por dinheiro? Tem de haver dinheiro nisso.

Dinheiro para manter a mulher-troféu em roupas de ginástica cor-de-rosa.

– Van Gates não vai cooperar.

– Não vai mesmo. Mas, agora, sabemos o que procurar.

– A van branca.

Frost dirigiu em silêncio por um instante, mas disse a seguir:

– Sabe, se aquela van aparecer na casa dele, isso provavelmente vai significar que...

Ele parou de falar.

Que Mattie Purvis está morta, pensou Rizzoli.

26

Mattie colou as costas contra uma parede, apoiou os pés contra a parede oposta e empurrou. Contou os segundos até suas pernas latejarem e o suor inundar seu rosto. Vamos, mais cinco segundos. Dez. Ela relaxou, ofegante, as coxas e panturrilhas tomadas de um calor agradável. Ela mal usara as pernas naquela caixa, passara horas demais enrodilhada e se lamentando com autopiedade enquanto seus músculos viravam mingau. Ela se lembrou da época em que pegou uma gripe, uma gripe forte que a deixou de cama, febril e tremendo. Alguns dias depois, ao sair da cama, sentia-se tão fraca que teve de engatinhar até o banheiro. É isso o que acontece quando se fica muito tempo deitado: você perde as forças. Logo ela precisaria daqueles músculos. Tinha de estar pronta quando ele voltasse.

Porque ele *voltaria*.

Chega de descanso. Pés contra a parede outra vez. Força!

Ela bufou, o suor porejando na testa. Pensou no filme *Até o limite da honra*, e em como Demi Moore parecia forte e em forma, levantando pesos. Mattie manteve aquela imagem na cabeça enquanto forçava as paredes de sua prisão. Visualize músculos. E reaja. Imagine-se surrando o desgraçado.

Ofegante, ela outra vez relaxou encostada à parede e descansou, respirando fundo enquanto a dor nas pernas diminuía. Estava a ponto de repetir o exercício quanto sentiu um aperto na barriga.

Outra contração.

Ela esperou, prendendo a respiração, esperando que passasse rápido. E já estava passando. Era apenas o bebê esticando os músculos, como ela estava esticando os dela. Não era doloroso, mas era sinal de que a hora estava chegando.

Espere, bebê. Você vai ter de esperar mais um pouco.

27

Mais uma vez, Maura se livrava de tudo aquilo que comprovasse sua identidade. Guardou a bolsa, o relógio, o cinto e as chaves do carro no armário. Mas mesmo com meu cartão de crédito, carteira de motorista e número da previdência, pensou, também não sei quem realmente sou. A única pessoa que sabe a resposta está esperando por mim do outro lado.

Ela entrou na sala de admissão de visitantes, tirou os sapatos e os colocou sobre o balcão para serem inspecionados. A seguir, passou pelo detector de metais.

Uma guarda esperava por ela.

– Dra. Isles?

– Sim.

– Você requisitou uma sala de entrevista?

– Preciso falar a sós com uma prisioneira.

– Ainda assim serão monitoradas visualmente. Compreende o que digo?

– Desde que nossa conversa seja sigilosa.

– É a mesma sala onde as prisioneiras se encontram com seus advogados. Portanto, terão privacidade.

A guarda conduziu Maura através da sala de recreação e um corredor. Ali, ela abriu uma porta e acenou para que Maura entrasse.

– Vamos trazê-la. Sente-se.

Maura entrou na sala de entrevistas e confrontou-se com uma mesa e duas cadeiras. Sentou-se na cadeira voltada para a porta. Uma janela de resina de alta resistência estava voltada para o corredor, e duas câmeras de vigilância observavam em cantos opostos da sala.

Ela esperou, com as mãos suando apesar do ar-condicionado. Ao erguer a cabeça outra vez, assustou-se ao ver os olhos escuros de Amalthea, olhando-a através da janela do corredor.

A guarda escoltou Amalthea até a sala e sentou-a em uma cadeira.

– Ela não está falando muito hoje. Não sei se vai falar com você, mas aí está.

A guarda curvou-se, atou uma algema de aço no tornozelo de Amalthea e prendeu-a ao pé da mesa.

– Isso é realmente necessário? – perguntou Maura.

– É apenas uma formalidade, por questão de segurança. – A guarda voltou a ficar de pé. – Quando terminar, aperte aquele botão, no interfone da parede. Viremos buscá-la. – Deu um tapinha no ombro de Amalthea. – Agora, você converse com ela, está bem, querida? Ela veio até aqui apenas para *vê-la*.

A guarda deu um olhar de *boa sorte* para Maura e então se foi, trancando a porta atrás de si.

Passou um instante.

– Estive aqui na semana passada visitando você – disse Maura. – Lembra-se?

Amalthea curvou-se em sua cadeira com olhos voltados para a mesa.

– Você me disse algo quando eu estava indo embora. Você disse, *agora você também vai morrer*. O que quis dizer com isso?

Silêncio.

– Você estava me avisando, não é? Dizendo-me para deixá-la em paz. Você não me queria investigando seu passado.

Outra vez, silêncio.

– Ninguém está nos ouvindo, Amalthea. Somos apenas nós duas nesta sala.

Maura colocou as mãos sobre a mesa, para mostrar que não trazia um gravador nem um bloco de notas.

– Não sou policial. Não sou promotora. Pode dizer o que quiser para mim, e apenas nós duas ouviremos o que disser.

Ela se inclinou e disse:

– Eu sei que você entende tudo o que eu digo. Então, olhe para mim, droga. Estou farta desse jogo.

Embora Amalthea não tenha erguido a cabeça, não havia como deixar de perceber a tensão em seus braços, o pulsar de seus músculos. *Ela está ouvindo, com certeza. Está esperando para ouvir o que tenho a dizer a seguir.*

– Aquilo foi uma ameaça, não foi? Quando você me disse que eu ia morrer, você estava me dizendo para eu ficar longe ou acabaria como Anna. Achei que fosse apenas conversa de psicótico, mas você falava a sério. Você está protegendo ele, não está? Você está protegendo a Besta.

Lentamente, Amalthea ergueu a cabeça. Olhos escuros encontraram os dela em um olhar tão frio, tão vazio, que Maura se afastou, arrepiada.

– Sabemos sobre ele – disse Maura. – Sabemos de vocês dois.

– O que sabem?

Maura não esperava que ela falasse. A pergunta foi dita em voz tão baixa que ela se questionou se de fato a tinha ouvido. Ela engoliu em seco. Respirou fundo, abalada pelo vazio negro daqueles olhos. Não havia loucura ali, apenas vazio.

– Você é tão normal quanto eu – disse Maura. – Mas não ousa deixar alguém saber disso. É tão mais fácil esconder-se atrás de uma máscara de esquizofrenia! É mais fácil se fazer de psicótica, porque as pessoas sempre deixam os loucos em paz. Eles não se importam em interrogá-la. Não cavam mais fundo, porque acham que é tudo delírio no fim das contas. Agora nem mesmo a medicam, porque é muito boa simulando os efeitos colaterais.

Maura forçou-se a olhar com mais atenção aquele vazio.

– Eles não sabem que a Besta é real. Mas você sabe. E você sabe onde ele está.

Amalthea ficou imóvel, mas a tensão tomou seu rosto. Os músculos ao redor de sua boca se estreitaram, e as veias de seu pescoço ficaram ressaltadas.

– Era sua única alternativa, não era? Alegar insanidade. Você não podia nada contra as provas: o sangue na chave de roda, as carteiras roubadas. Mas se os convencesse de que era uma psicótica, talvez pudesse evitar interrogatórios futuros. Talvez não viessem a saber de todas as outras vítimas. As mulheres que mataram na Flórida e na Virgínia. Texas e Arkansas. Estados com pena de morte. – Maura se aproximou ainda mais. – Por que simplesmente não desiste dele, Amalthea? Afinal, ele deixou que assumisse a culpa sozinha. E ainda está solto, matando. Ele continua sem você, visitando os mesmos lugares, os mesmos campos de caça. Ele acabou de pegar outra mulher, em Natick. Você pode pará-lo, Amalthea. Você pode dar um fim nisso.

Amalthea parecia estar contendo a respiração, esperando.

– Veja você, aqui na prisão. – Maura riu. – Que fracassada que você é. Por que está aqui e Elijah está solto?

Amalthea piscou. Em um instante, toda a rigidez pareceu se esvair de seus músculos.

– Fale comigo – pressionou Maura. – Não há ninguém mais nesta sala. Só você e eu.

O olhar da outra mulher ergueu-se para uma das câmeras instaladas em um canto da sala.

– Sim, eles podem nos ver – disse Maura. – Mas não podem nos ouvir.

– Todo mundo pode nos ouvir – sussurrou Amalthea. Ela olhou para Maura. O olhar insondável tornara-se frio, contido. E assustadoramente são, como se uma nova criatura tivesse emergido, olhando através daqueles olhos.

– Por que você está aqui?

– Quero saber se Elijah matou minha irmã.

Uma longa pausa. E, estranhamente, um brilho curioso nos olhos dela.

– Por que ele faria isso?

– Você sabe por que Anna morreu, não sabe?

– Por que não me faz uma pergunta para a qual eu tenha resposta? A pergunta que realmente veio me fazer. – A voz de Amalthea era baixa, íntima. – Isso é sobre você, Maura, não é mesmo? O que *você* quer saber?

Maura olhou-a, coração aos saltos. Uma simples pergunta presa na garganta.

– Quero que me diga...

– Sim? – Apenas um murmúrio, baixo como uma voz dentro da cabeça de Maura.

– Quem era minha mãe de verdade?

Um sorriso aflorou aos lábios de Amalthea.

– Quer dizer que não vê a semelhança?

– Apenas diga-me a verdade.

– Olhe para mim e depois se olhe no espelho. Ali está sua verdade.

– Não reconheço nenhuma parte sua em mim.

– Mas eu me reconheço *em você*.

Maura riu, surpresa por conseguir fazê-lo.

– Não sei por que vim até aqui. Esta visita foi uma perda de tempo.

Ela afastou a cadeira e começou a se levantar.

– Você gosta de trabalhar com os mortos, Maura?

Assustada com a pergunta, Maura fez uma pausa, metade do corpo para fora da cadeira.

– É o que faz, não é mesmo? – disse Amalthea. – Você os abre. Tira seus órgãos. Fatia seus corações. Por que faz isso?

– Meu trabalho exige.

– Por que escolheu esse trabalho?

– Não estou aqui para falar sobre mim.

– Sim, está. Só tem a ver com você. Sobre quem você realmente é.

Lentamente, Maura se sentou.

– Por que não me diz?

– Você abre as barrigas dos outros. Mergulha sua mão no sangue deles. Por que acha que somos diferentes? – A mulher começou a se aproximar de modo tão imperceptível que Maura se assustou ao subitamente dar-se conta de como Amalthea estava perto dela. – Olhe-se no espelho e verá a mim.

– Não somos nem da mesma espécie.

– Se é nisso que quer acreditar, quem seria eu para fazê-la mudar de ideia? – Amalthea encarou Maura sem piscar. – Sempre há o DNA.

Maura ficou sem ar. Um blefe, pensou. Amalthea está esperando para ver se eu caio. Se realmente desejo saber a verdade. O DNA não mente. Com uma amostra de sua boca, podia ter a resposta. Podia ter a confirmação de meu maior medo.

– Você sabe onde me encontrar – disse Amalthea. – Volte quando estiver pronta para a verdade.

Ela se levantou, a algema no tornozelo batendo contra a perna da mesa, e olhou para a câmera de vídeo. Um sinal para o guarda de que ela queria ir embora.

– Se é minha mãe – disse Maura –, então me diga quem é meu pai.

Amalthea olhou-a de volta, outra vez com um sorriso nos lábios.

– Ainda não adivinhou?

A porta se abriu, e a guarda meteu a cabeça para dentro da sala.

– Tudo bem aí?

A transformação foi incrível. Um instante antes Amalthea olhava para Maura com frio calculismo. Agora, aquela criatura desaparecera, substituída por uma mulher atordoada que forçava a algema do tornozelo, como se não soubesse por que não conseguia se livrar.

– Ir – murmurou. – Quero ir... quero ir.

– Sim, querida, claro que vamos.

A guarda olhou para Maura.

– Já terminou com ela?

– Por enquanto – disse Maura.

RIZZOLI NÃO ESPERAVA uma visita de Charles Cassell, de modo que ficou surpresa quando o sargento da recepção ligou para informar que o Dr. Cassell a esperava no lobby. Quando ela saiu do elevador e o viu, chocou-se com sua mudança de aparência. Em uma semana, ele parecia ter envelhecido dez anos. Ele claramente perdera peso, e seu rosto era agora esquálido e sem cor. Seu paletó, embora caro, parecia estar pendurado, informe, sobre seus ombros caídos.

– Preciso falar com você – disse ele. – Preciso saber o que está acontecendo.

Ela acenou com a cabeça para o sargento.

– Vou subir com ele.

Quando ela e Cassell entraram no elevador, ele disse:

– Ninguém me conta nada.

– Você se dá conta, é claro, de que esse é o procedimento padrão durante uma investigação.

– Vai me indiciar? O detetive Ballard diz que é apenas questão de tempo.

Ela olhou para ele.

– Quando ele lhe disse isso?

– Toda vez que fala comigo. É esta a estratégia, detetive? Amedrontar-me, obrigar-me a aceitar um acordo?

Ela nada disse. Não sabia que Ballard continuava a ligar para Cassell.

Eles saíram do elevador, e ela o levou até uma sala de entrevistas, onde se sentaram a um canto da mesa, um de frente para o outro.

– Tem algo de novo a me dizer? – perguntou ela. – Porque, senão, não há razão para este encontro.

– Eu não a matei.

– Você já disse isso.

– Não creio que tenha me ouvido.

– Há algo mais que queira me dizer?

– Você verificou minha viagem aérea, não foi? Eu lhe dei a informação.

– A Northwest Airlines confirmou que você estava naquele voo. Mas isso ainda o deixa sem álibi para a noite do assassinato de Anna.

– E aquele incidente do pássaro morto na caixa de correio dela? Você se incomodou em confirmar onde eu estava quando aconteceu? Eu não estava na cidade. Minha secretária pode confirmar.

– Ainda assim, você compreende que não comprova a sua inocência. Você pode ter contratado alguma outra pessoa para quebrar o pescoço do pássaro e deixá-lo na caixa de correio de Anna.

– Eu admito as coisas que eu *fiz*. Sim, eu a segui, eu passei de carro umas seis vezes diante da casa dela. E, sim, eu *bati* nela naquela noite... não me orgulho disso. Mas nunca enviei qualquer ameaça de morte. Nunca matei pássaro algum.

– É tudo o que veio me dizer? Porque se for...

Ela começou a se levantar.

Para sua surpresa, ele pegou o braço dela, apertando tão forte que ela imediatamente reagiu em autodefesa. Ela agarrou-lhe a mão e torceu.

Ele grunhiu de dor e voltou a se sentar, parecendo atônito.

– Quer que eu quebre seu braço? – disse ela. – É só tentar isso outra vez.

– Desculpe – ele murmurou, olhando-a com olhos assustados. Qualquer que tenha sido a raiva que acumulou naquele encontro, ela pareceu subitamente ter se esvaído dele. – Meu Deus, desculpe-me...

Ela observou-o se encolher na cadeira e pensou: a tristeza dele é verdadeira.

– Só queria saber o que está acontecendo – disse Cassell. – Preciso saber que vocês estão *fazendo* alguma coisa.

– Estou fazendo meu trabalho, doutor.

– Tudo o que está fazendo é investigando *a mim*.

– Não é verdade. Esta é uma investigação ampla.

– Ballard disse...

– O detetive Ballard não está cuidando deste caso. Eu estou. E acredite, estou vendo o caso de todos os ângulos possíveis.

Ele assentiu, respirou fundo e se aprumou.

– Era tudo o que eu queria ouvir: que tudo está sendo feito. Que você não está se esquecendo de nada. Não importa o que pense de mim, a verdade honesta é que eu a amava. – Ele passou a mão no cabelo. – É terrível, quando as pessoas o abandonam.

– Sim, é.

– Quando você ama alguém, é natural desejar ficar com essa pessoa. Você faz coisas loucas, desesperadas...

– Até mesmo matar?

– Eu não a matei. – Ele olhou para Rizzoli. – Mas, sim. Eu teria matado por ela.

O celular de Rizzoli tocou. Ela se levantou.

– Desculpe – disse. E saiu da sala.

Era Frost:

– A vigilância acaba de reportar uma van branca na residência de Van Gates – disse ele. – Passou pela casa há uns 15 minutos, mas não parou. Há uma possibilidade de o motorista ter visto os nossos rapazes, então eles mudaram de posição.

– Acha que é a van certa?

– As placas eram roubadas.

– O quê?

275

– Foram roubadas de um Dodge Caravan há três semanas, em Pittsfield.

Pittsfield, pensou, na fronteira do estado, perto de Albany.

Onde uma mulher desapareceu no mês passado.

Seu ouvido contra o aparelho começou a pulsar.

– Onde está a van agora?

– Nossa equipe não seguiu o veículo. Quando souberam das placas, a van já havia ido embora. Não voltou.

– Vamos mudar e mover nosso carro para uma rua paralela. Traga uma segunda equipe para vigiar a casa. Se a van voltar, podemos fazer uma perseguição dupla. Dois carros se revezando.

– Certo, estou indo para lá agora.

Ela desligou e voltou-se para a sala de entrevistas onde Charles Cassell ainda estava sentado junto à mesa, de cabeça curvada. Seria aquilo uma demonstração de amor ou obsessão?, ela se perguntou.

Às vezes, não dava para ver a diferença.

28

A luz do dia se esvaía quando Rizzoli chegou à Dedham Parkway. Ela viu o carro de Frost e estacionou atrás. Em seguida, saiu de seu carro e entrou no dele.

– Então? – disse ela. – O que está acontecendo?

– Droga nenhuma.

– Merda. Faz mais de uma hora. Será que o assustamos?

– Há sempre a possibilidade de não ser Lank.

– Van branca, placas roubadas em Pittsfield?

– Bem, não está pelas redondezas. E não voltou.

– Quando foi a última vez que Van Gates saiu de casa?

– Ele e a mulher foram fazer compras por volta do meio-dia. Estão em casa desde então.

– Vamos passar em frente, quero dar uma olhada.

Frost passou diante da casa, devagar o bastante para ela dar uma espiada na propriedade. Passaram pela equipe de vigilância, estacionaram no outro extremo da quadra, então dobraram a esquina e pararam.

Rizzoli disse:

– Tem certeza de que estão em casa?

– A equipe não viu ninguém sair desde o meio-dia.

– Esta casa está parecendo muito escura para mim.

Ficaram ali sentados durante alguns minutos, à medida que as trevas se adensavam e o desconforto de Rizzoli aumentava. Ela não vira qualquer luz acesa. Estariam dormindo? Teriam saído sem que a equipe de vigilância tivesse visto?

O que aquela van estava fazendo na vizinhança?

Ela olhou para Frost.

– É isso. Não vou esperar mais. Vamos fazer uma visita.

Frost voltou a circundar a casa e estacionou. Tocaram a campainha, bateram à porta. Ninguém respondeu. Rizzoli deixou a varanda da frente, voltou até o passeio e olhou para a fachada sul com suas priápicas colunas brancas. Também não havia luz lá em cima. A van, pensou. Estava aqui por um motivo.

Frost disse:

– O que acha?

Rizzoli podia sentir o coração começar a pulsar e comichões de inquietação pelo corpo. Inclinou a cabeça, e Frost entendeu a mensagem: *Vamos entrar pelos fundos.*

Ela foi até o pátio lateral e abriu um portão. Viu apenas um passeio estreito de tijolos, adjacente a uma cerca. Não havia espaço para um jardim, e mal havia lugar para as duas latas de lixo que ali estavam. Ela entrou pelo portão. Não tinham certeza, mas havia algo de errado ali, algo que estava fazendo as mãos dela tremerem, as mesmas mãos que foram marcadas pela lâmina de Warren Hoyt. Um monstro deixa marcas na sua pele, nos seus instintos. Para sempre você será capaz de sentir quando um outro está por perto.

Com Frost bem atrás dela, passou diante de janelas escuras e um aparelho de ar-condicionado central que soprou ar quente sobre sua pele gelada. Silêncio, silêncio. Estavam invadindo uma propriedade privada, mas tudo o que queria era espiar pela janela, olhar pela porta dos fundos.

Ela dobrou a esquina e descobriu um pequeno quintal cercado. O portão de trás estava aberto. Ela foi até o portão e olhou para o beco mais além. Ninguém ali. Começou a caminhar para a casa e estava quase diante da porta dos fundos quando notou que estava entreaberta.

Ela e Frost trocaram um olhar. Ambos sacaram as armas. Acontecera tão depressa, de maneira tão automática, que ela nem se lembrava de ter sacado a dela. Frost empurrou a porta, abrindo-a e revelando um arco de azulejos de cozinha.

E sangue.

Ele entrou e ligou o interruptor na parede. As luzes da cozinha se acenderam. Havia mais sangue nas paredes, nas bancadas, uma imagem tão poderosa que Rizzoli voltou atrás como se tivesse sido empurrada. O bebê no seu útero deu um súbito chute de alarme.

Frost deixou a cozinha e entrou no corredor. Mas ela ficou onde estava, olhando para Terence van Gates, que então parecia um nadador flutuando com olhos vidrados em uma piscina vermelha. *O sangue ainda nem secou.*

– Rizzoli! – ela ouviu Frost gritar. – A mulher... ela ainda está viva!

Ela quase escorregou na corrida. O terror continuava no corredor, uma trilha de esguicho de sangue arterial pelas paredes. Seguiu a trilha até a sala de estar, onde Frost estava ajoelhado, gritando pelo rádio por uma ambulância enquanto apertava a mão contra o pescoço de Bonnie van Gates. O sangue escapava por entre seus dedos.

Rizzoli ajoelhou-se ao lado da mulher caída. Os olhos de Bonnie estavam arregalados, aterrorizados, como se estivesse vendo a própria Morte pairando acima dela, esperando para dar-lhe as boas-vindas.

– Não consigo estancar! – disse Frost enquanto o sangue continuava a escorrer entre seus dedos.

Rizzoli pegou uma capa de pano do braço do sofá e enrolou-a no punho. Ela se inclinou para aplicar a proteção improvisada no pescoço de Bonnie. Frost tirou a mão, liberando um jato de sangue pouco antes de Rizzoli cobrir o ferimento. O tecido ficou imediatamente encharcado.

– As mãos dela também estão sangrando! – disse Frost.

Olhando para baixo, Rizzoli viu um fluxo contínuo de sangue vertendo da palma cortada de Bonnie. *Não podemos estancar tudo isso...*

– Ambulância? – perguntou ela.

– A caminho.

A mão de Bonnie agarrou o braço de Rizzoli.

– Fique quieta! Não se mexa!

Bonnie golpeou com ambas a mãos, como um animal em pânico atacando seu agressor.

– Mantenha-a deitada, Frost!

– Meu Deus, ela é forte.

– Bonnie, pare! Estamos tentando ajudá-la!

Outra arremetida, e Rizzoli não conseguiu segurar. Sentiu um líquido quente no rosto, depois o gosto de sangue. Foi calada por aquele calor vermelho. Bonnie virou de lado, suas pernas se debatiam como pistões.

– Ela está em convulsão! – disse Frost.

Rizzoli forçou o rosto de Bonnie contra o tapete e voltou a tapar o ferimento com o tecido. O sangue estava por toda parte agora, na camisa de Frost, encharcando a jaqueta de Rizzoli enquanto ele tentava manter a pressão sobre a pele escorregadia. Tanto sangue. Meu Deus, quanto sangue uma pessoa pode perder?

Ouviram passos pela casa. Era a equipe de vigilância, que estava estacionada na rua. Rizzoli nem ergueu a cabeça quando os dois homens entraram na sala. Frost gritou para que contivessem Bonnie. Mas não era mais necessário. Suas convulsões se resumiam agora a tremores de agonia.

– Ela não está respirando – disse Rizzoli.

– Vire-a de costas! Vamos, vamos.

Frost colocou os lábios sobre os de Bonnie e soprou. Em seguida, ergueu a cabeça e disse com os próprios lábios manchados de sangue:

– Sem pulso!

Um dos policiais começou as compressões no peito de Bonnie. Um, dois, três, com as palmas das mãos afundadas entre o vão dos seios hollywoodianos de Bonnie. A cada compressão, um pouco de sangue escorria do ferimento. Havia pouquíssimo sangue em suas veias para circular, para nutrir seus órgãos vitais. Estavam bombeando um poço seco.

A equipe da ambulância chegou com seus tubos, monitores e garrafas de soro. Rizzoli afastou-se para ceder-lhes lugar, e de repente sentiu-se tão tonta que teve de se sentar. Afundou em uma poltrona e baixou a cabeça. Deu-se conta de que se sentava sobre tecido branco, provavelmente manchando-o com o sangue de suas roupas. Quando ergueu a cabeça outra vez, viu que Bonnie fora entubada. Sua blusa estava rasgada e seu sutiã tinha sido retirado. Havia fios de eletrocardiograma por todo o peito. Havia apenas uma semana, Rizzoli pensara naquela mulher como uma boneca Barbie, tola e plastificada, vestindo blusa cor-de-rosa e sandálias de salto alto. Agora ela parecia plastificada de fato, a pele macilenta, os olhos sem um lampejo de alma. Rizzoli viu uma das sandálias de Bonnie a alguns metros dali e se perguntou se ela tentara fugir com aqueles calçados impossíveis. Imaginou-a correndo freneticamente pelo corredor e batendo com seus saltos no chão enquanto seguia o rastro de sangue. Mesmo depois que a equipe de emergência médica levou Bonnie, Rizzoli ainda olhava para aquelas sandálias inúteis.

– Ela não vai sobreviver – disse Frost.

– Eu sei. – Rizzoli olhou para ele. – Você está com sangue na boca.

– Você devia se olhar no espelho. Diria que ambos fomos inteiramente expostos.

Ela pensou em sangue e em todas as coisas horríveis que pode transmitir: HIV, hepatite...

– Ela parecia ser muito saudável – foi tudo o que conseguiu dizer.

– Ainda assim – disse Frost. – Você estando grávida...

Então, o que diabos ela estava fazendo ali, banhada no sangue de uma mulher morta? Devia estar em casa diante da TV, pensou, com meus pés inchados para cima. Isto não é vida para uma mãe. Não é vida para ninguém.

Tentou se levantar da poltrona. Frost estendeu-lhe a mão, e, pela primeira vez, ela aceitou, permitindo que ele a ajudasse a se levantar.

Às vezes, pensou ela, a gente tem de aceitar ajuda. Às vezes, é preciso admitir que você não pode fazer tudo sozinho. Sua camisa estava endurecida, suas mãos, com torrões marrons de sangue coagulado. O pessoal da perícia chegaria logo, depois a imprensa. Sempre a maldita imprensa.

Hora de se limpar e trabalhar.

MAURA SAIU DE seu carro sob o assédio desorientador de lentes de câmeras e microfones empurrados em sua direção. As luzes dos carros de polícia brilhavam em azul e branco, iluminando uma multidão de curiosos que se reunia no limite da faixa de isolamento da polícia. Ela não hesitou e não deu à imprensa qualquer chance de se aproximar enquanto caminhava apressada até a casa. Ali, acenou com a cabeça para o guarda que tomava conta da cena.

Ele retribuiu o aceno com uma expressão de confusão.

– Ahn... O Dr. Costas já está aqui...

– Eu também – disse ela, e passou por baixo da fita.

– Dra. Isles?

– Ele está lá dentro?

– Sim, mas...

Ela continuou a andar, sabendo que ele não a desafiaria. Seu ar de autoridade garantia-lhe um acesso que poucos policiais questionariam. Fez uma pausa na porta da frente para vestir luvas e protetores de sapato, acessórios necessários quando havia sangue envolvido. Então entrou, e os técnicos da perícia mal olharam para ela. Todos a conheciam. Não tinham por que questionar sua presença. Ela caminhou, sem ser detida, do saguão até a sala de estar, e viu o tapete sujo de sangue e o lixo deixado para trás pela equipe da ambulância. O chão estava repleto de seringas, embalagens rasgadas e chumaços de gaze suja. Nenhum corpo.

Começou a caminhar por um corredor onde a violência marcara sua presença nas paredes. De um lado, esguichos de sangue arterial. Do outro, mais sutil, as gotas de sangue que pingaram da lâmina do agressor.

– Doutora? – Rizzoli estava no outro extremo do corredor.

– Por que não me chamou? – perguntou Maura.

– Costas está cuidando deste caso.

– Foi o que me disseram.

– Você não precisava estar aqui.

– Podia ter me contado, Jane.

– Este caso não é seu.

– Este caso envolve minha irmã e me diz respeito.

– Por isso não é seu caso. – Rizzoli caminhou em direção a ela com o olhar inflexível. – Não preciso lhe dizer isso. Você sabe.

– Não estou pedindo para fazer a perícia médica deste caso. O que me chateia é o fato de você não ter me contado.

– Ainda não tive chance, está bem?

– Essa é a desculpa?

– Mas é a verdade, droga! – Rizzoli apontou para o sangue nas paredes. – Tivemos duas vítimas aqui. Não jantei. Não lavei o sangue do meu cabelo. Pelo amor de Deus, nem tive tempo de fazer xixi.

Ela deu-lhe as costas.

– Tenho mais o que fazer além de me explicar para você.

– Jane.

– Vá para casa, doutora. Deixe-me fazer meu trabalho.

– Jane! Desculpe, eu não devia ter dito isso.

Rizzoli virou-se para encará-la e Maura viu o que não conseguira ver até então. Os olhos fundos, os ombros curvados. *Ela mal consegue se manter de pé.*

– Também peço desculpas.

Rizzoli olhou para a parede suja de sangue.

– Nós perdemos a van *por um triz* – disse ela, juntando o polegar e o indicador de uma mão. – Tínhamos uma equipe na rua, observando a casa. Não sei como ele viu o carro, mas o fato é que ele passou direto, deu a volta e entrou pelos fundos. – Ela balançou a cabeça. – De alguma forma ele sabia. Sabia que estávamos procurando por ele. Por isso Van Gates era um problema...

– *Ela* o advertiu.

– Quem?

282

– Amalthea. Tem de ser ela. Um telefonema, uma carta, algo passado por intermédio de um dos guardas. Ela está protegendo o parceiro.

– Você acha que ela é racional o bastante para fazê-lo?

– Sim, acho.

Maura hesitou.

– Fui visitá-la hoje.

– Quando me contaria isso?

– Ela sabe segredos a meu respeito. Ela sabe as respostas.

– Ela ouve vozes, pelo amor de Deus.

– Não, não ouve. Estou convencida de que ela é perfeitamente sã, que sabe exatamente o que faz. Ela está protegendo o parceiro, Jane. Ela nunca o denunciará.

Rizzoli olhou-a em silêncio por um instante.

– Talvez seja melhor você vir aqui ver isso. Precisa saber contra quem estamos lutando.

Maura seguiu-a até a cozinha e parou à porta, atônita com a carnificina que viu naquele cômodo. Seu colega, o Dr. Costas, estava agachado junto ao corpo. Ele olhou para Maura com uma expressão intrigada.

– Não imaginei que você fosse pegar este caso – disse ele.

– Não vou. Só vim ver...

Ela olhou para Terence van Gates e engoliu em seco.

Costas ergueu-se.

– Esse cara é tremendamente eficiente. Não há ferimentos defensivos, nenhum indício de que a vítima esboçou reação. Um único corte, de orelha a orelha. Aproximou-se por trás. A incisão começa mais acima à esquerda, atravessa a traqueia e termina um pouco mais baixo do lado direito.

– Um agressor destro.

– E forte, também.

Costas agachou-se e gentilmente curvou a cabeça para trás, revelando um anel aberto de cartilagem brilhante.

– Dá para ver a coluna vertebral daqui.

283

Ele liberou a cabeça, que tombou para a frente, e as bordas da incisão novamente se juntaram.

– Uma execução – murmurou ela.

– É o que parece.

– A segunda vítima... na sala...

– A mulher. Morreu no CTI há uma hora.

– Mas essa execução não foi tão eficiente – disse Rizzoli. – Achamos que o assassino pegou o homem primeiro. Talvez Van Gates estivesse esperando a visita. Talvez até o tenha convidado a entrar na cozinha, achando tratar-se de um assunto de negócios. Mas ele não esperava o ataque. Não havia ferimentos defensivos, nenhum sinal de luta. Ele deu as costas para seu assassino e caiu como um cordeiro sacrificado.

– E a mulher?

– Bonnie foi outra história – Rizzoli olhou para Van Gates, para os tufos tingidos de cabelo transplantado, símbolos da vaidade de um velho. – Acho que Bonnie chegou na hora. Ela entrou na cozinha, viu o sangue. Viu o marido sentado no chão com o pescoço cortado. O assassino também ainda estava aqui, empunhando a faca. O ar-condicionado estava ligado, todas as janelas fechadas. Painéis duplos, para isolamento térmico. Nossa equipe estacionada do outro lado da rua não ouviu os gritos. Se é que ela conseguiu gritar.

Rizzoli virou-se para olhar a porta que dava para o corredor. Fez uma pausa como se visse a mulher ali parada.

– Ela viu o assassino se aproximar. Mas, ao contrário do marido, reagiu. Tudo o que podia fazer, ao ver aquela faca vindo em sua direção, era agarrá-la pela lâmina. A faca cortou a palma de sua mão, feriu a carne, tendões, foi até o osso. Cortou tão profundamente que seccionou uma artéria.

Rizzoli apontou para a porta e para o corredor mais além.

– Ela correu naquela direção, com a mão jorrando sangue. Ele correu atrás dela e a encurralou na sala. Ainda assim ela tentou lutar, tentou evitar a lâmina com os braços. Mas ele finalmente conseguiu cortá-la, na garganta. Não tão profundamente quanto a incisão que fez no pescoço do marido, mas fundo o bastante.

Rizzoli olhou para Maura.

– Ela estava viva quando nós a encontramos. Para você ter uma ideia de como chegamos perto.

Maura olhou para Terence van Gates, tombado contra o gabinete. E pensou naquela casinha na floresta onde dois primos selaram o seu vínculo doentio. *Um vínculo que dura até hoje.*

– Você se lembra do que Amalthea lhe disse no primeiro dia que você foi visitá-la? – disse Rizzoli.

Maura assentiu. *Agora, você também vai morrer.*

– Ambas pensamos ser conversa de psicótico – disse Rizzoli. E olhou para Van Gates. – Parece bem claro agora que foi um aviso. Uma ameaça.

– Por quê? Não sei mais do que você.

– Talvez por quem você *seja*, doutora. A filha de Amalthea.

Um calafrio percorreu a espinha de Maura.

– Meu pai – disse ela. – Se realmente sou filha dela, então quem é meu pai?

Rizzoli não disse o nome de Elijah Lank. Não precisava.

– Você é a prova viva de sua parceria – disse Rizzoli. – Metade de seu DNA é dele.

ELA FECHOU E trancou a porta da frente. Então parou, pensando em Anna e em todos os ferrolhos e correntes com os quais adornara sua casinha no Maine. Estou me transformando em minha irmã, pensou ela. Logo estarei me escondendo por trás de barricadas ou fugindo de casa em busca de uma nova cidade, uma nova identidade.

Faróis de automóveis iluminaram as cortinas fechadas de sua sala de estar. Ela olhou e viu um carro de patrulha. Não de Brookline desta vez, mas um carro de patrulha do departamento de polícia de Boston. Rizzoli deve tê-lo requisitado, pensou.

Ela foi até a cozinha e preparou um drinque. Nada sofisticado hoje à noite, nem mesmo seu cosmopolitan de sempre, apenas suco de laranja, vodca e gelo. Ela se sentou à mesa da cozinha para beber, os cubos de gelo chacoalhavam no copo. Bebendo sozinha. Não era bom sinal mas, que diabos. Ela precisava da anestesia, precisava parar de pensar no que vira naquela noite. O ar-condicionado do teto soprava seu hálito frio. Nenhuma janela aberta esta noite. Tudo trancado e em segurança. O copo gelado esfriava seus dedos. Ela se sentou e olhou para a palma da mão, para o rubor pálido de seus vasos capilares. *Será que o sangue deles corre em minhas veias?*

A campainha tocou.

Ela ergueu a cabeça de súbito e olhou para a sala, com o coração aos pulos e cada músculo do corpo rígido. Lentamente, ela se levantou e moveu-se silenciosa pelo corredor até a porta da frente. Ali fez uma pausa, imaginando com que facilidade uma bala podia penetrar aquela madeira. Foi até a janela lateral e viu Ballard na varanda.

Com um suspiro de alívio, abriu a porta.

– Ouvi falar do que aconteceu com Van Gates – disse ele. – Você está bem?

– Um pouco abalada. Mas estou bem.

Não, não estou. Meus nervos estão à flor da pele, e estou bebendo sozinha na cozinha.

– Por que não entra?

Ele nunca estivera na casa dela. Entrou, fechou a porta e olhou para a tranca.

– Você precisa de um sistema de segurança, Maura.

– Estou pensando em instalar.

– Instale logo, está bem? – Ele olhou para ela. – Posso ajudá-la a escolher o melhor.

Ela assentiu.

– Adoraria seu conselho. Quer um drinque?

– Hoje não, obrigado.

Foram até a sala de estar. Ele fez uma pausa, olhando para o piano no canto.

– Não sabia que você tocava.

– Desde criança. Não pratico o bastante.

– Você sabe, Anna também tocava... – Ele parou de falar. – Acho que não sabia disso.

– Não sabia. É tão estranho, Rick, como toda vez que descubro algo sobre Anna, ela parece cada vez mais comigo.

– Ela tocava muito bem. – Ele foi até o piano, abriu a tampa do teclado e tirou algumas notas. Fechou a tampa e ficou olhando para a superfície preta brilhante. Olhou para ela. – Estou preocupado com você, Maura. Especialmente hoje à noite, depois do que houve com Van Gates.

Ela suspirou e sentou-se no sofá.

– Perdi o controle da minha vida. Não consigo nem mais dormir com a janela aberta.

Ele também se sentou. Escolheu a cadeira virada para ela, de modo que, caso ela erguesse a cabeça, teria de olhá-lo.

– Não acho que você devesse ficar sozinha aqui esta noite.

– Esta é a minha casa. Não vou embora.

– Então não vá.

Uma pausa.

– Quer que eu fique com você?

Ela ergueu o olhar para ele.

– Por que está fazendo isso, Rick?

– Porque acho que você precisa que a protejam.

– E é você quem vai fazer isso?

– Quem mais? Olhe para você! Vive uma vida tão solitária, sozinha nesta casa. Penso em você sozinha aqui e fico com medo do que pode acontecer. Quando Anna precisou de mim, eu não estava lá. Mas posso estar aqui com você. – Ele segurou as mãos dela. – Posso estar ao seu lado sempre que precisar de mim.

Ela olhou para as mãos dele, cobrindo as dela.

– Você a amava, não é? – Quando ele não respondeu, ela ergueu a cabeça para olhá-lo. – Não é, Rick?

– Ela precisava de mim.

– Não foi o que eu perguntei.

– Não podia deixar que ela se ferisse. Não por aquele homem.

Eu deveria ter visto desde o começo, pensou ela. Sempre esteve ali, no modo como ele me olhava, no modo como ele me tocava.

– Se você a tivesse visto naquela noite – disse ele. – O olho roxo, os ferimentos. Olhei uma vez para ela e tive vontade de espancar quem fez aquilo. Não perco a cabeça facilmente, Maura, mas homem que bate em mulher... – Ele inspirou com força. – Não deixaria aquilo acontecer com ela outra vez. Mas Cassell não desistia. Continuava ligando, seguindo-a, então tive de intervir. Ajudei-a a instalar algumas trancas. Passei a visitá-la todo dia para ver como estava. Então, certa noite, ela me convidou para ficar para o jantar e...

Deu de ombros, vencido.

– Foi como começou. Ela estava com medo e precisava de mim. É instinto, você sabe. Talvez instinto de policial. Você quer proteger. *Especialmente quando é uma mulher atraente.*

– Tentei mantê-la a salvo, é só isso. – Ele olhou para ela. – Então, sim. Acabei me apaixonando por ela.

– E o que é isso, Rick? – Ela olhou para as mãos dele, ainda segurando as dela. – O que está acontecendo aqui? Isto é por mim ou por ela? Porque eu não sou Anna. Não sou sua substituta.

– Estou aqui porque *você* precisa de mim.

– Isso parece uma reprise. Você assume o mesmo papel, como guardião. E eu sou apenas a substituta que faz o papel de Anna.

– Não é assim.

– E se você não tivesse conhecido minha irmã? Se eu e você fôssemos duas pessoas em uma festa? Você ainda estaria aqui?

– Sim, estaria. – Ele se inclinou em direção a ela, ainda apertando-lhe as mãos com firmeza. – Sei que estaria.

Por um instante, ficaram sentados em silêncio. Quero acreditar nele, ela pensou. Seria fácil acreditar nele.

Mas ela disse:

– Não acho que deva ficar aqui esta noite.

Lentamente, ele se aprumou. Seus olhos ainda olhavam para os dela, mas agora havia distância entre eles. E decepção.

Ela se levantou. Ele também.

Em silêncio, caminharam até a porta da frente. Ali, ele fez uma pausa e se virou para ela. Gentilmente ele ergueu a mão e tocou-lhe o rosto, um gesto do qual ela não se esquivou.

– Tome cuidado – disse ele, e se foi.

Ela trancou a porta.

288

29

Mattie comeu a última tira de carne-seca. Mascou aquilo como um animal selvagem alimentando-se de carniça dissecada, pensando: proteína dá força. Força para a vitória! Ela pensou em atletas se preparando para maratonas, preparando seus corpos para a atuação de suas vidas. Aquela seria uma maratona também. Uma chance para vencer.

Perca e você está morta.

A carne-seca parecia couro, e quase se engasgou ao engoli-la, mas conseguiu empurrá-la com um gole de água. A segunda jarra estava quase vazia. Estou nas últimas, pensou. Não posso aguentar mais tempo. E agora ela tinha uma outra preocupação: suas contrações estavam começando a ficar desconfortáveis, como um punho forçando para baixo. Ainda não era doloroso, mas era um anúncio de coisas por vir.

Onde ele estava, droga? Por que a deixara só durante tanto tempo? Sem relógio para saber as horas, não sabia se haviam se passado horas ou dias desde sua última visita. Ela se perguntou se o aborrecera ao gritar com ele. Seria esta sua punição? Estaria tentando assustá-la um pouco, fazê-la compreender que devia ser bem-educada e demonstrar-lhe algum respeito? Durante toda a vida ela fora bem-educada, e veja aonde aquilo a levara. Meninas bem-educadas não são respeitadas. Ficam empacadas no fim da fila, onde ninguém lhes dá atenção. Casam com homens que logo se esquecem de que elas existem. Bem, chega de ser bem-educada, pensou. Se eu sair daqui, vou ser mais durona.

Mas primeiro tenho de sair daqui. E isso significa que terei de *fingir* que sou bem-educada.

Tomou outro gole d'água. Sentia-se estranhamente saciada, como se tivesse comido bem e tomado vinho. Espere, pensou. Ele vai voltar.

Enrolando o cobertor ao redor dos ombros, ela fechou os olhos.

E despertou em meio a uma contração. Ai, não, pensou, esta dói. Esta definitivamente dói. Ficou deitada, suando no escuro, tentando se lembrar das aulas de Lamaze, mas pareciam ter sido em outra vida. A vida de outra pessoa.

Inspire, expire. Limpe...

– Moça.

Ela ficou tensa. Olhou para a grade, de onde a voz sussurrava. Seu pulso acelerou. *Hora de agir, GI Jane.* Mas, deitada no escuro, sentindo-se aterrorizada, pensou: não estou pronta. Nunca estarei pronta. Por que achei que seria capaz de fazer isso?

– Moça. Fale comigo.

Esta é a sua única chance. Faça.

Ela inspirou profundamente.

– Preciso de ajuda – choramingou.

– Por quê?

– Meu bebê...

– Diga.

– Está vindo. Estou sentindo dores. Oh, por favor, deixe-me sair! Não sei quanto tempo mais eu tenho... – Ela soluçou. – Deixe-me sair. Preciso sair. O bebê está vindo.

A voz ficou em silêncio.

Ela se agarrou ao cobertor, com medo de respirar, com medo de perder o mais leve sussurro dele. Por que não respondeu? Teria ido embora outra vez? Então ouviu o baque surdo e um raspar.

Uma pá. Ele começara a cavar.

Uma chance, pensou. Só tenho esta chance.

Mais baques surdos. A pá trabalhava afastando a terra, seu barulho era tão irritante quanto o ruído de giz em um quadro-negro. Ela respirava rapidamente agora, seu coração pulsava no peito. Eu vivo ou morro, pensou. Tudo se decide agora.

O som da pá parou.

Suas mãos estavam geladas, os dedos, rígidos enquanto agarravam o cobertor ao redor dos ombros. Ela ouviu a madeira ranger, e então as dobradiças guincharam. A terra caiu em sua prisão, sobre seus olhos. *Ah, meu Deus, ah, Deus, não conseguirei ver. Preciso ver!* Ela se virou para proteger o rosto contra a terra que caía em seu cabelo. Piscou para afastar a terra dos olhos. Com a cabeça baixa, ela não podia vê-lo de pé mais acima. E o que ele via olhando para dentro do buraco? Sua cativa sob um cobertor, suja, vencida. Tomada pelas dores do parto.

– É hora de sair – disse ele, desta vez pessoalmente e não através de uma grade. Uma voz calma, tremendamente comum. Como o mal podia soar tão normal?

– Ajude-me – ela soluçou. – Não posso subir ate aí.

Ela ouviu madeira bater contra madeira, e sentiu algo tombar ao seu lado. Uma escada. Ao abrir os olhos, ela ergueu a cabeça e viu apenas uma silhueta contra as estrelas. Após as trevas de sua prisão, o céu noturno parecia-lhe lavado de luz.

Ele ligou uma lanterna, apontando-a para a escada.

– São apenas alguns degraus – disse ele.

– Dói tanto.

– Vou pegar sua mão. Mas você tem de subir a escada.

Fungando, ela se levantou devagar. Cambaleou e caiu de joelhos. Não ficava em pé havia dias e ficou chocada com quanto se sentia fraca apesar de suas tentativas de se exercitar, apesar da adrenalina que agora invadia seu sangue.

– Se quer sair, terá de ficar de pé – disse ele.

Ela resmungou e voltou a ficar de pé, instável como um bezerro recém-nascido. A mão direita ainda estava dentro do cobertor, segurando o objeto contra o peito. Com a mão esquerda, ela agarrou a escada.

– Isso. Suba.

Ela pisou no primeiro degrau e fez uma pausa para se firmar antes de estender a mão livre até o degrau seguinte. Outro passo. O buraco não era fundo. Mais alguns degraus e ela sairia dali. Sua cabeça e seus ombros já estavam à altura da cintura dele.

– Ajude-me – ela implorou. – Me puxe.

– Deixe o cobertor.

– Estou com frio. Por favor, me puxe!

Ele deixou a lanterna no chão.

– Dê a sua mão – disse ele, e se curvou em direção a ela, uma sombra sem face, um tentáculo estendido em sua direção.

291

É isso. Ele está perto o bastante.

A cabeça dele estava pouco acima dela, ao alcance do golpe. Por um instante ela vacilou, sentindo repulsa ao pensar no que estava a ponto de fazer.

– Pare de desperdiçar meu tempo – ordenou. – *Suba!*

De repente, era o rosto de Dwayne que ela imaginou estar olhando para ela. A voz de Dwayne gritando com ela, desprezando-a. *Imagem é tudo, Mattie, e olhe para você!* Mattie, a vaca, agarrada à escada, com medo de se salvar. Com medo de salvar seu bebê. *Você simplesmente não serve mais para mim.*

Sim, eu sirvo. sim, eu sirvo!

Ela deixou cair o cobertor. Ele escorregou de seus ombros, descobrindo o que ela segurava por baixo: sua meia, recheada com as oito pilhas da lanterna. Ela ergueu o braço, brandindo a meia como uma maça, o arco impulsionado por pura fúria. A pontaria foi ruim, desleixada, mas ela sentiu o satisfatório ruído de pilhas se chocando contra um crânio.

A sombra cambaleou para o lado e tombou.

Em segundos ela estava fora do buraco. O medo não a fez congelar; aguçou seus sentidos, tornou-a rápida como uma gazela. Na fração de segundo depois de seu pé tocar o chão, ela registrou uma dezena de detalhes ao mesmo tempo. Uma lua em quarto crescente por trás dos galhos de uma árvore. O cheiro de terra e folhas molhadas. E árvores por toda parte, um círculo de sentinelas altíssimos que bloqueavam tudo exceto um pequeno domo de estrelas lá em cima. *Estou em uma floresta.* Em um único olhar ela viu tudo isso, tomou uma decisão de momento e correu para aquilo que parecia ser um espaço entre as árvores. Ela se viu subitamente caindo em uma ladeira íngreme, atravessando sarças e galhos finos que não se rompiam mas voltavam com força contra seu rosto em sinal de vingança.

Caiu sobre as mãos e os joelhos. Levantou-se e, em um instante, estava correndo outra vez, mas agora mancava, seu tornozelo direito estava torcido e dolorido. Estou fazendo muito barulho, pensou, como um pesado elefante. Mas não pare, não pare... ele pode estar bem atrás de você. Apenas continue a se mover!

Mas ela estava cega naquela floresta, com apenas as estrelas e aquela lua minguada para mostrar-lhe o caminho. Sem luz, sem referências. Sem ideia de onde estava ou em que direção devia estar a ajuda. Ela nada sabia sobre aquele lugar e estava perdida como em um pesadelo. Abriu caminho através da vegetação rasteira, instintivamente descendo a encosta, deixando a gravidade decidir que direção devia tomar. Montanhas levam a vales. Vales a cursos de água. Cursos de água levam a pessoas. Ah, droga, aquilo soava bem, mas seria verdade? Seus joelhos já estavam enrijecendo, consequência da queda. Outra igual e não seria mais capaz de andar.

Agora, outra dor a tomava. Pegou-a de surpresa. Uma contração. Ela se curvou, esperando que passasse. Quando finalmente voltou a ficar de pé, estava encharcada de suor.

Algo farfalhou atrás dela. Ela se virou e topou com uma parede de sombras impenetráveis. Sentiu o mal se aproximar. Novamente viu-se correndo para longe dele, os galhos das árvores golpeando-lhe o rosto, o pânico gritando: *mais rápido, mais rápido.*

No declive montanha abaixo, ela perdeu o equilíbrio, começou a tropeçar, e teria caído de barriga no chão caso não tivesse se agarrado em um galho. *Pobre bebê, eu quase caí em cima de você!* Ela não ouvia qualquer som de perseguição, mas sabia que ele deveria estar bem atrás dela, seguindo-a. O terror a fez avançar por uma rede de galhos entrelaçados.

Então as árvores magicamente evaporaram. Ela atravessou um emaranhado de galhos e seus pés pisaram sobre terra batida. Atônita e ofegante, viu um lago e uma estrada iluminados pela lua.

E, a distância, equilibrada em um promontório, a silhueta de uma pequena cabana.

Ela deu alguns passos e parou, gemendo, quando outra contração a tomou, tão forte que não podia respirar. Nada mais podia fazer a não ser se agachar ali na estrada. A náusea tomou conta de sua garganta. Ouviu a água golpeando a margem e o canto de um pássaro no lago. A tontura a tomou de assalto, ameaçando fazê-la ficar de joelhos. *Aqui não! Não pare aqui, assim, tão exposta no meio da estrada.*

Ela cambaleou para a frente, a contração diminuindo. Forçou-se a prosseguir, a cabana era uma esperança remota. Ela começou a correr, seu joelho latejava a cada passada na estrada de terra. Mais rápido, pensou. Ele pode vê-la contra o reflexo do lago. Corra antes que comece a próxima contração. Quantos minutos até a próxima? Cinco, dez? A cabana parecia tão distante.

Ela dava tudo de si agora, as pernas pulsando, o ar entrando e saindo de seus pulmões. A esperança era como combustível de foguete. *Vou viver. Vou viver.*

As janelas da cabana estavam às escuras. Ainda assim, bateu à porta, sem ousar gritar com medo de que sua voz fosse ouvida. Não houve resposta.

Ela hesitou apenas um segundo. *Para o diabo com esse negócio de ser uma boa menina. Simplesmente quebre a maldita janela!* Ela pegou uma pedra perto da porta da frente e jogou-a contra uma vidraça, e o som de vidro quebrando rompeu o silêncio da noite. Com a mesma pedra, quebrou os estilhaços remanescentes, enfiou a mão pelo buraco e destrancou a porta.

Invadindo agora. Vá, GI Jane!

Lá dentro, sentiu cheiro de cedro e ar mofado. Uma casa de férias fechada e negligenciada havia muito. O vidro rangia sob seus sapatos enquanto ela procurava um interruptor na parede. Um instante depois de as luzes se acenderem, ela se deu conta: ele vai ver. *Tarde demais agora. Encontre um telefone.*

Ela olhou ao redor do quarto e viu uma lareira, madeira empilhada, móveis com estofado xadrez, mas nenhum telefone.

Ela correu para a cozinha e viu um telefone no balcão. Pegou-o e já estava discando para a emergência quando se deu conta de que não havia tom de discar. A linha estava muda.

Da sala de estar, veio o barulho de vidro quebrado arrastado no chão.

Ele está na casa. Saia. Saia agora.

Ela saiu pela porta da cozinha e fechou-a silenciosamente. Viu-se em uma pequena garagem. A luz da lua entrava através de uma única janela, clara o bastante para ela ver a silhueta de um bote aninhado em seu trailer. Nenhum lugar onde se esconder. Ela se afastou da porta da cozinha, ocultando-se o mais que podia em meio às trevas. Bateu com as costas contra uma estante, chacoalhando metais e fazendo subir a poeira havia muito acumulada. Procurou cegamente por uma arma na prateleira e tateou velhas latas de tinta, as tampas fechadas. Sentiu pincéis com as cerdas duras de tinta seca. Então seus dedos tocaram uma chave de fenda, e ela a pegou. Que arma desprezível, quase tão letal quanto uma lixa de unha. A prima pobre de todas as chaves de fenda.

A luz sob a porta da cozinha oscilou. Uma sombra passou pelo vão iluminado. Parou.

Ela prendeu a respiração. Recuou até o portão da garagem, o coração na garganta. Só lhe restava uma chance.

Ela procurou a maçaneta e puxou. A porta rangeu ao abrir, um som que anunciava: *Aqui está ela! Aqui está ela!*

No momento em que a porta da cozinha se abriu, ela saiu pelo portão da garagem e correu noite afora. Ela sabia que ele podia vê-la correndo ao longo da margem. Ela sabia que não poderia correr mais do que ele. Contudo, continuou avançado ao longo do lago prateado pela lua, com a lama agarrada a seus sapatos. Ela ouviu-o se aproximando através dos juncos. Nade, pensou ela. Entre no lago. Ela se dirigiu para a água.

E subitamente se curvou quando outra contração a dominou. Uma dor como nenhuma outra que já tivesse sentido a fez cair de joelhos. Ela se ajoelhou na água enquanto a dor aumentava tanto que sua visão escureceu e ela se sentiu tombando de lado. Sentiu gosto de lama. Contorcida, tossindo, deitada, indefesa como uma tartaruga virada de costas. A contração diminuiu. As estrelas lentamente iluminaram o céu. Ela sentia a água acariciando o seu cabelo, lambendo o seu rosto. Não era fria, mas quente como água de banho. Ela ouviu o chapinhar de passos dele, o quebrar dos juncos. Viu os juncos se abrirem.

E então lá estava ele, de pé sobre ela. Pronto para reclamar seu prêmio.

Ele se ajoelhou ao lado dela, e a luz da lua sobre a água rebrilhou em seus olhos. O que trazia em mãos também brilhou: o reflexo prateado de uma faca. Ao se agachar junto a seu corpo, ele sabia que ela estava exausta. Que sua alma apenas esperava ser libertada daquela concha exaurida.

Ele segurou o cós de suas calças para gestante e puxou, revelando o volume branco de sua barriga. Ainda assim ela não se moveu. Em vez disso, ficou ali parada, catatônica. Já vencida, já morta.

Ele pousou uma mão sobre seu abdome. Com a outra, pegou a faca, baixando-a sobre a carne nua, curvando-se sobre ela para fazer o primeiro corte.

A água espirrou prateada quando a mão de Mattie ergueu-se de repente da lama, direcionando a ponta da chave de fenda contra o rosto dele. Com os músculos rijos de fúria, ela golpeou para cima, a pequena e patética arma súbita e letalmente direcionada para o olho de seu agressor.

Isto é por mim, seu babaca!

E isto é pelo meu bebê!

Ela golpeou fundo, sentindo a arma penetrar osso e cérebro, até o cabo encostar na órbita e não poder afundar mais.

Ele caiu sem emitir um som.

Durante um instante, ela não conseguiu se mexer. Ele caiu deitado sobre as coxas dela, e ela podia sentir o calor de seu sangue encharcando suas roupas. Os mortos são ainda mais pesados que os vivos. Ela o empurrou, grunhindo com o esforço, com nojo de tocá-lo. Finalmente, conseguiu afastá-lo e ele tombou de costas sobre os juncos.

Ela se levantou e cambaleou em busca de um lugar mais alto, longe da água, longe do sangue. Ela caiu na margem, sobre um trecho de grama. Ali ficou quando a contração seguinte veio e se foi. E a seguinte e a seguinte. Através de olhos apertados de dor viu a lua cruzar a abóbada celeste. Viu as estrelas se apagarem e um brilho rosado surgiu no céu a leste.

Quando o sol nasceu no horizonte, Mattie Purvis deu as boas vindas a sua filha neste mundo.

30

Os abutres traçavam círculos preguiçosos no céu, como arautos de asas negras de carniça fresca. A morte não escapa durante muito tempo à atenção da Mãe Natureza. O perfume da decomposição atrai moscas-varejeiras e besouros, corvos e roedores, todos convergindo sobre o butim da morte. Sou diferente deles?, pensou Maura ao caminhar pela margem gramada em direção à água. Ela também era atraída pelos mortos e revolvia a carne fria como qualquer animal necrófago. Aquele era um lugar muito bonito para uma tarefa tão lúgubre. O céu estava azul, sem nuvens, o lago plácido como uma lâmina de vidro prateado. Mas, à beira d'água, um lençol branco cobria aquilo que os abutres que circulavam mais acima estavam tão ansiosos para devorar.

Jane Rizzoli, Barry Frost e dois policiais do estado de Massachusetts adiantaram-se para receber Maura.

– O corpo estava ali no raso, sobre aqueles juncos. Nós o puxamos para a margem. Só queria que soubesse que foi movido.

Maura olhou para o cadáver coberto, mas não o tocou. Ainda não estava pronta para confrontar o que estava embaixo daquele lençol de plástico.

– A mulher está bem?

– Vi a Sra. Purvis na emergência. Está um tanto abalada, mas vai ficar bem. E o bebê está ótimo.

Rizzoli apontou para a margem, onde cresciam tufos de grama.

– Ela teve o bebê logo ali. Sozinha. Quando o guarda do parque passou por aqui, por volta das 7 horas, encontrou-a sentada na beira da estrada, ninando o bebê.

Maura olhou para a margem e pensou na mulher dando à luz a céu aberto, seus gritos de dor não ouvidos, enquanto a uns 10 metros dali um cadáver esfriava e endurecia.

– Onde ele a prendia?

– Em um buraco, a uns três quilômetros daqui.

Maura franziu o cenho.

– Ela fez todo o caminho a pé?

– É. Imagine correr no escuro, entre as árvores. E fazer isso em trabalho de parto. Ela desceu aquela encosta ali, saindo da floresta.

– Não consigo imaginar.

– Você precisa ver a caixa onde ele a enterrou, é como um caixão. Enterrada viva por uma semana... Não sei como saiu dessa ainda sã.

Maura pensou na jovem Alice Rose, presa em um buraco havia tantos anos. Apenas uma noite de desespero e escuridão a perseguiu pelo resto de sua curta vida. Por fim, aquilo a matou. Contudo, Mattie Purvis saiu daquilo não apenas sã, mas preparada para reagir. Para sobreviver.

– Encontramos a van branca – disse Rizzoli.

– Onde?

– Está estacionada mais acima, em uma das estradas de manutenção, a uns 40 metros de onde ele a enterrou. Nós nunca a teríamos encontrado ali.

– Encontraram restos mortais por aí? Tem de haver vítimas enterradas por perto.

– Começamos a procurar agora. Há muitas árvores, uma área enorme a revistar. Vai demorar até vasculharmos toda a colina.

– Todos esses anos, todas aquelas mulheres desaparecidas. Uma delas podia ser minha...

Maura parou e olhou para as árvores na colina. *Uma delas pode ter sido minha mãe. Talvez eu não tenha sangue de monstro em minhas veias. Talvez minha mãe verdadeira estivesse morta todos esses anos. Outra vítima, enterrada em algum lugar nesta floresta.*

– Antes de especular, precisa ver o cadáver – disse Rizzoli.

Maura franziu o cenho. Olhou para o corpo coberto a seus pés. Ela se agachou e estendeu a mão para descobri-lo.

– Espere. Devo adverti-la...

– Sim?

– Não é o que você está esperando.

Maura hesitou com a mão pairando sobre o lençol. Insetos zumbiram, ansiosos por terem acesso à carne fresca. Ela inspirou e puxou o lençol.

Por um instante, nada disse ao olhar para o rosto que acabara de expor. O que a deixou pasma não foi o olho esquerdo arruinado ou o cabo da chave de fenda cravado profundamente na órbita. Aquele detalhe macabro era apenas um detalhe, a ser mentalmente arquivado quando ela ditasse o relatório. Não, foi o rosto que lhe chamou a atenção, que a horrorizou.

– Ele é muito jovem – murmurou. – Este homem é jovem demais para ser Elijah Lank.

– Deve ter 30, 35 anos.

Maura emitiu um suspiro chocado.

– Não entendo.

– Você está vendo, não está? – perguntou Rizzoli. – Cabelo preto, olhos verdes.

Como eu.

– Quero dizer, claro, deve haver um milhão de sujeitos com olhos e cabelos dessa cor, mas a semelhança... – Ela fez uma pausa. – Frost também viu. Todos vimos.

Maura recolocou o lençol sobre o cadáver, recusando a verdade evidente no rosto do morto.

– O Dr. Bristol está a caminho – disse Frost. – Achamos que não quisesse fazer essa necrópsia.

– Então, por que me chamaram?

– Porque você disse que queria ser mantida informada – respondeu Rizzoli. – Porque prometi que o faria. E porque...

Rizzoli olhou para o corpo coberto.

– Porque cedo ou tarde você descobriria quem é esse homem.

– Mas não sabemos quem ele é. Você acha que vê uma semelhança. Isso não é prova.

– Tem mais. Algo que só descobrimos esta manhã.

Maura olhou-a.

– O quê?

– Andamos tentando descobrir o paradeiro de Elijah Lank. Procurando algum lugar onde seu nome aparecesse. Prisões, multas de trânsito, qualquer coisa. Esta manhã, recebemos um fax de um escrivão de Noah, Carolina. Era um atestado de óbito. Elijah Lank morreu há oito anos.

– Oito anos? Então ele não estava com Amalthea quando ela matou Theresa e Nikki Wells.

– Não. A essa altura, Amalthea estava trabalhando com um novo sócio. Alguém que ocupou o lugar de Elijah. Para continuar o negócio da família.

Maura virou-se e olhou para o lago, suas águas agora ofuscantes de tão luminosas. Não quero ouvir o resto da história, pensou. Não quero saber.

– Há oito anos, Elijah morreu de ataque cardíaco em um hospital de Greenville – disse Rizzoli. – Deu entrada na emergência reclamando de dores no peito. De acordo com os registros, foi levado à emergência por familiares.

Familiares.

– Sua esposa, Amalthea – disse Rizzoli. – E seu filho, Samuel.

Maura inspirou profundamente e sentiu cheiro de carne decomposta e aromas de verão. Vida e morte misturadas em um único perfume.

– Lamento – disse Rizzoli. – Lamento você ter de saber disso. Ainda há a chance de estarmos errados a respeito deste homem. Ainda há a chance de ele não ser parente deles.

Mas eles estavam errados, e Maura sabia disso.

Eu soube quando vi o rosto dele.

QUANDO RIZZOLI E Frost entraram no J.P. Doyle naquela noite, os tiras no bar os saudaram com uma barulhenta e tumultuada salva de palmas que fez Rizzoli corar. Diabos, até mesmo aquelas pessoas que não gostavam particularmente dela aplaudiam, reconhecendo seu sucesso – que naquele momento estava sendo alardeado no noticiário das 17 horas na TV acima do bar. A multidão começou a bater os pés em uníssono, enquanto Rizzoli e Frost se aproximavam do balcão, onde o barman sorridente já havia preparado dois drinques para eles. Para Frost, uma dose de uísque, e para Rizzoli...

Um copo de leite duplo.

Quando todos caíram na gargalhada, Frost inclinou-se e sussurrou no ouvido dela:

– Sabe, meu estômago está meio revolto. Quer trocar de bebida?

O engraçado era que Frost realmente *gostava* de leite. Ela empurrou o copo para ele e pediu um refrigerante para o barman.

Enquanto seus colegas policiais se aproximavam para cumprimentá-la, ela e Frost comiam amendoins e tomavam suas bebidas virtuosas. Ela sentia falta de sua cerveja Adams habitual. Sentia falta de um bocado de coisas naquela noite: seu marido, sua bebida. Sua cintura. Contudo, fora um bom dia. Sempre é um bom dia quando morre um bandido.

– Ei, Rizzoli! As apostas estão em 200 dólares se for menina, 120 se for menino.

Ela olhou de lado e viu os detetives Vann e Dunleavy a seu lado no bar. O hobbit gordo e o hobbit magro, segurando suas canecas gêmeas de Guinness.

– E se eu tiver ambos? – perguntou ela.

– Gêmeos?

– Ah – disse Dunleavy. – Não consideramos a possibilidade.

– Então, quem ganha?

– Acho que ninguém.

– Ou todo mundo? – disse Vann.

Ambos ficaram pensando a respeito. Sam e Frodo, presos na Montanha da Perdição dos dilemas.

– Bem – disse Vann. – Acho que devemos acrescentar outra categoria.

Rizzoli riu.

– É, façam isso.

– A propósito, bom trabalho – disse Dunleavy. – Espere para ver. A seguir você estará na revista *People*. Um assassino como aquele, todas aquelas mulheres. Que matéria!

– Quer a verdade sincera? – disse Rizzoli, suspirando e baixando o copo de refrigerante. – Não merecemos os créditos da captura.

– Não?

Frost olhou para Vann e Dunleavy.

– Não fomos nós quem o abateu. Foi a vítima.

301

— Apenas uma dona de casa – disse Rizzoli. – Uma dona de casa comum, assustada e grávida. Não precisou de uma arma ou de um cassetete, apenas de uma meia cheia de pilhas.

Na TV, as notícias locais haviam acabado e o barman mudou de canal para a HBO. Um filme com mulheres de saia curta. Mulheres com cintura.

— E quanto à Black Talon? – perguntou Dunleavy. – Como isso se encaixa?

Rizzoli ficou calada por um instante, bebendo o seu refrigerante.

— Ainda não sabemos.

— Encontrou a arma?

Ela pegou Frost olhando-a e sentiu um leve desconforto. Esse era o detalhe que os preocupava. Não acharam armas na van. Havia cordas com nós e facas com sangue seco. Havia um bloco de notas cuidadosamente mantido com os nomes e números de telefone de nove outros atravessadores de bebês no país. Terence van Gates não era o único. E havia registros de pagamentos em dinheiro feitos aos Lank ao longo dos anos, um carregamento de informações que manteria os investigadores ocupados durante anos. Mas a arma que matara Anna Leoni não estava na van.

— Oh, bem – disse Dunleavy. – Talvez apareça. Ou ele se livrou dela.

Talvez. Ou talvez estejamos deixando passar alguma coisa.

Estava escuro quando ela e Frost saíram do Doyle. Em vez de ir para casa, ela foi de carro até a Schroeder Plaza, a conversa com Vann e Dunleavy ainda pesava em sua mente, e sentou-se em sua mesa, que estava coberta por uma montanha de arquivos. No topo estavam os registros do CNIC, diversas décadas de relatórios de gente desaparecida compilados durante sua caçada à Besta. Mas fora o assassinato de Anna Leoni que precipitara tudo aquilo, como uma pedra atirada na água, criando ondulações cada vez mais largas. O assassinato de Anna foi o que os levou a Amalthea e, finalmente, à Besta. Contudo, a morte de Anna continuava um assunto ainda não resolvido.

Rizzoli afastou os arquivos do CNIC até encontrar a pasta de Anna Leoni. Embora tivesse lido e relido tudo o que havia ali, ela vol-

302

tou a folhear o arquivo, relendo os depoimentos das testemunhas, os relatórios da necrópsia, da análise de cabelo e fibras, digitais e DNA. Chegou ao relatório da balística, e seu olhar pairou sobre as palavras *Black Talon*. Ela se lembrou da forma estrelada da bala na radiografia do crânio de Anna Leoni. Lembrou-se também da trilha de devastação que deixou em seu cérebro.

Uma bala Black Talon. Onde estava a arma que a disparou?

Ela fechou a pasta e olhou para a caixa de papelão que estava ao lado de sua mesa havia uma semana. Continha os arquivos que Vann e Dunleavy haviam lhe emprestado, sobre o assassinato de Vassily Titov. Ele fora a única vítima de uma bala Black Talon na área de Boston nos cinco anos anteriores. Ela retirou as pastas daquela caixa e as empilhou em sua mesa, suspirando ao ver como a pilha era alta. Até mesmo uma investigação simples gera pilhas de papel. Vann e Dunleavy já haviam resumido o caso para ela, e ela lera o bastante de seus arquivos para concordar que fizeram a prisão certa. O julgamento que se seguiu e a rápida condenação de Antonin Leonov apenas reforçou tal crença. Contudo, lá estava ela revendo um caso que não dava margem à dúvida de que o homem certo fora condenado.

O relatório final do detetive Dunleavy era cabal e convincente. Leonov estava sendo vigiado pela polícia havia semanas, antecipando a entrega de um carregamento de heroína do Tadjiquistão. Enquanto os dois detetives observavam de seu veículo, Leonov estacionou diante da casa de Titov, bateu à porta da frente e entrou. Momentos depois, dois tiros foram disparados dentro da casa. Leonov saiu, entrou no carro, e estava a ponto de ir embora quando Vann e Dunleavy se aproximaram e o prenderam. Dentro da casa, Titov foi encontrado morto na cozinha, duas Black Talons no cérebro. A balística confirmou que ambas as balas foram disparadas pela arma de Leonov.

Aberto e fechado. O assassino condenado, a arma sob custódia da polícia. Rizzoli não podia ver ligação entre a morte de Vassily Titov e a de Anna Leoni, exceto pelo uso de balas Black Talon, uma munição cada vez mais rara, mas não o bastante para constituir alguma conexão real entre os assassinatos.

Contudo, ela continuou folheando os arquivos, lendo ao longo de toda a hora do jantar. Quando chegou à última pasta, estava quase cansada demais para prosseguir. Mas vou terminar, pensou, então vou empacotar os arquivos e esquecer este assunto.

Ela abriu a pasta e encontrou um relatório da revista feita no depósito de Antonin Leonov. Continha a descrição que o detetive Vann fez sobre a batida, uma lista dos empregados de Leonov que foram presos, e um inventário de tudo o que fora confiscado, de caixotes de dinheiro a livros-caixa. Ela leu até chegar à lista de policiais presentes à cena. Dez policiais do Departamento de Polícia de Boston. Seu olhar se fixou em um nome em particular, um nome que ela não notara quando leu o relatório havia uma semana. *Apenas uma coincidência. Não quer dizer necessariamente que...*

Ela se sentou e pensou naquilo por um instante. Ela se lembrou de uma batida antidrogas que fizera quando era uma jovem policial. Muito barulho, muita excitação. E confusão... Quando uma dúzia de policiais com adrenalina no sangue convergem para um edifício hostil, todo mundo está nervoso, todo mundo está muito atento a si mesmo. Você pode não notar o que o seu colega policial está fazendo. O que ele está metendo no bolso. Dinheiro, drogas. Uma caixa de munição da qual ninguém sentiria falta. A tentação de levar uma lembrança está sempre presente, uma lembrança que pode lhe ser útil algum dia.

Ela pegou o telefone e ligou para Frost.

31

Os mortos não eram boa companhia. Maura estava sentada ao microscópio, observando pedaços de pulmão, fígado e pâncreas – pedaços de tecido retirados dos restos mortais de um suicida, preservados sob vidro e manchados de rosa e lilás por um preparado de hematoxilina-eosina. Com exceção do ocasional tilintar das lâminas e do suave sibilar do ar-condicionado, o prédio estava em silêncio.

Contudo, não estava vazio de pessoas. No refrigerador lá embaixo, meia dúzia de visitantes silenciosos aguardava dentro de suas mortalhas. Convidados nada exigentes, cada um com uma história para contar, mas apenas para aqueles desejosos de cortar e sondar.

O telefone tocou na escrivaninha. Ela deixou a secretária eletrônica atender. *Ninguém aqui além dos mortos. E de mim.*

A história que Maura agora via sob as lentes de seu microscópio não era novidade. Órgãos jovens, tecidos saudáveis. Um corpo projetado para viver muitos anos mais, caso a alma desejasse, caso alguma voz interior sussurrasse para aquele homem desesperado: *espere um instante, dor de cotovelo é algo temporário. Esta dor passará, e algum dia você encontrará outra mulher para amar.*

Ela terminou a última lâmina e guardou-a na caixa. Ficou sentada por um instante; sua mente não estava nas lâminas que acabara de ver, mas em outra imagem: um jovem com cabelo escuro e olhos verdes. Ela não assistira à necrópsia dele. Naquela tarde, enquanto ele era aberto e dissecado pelo Dr. Bristol, ela permaneceu em seu escritório. Mas mesmo ditando relatórios e verificando as lâminas de microscópio tarde da noite, ainda pensava nele. *Realmente desejo saber quem sou?* Ela ainda não decidira. Mesmo ao se levantar da mesa e pegar a bolsa e uma braçada de arquivos, ela não tinha certeza da resposta.

Novamente, o telefone tocou. Novamente ela o ignorou.

Caminhando pelo corredor silencioso, passou por portas fechadas e escritórios desertos. Ela se lembrou de outra noite em que caminhara por aquele edifício vazio e encontrara as marcas de garra em seu carro, e seu coração começou a bater um pouco mais rápido.

Mas ele se foi, agora. A Besta está morta.

Ela saiu pelos fundos, em uma cálida noite de verão. Fez uma pausa sob a luz do prédio para observar o estacionamento sombrio. Atraídas pela luz, as mariposas enxameavam e ela ouvia suas asas batendo na lâmpada. Então, ouviu outro som: o fechamento da porta de um carro. Uma silhueta caminhou até ela, tomando forma e feições à medida que se aproximava do brilho da lâmpada.

Maura emitiu um suspiro de alívio ao ver Ballard.

– Estava esperando por mim?

– Vi seu carro no estacionamento. Tentei falar com você por telefone.

– Depois das 17 horas, deixo a secretária eletrônica atender.

– Você também não estava atendendo o celular.

– Desliguei. Você não precisa ficar preocupado, Rick. Estou bem.

– Está mesmo?

Ela suspirou enquanto caminhavam até o carro. Ela olhou para o céu, onde as estrelas eram ofuscadas pelas luzes da cidade.

– Devo decidir o que fazer quanto ao DNA. Se realmente quero saber a verdade.

– Então não faça. Não importa se você é parente deles ou não. Amalthea nada tem a ver com quem você é.

– Era isso o que eu diria antes.

Antes de saber de quem eu descendia. Antes de saber que eu posso ter vindo de uma família de monstros.

– O mal não é hereditário.

– Ainda assim, não é uma boa sensação saber que tenho assassinos em série na família.

Ela destrancou a porta do carro e sentou-se ao volante. Havia acabado de colocar a chave na ignição quando Ballard inclinou-se junto à janela.

– Maura – disse ele –, jante comigo.

Ela fez uma pausa, sem olhar para ele, olhando apenas para o brilho esverdeado das luzes do painel, enquanto considerava o convite.

– Na noite passada – disse ele – você me fez uma pergunta. Você perguntou se eu teria me interessado por você caso não tivesse amado sua irmã. Não acho que tenha acreditado em minha resposta.

Ela olhou para ele.

– Não há como saber realmente, não é? Porque você *realmente* a amava.

– Então, me dê a chance de conhecê-la. Eu não imaginei aquilo que aconteceu lá na floresta. Você sentiu, eu também. *Havia* algo entre nós. – Ele se aproximou e disse: – É apenas um jantar, Maura.

Ela pensou nas horas que passara trabalhando naquele prédio estéril, com apenas os mortos a lhe fazer companhia. Hoje à noite, pensou, não quero ficar só. Quero ficar com os vivos.

– Chinatown fica rua abaixo – disse ela. – Por que não vamos até lá?

Ele sentou no banco do passageiro, ao lado dela, e eles se entreolharam durante um instante. O brilho da luz do poste iluminava metade do rosto dele, deixando a outra metade no escuro. Ele estendeu a mão para tocar-lhe a face. Então, seu braço fez menção de puxá-la mais para perto, mas ela já estava lá, apoiando-se contra ele, pronta para encontrá-lo a meio caminho. Mais que a meio caminho. Suas bocas se encontraram e ela se ouviu suspirar. Sentiu-se envolvida pelo calor de seus braços.

A explosão a sobressaltou.

Ela recuou instintivamente quando a janela de Rick se estilhaçou, quando pedaços de vidro feriram-lhe a face. Ela voltou a abrir os olhos e olhou para ele. Para o que restava do rosto dele, agora uma massa ensanguentada. Lentamente, seu corpo tombou contra o dela. A cabeça dele repousou sobre as coxas de Maura, e o calor de seu sangue encharcou seu colo.

– Rick. *Rick!*

Um movimento lá fora atraiu seu olhar atônito. Ela ergueu a cabeça e das trevas viu emergir uma figura vestida de preto, movendo-se em direção a ela com robótica eficiência.

Está vindo me matar.

Dirija. Dirija.

Ela empurrou o corpo de Rick, lutando para tirá-lo de cima da alavanca de marcha, o rosto arruinado vertendo sangue e fazendo suas mãos ficarem escorregadias. Ela conseguiu engatar a ré e acelerou.

O Lexus lançou-se para trás, para fora da vaga.

O atirador estava em algum lugar atrás dela, aproximando-se.

Ofegando com o esforço, ela empurrou o rosto de Rick e seus dedos afundaram em carne ensanguentada. Ela engatou a primeira.

O para-brisa traseiro explodiu, e ela trincou os dentes enquanto o vidro chovia sobre seu cabelo.

Acelerou. O Lexus arrancou. O atirador bloqueara a saída mais próxima do estacionamento. Havia apenas um caminho para aonde ir agora, em direção ao estacionamento ao lado do Centro Médico da

307

Universidade de Boston. Os estacionamentos eram divididos por um meio-fio. Ela arrancou em direção ao meio-fio, preparando-se para o solavanco. Maura sentiu o queixo ser projetado para a frente e os dentes se chocarem quando os pneus atingiram o concreto.

Outra bala. O para-brisa se desintegrou.

Maura se abaixou quando o vidro quebrado choveu sobre o painel, ferindo-lhe o rosto. O Lexus seguiu em frente, descontrolado. Ela ergueu a cabeça e viu o poste de luz bem à frente. Inevitável. Fechou os olhos pouco antes de o air bag explodir e ela ser empurrada para trás contra o banco.

Lentamente abriu os olhos, atordoada. A buzina disparara, incessante. E não parou de tocar, mesmo quando ela saiu de cima do air bag já vazio, mesmo quando abriu a porta e tombou para fora, sobre o chão.

Ela se ergueu, cambaleante, com os ouvidos zumbindo por causa da buzina, que continuava a tocar. Conseguiu se esconder atrás de um carro estacionado. Com as pernas instáveis, ela se obrigou a continuar se movendo ao longo da fileira de carros, até parar subitamente.

Havia uma longa extensão de terreno aberto à sua frente.

Ela se ajoelhou atrás de um pneu e esticou a cabeça para olhar à altura do para-choque. Sentiu o sangue gelar em suas veias quando viu a figura de preto sair em meio às trevas, implacável como uma máquina, movendo-se em direção ao Lexus batido. A figura foi iluminada pela luz do poste.

Maura viu o brilho de cabelos louros amarrados em um rabo de cavalo.

O atirador escancarou a porta do passageiro e inclinou-se para olhar o corpo de Ballard. De repente, ergueu a cabeça novamente, o olhar perscrutando o estacionamento.

Maura voltou a se esconder atrás da roda. Suas têmporas pulsavam e ela ofegava, em pânico. Olhou para o terreno aberto, amplamente iluminado pela luz de outro poste. Mais além, do outro lado da rua, a placa vermelha da emergência do centro médico. Bastava atravessar aquele terreno aberto e, depois, a rua Albany. A buzina de seu carro já deveria ter atraído a atenção do pessoal do hospital.

Tão perto. A ajuda está tão perto.

Com o coração aos pulos, ela se apoiou sobre as pontas dos pés. Com medo de se mover, com medo de ficar parada, ela lentamente olhou ao redor do pneu.

Viu botas negras plantadas do outro lado do carro.

Corra.

Em um instante ela estava correndo pelo espaço aberto. Não pensou em movimentos evasivos, não pensou em correr em ziguezague, apenas uma corrida movida pelo pânico. A placa de emergência brilhava mais adiante. Eu vou conseguir, pensou, eu posso...

Sentiu a bala como uma pancada forte no ombro e foi jogada para a frente, tombando sobre o asfalto. Tentou ficar de joelhos, mas o braço esquerdo não respondeu. O que há de errado com meu braço, pensou, por que não posso usar meu braço? Gemendo, ela se deitou de costas e viu o brilho da lâmpada do poste bem acima.

E o rosto de Carmen Ballard.

– Eu matei você uma vez – disse Carmen. – Agora, tenho de fazer tudo de novo.

– Por favor. Rick e eu... nós nunca...

– Ele não estava disponível. – Carmen ergueu a arma. O cano era um olho escuro, olhando para Maura. – Desgraçada.

Sua mão enrijeceu, a ponto de dar o tiro final.

Uma voz se fez ouvir. Um homem.

– Largue a arma!

Carmen piscou, surpresa. Olhou de lado.

A alguns metros havia um guarda de segurança do hospital com a arma apontada para Carmen.

– Você me ouviu, senhora? – ele gritou. – Largue!

Carmen vacilou. Olhou para Maura, então de volta para o guarda, sua fúria, sua sede de vingança lutando contra a realidade das consequências.

– Nunca fomos amantes – disse Maura, a voz tão fraca que ela não sabia se Carmen conseguia ouvi-la acima da buzina do carro. – Nem eles eram amantes.

– Mentirosa. – O olhar de Carmen voltou para Maura. – Você é igualzinha a ela. Ele me deixou por causa dela. Ele me deixou.

– Não foi culpa de Anna...

– Sim, foi. Agora é sua.

Ela se concentrou em Maura, mesmo ao ouvir pneus derrapando em uma freada brusca. Mesmo quando ouviu a voz:

– Policial Ballard! Largue a arma!

Rizzoli.

Carmen olhou de lado, um último olhar calculista enquanto ponderava suas escolhas. Duas armas estavam apontadas para ela. Ela havia perdido. Não importando o que escolhesse, sua vida estava acabada. Quando Carmen voltou a olhar para ela, Maura pôde ver nos olhos da outra a decisão que tomara. Maura viu Carmen estender o braço, apontando a arma em sua direção para o tiro final. Ela viu as mãos de Carmen se estreitarem ao redor do cabo da arma, preparadas para apertar o gatilho.

O tiro deslocou Carmen para o lado. Ela cambaleou. Caiu.

Maura ouviu passos pesados, um crescendo de sirenes. E uma voz familiar murmurando.

– Ah, meu Deus. Doutora!

Ela viu o rosto de Rizzoli pairando mais acima. As luzes da rua piscaram. Ao redor, sombras se aproximavam. Fantasmas dando-lhe as boas-vindas a seu mundo.

32

Olhando as coisas do outro lado, como paciente e não como médica, Maura via as luzes do teto passarem enquanto a maca era empurrada pelo corredor e a enfermeira com gorro bufante olhava para ela com preocupação. As rodas guinchavam e a enfermeira ofegava enquanto empurrava a maca através de portas duplas até a sala de operações. Agora luzes diferentes brilhavam mais acima, mais fortes, ofuscantes. Como as luzes da sala de necrópsia.

Maura fechou os olhos. Quando as enfermeiras da sala de operações a transferiram para a mesa, ela pensou em Anna, nua sob luzes idênticas, o corpo aberto, estranhos olhando dentro dela. Ela sentiu o espírito de Anna pairando sobre ela, observando, exatamente como Maura certa vez olhara para Anna. *Minha irmã,* pensou, quando o pentobarbital entrou em suas veias, quando as luzes se apagaram. *Você está esperando por mim?*

Mas quando ela despertou, não foi Anna quem ela viu e, sim, Jane Rizzoli. Faixas de luz do dia brilhavam através das persianas parcialmente fechadas, projetando barras horizontais no rosto de Rizzoli enquanto esta se inclinava sobre Maura.

– Oi, doutora.

– Oi – sussurrou Maura.

– Como se sente?

– Não muito bem. Meu braço... – Maura fez uma careta. – Parece que é hora de tomar mais analgésicos.

Rizzoli apertou o botão chamando a enfermeira.

– Obrigada. Obrigada por tudo.

Ficaram em silêncio quando a enfermeira injetou uma dose de morfina no soro. O silêncio continuou quando a enfermeira saiu, e a droga começou a fazer efeito.

– Rick... – Maura disse.

– Lamento. Você sabe que ele está...

Eu sei. Ela piscou afastando as lágrimas dos olhos.

– Não tivemos chance.

– Ela não queria que tivessem. Aquela marca de garra na porta de seu carro, tudo tinha a ver com ele. Tudo tinha a ver com manter-se afastada do marido dela. O pássaro morto na caixa de correio, todas as ameaças que Anna atribuía a Cassell... Acho que era Carmen todo o tempo, tentando fazer com que Anna fosse embora da cidade e deixasse seu marido em paz.

– Mas então Anna voltou para Boston.

Rizzoli assentiu.

– Ela voltou porque soube que tinha uma irmã.

Eu.

– Então, Carmen descobriu que ela estava de volta à cidade – disse Rizzoli. – Anna deixou aquela mensagem na secretária eletrônica de Rick, lembra-se? A filha ouviu e contou para a mãe. Lá se ia qualquer esperança de reconciliação de Carmen. A outra mulher voltara a invadir *seu* território. *Sua* família.

Maura lembrou-se do que Carmen dissera: *Ele não estava disponível.*

– Charles Cassell me disse algo sobre o amor – disse Rizzoli. – Ele disse que há um tipo de amor que nunca acaba, não importa o que se faça. Soa quase romântico, não é mesmo? Até que a morte nos separe. Então você pensa na quantidade de gente que morre porque um parceiro não quer que acabe, porque não desiste.

Àquela altura, a morfina se espalhara por sua corrente sanguínea. Maura fechou os olhos, dando boas-vindas à droga.

– Como soube? – ela murmurou. – Como pensou em Carmen?

– A Black Talon. Era a pista que eu devia ter seguido todo o tempo. Aquela bala. Mas perdi a pista por causa dos Lank. Por causa da Besta.

– Eu também – sussurrou Maura. Ela sentiu a morfina induzindo-a ao sono. – Acho que estou pronta, Jane. Para a resposta.

– A resposta para o quê?

– Amalthea. Preciso saber.

– Se ela é sua mãe? Mesmo que seja, não quer dizer nada. É apenas biologia. O que ganha sabendo disso?

– A verdade. – Maura suspirou. – Ao menos vou saber a verdade.

A VERDADE, PENSOU Rizzoli ao voltar para o carro, raramente é aquilo que as pessoas desejam ouvir. Não seria melhor se apegar à tênue esperança de que você não é cria de monstros? Mas Maura pediu os fatos, e Rizzoli sabia que seriam brutais. A equipe de busca já havia encontrado duas ossadas femininas na encosta arborizada, não longe de onde Mattie Purvis fora confinada. Quantas outras mulheres grávidas haviam conhecido os horrores daquela mesma caixa? Quantas acordaram em meio às trevas e arranharam, aterrorizadas, aquelas paredes impenetráveis? Quantas compreenderam, como

Mattie compreendera, que um final terrível as esperava quando sua utilidade como incubadoras humanas terminasse?

Teria sobrevivido a tal horror? Jamais saberei a resposta. Não até ser eu naquela caixa.

Quando chegou a seu carro no estacionamento, ela se viu verificando os quatro pneus para ver se estavam intactos, observando os carros ao redor, em busca de alguém que pudesse estar observando. É isso que esse trabalho faz com a gente, pensou. Você começa a sentir o mal em toda parte ao seu redor, mesmo quando não está lá.

Ela entrou em seu Subaru e ligou o motor. Esperou um instante enquanto o motor esquentava, e o ar dos respiradouros esfriava lentamente. Ela procurou o celular na bolsa: preciso ouvir a voz de Gabriel. Preciso saber que não sou Mattie Purvis, que meu marido *de fato* me ama. Do modo como eu o amo.

A chamada foi atendida no primeiro toque.

– Agente Dean.

– Oi – disse ela.

Gabriel soltou uma gargalhada.

– Eu estava a ponto de ligar para você.

– Estou com saudade.

– Era o que eu esperava que dissesse. Estou indo para o aeroporto agora.

– O aeroporto? Isso significa que...

– Vou pegar o próximo voo para Boston. Então, que tal sair com seu marido hoje à noite? Poderia me agendar este encontro?

– Em tinta permanente. Volte para casa. Por favor, apenas volte para casa.

Uma pausa. Então ele disse:

– Você está bem, Jane?

Lágrimas inesperadas afloraram em seus olhos.

– Ah, esses malditos hormônios. – Ela enxugou o rosto e riu. – Preciso de você agora mesmo.

– Continue pensando assim. Porque estou a caminho.

Rizzoli sorria enquanto dirigia até Natick para visitar um hospital diferente, um paciente diferente. O outro sobrevivente dessa história de matanças. São duas mulheres extraordinárias, pensou, e tenho o privilégio de conhecer ambas.

A julgar por todas aquelas vans de TV no estacionamento do hospital e todos os repórteres junto ao saguão de entrada, a imprensa, também, decidira que Mattie Purvis era uma mulher que valia a pena conhecer. Rizzoli teve de atravessar um corredor de repórteres para entrar no saguão. A história de uma mulher enterrada viva dentro de uma caixa desencadeou um frenesi nacional e Rizzoli teve de mostrar seu distintivo para dois seguranças diferentes antes de finalmente ter acesso ao quarto de Mattie. Ao não ouvir resposta, ela entrou.

A TV estava ligada sem som. As imagens passavam na tela sem serem vistas. Mattie estava deitada na cama, olhos fechados, bem diferente da jovem noiva na foto de casamento. Seus lábios estavam feridos e inchados. Seu rosto era um mapa de cortes e arranhões. Um tubo de soro estava atado à mão com dedos feridos e unhas quebradas. Pareciam as garras de uma criatura feroz. Mas a expressão no rosto de Mattie era serena. Um sono sem pesadelos.

– Sra. Purvis? – disse Rizzoli.

Mattie abriu os olhos e piscou algumas vezes antes de conseguir enxergar direito a visitante.

– Ah, detetive Rizzoli, você voltou.

– Vim ver como estava. Como se sente hoje?

Mattie suspirou profundamente.

– Muito melhor. Que horas são?

– Quase meio-dia.

– Dormi a manhã toda?

– Você merecia. Não, não se sente, apenas relaxe.

– Mas estou cansada de ficar deitada.

Mattie afastou o cobertor e se sentou, seus cabelos despenteados caindo em cachos sobre seu rosto.

– Vi seu bebê pela janela do berçário. Ela é linda.

– Não é mesmo? – Mattie sorriu. – Vou chamá-la de Rose. Sempre gostei desse nome.

Rose. Um calafrio percorreu a espinha de Rizzoli. Era apenas uma coincidência, uma dessas inexplicáveis convergências do universo. *Alice Rose. Rose Purvis*. Uma menina morta havia muito tempo, a outra começando a viver. Outro vínculo, embora frágil, que ligou as vidas de duas meninas ao longo das décadas.

– Tem mais perguntas a fazer? – perguntou Mattie.

– Bem, na verdade...

Rizzoli puxou uma cadeira para perto da cama e se sentou.

– Eu perguntei tantas coisas para você ontem, Mattie. Mas não perguntei como você fez aquilo. Como conseguiu.

– Consegui o quê?

– Ficar lúcida. Não desistir.

O sorriso nos lábios de Mattie desapareceu. Ela olhou para Rizzoli com olhos assustados e murmurou:

– Não sei como consegui. Nunca imaginei que pudesse...

Ela parou de falar.

– Eu queria viver, isso é tudo. Queria que meu bebê sobrevivesse.

Ficaram em silêncio por um instante. Então, Rizzoli disse:

– Devo adverti-la quanto à imprensa. Todos vão querer um pedaço de você. Tive de atravessar um corredor de repórteres lá fora. Até agora, o hospital está conseguindo mantê-los longe de você, mas quando for para casa a história vai ser diferente. Especialmente agora que...

Rizzoli fez uma pausa.

– Agora que o quê?

– Eu só queria que você estivesse preparada, isso é tudo. Não deixe ninguém lhe impor algo que você não deseja.

Mattie franziu o cenho. Então seu olhar se ergueu para a TV silenciosa onde passavam as notícias do meio-dia.

– Ele tem aparecido em todos os canais – disse ela.

Na tela, Dwayne Purvis enfrentava um mar de microfones. Mattie pegou o controle remoto e aumentou o volume.

– Este é o dia mais feliz da minha vida – disse Dwayne para a multidão de repórteres. – Tenho minha mulher e minha filha maravilhosas de volta. Foi uma experiência terrível que mal posso descrever. Um pesadelo que nenhum de vocês pode imaginar. Obrigado, Senhor, obrigado, *Deus*, por esse final feliz.

Mattie desligou a TV. Mas seu olhar continuou na tela.

– Não parece real – disse ela. – É como se nunca tivesse acontecido. Por isso posso ficar aqui sentada e me sentir tão calma a esse respeito, porque não acredito que estive de fato lá, naquela caixa.

– Você esteve, Mattie. Vai demorar até você processar isso. Você pode ter pesadelos. Flashbacks. Você pode entrar em um elevador ou olhar para um armário e, de repente, se sentir de volta àquela caixa. Mas vai melhorar, eu prometo. Lembre-se apenas disso: vai melhorar.

Mattie olhou-a com olhos úmidos.

– Você sabe.

Sim, eu sei, pensou Rizzoli, as mãos se fechando para esconder as cicatrizes. Eram a evidência de sua própria experiência, de sua própria batalha pela sanidade. *A sobrevivência é apenas o primeiro passo.*

Houve uma batida à porta, e Rizzoli se levantou quando Dwayne Purvis entrou, trazendo uma braçada de rosas vermelhas. Foi direto à cama da esposa.

– Oi, querida. Teria vindo antes, mas está um zoológico lá embaixo. Todos querem entrevistas.

– Nós o vimos na TV – disse Rizzoli tentando soar neutra, embora não pudesse olhar para ele sem se lembrar da conversa que haviam tido na delegacia de Natick. Ah, Mattie, pensou. Você merece coisa melhor.

Ele se voltou para olhar para Rizzoli e ela viu o seu terno de alfaiate, sua gravata de seda. O cheiro de seu perfume superava a fragrância das rosas.

– Como me saí? – perguntou ele, ansioso.

Ela disse a verdade.

– Parecia um profissional de TV.

– É? É incrível, todas aquelas câmeras. Todo mundo está tão empolgado. – Ele olhou para a mulher. – Sabe, querida, precisamos documentar tudo. Assim teremos um registro disso.

– Como assim?

– Tipo agora. Este momento. Precisamos de uma fotografia deste momento. Eu trazendo flores para você na cama do hospital. Já tenho

316

uma foto do bebê. A enfermeira aproximou-o da janela. Mas precisamos de closes. Você segurando ela, talvez.

– O nome dela é Rose.

– E também não temos fotos de nós dois juntos. Definitivamente, precisamos de fotografias de nós dois. Trouxe uma câmera.

– Estou despenteada, Dwayne. Estou um lixo. Não quero fotografias.

– Ora vamos. Todos estão pedindo.

– Quem? Para quem são as fotografias?

– Isso é algo que podemos decidir depois. Podemos esperar, avaliar as ofertas. A matéria vai valer muito mais se tiver fotografias.

Ele tirou a câmera do bolso e a entregou para Rizzoli.

– Você se incomoda de tirar esta fotografia?

– Depende de sua mulher.

– Está tudo bem, tudo bem – insistiu ele. – Apenas tire a foto.

Ele se inclinou junto a Mattie e estendeu-lhe o buquê de rosas.

– Que tal assim? Eu entregando as flores. Vai ficar ótimo.

Ele sorriu, dentes brilhando, o marido protegendo a esposa amada.

Rizzoli olhou para Mattie. Não viu protesto em seu olhar, apenas um brilho estranho, vulcânico, que ela não conseguia interpretar. Ergueu a câmera, centralizou o casal e apertou o botão.

O flash disparou a tempo de capturar a imagem de Mattie Purvis golpeando o rosto do marido com o buquê de rosas.

33

Quatro semanas depois.

Desta vez não houve encenação, nenhum fingimento de insanidade. Amalthea Lank entrou na sala de entrevistas, sentou-se à mesa, e o olhar que dirigiu a Maura ostentava olhos límpidos e perfeitamente sãos. Seu cabelo, até então despenteado, estava preso em um rabo de cavalo, destacando suas feições. Olhando para as proeminentes maçãs de Amalthea, seu olhar direto, Maura pensou: por que me recusei a ver isso antes? É tão óbvio. Estou olhando para meu rosto daqui a 25 anos.

– Sabia que voltaria – disse Amalthea. – E aí está você.

– Sabe por que estou aqui?

– Você está com os resultados do teste, não é? Agora sabe que eu estava lhe contando a verdade e você não queria acreditar.

– Precisava de provas. As pessoas mentem todo o tempo, mas não o DNA.

– Ainda assim, você devia saber a resposta. Mesmo antes de ter o resultado de seu precioso teste.

Amalthea inclinou-se para a frente na cadeira e olhou-a com um olhar quase íntimo.

– Você tem a boca de seu pai, Maura. Sabia? E tem os meus olhos, minhas maçãs do rosto. Vejo Elijah e a mim em seu rosto. Somos uma família. Temos o mesmo sangue. Você, eu, Elijah. E seu irmão. – Ela fez uma pausa. – Você sabe quem era ele?

Maura engoliu.

– Sim.

O bebê com quem você ficou. Você vendeu a mim e a minha irmã, mas ficou com seu filho.

– Você não me disse como Samuel morreu – disse Amalthea. – Como aquela mulher o matou.

– Foi autodefesa. É tudo o que tem de saber. Ela não teve escolha senão reagir.

– E quem é esta mulher, Matilda Purvis? Quero saber mais sobre ela.

Maura nada disse.

– Vi a fotografia dela na TV. Não me pareceu nada de especial. Não entendo como conseguiu.

– As pessoas fazem qualquer coisa para sobreviver.

– Onde ela mora? Que rua? Disseram na TV que ela é de Natick.

Maura olhou os olhos escuros da mãe e sentiu um súbito arrepio. Não por ela, mas por Mattie Purvis.

– Por que quer saber?

– Tenho o direito de saber. Como mãe.

– Mãe? – Maura quase riu. – Você realmente acha que merece esse título?

– Mas eu sou a mãe dele. E você é irmã de Samuel. – Amalthea inclinou-se mais para perto. – É nosso direito saber. Somos a família dele, Maura. Nada na vida é mais forte do que o sangue.

Maura olhou para aqueles olhos, tão assustadores quanto os seus, e reconheceu inteligência ali, até mesmo brilhantismo. Mas era uma luz que se pervertera, um reflexo em um espelho quebrado.

– O sangue não quer dizer nada – disse Maura.

– Então, por que está aqui?

– Vim porque queria vê-la uma última vez. Então, irei embora. Porque decidi que não importa o que o DNA diga, você não é minha mãe.

– Então, quem é sua mãe?

– A mulher que me amou. Você não sabe amar.

– Eu amei seu irmão. Poderia amá-la.

Amalthea estendeu o braço e acariciou o rosto de Maura. Um toque delicado, tão quente quanto o de uma mãe de verdade.

– Dê esta chance para mim – sussurrou ela.

– Adeus, Amalthea.

Maura levantou-se e apertou o botão chamando a guarda.

– Acabei – disse ela no interfone. – Estou pronta para ir embora.

– Você vai voltar – disse Amalthea.

Maura não olhou para ela e nem mesmo olhou para trás por sobre os ombros enquanto se afastava ao ouvir Amalthea gritar:

– Maura! Você *vai* voltar.

No vestiário de visitantes, Maura parou para pegar a bolsa, a carteira de motorista, o cartão de crédito. Todas as provas de sua identidade. Mas eu já sei quem sou, pensou.

E sei quem não sou.

Lá fora, no calor de uma tarde de verão, Maura fez uma pausa e respirou fundo. Sentiu o ar quente do dia limpar de seus pulmões a atmosfera viciada da prisão. Sentiu também o veneno de Amalthea Lank deixar sua vida.

Em seu rosto, em seus olhos, Maura trazia a prova de seu parentesco. Em suas veias, corria o sangue de assassinos. Mas o mal não era hereditário. Embora ela carregasse seu potencial em seus genes, o mesmo carregava qualquer criança já nascida. *Nisso, não sou diferente. Todos somos descendentes de monstros.*

Ela se afastou daquele prédio de almas cativas. Adiante estava seu carro e a estrada para casa. Ela não olhou para trás.

fim